Eine gefährliche Sekte zieht Menschen in ihren Bann. Psychiaterin Nadine Lavoie versucht, einer Aussteigerin zu helfen. Denn sie war selbst einst in den Fängen der Sekte. Zu spät erkennt Nadine, dass sie noch immer in Gefahr schwebt.

»Chevy Stevens zieht uns intelligent und unaufhaltsam in einen Albtraum.« *Rosamund Lupton*
»Faszinierend, fesselnd, erschütternd.« *Once Upon a Crime*

Bestseller-Spannung made in Canada:
die Thriller von Chevy Stevens bei FISCHER

»Kein Entkommen – Still Missing«
»Endlose Angst – Never Knowing«
»Blick in die Angst – Always watching«
»Schuldig für immer – That Night«
»Was dich nicht tötet – Those Girls«
»Ich beobachte dich«
»Tief in den Wäldern«

Chevy Stevens ist die einzige Kanadierin unter den internationalen Top-Thrillerautor:innen. Sie lebt in Nanaimo auf Vancouver Island mit seiner beeindruckenden Natur. Ihre eindrücklichen Thriller um Frauen, die ums Überleben kämpfen, stehen weltweit auf den Bestsellerlisten. Chevy Stevens ist auf einer Ranch aufgewachsen und liebt Wandern, Paddeln und Zelten mit ihrem Mann, ihrer Tochter und ihren Hunden.

Weitere Informationen finden Sie auf www.fischerverlage.de

CHEVY STEVENS

BLICK IN DIE ANGST

ALWAYS WATCHING

THRILLER

Aus dem amerikanischen Englisch
von Maria Poets

FISCHER Taschenbuch

MIX
Papier | Fördert gute Waldnutzung
FSC www.fsc.org FSC® C014496

Neuausgabe
Erschienen bei FISCHER Taschenbuch
Frankfurt am Main, Juli 2024

Die Originalausgabe erschien 2013 unter dem Titel
›Always watching‹ im Verlag St. Martin's Press, New York

Satz: Pinkuin Satz und Datentechnik, Berlin
Druck und Bindung: GGP Media GmbH, Pößneck
ISBN 978-3-596-71026-3

Für meinen Bruder Steve

1. Kapitel

Als ich Heather Simeon zum ersten Mal sah, lag sie zu einer Kugel zusammengerollt im Kriseninterventionsraum des Krankenhauses. Sie hatte eine dünne blaue Decke eng um sich gewickelt, die weißen Verbände hoben sich überdeutlich von den Handgelenken ab. Blondes Haar bedeckte den Großteil ihres Gesichts. Doch selbst jetzt noch strahlte sie eine gewisse Vornehmheit aus, obwohl die hohen Wangenknochen, die wunderschön geschwungenen Brauen, die Patriziernase und die zarten Konturen der blassen Lippen unter dem Schleier aus Haaren kaum zu erkennen waren. Nur ihre Hände wirkten ungepflegt: Die Nagelhaut war eingerissen und blutig, die Nägel waren schartig. Sie sahen jedoch nicht abgebissen, sondern gebrochen aus. Genau wie Heather selbst.

Ich hatte bereits ihre Krankenakte gelesen und mit dem Psychiater aus der Notaufnahme gesprochen, der sie in der vergangenen Nacht aufgenommen hatte. Dann war ich alles noch einmal mit den Krankenschwestern durchgegangen, von denen die meisten seit Jahren auf der Geschlossenen arbeiteten und die meine besten Informationsquellen waren. Während meiner morgendlichen Visite verbrachte ich eine viertel bis ganze Stunde mit einzelnen Krankenhaus-Patienten, doch die übrige Zeit arbeitete ich beim Mental Health Service, der psychologischen Ambulanz. Aus diesem Grund nahm ich gerne eine Krankenschwester mit, wenn ich einen

Patienten zum ersten Mal aufsuchte, damit wir beim Behandlungsplan auf dem gleichen Stand waren. Jetzt war Michelle bei mir, eine fröhliche Frau mit blonden Locken und einem breiten Lächeln.

Heathers Mann war am Abend zuvor nach Hause gekommen und hatte sie ausgestreckt auf dem Küchenfußboden entdeckt, das Messer neben der Hand. Als sie im Krankenhaus eingeliefert wurde, war sie unruhig geworden, hatte geschrien und war auf das Pflegepersonal losgegangen. Der Notarzt testete sie auf Drogen, fand jedoch nichts, also gab er ihr Lorazepan und brachte sie im Kriseninterventionsraum unter. Sie wurde engmaschig überwacht, und alle fünfzehn Minuten sah eine Krankenschwester nach ihr.

Sie hatte die ganze Nacht geschlafen.

Ich klopfte leise an den Türrahmen. Heather bewegte sich, schlug die Augen auf und blinzelte ein paarmal. Ich trat näher an ihr Bett heran. Sie blickte zu mir auf, fuhr sich mit der Zunge über die aufgesprungenen Lippen und schluckte. Sie öffnete den Mund, als wollte sie etwas sagen, doch dann stieß sie nur einen langen Seufzer aus. Ihre Augen waren dunkelblau.

»Guten Morgen, Heather«, sagte ich so einfühlsam wie möglich. »Ich bin Dr. Lavoie, Ihre behandelnde Psychiaterin.« Als ich noch meine Privatpraxis in Nanaimo hatte, hatten meine Patienten mich Nadine genannt. Doch seit ich in Victoria wohnte und im Krankenhaus arbeitete, hatte ich begonnen, meinen Titel zu benutzen. Die emotionale Distanz gefiel mir – sie war einer der Gründe, warum ich überhaupt umgezogen war. »Möchten Sie etwas Wasser?«

Sie starrte auf einen Punkt irgendwo hinter meiner Schulter. Ihre Miene war ausdruckslos, bar jeder Trauer oder

Wut. Wenn auch nicht physisch, so hatte sie es zumindest geschafft, gefühlsmäßig zu verschwinden.

»Ich würde mich gerne ein wenig mit Ihnen unterhalten, wenn das in Ordnung ist.«

Ihr Blick irrte an mir vorbei und fiel auf Michelle. Sie zog die blaue Decke noch enger um sich.

»Warum ... ist sie hier?« Ihre Stimme war nicht mehr als ein Flüstern.

»Michelle? Sie ist eine unserer Krankenschwestern.«

In der psychiatrischen Abteilung kleideten sich die Ärzte im Allgemeinen eher ungezwungen, und das Pflegepersonal achtete mehr auf Bequemlichkeit. Michelle hatte eine Vorliebe für witzige Klamotten, heute trug sie eine flippige gestreifte Bluse zu einem dunklen Jeansrock. Abgesehen von dem Namensschild, das ihr an einem Band um den Hals hing, wäre man nicht unbedingt darauf gekommen, dass sie eine Krankenschwester war.

Heathers Körpersprache drückte Abwehr aus, sie duckte sich beinahe unter der Decke, ihr Blick sprang zwischen uns hin und her wie bei einem in die Ecke getriebenen Tier. Michelle trat einen Schritt zurück, doch Heather wirkte immer noch überfordert. Manche Patienten hatten das Gefühl, einer Übermacht gegenüberzustehen, wenn wir zusammen mit einer Schwester auftauchten.

Ich sagte: »Wäre es Ihnen lieber, mit mir allein zu sprechen?«

Sie nickte kurz, während sie mit den Zähnen an einem Zipfel ihres Verbandes zupfte. Erneut hatte ich das Gefühl, ein wildes Tier vor mir zu haben, das versucht, seinen Fesseln zu entkommen. Ich sah Michelle an, um ihr zu signalisieren, dass sie unbesorgt gehen konnte.

Michelle lächelte Heather an.

»Ich sehe später noch mal nach Ihnen, Liebes. Falls Sie irgendetwas brauchen.«

Michelles herzliche Art im Umgang mit den Patienten war mir schon öfter positiv aufgefallen. Sie saß oft da und redete mit ihnen, selbst in ihren Pausen. Als sich die Tür hinter ihr schloss, wandte ich mich wieder an meine Patientin.

»Können Sie mir sagen, wie alt Sie sind, Heather?«

»Fünfunddreißig«, sagte sie langsam, wobei sie sich umschaute und allmählich zu begreifen schien, wo sie sich befand. Ich versuchte den Raum mit ihren Augen zu sehen und empfand Mitleid mit ihr: Die schwere Metalltür hatte nur ein kleines Plastikfenster, und die Plexiglasabdeckung vor dem Fenster wies Kratzspuren auf, als hätte jemand versucht, sich seinen Weg hinauszuscharren – was tatsächlich der Fall gewesen war.

»Und wie heißen Sie?«, sagte ich.

»Heather Duncan …« Sie schüttelte den Kopf, als hätte sie sich bei einem Fehler ertappt, doch die Bewegung wirkte träge und verzögert. »Simeon. Jetzt heiße ich Simeon.«

Ich lächelte. »Haben Sie vor kurzem geheiratet?«

»Ja.« Kein M-hm. Sie war wohlerzogen, und man hatte ihr beigebracht, deutlich zu sprechen. Ihr Blick blieb an der schweren Metalltür hängen. »Daniel … ist er hier?«

»Er ist hier, aber ich würde gerne zuerst mit Ihnen sprechen. Wie lange sind Sie und Daniel schon verheiratet?«

»Sechs Monate.«

»Was machen Sie beruflich, Heather?«

»Im Moment mache ich gar nichts, aber früher habe ich im Laden gearbeitet. Wir kümmern uns um die Erde.«

Mir fiel auf, dass sie zur Gegenwartsform gewechselt war. »Sind Sie Landschaftsarchitektin?«

»Es ist unsere Aufgabe, das Land zu hegen und zu bewahren.«

Ich verspürte ein unangenehmes Flattern in der Magengegend bei dieser Phrase. Sie klang vertraut, und sie hatte es so gesagt, als würde sie einen Ausdruck wiedergeben, den sie viele Male gehört hatte. Sie wiederholte, sprach jedoch nicht selbst.

»Wie ich hörte, hatten Sie eine schlechte Nacht«, sagte ich. »Möchten Sie mir erzählen, was passiert ist?«

»Ich will nicht hier sein.«

»Sie sind im Krankenhaus, weil es unter die Bestimmungen fällt. Sie haben versucht, sich etwas anzutun, und wir wollen nicht, dass das noch einmal vorkommt. Also werden wir Ihnen helfen, damit Sie wieder gesund werden.«

Sie richtete sich auf, bis sie saß. Als sie sich auf die Matratze stützte, fiel mir auf, wie dünn ihre Arme waren. Die Adern traten deutlich hervor, und sie zitterte, als würde die Anstrengung, ihren Körper in der Aufrechten zu halten, sie erschöpfen.

»Ich wollte nur, dass das alles aufhört.« Tränen stiegen ihr in die Augen, liefen ihr übers Gesicht und tropften von der Nase herab. Eine landete auf ihrem Arm. Heather starrte darauf, als hätte sie keine Ahnung, wie sie dorthin gelangt war.

»Was soll aufhören?«

»Die schlechten Gedanken. Mein Baby …« Ihre Stimme brach, und sie zuckte mit zusammengebissenen Zähnen zusammen, als verspürte sie tief in ihrem Inneren einen Stich.

»Hatten Sie eine Fehlgeburt, Heather?« Laut ihrer Akte hatte sie vor einer Woche ihr Kind verloren, aber ich wollte sehen, ob sie mir von sich aus mehr darüber erzählen würde.

Eine weitere Träne löste sich und tropfte auf ihren Arm.

»Ich war im dritten Monat, als ich anfing zu bluten ...« Sie holte tief Luft und stieß sie langsam durch die zusammengepressten Lippen wieder aus.

Ich schwieg einen Moment, aus Respekt vor dem, was sie mir gerade erzählt hatte. Dann sagte ich sehr behutsam: »Das tut mir leid, Heather. Das muss sehr schmerzhaft für Sie gewesen sein. Es ist völlig normal, sich deprimiert zu fühlen, nachdem man ein Kind verloren hat. Aber wir können Ihnen helfen, mit Ihren Gefühlen fertig zu werden, damit sie Sie nicht überwältigen. In Ihrer Krankenakte steht, dass Ihr Arzt Ihnen letztes Jahr ein Antidepressivum verschrieben hat. Nehmen Sie es noch?«

»Nein.«

»Wann haben Sie damit aufgehört?«

»Als ich Daniel kennenlernte.« Ich hörte den leicht abwehrenden Unterton und wusste, dass sie ein schlechtes Gewissen hatte, weil sie ihre Tabletten nicht weitergenommen hatte, und sich schämte, dass sie sie überhaupt brauchte. Menschen mit Depressionen hören oft auf, ihre Medikamente zu nehmen, wenn sie sich verlieben, die Endorphine bilden ein eigenes, natürliches Antidepressivum. Doch irgendwann trifft sie dann das reale Leben mit voller Wucht.

»Als Erstes möchte ich, dass Sie Ihre Medikamente wieder nehmen.« Meine Stimme klang unbekümmert: *Kein Problem. Sie werden wieder gesund.* »Wir fangen mit einer niedrigen Dosierung an und schauen, wie es Ihnen damit geht. In Ihrer Akte steht auch, dass Sie vor ein paar Jahren einiges durchgemacht haben.« Damals hatte sie zweimal versucht, sich mit Tabletten das Leben zu nehmen. Beide Male hatte man sie in letzter Sekunde gefunden, doch jetzt, wo sie zu brutaleren Methoden übergegangen war, würde sie nächstes Mal vielleicht nicht so viel Glück haben.

»Sie wurden damals an einen Psychologen überwiesen. Gehen Sie noch zu ihm?«

Sie schüttelte den Kopf. »Ich mochte ihn nicht. Wie geht es Daniel?«

»Die Schwestern sagten, er sei die ganze Nacht hier gewesen und nur am Morgen kurz nach Hause gefahren, um Ihnen ein paar Sachen zu holen. Jetzt sitzt er wieder im Wartezimmer.«

Heather runzelte besorgt die Stirn. »Er muss so müde sein.«

»Ich bin sicher, dass Daniel vor allem möchte, dass Sie wieder gesund werden. Wir sind hier, um Ihnen dabei zu helfen.«

Frische Tränen ließen ihre Augen noch blauer wirken, wie von Diamanten eingefasste Saphire. Sie war so blass, dass man jede Ader an ihrem Hals erkennen konnte, aber sie war immer noch betörend schön. Die Menschen glauben meist, schöne Menschen hätten keinen Grund, unglücklich zu sein. Doch oft ist genau das Gegenteil der Fall.

»Ich will Daniel sehen«, sagte sie. Allmählich fielen ihr die Augen zu, die Anstrengung des Gesprächs zehrte die wenige Energie auf, die sie noch übrig hatte.

»Ich werde vorher ein paar Worte mit ihm wechseln, dann sehen wir weiter, ob er Sie kurz besuchen darf.« Ich wollte ein Gespür dafür bekommen, in was für einer emotionalen Verfassung er war, damit er die Situation nicht noch schlimmer machte.

»Hier drin können sie mich nicht finden.« Sie sagte die Worte in den Raum, als hätte sie vergessen, dass ich da war, und würde sich nur selbst beruhigen.

»Wer, fürchten Sie, könnte Sie denn finden?«

»Die sollen uns in Ruhe lassen, aber sie rufen einfach

immer wieder an.« Sie zupfte an ihren Nagelhäuten herum, während sie sprach, und zog ein winziges Stück Haut ab.

»Bedrückt Sie etwas?« In ihrer Akte stand nichts von Paranoia oder Halluzinationen, aber bei einer schweren Depression, unter der Heather offenkundig litt, kam es manchmal auch zu psychotischen Schüben. Wenn sie allerdings tatsächlich Probleme mit Menschen in ihrem Umfeld hatte, mussten wir das wissen.

Sie begann erneut, mit den Zähnen an dem Verband zu zerren.

»Das hier ist ein sicherer Ort«, sagte ich, »ein Ort, an dem Sie sich erholen können. Wir können jeden abweisen, von dem Sie nicht möchten, dass er Sie besucht, und die Station wird die ganze Zeit vom Sicherheitsdienst überwacht. Niemand kann zu Ihnen gelangen.« Falls es eine reale Bedrohung gab, wollte ich, dass Heather sich sicher genug fühlte, um mir zu erzählen, was los war. Aber auch, wenn es sich lediglich um eine Paranoia handelte, musste sie sich beschützt fühlen, damit wir sie behandeln konnten.

»Ich gehe nicht zurück.« Es klang, als würde sie sich selbst warnen. »Die können mich nicht zwingen.«

»Wer kann Sie nicht zwingen?«

Mühsam öffnete sie die Augen und sah mich seltsam alarmiert an. Ich merkte, dass sie nachgrübelte, was sie mir gerade erzählt hatte. Angst, und noch etwas anderes, etwas, das ich noch nicht benennen konnte, schien regelrecht von ihr abzustrahlen und in mich einzudringen. Ich unterdrückte den Impuls, zurückzuweichen.

»Ich muss Daniel sehen.« Ihr Kopf sackte nach vorn, und das Kinn sank auf ihre Brust. »Ich bin so müde.«

»Warum ruhen Sie sich nicht etwas aus, während ich mit Ihrem Mann rede?«

Sie rollte sich unter der blauen Decke in Embryonalstellung zusammen, das Gesicht zur Wand gekehrt. Trotz der Wärme im Raum zitterte sie.

Mit kaum hörbarer Stimme sagte sie: »Er sieht *alles.*«

Ich blieb an der Tür stehen. »Wer sieht alles, Heather?«

Sie zog nur die Decke übers Gesicht.

Als ich den Besucherbereich betrat, sprang ein hochgewachsener Mann mit dunklen Haaren auf. Selbst unrasiert, mit dunklen Schatten unter den Augen und einem zerknitterten Anzughemd, das ihm aus der ausgewaschenen Jeans hing, war Daniel ein attraktiver Mann. Ich schätzte ihn auf etwa Mitte vierzig, den Lachfältchen an seinen Augen und seinem Mund nach zu urteilen, hatte jedoch das Gefühl, dass er zu jenen Männern gehörte, die mit zunehmendem Alter nur noch besser aussahen. Ihr Kind wäre wunderschön geworden, und ich empfand tiefes Mitleid mit den beiden.

Er kam auf mich zu, die braune lederne Bomberjacke hing über seinem Arm, ein Rucksack über der Schulter.

»Wie geht es ihr? Fragt sie nach mir?« Seine Stimme brach beim letzten Wort.

»Lassen Sie uns irgendwo hingehen, wo wir uns ungestört unterhalten können, Mr Simeon.« Ich führte ihn den Korridor entlang in eines der Behandlungszimmer, wobei wir dem Hausmeister auswichen, der gerade den Boden wischte.

Stirnrunzelnd stellte ich fest, dass die Tür zum Abstellraum hinter ihm weit offen stand, und machte mir im Geiste eine Notiz, es dem Pflegepersonal gegenüber zu erwähnen.

»Nennen Sie mich bitte Daniel. Geht es ihr gut?«

»Ich denke schon, in Anbetracht der Umstände. Sie hat

einiges durchgemacht, aber wir tun alles in unserer Macht Stehende, um ihr zu helfen. Im Moment ist hier der beste Ort für sie.«

»Da war so viel Blut …«

Er tat mir leid, und ich wusste, was er wahrscheinlich dachte: *Was, wenn ich nur zehn Minuten später gekommen wäre? Warum habe ich die Anzeichen nicht erkannt?* Familienangehörige teilen sich in zwei Kategorien auf: diejenigen, die sich selbst die Schuld geben, und diejenigen, die den Patienten verantwortlich machen. Aber irgendjemandem müssen sie immer die Schuld geben.

»Es muss Sie sehr erschreckt haben, sie so aufzufinden«, sagte ich. »Gibt es jemanden, mit dem Sie darüber reden können? Andernfalls kann ich Ihnen gerne jemanden empfehlen.«

Ein rasches Kopfschütteln. »Mir geht's gut. Ich will nur, dass Heather nichts zustößt.«

Ich dachte an das, was Heather mir gerade erzählt hatte. Wurde sie tatsächlich von jemandem belästigt? Oder bezog sich seine Angst lediglich auf das, was sie getan hatte?

»Das wollen wir ebenfalls.« Ich schloss die schwere Metalltür zum Behandlungszimmer auf und bedeutete Daniel, auf einem Stuhl Platz zu nehmen.

Er setzte sich mir gegenüber. Man könnte vielleicht erwarten, dass die Station in beruhigenden Farben eingerichtet sein müsste, um eine herzliche, angenehme Umgebung zu schaffen, doch diese Stühle hier boten ein Potpourri aus Pink, Blau und Rotbraun und standen schon seit den siebziger Jahren hier. Der beschichtete Tisch war an den Ecken angeschlagen, die Platte bröckelig. An einer Wand stand ein Holzregal mit ein paar einsamen, wahllos zusammengestellten Büchern. Selbst der Wartebereich, in dem Daniel so viele

Stunden gesessen hatte, bestand lediglich aus ein paar Stühlen neben den Aufzügen. Es war ein altes Krankenhaus, die Gelder waren knapp, und die Leute kamen schließlich nicht zum Urlaub hierher.

»Hat sie erzählt, warum sie …« Daniel stockte und holte hastig Luft. »Warum sie versucht hat, sich umzubringen?«

»Ohne Heathers Erlaubnis darf ich nichts von dem sagen, was sie mir erzählt hat. Aber ich würde Ihnen gerne ein paar Fragen stellen.«

»Klar, fragen Sie.«

»Wussten Sie, wie stark ihre Depressionen waren?«

Niedergeschlagen rieb er sich das Kinn. »Seit wir das Baby verloren haben, hat sie nichts mehr gegessen und ist nicht mehr aufgestanden. An den meisten Tagen hat sie nicht einmal geduscht. Ich dachte, es wäre so eine postpartale Störung, oder wie man das nennt, und dass sie einfach nur etwas Zeit braucht … Ich muss die ganze Zeit daran denken, wie still sie gestern Abend war, als ich gegangen bin. Ich war spät dran – ich habe noch einen Nebenjob angenommen, um etwas hinzuzuverdienen – und hatte es ziemlich eilig.« Er schüttelte den Kopf. »Wenn ich bei ihr geblieben wäre …«

Er gehörte also zu denen, die sich selbst die Schuld gaben. Ich beugte mich vor.

»Es ist nicht Ihre Schuld, Daniel. Wenn Sie geblieben wären, hätte sie gewartet, bis Sie fortgehen, und es dann versucht. Menschen, die so verstört sind wie Heather, finden immer einen Weg.«

Er sah mich an – lange genug, wie ich hoffte, damit meine Worte auf ihn wirken konnten –, dann verdüsterte sich seine Miene.

»Ihre Eltern wird es hart treffen.«

»Sie wissen es noch nicht?«

»Sie sind auf einer Wohnmobiltour durch den Norden von British Columbia. Ich habe versucht, sie anzurufen, aber sie müssen irgendwo sein, wo sie keinen Empfang haben. Heather hat schon eine ganze Weile nicht mit ihnen geredet.«

»Was ist mit ihren Freunden?«

»Sie wollte nie irgendetwas mit ihnen unternehmen, also haben sie aufgehört, anzurufen.«

Ich war nicht überrascht, dass Heather alle Menschen außer Daniel abgewiesen hatte. Die Abkapselung von Freunden und Familie gehört zu den klassischen Symptomen bei Depression.

»Was machen Sie beruflich, Daniel?«

»Ich bin Zimmermann.« Das erklärte seine Statur und seine tiefe Bräune. Er lächelte, als er hinunter auf seine rauen Hände blickte. »Heather und ich kommen aus verschiedenen Welten, aber als wir uns begegnet sind, war sofort eine Verbindung da, die unglaublich tief ging. Keiner von uns hat je zuvor so etwas gefühlt.« Er sah mich an, als erwarte er Skepsis.

Ich nickte ihm ermutigend zu.

»Sie hatte gerade eine Trennung hinter sich«, fuhr er fort. »Ihr Ex war ein richtiger Mistkerl. Aber wir haben angefangen, zu wandern und zusammen Yoga zu machen. Es schien sie aufzumuntern.«

Das war eine gute Idee gewesen. Bewegung ist eines der besten natürlichen Mittel gegen Depressionen.

»Sie haben also schon Anzeichen für Depressionen bemerkt, bevor Sie heirateten?«

»Ich dachte ... Sie ist ein Mensch, der immer versucht, sich um alle anderen zu kümmern, also war es manchmal schwer einzuschätzen. Sie konnte plötzlich ganz still werden oder anfangen zu weinen, aber sie wollte mich nie beunruhigen, also wusste ich nie, was der Grund war. Als sie schwanger wurde, hat sie sich wahnsinnig auf das Baby gefreut. Sie hat schon Namen ausgesucht, Spielzeug gekauft …« Seine Stimme schwankte. »Ich weiß nicht, was ich mit dem Kinderzimmer machen soll und den ganzen Babysachen, die sie gekauft hat.«

Meine Gedanken wanderten kurz zu Paul, wie er Lisas Zimmer in Erdbeerrot mit apfelgrünen Streifen gestrichen hatte, weil unser Kind anders sein und nach seinem eigenen Rhythmus leben sollte. Was sie auch getan hat, immer – ein Charakterzug, den ich bewunderte, bis sie mir davontanzte.

»Immer eins nach dem anderen«, sagte ich, zu ihm ebenso wie zu mir. »Darüber können Sie sich später noch Gedanken machen.«

»Wann kann Heather wieder nach Hause?«

»Sie wurde ins Krankenhaus zwangseingewiesen, damit wir sie im Auge behalten können. Wir können sie nicht entlassen, solange sie noch eine Gefahr für sich selbst darstellt.«

»Was, wenn sie versucht … Sie wissen schon.« Er schluckte hart. »Wenn sie es noch einmal versucht?«

»So weit werden wir es hier nicht kommen lassen. Und wir werden sie erst nach Hause schicken, wenn sie stabil genug ist und draußen genügend Unterstützung hat.«

»Kann ich sie sehen? Ich habe ihr ein paar Sachen von zu Hause mitgebracht.«

Normalerweise handhabten wir die Besuchszeiten recht streng – in der Geschlossenen, in der jeder einzeln eingelassen werden musste, dauerte sie von vier bis neun Uhr. Vormittags duldeten wir gar keine Besuche, damit die Patienten an den Therapieprogrammen teilnehmen und wir unsere Visiten machen konnten. Doch er sah so verzweifelt aus, und ich dachte, es könnte Heather helfen, sich einzugewöhnen, wenn sie ihn sähe.

»Im Moment ruht sie sich aus, aber Sie können ihr kurz hallo sagen.«

Wir sprachen nicht, als wir mit dem Fahrstuhl zur geschlossenen Abteilung einen Stock höher fuhren. Daniel wirkte gedankenverloren, und ich war damit beschäftigt, meine Pulsschläge zu zählen und mich auf meinen Atem zu konzentrieren. Seit Jahren litt ich unter Klaustrophobie, was meine Patienten vermutlich schockieren würde. Verschiedene Techniken halfen mir, die Angst in den Griff zu bekommen, von mentalen Bildern bis Atemübungen, doch jedes Mal, wenn ich hörte, wie sich die Aufzugtür schloss, musste ich mich zusammenreißen, um nicht auf den Panikknopf zu schlagen.

Wir wurden in die Geschlossene eingelassen. Das Stationszimmer lag hinter Glas, und ein Mitarbeiter des Sicherheitsdienstes war stets vor Ort. Auf der einen Seite der Station waren hochgradig gefährdete Patienten wie Heather untergebracht, auf der anderen diejenigen, die nicht mehr in dem Maße überwacht werden mussten. Sobald sich ihr Zustand weiter besserte, wurden sie in den nächsten Stock verlegt, wo sie mehr Freiheiten hatten.

Die Krankenschwester durchsuchte die Tasche, die Daniel für Heather mitgebracht hatte, um sicherzugehen, dass sich nichts darin befand, mit dem sie sich selbst verletzen konnte. Sie nahm das Hochzeitsfoto aus dem Rahmen und zog den Gürtel aus dem Morgenmantel. Als die Schwester fertig war, führte ich Daniel in eine Nische im Eingangsbereich, wo sie etwas ungestörter, aber immer noch in Sichtweite wären, dann holte ich Heather.

Als ich die Tür zum Krisenzimmer aufschloss, betrachtete ich sie kurz. Sie lag immer noch zu einer Kugel zusammengerollt da, die blassen Arme um ihren Oberkörper geschlungen, so dass die zierlichen Hände auf den Schultern lagen, als versuchte sie, sich selbst zusammenzuhalten.

»Heather, fühlen Sie sich jetzt einem Besuch von Daniel gewachsen?«

Beim Klang meiner Stimme zuckte sie zusammen und drehte sich langsam um. Bittend und mit feuchten Augen sah sie mich an. »Ich muss ihn sehen.«

»Gut, aber Sie müssen mit mir kommen, da in den Krisenzimmern keine Besucher zugelassen sind. Fühlen Sie sich stark genug, um aufzustehen?«

Sie richtete sich bereits auf.

Als wir den Eingangsbereich betraten, sprang Daniel auf – und erstarrte, als er sah, wie seine Frau langsam an meiner Seite auf ihn zuschlurfte. Sein Blick fiel auf die Verbände an ihren Handgelenken, den blauen Krankenhauspyjama, die Decke, die sie um die Schultern gelegt hatte wie eine alte Frau einen Schal.

»Daniel!«, rief sie.

»Ach, Schatz«, sagte er, als er sie in die Arme schloss. »Du darfst mir nie wieder solche Angst einjagen.«

Sobald die Patienten ein paar Tage hier sind, lassen wir sie mit ihren Besuchern allein, aber ich wollte sehen, wie Daniel und Heather miteinander umgingen – für den Fall, dass Daniel Teil des Problems war. Ich setzte mich ein wenig abseits in einen der Sessel.

Daniel half Heather vorsichtig, sich zu setzen, ehe er selbst Platz nahm. Heather legte den Kopf an seine Schulter, und er schlang den Arm um sie und hielt sie fest.

»Es tut mir leid, Daniel.« Heathers Stimme war rau. »Ich

hasse es, was ich dir antue. Dass du dich die ganze Zeit um mich kümmern musst.«

Ein Alarmsignal. Selbstmordpatienten versuchen sich davon zu überzeugen, dass andere Menschen ohne sie besser dran sind.

»Sag doch nicht so etwas«, sagte Daniel. »Ich liebe dich. Ich werde nirgendwo hingehen. Ich werde mich immer um dich kümmern.« Als wollte er seine Worte bekräftigen, zog er ihr die Decke über die Schultern, stopfte sie an ihrem Hals fest, wo der Krankenhauspyjama offen stand und ihr sich spitz abzeichnendes Schlüsselbein zu sehen war.

Offensichtlich fürchtete sie sich nicht vor Daniel, also beschloss ich, sie allein zu lassen und meine Visite zu beenden. Doch dann sagte Heather ganz leise etwas, das meine Aufmerksamkeit weckte.

»Ich habe der Ärztin gesagt, dass sie ständig anrufen.«

»Was hast du ihr erzählt?« Daniel klang nicht erschrocken, nur ein wenig besorgt.

»Nicht viel, glaube ich ... ich bin so durcheinander, und mein Kopf fühlt sich ganz komisch an. Bist du mir böse?«

»Ich bin dir nicht böse, Liebes. Aber vielleicht solltest du jetzt gar nicht über das alles nachdenken, sondern nur daran, wieder gesund zu werden. Über alles andere können wir ein anderes Mal reden.« Er sah sie ernst an, als wollte er sichergehen, dass sie ihn verstand.

»Glaubst du, Emily weiß ... was ich getan habe?«

»Nein, wahrscheinlich haben sie ihr im Zentrum nichts erzählt.«

Heather nickte, dann schaute sie zur Kamera in der Ecke hoch. Sie hatte bereits einen Blick darauf geworfen, als sie sich hingesetzt hatte, und ich überlegte, ob sie schon einmal in einem Behandlungszentrum gewesen war, in dem die Patienten überwacht wurden.

»Gibt es vielleicht jemanden, den ich für Sie informieren kann?«, fragte ich.

Heather sah zu Daniel. Er schüttelte den Kopf, nur eine winzige Bewegung, doch sie nickte und fügte sich seinem Schweigen, worüber auch immer.

Ich sagte: »Es würde Heathers Behandlung sehr erleichtern, wenn ich wüsste, ob Sie irgendwo eine Therapie machen.«

Heather legte Daniel eine Hand aufs Bein und sah ihn bittend an. Daniel starrte auf ihre Verbände, dann drehte er sich zu mir um.

»Wir haben früher in einem spirituellen Zentrum gelebt, draußen in Jordan River. Als Heather schwanger wurde, sind wir gegangen, weil sie das Baby nicht dort bekommen wollte. Ein paar von den Mitgliedern haben angerufen, um zu hören, ob es uns gutgeht. Es sind nette Leute.«

Ich hatte gehört, dass es da in Jordan River ein Zentrum gab, eine Art spirituelle Lebensgemeinschaft, die einen guten Ruf genoss, aber sehr viel mehr wusste ich nicht darüber.

Heather hatte wieder angefangen zu weinen. Ihre Schultern bebten.

»Sie haben mir das Gefühl gegeben, es sei meine Schuld, dass ich das Baby verloren habe.«

»Sie glauben überhaupt nicht, dass es deine Schuld ist – niemand denkt das«, widersprach Daniel. »Sie versuchen nur, zu helfen, Liebste. Du hast das alles ganz wunderbar gemacht.«

Heather weinte nur noch heftiger. Ihr Gesicht war ganz verzerrt.

»Es hat mir nicht gefallen, dass sie uns immer gesagt haben, was wir machen sollen. Sie …«

»Heather, hör auf – du weißt nicht, was du sagst.« Daniel warf mir einen hastigen Blick zu. Er wirkte besorgt und hilflos. »Sie haben Regeln, Dr. Lavoie, aber nur, damit wir uns auf die Workshops konzentrieren können.«

Heather und Daniel waren sich offenkundig nicht einig über das Zentrum, doch sie wollte Daniel in meinem Beisein nicht widersprechen. Immer wieder huschte ihr Blick zu ihm. *Ist es in Ordnung, wenn ich das sage? Liebst du mich noch?*

Dann sah sie ihn fest an und zog die Decke enger um sich. »Sie haben mir nicht erlaubt, mich von Emily zu verabschieden.«

Es war bereits das zweite Mal, dass Heather den Namen Emily erwähnte.

»Emily wollte nicht mit uns gehen, schon vergessen? Es gefällt ihr im Zentrum. Ich weiß, dass du sie vermisst, aber du musst dich um dich selbst kümmern, und um das Bab–«

Heather prallte zurück, als hätte er sie geschlagen.

Daniel sagte: »Ach Schatz, tut mir leid. Es war einfach die Gewohnheit.«

Heathers Blick war erneut trüb und leer geworden. Sie ließ die Hände sinken, die Handflächen geöffnet – der Inbegriff einer Besiegten.

»Es ist meine Schuld, dass ich das Baby verloren habe. Du bist mir böse.«

»Es ist *nicht* deine Schuld, Heather – und ich bin dir nicht böse.« Und in einem Tonfall, der so liebevoll und traurig zugleich war, dass es mir im Herzen weh tat, fügte er hinzu: »Du bist für mich das Wichtigste auf der Welt.«

»Sie haben gesagt, wir sollen bleiben. Sie haben gesagt, es sei besser für unser Baby – und vielleicht hatten sie recht.

Ich habe dich überredet, wegzugehen, und jetzt ist das Baby tot.«

»Heather, hör auf.« Daniel rieb ihren Rücken. »Sag doch nicht so etwas.« Er schob sein Gesicht dicht an ihres. »Hey, sieh mich an.« Doch Heather starrte nur mit ausdrucksloser Miene auf die Wand.

Ich wollte nicht zu sehr drängen, vor allem, da Heather begann, sich zurückzuziehen, aber ich machte mir Sorgen, warum sie sich so sehr die Schuld für den Verlust des Kindes gab.

»Warum wollten Sie das Zentrum verlassen, Heather?«

Sie begann, hin- und herzuschaukeln, die Arme um den Körper geschlungen.

»Sie sagten, *alle* Erwachsenen seien die Eltern des Kindes. Jeder hilft dabei, es aufzuziehen. Und es darf nicht einmal bei dir bleiben.«

Ihre entsetzte Miene verriet deutlich, dass ihr das ganz und gar nicht gefallen hatte.

»Im Zentrum glauben sie, dass es für das spirituelle Wachstum des Kindes besser ist, von vielen Herzen geliebt zu werden«, sagte Daniel. »Sie haben sehr gut ausgebildete Betreuer.«

In diesem Zentrum schien ein strenges Regiment zu herrschen. Ich wandte mich an Heather.

»Aber Sie wollten Ihr Kind mit niemandem teilen?«

Sie nickte und schielte zu Daniel hinüber, der wieder Heathers Verbände anstarrte. Sie sah aus, als wollte sie sich noch mehr erklären, doch dann streckte sie den Arm aus und ergriff Daniels Hand. Er drückte sie kurz.

»Ich glaube trotzdem, dass ich einen Fehler gemacht habe«, sagte sie. »Wir hätten bleiben sollen. Dann hätte ich keine Fehlgeburt gehabt.«

»Woher wollen Sie wissen, dass Sie keine Fehlgeburt gehabt hätten, wenn Sie geblieben wären? Hat man Ihnen tatsächlich erzählt, Sie seien dafür verantwortlich?«

»Sie haben nicht gesagt, es wäre unser Fehler«, sagte Daniel. »Sie haben sich nur Sorgen gemacht, dass Heather sich durch den Auszug überanstrengt hat.«

Mit anderen Worten, sie hatten durchblicken lassen, dass es *doch* ihre Schuld war.

»Wie nennt sich dieses Zentrum?«, fragte ich.

Daniel richtete sich stolz auf und bog die Schultern zurück. »The River of Life Spiritual Center.«

In einem verborgenen Winkel meines Bewusstseins klingelte es, gefolgt von einem unbehaglichen Gefühl in meinem Bauch.

»Wer leitet es?«

»Aaron Quinn. Er leitet auch alle Therapien im Zentrum.«

Aaron Quinn. Er hat Aaron Quinn gesagt.

Es konnte nicht derselbe Mann sein.

Heathers Stimme war nicht mehr als ein Flüstern. »Die meisten Mitglieder nennen es die Kommune.«

Die Kommune. Ich hatte diesen Namen seit Jahren nicht mehr gehört. Am liebsten hätte ich ihn nie wieder gehört. Ich starrte Heather an, versuchte nachzudenken, und mein Herz pochte laut in den Ohren.

»Dr. Lavoie?« Heathers blaue Augen spiegelten ihren Kummer und ihren Schmerz. »Glauben Sie, dass es mein Fehler ist, dass mein Baby gestorben ist?«

Ich brauchte eine Sekunde, um meine Gedanken neu zu sammeln. *Du hast eine Patientin, die deine Hilfe braucht.*

»Nein, ich denke nicht, dass es Ihre Schuld ist. Sie haben die Entscheidung getroffen, die Sie für die beste für Ihr

Kind hielten – Sie beide waren einfach nur gute Eltern.« Ich redete noch ein paar Minuten weiter und hörte zu, wie die ermutigenden Worte aus meinem Mund kamen. Doch die ganze Zeit über war mein Kopf von einem dumpfen Tosen erfüllt – dem Geräusch, das entsteht, wenn das Schicksal und das Leben aufeinanderprallen. Ich konnte ihnen unmöglich erzählen, dass ich Aaron Quinn kannte.

Ich wusste genau, wer er war.

2. Kapitel

Mit fünfundzwanzig machte ich an der Universität von Victoria meinen Abschluss. Ich hatte gelernt, mit engen Korridoren und Treppen klarzukommen, meistens, indem ich ihnen auswich. Während der Abschlussprüfungen jedoch waren alle Parkplätze im Freien besetzt, und dieses eine Mal war ich gezwungen, in der Tiefgarage zu parken. In dem dunklen Gewölbe wurde ich von Panik überwältigt und schaffte es nicht, den Fahrstuhl zu betreten, also lief ich den ganzen langen Weg außen um das Gebäude herum. Ich hyperventilierte beinahe, und mein Haar war völlig nassgeschwitzt, so dass alle Studenten, an denen ich vorbeikam, mich anstarrten. Ich kam zu spät zur Prüfung, die Tür war bereits geschlossen, und ich fiel in diesem Kurs durch. Es war eine demütigende Erfahrung, und kurz darauf begann ich eine Therapie.

Als ich mit dem Therapeuten über meine Kindheit sprach, vertraute ich ihm an, dass meine Mutter mit mir und meinem Bruder in eine Kommune gezogen war, als ich dreizehn war. Die Kommune, die von einem Mann namens Aaron Quinn geleitet wurde, hatte sich am Ufer des Koksilah-Flusses am Rand von Shawnigan Lake eingerichtet, einer kleinen Gemeinde etwa dreißig Minuten nördlich von Victoria an der Südspitze von Vancouver Island. Wir lebten acht Monate dort, bis mein Vater kam, um uns zu holen.

Mein Therapeut war von dieser Periode meines Lebens

ganz fasziniert und wollte sie näher untersuchen, vor allem, weil ich nicht genau benennen konnte, wann meine Klaustrophobie entstanden war. Doch ich erinnerte mich deutlich daran, wie kompliziert mein Leben dadurch wurde, als wir wieder zu Hause waren. Ich schlief mit einem Nachtlicht und bei geöffneter Tür – ich konnte nicht einmal den Stall ausmisten, ohne zu hyperventilieren, und Robbie, mein Bruder, musste diese Aufgabe für mich übernehmen.

Mein Therapeut war der Ansicht, meine Klaustrophobie deute auf ein verdrängtes Trauma hin, auf irgendetwas, das in dieser Kommune geschehen war, und schlug vor, wir sollten es mit Hypnose versuchen, um an meine vergrabenen Erinnerungen heranzukommen. In jener Zeit waren solche Therapiemethoden sehr beliebt, in denen es darum ging, verschüttete Erinnerungen freizulegen, und er hatte das Gefühl, dass es für mich der beste Weg sei. Zuerst hatte ich gezögert – schmerzhafte Erinnerungen hatte ich bereits mehr als genug.

In einer Familie wie der meinen heranzuwachsen war nicht leicht gewesen. Mein Vater, ein pingeliger Deutscher, war schwer zufriedenzustellen und leicht zu verärgern. Sein Zorn schlug häufig in Gewalt um, und mein Bruder und ich verbrachten einen Großteil unserer Kindheit damit, uns zu verstecken, während er betrunken Amok lief, seine gewaltigen Fäuste in die Fenster hieb oder unsere Mutter verprügelte. Wenn wir dazwischengingen, schrie sie nur, wir würden es noch schlimmer machen. Er arbeitete auf einem Fischkutter, und meine Mutter, die unausgeglichen war, wenn er da war, geriet völlig außer Kontrolle, wenn er weg war. Entweder war sie in übertriebener Hochstimmung, kaufte uns Geschenke, die wir uns nicht leisten konnten, und machte mit uns Ausflüge auf der ganzen Insel, oder sie schloss sich tagelang in ihrem Zimmer ein, zog die Vorhänge vor und versperrte die Tür. Sie drohte oft damit, sich umzubringen, die Tabletten schon in der Hand, während wir sie anbettelten, es nicht zu tun, bis sie uns schließlich die Pillen gab. Zu anderen Zeiten verschwand sie mit dem Truck, betrunken oder unter Medikamenteneinfluss, und kehrte erst am nächsten Morgen zurück. Heute würde ich sie als manisch-depressiv bezeichnen, aber damals wussten wir nur, dass die Launen meiner Mutter einem rutschigen Abhang glichen und dass wir nie wussten, wo sie landen würde.

Die einzige Person, auf die ich mich verlassen konnte, war Robbie, mein drei Jahre älterer Bruder, dem ich überallhin folgte. Er war mein bester Freund, mein einziger Freund, denn wir wuchsen auf einer Ranch auf, und unsere Schulfreunde wohnten meilenweit entfernt. Obwohl wir sehr verschieden waren, ich mit meiner Liebe für Bücher und die Schule, er mit seiner Leidenschaft für Technik und Holzarbeiten, streiften wir stundenlang zusammen durch die Wälder, bauten Forts und spielten Räuber und Gendarm. Robbie wollte zu den Marines, sobald er achtzehn war, aber ich hoffte insgeheim, dass er es sich bis dahin anders überlegen würde. Ich wusste nicht, wie ich ohne ihn überleben sollte.

Eines Tages im Februar, kurz vor meinen dreizehnten Geburtstag, war mein Vater mit dem Fischkutter unterwegs, und wir fuhren mit meiner Mom zum Einkaufen in den Ort. Robbie wartete im Truck. Mom hatte gerade eine ihrer schlechten Phasen, was bedeutete, dass sie seit Tagen kaum etwas gegessen hatte – und wir auch nicht – und jetzt lustlos ein paar Dinge einpackte: Makkaroni mit Käse, Tomatensuppe, Brot, Erdnussbutter, Würstchen, Hot-Dog-Brötchen, Cornflakes. Ihre glatten, schwarzen Haare, die normalerweise einen seidigen Glanz hatten, hingen matt und strähnig herunter. Mom bekam bereits mit dreißig die ersten grauen Haare, doch sie lebte nicht lange genug, damit sie völlig silbrig wurden. Als ich ebenfalls recht früh zu ergrauen begann, färbte ich mir jahrelang die Haare und fragte mich dabei manchmal, ob ich das vielleicht weniger aus Eitelkeit tat denn aus Furcht, wie meine Mutter zu werden.

An diesem Tag waren ein paar junge Männer im Laden. Sie trugen verschossene Schlaghosen und weite Hemden im Kaftanstil, Ponchos anstelle von Jacken und komische Strickmützen. Ihre Haare waren beinahe so lang wie die meiner Mutter. Damals, Ende der sechziger Jahre, war es nichts Ungewöhnliches, Hippies in der Stadt zu sehen, und ich war jedes Mal fasziniert von ihnen. Ich blätterte in ein paar Zeitschriften am Tresen, während ich beobachtete, wie meine Mom mit den ernsthaften jungen Männern sprach. Ich war es gewöhnt, dass Männer meiner Mutter ihre Aufmerksamkeit schenkten. Mit ihren blassblauen Augen, dem langen, dunklen Haar und dem von der Arbeit auf der Ranch schlanken Körper zog sie stets die Aufmerksamkeit auf sich, doch dieses Mal schien der Ton der Unterhaltung irgendwie anders zu sein als sonst. Obwohl es draußen kalt war, trugen die Männer Sandalen, und ich konnte nicht aufhören, auf ihre Füße zu starren.

Ich weiß nicht, was sie zu meiner Mom gesagt hatten, aber als wir nach Hause fuhren, hatte sich ihre vorher düstere Stimmung in ein Hoch verwandelt, und sie bretterte lachend um die Kurven. Ihre Augen waren einen Tick zu strahlend, als sie uns Kinder aufzog und uns »Angsthasen« nannte, weil wir verängstigt daneben saßen. Robbie versuchte, seine Furcht nicht zu zeigen, aber die Knöchel der Hand, mit der er den Türgriff des Trucks umklammerte, waren weiß. Den anderen Arm hatte er um meine Schultern gelegt und hielt mich fest. Es war nicht das erste Mal, dass sie uns auf eine ihrer wilden Fahrten mitnahm.

Jahre später, als ich Mitte zwanzig war, starb meine Mutter bei einem Unfall. Auf der nassen Straße geriet sie ins Schleudern, verlor die Kontrolle über den Wagen und prallte mit hundert gegen einen Baum. Ich habe den Polizeibericht gelesen, es gab keinerlei Schleuderspuren: Sie hatte gar nicht versucht, zu bremsen. Damals versuchte sie es auch nicht.

Als wir endlich zu Hause angekommen waren, kletterte Robbie aus dem Truck, und ich rutschte auf wackeligen Beinen hinterher. Mom war bereits herausgesprungen und knallte die Tür hinter sich zu. Wir folgten ihr ins Haus, ein kleines Ranchhaus mit einer Verkleidung aus Zedern-Schindeln, schiefen Fußböden und so vielen undichten Stellen, dass wir bei Regen überall im Haus Eimer aufstellen mussten. Mom stürmte in ihr Schlafzimmer und schmiss Kleider in einen Koffer.

Robbie fragte: »Mom, was tust du da?«

»Wir werden von hier verschwinden. Packt eure Sachen.«

»Machen wir einen Ausflug?«

»Packt alles ein – wir kommen nicht zurück.«

Robbie machte ein erschrockenes Gesicht. »Wir können Dad doch nicht einfach …«

Sie hielt inne und drehte sich zu uns um. »Er lässt uns monatelang allein – ich kann so nicht länger leben. Wir ziehen zu ein paar Leuten draußen am Fluss.«

Ein verwirrendes Gedanken-Kaleidoskop setzte bei mir ein. Würde sie sich von unserem Dad scheiden lassen? Was für Leute? Meinte sie die Hippies, die wir getroffen hatten?

»Das ist eine Revolution«, erklärte sie, »und wir werden Teil davon sein. Wir werden die Welt verändern, Kinder.«

Robbie und ich wussten beide, dass sich bei ihr gar nichts ändern würde, außer vermutlich ihre Stimmung am nächsten Tag, aber wir wussten auch, dass es am besten war, einfach mitzuziehen. Irgendwann würde sie sich wieder beruhigen, und dann würden wir wieder nach Hause kommen.

Jetzt zerrte sie ein paar alte Koffer aus dem Schrank und drückte sie uns in die Hand. »Packt eure Sachen und alles, was ihr mitnehmen wollt.«

Robbie und ich sahen uns an, dann nickte er: *Tu einfach, was sie sagt, das geht schon in Ordnung.* Ich hatte Angst, aber ich vertraute Robbie.

Alles, was ich einpackte, waren ein paar Klamotten und meine Bücher. Als wir fertig waren, fanden wir Mom draußen beim Truck. Ihren Koffer und Taschen voller Essen hatte sie bereits hinten reingeworfen. Unser Hund Jake, ein schwarzer Bordercollie-Mischling mit einem blauen und einem braunen Auge, folgte uns aus dem Haus, wedelte zaghaft mit dem Schwanz und winselte besorgt. Ich fürchtete, sie könnte ihn zurücklassen – wir hatten zwei Katzen, Jake und ein paar Pferde –, und fragte: »Was ist mit den Tieren?«

Sie war gerade dabei, ein paar von Dads Werkzeugen in den Truck zu werfen, und hielt mitten in der Bewegung inne. Sie machte ein verwirrtes Gesicht, als würde sie in diesem Moment zum ersten Mal an unsere Tiere denken. Kurz darauf sagte sie: »Wir nehmen sie mit. Sie sollen auch frei sein.« Sie wandte sich um, ihre Augen leuchteten fiebrig vor Erregung, die Haut war mit einem dünnen Schweißfilm bedeckt. »Ihr Kinder wisst gar nicht, wie viel Glück ihr habt. Ihr werdet etwas ganz *Unglaubliches* erleben. Euer Leben wird sich für immer verändern.«

Das Camp der Kommune befand sich auf einer Lichtung neben dem Fluss, verborgen hinter einer dichten Mauer aus Wald. Ganz in der Nähe verlief eine Schotterpiste, die zum Glen Eagle Mountain hinaufführte und die vor allem von Holzschwertransportern genutzt wurde. Der Fluss führte an einer Seite der Lichtung vorbei, und durch die Bäume erhaschte ich einen Blick auf jadegrüne, natürliche Schwimmbecken. Von der Mitte des Camps aus öffnete sich der Wald zum Fluss hin, und ich konnte die sandige Böschung erkennen, an der das Winterhochwasser hier und da einen toten Baum angespült hatte. Ein Baum diente als improvisierter Wäscheständer, während eine Frau im Fluss die Wäsche wusch. Seifenblasen tanzten mit der Strömung davon. Auf der anderen Seite des Flusses war die Böschung hoch und steil, Bäume und Farne klammerten sich in den Mutterboden, der unter ihren Wurzeln erodierte.

In dem Camp lebten mindestens zwei Dutzend Menschen. Die Frauen trugen weite Kleider und Röcke und hatten lange Haare. Die Männer steckten in abgeschnittenen Jeans, ihre Oberkörper waren nackt, und sie hatten ebenfalls lange Haare und Bärte. Katzen, Hunde, Hühner und Kinder liefen durcheinander, und die Luft schwirrte vor Energie, dass ich fast glaubte, sie mit den Händen greifen zu können. Es war kalt, und in der Woche zuvor hatte es geschneit, trotzdem lebten ein paar Leute in Zelten. Zwei alte Schulbusse waren in Schlafräume umgewandelt worden, und es gab Anzeichen, dass sie weitere Hütten bauten. Ein paar Pferde grasten auf einer Wiese rechts von der Hauptlichtung. Ich sah einen Traktor und Pferche mit Ziegen und Schweinen.

Ein Grüppchen kam zu uns, um uns zu begrüßen. Sie umarmten uns, berührten und streichelten unser Haar, als sie uns in ihrem Lager willkommen hießen. Eine blonde

Frau, die nach Zeder und Rauch roch, wandte sich an meine Mutter.

»Frieden, Schwester. Wie heißt du?«

»Kate. Dies sind meine Kinder, Nadine und Robbie.«

Die Frau lächelte. »Willkommen, Kate. Ich bin Joy.«

Ein großer Junge mit roten Haaren und Sommersprossen, der in Robbies Alter sein musste, trat vor und stellte sich als Levi vor. Er klopfte Robbie auf die Schulter. »Willkommen in unserem Camp, Mann. Willst du ein paar coole Girls kennenlernen?«

Als sie davongingen, rief ich: »Robbie, warte!« Aber er war bereits außer Hörweite und ging auf ein paar Mädchen im Teenageralter zu, die von seinem Anblick höchst erfreut schienen. Seit er sechzehn war, liefen ihm die Mädchen scharenweise nach – er war hochgewachsen, und von der Arbeit auf unserer Ranch hatte er ordentlich Muskeln. Zerzaustes, schwarzes Haar rahmte sein Gesicht ein, und er trug ständig einen finsteren Harter-Junge-Blick zur Schau, so dass er aussah wie ein schlechtgelaunter Rockstar.

Mom folgte Joy zu einer der Hütten und winkte mich hinterher.

»Du hast gesagt, wir müssen erst die Pferde aus dem Anhänger holen«, sagte ich.

Über die Schulter gewandt antwortete sie: »Das machen wir gleich.« Dann wandte sie sich wieder an Joy: »Für Nadine muss immer alles genau nach Plan gehen.«

Das stimmte. Ich suchte Trost in Regeln, in der Naturwissenschaft und der Mathematik. Mit einer Mutter, die so launenhaft war wie meine, war ich ständig auf der Suche nach Gewissheiten. Ich blieb neben dem Truck stehen und wünschte, Mom hätte die Schlüssel hiergelassen. Ich mochte das Camp nicht, mochte nicht, wie es roch, diesen bitteren, metallischen Geruch. Denselben Geruch verströmte meine Mutter in ihren manischen Phasen.

Dann erblickte ich einen attraktiven jungen Mann, vielleicht Anfang zwanzig, der auf einem Holzblock am Rand der Lichtung saß. Die Wintersonne fiel schräg durch die Tannen und verlieh seiner dichten schokoladenbraunen Mähne einen intensiven Schimmer und tauchte seine Gesichtszüge in warmes Licht. Seine dunkelbraunen Augen mit den langen Wimpern hatten einen fast schläfrigen Ausdruck, die Wangenknochen waren hoch und malten Schatten und Mulden auf sein Gesicht. Die Lippen des vollen Mundes wiesen eine perfekte Symmetrie auf, die Mundwinkel waren leicht nach unten gezogen. Er trug ebenfalls einen Vollbart, der etwas dunkler war als seine Haare, außerdem Jeans, eine lohfarbene Cordjacke und ein Lederband um den Hals. Er beobachtete mich, eine alte Gitarre in den Händen, den bestickten Riemen über der Brust. Er lächelte und winkte mich zu sich. Ich wollte beim Truck bleiben und schüttelte den Kopf. Er zuckte die Achseln, zwinkerte mir zu und begann, auf der Gitarre zu klimpern und leise zu singen.

Jake, der zu meinen Füßen Wache hielt, zockelte zu ihm. Der Mann unterbrach sein Lied und kraulte Jakes Nackenfell. Normalerweise mochte Jake keine Fremden, aber jetzt warf er sich auf den Rücken und wälzte sich am Boden. Der Mann lachte und rieb ihm mit dem Fuß den Bauch. Ich war von Natur aus ein vorsichtiges, misstrauisches Kind. Doch als der Mann den Kopf hob und fragte: »Wie heißt er?«, verließ ich die Sicherheit des Trucks.

3. Kapitel

Ich versicherte Heather und Daniel, dass Heather hier auf der Station gut aufgehoben sei, und erinnerte sie daran, dass alles, was sie mir erzählten, mir bei der Behandlung helfen würde. Anschließend beendete ich meine Visite und trug meine Notizen in die Patientenakten ein. Die ganze Zeit über versuchte ich, das immer stärker werdende Gefühl von Beklemmung zu ignorieren, ebenso wie die Frage, die sich vehement in mein Bewusstsein drängte.

Können das tatsächlich dieselben Leute sein?

Schließlich hatte ich auch alle Termine beim Mental Health Service hinter mich gebracht und machte Feierabend. Jeden Abend, wenn ich von der Arbeit kam, machte ich einen Abstecher zur Pandora Street, wo die Obdachlosen kampierten, und suchte nach der hochgewachsenen Gestalt meiner Tochter Lisa. Sie wurde in diesem März fünfundzwanzig, und ich fragte mich dieselben Dinge, die ich mich jedes Jahr fragte, seit sie mit achtzehn ihre Sachen gepackt hatte: Würde ich sie an dem Tag sehen? Würde sie anrufen? Und im Hintergrund schwang wie immer der noch beängstigendere Gedanke mit: *Würde sie ihren nächsten Geburtstag noch erleben?* Jedes Mal, wenn das Telefon klingelte, hielt ich den Atem an und fürchtete, die Polizei würde mir mitteilen, dass man ihre Leiche gefunden habe.

Ich stellte den Wagen ab und schlenderte die Straße

auf und ab. Ich musterte die Pulks der Straßenkinder und überlegte, ob deren Eltern wohl auch bis spät in die Nacht wach lagen und sich sorgten. Es war kalt, und ich war müde und hungrig, aber ich zog noch eine weitere Runde um den Block, beäugte unförmige Menschenbündel, die unter schmutzigen Decken schliefen und von denen nur das strähnige, ungewaschene Haar und die zerkratzten Arme zu sehen waren. Hoffnung wogte in mir auf, als ich eine junge Frau sah, gefolgt von einer brennenden Verzweiflung, als ich begriff, dass es nicht Lisa war. Ich hatte keine Ahnung gehabt, wie unüberschaubar die Straßen von Victoria waren, bis mein Kind darin verlorenging; hatte nicht gewusst, wie viele dunkle Gassen und verlassene Gebäude es gab oder wie hilflos ich mich deswegen fühlen würde.

Als ich Lisa nirgendwo fand, fuhr ich nach Hause. Am ersten Dezember war ich aus Nanaimo, einer Stadt etwa eineinhalb Stunden nördlich von Victoria, hierhergezogen, in der Hoffnung, irgendwie den Kontakt zu ihr herzustellen. Bis zum Juli davor, bevor ich mich endgültig zu diesem Schritt entschlossen hatte, hatte ich meine Praxis weitergeführt, da ich meine Klienten nicht ohne Unterstützung lassen wollte. Sobald ich alle verbliebenen Klienten an einen ausgezeichneten Therapeuten in der Stadt übergeben hatte, hatte ich mir den Rest des Sommers freigenommen und war umhergereist. Im Herbst hatte ich mein Haus zum Verkauf angeboten, immer noch mit dem Plan, eine Privatpraxis in Victoria zu eröffnen, als eine Stelle in der Erwachsenenpsychiatrie des St. Adrian's Hospital frei wurde. Kurz darauf war mein Haus verkauft.

Jetzt war es Februar, mehr als zwei Monate später, und ich hatte mich immer noch nicht in Fairfield, meinem neuen Viertel in Victoria, eingelebt. Es war eine reizende Gegend mit baumgesäumten Straßen zwischen Oak Bay, James Bay, Rockland und dem Beacon Hill Park und grenzte im Süden direkt an die Küste der Juan-de-Fuca-Meerenge. Normalerweise ließ ich mir Zeit, damit ich all die denkmalgeschützten Häuser bewundern konnte, doch heute war ich zu abgelenkt und seufzte erleichtert, als ich auf der Auffahrt zu meinem neuen Haus anhielt.

In einer Straße mit älteren viktorianischen Häusern gelegen, war es in einem Mix aus traditionellem Westküstenstil und modernen Asia-Elementen erbaut. Überall scharfe Kanten, goldgestrichene Holzverkleidung im unteren Bereich, stahlblaue Plankenverkleidung in der oberen Hälfte, dazu große Glasfronten mit breiten weißen Rahmen. Das Aluminiumdach lag wie ein silberner Schrägstrich darüber, und es gab sogar eine Dachterrasse für den morgendlichen Tee. Bambus in großen schwarzen Keramiktöpfen säumte die Vordertreppe und den Fußweg und setzte sich in einem bernsteinfarbenen Holzzaun und einem Tor mit schwarzen Beschlägen fort. Die Garage auf der Rückseite war zu einem Gartenschuppen umgebaut worden, der sich perfekt für mein neues Hobby eignete – dem Ziehen von Bonsais, einer Kunst, die ich schon immer bewundert hatte und noch längst nicht beherrschte. Ich hatte aus Spaß einmal einen Kurs besucht und am Ende festgestellt, dass mich diese Tätigkeit ungeheuer entspannte. Ich verbrachte so viel Zeit mit Kopfarbeit, dass es guttat, zur Abwechslung etwas Kreatives zu machen. Das sorgfältige Formen und Kultivieren eines Baumes über einen langen Zeitraum gemahnte mich außerdem daran, meinen Patienten gegenüber Geduld aufzubringen.

Ehe ich aus dem Wagen stieg, vergewisserte ich mich mit einem raschen Blick in die Spiegel, dass niemand mir auflauerte. Letzten Sommer war ich in Nanaimo vor meiner Praxis überfallen worden – ein weiterer Grund für mich umzuziehen, obwohl ich zu dem Zeitpunkt bereits darüber nachgedacht hatte. Ich hatte mir damals nichts gebrochen, aber ich war bewusstlos geschlagen worden und hatte den Angreifer nie gesehen. Eine Klientin hatte zu dieser Zeit ziemliche Probleme mit ihrem leiblichen Vater, und zunächst verdächtigte man ihn, hinter dem Überfall zu stecken. Doch im Laufe der Ermittlungen erschien das immer unwahrscheinlicher. Eine weitere Patientin hatte kurz zuvor ihren gewalttätigen Mann verlassen. Als er in die Praxis kam, um mich zur Rede zu stellen, weigerte ich mich, ihm zu erzählen, wo sie war. Eine Woche später wurde ich überfallen. Die Polizei konnte nicht beweisen, dass er es war, aber ich war mir dessen sicher.

Ich schloss die Haustür auf, hielt jedoch inne, als mir eine schwarze, offensichtlich herrenlose Katze auffiel, die nur noch aus Haut und Knochen zu bestehen schien und gerade über die Straße in Richtung Ross-Bay-Friedhof bummelte. Hoffentlich hatte sie irgendwo einen warmen Unterschlupf. Meine letzte Katze, Silky, war im Juni gestorben, und ich hatte es nicht übers Herz gebracht, eine neue zu adoptieren. Ich redete mir ein, es läge daran, dass ich reisen wollte, doch ich wusste, dass ich in Wirklichkeit noch nicht bereit dazu war. In der Sicherheit meines Hauses nahm ich ein Bad, um den Geruch der Klinik abzuwaschen, zog mein taubengraues Lieblings-Yoga-Outfit an, bereitete mir eine Tasse Tee, und dann, erst dann, gestattete ich mir, darüber nachzudenken, was ich im Krankenhaus erfahren hatte – und was ich deswegen unternehmen sollte.

Meine Mutter hatte uns erzählt, dass die Kommune nach Victoria umgezogen war, kurz nachdem wir sie verlassen hatten, und ich hatte angenommen, dass sie sich irgendwann aufgelöst hätte. Einmal, mit Anfang zwanzig, fuhr ich mit einem Freund auf der Suche nach einer guten Badestelle durch die Berge und erkannte den alten Eingang zum Gelände der Kommune wieder. Er wollte anhalten und sich umschauen, da er Gerüchte von einer Gruppe Hippies gehört hatte, die hier kampiert hätten. Ich verschwieg ihm, dass ich ebenfalls dort gelebt hatte, war aber auch neugierig. Wir liefen auf der Lichtung herum, die mittlerweile ziemlich überwuchert war, und ich kam mir vor wie in einer Geisterstadt. Die Hütten und Schuppen standen leer, die Türen hingen schief in den Angeln, und die Fensterscheiben waren zerschlagen. Unsere Stimmen verloren sich im stillen Wald. Mir wurde immer beklommener zumute, je näher wir dem Fluss kamen, mein Herz raste, und meine Brust wurde eng. Ich überredete meinen Freund, zu verschwinden, und glaubte, allein die Stille und der dunkle Wald hätten mir Angst gemacht.

Erst Jahre später sprach ich mit meinem Therapeuten über die Monate, die ich in der Kommune verbracht hatte. Ich erzählte ihm alles, an das ich mich von dem Ort und den anderen Mitgliedern noch erinnerte, von meinem Bruder und meiner Mutter, wie wir im Fluss schwammen, von den Lagerfeuern bis spät in die Nacht. Doch ich konnte mich an kein einziges besonderes Erlebnis erinnern, das meine Klaustrophobie hätte erklären können, nicht einmal endlose Hypnosesitzungen förderten etwas zutage. Da war lediglich dieses unbestimmte Gefühl, dass mir einige der Dinge, die die Erwachsenen getan hatten, nicht gefallen hatten. Und dass ich mich in Aarons und Josephs Gegenwart unbehaglich gefühlt hatte – jenes jungen Mannes, den ich am ersten Tag kennengelernt hatte, und seines jüngeren Bruders. Manchmal glaubte ich, ich könnte das eine oder andere vergessen haben, wie Leerstellen in meiner Lebenschronik, aber nichts, was ich näher hätte benennen können.

Und jetzt sollten sie immer noch in der Nähe von Victoria sein? Ich konnte es nicht fassen, war aber auch neugierig, wie die Kommune heute war und ob immer noch dieselben Menschen dort lebten.

An diesem Abend ging ich ins Internet und erfuhr einiges über das River of Life Spiritual Center. Es dauerte nicht lange, bis ich ihre Website gefunden hatte, mit dem Leitsatz: »Wir begleiten Dich auf Deinem Weg zur Erleuchtung.« Es gab herrliche Bilder von der Kommune, die rund 100 Hektar Land an der Mündung des Flusses besaß. Ich war seit Jahren nicht mehr in dem Ort Jordan River gewesen, doch ich erinnerte mich, dass es eine kleine Gemeinde etwa eine Stunde westlich von Victoria war. Ursprünglich war es einmal ein Holzfällercamp gewesen, und es gab nicht viel von dem, was ein Ort sonst zu bieten hatte, lediglich ein paar Imbissbuden und einen Gemischtwarenladen.

Das Land der Kommune schien vorwiegend aus Wald und Wanderwegen zu bestehen, allerdings gab es auch große Flächen Farmland, dessen Bewirtschaftung zu ihrem Unterhalt beitrug und Teil des Therapieprogramms war. Es schien ein faszinierender Ort zu sein. Auf der Website wurden anschaulich die Heilkräfte der Erde und die angebotenen Workshops beschrieben, die zu einem für Geist und Seele erfüllten Leben führten. Mit Meditation, spiritueller Erweckung, dem Aufbau von Beziehungen, dem bewussten Leben und Sterben, dem Vermischen von östlicher und westlicher Philosophie könne jeder Einzelne sein persönliches Potential vollkommen ausschöpfen. Es gab Schwitzhütten, Mineralbäder und aufwendig gestaltete Gärten. Die gesunden Mahlzeiten wurden aus dem zubereitet, was auf dem eigenen Land wuchs. Immer wieder wurde die Tugend eines einfachen, ausgewogenen Lebensstils hervorgehoben.

Laut der Website würde man neue Freundschaften schließen und ein größeres Verständnis für sich selbst und das Leben entwickeln, je mehr man von der allumfassenden Welt erfuhr. Man würde neues Selbstvertrauen finden und große persönliche Zufriedenheit erlangen. Mit Nachdruck schrieben die Autoren, dass wir nur die Verwalter der Erde seien und dass die Menschen sich ihrer Verantwortung stellen müssten. Ich dachte an Heathers Worte bei unserem ersten Gespräch: *Wir kümmern uns um die Erde*.

Sie taten auch einiges für die Gemeinde und unterstützten Projekte überall auf der Welt. Es gab Fotos von Menschen, die Gräben aushoben, auf Feldern arbeiteten, Gebäude errichteten. Es gab einen Spendenknopf, und ich überlegte, wie viel Geld wohl tatsächlich aufgewendet wurde, um in notleidenden Ländern zu helfen.

Ich war beeindruckt und überrascht, wie professionell die Kommune seit den sechziger Jahren geworden und zu was sie herangewachsen war. Offensichtlich handelte es sich inzwischen um eine ansehnliche Organisation, mit spirituellen Zentren in drei Ländern, und wahrscheinlich war sie ziemlich wohlhabend. Es gab einen ausgefeilten Online-Katalog, an dessen Anfang ein Brief ihres Leiters, Aaron Quinn, stand.

Ich starrte auf sein Foto. Verschwunden waren die langen Haare und der Bart. Der schneeweiße Schopf war ordentlich gestutzt, genau wie sein Bart, aber er war immer noch ein attraktiver Mann. Er trug einen dunklen Rollkragenpullover und lächelte freundlich in die Kamera, sein Blick strahlte Weisheit aus. Er sah genauso aus, wie er sich darstellte: Wie der Leiter eines Zentrums, das sich der Selbsterkenntnis und Spiritualität verschrieben hatte. Doch als ich seine Gesichtszüge musterte, spürte ich, wie mich etwas auf meinem Stuhl zurückzog, als müsste ich Distanz zwischen uns schaffen.

Ich las sein Grußschreiben. Las, dass er das Zentrum aufgebaut hatte, weil er glaubte, bei der gegenwärtigen Klimakrise sei es wichtiger als je zuvor, die Menschen aufzurütteln und für die Not der Erde empfänglich zu machen. Sie verlangten gewaltige Summen für ihre Workshops und Intensivkurse, die von einem Wochenende bis zu einem Monat dauern konnten – wenn man akzeptiert wurde, denn sie nahmen nur eine bestimmte Anzahl Teilnehmer pro Kurs auf. Wer Mitglied werden wollte, musste sich bewerben und bereit sein, dauerhaft in der Kommune zu leben. Ich fragte mich, nach welchen Kriterien die Mitglieder ausgewählt wurden. Ich fragte mich auch, was wohl aus Joseph geworden war, und versuchte, sein Alter zu berechnen. Wenn er etwa achtzehn gewesen war, als ich ihn kennenlernte, dann wäre er jetzt Ende fünfzig. Aaron war damals zweiundzwanzig und musste jetzt Anfang sechzig sein.

Ich sah mir erneut Aarons Foto an. Als ich an Heather im Krankenhaus dachte, an die Verbände an ihren Handgelenken und an ihre Schuldgefühle wegen ihres toten Kindes, machte sein stilles Lächeln mich plötzlich wütend. Ich schaltete den Computer aus.

4. Kapitel

Am nächsten Morgen erwachte ich spät und unausgeschlafen. Obwohl ich keinen Appetit hatte, zwang ich mich, auf dem Weg zum Krankenhaus einen Muffin zu essen, und spülte ihn mit einem Tee aus einem Eckcafé herunter. Vor der Visite hoffte ich, mit einem meiner Kollegen sprechen zu können. Ich war zu dem Schluss gekommen, dass es für Heather besser wäre, wenn sie eine Ärztin bekäme, die nie etwas mit der Kommune zu tun gehabt hatte, aber ich wollte vorher mit jemand anders darüber reden. Als ich den Korridor entlang auf die geschlossene Abteilung zueilte, kam mir Michelle entgegen. Lächelnd sagte sie: »Guten Morgen, Dr. Lavoie.«

Ich lächelte ebenfalls. »Guten Morgen.«

Sie blieb stehen und betrachtete meinen Schal. »Der gefällt mir. Was für eine wunderschöne Farbe.«

Ich blickte hinunter auf den lavendelfarbenen Stoff. Ich war heute Morgen abgelenkt gewesen und konnte mich kaum daran erinnern, ihn umgelegt zu haben. »Danke. Ich habe ihn schon ewig.«

»Sie sind immer so schön angezogen. Also, ich wünsche Ihnen einen schönen Tag.«

»Ihnen auch.«

Sie ging weiter und ließ mich heiterer zurück, als ich durch die Tür gekommen war. Michelle war einfach wunderbar, so lebensbejahend und anderen Menschen zugewandt. Vor ein paar Tagen hatte ich ihr im Pausenraum erzählt, dass ich diesen Monat fünfundfünfzig würde. Sie hielt inne, den Becher auf halbem Weg zum Mund, und sagte: »Sie wollen mich auf den Arm nehmen. Ich dachte, wir wären etwa gleich alt.«

Michelle war höchstens Mitte vierzig. Ich lachte. »Schön wär's.«

Sie sagte: »Jedenfalls sehen Sie gut aus.«

»Das ist nett von Ihnen.« Ich wusste, dass ich jung für mein Alter aussah – ich pflegte meine Haut gut und ernährte mich gesund. Ich war zwar süchtig nach Popcorn und den Erdnuss-M&Ms, aber das glich ich durch Fahrradfahren und Yoga wieder aus. Mit Mitte vierzig beschloss ich, mir die Mühe des ständigen Haarefärbens zu sparen, und der Silberton, der in allen möglichen Schattierungen schimmerte, von fast schneeweiß um mein Gesicht herum bis fast schwarz an der Unterseite, gefiel mir ausnehmend gut. Früher hatte ich mein Haar immer kurz und asymmetrisch schneiden lassen, doch irgendwann ließ ich es wachsen, und inzwischen fiel es mir bis über die Schultern.

Passend dazu trug ich Kleider in allen Grauschattierungen sowie Stahlblau. Ich bevorzugte einen schicken Vintage-Stil – lange Röcke mit Stiefeln, weite, fließenden Hosen und Tuniken, klotzigen Silberschmuck, Umschlagtücher und Schals, was zu meiner Leidenschaft für Reisen und Kunst passte. Manchmal fragte ich mich, ob ich in einem früheren Leben vielleicht eine Zigeunerin gewesen war. Aber es gab auch noch einen anderen Teil von mir, der liebend gern zu Hause blieb. Wenn wir früher zusammen badeten und den Wein direkt aus der Flasche tranken, sagte Paul immer zu mir: »Du bist eine komplizierte Frau, Nadine. Ich freue mich darauf, den Rest meines Lebens damit zu verbringen, dich zu ergründen.«

Ich empfand einen plötzlichen Stich in meinem Herzen, wie immer, wenn meine Gedanken zu meinem Mann Paul abschweiften, der vor zehn Jahren an Prostatakrebs gestorben war. Er war die Liebe meines Lebens gewesen, und jetzt ersetzten meine Arbeit und meine Patienten mir eine Beziehung.

Enttäuscht musste ich feststellen, dass ich Maurice verpasst hatte, einen Psychiater, der ebenfalls in der Klinik arbeitete. Ich wollte mit ihm über Heather reden, aber er hatte seine Visite schon früh beendet. Während ich noch überlegte, welchen der anderen Ärzte ich sonst noch fragen könnte, rannte ich beinahe in Dr. Kevin Nasser hinein, der gerade aus seinem Büro kam. Als klinischer Psychologe hatte er sein Büro im Hauptteil des Gebäudes.

Kevin streckte den Arm aus, um mich festzuhalten. Seine Hand lag warm auf meiner. »Guten Morgen, Nadine. Wie geht es Ihnen?«

Viele Menschen benutzten diese Standardbegrüßung, ohne sie wirklich ernst zu meinen, doch schon bei unserer ersten Begegnung hatte ich gespürt, dass er aufrichtig an meiner Antwort interessiert war, selbst wenn wir nur Höflichkeiten austauschten.

»Gut, danke. Ist Erick heute im Haus?«

»Er hat für den Rest der Woche frei.« Mein Gesicht musste irgendetwas verraten haben, denn er fragte: »Kann ich Ihnen vielleicht helfen?«

»Ich wollte nur eine zweite Meinung einholen.« Ich blickte den Korridor hinunter zur Station. Ich würde mich bald entscheiden müssen.

»Kommen Sie in mein Büro.« Er öffnete die Tür.

Ich zögerte. Sollte ich die Sache nicht doch besser mit mir

allein ausmachen? Doch da ich immer noch unschlüssig war, wie ich die Situation mit Heather handhaben sollte, trat ich schließlich ein. Ich war nie zuvor in seinem Büro gewesen. Es schien, als habe er versucht, es etwas zu verschönern. In der Ecke stand ein Farn, daneben hing ein Wandteppich, der aussah, als stammte er aus dem Nahen Osten.

Kevin war meinem Blick gefolgt. »Die Patienten sollen sich außer meiner Ganovenvisage noch etwas anderes anschauen können«, lächelte er.

Dabei war er alles andere als hässlich. Gewiss, er war nicht auf klassische Weise schön, nicht wie Daniel Simeon, aber er hatte ein interessantes Gesicht. Seine Züge wirkten beinahe libanesisch, die Nase war breit, die Haut gebräunt, die tiefliegenden Augen waren dunkel. An den Augenwinkeln strahlten feine Linien in alle Richtungen ab. Ich wusste, dass er fünfundvierzig war, aber sein Haar war immer noch pechschwarz ohne eine einzige graue Strähne. Er kleidete sich nicht sehr förmlich und trug meistens dunkle Jeans mit einem netten Hemd und Krawatte, dazu ein lässiges Jackett. Die Brille mit der schmalen, schwarzen Fassung stand ihm gut. Ich hatte bisher nur wenige Male mit ihm gesprochen, doch ich fand ihn freundlich und intelligent.

»Und, wie gefällt Ihnen die Arbeit im Krankenhaus?«, fragte er.

»Sehr gut. Jeder hier gibt mir das Gefühl, willkommen zu sein.«

»Nun, wenn ich Ihnen irgendwie helfen kann, sagen Sie bitte Bescheid.«

Ich lächelte. »Danke.«

»Und wobei brauchen Sie eine zweite Meinung?«

»Eine Patientin, Heather Simeon, wurde vor zwei Nächten nach einem Suizidversuch eingeliefert. Während unseres

Erstgesprächs stellte ich fest, dass ich nicht die geeignete Ärztin für sie bin. Ich würde sie gerne an jemand anders abgeben.« Obwohl wir außerhalb der Station die Patientendaten vertraulich behandeln mussten, durften die Ärzte untereinander über sie reden, da wir als Team arbeiteten.

»Wie kommen Sie darauf?«

»Wir haben einen gemeinsamen Bekannten ...« Warum redete ich um den heißen Brei herum? Ich war ein Profi, er war ein Profi. Es gab keinen Grund, verlegen zu sein.

»Und Sie glauben, deshalb könnte es Ihnen schwerfallen, objektiv zu bleiben?« Er klang freundlich und sachlich. Ich verstand, warum er bei den Patienten so beliebt war.

»Ja, aber es ist etwas kompliziert.« Ich holte tief Luft. »Die Patientin hat bis vor kurzem mit ihrem Mann in einer Kommune in Jordan River gelebt.«

Er runzelte die Stirn. »Sie meinen das River of Life Center?«

»Sie kennen es?«

»Ich habe letztes Jahr bei einem Yoga-Retreat mitgemacht.«

»Was halten Sie davon?«

»Die Leute waren etwas aufdringlich und haben mich nach dem Retreat noch ein paarmal angerufen. Sie wollten, dass ich noch weitere Kurse buche, aber davon abgesehen waren sie ganz in Ordnung. Sie scheinen recht stark von östlicher Philosophie, Hinduismus, Buddhismus und Mystizismus beeinflusst zu sein. Sie stümpern mit einer Art Gestalttherapie herum, aber ich hatte nicht den Eindruck, dass sie irgendeiner Glaubensrichtung besonders anhängen würden. Außerdem«, fügte er hinzu, »engagieren sie sich sehr in der Gemeinde, unterstützen Recycling- und Naturschutzprojekte und haben einen öffentlichen Park angelegt.«

Ich dachte über das nach, was er gesagt hatte. Es passte zu dem, was ich von Heather und durch meine eigenen Nachforschungen im Internet erfahren hatte.

»Was hat denn das Zentrum mit Ihrem Dilemma zu tun?«, fragte er.

»Meine Patientin und ihr Mann lebten dort eine Weile als Mitglieder, und seit sie dort weggegangen sind, scheint man sie zu belästigen.«

Er runzelte die Stirn. »Was für Belästigungen?«

»Soweit ich weiß, sind es vor allem Telefonanrufe, ähnlich wie die, die Sie bekommen haben, aber man scheint die beiden stärker unter Druck zu setzen. Die Leute aus dem Zentrum wollen, dass sie zurückkommen.«

»Wissen Sie, warum die beiden gegangen sind?«

»Meine Patientin war schwanger.« Ich erklärte, was Heather mir über die Ansichten des Zentrums mitgeteilt hatte, und dass sie das Gefühl hatte, die Mitglieder würden ihr die Schuld für die Fehlgeburt geben.

»Wie geht es ihr jetzt? Zeigt sie Anzeichen einer Paranoia?«

»Sie ist verständlicherweise deprimiert. Außerdem zeigt sie einige Symptome einer posttraumatischen Belastungsstörung, und sie ist sehr abhängig von ihrem Mann.« Meine Gedanken schweiften zurück zu unserer Zeit bei der Kommune. Als wir wieder zu Hause waren, wollte meine Mutter anfangs nicht mehr allein in die Stadt fahren und brachte meinen Vater dazu, sie überallhin zu begleiten.

Kevin fragte: »Ist das der Punkt, zu dem Sie eine zweite Meinung hören wollen?«

»Nein, es geht um das Zentrum. Ich kannte den Leiter. Als Teenager war ich …« Wie viel wollte ich preisgeben? Ich redete niemals darüber, nicht einmal mit meinen engsten

Freunden. »Meine Mutter hat sich mit meinem Bruder und mir der Kommune angeschlossen, als wir noch Kinder waren. Wir haben dort acht Monate gelebt.«

Sein Blick wurde mitfühlend. »Klingt, als hätten Sie keine glücklichen Erinnerungen an die Zeit.«

Die Sache war die, dass es sehr wohl ein paar schöne Momente gegeben hatte. Im Fluss zu schwimmen, barfuß mit den anderen Kindern herumzurennen, die Tiere überall – trotzdem war jeder Gedanke an die Kommune von Düsternis überschattet, von einem Gefühl der Bedrohung.

»Es war eine schwere Zeit in unserem Leben, aber ich bin darüber hinweg.«

»Und darum wollen Sie nicht mit dieser Patientin arbeiten?«

»Ich mache mir nur Sorgen, dass ich nicht die richtige Ärztin für sie sein könnte.«

Er nagte an seiner Unterlippe. »Alle Therapeuten in diesem Krankenhaus sind gut, jeder könnte die Patientin behandeln. Und ich verstehe, warum Sie sich zurückziehen wollen, vor allem, wenn Sie glauben, dass das Risiko einer Gegenübertragung besteht.«

Ich nickte. »Natürlich, das ist eine meiner Hauptsorgen.«

»Doch solange Sie denken, dass Sie die nötige Objektivität und ein angemessenes Maß an Distanz aufbringen können …« Psychiater müssen auf der Hut sein, ihre eigenen Gefühle nicht zu zeigen. Wir dürfen erzählen, dass wir Erfahrungen mit Schmerz oder Misshandlung haben, um zu zeigen, dass wir mitfühlen können, aber wir können keine Einzelheiten nennen. »Ich sehe keine ethischen Probleme darin, wenn Sie sie weiterbehandeln. Oder sehen Sie das anders?«

Ich ließ mir seine Worte durch den Kopf gehen und besah mir dabei die Bücher im Regal, von denen einige das Thema Meditation behandelten. Kevin hatte sich auf dialektisch-behaviorale Therapie spezialisiert, bei der übliche Techniken aus der kognitiven Verhaltenstherapie mit den Konzepten von Hinnahme und Achtsamkeit kombiniert wurden, die sich zumeist aus buddhistischen Meditationspraktiken entwickelt hatten. Anderen Titeln nach zu urteilen, interessierte er sich außerdem für Philosophie. Aber ich wich seiner Frage aus.

»Nein, ich denke nicht …« Ich fürchtete zwar, dass die Erinnerungen an eine verstörende Zeit in meinem Leben meine Objektivität beeinträchtigen könnten, aber er hatte recht: Aus ethischer Sicht sprach nichts dagegen, dass ich mit Heather arbeitete.

»Vielleicht sollte ich bei ihr bleiben und es drauf ankommen lassen.«

Kevin nickte zustimmend. »Wenn Sie noch einmal darüber reden müssen, sagen Sie mir Bescheid.«

»Danke. Ich werde abwarten, wie sie sich in den nächsten paar Tagen entwickelt.«

Später, in der Cafeteria, als ich mir noch einen Tee holte, dachte ich noch einmal über die Unterhaltung nach. Ich war mit einem merkwürdigen, seltsam unbehaglichen Gefühl gegangen, aber ich war mir nicht sicher, was der Grund dafür war. Weil ich einem Arbeitskollegen etwas Persönliches anvertraut hatte? Jemandem, den ich kaum kannte? Ich ermahnte mich, dass ich nicht viel erzählt hatte und es keinen Grund gab, mir Sorgen zu machen. Trotzdem beschlich mich das Gefühl, eine Tür geöffnet zu haben – und dass es zu spät war, sie wieder zu schließen.

5. Kapitel

Wenn ich zurückblicke auf die erste Zeit in der Kommune, ehe Aaron begonnen hatte, die Gruppe anzuführen, wird mir bewusst, dass er gar nicht so alt gewesen war, erst zweiundzwanzig, aber damals war er mir wesentlich älter vorgekommen. Er war sich seiner selbst so sicher, so überzeugt von seinen Entscheidungen und Ansichten. Egal, was das Problem war, ein Feuer, das beinahe außer Kontrolle geriet, zur Neige gehende Lebensmittelvorräte, Ratten im Getreide, ein krankes Tier – er schien sich niemals zu sorgen. Er dachte kurz nach und präsentierte dann eine Lösung, und es funktionierte immer. Ich hatte noch nie jemanden getroffen, der so viel lächelte, der stets glücklich und begeistert zu sein schien. Für ein Kind mit einer Mutter, deren Stimmungen mit dem Wind schwankten, und einem Vater, der andauernd zornig war, war es verwirrend, jemanden kennenzulernen, der jeden Tag so lebte, als wäre die Welt voll wunderbarer Dinge, die nur darauf warteten, entdeckt zu werden.

Kurz nachdem meine Mom, Robbie und ich angekommen waren, gab Aaron ein wenig über sich preis. Eines Abends saßen wir am Lagerfeuer, und er spielte wie so oft auf seiner Gitarre. Es war erstaunlich, wie er quasi aus dem Nichts eine Melodie erkennen konnte, jemand brauchte nur die ersten Takte eines Liedes zu summen. Wie immer kletterten einige der kleinen Kinder überall auf ihm herum – sie alle liebten ihn für das Spielzeug, das er aus Holz für sie schnitzte, und weil er sie immer huckepack auf sich reiten ließ. Eines der Kinder war an Aaron geschmiegt eingeschlafen, und er hörte auf zu spielen, um den kleinen Jungen auf seinen Schoß zu ziehen. Ein anderes Mitglied fragte Aaron, ob er jemals eine Familie gründen wollte, und sein Blick schweifte in die Ferne, als er über das Haar des Kindes streichelte.

»Ihr alle und Joseph seid meine Familie.« Aaron stammte aus San Francisco und hatte sich ein paar Wochen vor uns der Kommune angeschlossen. »Wir haben niemand anders.« Er warf Joseph einen raschen Blick zu. Joseph, der im Schatten am Feuer saß und seinen Bruder beobachtete. Aaron lächelte ihm zu.

Eine Frau fragte: »Ihr habt niemanden?«

Er schüttelte den Kopf. »Nein, und das ist auch gut so. Unsere Eltern waren noch Teenager. Sobald Joseph da war, ist mein Dad abgehauen und hat uns mit unserer Mutter allein gelassen. Sie war Alkoholikerin.«

Aaron übergab den kleinen Jungen wieder seiner Mutter, dann schob er das Hosenbein seiner Jeans hoch und zeigte uns die kleinen runden Narben, mit denen seine Schienbeine übersät waren. »Die stammen von Zigaretten.«

Einige von uns schnappten nach Luft oder stießen mitfühlende Laute aus, und Joy, die wir gleich am ersten Tag kennengelernt hatten, legte ihm die Hand auf die Schulter. »Das ist schrecklich.«

»Das war nicht so schlimm wie das hier.« Er zog sein Hemd am Rücken hoch und zeigte uns längliche rote Narben. Die Haut war ganz uneben und schartig. »Da hat sie mich nackt über Glasscherben gezerrt, weil ich versucht hatte, Joseph zu füttern, nachdem sie es vergessen hatte.« Mit einer zornigen Geste ließ er das Hemd wieder fallen. »Sie hat sich nur um sich gekümmert.«

Nie zuvor hatte ich erlebt, dass jemand so offen über seine Gefühle geredet hatte, und ich wusste nicht, was ich davon halten sollte. Ich hatte noch nie mit jemandem über die Streitereien in meiner eigenen Familie gesprochen. Ich stellte fest, dass mein Bruder Aaron ebenfalls musterte, sein Gesicht verriet seine Bewunderung.

Aaron sagte: »Am Ende ist sie einfach abgehauen. Wir mussten bei unserem Großvater leben, bis er starb.« Er starrte ins Feuer, schlug auf ein Stückchen Holz und zog eine Grimasse. »Er war ein echter Mistkerl.«

Danach schwieg er und blickte stumm ins Feuer. Joy sagte sanft: »Wohin seid ihr nach seinem Tod gegangen?«

Er richtete sich auf und blinzelte sie an, als würde ihm gerade erst wieder einfallen, dass da noch andere Menschen waren. »Wir haben auf der Straße gelebt, bis wir ein paar Leute kennengelernt haben, die uns in einen Ashram mitgenommen haben. Ich war ein paar Jahre Schüler bei einem Guru.«

Einer der Männer beugte sich vor. »Du hattest einen Guru? Hast du da gelernt, wie man meditiert?«

Wir alle sahen ihn jeden Tag meditieren, und ein paar hatten sich ihm bereits angeschlossen.

Aaron nickte begeistert. »Es war unglaublich, er hat mir alles darüber beigebracht, wie man ein spirituelles Leben führt – ihr habt ja gar keine Ahnung, was ihr mit eurer eigenen Kraft erreichen könnt, sie ist völlig ungenutzt«, sagte er. »Früher hatte ich jeden Tag Rückenschmerzen. Ich konnte mich nicht einmal vorbeugen, aber mein Guru zeigte mir, dass ich mir meinen eigenen Schmerz schaffe, indem ich meine Angst und Wut in mir behalte. Er brachte mir bei, wie ich beides in der Meditation loslassen kann, und jetzt …« Er stand auf, streckte sich und berührte seine Zehen.

Nach diesem Abend schienen die Mitglieder Aarons Rat noch bereitwilliger zu befolgen. Niemand von uns hatte viel Erfahrung damit, von dem zu leben, was das Land hergab. Manche Mitglieder waren geradewegs aus der Stadt gekommen, mit vagen romantischen Vorstellungen von einem einfachen Leben und der Rückkehr zu den Ursprüngen. Es war ein harter Winter, und viele von ihnen verloren den Mut. Aber Aaron liebäugelte nicht nur mit dem Lebensstil der Hippies, er *lebte* ihn. Den meisten Kids, die in Kanada aufgewachsen und niemals außerhalb von British Columbia gewesen waren, musste er unglaublich weltgewandt vorgekommen sein. Er hatte sich jede Menge Wissen angeeignet, über Landwirtschaft, Holzverarbeitung und darüber, wie man eine Farm führt. Er war großzügig und geduldig, wenn es darum ging, sein Wissen mit anderen zu teilen. Aaron zeigte uns, wie man eine Schwitzhütte baute, damit wir unsere Chakren reinigen konnten, die, wenn sie blockiert waren, unsere körperliche und emotionale Gesundheit beeinträchtigen konnten. Er hielt Kirtan-Zeremonien in der Lodge ab, bei denen wir alle in der Gruppe chanteten, manchmal auch Musikinstrumente benutzten oder in die Hände klatschten, aber meistens lehrte er Transzendentale Meditation.

Die jungen Männer versuchten ständig, Aaron zu beeindrucken, mit irgendwelchen Kunststücken, die ihre Stärke oder ihren Mut zeigten. Sie arbeiteten von Sonnenaufgang bis zur Dämmerung an seiner Seite, ohne sich je zu beklagen, selbst wenn sie sich verletzten. Die Mädchen liefen ihm ebenfalls nach, kicherten, wenn er in ihre Richtung schaute, und ich hörte sie darüber reden, wie gut er aussah, wie cool und wie witzig er war. Doch es war mehr als das.

Aaron merkte sich von jedem Mitglied alle Einzelheiten,

woher sie kamen, wie ihr Familienleben gewesen war. Einem schüchternen jungen Mann schlug er vor, sich um die Pferde zu kümmern, und dessen Selbstvertrauen wuchs fortan mit jedem Tag. Er brachte den anderen das Reiten bei und kümmerte sich um das Zaumzeug. Eine Frau, die immer nur im Flüsterton sprach, ermutigte Aaron, die Verantwortung für unsere Mahlzeiten zu übernehmen, als er feststellte, wie gut sie kochen konnte. Sie blühte ebenfalls auf, kommandierte die Küchenhelfer herum und schimpfte uns Kinder laut aus, wenn wir einen Happen stibitzten.

Er war zudem im energetischen Heilen geübt, bei dem man die eigene Energie durch andere hindurchfließen ließ. Sobald ein Mitglied über Rückenschmerzen, Kopfschmerzen oder irgendein anderes gesundheitliches Problem klagte, lud Aaron es zu einer privaten Meditation in seine Hütte ein. Er legte die Hände auf, um die Meridiane ins Gleichgewicht zu bringen, und der Schmerz verschwand. Ein Mann, der unter Arthritis litt, war bald schon wieder gelenkig, und eine Frau mit Empfängnisproblemen wurde prompt schwanger. Coyote und Heidi, den Eltern von Levi, hatte man gesagt, sie würden keine Kinder mehr bekommen können, doch Aaron erklärte, er könne ihnen helfen, und Heidi wurde ebenfalls schwanger.

Nachdem das geschehen war, erklärte Aaron uns, dass wir nur dann zur Erleuchtung gelangen würden, wenn wir uns mit strenger Disziplin an tägliche Rituale hielten, und dass wir einen Anführer bräuchten, damit es funktionierte. Jeder stimmte für Aaron. Er sagte: »Ich mache es nur, wenn ihr mir versprecht, in mir das Oberhaupt eurer Familie zu sehen, nicht euren Boss.« Er führte denselben Stundenplan ein, nach dem er im Ashram gelebt hatte. Gleich als Erstes morgens meditierten wir, anschließend fütterten wir die

Tiere und frühstückten. Alle Mahlzeiten wurden schweigend eingenommen, damit wir unsere Gedanken auskosten konnten. Die Kommune lebte strikt vegetarisch, aber die Tische quollen stets über vor Essen: Vollkornbrot, Honig, brauner Reis, Zuckersirup, Kleie, Obst und Nüsse, Ziegenkäse und frisches Gemüse aus unserem Garten. Nach dem Frühstück meditierten wir erneut, normalerweise auf der Wiese, wo wir offen waren für das Magnetfeld der Erde. Dann erledigten wir unsere tägliche Arbeit.

Nach dem Mittagessen folgte eine Zeit der Besinnung, in der er uns auf lange Spaziergänge schickte, damit wir uns auf die heilenden Schwingungen der Natur einstimmen konnten, oder wir chanteten in der Lodge oder gingen im Sommer schwimmen. Dann arbeiteten wir wieder ein bisschen, bauten Hütten oder gingen auf die Felder und in den Garten, gefolgt von einem schweigend eingenommenen Abendessen, einer weiteren Runde Meditation und manchmal noch etwas Schwimmen oder Spazierengehen.

Nicht lange nachdem Aaron die Leitung übernommen hatte, veränderten sich die abendlichen Lagerfeuer. Anstatt jeden Abend nur herumzusitzen und zu singen, saßen wir nun im *Satsang*. Das Wort stammte aus dem Sanskrit und bedeutete »sich für die Wahrheit versammeln«. Wir sprachen über die Dinge, die wir am Tag bei unseren Übungen erlebt hatten, manche Mitglieder weinten oder lachten dabei oder wurden sogar wütend. Aaron erklärte dann, wie sie ihre Selbsterkenntnis vertiefen und alle destruktiven Gefühle loslassen konnten, um zu erkennen, was ihre Aufgabe im Leben war. Erstaunt hörte ich meine Mutter sagen, dass sie endlich ihre Wut auf ihren Vater losgelassen hatte, der ihre Mutter für eine andere Frau verlassen hatte, als sie ein Teenager war.

Viel Zeit verbrachten wir damit, mehr über nachhaltiges Wirtschaften zu lernen und Pläne für die Zukunft zu schmieden, damit die Kommune sich irgendwann komplett selbst versorgen konnte. Aaron sagte: »Wir sind nur die Verwalter des Landes, und wir haben die Verantwortung, es zu bewahren.« Er sagte, dass jede Umweltkatastrophe ein Schmerzensschrei der Erde sei – und hasste die großen Holzfällerunternehmen inbrünstig.

Wir waren alle bereit, Aaron als unseren Anführer zu akzeptieren, doch mit seinem Bruder Joseph war es etwas ganz anderes. Er war still, aber nicht auf friedliche Weise, sondern eher so, als sei er kurz davor, wegen der kleinsten Kleinigkeit zu explodieren. Er sah Aaron sehr ähnlich, doch bei ihm wirkte alles ein klein wenig verzerrt. Die Lippen waren stärker nach unten gezogen, die Haut war blasser und das Gesicht schmal und eckig. Das dünne Haar trug er geflochten und mit einem Lederband zurückgebunden.

Dennoch standen die beiden Brüder einander nahe, und ich wusste nie, ob Aaron sich überhaupt bewusst war, wie nervös sein Bruder alle anderen machte. Aaron sagte, sein Bruder sei ein Empath, der genau spüre, wenn jemand zauderte. Wir konnten in stiller Meditation dasitzen, bis Joseph unvermittelt aufsprang und jemanden anschrie. Einmal schlug er Heidi auf die Schulter, und wir saßen alle wie betäubt da. Coyote sah aus, als wollte er sich mit ihm prügeln und hatte die Fäuste geballt, doch Aaron flüsterte ihm etwas zu und führte anschließend seinen Bruder in aller Seelenruhe in seine Hütte, um seine Chakren zu reinigen.

Aaron erklärte uns, dass Joseph auch spüren konnte, wer am meisten Heilung brauchte oder sich mit dem spirituellen Unterricht schwertat. Diese Mitglieder liefen Gefahr, zu erkranken, so dass Aaron sich mit ihnen zurückzog, während wir mit unseren Gesängen oder Meditationsübungen fortfuhren. Normalerweise waren es weibliche Mitglieder, die seine private Unterstützung brauchten, was er damit erklärte, dass wir intuitiver und deshalb anfälliger seien.

Manchmal blieb Joseph tagelang in seinem Zelt, verweigerte jegliche Nahrung und meditierte stundenlang. Dann lobte Aaron seinen Bruder für seine Hingabe, so dass die anderen Mitglieder anfingen, es ihm nachzumachen. Manchmal begann Joseph, nach einer Zeremonie in der Schwitzhütte wirres Zeug zu reden. »Im Wald sind böse Geister – ich kann sie singen hören.« Bisweilen hörte er auch Musik.

Aaron sagte: »Joseph reagiert empfindlicher auf negative Schwingungen als die meisten Menschen, so dass er Dinge auf einer anderen Ebene wahrnehmen kann.«

Inzwischen vermutete ich, dass Joseph unter einer schizoaffektiven Störung litt. Unbehandelt kann sie dazu führen, dass die Betroffenen Wahnvorstellungen und Paranoia entwickeln, und wenn er sich tagelang in seiner Hütte versteckte, durchlitt er vermutlich eine depressive Phase.

Als wir ein paar Monate in der Kommune waren, hatte Aaron während einer Meditation eine Vision, wie wir einen höheren Grad an Bewusstheit erlangen konnten, und bat darum, die Steine in der Schwitzhütte länger als üblich zu erhitzen. Die Steine wurden im Feuer in der Hütte erhitzt und anschließend mit Wasser übergossen. Er ging allein hinein, da er, wie er sagte, nicht wollte, dass jemand anders zu Schaden käme, falls irgendetwas schiefging. Er blieb stundenlang darin, während wir anderen ängstlich draußen warteten und Wasser und frisches Obst für ihn bereithielten. Endlich kam er auf allen vieren herausgekrochen, knallrot und desorientiert, redete wirr und verkündete lallend, er habe das Nirwana erreicht. Dann brach er zusammen.

Die Mitglieder eilten zu ihm und übergossen ihn mit kaltem Wasser, um seine Körpertemperatur zu senken, doch es dauerte eine Weile, bis er das Bewusstsein wiedererlangte. Als sein Kopf wieder klar war, stand er auf, weigerte sich, sich von irgendjemandem helfen zu lassen, obwohl er hin und her schwankte, und sagte: »Etwas Unglaubliches ist passiert. Ich bin gestorben und war drüben auf der anderen Seite. Ich habe es geschafft, wirklich.« Er fing an zu lachen, vor Entzücken zu lachen, wie ein Mann, der sein Glück nicht fassen konnte. Die Mitglieder schwiegen schockiert und sahen ihn verstört an. Er hob die Stimme, die immer noch verwaschen klang. »Ich spürte, wie ich emporgehoben wurde, und dann stand ich neben euch allen – ich habe sogar gesehen, wie Joy eine Tasse fallen gelassen hat.«

Joy schnappte nach Luft und hob eine Hand vor den Mund. »Das stimmt!«

»Ich sah jeden von euch, und ich hörte euch reden, als wäre ich in euren Köpfen. Dann spürte ich, wie ich hoch zum Himmel gezogen wurde, durch einen Tunnel. Am Ende war ein helles, weißes Licht, die Manifestation eines wunderbaren Geistwesens. Ich wurde ganz erfüllt von so viel Liebe und Frieden.« Seine Miene spiegelte die Wonne wider, die er empfunden hatte, sein Blick war verzückt und die Stimme fast ehrfürchtig bei der Erinnerung.

Aaron sagte, das Licht habe ihn gefragt, welches Wissen er erworben und wie er geliebt habe, und ihm Szenen aus seinem Leben gezeigt. Er erzählte, er habe einige Seelen gesehen, die immer noch im Tunnel feststeckten, und das Geistwesen habe ihm erklärt, sie hätten nicht genug gelernt und seien nicht in der Lage, hindurchzugehen, so dass sie zurück zur Erde geschickt würden, verdammt dazu, ihr Leben zu wiederholen. Das Geistwesen erzählte Aaron auch, dass diejenigen, die Selbstmord begingen, den Tunnel nicht würden durchschreiten können, bis sie geheilt waren – sie bräuchten mehr Zeit, um den Fehler ihrer Entscheidung zu erkennen. Dasselbe gälte für Drogenabhängige. Dann erklärte das Licht Aaron, er müsse das, was er erfahren habe, mit anderen teilen. »Ich hatte das Gefühl, gezogen zu werden, und dann flog ich rückwärts durch die Luft und war wieder in meinem Körper.«

Als er seinen Bericht beendet hatte, sagte zunächst niemand etwas. Alle waren sprachlos und von Ehrfurcht ergriffen, weil wir diesen Menschen in unserer Mitte hatten, jemanden so Besonderes wie Aaron.

Schließlich sagte einer der Männer: »Hat das Licht gesagt, was wir tun müssen, damit wir den Tunnel passieren können, wenn unsere Zeit gekommen ist?«

Aaron erklärte, wir müssten all unsere Besitztümer teilen, wie ein einziger Organismus zusammenleben und uns dem allgemeinen Streben nach materiellem Reichtum verweigern. Wir müssten unser Leben der Erweckung unseres Geistes widmen, damit wir ganz würden und anderen helfen könnten. Dann bat er die Mitglieder, etwas Geld für unsere Sache zu spenden. Nur diejenigen, die wahrhaft glaubten, doch alle wollten beweisen, wie ernst es ihnen war, und spendeten alles, was sie besaßen. Manche kontaktierten sogar ihre Familien und baten sie, ihnen Geld zu leihen.

Damals staunte ich ehrfürchtig über Aarons Vision von der anderen Seite, aber jetzt, mit dem Wissen einer Erwachsenen, sah ich es als das, was es wirklich war. Viele Menschen, die behaupten, »drüben« gewesen zu sein, wachen mit einem erneuerten Glauben und dem tiefen Gefühl wieder auf, sie seien zu einem bestimmten Zweck auf der Welt, etwas, das gewiss auch auf Aaron zutraf. Aber meiner Meinung nach waren die meisten Nahtod-Erfahrungen lediglich eine Reihe körperlicher Reaktionen auf das Schwinden der Neurotransmitter im Gehirn. In Aarons Fall war seine sogenannte Nahtod-Erfahrung wahrscheinlich nichts anderes als eine Halluzination aufgrund eines Hitzschlags. Dass er »gesehen« hatte, wie Joy die Tasse fallen gelassen hatte, ließ sich ganz einfach durch eine Reaktion auf den akustischen Reiz erklären. Er hatte deliriert und vielleicht sogar das Bewusstsein verloren, doch sein Unterbewusstsein hatte das Geräusch registriert.

Doch damals glaubte ich ihm. Wir alle glaubten ihm.

Meine Mutter hatte früher immer kleine weiße Pillen gegen ihre Stimmungsschwankungen geschluckt. Oft umklammerte sie das Fläschchen mit bebenden Fingern und sagte, sie »käme nicht mit uns klar«, doch als sie mit den Heilungsmeditationen bei Aaron anfing, hörte sie auf, die Pillen zu nehmen. Jetzt schien sie permanent high zu sein, verschwand stundenlang mit Aaron in seiner Hütte und kam benommen wieder heraus, als wäre sie in einer Trance. Mit halbgeschlossenen Augen wanderte sie herum, sammelte eine Blume oder ein Blatt auf und betrachtete es verträumt. Es gefiel mir nicht, sie so entrückt zu sehen, als lebte sie in einer Seifenblase, in der ich sie nicht erreichen konnte. Und doch war es besser als ihre düsteren Stimmungen, bei denen ich in ständiger Angst lebte, sie könnte sich etwas antun. Ich wusste nicht, ob es am Marihuana lag, daran, dass wir von unserem Vater fort waren, oder an den Meditationen, aber letztendlich wirkte sie glücklicher als früher.

Robbie hatte sich ebenfalls verändert. Als wir in die Kommune zogen, hatte er anfangs auf mich aufgepasst, genau, wie er es die Jahre zuvor getan hatte. Mit Eltern wie unseren hatten wir früh lernen müssen, allein zurechtzukommen. Wenn mein Vater zum Fischen war und meine Mutter den ganzen Tag schlief, hatte er das Abendessen für mich zubereitet und oft auch mein Lunchpaket für die Schule. Er brachte unserer Mom etwas zu essen und erledigte alle Arbeiten rund ums Haus, fütterte die Tiere, schlug Feuerholz und hielt die Dinge am Laufen, bis sie wieder aus ihrem Zimmer gekrochen kam. Ich half, so gut ich konnte, aber da er älter und stärker war, trug er den größten Teil der Last auf seinen Schultern.

Wenn unser Vater am Toben war, brachte Robbie mich dazu, mich zu verstecken, und einmal hat er sogar die Schuld auf sich genommen für etwas, das ich getan hatte. Er sagte: »Ich wusste, dass er den Gürtel nehmen würde. Ich bin stärker als du. Ich kann es aushalten.«

In der Kommune fand er rasch Freunde, aber er sorgte dafür, dass ich nie allein herumsaß, und wenn er seine Aufgaben erledigt hatte, half er mir bei meinen. In den ersten Wochen und Monaten blickte ich oft auf, wenn die Mitglieder sich zum Satsang oder am Lagerfeuer trafen, und sah, dass er mich aufmerksam beobachtete. Er war mein Rettungsfloß in einem Ozean der Ungewissheit, der einzige Mensch in dieser neuen Welt, in der alle Regeln sich geändert hatten, auf den ich mich verlassen konnte. Doch dann begann er ebenfalls, von mir fortzudriften und seine Zeit lieber mit Levi oder den halbwüchsigen Mädchen in der Kommune zu verbringen – jede Nacht kroch er mit einer anderen in sein Zelt.

Ich war immer stärker auf mich allein angewiesen.

Wir begannen zu expandieren. Aaron wollte, dass die Jüngeren unter uns ins Dorf gingen und die Erzeugnisse, die wir in den Gewächshäusern gezogen hatten, auf dem Bauernmarkt verkauften und andere Menschen fanden, die bereit waren, sich unserer Gruppe anzuschließen. Das war nicht schwer. Die Mitglieder hatten eine frische Gesichtsfarbe und sahen gesund aus, unser Gemüse, die Kräuter, selbstgemachten Marmeladen, Backwaren und Eier waren immer der Renner. Die Mitglieder erklärten, dass alles biologisch war und dass unsere Hühner frei herumlaufen durften, während sie Flugblätter über die Verantwortung des Einzelnen für die Gesellschaft verteilten. Wenn jemand stehen blieb, um zuzuhören, erzählten wir von der Kommune, wie cool es war, wie fröhlich und frei wir waren. Wir nahmen auch Tramper mit, und Teenager, die beim Laden herumlungerten.

Aaron kam oft mit uns, und er spürte immer sofort, wer ein gutes Ziel abgab. Vollkommen Fremde erzählten ihm nach wenigen Minuten ihre herzzerreißenden Geschichten. Er umarmte sie, tröstete sie und nahm sie in die Kommune mit, wo wir sie alle mit einem Teller Essen und einem Platz am Lagerfeuer begrüßten.

Nach dem Essen erklärte Aaron, dass jeder von uns mit jedem einzelnen Grashalm und jedem Samenkorn verbunden und es unser Daseinszweck sei, Liebe und Achtsamkeit zu schenken. Alle nickten und stimmten zu, gaben den Joint weiter und umarmten ihre Nachbarn. Anschließend bat er die Neuen, eine kleine Aufgabe zu übernehmen, und sie erklärten sich immer bereit dazu. Schließlich verbrachten sie die Nacht bei uns. Am nächsten Morgen bat Aaron sie bei etwas anderem um Hilfe, irgendeine Gerätschaft zu bewegen oder etwas einzupflanzen. Die Arbeit dauerte den ganzen Tag, so dass sie schließlich noch eine Nacht bei uns verbrachten. Ehe sie es sich recht versahen, lebten sie in der Kommune.

Aber es war auch kein Wunder, dass die Leute blieben. Die Kommune war der perfekte Ort, wenn man nicht mehr weiterwusste, wenn man Angst hatte, die Kontrolle über das eigene Leben zu übernehmen. Für mich war es genau das Gegenteil. Irgendetwas an Aaron schüchterte mich ein und machte mich nervös, und ich fürchtete mich vor Joseph. Rückblickend weiß ich, dass ich aufgrund meiner eigenen Erfahrungen als misshandeltes Kind die Sprunghaftigkeit bei einem Menschen stärker spürte als andere. Aaron lebte seine Gefühle intensiv aus, und für ein Kind, das mit einer manischen Mutter und einem alkoholkranken Vater aufgewachsen war, war das gleichbedeutend mit Gefahr.

Ende Mai waren wir auf sechzig Mitglieder angewachsen, und die Kommune brummte nur so vor Aktivität. Aaron hatte persönlich zwei Männer ausgewählt, Ocean und Xavier, die als spirituelle Berater mit allen arbeiten sollten, bei denen Aaron das Gefühl hatte, sie benötigten zusätzliche Hilfe, oder bei denen Joseph ein schlechtes Gefühl hatte. Vielleicht war das der Punkt, ab dem es bergab ging, ab dem die Dinge aufhörten, einfach zu sein. Ocean und Xavier standen da, betrachteten uns und flüsterten miteinander, während wir krank vor Anspannung warteten und uns fragten, wer sein Potential nicht ganz ausschöpfte. Dann begann Aaron allmählich, ein Bestrafungssystem einzuführen.

Anfangs handelte es sich bei den Sanktionen um einfache Maßnahmen. Wer sich eine Extraportion Essen genommen hatte, durfte bei der nächsten Mahlzeit nicht mitessen. Wer seine Meditation unterbrach, um auf die Toilette zu gehen, musste abseits der Gruppe sitzen. Doch nach und nach wurde die Sache ernster. Wenn zwei Mitglieder sich stritten, wurden sie aneinandergebunden und mussten Seite an Seite auf dem Feld arbeiten. Als ein paar Leute zum Einkaufen in den Ort fuhren, erzählte jemand anschließend, ein anderer habe vom Geld der Kommune eine Zeitung gekauft, etwas, das Aaron streng untersagt hatte. Joseph geriet in Rage und begann, mit einem Zweig auf die Beine des Mannes einzupeitschen, und zu schreien, er würde böse Einflüsse in die Kommune bringen. Wir sahen entsetzt zu, bis Aaron schließlich dazwischenging und beschlossen wurde, dass der Mann einen Tag lang den Pflug über eines der Felder ziehen sollte. Wir waren alle aufgewühlt, nicht aber Joseph. Wir waren wütend auf den Mann, weil er unseren Frieden und die Harmonie gestört hatte, und selbst nachdem Aaron ihn für rehabilitiert erklärte, ignorierten wir ihn tagelang.

Als ein junger Mann seine Freundin ins Gesicht schlug, weil sie mit einem anderen geflirtet hatte, befahl Aaron ihm, seine Siebensachen zu packen. Er wurde eine Meile weit fortgebracht und dann ausgesetzt, danach konnte er zusehen, wie er in die Stadt kam.

Aaron rief eine kleine Gruppe ins Leben, die er die Wächter nannte. Nachts patrouillierten sie in der Kommune, achteten auf wilde Tiere und passten auf, ob irgendjemand versuchte, unsere Vorräte zu stehlen. Das war besonders wichtig, da wir angefangen hatten, Marihuana und Magic Mushrooms zu ziehen. Robbie war ganz begeistert, als er zusammen mit seinem Freund Levi für diese Aufgabe ausgewählt wurde.

Die Frauen hatten nicht viele Funktionen inne – die meisten kümmerten sich um die Kinder, kochten und arbeiteten auf den Feldern oder in den Gewächshäusern. Aber sie arbeiteten schwer, und unsere Mutter bekam braune, sehnige Arme und raue Hände. In diesem Frühjahr bekam ich sie immer weniger zu sehen. Ende April beschloss Aaron, dass alle Kinder über fünf Jahren in separaten Hütten untergebracht werden sollten, neben einem weiteren kleinen Gebäude, das als Schule diente. Sie sollten gemeinsam aufgezogen werden. Er sagte: »Kinder gehören allen. Wir alle sind ihre Väter und Mütter.«

Ein paar Eltern zögerten, aber Aaron erklärte, dass es notwendig für unser spirituelles Wachstum sei, da wir in Kontakt mit unserem wahren Selbst treten müssten und nicht länger unseren irdischen Bindungen anhaften dürften. Ich erinnere mich noch, wie verwirrt und beschämt ich war. Auch die letzten Eltern stimmten schließlich zu, aus Furcht, dass ihre Kinder sonst niemals perfekte spirituelle Erkenntnis erreichen, niemals die Seelenruhe erleben würden, nach der wir alle strebten.

Eines Morgens, als wir bereits mehrere Monate dort waren, rief Aaron uns nach dem Frühstück zusammen. Die Luft roch noch nach Kaffee und selbstgebackenem Brot, frischer Minze und süßen Früchten, doch ich hatte kaum etwas gegessen. Ich hatte mich an jenem Tag über meine Mutter geärgert. Ich hatte sie gefragt, ob ich eine meiner alten Schulfreundinnen besuchen dürfte, und sie war mit einem unbestimmten Lächeln davongeschwebt. »Wir haben jetzt neue Freunde«, sagte sie. »Sei einfach glücklich.«

Aaron warnte uns, dass es leicht sei, sich auseinanderzuleben, vor allem in einer großen Gruppe, und sagte, wir müssten eine Übung im »Teilen« abhalten, die uns einander näherbringen würde. Er bat uns, Briefe zu schreiben, in denen wir alle Missetaten und negativen Gedanken auflisten sollten, egal wie peinlich oder tief verborgen sie seien. Er sagte, es diene dazu, unsere eigene Wahrheit zu finden, unser tiefstes Inneres zu erkunden, und dass niemand je davon erfahren würde. Doch als wir fertig waren, hatte er eine weitere Vision. Wir mussten die Briefe vor der ganzen Kommune vorlesen, um alles Trennende loszulassen, auch wenn es nur Gedanken waren.

Als sich Protest regte, sagte er: »Es ist der einzige Weg, euch von eurer eigenen Vergangenheit zu befreien. Wer zu diesem Schritt nicht bereit ist, gehört nicht hierher.«

Die Menge verstummte. Niemand wollte fortgeschickt werden.

Aaron zeigte auf den jungen Mann, der sich um unsere Pferde kümmerte, und sagte: »Billy, ich weiß, dass du bereit bist.«

Mit rotem Kopf stand Billy auf und las seinen Brief vor. Er gab zu, dass er als Teenager mit seinem Cousin sexuell herumexperimentiert hatte und dass er immer noch von Männern träumte. Verlegen hörten wir zu, wie er sich stammelnd durch den Brief quälte, und warteten auf Aarons Reaktion. Als er die Arme ausstreckte und Billy umarmte, atmeten wir erleichtert auf. Andere Leute wagten sich vor, um ihre Sünden zu teilen, und jedes Mal lobte Aaron sie. Es war qualvoll. Die Leute schluchzten oder ließen stumm den Kopf hängen. Andere starrten mit glasigem Blick vor sich hin und wirkten völlig verstört.

Dann war ich an der Reihe.

Ich gab zu, dass ich heimlich mein Essen an die Tiere verfüttert und dass ich zornige Gedanken über andere Mitglieder hatte. Meine Hände zitterten, und ich weinte so heftig, dass ich nicht weiterlesen konnte. Aaron schnappte sich die Liste und las mein letztes Geständnis. Dann gab er mir den Brief zurück.

»Du bist noch nicht fertig.«

»Ich kann nicht. Bitte, ich will nicht.« Ich sah ihm in die Augen, flehte um Nachsicht, aber er blieb hart. Seine Miene zeigte nichts als Enttäuschung.

»Möchtest du nicht wie die Gruppe sein? Jeder hier teilt seine Sünden, und wenn du es nicht tust, zerstörst du unsere Harmonie.«

Ich blickte in die verstimmten Gesichter ringsum. Heidi berührte mit einer ängstliche Geste ihren Bauch. Mit zitternder Stimme las ich mein Geständnis vor. »Ich liebe meine Mom, aber manchmal ... manchmal hasse ich sie. Ich wünschte, sie wäre mehr wie die Mütter meiner Freundinnen. Ich wünschte, sie wäre normal.« Ich suchte die Menge ab, fand meine Mutter. Ihre blauen Augen füllten sich mit Tränen. Ich hielt ihrem Blick stand, auch mir liefen die Tränen übers Gesicht. Ich versuchte, ihr meine Gedanken zu übermitteln: *Es tut mir leid. Ich habe es nicht so gemeint. Ich war nur sauer.*

Sie wandte sich ab.

Nach fünf Monaten in der Kommune hatte ich mich vollkommen in mich selbst zurückgezogen und sprach kaum noch. Ich verbrachte den Großteil der Zeit mit den Tieren und malte mir aus, fortzulaufen. Ich hätte es vielleicht sogar versucht, wenn Willow nicht gewesen wäre, ein hübsches, rehäugiges Mädchen im Teenageralter, dessen karamellfarbenes Haar ihm bis zur Hüfte reichte. Im Juni hatte sie sich der Kommune angeschlossen, und sie erzählte mir von den Orten, zu denen sie getrampt war, von den Menschen, die sie unterwegs kennengelernt hatte. Sie sagte auch, dass ich als erwachsene Frau wunderschön aussehen würde. Sie schenkte mir eine Perlenkette, legte sie mir um den Hals und neckte mich mit ihrem heiseren Lachen, weil ich so schüchtern war. Sie trug ausgeblichene Schlaghosen und eine mit Fransen besetzte Männerweste aus zimtfarbenem Leder, die an ihrer schmalen Gestalt herunterhing. Ihre Füße waren nackt, und an einem Zeh glitzerte ein Ring. Ich wusste nicht, ob ich schön sein würde oder nicht. Ich wusste nur, dass ich so sein wollte wie sie. Ich wollte frei sein.

6. Kapitel

Ehe ich mit der Visite begann, fragte ich die Krankenschwestern, was es Neues gäbe. Michelle erzählte, dass Heather sich gestern, nachdem Daniel gegangen war, ins Bett gelegt und die Nacht durchgeschlafen hatte. Heute Morgen mussten sie ihr gut zureden, bis sie duschte und frühstückte. Anschließend war sie in das Krisenzimmer zurückgegangen, und seitdem schlief sie. Sie reagierte verzögert, wenn man sie ansprach, und war immer noch lethargisch. Es überraschte mich nicht, dass sie sich nach unserem Erstgespräch so abkapselte, denn die Patienten litten oft unter extremen Stimmungsschwankungen. Als ich das Krisenzimmer aufschloss, fand ich sie in derselben Position vor wie am ersten Tag – zu einem Ball zusammengerollt.

»Heather, können Sie ein Weilchen mit rauskommen? Ich würde gerne mit Ihnen reden.« Wir können mit den Patienten auch im Krisenzimmer sprechen, wie ich es an ihrem ersten Morgen im Krankenhaus getan hatte, aber wir ermutigen sie stets herauszukommen, damit sie aktiv bleiben.

Sie schüttelte den Kopf und murmelte etwas.

Ich achtete darauf, weiterhin munter zu klingen. »Ich weiß, dass Sie müde sind, ich werde Sie auch nicht lange aufhalten. Dann können Sie sich wieder hinlegen und ein kleines Nickerchen halten.« Bei neuen Patienten konzentrierten wir uns zunächst auf ihre Grundbedürfnisse, sorgten dafür, dass sie viel tranken, aßen und duschten, denn normalerweise wollten sie einfach nur schlafen. Sobald sie etwas wacher waren, fingen wir an, mit ihnen einen Behandlungsplan zu erarbeiten. Dieses Gespräch sollte nur einer ersten Einschätzung dienen, um zu sehen, wie sie sich eingewöhnte.

Schließlich drehte Heather sich um und kam langsam auf die Beine. Sie machte sich nicht die Mühe, den Morgenmantel anzuziehen, den Daniel ihr gebracht hatte, sondern schlurfte einfach hinter mir her, den Kopf gesenkt, so dass die Haare ihr Gesicht verbargen.

Im Behandlungszimmer begann ich mit den grundsätzlichen Fragen.

»Können Sie gut schlafen?«

»Ich bin müde.« So sah sie auch aus. Mit hängendem Kopf saß sie zusammengesackt auf dem Stuhl.

»Sie können bald wieder ins Bett gehen. Vielleicht haben Sie ja Lust, am Nachmittag herauszukommen und ein wenig fernzusehen? Was halten Sie davon?«

Sie antwortete nicht.

Ich stellte ihr ein paar weitere allgemeine Fragen. *Wie kommen Sie zurecht, haben Sie immer noch so düstere Gedanken, brauchen Sie irgendetwas?* Und erhielt immer das absolute Minimum einer Antwort: *Gut, ja, Daniel soll kommen.*

Ich sagte: »Er kommt bestimmt heute Nachmittag vorbei.«

»Kann ich jetzt wieder ins Bett gehen?«

Ich beendete unsere Sitzung an dieser Stelle und führte sie zurück in den Krisenraum. In ihrem gegenwärtigen Zustand war sie immer noch zu niedergedrückt für jede echte emotionale Arbeit, also würden wir ihren Behandlungsplan erst in ein paar Tagen besprechen können. Bis dahin würden wir die Dosierung ihre Antidepressiva erhöhen, solange sie keine Nebenwirkungen zeigten.

In den nächsten Tagen änderte sich Heathers Zustand nur langsam. Die Schwestern erzählten mir, dass sie immer noch viel schlief. Zu den Mahlzeiten kam sie zwar heraus, stocherte dann aber nur im Essen herum. Wenn Daniel sie nach der Arbeit besuchte, wurde sie etwas lebhafter, sie schauten zusammen fern, wobei sie den Kopf an seine Schulter lehnte. Nach drei Tagen auf der Geschlossenen war sie etwas munterer, so dass sie auf die andere Seite der Station verlegt wurde, wo sie etwas mehr Freiheiten hatte. Am fünften Tag erhöhten wir erneut die Dosis beim Venlaflaxin, und nach fast einer Woche im Krankenhaus wurde sie endlich gesprächiger.

Wir saßen im Behandlungszimmer. »Wie geht es Ihnen heute?«, fragte ich.

Sie rieb immer noch an den Verbänden an ihren Handgelenken, aber mir fiel auf, dass ihr Blick klarer war und dass sie aufrecht auf dem Stuhl saß.

»Ich glaube, besser ... aber ich bin immer noch irgendwie müde.«

»Wenn Sie etwas kräftiger sind, haben wir ein paar ausgezeichnete Gruppen für Sie, die Ihnen gefallen könnten. Malen, Stressbewältigung, Entspannungsübungen, Handwerken.«

Sie lachte, und obwohl es matt klang, war es doch seit ein paar Tagen das erste Mal, dass sie überhaupt eine Reaktion auf irgendetwas zeigte, was ich sagte. »Klingt nach River of Life.«

»Gibt es dort auch Gruppentherapien?« Ich achtete darauf, dass mein Tonfall locker blieb, eher neugierig als forschend. Ohne Daniel neben sich würde sie mir hoffentlich mehr über das Zentrum erzählen.

»Aaron glaubt nicht an Medikamente. Darum hatte ich auch aufgehört, meine Tabletten zu nehmen. Er sagt, ich könne mich selbst heilen, meine Meridiane seien nur blockiert.«

Ich war nicht erstaunt, als ich das hörte. Medikamente hatte er noch nie gemocht, schon in den frühen Tagen der Kommune nicht, und er hatte keinem Mitglied gestattet, einen Arzt aufzusuchen. Erstaunlich, dass nie jemand an medizinischen Komplikationen gestorben war.

»Sie bieten Kurse an, wie man glücklich wird. Sie sagen, man könnte seinen Geist dazu benutzen, alles zu heilen. Aber mir hat es nicht geholfen.« Erneut stieß sie ein dumpfes Lachen aus.

»Depression ist eine Krankheit, genau wie Diabetes oder irgendetwas anderes. Selbst wenn es Ihnen bessergeht, dürfen Sie die Medikamente nicht einfach absetzen. Lassen Sie uns darüber reden, was Sie selbst tun können, wenn Sie sich niedergeschlagen fühlen. Was hat Ihnen in der Vergangenheit geholfen? Gibt es zum Beispiel bestimmte Übungen, einen Lieblingsfilm oder ein Buch?«

Sie zuckte die Schultern und zupfte an ihren Verbänden. »Früher habe ich Yoga gemacht.«

»Dann sollten Sie es vielleicht wieder damit versuchen. Wir bieten ein paar Übungsstunden pro Woche an.«

Sie schien ganz in Gedanken versunken. »So hat es angefangen. In meinem Yogakurs traf ich eine Frau, die mir von diesem Meditationsretreat erzählte, den sie im Zentrum mitmachen würde. Sie sagte, sie sei schon einmal dort gewesen und es sei die beste Erfahrung ihres Lebens gewesen.« Sie klang traurig. »Ich wollte auch einfach nur glücklich sein, aber sehen Sie mich jetzt an.« Sie sackte auf ihrem Stuhl zusammen, der Hauch von Energie, den sie vorher gezeigt hatte, schien verpufft. »Was hat es für einen Sinn, auch nur darüber zu reden? Es ändert ja doch nichts.«

Mir schwirrte der Kopf mit Fragen über das Zentrum. Was geschah während der Retreats? Wie viele Mitglieder lebten in der Kommune? Aber ich durfte diese Fragen nicht stellen – hier ging es nicht um mich. Ich schob alles beiseite.

»Wir können Ihnen zeigen, wie Sie Ihre negativen Gedanken bremsen können, sobald diese Sie wie ein Strudel immer weiter herunterziehen. Zum Beispiel indem Sie, wenn Sie sich plötzlich niedergeschlagen fühlen, sich zu erinnern versuchen, woran Sie gerade gedacht haben. Sobald Sie den Auslöser identifiziert haben, können Sie ihn durch einen anderen, positiveren Gedanken ersetzen. Wollen wir es einmal zusammen versuchen?«

Sie starrte auf ihre Knie. »Die haben auch gesagt, sie könnten mir helfen. Als ich zu diesem ersten Retreat ging, fühlte ich mich tatsächlich glücklicher. Alle waren so nett – sie machten mir Komplimente und gaben mir das Gefühl, etwas Besonderes zu sein. Und sie hörten allem zu, was ich sagte, als sei meine Meinung tatsächlich wichtig.«

Was Heather da beschrieb, hörte sich ganz nach einem »Love-Bombardement« an, einer Technik, die von den unterschiedlichsten Gruppen und sogar von Verkäufern angewandt wird. Sie geben dir das, wovon sie glauben, es würde dir fehlen: Ermutigung, Komplimente, Bestätigung; alles, damit man sich gut fühlt – woraufhin man auch ein positives Gefühl ihnen gegenüber entwickelt. Ich dachte an meine Zeit in der Kommune und erinnerte mich, dass Aaron uns aufgefordert hatte, besonders nett zu neuen Mitgliedern zu sein und ihnen zu zeigen, wie glücklich wir in der Kommune waren.

Ihre Augen füllten sich mit Tränen. »Ich hasse mich dafür, dass ich gegangen bin. Warum bin ich nicht einfach dort geblieben?«

Ich wartete ab, ob sie die Frage selbst beantworten würde, doch sie starrte nur auf ihre Füße.

»Sie wollten nicht, dass irgendjemand anders Ihr Kind großzieht, und das ist vollkommen nachvollziehbar«, sagte ich. »Haben Sie noch bedrückende Gedanken?«

Sie nickte und wischte sich die Nase am Ärmel ab. »Ich will Daniel nichts davon erzählen.« Sie holte zitternd Luft. »Er macht sich immer Sorgen um mich.«

»Wir werden Daniel nichts erzählen, von dem Sie es nicht wollen. Aber mir können Sie es erzählen. Gibt es etwas, dass Ihnen auf der Seele liegt?«

Sie sah mich traurig an. »Wir haben bei den Retreats Teilen geübt. An meinem zweiten Wochenende dort waren Daniel und ich Partner – so haben wir uns kennengelernt. Aaron hat die Paare zusammengestellt; er sagte, unsere Energie sei unglaublich stark, sobald sie sich vereinigt.«

»Was waren das für Übungen?«

»Wir mussten Dinge beichten.« Sie verlagerte ihr Gewicht und zupfte erneut am Verband an ihrem Handgelenk, als sei er zu fest. »Ich möchte nicht darüber reden.«

Bei dem Wort »beichten« zog sich meine Brust zusammen. Ich wollte von Heather mehr über diese Übungen erfahren, um zu sehen, ob sie wie die Beicht-Zeremonie abliefen, an der ich teilgenommen hatte, oder ob es sogar noch schlimmer war. Vielleicht lag hier der Schlüssel zu meiner Gedächtnislücke. Ich zögerte. Es war nicht recht, Heather zu drängen, bevor sie so weit war – aber sie war der einzige

Mensch, der mir helfen konnte, die weißen Stellen zu füllen. Während ich noch darüber nachdachte, was ich tun sollte, fuhr sie aus eigenem Antrieb fort.

»Sie sagten, sie könnten mir helfen, und dass meine ganzen Probleme nur in meinem Kopf existieren.« Wehmütig sagte sie: »Also habe ich nach ein paar Wochen alles verkauft, was ich besaß, zog ins River of Life Center und begann, im Laden zu helfen.« Ich fragte mich, was für eine Art Laden das war und ob er sich auf dem Gelände der Kommune befand.

»Ich wollte in irgendetwas gut sein.« Heather schwieg nachdenklich. »Bevor Daniel das Retreat mitmachte, war er in Haiti gewesen, als Helfer nach dem Erdbeben, und davor war er noch weiter weg im Ausland. Er hat so unglaubliche Dinge in seinem Leben gemacht. Ich habe gar nichts gemacht. Ich schmeiße immer alles hin, die Schule, Jobs. Ich habe einen Treuhandfonds, von meinen Großeltern, und meine Eltern haben mir immer alles gekauft und mir Geld gegeben, so dass es nie irgendetwas auszumachen schien. Aber als ich im Zentrum war, gefiel mir die Arbeit im Laden. Ich habe die Auslagen gestaltet – und ich war gut darin.« Sie begann, an dem Verband zu nesteln. *Zupf, zupf, zupf.* »Als wir die Kommune verließen, konnte ich keine Arbeit finden, weil ich schwanger war, so dass Daniel zwei Jobs übernehmen musste. Ich war stundenlang allein.«

»Wie war das für Sie?«

»Ich habe es gehasst.« Sie streckte sich, als versuchte sie, von irgendetwas loszukommen, und wand sich auf ihrem Stuhl. »Jede Minute kam mir so unendlich lang vor. Ich sah auf die Uhr, sah fern, versuchte alles Mögliche. Aber meistens war ich müde, also schlief ich viel. Ich versuchte, Abendessen für Daniel zu machen, wenn er nach Hause kam, aber ich habe nur ein heilloses Chaos angerichtet und alles anbrennen lassen.« Ihre Augen füllten sich erneut mit Tränen, und sie schüttelte langsam den Kopf. »Er sollte eine Frau haben, die sich um ihn kümmert. Sehen Sie mich an.« Sie streckte ihre Handgelenke vor. »Wer soll mich schon wollen?«

»Haben Sie noch einmal daran gedacht, sich etwas anzutun?«

»Ich höre ständig eine Stimme in meinem Kopf.« Sie hielt inne. »Ich meine, nicht die Stimme eines anderen. Es ist meine, aber sie sagt, dass ich sterben sollte und …« Sie brach ab und schlug die Hand vor den Mund.

»Es ist in Ordnung, lassen Sie sich Zeit. Ich weiß, dass es schwer ist, über diese Gefühle zu sprechen, aber ich kann Ihnen zeigen, wie Sie solche schmerzhaften Emotionen lindern können, ohne sich selbst zu verletzen.«

Sie holte tief Luft und begann erneut. »Ich beschimpfe mich selbst.«

»Und wie?«

Sie verzog den Mund zu einem Zähnefletschen und hob die Stimme. »Du dumme Schlampe, ich *hasse* dich. Du kriegst nichts richtig hin. Du bist ein hässliches und wertloses Stück Dreck.« Ihre Stimme wurde wieder normal. »Danach würde ich am liebsten ein Messer nehmen und mir in den Körper bohren, überall.« Sie führte eine Pantomime vor, stach auf ihre Beine ein und schlitzte ihren Körper auf.

»Wer ist diese Stimme?« Ich überlegte, ob sie möglicherweise unter einer Persönlichkeitsspaltung litt.

»Ich weiß nicht – ich selbst, schätze ich. Ich will einfach nur, dass es aufhört.«

»Wenn alles vorbei ist, können Sie auch keine guten Erfahrungen mehr machen. Dann gibt es kein Zurück.« Ich sah ihr in die Augen. »Der Tod ist eine endgültige Entscheidung. Ihr Mann, Ihre Eltern – sie würden womöglich nie darüber hinwegkommen.«

»Aber dann würden sie aufhören, sich Sorgen um mich zu machen – und mein Vater könnte aufhören, enttäuscht zu sein.«

Ich fragte mich, ob das Zentrum sie deshalb so angezogen hatte. Eine Gruppe, die großzügig ermutigte und akzeptierte, war sehr verführerisch. Und Heather sehnte sich nach Anerkennung durch eine Autorität.

»Können Sie sich an andere Zeiten in Ihrem Leben erinnern, in denen Sie sich so niedergeschlagen fühlten?«

Mit ausdrucksloser Stimme erwiderte sie: »Als ich schon mal versucht habe, mich umzubringen.«

»Wenn Sie damals Erfolg gehabt hätten, hätten Sie Daniel niemals kennengelernt, stimmt's?«

»Das stimmt ...« Sie sah mich an, in ihrem Blick flackerte ein erstes Verstehen auf. Meine Worte hatten sie erreicht.

»Das ist etwas, an das Sie denken sollten, wenn Sie sich das nächste Mal so schlecht fühlen – es können wunderbare Dinge geschehen. Was hat Sie früher dazu gebracht, weiterzumachen?«

»Manchmal, wenn ich mich am liebsten umgebracht hätte, musste ich daran denken, wie wütend mein Dad beim ersten Versuch gewesen war. Das hat mich dann eine Weile davon abgehalten.«

»Glauben Sie, dass er vielleicht wütend war, weil er Angst hatte, Sie zu verlieren?«

»Ich bin ihm egal. Beim zweiten Mal hab ich es getan, weil ich *wollte*, dass er sauer wird – ich wollte einfach, dass er sieht, dass es mir schlechtgeht.« Sie schüttelte den Kopf.

Obwohl der Gedanke traurig war, war ich froh, dass sie ein wenig Selbsterkenntnis bewies. Sie fügte hinzu: »Sie müssen mich für blöd halten.«

»Der Wunsch, vom eigenen Vater geliebt zu werden, ist überhaupt nicht blöd. Aber sich selbst zu verletzen, um Aufmerksamkeit zu bekommen, ist nicht der beste Weg, um das zu erreichen.«

»Es hat ohnehin nichts geändert. Sie kamen von ihrer Reise zurück, und Dad schickte mich zu einem Therapeuten. Aber dann gaben sie mir einfach Geld und fuhren erneut weg. Er ist Rechtsanwalt, und jeder hält ihn für einen tollen Typen.« Ihr Mund zuckte. »Aber er hat sich nie Zeit für mich genommen. Keiner von meinen Eltern. Als ich ein Kind war, glaubte jeder, mein Leben wäre perfekt, weil wir reich waren, aber ich war nur einsam.«

»Das muss schwierig gewesen sein. Wenn man depressiv ist, kann Alleinsein die Sache noch schlimmer machen. Ich schlage vor, dass wir uns ein paar Wege überlegen, um daran etwas zu verändern, in Ordnung?« Ich war bereit zu wetten, dass diese Einsamkeit einer der Hauptgründe war, warum sie überhaupt ins Zentrum gegangen war – sie wollte irgendwo dazugehören.

»Aber es kommt immer wieder.«

»Was kommt immer wieder?«

»Meine Depression – ich bin es so leid, so fertig zu sein.« Sie sah mich direkt an, und die Tiefe ihres Schmerzes, die Hoffnungslosigkeit in ihrem Blick ließ meinen Atem stocken. »Vielleicht kann ich nicht geheilt werden. Ich habe alles versucht – Antidepressiva, Yoga, Therapie. Ich dachte, das Zentrum würde mir helfen, aber da ist es nur noch schlimmer geworden. Ich glaube nicht, dass mir zu helfen ist.«

»Sie *können* wieder gesund werden. Es geht Ihnen wieder schlechter, weil Sie Ihre Medikamente abgesetzt und einen schmerzlichen Verlust erlitten hatten. Das war eine Menge, womit Sie fertig werden mussten.«

»Aaron sagt, dass wir unseren eigenen Schmerz schaffen und dass man nicht zulassen darf, von Medikamenten abhängig zu werden. Man kann seinem Körper beibringen, ohne sie auszukommen.«

Ich holte tief Luft, ehe ich antwortete. »Viele Menschen brauchen Medikamente gegen Depressionen. Es ist eine schwierige Krankheit, aber man kann lernen, damit zurechtzukommen, genau wie mit anderen Gesundheitsproblemen.«

»So stark bin ich nicht. Aaron sagt, wenn wir vor dem Chanten auf Essen und Schlaf verzichten, bringt es uns näher an unser wahres Selbst, und wir würden lernen, unseren Körper zu kontrollieren. Aber ich fühlte mich nur benommen.«

»Wie lange haben Sie nichts gegessen und nicht geschlafen?«

»Manchmal tagelang, ich weiß es nicht einmal. Es war alles wie vernebelt. Sie haben stundenlang mit uns geredet, über das Zentrum, ihre Ansichten, wie sie unser Leben verändern können.«

Es klang, als würden die Leute vom Zentrum gezielt Techniken anwenden, die die Wachsamkeit herabsetzten und die Menschen verwirrten – was ziemlich alarmierend war. Sekten benutzten diese Techniken, um neue Mitglieder zu brechen. Während des Studiums hatte ich mehrere Arbeiten über sektenähnliche Gruppen verfasst und einige der destruktiveren genauer erforscht. Die Anführer waren keineswegs nur waffenherumschleppende Paranoiker, einige der gefährlichsten traten eher im Gewand von freundlichen Lebens-Coachs auf. Es gab immer noch ziemlich viel, was ich *nicht* über das Zentrum wusste, aber es schien, als hätte Aaron sich weiter zum Extremen hin entwickelt.

»War das bei Ihrem ersten Retreat?«, fragte ich Heather.

Sie schüttelte den Kopf. »Bei den ersten Malen ging es nur darum, wie man zur Ruhe kommt und seine Mitte findet. Es war immer sehr entspannend. Ich ging auf dem Gelände spazieren, alle lächelten mich an, manche meditierten auf einem der Hügel. Es ist so ruhig dort, und alles, was sonst so wichtig ist, wie Autos oder Handys, Filme, Klamotten, Statuszeug – keiner kümmert sich um irgendetwas davon. Man ernährt sich gesund, atmet frische Luft, übt und konzentriert sich nur darauf, den Lärm im eigenen Kopf auszuschalten.«

»Und wann fingen Sie an, an den anderen Chanting-Zeremonien teilzunehmen?«

»Erst nach dem fünften Retreat, nachdem ich darum gebeten hatte, im Zentrum leben zu dürfen. Man muss beweisen, dass man hinreichend engagiert ist.« Ihre Arme verspannten sich leicht, und sie rieb sie, als wäre ihr kalt.

»Und danach haben Sie angefangen zu fasten und aufgehört zu schlafen?« Allmählich hatte ich das Gefühl, das Zentrum hätte zwei Seiten, eine, die der Öffentlichkeit präsentiert wurde, ein Rückzugsort zur Entspannung, und eine andere, wesentlich intensivere Version für die Vollmitglieder.

Sie nickte und begann erneut, an ihren Nägeln zu zupfen, als sei sie nervös, weil sie mir so viel erzählt hatte. »Auch noch andere Sachen, aber ja.«

»Heather, jeder würde in so einer Situation Depressionen bekommen. Ihr Blutzuckerspiegel war im Keller, und

Müdigkeit hat das alles noch verschlimmert.« Es würde Heather helfen, wenn sie erkannte, wie man sie manipuliert hatte – dann fiele es ihr auch leichter, den Automatismus der Selbstanschuldigung zu durchbrechen. Ich überlegte kurz. Nachdem sie das Zentrum verlassen hatten, musste Daniel zwei Jobs annehmen, damit sie über die Runden kamen. Was war mit dem Geld aus ihrem Treuhandfonds passiert?

»Hat das Zentrum Sie jemals um Geldspenden gebeten?«

Sie wurde noch nervöser und ließ den Blick im Raum umherhuschen. Die Brust hob und senkte sich im Takt ihres hektischen Atems. Sie sagte: »Ich sollte nicht darüber reden. Ich habe Daniel versprochen, nichts zu erzählen.«

Also *hatte* man sie um Spenden gebeten, und Heathers Reaktion nach zu urteilen, hatte sie ihnen Geld gegeben. Ich wunderte mich, dass Daniel eingewilligt hatte, die Kommune zu verlassen, denn offenkundig wäre er ja lieber geblieben. Und Heathers bisheriges Verhalten und dieses Versprechen, das sie ihrem Mann gegeben hatte, deuteten darauf hin, dass sie sich seinen Wünschen normalerweise fügte. Entweder hatte er ihr nachgegeben, um sie glücklich zu machen, oder er verspürte insgeheim ebenfalls leise Zweifel.

Als sie das Thema nicht weiter ausführte, sagte ich: »Ich weiß, dass Sie Schwierigkeiten hatten mit den Ansichten des Zentrums über Kindererziehung, aber gab es vielleicht noch mehr, bei dem Sie anderer Meinung waren?«

Wieder sah sie mich nervös an und hob die Schultern. »Ein paar Sachen ... sie machen ein paar Sachen einfach anders – aber es hat einer Menge Leuten geholfen.« Sie sagte den letzten Teil in einem leicht defensiven Ton, und ich fragte mich, wen sie zu überzeugen versuchte.

»Zum Beispiel?« Ich hörte die Worte aus meinem Mund kommen und begriff, dass ich gefragt hatte, weil es mich *persönlich* interessierte, nicht, weil ich mich um Heather sorgte. Ich verspürte einen Anflug von Ärger, der allein mir selbst galt. So eine Ärztin wollte ich nicht sein, die sich vor allem auf ihre eigenen Themen konzentrierte. Aber es sah aus, als hätte Heather meine Frage nicht einmal gehört.

»Ich muss ständig an meinen ersten Besuch dort denken«, sagte sie. »Es hat so viel Spaß gemacht, und alle waren glücklich. Ich habe mich richtig gut gefühlt, besser als seit Jahren.« Erneut füllten sich ihre Augen mit Tränen. Anscheinend glorifizierte sie ihre ersten Tage dort, dachte euphorisch daran zurück, so wie manche Menschen vom Anfang ihrer Beziehung schwärmen, nachdem alles in die Brüche gegangen ist. »Vielleicht bin ich das Problem. Wenn ich es nicht einmal schaffe, im Zentrum glücklich zu bleiben, werde ich es vielleicht niemals sein. Vielleicht haben sie recht, und ich habe einfach nur zu große Angst und erlaube mir selbst nicht, glücklich zu sein. Warum bin ich nicht einfach dortgeblieben?«

Ich wiederholte, was ich ihr bereits am ersten Tag gesagt hatte. »Sie haben eine Entscheidung getroffen, die sich für Sie richtig anfühlte. Sie wollten Ihr Kind beschützen.«

»Ich weiß nicht …« Sie sah mich verwirrt an. »Vielleicht sollte ich zurückgehen. Wenn ich hier wieder raus bin …«

»Ich glaube nicht, dass Sie jetzt irgendwelche Entscheidungen darüber fällen sollten. Hier an diesem Ort können Sie eine Auszeit vom Alltag nehmen, damit Sie sich ganz darauf konzentrieren können, wieder gesund zu werden.«

Es war, als würde sie ihre Mimik ausschalten, während sie sich mir immer mehr entzog.

»Können Sie sich für den Moment darauf konzentrieren, auf sich selbst zu achten?«

Sie antwortete nicht, und ich konnte sie nicht noch

stärker bedrängen, ohne zu riskieren, dass sie vollkommen dichtmachte, also sagte ich: »Würden Sie gerne über etwas anderes sprechen? Sie haben eine Frau erwähnt, Emily. Mögen Sie mir von ihr erzählen?«

Schuldgefühle spiegelten sich auf ihrem Gesicht. »Als wir ein paar Monate in der Kommune lebten, wurden wir Leuten zugeteilt, die zu einem Retreat kamen – wie spirituelle Geschwister. Wir mussten sie überallhin begleiten. Emily ist erst achtzehn. Sie hat auch versucht, sich umzubringen, deshalb ist sie ins Zentrum gekommen …«

Wo war das Mädchen jetzt? Wenn sie suizidgefährdet war, war das Zentrum womöglich der schlechteste Ort für sie. Meine Besorgnis wuchs, als Heather sagte: »Sie war immer noch depressiv, auch im Zentrum – aber ich habe sie überredet, noch für einen weiteren Retreat zu bleiben, und jetzt lebt sie dort. Wenn man es schafft, die Leute, die zu einem Workshop kommen, dazu zu bringen, dass sie sich für einen weiteren Kurs anmelden, gewährt Aaron einem eine private Meditation. Ich wollte, dass er mich mag.« Ihr Blick wurde matt und verzweifelt.

Die Besucher zu bedrängen, sich für weitere Retreats anzumelden, passte zum Profil vieler Selbstfindungs-Gruppen, einschließlich derjenigen mit sektenförmiger Ausprägung. Doch was mich vor allem aufhorchen ließ, war die Erwähnung der privaten Meditation. Ich dachte an meine Zeit in der Kommune und erinnerte mich dunkel, wie Aaron die weiblichen Mitglieder zu Heilsitzungen fortgeführt hatte, die Hand fast liebkosend an ihrer Taille oder auf den Schultern. Hatte er wirklich nur versucht, sie zu heilen, oder war dort noch mehr geschehen?

Ich richtete meine Aufmerksamkeit wieder auf meine Patientin, die meine Hilfe brauchte. Ich lehnte mich vor und stellte Augenkontakt her. »Es ist offensichtlich, dass Sie ein Mensch sind, der sich sehr um andere sorgt, Heather. Ich bin sicher, dass Sie nicht wollten, dass Emily irgendein Leid geschieht.«

Sie blickte hinunter auf ihre Verbände. Dann sagte sie leise: »Sie hätte nicht auf mich hören sollen. Ich bin nutzlos. Ich kann mich nicht einmal selbst richtig umbringen.«

7. Kapitel

Auf dem Heimweg vom Krankenhaus dachte ich wieder an die Kommune und an Willow, die als Erste in mir das Interesse an Medizin geweckt hatte. Sie verfügte über ein immenses Wissen über Pflanzen und Kräuter und darüber, welche sich als natürliche Heilmittel verwenden ließen. Rasch übernahm sie die Verantwortung für die Gewächshäuser. Wenn irgendjemand sich verletzte oder erkrankte, wandte er sich an Willow. Sie benutzte Lavendel für fast alles – als Antiseptikum, gegen Ängste, Schlafstörungen, Kopfschmerzen, Hautprobleme und Magenreizungen. Brennnesseln wirkten bei Gelenkschmerzen und als Abführmittel, Beinwelltee gegen Husten. Schafgarbe stillte Zahnschmerzen und half bei Durchfall.

Sie roch immer nach irgendeinem Kraut oder einer Pflanze, den einen Tag nach Rosmarin, am nächsten nach Rhabarber oder Salbei, aber meistens roch sie nach Lavendel. Sie stellte Seife und Lotion, Shampoo und Lippenbalsam, Salben und Öle her. Das Essen schien mit ihren Kräutern frischer und belebender zu schmecken. Ich fragte sie einmal, woher sie so viel wusste, und sie erzählte mir, dass sie in der Nähe eines Reservats aufgewachsen war und viel Zeit mit einer Frau indianischer Abstammung verbracht hatte. Als ich sie nach ihren Eltern fragte, verharrte ihre Hand, die gerade mit einem Blatt herumgespielt hatte, und sie zog die Mundwinkel nach unten. Ich wechselte das Thema.

Joseph versuchte ein paarmal, sie zu schikanieren, und einmal stellte er ihre Anwendung eines Kräutertees in Frage, behauptete, sie wolle die Mitglieder vergiften. Aaron schaltete sich ein und schickte ihn in seine Hütte, während Willow betroffen daneben stand. Dann befahl er Willow, diesen Tee nicht mehr zu benutzen. Sie versuchte zu erklären, dass er harmlos war, doch Aaron ließ sich nicht umstimmen. Es war nicht das erste Mal, dass es zwischen ihnen zu Spannungen kam. Wenn die Leute Willow wegen eines Heilkrauts oder irgendwelcher Beschwerden aufsuchten, verpasste Aaron ihnen anschließend garantiert eine Heilsitzung. Er dankte Willow für ihre unterstützende Behandlung, betonte jedoch, dass es seine Reinigung der Chakren oder die Harmonisierung der blockierten Meridiane gewesen sei, die den Betroffenen letztlich geheilt hätten.

Im Sommer fing Aaron an, Mitglieder loszuschicken, um die Ausrüstung der Holzfäller zu sabotieren, wo immer sie in den Bergen arbeiteten. Dann hatte er die Vision, dass wir Nägel in die Bäume treiben sollten, damit die Kettensägen zurückschlugen. Willow gefiel die Idee nicht, sie machte sich Sorgen, dass jemand verletzt werden könnte. Joseph wurde wütend und brüllte: »Das Licht wird uns alle bestrafen, wenn wir seiner Botschaft nicht gehorchen.«

Aaron packte Joseph am Arm, der kurz davor war, wie ein junger Bulle auf einen Herausforderer loszugehen. Aaron flüsterte ihm etwas zu. Joseph betrachtete die Mitglieder, schaute jedem von uns in die Augen, bis wir wegsahen. Willow hielt seinem Blick als Einzige stand, und ich wollte sie anschreien, wollte sie warnen, dass sie es nur noch schlimmer machen würde, doch ich war vor Furcht wie erstarrt.

Endlich sagte Joseph, bebend vor Wut: »Wir müssen jeden vernichten, der die Erde verletzt. Wenn wir es nicht tun, wird etwas Schlimmes geschehen. Ich kann es spüren.« Er umfasste den Kopf mit den Händen. »Hier drin.«

Bei seinen Worten schnappte die Gruppe hörbar nach Luft, und ein Raunen ging durch die Menge.

Aaron sagte nur: »Komm schon, Joseph. Lass uns hören, was die anderen zu sagen haben.«

Josephs Mund stand offen. Er atmete schwer, sein Blick wanderte von einem zum anderen, doch seine Stimme war furchterregend ruhig, als er sagte: »Wie du willst«, und davonging.

Aaron wandte sich wieder an die anderen. »Stimmt ihr alle mit Willow überein?«

Die Anspannung lief wie Wellen durch die Mitglieder. Ich spürte das Grauen in mir emporkriechen, als ich auf ihre Antworten wartete. Was würde geschehen, wenn sie ja sagten? Nie zuvor hatten sie sich gegen Aaron gestellt. Würde er sie fortschicken? Ich hielt den Atem an.

Dann nickte jemand. Und noch jemand. Der Rest folgte.

Aaron lächelte. »Dann werde ich meditieren und einen anderen Weg finden.« Mit gesenktem Kopf schritt er auf seine Hütte zu, die Hände vor sich gefaltet.

Die Mitglieder starrten ihm nach. Obwohl Aaron verständnisvoll gewirkt hatte, machten sie sich offensichtlich Sorgen, er könnte wütend sein. Mich verunsicherte seine Reaktion ebenfalls, er wirkte viel zu ruhig auf mich. Einige Mitglieder wären ihm vielleicht nachgegangen, doch Willow wandte sich lächelnd an alle.

»Lasst uns schwimmen gehen, ehe wir alle in der Hitze schmelzen!« Die anderen lachten, erleichtert, dass jemand ihnen sagte, was sie mit dieser Situation anfangen sollten, und liefen zum Fluss hinunter. Robbie und Willow schlenderten hinterher und unterhielten sich leise. Ich ging hinter ihnen und versuchte, zu verstehen, was sie sagten, aber ohne Erfolg. Robbie drehte sich zu mir um. Seine Miene verriet nicht das Geringste.

Am Fluss zogen sich alle aus und sprangen ins Wasser. Die meisten Mitglieder badeten wie üblich nackt, aber ein paar Männer trugen kurze Jeans und einige Frauen Bikinis. Coyote, Levis Vater, war zum anderen Flussufer geschwommen und kletterte auf einen Felsvorsprung. Einige Leute forderten ihn mit lauten Rufen auf, zu springen. Coyote, der so wild war wie sein Name, tauchte immer von den höchsten Felsen in den Fluss. Er versuchte ständig, Levi dazu zu bringen, mit ihm zu kommen, aber Levi sprang nur von den niedrigeren Felsen und lächelte, wenn sein Vater ihn einen Angsthasen nannte. Doch ich merkte, dass es ihn verletzte. Robbie sprang ohne weiteres von den höheren Felsen, aber wenn Levi dabei war, blieb er mit ihm weiter unten.

An diesem Tag blieb ich mit den anderen Kindern in der Nähe des Ufers. Ich war nie eine gute Schwimmerin gewesen und watete nur halb hinein, bis meine Knie vom kalten Wasser ganz taub wurden. Robbie sonnte sich an der Böschung am anderen Ufer, seine Shorts waren nass und sein Haar tropfte. Er schüttelte den Kopf wie ein Hund und ließ es auf Willow regnen, die mit meiner Mutter und den anderen Frauen in der Nähe saß. Sie schöpfte etwas Wasser mit der hohlen Hand und bespritzte ihn damit. Die Tropfen funkelten hell in der Sonne.

Coyote war fast oben auf dem Felsvorsprung angekommen, dort, wo ein alter, toter Baum aus dem Gestein vorragte. Er hielt inne und begann, wie ein Wolf zu heulen. Wir lachten alle, doch dann wurden wir still, als er auf den

Baumstamm hinauskroch. Levi, der bei der Gruppe Mädchen gesessen hat, kletterte seinem Vater hinterher. Seine langen Beine blitzten weiß auf, als er von Fels zu Fels sprang.

Coyote kroch noch weiter auf dem Baumstamm vor, der gefährlich weit über den Fluss hinausragte. Der Stamm schwankte einen Moment, dann kam er wieder zur Ruhe. Die Gruppe unten am Fluss schnappte nach Luft. Heidi, seine Frau, rief: »Coyote, komm runter!«

Er grinste, vergewisserte sich, dass wir alle noch zusahen, und kroch ein paar Zentimeter weiter.

Robbie war aufgestanden, seine Schultern waren angespannt. Er hob eine Hand über die Augen, um die Sonne abzuschirmen. Als Levi hinter seinem Vater auf den Felsen zu klettern begann, löste sich unter seinem Fuß ein kleiner Stein von einem Vorsprung. Er fiel hüpfend herunter, schlug auf seinem Weg nach unten gegen den Felsen und landete platschend im Wasser. Coyote, abgelenkt von dem Geräusch, schaute hinunter und verlagerte dabei sein Gewicht. Es knackte hörbar, als der Baumstamm aus dem Felsen herauszubrechen begann. Heidi stieß einen Schrei aus, während Levi brüllte: »Dad!«

Coyote stürzte ins Wasser, und der Baum krachte ihm hinterher und direkt auf ihn drauf. Levi kletterte vom Felsen herunter. Andere, allen voran Robbie, schwammen auf die Stelle zu, an der Coyote untergegangen war. Robbie tauchte, kam wieder hoch und machte Zeichen, dass er Hilfe brauchte. Levi tauchte mit ihm. Sie waren so lange unter Wasser, dass ich zu schluchzen begann und würgend nach Luft rang. Schließlich kam Robbie hoch, Coyotes erschlafften Körper im Arm. Kurz darauf tauchte Levi auf. Sie schwammen zum Ufer und zogen Coyote hinter sich her. Als sie ihn die Felsen hinaufgezogen hatten, kauerte Willow sich neben ihn und scheuchte alle anderen zurück. Heidi schrie. Robbie und Willow bearbeiteten Coyote fieberhaft: Sie machte eine Mund-zu-Mund-Beatmung, und er gab ihm eine Herzmassage. Willow hörte auf und sagte etwas zu Robbie.

Ich stand immer noch im Wasser und zitterte am ganzen Leib. Ich sah Coyotes Kopf zur Seite rollen, seine Hand war schlaff, und der Mund war geöffnet. Aus einer klaffenden Wunde auf der Stirn tropfte Blut. Inzwischen kamen Aaron und Joseph, angelockt von den Schreien, Seite an Seite den Hügel heruntergerannt. Als sie das andere Ufer erreicht hatten, versuchte Aaron, Coyotes Puls zu ertasten, und hielt das Ohr dicht an seinen Mund. Dann sah er uns an und sagte: »Er ist tot.«

Aaron und Robbie hoben Coyote hoch, trugen ihn zurück zum Camp und betteten ihn auf einen Tisch. Stumm und traurig versammelten wir uns um ihn. Einige weinten. Heidi stöhnte nur gebrochen. Wasser tropfte aus Coyotes nassen Shorts und bildete eine Pfütze unter seinem Leichnam. Er war der erste Tote, den ich sah.

Aaron winkte uns näher heran, während er am Fußende des Tisches stehen blieb. Sein Gesicht war ernst, die Augen waren feucht. »Wir haben ein Mitglied unserer Familie verloren, und ich weiß, dass ihr traurig seid – ich bin es auch. Ich habe Coyote geliebt. Aber ich verspreche euch, dass er jetzt an einem besseren Ort ist.« Er sah zu Levi, der den Leichnam seines Vaters anstarrte. Wasserrinnsale aus seinem nassen Haar vermischten sich mit den Tränen, die ihm übers Gesicht liefen. Aaron legte ihm die Hand auf die Schulter. »Coyote ist nicht tot. Seine Energie ist überall um uns herum.« Er sah die Gruppe an. »Aber auch die negativen Energien, die den Unfall verursacht haben.« Ein verwirrtes

Flüstern ging durch die Gruppe, die Leute waren unsicher, was Aaron meinte. Er sagte: »Ein Mitglied hat meine Vision zurückgewiesen, deshalb wurden wir bestraft.«

Endlich begriff auch der Letzte. Unterschwellige Unmutsäußerungen wehten Willow entgegen, als sie die Verbindung herstellten. Willow wich zurück. Zum ersten Mal sah sie ängstlich aus.

Aaron starrte sie einen Moment an, dann wandte er sich ab. »Wir müssen daraus lernen, oder wir sind nicht in der Lage, zur nächsten spirituellen Ebene aufzusteigen und unseren Bruder wiederzutreffen. Coyote hat uns ein großartiges Geschenk gemacht. Wir sollten nicht trauern, wir sollten dankbar sein.«

Die Kommune murmelte aufgeregt. Wir waren Zeugen seines Todes, aber Aarons Glauben, dass Coyotes Geist immer noch lebendig war, gab uns Hoffnung, und wir griffen danach. Niemand wollte sich der Tatsache stellen, dass wir Coyote nie wiedersehen würden.

Aaron sagte: »Jetzt lasst uns zurück an die Arbeit gehen, und später zur Meditation. Einige von uns können vielleicht mit Coyote in Verbindung treten.« Er wandte sich an Willow. »Nach der Meditation sprechen wir über deinen spirituellen Weg.«

Sie nickte beklommen.

Die Polizei kam und nahm Aussagen auf, und der Coroner fuhr mit Coyotes Leichnam davon. Ein paar Stunden später erlitt Heidi eine Fehlgeburt. Für den Rest des Tages war die Kommune in Aufruhr, alle sprachen mit gedämpften Stimmen, sahen ängstlich dem nächsten Satsang entgegen und gingen Willow aus dem Weg. Keiner von ihnen wollte enden wie Coyote oder Heidi.

Aaron hatte Willow zu einer privaten Meditation mit in seine Hütte genommen, und als sie wieder herauskamen, verkündete er, dass Willow jetzt bereit war, »seine Visionen zu akzeptieren«. Willow stimmte zu, aber sie wirkte aufgewühlt.

Am nächsten Nachmittag bemerkte ich, wie Willow während unseres sonntäglichen spirituellen Unterrichts erneut die Stirn runzelte, als Aaron uns daran erinnerte, dass wir all unsere Besitztümer teilen müssten, andernfalls würden wir nicht wirklich als Familie zusammenleben. Viele Mitglieder gingen in ihre Zelte und schleppten ihre Habseligkeiten an, tauschten sie mit anderen und dankten ihnen mit Lächeln und Umarmungen. Nach dem Abendessen schickte Aaron uns auf unseren Besinnungsspaziergang, wies jedoch Willow an, im Camp zu bleiben und darüber zu meditieren, was sie aus den Ereignissen des gestrigen Tages gelernt hatte. Joseph begleitete uns, aber Aaron würde ebenfalls zurückbleiben und die Tiere versorgen.

Als ich der Gruppe folgte, blickte ich zurück und sah Willow und Robbie am Waldrand miteinander sprechen. Dann wirbelte Robbie herum und verschwand in Richtung Schotterpiste, die von unserer Kommune fortführte. Ich nahm eine Bewegung neben dem Stall wahr und begriff, dass Aaron die Szene ebenfalls gesehen hatte. Willow ging zum Fluss. Aaron folgte ihr. Ich wollte mich hinunter zum Camp schleichen und sehen, was sie taten, doch als ich mich umschaute, waren die anderen auf dem steilen Pfad bereits ein ganzes Stück vor mir, und meine Mutter winkte mich zu sich.

Die Mitglieder teilten sich in kleine Gruppen auf oder suchten sich ein ruhiges Plätzchen, wo sie allein meditieren konnten. Joseph streifte durch den Wald. Ein Mitglied musste stets unten im Camp bleiben und die Glocken läuten, um anzuzeigen, dass unser Besinnungsspaziergang vorbei war. Aaron hatte gesagt, er würde das diesmal übernehmen. Er ließ uns ziemlich lange meditieren, und als wir zurückkamen, dunkelte es bereits. Die Gruppe beschloss, noch einmal eine späte Schwimmrunde einzulegen. Mir fiel auf, dass Robbie und Willow fehlten, doch Aaron gesellte sich zu uns an den Fluss. Nachdem die Kinder in ihre Hütte geschickt worden waren, blieb ich wach, aus Sorge um Robbie. Ich versuchte, die Stimmen am Lagerfeuer zu erkennen, und konnte Aaron ausmachen, ab und zu auch meine Mutter und andere Mitglieder, doch Robbie hörte ich immer noch nicht.

Am nächsten Tag zum Frühstück stellte ich erleichtert fest, dass Robbie wieder da war, doch als ich auf ihn zurannte, merkte ich, dass irgendetwas nicht stimmte, und blieb stehen, als würde sich eine unsichtbare Mauer zwischen uns auftürmen. Er war blass, die Haare zerzaust, nasse Locken klebten an seiner Stirn. Die Augen waren rotgerändert und blutunterlaufen. Er hielt seine Hände ganz merkwürdig, als hätte er Schmerzen, und die Knöchel waren aufgeschürft. Ich fragte mich, wo er die ganze Nacht gesteckt hatte. Mein nächster Gedanke war: *Er sollte Willow nach etwas Salbe fragen.* Doch als ich mich umschaute, entdeckte ich sie nirgends.

Alle versammelten sich zur Morgenmeditation, doch ehe Aaron die Chants anleitete, winkte er uns zu sich und erzählte uns, Willow sei heute früh fortgegangen. »Ich habe versucht, es ihr auszureden, aber sie hat nicht auf mich gehört. Sie sagte, sie sei es leid, immer an einem Ort zu leben, und wolle wieder reisen.«

Als Aaron uns losschickte, um zu meditieren und uns von

den schlechten Gefühlen zu reinigen, die Willows plötzlicher Weggang hervorgerufen hatte, schlich ich mich in ihr Zelt, auf der Suche nach einer Nachricht, einer Erklärung, irgendetwas. Alles, was ich fand, war eine handgenähte Patchworktasche unter ihrem Kissen. Darin befanden sich ein paar Kleidungsstücke und selbstgemachte Toilettenartikel.

Aaron betrat das Zelt. »Was machst du hier?«

Ich presste Willows Besitztümer an meine Brust, während ich zu ihm hochstarrte. In meinen Ohren rauschte das Blut. »Ich verstehe nicht, warum Willow gegangen ist.«

In diesem Moment fiel mir auf, dass er Willows Weste trug.

Er sah mich ruhig an, doch seine Stimme hatte einen warnenden Unterton. »Das Leben in einer Gruppe gefällt ihr nicht, deshalb ist das hier nicht der richtige Ort für sie. Jedes Mitglied muss tun, was gut für alle ist, nicht nur für einen selbst, oder wir leiden alle.«

Die Frage entschlüpfte mir, ehe ich mich bremsen konnte. »Warum hast du ihre Weste an?«

»Sie hat sie am Morgen beim Lagerfeuer liegengelassen.« Er schaute daran herunter und zupfte an einer der Fransen. »Das Licht wollte, dass ich sie bekomme.«

Einige Mitglieder waren verärgert, weil Willow gegangen war, und das so kurz nach Coyotes Tod, doch Aaron sagte, wir sollten nicht vergessen, dass es ihre negativen Schwingungen gewesen waren, die zu Coyotes Tod geführt hatten, und dass sie der Kommune Probleme gemacht habe. Ohne sie seien wir besser dran. Die Einzigen, die je Probleme mit ihr hatten, waren Joseph und Aaron, aber jetzt, wo sie fort war, vergaß die Gruppe dieses Detail rasch. Aaron ermahnte uns, wir dürften nicht zulassen, dass Coyote umsonst gestorben sei, und müssten versuchen, aus seinen und Willows Fehlern zu lernen. Ab diesem Zeitpunkt nannte die Kommune sich The River of Life, und einer der Männer schnitzte ein Schild für den Baum am Eingang: zwei Hände, die sich zum Licht emporreckten.

Ich weiß nicht, wie lange wir in der Kommune gelebt hätten, wenn der kleine Junge nicht gestorben wäre. Er hieß Finn und war achtzehn Monate alt, als er davonlief, während alle anderen bis spät nachts am Lagerfeuer saßen. Es war Ende September, und als seine bekifften Eltern, die noch ein zwei Monate altes Baby hatten, begriffen, dass er weg war, war er bereits seit Stunden unterwegs. Alle wurden geweckt, und wir suchten überall, konnten ihn aber nirgends finden. Die Kommune hielt eine Versammlung ab, um zu entscheiden, ob wir die Polizei einschalten sollten. Es war riskant, denn im Stall trockneten die Marihuanapflanzen, und wir hatten bereits durch Coyotes Tod unliebsame Aufmerksamkeit auf uns gezogen.

Schließlich meditierte Aaron in der Schwitzhütte und berichtete anschließend von seiner Vision, dass Finn sich an einem warmen Ort versteckte. Weil man ihm beigebracht hatte, Beeren zu essen und Wasser zu finden, ginge es ihm gut. Am Morgen konnten wir ihn immer noch nicht finden, also meditierten wir in der Gruppe und chanteten, um ihn nach Hause zu bringen, doch Aaron sagte, unsere Angst blockiere seine Verbindungen mit der anderen Seite. Finns Eltern nahmen einen der Trucks und fuhren zur Polizeiwache. Stunden später fand die Polizei Finn, kopfüber in einer Pfütze, die winzige Hand noch fleckig vom Saft der Beeren. Er war an Erschöpfung und Unterkühlung gestorben.

Alle waren am Boden zerstört. Selbst Aaron wirkte bestürzt und umklammerte das Holzpferd, das er Finn geschenkt hatte. Doch dann richtete er sich auf und sagte: »In meiner Vision ging es Finn gut. Ich dachte, es würde bedeuten, dass er noch unter uns weilt, aber jetzt begreife ich, dass es ein Zeichen war, dass er sicher auf der anderen Seite ist.« In den folgenden Tagen arbeitete Aaron intensiv mit uns daran, Finns Geist zu erreichen. Seine Miene verriet seine starke Gefühlsregung, wenn er die Chants leitete, seine Stimme klang sicher und kräftig. Hin und wieder fing Finns Mutter während der Meditation an zu weinen. Sie sagte, sie habe ihren Sohn gesehen, er habe ganz friedlich ausgesehen und sei vom Licht umhüllt gewesen. Andere erzählten das Gleiche, aber egal, wie sehr ich mich auch anstrengte, ich sah ihn nie.

Nach Finns Tod meditierte meine Mutter oft und lange privat mit Aaron, aber es schien ihr nicht zu helfen. Sie blieb stundenlang in ihrer Hütte und weinte viel. Oft sah ich sie bekümmert mit den anderen Frauen sprechen. Seit Willow fort war, verbrachte Robbie seine Zeit hauptsächlich damit, am Fluss zu angeln. Ich versuchte, mit ihm über Mom zu reden, und er sagte, ich solle mir ihretwegen keine Sorgen machen, sie sei nur aufgewühlt wegen Finn. Er würde mit ihr reden. Nicht lange danach kam endlich unser Vater, um uns zu holen.

Ein Truck kam ins Camp, als wir mitten beim Abendessen waren. Ich erkannte ihn sofort und sprang mit den Worten »Das ist mein Dad!« vom Tisch auf. Robbie stand ebenfalls auf, doch unsere Mutter blieb sitzen und sah uns beklommen an.

Ein paar Schritte von uns entfernt blieb der Truck stehen.

Dad stieg aus, die schmutzige Baseballmütze saß schief auf dem Kopf. Er sah wütend aus, seine Hände waren zu Fäusten geballt.

Aaron stand auf und sagte: »Können wir dir helfen?«

»Ich bin hier, um meine Familie zu holen.« Dad winkte uns zu sich. Ich machte einen Schritt auf ihn zu, doch dann hob Aaron eine Hand in die Höhe. Ich blieb stehen. Robbie war ebenfalls stehen geblieben, doch er wirkte überaus erleichtert, als er unseren Vater ansah. Unsere Mutter hatte sich nicht gerührt. Ich schaute zu ihr hinüber. Mit weitaufgerissenen Augen und offenem Mund starrte sie ihren Mann an.

Aaron sagte: »Sie haben jetzt eine neue Familie.«

»Kinder, holt eure Sachen«, sagte mein Dad.

Ich spürte eine Bewegung zu meiner Linken. Meine Mutter erhob sich, aber ganz langsam, vorsichtig, mit angstvollem Blick. Sie sah meinen Dad an, dann Aaron. Ihr war anzusehen, wie sie hin- und herschwankte. Furcht überwältigte mich. Ich wollte fort, aber ich hatte Angst, dass mein Dad uns bestrafen würde, weil wir davongelaufen waren. Ich wusste nicht, wovor meine Mom sich fürchtete – vor meinem Dad oder davor, wegzugehen. Robbie ging zu seinem Zelt, aber ganz langsam. Abwartend schaute er zurück zu Mom. Schließlich setzte auch sie sich in Richtung ihrer Hütte in Bewegung, doch als sie an Aaron vorbeikam, packte er sie am Arm.

»Kate, überleg dir gut, was du tust. Deine Kinder sind hier sicher.«

Mein Dad stand immer noch neben seinem Truck. »An Ihrer Stelle würde ich das bleibenlassen.«

Aaron schaute ihn an und ließ meine Mutter augenblicklich los. Ich sah zu meinem Vater und entdeckte das Gewehr, das er mit dem Lauf nach unten in der Hand hielt. Es musste auf dem Boden der Fahrerkabine gelegen haben.

»Meine Familie wird ihre Siebensachen und unsere Tiere einsammeln. Dann werden sie mit mir fahren. Haben Sie ein Problem damit?«

Aaron lächelte besonnen. »Hey, Mann. Wir wollen hier keine Probleme. Wenn sie gehen wollen, können sie das jederzeit machen.«

Der Anhänger stand immer noch hinter dem Stall, und Mom und Robbie luden rasch die Pferde ein. Aus Furcht vor dem, was uns möglicherweise zu Hause erwartete, und benommen, weil mein Vater nach all den Monaten plötzlich hier auftauchte, stand ich wie angewurzelt da und sah ihnen zu. Robbie winkte mir zu, mich nützlich zu machen. Ich schnappte mir Jake und die Katzen und packte sie ins Fahrerhaus des Trucks, zusammen mit einer Tasche mit meinen Habseligkeiten. Immer wieder blickte ich zum Tisch, von wo aus die Gruppe uns beobachtete. Einige wirkten verstört, andere verärgert. Ich wollte mich verabschieden, doch als ich auf den Tisch zuging, packte Robbie mich am Arm. »Wir müssen los.«

Das war das letzte Mal, dass ich einen von ihnen sah.

8. Kapitel

Am Abend nach der Sitzung mit Heather wollte ich mein Fahrrad aus dem Schuppen holen. Das hatte ich schon häufig getan, seit ich hierhergezogen war, aber dieses Mal brach mir in dem kleinen Raum der Schweiß aus, und mein Herz raste. Ich packte den Fahrradlenker und versuchte hastig, rückwärts hinauszukommen, doch dabei fiel eine Gartenschaufel um und krachte in eines der Räder. Mittlerweile in voller Panik, zerrte ich an der Schaufel, doch meine Hände waren feucht und rutschig, so dass ich mit der einen abglitt, hinten gegen die Wand prallte und mir die Knöchel aufscheuerte.

Als ich endlich mein Fahrrad draußen hatte, schob ich es auf meine Auffahrt, saugte an dem Kratzer und ärgerte mich über mich selbst. Morgens war ich schon einmal in Panik geraten, als ich auf den Fahrstuhl zum Parkplatz gewartet hatte. Die Türen öffneten sich, doch ich schaffte es nicht, einzusteigen, obwohl keine Leute darin standen. Ich musste die Treppe nehmen und im engen Treppenhaus gegen die Übelkeit ankämpfen, bis ich endlich die Metalltür aufreißen und hinaus ins Licht stürzen konnte, wo ich die frische Luft in tiefen Zügen einsog.

Es war nicht zu übersehen, dass meine Gespräche mit Heather über das Zentrum meine Klaustrophobie verstärkt hatten. Ich wünschte, ich hätte den Grund gewusst, so dass ich mich der Angst stellen konnte. Ich beschloss, hinunter zum Kai zu fahren, um meinen Kopf freizubekommen. An einer roten Ampel rollte ein Pick-up im Leerlauf neben mir heran. Ich sah hinüber zu dem älteren Mann mit Baseballmütze, einer langen Nase und dunklen, buschigen Brauen, wie die meines Vaters. Durch das Rückfenster sah ich einen leeren Gewehrhalter. Die Ampel sprang auf Grün, und er fuhr dröhnend davon, doch ich war in meinen Erinnerungen gefangen.

Als wir von der Kommune fortfahren, schaue ich durch das Rückfenster. Aaron starrt dem Truck nach, mit einem Hass im Blick, den ich nie zuvor in meinem Leben gesehen habe. Unwillkürlich schnappe ich nach Luft. Robbie dreht sich um, aber da ist Aarons Miene schon wieder ausdruckslos. Er sieht uns nach, bis wir außer Sicht sind.

Ein Auto hielt neben mir an, das Radio plärrte, und ich landete unsanft wieder in der Gegenwart. Ich fuhr weiter, hinunter zum Kai, aber ich konnte den Schatten meiner Erinnerung nicht abschütteln. Ich hatte Aarons Gesichtsausdruck am Tag unserer Abreise vergessen, hatte vergessen, wie viel Angst er mir eingejagt hatte. Jetzt erinnerte ich mich wieder an meine Furcht bei unserem Aufbruch, dass Aaron es irgendwie schaffen würde, uns zurückzuholen, und dass wir dann echt in der Klemme säßen, doch zugleich war ich froh, meinen Vater zu sehen. Meine Mutter saß neben ihm, und wir quetschten uns alle auf der Vorderbank des Trucks zusammen. Wir fuhren nach Hause.

Wir versuchten, unser gewohntes Leben wiederaufzunehmen, und ich bemühte mich, in der Schule Fuß zu fassen. Eine Frau in der Kommune war früher Lehrerin gewesen, so dass wir etwas Unterricht gehabt hatten, aber ich musste mich gewaltig anstrengen, um den Stoff nachzuholen, oder ich lief Gefahr, die Klasse wiederholen zu müssen. Ich fand nie wieder richtigen Anschluss bei meinen Freundinnen. Ich hatte mich verändert. Wir alle hatten uns verändert. Robbie war trotzig und distanziert, begann sich in der Schule zu prügeln und zu trinken. Noch schlimmer war, dass er kaum mit mir sprach. Sogar unsere Tiere hatten sich verändert. Die Katzen waren halb verwildert, zogen in die Scheune und ließen niemanden mehr an sich heran. Jake lief davon und kam Tage später zurück, nach Aas stinkend, mit wildem Blick und verfilztem Fell.

Nichts wurde wieder so, wie es gewesen war.

Heather wurde von Tag zu Tag mitteilsamer, und von Michelle erfuhr ich, dass sie angefangen hatte, tagsüber aus ihrem Zimmer zu kommen und sich mit anderen Patienten zu unterhalten. Sie nahm sogar an einem von Kevins Entspannungstrainings teil. Daniel besuchte sie immer noch jeden Tag nach der Arbeit. Heather stand jetzt nicht mehr unter ganz so strenger Beobachtung, und weil das Risiko, dass sie davonlaufen könnte, als gering eingeschätzt wurde, hatte man ihr gestattet, normale Kleidung zu tragen. Normalerweise kleidete sie sich in Jeans und Pullover, deren Ärmel bis über die Handgelenke reichten, und sie trug teure Marken. Ich fragte mich, wie sie zurechtkommen würde, sollten ihre Eltern ihr jemals die Geldmittel streichen.

Jetzt, wo Heather sich mehr pflegte, wusch sie ihre Haare regelmäßig und band sie zu einem Pferdeschwanz zurück, so dass sie frisch und jugendlich wie eine Collegestudentin wirkte. Sie war zwar oft zaghaft und unsicher, hatte aber auch etwas sehr Liebenswertes an sich. Sie erkundigte sich, wie es mir ging, oder äußerte sich besorgt über eine andere Patientin. Ich konnte gut nachvollziehen, warum Daniel sich so zu ihr hingezogen fühlte. Allmählich mochte ich sie selbst recht gern und war ganz eingenommen von ihrer einfühlsamen, mitfühlenden Art.

Eines Tages traf ich zufällig Kevin auf dem Gang vor seinem Büro.

»Und, wie läuft's mit Heather?«, fragte er.

»Sie macht Fortschritte. Ich bin froh, dass ich sie behalten habe.« Ich freute mich unglaublich, dass es ihr besserging. Allzu häufig hatten wir es mit Menschen zu tun, die chronisch suizidgefährdet und wild entschlossen waren, sich auf Teufel komm raus selbst zu zerstören. Es war angenehm, jemanden wie Heather zu behandeln, die tatsächlich zuhörte und bereitwillig an ihrem Behandlungsplan mitarbeitete.

»Gut. Freut mich, dass sich das geklärt hat.«

Ich verschwieg ihm allerdings, dass es auf mich den gegenteiligen Effekt hatte. Meiner Patientin ging es besser, aber mir immer schlechter. Jetzt, wo Heather die Schleusen meiner Erinnerungen geöffnet hatte, musste ich nachts wieder das Licht anmachen, oder ich wälzte mich stundenlang im Bett und horchte bei jedem Geräusch auf. Ich hatte aufgehört, den Fahrstuhl im Krankenhaus zu benutzen, und nahm nur noch die Treppe. Nach der Arbeit konnte ich die Vorstellung nicht ertragen, nach Hause zu fahren und mit meinen Gedanken allein zu sein, während die Wände auf mich zuzukommen schienen, also fuhr ich durch die Straßen und hielt Ausschau nach Lisa.

Gleich nachdem ich wieder in die Stadt gezogen war, war ich zu dem Wohnblock gegangen, in dem Lisa laut einer Freundin wohnen sollte. Doch der Vermieter, ein übler Kerl, hatte sie rausgeschmissen. Ein junger Mann erzählte mir, dass sie bei ein paar Leuten in der Innenstadt wohnte, aber das entpuppte sich ebenfalls als Sackgasse. Sie hatte eine

Weile bei ihnen auf dem Sofa geschlafen und war dann verschwunden. Als ich fragte, ob sie immer noch Drogen nahm – sie war auf Crystal Meth gewesen –, erzählte man mir, dass sie versuchte, clean zu werden, und es fast geschafft hatte. Aber ich wusste, dass ihre Erfolgsaussichten ohne eine Therapie schlecht waren – ein Punkt, über den wir uns schon häufig gestritten hatten.

Als Paul im letzten Jahr meiner Facharztausbildung krank wurde, war Lisa vierzehn. Ab dem Zeitpunkt begann sie mir zu entgleiten. Sie sprach kaum, lief in schlabberigen Klamotten herum, bleichte sich die Haare, malte sich die Augen schwarz an und hing mit anderen Jugendlichen herum, die ich für wenig vertrauenswürdig hielt. Nach Pauls Tod, in jenen düsteren Tagen, als ein Teil von mir mit ihm gestorben war, wurde sie noch stiller, weigerte sich ganz, mit mir zu reden. Sie blieb nächtelang fort, schlief den ganzen Tag und schwänzte die Schule. Nicht einmal ihr einundzwanzigjähriger Stiefbruder, Garret, konnte sie aus ihrem Schneckenhaus hervorlocken. Als ich Paul kennenlernte, war er erst fünf Jahre alt gewesen und alles andere als glücklich damit, doch schließlich wurden wir Freunde. Als Paul krank wurde, verbrachte Garret viel Zeit mit Lisa, ging mit ihr Hamburger essen, sorgte dafür, dass sie beschäftigt war, während ich im Krankenhaus war. Wenn ich nach Hause kam, fing sie wegen jeder Kleinigkeit Streit an. Es tat mir im Herzen weh, und ich wusste, wie verzweifelt sie wegen ihres Vaters war. Aber ich war auch wütend auf sie – weil sie mit mir stritt, obwohl ich es kaum durch den Tag schaffte, weil sie Drogen nahm und sich selbst zerstörte, während ich mein Möglichstes tat, um die Familie zusammenzuhalten.

Ich schaltete schnell, was ihre Stimmungsschwankungen, die schlechte Haut, die Unruhe und Paranoia zu bedeuten hatten. Ich hasste diesen Dämon, der mir meine süße Tochter stahl, die früher Tiere und Freunde aufgepäppelt hatte, die eines Tages Tierärztin werden wollte wie ihr Vater. Verzweifelt musste ich mit ansehen, wie sie vor meinen Augen immer weiter abbaute, wie ihre Wangen hohl wurden und jede Lebendigkeit aus ihrem Blick schwand. Als Krabbelkind war sie ein pummeliges, kleines Ding mit roten Apfelbäckchen gewesen. Ich tat immer, als würde ich daran knabbern, woraufhin sie quietschend lachte. Ihre Augen konnten schon immer ganze Geschichten erzählen, doch jetzt konnte ich sie nicht einmal dazu bringen, mich anzusehen.

Eines Tages durchsuchte ich Lisas Zimmer und entdeckte ganz hinten in ihrem Kleiderschrank eine verschlossene Metallkiste. Ich warf alles in den Müll, die kleinen Tütchen, die Pfeifen, Strohhalme, Aschenbecher und Spiegel. Ich schickte sie in eine Entzugsklinik, aus der sie mich anrief und mich anbettelte, sie abzuholen, doch ich blieb hart. Als sie wieder zu Hause war, blieb sie nach wenigen Wochen erneut nächtelang fort. Schließlich verkaufte ich aus purer Verzweiflung unser Haus und zog mit ihr nach Nanaimo, in der Hoffnung, dass eine kleinere Stadt weniger Ärger bedeutete. Doch selbst dort fand sie Wege, um an den Stoff heranzukommen. In ihrem letzten Schuljahr lief sie dreimal davon. Trotzdem schaffte sie ihren Abschluss, allerdings als Schlusslicht ihrer Klasse. Jetzt, dachte ich. Jetzt wird sie ihr Leben grundsätzlich ändern. Doch meine Erleichterung war nur von kurzer Dauer. An dem Tag, an dem sie mit der Schule fertig war, warf sie ein paar Sachen in ihren Rucksack und stürmte aus dem Haus. Erst später erfuhr ich, dass sie nach Victoria zurückgekehrt war.

Seitdem versuchte ich, sie über die Eltern ihrer Freunde im Auge zu behalten. Einmal kam sie zu Weihnachten nach

Hause, verbrachte die meiste Zeit mit ihrem Handy, während ich versuchte, den Zauber ihrer Kindheit wieder zum Leben zu erwecken. Im Jahr darauf versprach sie, Weihnachten heimzukommen, sie rief sogar ein paar Tage vorher an, um es zu bestätigen, tauchte aber nie auf. Seitdem war sie nicht mehr zu Hause gewesen. Ich hob jedes Geschenk von jedem Weihnachtsfest und jedem verpassten Geburtstag auf. Und ich hörte niemals auf, meine Tochter zu vermissen.

Keine Nacht verging, in der ich mich nicht fragte, wo sie war, ob sie genug zu essen hatte, ob sie womöglich fror. Ich versuchte, nicht daran zu denken, was sie ihrem Körper antun mochte, an die Dinge, die sie womöglich tat, um an Drogen zu kommen. Und vor allen kämpfte ich mit den Schuldgefühlen. *War ich zu sehr mit meiner eigenen Trauer beschäftigt? Ich hätte mehr mit ihr sprechen sollen, hätte früher herausfinden müssen, was los war.*

Und über alldem lag stets das beschämende Gefühl, als Ärztin versagt zu haben. Als sie anfing, Drogen zu nehmen, glaubte ich noch, ihr helfen zu können. Ich war Psychiaterin, natürlich konnte ich meiner eigenen Tochter helfen! Aber dann, als jeder Versuch fehlschlug und sie schließlich davonlief, dachte ich: *Was bin ich bloß für eine Ärztin?* Wie kann ich mich einen Profi nennen, wenn meine drogenabhängige Tochter auf der Straße lebt?

Manchmal fragte ich mich, ob die Probleme nicht vielleicht schon angefangen hatten, bevor Paul krank wurde. Nach Lisas Geburt blieb ich ein Jahr zu Hause, anschließend arbeitete ich Teilzeit in der Klinik. Als sie fünf war, beschloss ich, einen langgehegten Traum zu verwirklichen und Psychiaterin zu werden. Paul unterstützte mein Vorhaben, und ich schrieb mich an der Medizinischen Hochschule in Vancouver ein. Lisa lebte bei mir und kam bald darauf ebenfalls in die Schule. Paul besuchte uns an den Wochenenden. Als Lisa zehn war, gingen wir zurück auf die Insel, und ich schloss meine Facharztausbildung im St.-Adrians-Krankenhaus ab. Während dieser Jahre gab ich mir Mühe, alles unter einen Hut zu bekommen, ich wollte trotz meiner Arbeit eine gute Ehefrau und Mutter sein. Doch jetzt entsann ich mich, wie oft ich Lisa schroff angefahren hatte, weil ich auf dem Sprung zur Vorlesung war, oder wie ich ihr befahl, leise zu sein, weil ich lernen musste – und ihres enttäuschten Gesichts.

Vor acht Monaten hatte ich Lisa das letzte Mal gesehen. Nachdem ich vor meiner Praxis überfallen worden war, hatte meine Freundin Connie sie schließlich aufgespürt. Sie besuchte mich im Krankenhaus. Ich war so froh, nahm sie ganz fest in die Arme und hätte sie am liebsten nie wieder losgelassen, damit sie nie mehr davonlaufen könnte. Aber sie war nervös, hatte dunkle Ringe unter ihren umwerfend blauen Augen und war erschreckend dünn. Sie war hochgewachsen wie ihr Vater, und ihr Anblick erinnerte mich an Paul, wie er kurz vor seinem Tod ausgesehen hatte. Sie konnte mich kaum ansehen, blieb nur ein paar Minuten und erklärte dann, sie sei mit einem Freund verabredet. Danach verlor ich ihre Spur. Sie wechselte ihre Freunde so rasch wie ihre Wohnungen.

Nach meinem Umzug nach Victoria musste ich endgültig einsehen, dass alle Spuren, die mich zu Lisa hätten führen können, erkaltet waren. Ich besuchte die Victoria New Hope Society, die drei Wohnheime für Obdachlose betrieb, und zeigte ein Foto von Lisa herum, aber niemand gab mir Auskunft. Ich fragte mich, ob ich meine eigene Tochter erkennen würde, wenn ich sie sähe. Ich wusste nicht einmal, welche Haarfarbe sie zurzeit hatte. Als sie es das erste

Mal bleichte, hatte ich mich bemüht, es als Ausdruck ihrer Selbstfindung zu werten und sie in ihrer Eigenständigkeit zu unterstützen. Doch ich vermisste das kleine Mädchen, das genauso werden wollte wie seine Mutter, das mich bat, seine Haare genauso zu flechten wie meine, damit wir gleich aussahen. Dabei waren wir niemals gleich.

Sie war still, während ich mitteilsam war und stets versuchte, den Dingen auf den Grund zu gehen. Ich wollte immer wissen, warum die Menschen auf die Weise empfanden, wie sie es taten. War das vielleicht einer der vielen falschen Wege, die ich eingeschlagen hatte? Da ich in einer Familie aufgewachsen war, in der über nichts gesprochen wurde, wollte ich in der Beziehung zu Lisa absolute Offenheit. Ich ermutigte sie, über ihre Gefühle zu sprechen und mir zu erzählen, was sie dachte, doch sie behielt ihre Meinung stets für sich. Als sie kleiner war, frustrierte mich ihr Schweigen – und ängstigte mich. Erst nach ihrem Auszug gestand ich mir ein, dass ich mit ihr über ihre Gefühle reden wollte, damit ich sie leiten und kontrollieren konnte, damit ich sie beschützen konnte.

Hin und wieder hielt ich bei meinen abendlichen Runden an und zeigte ihr Foto ein paar Straßenkids. Ob Lisa wohl erfuhr, dass ich nach ihr suchte? Ich hatte Angst, meine Versuche, sie zu finden, könnten sie womöglich gleich wieder vertreiben.

Ich hätte mir keine Sorgen machen müssen. Es war immer das Gleiche: nur eine weitere Gruppe Jugendlicher, mit ihren Kapuzenpullis, Baggys und Skateboards, von denen keiner meine Tochter je zu Gesicht bekommen hatte.

Als ich nach einer neuerlichen fruchtlosen Suche nach Lisa auf meiner Auffahrt parkte und um die Hausecke zur Hintertür ging, bemerkte ich die schwarze Katze, die einem Vogel auflauerte. Sie entdeckte mich und sprang über die klappernden Mülleimerdeckel auf den Zaun. Die Katze starrte auf mich hinab, ihr magerer Schwanz zuckte hin und her – nicht ängstlich, sondern verärgert. Ich machte schnalzende Geräusche, aber sie drehte mir den Rücken zu und fing an, sich die Pfoten zu lecken. Ich füllte etwas Thunfisch auf einen Teller und ging wieder hinaus. Sie beäugte mich von ihrem Hochsitz auf dem Zaum, kam jedoch nicht näher, egal, wie viele Lockgeräusche ich machte. Ich stellte den Teller auf die Brüstung meiner Veranda. Am nächsten Morgen stellte ich auf dem Weg zur Arbeit erfreut fest, dass der Teller saubergeleckt war. Abends stellte ich, als ich nach Hause kam, eine Kiste mit einer Decke nach draußen, damit sie einen geschützten Ort zum Schlafen hatte. Meine Gedanken wanderten wieder zu Lisa. Wo steckte sie? Hatte sie es nachts warm? Ob sie wohl jemals an mich dachte?

Das Pflegepersonal erzählte mir, dass Heather nicht mehr so viel schlief. Tags zuvor hatte sie an einer weiteren Gruppensitzung teilgenommen und anschließend den Rest des Tages mit einigen Patienten vor dem Fernseher verbracht – alles gute Zeichen. Während der Visite sprachen wir länger. Ihr Selbstwertgefühl war noch immer sehr schwach, und sie hatte weiterhin ein schlechtes Gewissen, weil sie die Kommune verlassen hatte. Aber ich konnte sie dazu bringen, sich auf das Hier und Jetzt zu konzentrieren und mit mir zusammen weiter an ihrem Behandlungsplan zu arbeiten.

»Was könnten Sie heute machen, das Ihnen guttun würde?«

»Ich kann an einer Gruppe teilnehmen oder auf der Station herumgehen«, erwiderte sie.

»Das klingt sehr gut.« Wir sprachen ein paar Minuten über weitere Dinge, die sie ausprobieren könnte, dann fragte ich sie, ob sie immer noch daran dachte, sich selbst etwas anzutun.

»Manchmal, aber nicht mehr so oft.« Sie blickte sich um. »Hier drin ist es anders. Ich bin nicht so allein. Und die Schwestern sind alle so nett, Michelle zum Beispiel. Ich fühle mich ...« Sie zuckte die Achseln. »Irgendwie sicherer. Als sei ich nicht verrückt oder schlecht oder so.«

»Das sind Sie auch nicht. Und ich freue mich, dass Sie anfangen, das zu erkennen.«

»Es ist schön, jemanden zu haben, der einem zuhört.« Sie lächelte. »Ich habe immer Emily zugehört, wenn sie durcheinander war. Wir mussten dann immer in den Stall gehen – sie liebt Pferde.«

»Das klingt, als wären Sie eine große Hilfe für sie gewesen.«

»Ich fühlte mich wie ihre große Schwester.« Sie schwieg nachdenklich. »Ich habe ihr gezeigt, wie man ohne Sattel reitet, und wir sind jeden Tag runter zum Fluss geritten, nur um zu reden.«

Als Heather den Weg hinunter zum Wasser beschrieb, drängten lebhafte Bilder und Geräusche in mein Bewusstsein – der Wald, in dem es selbst im Sommer kühl war, das Knarzen eines Sattels, der erdige Duft der Wälder und Pferde. Ich wurde in die Vergangenheit zurückgezogen.

Willow und ich reiten zusammen aus, ohne Sättel durch den Wald. Wir machen eine Pause, um die Tiere im Fluss trinken zu lassen. Sie steht neben mir, ihr Pferd schnüffelt an ihrer Schulter. Sie sagt: »Ich habe Aaron ein paarmal mit dir gesehen ...« Ohne Vorwarnung pocht mein Herz bis in die Ohren, Panik schwemmt in mein Blut.

Sie redet weiter. »Ich habe gesehen, wie du mit ihm vom Fluss zurückgekommen bist. Du sahst ganz verstört aus. Wenn es irgendetwas gibt, über das du reden möchtest …«

Mein Herz schlägt jetzt so hart gegen meine Brust, dass ich kaum atmen kann. Scham, dick und heiß, drückt mich nieder.

Verstimmt sage ich: »Da gibt es nichts zu reden.«

»Wenn er dir weh getan hat …«

Aber ich wende mich bereits ab, erklimme einen Holzstamm, um auf den Rücken des Pferdes zu steigen. »Lass uns weiterreiten.«

Heathers Stimme holt mich wieder in die Gegenwart zurück. »Das ist einer der Gründe, warum ich überlege, zurückzugehen. Damit ich ihr helfen kann. Ich hoffe, es geht ihr gut.«

Ich schüttelte meine Erinnerung ab, doch die damit verbundenen Gefühle wollten nicht weichen. Vor Angst und Bestürzung krampfte sich mein Magen zusammen.

»Es geht ihr doch bestimmt gut, oder?«, sagte Heather.

»Es klingt, als würden Sie sich in gewisser Weise für Emily verantwortlich fühlen, aber sie ist eine erwachsene Frau und kann ihre eigenen Entscheidungen treffen. Genau wie Sie sich entschieden haben zu gehen, können Sie sich jetzt entscheiden, Ihren Behandlungsplan einzuhalten und selbst wieder gesund zu werden.«

Sie nickte. »Ich weiß. Es geht mir schon besser. Ich spüre es bereits.«

Meine nächste Patientin war eine Frau Anfang siebzig namens Francine, die neu auf die Geschlossene eingewiesen worden war. Man hatte sie aufgegriffen, als sie im Nachthemd durch die Gegend spazierte. Die Diagnose lautete

Demenz, und sie hatte keine Familie. Demenzpatienten sind schwierig zu behandeln, und wir können nur wenig für sie tun, aber zumeist müssen sie im Krankenhaus bleiben, bis ein Platz im Pflegeheim für sie gefunden ist. Sie sind verwirrt und verstört, weil sie ihre Erinnerungen verloren haben, und versuchen regelmäßig zu fliehen. Francine hatte den Tag damit zugebracht, umherzuwandern, an den Türen zu rütteln und jeden anzubetteln, sie gehen zu lassen. Sie verweigerte sich jeglichem Zuspruch, so dass wir sie einfach in Ruhe lassen mussten, bis sie sich von allein beruhigte. Als ich sie fragte, ob sie wüsste, warum sie im Krankenhaus war, lachte sie unbekümmert und sagte, sie würde ein Abenteuer erleben. Dann wechselte ihre Miene schlagartig, und sie sah mich traurig und verängstigt an. »Wo bin ich? Wann kann ich nach Hause?«

Behutsam erklärte ich: »Miss Hendrickson, Sie sind im Krankenhaus, weil Sie Schwierigkeiten haben, sich an Dinge zu erinnern, und wir nicht möchten, dass Ihnen etwas zustößt.«

Bestürzt sah sie sich im Behandlungszimmer um. »Ich bin im Krankenhaus?« Ihr Blick wurde plötzlich klar, als sie sich zu mir umdrehte und mich niedergeschlagen anschaute. »Ich komme nie wieder hier raus, nicht wahr?«

»Sie müssen nur noch ein Weilchen hierbleiben, während wir ein paar Tests mit Ihnen machen.«

Sie griff über den Tisch nach meiner Hand, ihre Miene hellte sich auf, und ihre Augen leuchteten. »Was hatte ich für ein Leben! Ich war Künstlerin und bin um die ganze Welt gereist, um zu malen. In jedem Land hatte ich Freunde. Ich kann Ihnen Geschichten erzählen, so viele Geschichten!« Ihre Augen füllten sich mit Tränen, die in den tiefen Furchen ihres Gesichts versickerten. Ihr langes, verfilztes Haar lag wie ein weißer Rahmen um ihre Züge. Ihre Stimme zitterte, wurde kleinmädchenhaft und zweifelnd. »Ich habe niemanden. Keine Familie, niemanden. Ich weiß nicht, wo sie alle hin sind. Was ist mit meinen ganzen Bildern passiert? Wo ist mein schönes Haus? Ich will einfach nur nach Hause.« Sie weinte heftiger. »Ich kann mich an nichts erinnern.«

9. Kapitel

Als ich Anfang zwanzig war und in Victoria studierte, schlug mein Therapeut vor, mit meiner Mom und meinem Bruder über meine Erlebnisse in der Kommune zu sprechen. Vielleicht könnten sie das Fenster zu meinen Erinnerungen öffnen, doch wenn ich überhaupt irgendetwas erreichte, dann, dass sie die Tür erst recht zuschlugen.

Meine Mutter sprach nach unserem Weggang nur ungern über die Kommune, vor allem, wenn mein Vater dabei war, aber ich erwischte sie eines Morgens im Herbst allein auf der Weide, als sie Heu für die Pferde verteilte. Die Sonne war bereits aufgegangen, erwärmte den nächtlichen Tau und ließ den Boden dampfen. Mom trug eine von Dads unförmigen Arbeitsjacken, ihr dunkles Haar hatte sie unter einen alten Cowboyhut gestopft. Selbst in dieser Männerkleidung war sie schön.

Ich schnappte mir eine Heugabel und begann, ihr zu helfen. Nach einer Weile sagte ich: »Mom, ich muss mit dir über die Kommune reden.«

Sie arbeitete weiter. »Ich will nicht über die Vergangenheit reden.«

»Ich weiß, aber es ist wichtig. Ich mache eine Therapie, gegen meine Klaustrophobie, und mein Therapeut glaubt, dass in der Kommune irgendetwas mit mir passiert ist.«

Meine Mutter hielt inne und sah mich an. »Was zum Beispiel?«

Sie war kleiner als ich, aber sie richtete sich auf, straffte die Schultern und stützte die Hände in den Arbeitshandschuhen in die Hüften. Angesichts ihrer Pose verspürte ich einen Hauch von Erregung.

»Irgendetwas Traumatisches, das der Auslöser für meine Angst vor Dunkelheit und engen Räumen gewesen sein könnte. War ich zum Beispiel einmal unter irgendwas eingeklemmt?«

»Du hast die Dunkelheit noch nie gemocht.« Sie nahm die Hände von den Hüften.

Meine Erregung verschwand, als ich den neuen Unterton in ihrer Stimme wahrnahm: *Willst du mich jetzt deswegen nerven?*

»Es ist mehr als das. Ich habe Panikattacken, und wenn ich an die Zeit in der Kommune denke, fühle ich mich manchmal unbehaglich.«

»Wieso?« Irritiert zog sie die Brauen zusammen.

»Ich glaube, ich hatte Angst vor Aaron. Ich war nicht gern mit ihm zusammen.«

»Warum um alles auf der Welt solltest du Angst vor ihm gehabt haben? Er war so lieb zu dir. Als er mit einigen von uns zum Picknick oben am See gefahren ist, weil wir so fleißig gewesen waren, durftest du sogar im Truck vorne bei ihm sitzen.«

Ich versuchte, mich an irgendein Picknick zu erinnern, aber mir fiel partout nichts ein. Ich schüttelte den Kopf. »Daran kann ich mich nicht erinnern.« Aber ich erinnerte mich, wie benebelt meine Mutter damals gewesen war. »Bist du sicher, dass ich das war?«

»Natürlich warst du das. Du mochtest Aaron. Nach Coyotes Tod war Aaron stundenlang mit dir am Fluss, um dir das Schwimmen beizubringen.«

Ich dachte zurück. »Daran kann ich mich auch nicht erinnern.«

Meine Mom sah aus, als könne sie nicht verstehen, warum ich so begriffsstutzig war. »Wir haben dich nicht mehr zurück an den Fluss gekriegt, bis er dir geholfen hat.«

»Ich mochte ihn nicht. Er hat mir Angst gemacht.«

Jetzt wirkte sie überrascht. »Nur seinetwegen kannst du schwimmen.«

Es war mir peinlich, dass ich mich an keine einzige Schwimmstunde erinnern konnte und dass ich meine unangenehmen Gefühle Aaron gegenüber ausgesprochen hatte – Gefühle, die sie offenkundig nicht teilte.

»Erinnerst du dich an ein junges Mädchen namens Willow?«

Sie schwieg einen Moment, dachte nach, dann nickte sie. »Was ist mit ihr?«

»Sie war einfach nur nett zu mir. Diese Kommune, manche der Leute da … für ein Kind war das furchteinflößend. Aber sie mochte ich.«

»Aaron konnte es mit diesem ganzen New-Age-Zeug ziemlich übertreiben, aber im Grunde waren das alles nur harmlose Hippies.«

Es war das erste Mal überhaupt, dass meine Mom eine Meinung über die Glaubensvorstellungen der Kommune äußerte, und ihr Tonfall weckte Zweifel in mir, ob sie diese tatsächlich so geteilt hatte, wie ich gedacht hatte. »Schon möglich, aber ich wollte nur nach Hause.«

Im ersten Moment machte sie ein erschrockenes Gesicht, dann sagte sie, fast als wollte sie sich verteidigen: »Du hattest es dort wesentlich besser als zu Hause.«

Jetzt hatte ich selbst das Gefühl, mich verteidigen zu müssen. »Und warum sind wir dann fortgegangen?«

Sie zuckte am ganzen Leib zusammen, als hätte ich sie geschlagen, und brauchte einen Moment, ehe sie sprach. »Dieser kleine Junge …« Ihr Blick wurde traurig. »Er war so niedlich, eigentlich noch ein Baby.« Ich war überrascht von ihrer heftigen Reaktion nach so langer Zeit, von ihrer kummervollen Miene, und dachte, sie würde anfangen zu weinen. Doch dann streifte sie die Handschuhe ab und rieb sich mit der Hand über die Nase. Mit einer ärgerlichen Bewegung schüttelte sie den Kopf. »Das Sozialamt schaltete sich ein, die Cops. Es hätte euch Kindern nicht gutgetan, noch länger dort zu wohnen. Euer Dad sagte, er würde öfter zu Hause sein, und ich wollte unserer Ehe eine neue Chance geben.«

Doch obwohl Dad ihr verzieh, dass sie weggelaufen war, und seinen Job auf dem Fischkutter aufgab, wurde es mit ihrer Ehe nicht besser. Wenn überhaupt, wurde es höchstens noch schlimmer. Ich kann nicht zählen, wie oft wir neue Teller kaufen mussten, weil sie damit nach einander geworfen hatten. Am Ende verbrachte Dad seine ganze Zeit auf der Jagd oder im Pub, bis Robbie kam, um ihn einzusammeln. Mom beschäftigte sich nur noch mit den Pferden.

Mom zog die Handschuhe wieder an, nahm eine weitere Ladung Heu aus der Schubkarre und verteilte es auf dem Boden. »Danach ist die Kommune verschwunden – sie sind runter nach Victoria gezogen.« Sie hielt meinem Blick stand. »Such keinen Ärger, Nadine. Du würdest dir nur selbst schaden.« Behutsam berührte sie meine Wange. Der Handschuh fühlte sich rau auf meiner Haut an. »Ich mag eine Menge Fehler machen, aber in diesem Punkt bin ich mir sicher.« Sie packte die Griffe der Schubkarre und stapfte in Richtung Scheune.

Nur wenige Wochen später starb sie bei dem Autounfall.

Bei Robbie hatte ich auch nicht mehr Glück. Damals lebte er mit zwei Typen zusammen in einem Haus, das sie im Dorf angemietet hatten. Sie arbeiteten als Straßenbauer für dasselbe Holzfällerunternehmen. Ich erwischte ihn eines Tages allein, als er das Öl bei seinem Truck wechselte.

Er machte eine Pause, zündete sich eine Zigarette an und nahm einen tiefen Zug. »Was ist los?«

»Ich war gerade draußen auf der Ranch und habe mit Mom geredet.«

»Ja und? Worüber?« Er nahm seine Baseballmütze ab, fuhr mit der Hand durch das verschwitzte Haar und setzte sie wieder auf. Schwarze Haarbüschel lugten an den Ohren darunter hervor. Er war jetzt achtundzwanzig und sah immer noch gut aus, auf so eine grimmige Komm-mir-bloß-nicht-blöd-Art. Dabei fühlte er sich in seinem Körper sichtlich unbehaglich und konnte nie stillsitzen, vor allem nicht in Gegenwart anderer Menschen. Als könnte er es nicht abwarten, zu entkommen. Er schien nie mit jemandem auszugehen und keine Freundin zu haben – oder keine, von der ich etwas wusste.

Seit ich nach der Highschool nach Victoria gezogen war, sahen wir uns nur noch selten. Wir trafen uns bei Familienessen und an Feiertagen, wo ich deprimiert herumsaß, die Bierdosen meines Vaters und meines Bruders auf dem Tisch anstarrte und zusah, wie sie mit versteinerten Gesichtern ihre matschigen Kartoffeln mit Bratensoße in sich hineinschaufelten. Mom, die ihren Wein mit den Tabletten mixte, die sie gerade schluckte, stocherte nur in ihrem Essen herum. Wenn Mom und Dad zu diesem Zeitpunkt noch nicht in Streit geraten waren, verschwand sie nach dem Essen im Stall, und Robbie ging nach draußen, um eine zu rauchen. Ich folgte ihm dann meist und unterhielt mich mit ihm über

Belanglosigkeiten. Verzweifelt plapperte ich los und erzählte ihm von meinem Leben, versuchte irgendein Thema zu finden, das ihn interessieren könnte. Hin und wieder brachte ich ihn zum Lachen, woraus ich irrigerweise schloss, wir zögen wieder an einem Strang. Dann sagte ich etwas in die Richtung, dass ich mir Sorgen um Mom und Dad machte, der Probleme hatte, es längere Zeit in einem Job auszuhalten, seit er nicht mehr auf dem Fischkutter arbeitete. Regelmäßig stieß Robbie an diesem Punkt ärgerlich den Rauch aus und sagte: »Es geht ihnen gut. Kümmer dich lieber um dein eigenes Leben.«

Dieses Mal sagte ich: »Ich habe sie nach der Kommune gefragt.«

Er zog noch einmal an der Zigarette, ehe er sagte: »Sie redet nicht gerne darüber.«

Ich wusste nicht, dass er versucht hatte, mit Mom über die Kommune zu reden, und fragte mich, worüber sie gesprochen hatten, wenn überhaupt.

»Ich weiß, aber ich mache gerade eine Therapie, Hypnosetherapie, so dass ich …«

»Du lässt dich von irgend so einem Typen hypnotisieren?« Er hob eine Augenbraue, ein Feixen umspielte seine Mundwinkel.

»Es geht darum, vergrabene Erinnerungen aufzudecken, das ist völlig seriös. Der Therapeut glaubt, dass irgendetwas mit mir passiert ist, als wir dort lebten, und dass ich deshalb klaustrophobisch bin und bei Licht schlafen muss.«

»Du hattest schon immer tierische Angst im Dunkeln. Als du klein warst, musste ich dir zum Schlafen meine Taschenlampe geben.«

Jetzt erinnerte ich mich, wie Robbie sich eines Nachts in mein Zimmer geschlichen hatte, als ich geweint hatte. Er flüsterte: *Was ist los?*, und ich erzählte ihm, dass da böse Monster im Dunkeln lauerten.

»Aber es scheint schlimmer geworden zu sein, als wir wieder zurück waren.«

Er zuckte die Achseln. »Davon weiß ich nichts.«

»Denkst du noch manchmal an die Kommune?«, fragte ich.

»Eigentlich nicht.« Doch er zog erneut tief an der Zigarette und wandte den Blick ab.

»Erinnerst du dich an Willow?«

Er wurde blass und argwöhnisch. »Was ist mit ihr?«

»Es war so merkwürdig, wie sie gegangen ist. Hat sie sich von dir verabschiedet?«

Er schüttelte den Kopf. »Soweit ich weiß, hat sie zu niemandem irgendetwas gesagt.«

»Findest du das nicht merkwürdig?«

»Nein. Sie wusste wahrscheinlich, dass die anderen ihr das Leben schwermachen würden.«

»Was meinst du, warum sie gegangen ist?«

Noch ein Achselzucken. »Wahrscheinlich hatte sie die Kommune satt und war es leid, vorgeschrieben zu bekommen, was sie tun und lassen sollte. Sie war ziemlich freiheitsliebend.«

»Aber sie hat ihre Sachen dagelassen …«

»Sie hat *eine* Tasche dagelassen.« Er klang verärgert. »Wahrscheinlich hat sie sie vergessen.«

»Ich dachte … Da gibt's noch eine Sache, die mich wahnsinnig macht. Mom hat mir von irgendeinem Picknick erzählt, bei dem wir alle dabei waren, und dass Aaron mir das Schwimmen beigebracht hat, aber ich kann mich an nichts davon erinnern.«

»O Mann, es gibt massenweise Sachen aus der Zeit, als

ich Kind war, an die ich mich nicht erinnere.« Er zog ein weiteres Mal tief an der Zigarette. »Du musst aufhören, dir von diesem Arzt im Kopf rumpfuschen zu lassen. Der redet dir deine Probleme doch erst ein.« Lachend stieß er den Zigarettenrauch aus. »Wenn du nicht schon vorher am Arsch warst, dann bist du es jetzt.«

Verwirrter als je zuvor fuhr ich an jenem Tag nach Hause und fragte mich, ob Robbie recht hatte – dass mein Therapeut versuchte, aus nichts ein Trauma zu machen. Eine Theorie, an die ich um so stärker zu glauben begann, da es ihm nie gelang, dieses Trauma zu entschlüsseln. Immerhin brachte er mir ein paar Techniken bei, um meine Klaustrophobie in den Griff zu bekommen, so dass ich schließlich ohne Licht schlafen konnte. Ich beendete die Therapie, und ich lebte mein Leben weiter.

Während der letzten beiden Jahre meines Studiums arbeitete ich Teilzeit in einer Veterinärklinik, verliebte mich in Paul und sah mich ständig mit neuen Herausforderungen konfrontiert. Ich hatte jetzt eine Familie, die Universität und das ewige Pendeln hielten mich auf Trab, aber meistens waren wir glücklich.

In den neunziger Jahren gerieten Therapien, die auf das Wiederbeleben alter Erinnerungen abzielten, in Verruf, und ich war überzeugter denn je, dass es in meiner Vergangenheit kein geheimnisvolles traumatisches Erlebnis gab. Doch hin und wieder, wenn meine Klaustrophobie wieder ausbrach, ausgelöst durch einen engen Raum, jemanden, der zu dicht neben mir stand, oder ein überfülltes Einkaufszentrum zur Weihnachtszeit, dachte ich wieder an die Sitzungen mit meinem Therapeuten. Hatte er womöglich doch recht gehabt? War in der Kommune *doch* irgendetwas Traumatisierendes geschehen? Ich schaffte es immer, die Zweifel beiseitezuschieben.

Jetzt erinnerte ich mich an etwas, was mein Therapeut noch gesagt hatte: Meine Psyche würde mich schützen, doch wenn ich dazu bereit wäre, würden die Erinnerungen zurückkehren. Sie könnten durch einen bestimmten Geruch, ein Foto, durch eine Stimme oder einen Satz ausgelöst werden.

Falls sie jetzt zurückkämen, war ich nicht sicher, ob ich dazu bereit sein würde.

10. Kapitel

An dem Tag, an dem Francine eingewiesen wurde, kam ich erschöpft nach Hause; erschöpft und verstört von den Erinnerungen, die an diesem Tag an die Oberfläche gekommen waren. Ich musste mit jemandem darüber reden, also rief ich Connie an, meine beste Freundin in Nanaimo und ebenfalls Therapeutin. Wir hatten uns an der Uni kennengelernt, und seitdem war unsere Freundschaft immer enger geworden. Selbst als wir beide verheiratet waren, versuchten wir, einmal im Jahr zusammen Urlaub zu machen. Manchmal schafften wir es nur, uns auf einer Konferenz zu treffen, aber wir hatten viel Spaß zusammen, verbrachten so viel Zeit wie möglich in unserem Hotelzimmer, stopften Junkfood in uns hinein und schauten uns schlechte Filme an.

Connie war einige Monate mit ihrem Mann durch Neuseeland gereist und gerade erst zurückgekehrt, so dass wir uns erst einmal auf den neuesten Stand brachten. Wir hatten uns gemailt, während sie unterwegs war, aber ich hatte ihr vor allem von meinem Umzug und dem neuen Job berichtet. Schließlich kam ich auf Heather zu sprechen, wobei ich persönliche Informationen ausließ und nur erzählte, dass sie ein paar Erinnerungen aus meiner Zeit in der Kommune heraufbeschworen hatte. Ich hatte Connie nie zuvor von dieser Zeit meines Lebens erzählt oder dass dort die Ursache für meine Klaustrophobie liegen könnte, so dass es ein ziemlich langes Gespräch wurde. Zum Schluss erzählte ich ihr von meinem jüngsten Flashback über Willow. »Viele meiner Erinnerungen kreisen um sie.«

»Offensichtlich hat sie dir eine Menge bedeutet.«

»Damals war ich fast krankhaft schüchtern, und sie war nett zu mir. Wir haben viel Zeit in ihrem Gewächshaus verbracht.« Eine weitere Erinnerung blitzte auf. Ich war mit Willow im Gewächshaus, und sie erklärte mir, wie die Indianer Leder behandelt hatten. Ich fragte sie nach ihrer Weste, ob sie die selbst gemacht habe, und sie erklärte, es sei ein Geschenk ihres Bruders, der in Vietnam umgekommen war. Es war das Einzige, das ihr von ihm geblieben war.

Ich erzählte Connie davon. »Merkwürdig, dass es mir gerade jetzt einfällt.«

»Sie hat dir etwas über sich anvertraut, das ihr wichtig war. Du musst dich als etwas ganz Besonderes gefühlt haben – und wahrscheinlich furchtbar verlassen, als sie ging.«

»Ich war bestürzt, daran erinnere ich mich. Auch daran, mit ihr und den Pferden am Fluss gewesen zu sein. Ich weiß nicht, warum ich so heftig reagiert habe.«

Connies Stimme bekam einen weichen Klang. »Glaubst du, dass dir möglicherweise etwas passiert sein könnte?«

»Ich weiß es nicht. Meine Erinnerung ist in vielen Punkten immer noch ziemlich verschwommen.« Meine Gedanken wanderten zu der lange zurückliegenden Unterhaltung mit meiner Mutter. »Aaron hat mir das Schwimmen beigebracht. Ich könnte mir vorstellen, dass mir während des Schwimmunterrichts irgendetwas zugestoßen ist. Dass ich unter Wasser eingeklemmt war oder so.« Ich erzählte ihr von Coyote.

»Das wäre auf jeden Fall traumatisch gewesen, wenn du beinahe ertrunken wärst, vor allem, wenn du kurz zuvor

Zeugin eines Todesfalls warst. Das könnte eindeutig der Auslöser für deine Klaustrophobie sein.«

»Ja. Seitdem habe ich mich in der Nähe von Flüssen immer unwohl gefühlt.« Ich dachte daran, dass ich nur in Seen oder im Meer schwimmen mochte, und daran, wie ich meinen Freund gedrängt hatte, vom alten Gelände der Kommune zu verschwinden. »Willow hat mich vielleicht gesehen, als ich völlig aufgelöst vom Schwimmunterricht zurückkam.«

Wir redeten, bis Connies Mann nach Hause kam. Mittlerweile hatte ich Kopfschmerzen bekommen und musste eine Paracetamol nehmen. Später, als ich mit geschlossenen Augen auf dem Sofa lag und das Feuer im Kamin den Raum wärmte, wanderten meine Gedanken zurück zu Willows Lederweste. Sie hatte diese Weste geliebt, warum hätte sie sie einfach am Lagerfeuer liegenlassen sollen? Und warum hatte sie sich von niemandem verabschiedet? Sie wusste, dass wir verstimmt sein würden. Dann dachte ich an das letzte Mal, als ich sie gesehen hatte. Sie hatte am Waldrand mit Robbie geredet, nachdem der Rest von uns zum Spaziergang aufgebrochen war. Ich versuchte angestrengt, mich an ihr Gesicht zu erinnern. Wie hatte sie ausgesehen? In mir formte sich das Bild einer gereizten Willow, die Stirn gerunzelt, die Hand zu einer unwirschen Geste gehoben. In dem Moment war Robbie gegangen. Dann sprang meine Erinnerung blitzartig zu Aaron, der sie beobachtete, als sie hinunter zum Fluss ging. Ich meinte wieder die bösartige Stimmung zu spüren, die damals in der Luft lag, das übelkeiterregende Ziehen in meiner Magengrube, die ängstliche Anspannung meines gesamten Körpers.

Ich schlug die Augen auf und starrte hinauf zur Decke,

bis die Erschöpfung mich schließlich übermannte und ich einschlief. Stunden später wachte ich auf. Regen prasselte aufs Dach, und mein Herz raste. Der Duft von Lavendel lag in der Luft, und ich hörte Willows heisere Stimme in meinem Kopf: *Lass nicht zu, dass er mir folgt.*

11. Kapitel

Im Laufe der nächsten Woche machte Heather weitere Fortschritte, und wir verlegten sie einen Stock tiefer, wo sie mehr Freiheiten hatte. Mir fiel auf, dass sie außer Daniel keinen Besuch bekam, und fragte sie nach ihren Eltern, doch sie erklärte, dass sie sie noch nicht erreicht hätten. Ich hatte das Gefühl, dass die beiden sich bei der Suche keine besonders große Mühe gaben. Wahrscheinlich wollte Heather nicht, dass sie erfuhren, was passiert war. Eines Tages kam ich in ihr Zimmer, als Daniel gerade zu Besuch war, und hörte sie lachen. Das ließ mich hoffen, dass wir sie bald so weit stabilisiert hatten, um sie nach Hause entlassen und ihre Behandlung ambulant fortsetzen zu können. Daniel schien ebenfalls guter Dinge, und ich erklärte ihm, dass Heather, wenn sie sich weiterhin so gut hielt, in zwei Wochen entlassen werden könnte.

Am Wochenende zwang ich mich, eine Auszeit von allem zu nehmen, und schmiedete Pläne mit einer Freundin. In den letzten Tagen waren bei der Arbeit mit Heather keine weiteren Erinnerungen an die Oberfläche gekommen, aber ich brauchte dringend eine Ablenkung und traf mich mit meiner Freundin, einer pensionierten Psychiaterin, um meinen Geburtstag zu feiern, obwohl ich nicht besonders in Stimmung war. Wir beschlossen, uns eine Liebeskomödie im Kino anzusehen. Elizabeth war ebenfalls verwitwet, und wir blödelten herum, dass der Film für uns beide seit Jahren die größtmögliche Annäherung an eine Romanze sei. Doch als ich zusah, wie die Protagonisten sich verliebten, versetzte meine Einsamkeit mir einen leisen Stich, und die Erinnerung daran, wie sich dieses Frisch-Verliebt-Sein anfühlte, schmerzte. Unvermittelt dachte ich an Kevin und überlegte, ob er wohl eine Beziehung hatte. Das überraschte mich – interessierte ich mich etwa für Kevin? Gewiss, er war intelligent, und ich unterhielt mich gerne mit ihm. Ich hatte mich dabei ertappt, seit neuestem jeden Morgen den Parkplatz nach seinem Auto abzusuchen. Und ja, er wirkte anziehend auf mich, aber sogleich rief ich mir den großen Altersunterschied zwischen uns in Erinnerung.

Meine Gedanken wanderten zu Paul. Wie sicher ich mich bei ihm stets gefühlt hatte! Unsere Beziehung war nicht so leidenschaftlich gewesen, wie einige andere in meiner Jugend – mit Männern, die so kühl oder beherrschend wie mein Vater gewesen waren und normalerweise ebenfalls tranken. Doch im Zusammensein mit Paul erlebte ich die tiefe Freude, einem anderen Menschen so verbunden zu sein, dass man harmonisch zusammenleben und einander unterstützen konnte, ohne dabei die Eigenständigkeit aufzugeben. Mir wurde klar, dass ich nicht nur Paul vermisste, sondern auch das Verheiratet-Sein, und fragte mich, ob ich das wohl noch einmal erleben würde. Ich schüttelte den Gedanken ab. Diese Zeit war vorbei. Und solange meine Tochter auf der Straße lebte, fiel es mir schwer, in irgendeinem Lebensbereich überhaupt Freude zu empfinden, obgleich ich mir immer wieder sagte, dass es völlig in Ordnung war, das Gute in meinem Leben zu genießen. Ich liebte mein Haus, meinen Job, und ich war mit wunderbaren Freunden gesegnet, mit denen ich reisen und – ich schaute kurz zu Elizabeth – über Filme lachen konnte. Trotzdem war es schwer.

Das war ein weiterer Grund, warum ich mich entschieden hatte, im Krankenhaus zu arbeiten – ich wollte Teil eines Teams sein. Die Arbeit in einer Privatpraxis kann manchmal ziemlich einsam sein. Außerdem ist das Risiko größer, die nötige Distanz zu den Patienten zu verlieren, weil man sich leichter mit ihren Problemen identifiziert. Im Krankenhaus war diese Gefahr geringer, denn dort arbeitete ich eher mit Menschen mit akuten Erkrankungen. Das war zumindest mein Plan gewesen, bis ich Heather kennenlernte und längst verschüttete Erinnerungen bei mir freigesetzt wurden. Doch zu beobachten, wie sie Fortschritte machte, erinnerte mich daran, warum ich mich überhaupt entschieden hatte, Psychiaterin zu werden. Ich freute mich ungemein, dass ich einen gewissen Einfluss auf Heathers Leben hatte, und glaubte, dass sie gute Chancen hatte, es zu schaffen.

Dann erreichte mich die Nachricht, dass ihre Eltern tödlich verunglückt waren.

Michelle informierte mich am Sonntagabend. Daniel hatte auf der Station angerufen und gesagt, er habe schlechte Nachrichten für Heather, und er bräuchte Hilfe. Ich rief ihn umgehend zurück.

»Sie haben in ihrem Wohnmobil geschlafen, als es passierte«, sagte er. Offenbar war Gas aus ihrem Propangaskocher ins Wageninnere geströmt. Als ein Jäger sie fand, waren sie bereits seit mehreren Tagen tot. Ihm war der Gestank aufgefallen.

Die Vorstellung ihrer vermodernden Leichen im Wald war schrecklich, aber ohne den Gestank wären sie vermutlich noch länger unentdeckt geblieben.

»Die Polizei möchte, dass ich es Heather erzähle.« Daniel klang verzweifelt. »Müssen wir das tun?«

»Sie ist am besten Ort, um es zu erfahren. Möchten Sie, dass ich es ihr erzähle?«

»Ich denke, ich sollte es tun – sie wird es von mir erfahren wollen.« Eine lange Pause. »Aber was, wenn sie wieder versucht, sich etwas anzutun?«

Diese Sorge war in der Tat mehr als berechtigt und bedrückte mich, seit er mir die Neuigkeit mitgeteilt hatte. »Wir werden sie zurück auf die Geschlossene verlegen, wo wir sie im Auge behalten können, bis sie über das Schlimmste hinweg ist. Aber wir sollten es ihr nicht heute Abend sagen. Lassen Sie uns bis morgen warten. Versuchen Sie, etwas Ruhe zu bekommen.«

»Okay, danke.« Er seufzte ins Telefon. »Ich wünschte nur, ich könnte ihr den Schmerz ersparen.«

»Ich weiß.« Ich empfand genauso. Ich wünschte, ich könnte Heather und Daniel den Kummer ersparen.

Am nächsten Morgen trafen wir uns im Besucherbereich. Er war blass und sichtlich nervös, immer wieder strich er über das unrasierte Kinn oder fuhr sich mit den Händen durchs Haar. Sein ganzer Körper stand unter Spannung. Er sah mir in die Augen. »Das wird das Schwerste, was ich je getan habe.«

»Möchten Sie, dass ich dabei bin, wenn Sie es ihr sagen?«

»Danke, aber ich glaube, ich sollte es alleine machen.«

»Ich bin in der Nähe, falls Sie Hilfe brauchen.« Ich erwiderte seinen Blick. »Ich weiß, dass Sie Angst haben, aber sie wird darüber hinwegkommen. In Ordnung?«

Er holte tief Luft und drückte die Brust raus. »In Ordnung.«

Die Schwestern hatten Heather bereits in eines der Behandlungszimmer gebracht, und sie glaubte, sie warte auf die morgendliche Visite. Als wir eintraten, saß sie im Schneidersitz in einem Sessel und las in einem Buch, dem Vorlesungsverzeichnis der Universität. Sie schmiedete Pläne für die Zukunft – eine Zukunft, die wir im Begriff waren, auf den Kopf zu stellen.

Sie blickte auf und lächelte. »Daniel! Ich wusste gar nicht, dass du vorbeikommen wolltest.«

Daniel setzte sich auf den Sessel neben sie und ergriff ihre Hände. Er versuchte, ihr Lächeln zu erwidern, aber seine Lippen waren angespannt, der Blick war traurig. Sie suchte meinen Blick, dann Daniels. Sie sagte: »Was ist los?«

»Daniel möchte mit Ihnen sprechen. Ich lasse Sie beide jetzt allein.«

Gerade, als ich mich nebenan ins Stationszimmer setzte, wo ich sie auf einem der Monitore beobachten konnte, beugte Daniel sich näher zu Heather. Ich konnte nichts verstehen, aber seine Miene war sanft, und ich merkte, dass er ihr erklärte, was geschehen war.

Heather fuhr mit dem Oberkörper zurück und schlug die Hände vor den Mund, der zu einem stummen Schrei geöffnet war.

Daniel redete weiter und legte ihr dabei eine Hand auf die Schulter. Offensichtlich versuchte er sie zu trösten, aber im Moment war Heather nicht in der Lage, irgendetwas aufzunehmen. Sie schüttelte nur unablässig den Kopf und versuchte, ihn auszublenden. Daniel zog sie an sich, um sie in den Arm zu nehmen. Sie stieß ihn fort und presste die Hände vor die Augen.

Mit hilfloser Miene blickte Daniel hoch zur Kamera in der Ecke.

Ich klopfte an die Tür und trat ein. Heather wandte sich mit flehender Miene an mich. »Sie sind *tot*?«

»Es tut mir sehr leid, Heather.«

»Vielleicht waren es gar nicht sie. Vielleicht ist es ein Irrtum.«

»Die Polizei ist sich ganz sicher, sonst hätten sie Daniel nicht informiert«, sagte ich.

Sie starrte mich einen Moment lang an, während meine Worte zu ihr durchdrangen, dann begann sie, laut und erstickt zu schluchzen. Sie beugte sich vor, umklammerte ihren Oberkörper. Daniel rieb ihr den Rücken, ich reichte ihr ein paar Taschentücher.

Als ihr Schluchzen schließlich nachließ und sie sich wieder aufrichtete, sagte ich: »Ich weiß, dass es weh tut und dass es Sie fast erdrücken muss, aber wir werden Sie durch Ihren Schmerz begleiten. Sie sind nicht allein.« Ich erklärte, dass ihre Eltern gewollt hätten, dass sie sich auf ihre Behandlung konzentrierte, und versicherte ihr erneut, dass sie in dieser schwierigen Zeit Hilfe hatte. Dann ließ ich die beiden eine Weile allein und wies die Schwester an, Heather etwas zur Beruhigung zu geben. Als ich zurückkehrte, saß Heather immer noch neben Daniel und hielt seine Hand. Immer wieder ließ ein Schauder sie am ganzen Körper erzittern. Sie sah aus, als sei ein Sturm über sie hinweggefegt: Tränenspuren auf dem Gesicht, das Haar halb aus dem Pferdeschwanz gezogen, der Blick leer und leblos.

Ich sagte: »Wie kann ich Ihnen helfen, Heather?«

Sie sah zu mir auf. »Es ist zu spät. Die Leute hatten recht. Wenn man die Kommune verlässt, geht alles vor die Hunde.« Sie klang vollkommen ruhig und sicher, beinahe prophetisch. Mir stellten sich die Nackenhaare auf. Das war gar nicht gut. Sie klang, als sei sie kurz davor, sich selbst aufzugeben. Und ich wollte nicht, dass das geschah.

Wie das Echo meiner eigenen Gedanken sagte Daniel: »Es ist nicht zu spät. Du wirst wieder gesund werden, und wir werden ein wunderbares Leben zusammen haben.« Die letzten Worte brachte er nur mühsam heraus, nicht vor Zorn, sondern verzweifelt bemüht, sie zu überzeugen und an diese Welt zu binden.

Ich sagte: »Ich verstehe, dass es sich anfühlt, als hätte sich gerade alles gegen Sie verschworen, aber Sie können darüber hinwegkommen. Es wird nur einige Zeit dauern …«

»Das spielt keine Rolle mehr.« Ihre Stimme war ausdruckslos, resigniert. »Das Baby, meine Eltern. Sie sind alle gestorben, nachdem ich gegangen bin.« Sie rieb sich die Arme.

Glaubte sie, sie würde bestraft? »Sie haben nichts falsch gemacht, Heather. Was Ihren Eltern zugestoßen ist, ist nicht Ihre Schuld.«

Sie schüttelte lediglich weiterhin den Kopf und wiederholte: »Die Leute hatten recht.«

Ich wartete. Daniel neben ihr schwieg ebenfalls. Sein Körper war starr, die Miene bekümmert, aber Heather sagte nichts mehr. Ich machte mir immer noch Sorgen, aber es war offensichtlich, dass sie sich nicht weiter mitteilen würde. »Der Tod Ihrer Eltern ist eine furchtbare Tragödie«, sagte ich, »aber Sie werden darüber hinwegkommen. Wir werden Sie in ein anderes Zimmer verlegen, in Ordnung? Es ist näher am Stationszimmer.« Am liebsten hätte ich sie zurück auf die Geschlossene verlegt, aber dort waren alle Betten belegt. Zum Glück hatte jede Station ein eigenes Kriseninterventionszimmer, so dass sie trotzdem mit Hilfe von Kameras engmaschig überwacht werden konnte. »Wenn Sie daran denken, sich etwas anzutun, möchte ich, dass Sie es jemandem erzählen.«

Sie nickte, aber ihre Miene blieb ausdruckslos. Die Brust hob sich zu einem gelegentlichen Schluchzen. Daniel blieb bei ihr, bis die Wirkung des Beruhigungsmittels einsetzte und ich meine Visite beendet hatte. Als Daniel sich verabschiedete und die Schwestern Heather in das Krisenzimmer brachten, war sie ruhiger, aber immer noch verstört, das Gesicht bleich und der Blick leer. Während ich meine Notizen in die Patientenakten eintrug, behielten die Schwestern sie im Auge, und ehe ich in mein Büro beim Mental Health Service ging, sah ich ein letztes Mal bei ihr hinein. Sie hatte sich zu einer engen Kugel zusammengerollt und schlief.

Am nächsten Tag berichteten mir die Schwestern, dass sie den Großteil des Tages unruhig geschlafen hatte. Immer wieder war sie weinend aufgewacht und wollte reden, was bedeutete, dass sie ihre Gefühle zumindest zuließ. Doch als Daniel später kam als gewöhnlich, wurde sie nervös und unruhig und schluchzte, dass er als Nächster sterben würde. Schließlich gaben die Schwestern ihr eine weitere Dosis Beruhigungsmittel.

Am nächsten Morgen traf ich Heather im Behandlungszimmer. »Sie hatten gestern einen extrem schweren Tag«, sagte ich. »Wie kann ich Ihnen helfen? Brauchen Sie irgendetwas?«

Ihre Stimme klang dumpf, als sie sagte: »Ich kann immer noch nicht glauben, dass sie tot sind. Ich habe schon ewig nicht mehr mit ihnen gesprochen. Beim letzten Mal …« Sie atmete tief durch und fing an zu weinen. »Als ich das letzte Mal mit meinem Dad gesprochen habe, war er böse auf mich, weil ich geheiratet hatte, während sie unterwegs waren. Ich habe einfach aufgelegt. Ich habe mich nicht einmal verabschiedet.«

Heftige, erstickte Schluchzer ließen sie am ganzen Leib erbeben. Es fiel mir schwer, sie anzusehen, ohne selbst zu weinen, besonders, da ich an Lisa und Paul denken musste. An seinem Lebensende war Paul zu einem Schatten seiner selbst geworden. Es war furchtbar gewesen, ihn so zu sehen, und Lisa und ich verließen das Krankenhaus für gewöhnlich in Tränen aufgelöst. An dem Tag, an dem Paul starb, wollte Lisa nicht mit ins Krankenhaus. Ich hatte ihr erlaubt, eine Freundin zu besuchen, weil ich dachte, eine Pause würde ihr guttun. Doch Pauls Zustand hatte sich verschlechtert, und er starb in meinen Armen. Als ich es Lisa erzählte, schrie sie: »Ich habe mich nicht von ihm verabschiedet!«

Ich zwang mich, mich wieder auf die Gegenwart zu konzentrieren.

»Es ist völlig natürlich, dass Sie jetzt darüber nachgrübeln, was Sie hätten anders machen können, aber Sie trifft keine Schuld, Heather. Ihre Eltern hätten gewollt, dass Sie glücklich sind. Das Beste, was Sie jetzt für sie tun können, ist, Ihren Behandlungsplan weiterzuverfolgen und ein gutes Leben zu führen.«

»Ich dachte immer, dass mein Dad eines Tages stolz auf mich sein würde, sobald ich mich berappelt hätte, verstehen Sie? Darum ging es mir letzte Woche langsam wieder besser. Ich hatte überlegt, dass ich zur Uni gehen könnte, vielleicht Design studiere und einen guten Job bekomme und dass ich meinem Dad zeigen könnte, dass ich mit einem wunderbaren Mann verheiratet bin. Jetzt ist das alles sinnlos.«

»Das sind immer noch großartige Ziele, Heather. Machen Sie weiter, um Ihrer selbst willen.«

Sie schüttelte den Kopf. »Es ist *sinnlos*. Ich werde niemals glücklich sein.«

»Ich weiß, wie Sie sich im Moment fühlen, aber vertrauen Sie mir, Sie *werden* in Ihrem Leben wieder Glück empfinden, und es *wird* wieder besser werden. Sie müssen den Dingen nur etwas Zeit lassen.«

Sie starrte auf ihre Füße, die Augen füllten sich erneut mit Tränen. »Es ist mir egal, ob es wieder besser wird. Ich will mich nur nie wieder so fühlen wie jetzt.«

Den Rest der Sitzung arbeitete ich daran, ihr zu versichern, dass der Schmerz vorübergehen würde, aber sie blieb mutlos und wollte zurück ins Bett. Schlaf war vermutlich im Moment das Beste für sie, so dass ich sie nicht zu sehr drängte. Am nächsten Tag war sie traurig, aber nicht mehr so lethargisch und depressiv wie bei ihrer Einlieferung ins Krankenhaus. Inzwischen war sie seit über drei Wochen bei uns und bekam die volle Dosis Antidepressivum, was ihr zu helfen schien, mit der Trauer fertig zu werden. Als ich sie fragte, ob sie manchmal daran denke, sich etwas anzutun, sagte sie nein, sie wiederholte es sogar und sah mir dabei in die Augen. Das war ein gutes Zeichen.

In den nächsten Tagen behielt man sie aufmerksam im Auge. Am Wochenende hatte ich frei, aber ich rief ein paarmal an und erkundigte mich nach ihr. Erleichtert hörte ich, dass sie sich ganz gut hielt. Obwohl sie offensichtlich um ihre Eltern trauerte, war sie bereit, aus ihrem Zimmer zu kommen und mit den anderen Patienten fernzusehen. Drei Tage nachdem wir ihr die schlechten Nachrichten überbracht hatten, nahm sie bereits an einer von Kevins Meditationsgruppen teil. Am Montag lief ich ihm zufällig zur Mittagszeit über den Weg.

»Ich war froh, dass Heather es heute in meine Gruppe geschafft hat«, sagte er. Neben psychologischen Tests, bei denen der Persönlichkeitstyp festgestellt wurde, sowie Intelligenztests bot Kevin auch Gruppen für Angstpatienten und Einzelsitzungen an.

»Ja, die Ärmste macht gerade eine Menge durch.«

»Allerdings, aber sie verarbeitet ihre Gefühle gut.«

Ich war froh um diese Bestätigung und entspannte mich ein wenig. Bis zu diesem Moment war mir nicht bewusst gewesen, wie sehr ich mich um sie gesorgt hatte. »Glauben Sie?«

»Wir haben uns nach der Stunde unterhalten, und sie hat sich bei mir bedankt. Sie sagte, es hätte geholfen.«

»Das ist wunderbar!«

Als ich Heather am nächsten Morgen sah, war sie zwar immer noch verhalten und sprach langsam, aber sie erzählte mir, dass Daniel am Nachmittag ein paar Urlaubskataloge mitbringen würde, weil sie noch keine Hochzeitsreise gemacht hatten.

»Ach, wie schön!«, sagte ich. »Vielleicht können Sie ein paar Fotos aufhängen von den Orten, die Sie gerne besuchen, und von Dingen, die Sie gerne tun würden. Eine Traumcollage.«

»Vielleicht.« Sie sah mich an. »Sie sind eine gute Ärztin.«

Der Kommentar traf mich unvorbereitet. »Danke.«

Ich wartete auf eine Erklärung, aber sie sagte nichts weiter. Ich stellte ihr ein paar Fragen: Wie kam sie zurecht? Brauchte sie irgendetwas? Gab es etwas, über das sie reden wollte? Dachte sie manchmal daran, sich etwas anzutun?

Sie starrte nur auf ihre Füße und antwortete einsilbig, so dass wir die Sitzung an dieser Stelle beendeten. Sie trauerte, aber auf eine Weise, die ihrem jüngsten Verlust vollkommen angemessen war, und ich hegte die Hoffnung, dass die unterstützende Umgebung des Krankenhauses sie mit der Zeit an den Punkt zurückbringen würde, an dem sie zuvor war. Dann konnten wir mit der Behandlung fortfahren, so dass sie nach Hause und endlich mit ihrem Mann in die Flitterwochen fahren konnte. Als ich mich von ihr verabschiedete, fügte ich hinzu: »Aber ich möchte eine Postkarte von Ihrer Reise bekommen.«

Sie lächelte wehmütig und winkte mir kurz zu.

12. Kapitel

Nach der Arbeit fuhr ich nach Hause, zog meinen Overall an, steckte mein Haar zu einem lockeren Knoten hoch und arbeitete eine Weile in meinem Gartenschuppen. Normalerweise liebte ich das Schnipp-Schnapp meiner Gartenschere, im Takt zu Leonard Cohens *Hallelujah* im Hintergrund – das war meine Therapie. Doch heute liefen mir Tränen über die Wangen, als ich an Heather dachte, an meine Tochter, an Willow – an alle verlorenen Mädchen auf der Welt. Ich wischte mir übers Gesicht, hinterließ dabei einen Schmutzstreifen, und starrte auf den Bonsaibaum, den ich versucht hatte in Form zu schneiden. Ich gab auf und ging ins Haus, um zu duschen, aber zuerst warf ich einen Blick in die Kiste, die ich für die Katze unter die Treppe gestellt hatte. Die Decke war mit einem feinen Flaum schwarzer Haare bedeckt.

Nachdem ich eine Weile ferngesehen hatte, vertraute ich Connie am Telefon an, dass ich anfing, mich übermäßig mit Heathers Gefühlen zu identifizieren, wodurch es immer schwerer wurde, lediglich eine anteilnehmende Beobachterin zu bleiben. Bei ihr zu sein, kurz nachdem sie vom Tod ihrer Eltern erfahren hatte, hatte mich daran erinnert, wie qualvoll es gewesen war, Lisa zu erzählen, dass ihr Vater gestorben war. Als ich ins Bett ging, war ich wieder gelassener. Ich hatte Heather in den letzten Wochen liebgewonnen und war froh, dass es ihr besserging, aber es wäre gut für uns beide, wenn sie endlich entlassen würde.

Vor dem Einschlafen las ich noch ein wenig, dann machte ich das Licht aus. Mein Herz begann zu pochen, aber ich fuhr fort, mir selbst gut zuzureden – *Alles ist gut, atme einfach weiter, das wird dich nicht umbringen* –, bis das Panikgefühl nachließ. Obwohl es noch früh war, sank ich in einen tiefen Schlaf.

Zwei Dinge geschahen auf einmal: Es klapperte laut, als hätte jemand die Mülltonne umgestoßen, und das Telefon klingelte. Ich saß senkrecht in meinem Bett, mein Herz hämmerte gegen die Rippen, als ich versuchte herauszufinden, was passiert war. Ich hörte ein paar Katzen kreischen und begriff, dass sie sich zankten. Das Telefon schrillte erneut. Ich stellte das Licht an und griff nach dem schnurlosen Telefon auf meinem Nachttisch. Es war 21:45 Uhr.

Michelle war am Apparat. Sie versuchte, mir etwas mitzuteilen, brach jedoch mittendrin in Tränen aus. Immer noch halbverschlafen, war ich eine Sekunde lang ganz verwirrt, glaubte, meine größte Angst sei Wirklichkeit geworden und sie habe mich angerufen, um mir mitzuteilen, dass Lisa tot war.

Dann riss Michelle sich lange genug zusammen, um zu sagen: »Heather Simeon hat heute Abend Selbstmord begangen.« Das Blut rauschte in meinen Ohren, als Michelle versuchte, mir die grausame Szene zu beschreiben, doch sie brach immer wieder in Tränen aus, und ich schnappte lediglich Satzfetzen auf. »Überall war Blut … wir wussten nicht, dass sie im Abstellraum war. Ich habe Alarm geschlagen. Aber es war zu spät. Sie war bereits tot.«

»Was ist passiert? Wie konnte sie da hineinkommen?«

Ich hörte selbst, wie schrill und angespannt meine Stimme klang, und versuchte, in dem, was ich hörte, einen Sinn zu erkennen.

Michelle beruhigte sich etwas, jetzt, wo ich ihr konkrete Fragen stellte, und berichtete, dass während des Abendessens unter den Patienten der Station ein heftiger Tumult ausgebrochen war. Das gesamte Personal war nötig gewesen, um die Situation in den Griff zu bekommen. Der Hausmeister war gerade dabei gewesen, seine Putzmittel aufzufüllen, als er zum Saubermachen in den Speisesaal gerufen wurde, wo einige Patienten mit Tabletts und Getränken um sich geworfen hatten. Den Abstellraum ließ er unversperrt. In der kurzen Zeitspanne von vielleicht fünfzehn Minuten hatte Heather den Abstellraum betreten, im Müllsack den Deckel einer Kaffeebüchse gefunden und sich damit die Pulsadern aufgeschnitten. Vielleicht hatte sie daran gedacht, dass sie beim letzten Versuch rechtzeitig gefunden worden war, denn sie schluckte zusätzlich noch Reinigungsmittel. Als ihr das immer noch nicht schnell genug ging und sie die Flüssigkeit wieder erbrach, zusammen mit Galle und Gewebefetzen ihrer verätzten Speiseröhre, stopfte sie sich Putzlumpen in die Kehle und erstickte schließlich daran. Das letzte verzweifelte Ringen ihres Körpers nach Luft wurde vom Kampflärm auf dem Flur übertönt.

»Es ging alles so schnell – und dann habe ich sie gefunden. Ich habe nur das Blut gesehen. Es war furchtbar.« Michelle Stimme wechselte von einem verzweifelten, schockierten Ton zu einer gedämpften und gespenstischen Entschlossenheit. »Ich werde diesen Raum nie wieder betreten.«

Sobald ich aufgelegt hatte, zog ich rasch etwas an und raste ins Krankenhaus, wo das Pflegepersonal immer noch versuchte, die Patienten zu beruhigen. Michelle saß bleich und zitternd im Stationszimmer, während eine andere Schwester ihr einen Becher Tee reichte. Bis der Coroner seine Erstuntersuchung abgeschlossen hatte, musste Heathers Leichnam im Abstellraum liegen bleiben. Die Tür zu der Kammer stand einen Spalt offen, und ich wollte nicht, dass jemand hineinspähte. Ich ging hin, um die Tür zu schließen, doch vorher fiel mein Blick auf das grausame Bild. Heather lag auf dem Boden, den Rücken noch an die Wand gelehnt. Ich sah ihre dünnen, blassen Beine und die Arme, die in die Seiten gestemmt waren wie bei einer kaputten Puppe. Ihr Kopf war zur Seite gekippt, so dass ich nur ihr Haar sehen konnte. Um ihre Handgelenke hatten sich Pfützen aus geronnenem, rotbraunem Blut gebildet, und mit den Füßen hatte sie einen Eimer umgestoßen. Ihr ganzes Nachthemd war blutverschmiert.

Dann wurde mein Blick von etwas an der Wand über ihrem Kopf angezogen. Unregelmäßig, mit Blut geschrieben, standen dort die Worte: *Er schaut zu.*

Hastig schloss ich die Tür.

Der Coroner befragte jeden, auch mich. Wie betäubt und den Kopf voller Gedanken ließ ich die Fragen über mich ergehen. Wie hatte das passieren können? Es würde eine gerichtliche Untersuchung und eine Überprüfung der Pflegequalität geben, wie immer, wenn es auf der Station einen Todesfall gab. Ich würde meine Versicherung anrufen müssen, und sie würden mich beraten, was ich sagen und wie ich es sagen sollte. In den folgenden Tagen würden auch einige Sitzungen Trauerbewältigung angeboten werden, aber das alles war mir im Moment egal.

Alles, woran ich denken konnte, war: *Wie soll ich das*

Daniel beibringen? Ich hätte es ihm lieber persönlich gesagt, aber ich konnte nicht riskieren, dass er am Morgen ankam, ehe irgendjemand die Möglichkeit hatte, es ihm zu erzählen. Das Chaos auf der Station war immer noch zu groß, also ging ich hinüber zu meinem Büro beim Mental Health Service und zögerte den Moment so noch eine Weile hinaus. Dann saß ich an meinem Schreibtisch, starrte auf ein Foto von Lisa und dachte, dass zumindest Heathers Eltern dieser Anruf erspart blieb. Ich war betroffen, dass eine einzige Familie von so vielen Tragödien heimgesucht worden war. Unablässig ging ich meine letzte Unterhaltung mit Heather durch. Was war mir entgangen? Hatten meine eigenen Gefühle gegenüber der Kommune mich blind gemacht? Hätte ich sie doch an jemand anders abgeben sollen? Ich erinnerte mich, dass mir schon vor einigen Wochen aufgefallen war, dass die Tür zu einem der Abstellräume nicht abgeschlossen gewesen war, und dass ich gedacht hatte, ich sollte es einer der Schwestern gegenüber erwähnen. Doch dann hatte ich Aarons Namen gehört, und das hatte mich so aufgewühlt, dass ich es vergessen hatte. Wenn ich etwas gesagt hätte, würde Heather vielleicht noch leben.

Schließlich schlug ich Daniels Nummer nach, holte tief Luft und griff nach dem Hörer. Als ich wählte, stellte ich fest, dass meine Hand zitterte.

Seine Stimme klang belegt vom Schlaf, doch ich hörte auch einen Hauch Angst heraus. Er musste die Nummer des Krankenhauses auf seinem Display erkannt haben.

»Hallo, Daniel, hier ist Dr. Lavoie. Ich …« Mir fehlten die Worte, mein Kopf schmerzte, und ich war den Tränen nahe. Wie sollte ich ihm je sagen können, dass seine Frau gestorben war? Ich hatte ihm versichert, dass ihr nichts passieren könnte – hatte es ihm *zugesichert.*

»Dr. Lavoie?« Daniel klang jetzt eindeutig alarmiert. »Ist alles in Ordnung?«

»Ich rufe wegen Ihrer Frau an.« Ich musste es so behutsam und rasch wie möglich sagen. »Heather wurde heute Abend hier auf der Station leblos aufgefunden. Wir haben versucht, sie wiederzubeleben, aber es war zu spät. Die genaue Todesursache kennen wir noch nicht, aber es sieht so aus, als hätte sie ihn selbst herbeigeführt. Ich möchte, dass Sie wissen, dass wir alles unternommen haben, um sie zu retten.«

Am anderen Ende der Leitung hörte ich ihn scharf einatmen, als würde er nach Luft schnappen. »Ich verstehe nicht. Was ist passiert?« Sein Verstand verarbeitete das Gehörte nur langsam und wurde von einem wirbelnden Strudel erfasst. Meine Worte waren noch nicht mit ihrer ganzen Schwere zu ihm durchgedrungen.

»Wir werden mehr wissen, sobald der Coroner seine Untersuchung abgeschlossen hat.« Ich holte Luft, um mich zu stärken. Es gefiel mir nicht, dass ich ihm keine Einzelheiten nennen durfte, aber die Gefahr eines Rechtsstreits war zu groß. Das Krankenhaus würde jemanden benennen, der sich um die weitere Kommunikation kümmerte.

»Wie ist sie gestorben?« Er klang entsetzt und schockiert.

In meinem Kopf tauchten instinktiv Bilder von Heather auf, wie sie sich vor Schmerzen auf dem Boden wand und ihre Kehle umklammerte, während die Speiseröhre in Flammen zu stehen schien.

»Es tut mir leid. Das weiß ich im Moment noch nicht.«

»Ich verstehe es einfach nicht. Ich habe sie heute Morgen gesehen. Es ging ihr besser als seit Tagen – sie hat mir immer wieder gesagt, wie sehr sie mich liebt.«

Ich hörte seine herzzerreißende Verwirrung. Der Verstand

versuchte, logisch zu denken und eine Begründung zu finden: Eins plus eins ergibt zwei. Nach Pauls Diagnose hatte ich es genauso gemacht. Er musste nur ordentlich essen, zur Chemotherapie gehen und positiv denken. Er würde den Krebs besiegen. Doch so funktioniert das Leben nicht. Gute Männer sterben vor ihrer Zeit, und Patienten finden trotz bester Fürsorge immer noch einen Weg, sich selbst zu zerstören.

»Ja, es schien ihr tatsächlich besserzugehen.« Ich brachte es nicht über mich, ihm zu erklären, dass Suizidpatienten oftmals genau dann ihr Vorhaben zu Ende bringen, wenn sie anfangen, sich wieder besser zu fühlen – dann haben sie die Energie, es durchzuziehen. Heather hatte mir zwar erzählt, dass sie nicht daran dachte, sich etwas anzutun, aber vermutlich hatte sie es schon eine ganze Weile geplant und nur auf die passende Gelegenheit gewartet. Ich dachte daran, wie verzweifelt sie gewesen sein musste, um solch einen schmerzhaften Tod zu wählen.

Vor meinem inneren Auge blitzte ihr Gesicht auf, als ich sie das letzte Mal gesehen hatte, dieses Lächeln. Es war wehmütig gewesen. *Sie sind eine gute Ärztin.* Hatte sie versucht zu verhindern, dass ich mir die Schuld gab für das, was sie vorhatte? Ich dachte an Kevin, dem sie an diesem Tag ebenfalls gedankt hatte. Selbst ihre Liebesbeteuerungen Daniel gegenüber ließen sich jetzt als Worte des Abschieds interpretieren.

Daniels Stimme wurde hart und anklagend. »Sie haben gesagt, sie wäre sicher – Sie haben *versprochen*, dass ihr nichts zustoßen würde.«

Wut und Schuldzuweisungen waren der nächste Schritt. Ich hatte damit gerechnet, und trotzdem spürte ich den Schlag. Der Schmerz vermengte sich mit meinen eigenen Schuld- und Reuegefühlen.

»Ich weiß, dass das ein unglaublicher Schock ist und dass Sie bestürzt–«

»Bestürzt? Meine Frau ist gerade *gestorben* – als Sie auf sie aufpassen sollten!«

Ich wählte meine Worte mit Bedacht, kämpfte mit meinem Bedürfnis, ihn zu trösten, und der Notwendigkeit, das Krankenhaus zu schützen. »Ihr Verlust tut mir aufrichtig leid. Jemand wird sich bald mit Ihnen in Verbindung setzen. Man wird Ihnen in der nächsten Zeit jede erdenkliche Unterstützung zukommen lassen.«

Ich war froh, dass ich ihm nicht bei den nächsten Schritten beistehen musste. Ich wollte nicht über ihren Tod hinwegfegen und zu den praktischen Dingen übergehen müssen: wann er ihre persönlichen Habseligkeiten abholen könnte, was mit den sterblichen Überresten geschehen sollte. Meine Augen brannten, als ich daran dachte, was in den nächsten Tagen alles auf ihn zukommen würde. »Sie sollten im Moment nicht allein sein. Gibt es jemanden, den ich für Sie anrufen kann?«

Dieses Mal lag keine Wut in seiner Stimme. Er klang nur dumpf und niedergeschlagen, als er sagte: »Heather war alles, was ich hatte.« Dann legte er auf.

13. Kapitel

Die nächsten Tage nahm ich wie durch einen Nebelschleier wahr, aber ich musste auf die Station, und ich brauchte den Rückhalt des Teams. Wir waren alle noch ganz mitgenommen von der Tragödie und hatten ein paar Supervisionssitzungen. Die meisten Krankenschwestern brachen irgendwann zusammen. Ein paarmal war ich selbst ganz nah dran. Die junge Frau, deren Zimmer direkt neben Heathers lag, hatte es besonders schwer. Jodi litt unter Anorexie und war mit weniger als fünfundvierzig Kilo extrem untergewichtig. Sie musste bei den Mahlzeiten unterstützt werden, sprich, eine Schwester musste neben ihr sitzen und mit ihr zusammen zu Mittag essen. Heather hatte sich mit Jodi angefreundet und hatte beim Essen ebenfalls bei ihr gesessen. Jetzt verweigerte Jodi erneut jede Nahrungsaufnahme.

Vor allem für diejenigen Mitarbeiter, die Heather im Abstellraum gesehen hatten, war es schwer. Eine Schwester erzählte, dass sie Albträume wegen des ganzen Blutes hatte, das aus Heathers aufgeschnittenen Pulsadern stammte, und mir ging das Bild von Heathers Schrift an der Wand nicht aus dem Kopf: *Er schaut zu.* Kaum hatte ich die Worte gesehen, hatten sie sich in mein Gedächtnis eingebrannt – die roten Schlieren, der entsetzliche Anblick. Ich war so aufgewühlt von Heathers Tod, dass ich gar nicht die Gelegenheit gehabt hatte, über die Bedeutung der Worte nachzudenken. Jetzt blitzte aus der Dunkelheit eine kurze Erinnerung auf wie ein

Schnappschuss: Aaron bei einer seiner spätabendlichen Belehrungen, umhüllt vom Duft des Lagerfeuers. Die Stimme erhoben zu einer leidenschaftlichen Warnung: *Das Licht sieht alles, was wir tun. Er schaut uns immer zu.* Wovon hatte er geredet? Ich beruhigte meinen Verstand, blendete die Stimmen um mich herum aus und konzentrierte mich auf diesen Moment. Mit einem Anflug schneidender Furcht stellte sich eine klarere Erinnerung ein.

Ich verstecke mich unter einer Hütte und beobachte die Zeremonie, die nur für die Erwachsenen ist. Mit beiden Armen umklammere ich eine Katze. Josephs Gesicht leuchtet wütend im Schein des Feuers, als er einen Mann zu Boden schlägt, seine Stimme unterstreicht jeden Hieb. »Aaron hat dich gewarnt. Das Licht schaut immer zu – er weiß, was du getan hast.« Der Mann stöhnt und rollt sich in Embryonalstellung zusammen, während Aaron Joseph von ihm fortzieht. Die Mitglieder laufen herum, einige besorgt, andere aufgeregt – Haie, die Blut im Wasser wittern.

Ich riss mich von der Erinnerung los, schüttelte die kalte Angst ab, die mir den Nacken emporkroch. *Das war damals, dies hier ist heute. Du bist kein Kind mehr, und du bist in Sicherheit.* Ich wandte meine Gedanken wieder dem vorliegenden Problem zu. Warum hatte Heather *diese* Worte geschrieben? Hatte es etwas mit ihren Schuldgefühlen zu tun, weil sie die Regeln und Lehren der Kommune missachtet hatte? Oder hatte Heather versucht, uns damit etwas anderes zu sagen? Einen kurzen Moment lang überlegte ich, ob jemand von der Kommune irgendwie auf die Station gelangt sein konnte. Nein, die Sicherheitsbestimmungen waren zu streng. Wahrscheinlich war mein erster Gedanke ganz richtig: Sie hatte ihre Schuldgefühle wegen der Fehlgeburt nicht länger ertragen, und wahrscheinlich auch geglaubt, sie sei irgendwie für den Tod ihrer Eltern verantwortlich. Wenn Aaron seinen Mitgliedern immer noch beibrachte, das Licht würde sie beobachten, konnte es gut sein, dass sie in ihrer Trauer das Gefühl hatte, diese Strafe verdient zu haben.

Ich konzentrierte mich wieder auf das Meeting. Sie sprachen gerade über die Arbeitsabläufe und was wir hätten besser machen können. Ich dachte an die unverschlossene Tür, und erneut erfasste mich Reue. Ich war nicht die Einzige, die die Ereignisse immer wieder durchging.

Michelle sagte: »Ich sehe ständig ihr Gesicht vor mir – und wie ihr Körper daliegt. Ich kann nicht schlafen. Jedes Mal, wenn ich die Augen schließe, sehe ich … das.« Sie machte eine Handbewegung vor ihrem Gesicht, und alle füllten die Leerstelle in Gedanken aus: Die Verätzungen an Heathers Mund von den erbrochenen Reinigungsmitteln, die zu einer grotesken Grimasse verzogenen Lippen, die marmorierte Haut und die letzten Zipfel der Putzlumpen, die noch aus ihrem Mund hingen. Eine ganze Weile sagte niemand etwas. Ich musste heftig blinzeln und schloss die Augen. Als ich sie wieder öffnete, beobachtete Kevin mich voller Mitgefühl.

Zum Lunch fuhr ich nach Hause, und als ich zurückkam und gerade auf dem Personalparkplatz aus meinem Wagen gestiegen war, stand plötzlich wie aus dem Nichts Daniel neben der Motorhaube. Heathers Tasche hing über seiner Schulter, in der einen Hand hielt er einen Karton, mit der anderen umklammerte er ihr Hochzeitsfoto, das neben ihrem Bett gestanden hatte. Hatte er auf mich gewartet?

»Daniel! Alles in Ordnung mit Ihnen?«

Seine Augen waren gerötet und das Haar war zerzaust. Er hatte sich nicht rasiert und offensichtlich seit Tagen nicht geschlafen. Als er mich ansah, ließ mich die brennende Trauer in seinem Blick beinahe zurücktaumeln.

»Nein, es ist nicht alles in Ordnung, Dr. Lavoie. Aber im Grunde ist es Ihnen ja auch egal, nicht wahr? Ihr Job ist erledigt, warum sollten Sie sich also jetzt noch um mein Leben scheren?«

In seiner Stimme schwang etwas mit, das mir Angst machte, als stünde er gefährlich nahe davor durchzudrehen. Adrenalin rauschte durch meinen Körper, mein Magen zog sich zu einem harten Knoten zusammen. Ich packte meinen Schlüsselanhänger fester, den Finger über dem Panikknopf.

»Natürlich sorge ich mich um Sie, Daniel. Ich weiß, dass es furchtbar schmerzhaft sein muss …«

Er trat einen Schritt auf mich zu. »*Gar* nichts wissen Sie. Weder über mich noch über meine Frau. Für Sie war sie nur irgendeine Patientin, aber für mich war sie alles.« Seine Stimme brach, und er verstummte. Dann schüttelte er den Kopf und drückte die Brust raus. »Sie und Ihre verdammten Leute haben sie sterben lassen. Ich werde jeden einzelnen Mitarbeiter dieses Krankenhauses verklagen.«

Ich saß zwischen meinem Auto und dem daneben fest, hinter mir war mir der Weg durch eine Betonmauer versperrt. Ich hoffte, dass der Sicherheitsdienst etwas bemerkte oder dass irgendjemand seinen Wagen hier parkte, aber als ich mich umschaute, war der Parkplatz leer.

»Möchten Sie mit hineinkommen und darüber reden?«, sagte ich leise und mit besänftigender Stimme.

»Was gibt es denn da noch zu reden?« Wütend und hektisch atmend sah er mich an. »Sie ist tot, und nichts wird sie zurückbringen.«

Ich wollte ihm helfen, wollte ihm erklären, was es mit Depressionen und chronisch suizidalen Menschen auf sich hatte, wollte ihm verdeutlichen, welchen verheerenden Einfluss Zentren wie das River of Life auf jemanden haben konnten, der bereits unter einer affektiven Störung litt. Doch die ganze Situation und die Verzweiflung in seinem Blick überforderten mich, ganz zu schweigen von meiner eigenen Reue und Trauer. Laut dem Anwalt des Krankenhauses hätte ich nicht einmal diese Unterhaltung führen dürfen.

Daniel war klug genug, um das zu begreifen. »Es wären ohnehin nur Lügen. Sie werden mir nicht erzählen, was wirklich geschehen ist – niemand aus dem Krankenhaus wird das.«

»Daniel, es tut mir wirklich leid, aber –«

»Ich will keine weiteren Rechtfertigungen mehr hören. Ich habe Ihnen vertraut.« Die Worte trafen mich, und meine Angst wuchs, als er einen weiteren Schritt auf mich zukam. »Ich dachte, sie würde wieder gesund werden.« Seine Stimme wurde lauter. Ich hatte Angst, aber zugleich hoffte ich, dass er dadurch jemanden auf uns aufmerksam machen würde. »Was ist passiert? Ich verstehe einfach nicht, was passiert ist.« Die Hand, die den Karton hielt, zitterte, Tränen quollen ihm aus den Augen.

Eine kräftige Männerstimme ertönte. »Hey, alles in Ordnung bei Ihnen?«

Mit energischen Schritten kam Kevin auf uns zu. Vor Erleichterung lehnte ich mich gegen mein Auto. Daniel zog sich langsam zurück und wischte sich über die Augen. Als Kevin uns erreicht hatte, sagte er: »Kann ich Ihnen helfen?«

»Ich bin fertig mit euch allen.«

»Dann sollten Sie jetzt wohl besser nach Hause fahren.«

Daniel drehte sich um und machte noch einmal einen Schritt auf mich zu. Ich hielt den Atem an, Kevins Körper versteifte sich ebenfalls. Doch Daniel hielt mir nur ein Foto hin. »Ich möchte, dass Sie das hier nehmen.« Er streckte es mir mit mehr Nachdruck erneut entgegen. Ich nahm das Bild. Er nickte einmal, dann drehte er sich um und ging zum Hauptparkplatz.

Kevin und ich schwiegen einen Moment und sahen ihm nach, dann sah Kevin mich an. »Alles in Ordnung?«

Ich nickte. »Mir fehlt nichts.«

Er sah mir in die Augen und hob eine Augenbraue. Er wusste genau, dass ich aufgewühlt war. Ich lächelte verlegen.

»Haben Sie Zeit für einen Kaffee?«, fragte er.

Ich zögerte. Ich wollte einigen Papierkram erledigen, aber im Moment war ich ohnehin zu erschüttert. Es könnte guttun, mit jemandem zu reden, der verstand, was ich durchgemacht hatte.

»Ja, sehr gerne.«

Wir gingen in die Cafeteria, und ich erzählte ihm von meinen Schuldgefühlen, wie nahe mir Heathers Tod ging, und dass ich wünschte, ich hätte mehr getan. Das Hochzeitsfoto von Heather, das Daniel mir gegeben hatte, lag zwischen uns auf dem Tisch, während wir uns unterhielten. Mein Verstand versuchte immer noch, einen Sinn in ihrem Tod zu erkennen, und ich schaute immer wieder auf das Bild, als könnte ich alle Antworten in ihrem Gesicht finden, das für immer ein Lächeln aus glücklicheren Zeiten zeigen würde. Kevin vertraute mir an, dass er ebenfalls schon einmal eine Patientin verloren hatte.

»Ich fragte mich, ob ich wirklich das Zeug für diesen Beruf habe«, sagt er.

Ich nickte. »Genauso fühle ich mich im Moment. Bei jedem Patienten zweifle ich an mir selbst.«

»Das ist völlig normal. Ich habe eine ganze Weile gebraucht, bis ich wieder genügend Selbstvertrauen hatte. Ich bin eine Weile gereist, habe versucht, wieder zu mir zu finden. Dann begann ich, an all die Menschen zu denken, denen ich tatsächlich geholfen hatte, und an all diejenigen, denen ich noch helfen konnte. Es ist unmöglich, jeden zu retten, aber wenn wir in unserem Leben auch nur einen Menschen retten, haben unsere Mühen sich gelohnt.«

»Eine gute Art, die Dinge zu betrachten. Trotzdem habe ich das Gefühl, ich hätte irgendetwas übersehen. Ich hätte sie unter Einzelbetreuung stellen sollen, aber wir hatten gerade dieses Finanztreffen …« Bei einer Einzelbetreuung ist eine Schwester dafür zuständig, den Patienten permanent zu überwachen. Wegen der Mittelkürzungen setzten wir das nur bei Hochrisikopatienten ein, und in Heathers Fall hatte es keine Hinweise auf neuerliche Suizidabsichten gegeben.

»Wenn Sie es beantragt hätten, wäre es abgelehnt worden.« Er hatte recht, aber trotzdem wünschte ich, ich hätte es versucht. »Sie haben alles richtig gemacht, indem Sie sie in das Krisenzimmer verlegt haben. Selbst oben in der Geschlossenen hätte so etwas passieren können. Sie wissen genauso gut wie ich, dass jemand, der sich unbedingt umbringen will, auch einen Weg findet.«

»Stimmt. Aber ein einziger Tag kann viel ausmachen.«

»Dann hätte irgendetwas anderes sie wieder aus der Bahn geworfen.« Er sah mich an. »Sie haben Ihr Bestes getan.«

Ich starrte hinunter auf meinen Kaffee und spielte mit der Tasse herum. Ich vermied es, das Foto und Heathers blaue Augen anzusehen, die mich so anklagend anzublicken schienen. Ihr Mund schien all die Dinge zu sagen, die ich nur dachte. *Sie hätten mich retten sollen. Sie haben die Zeichen nicht erkannt.*

Kevin beugte sich über den Tisch. »Hey, Sie haben *nichts* falsch gemacht. Verstanden?«

Ich suchte sein Gesicht nach Anzeichen von Unaufrichtigkeit ab, fand aber keine.

»Sie sind nicht für ihren Tod verantwortlich«, wiederholte er.

Ich schenkte ihm ein Lächeln. »Danke. Ihre Unterstützung tut mir gut. Die Sache hat mich stärker getroffen, als ich anfangs gemerkt hatte.«

»Wir sollten ...« Er unterbrach sich, als sein Pager anfing zu piepen. Er schaute nach unten und machte ein enttäuschtes Gesicht. »Die Pflicht ruft.« Er sah mich geradeaus an. »Wenn Sie wieder reden wollen, sagen Sie einfach Bescheid.«

»Mach ich.«

Nachdem er verschwunden war, blieb ich noch einen Moment sitzen, betrachtete mein Spiegelbild im Fenster und überlegte, was Kevin wohl sagen wollte, als er unterbrochen wurde. Ich steckte Heathers Hochzeitsfoto in meine Tasche, dann sammelte ich unsere Tassen ein. Kevins war noch warm von seiner Hand.

14. Kapitel

Heathers Nachruf erschien einen Tag später in der Zeitung, zusammen mit der Ankündigung ihrer Trauerfeier, der die Beisetzung im Memorial Garden folgen sollte, dem Friedhof, auf dem auch Paul begraben lag. Ein schwerer Druck legte sich auf meine Brust, als ich mich an das Geräusch jeder einzelnen Schaufel Erde erinnerte, die auf seinen Sarg fiel, während ich wie betäubt an seinem Grab stand. Ich dachte an Daniel und daran, wie schwer es für ihn sein würde. Sollte ich zu Heathers Beerdigung gehen, um meine Anteilnahme zu zeigen? Ich war mir nicht sicher, ob es wirklich eine gute Idee war, obgleich es sich für einen Arzt schickte, zur Trauerfeier für einen Patienten zu gehen. Ich wollte Daniel jedoch nicht noch zusätzlich belasten. Schließlich beschloss ich, Pauls Grab am selben Tag zu besuchen – ich war eine ganze Weile nicht dort gewesen – und, wenn ich konnte, Heathers Begräbnis aus der Ferne zu beobachten.

Am Tag der Beerdigung war es sonnig, aber so kalt, dass die Haut meiner Wangen spannte und meine Hände schmerzten. Ich trug meinen schwarzen Trenchcoat, dazu einen grau-cremefarbenen Schal, den Paul geliebt hatte, und eine Sonnenbrille mit großen Gläsern. Ich legte einige Tigerlilien auf Pauls Grabstein und sah, dass jemand am Fuß des Steines einen kleinen, blühenden Strauch niedergelegt hatte.

Ich kniete mich hin und entdeckte einen winzigen Plastikhund, der sich unter den Zweigen zu ducken schien – weiß, wie unser geliebter Husky Chinook, der ein Jahr vor Paul gestorben war. Mir stiegen die Tränen in die Augen. Lisa musste ihn für ihren Vater hiergelassen haben.

In der Ferne sah ich eine kleine Prozession, die sich auf Heathers Grab ganz in der Nähe von Pauls Ruhestätte zubewegte. Es waren nicht viele Trauergäste, aber das überraschte mich nicht.

Als die Zeremonie vorüber war, sagten die Menschen ein paar Worte zu Daniel, bevor sie langsam davonzogen. Daniel blieb noch eine ganze Weile mit gesenktem Kopf am Grab stehen, dann schlug er den Weg hinunter zum Parkplatz ein. Mit meinem Blumengesteck in der Hand ging ich zu Heathers Grabstelle. Ich legte die weißen Rosen auf den Erdhügel, dachte an ihr liebenswertes Lächeln und die traurigen blauen Augen, wenn sie mich durch den Vorhang ihrer Haare von der Seite angeblickt hatte.

Es tut mir leid, dass ich dir nicht helfen konnte.

Hinter mir sagte eine Männerstimme: »Was tun Sie hier?«

Ich wirbelte herum. Es war Daniel.

»Ich wollte ihr meine Ehre erweisen. Bitte entschuldigen Sie, falls ich zu aufdringlich war.« Ich wischte meine Tränen fort und wandte mich zum Gehen.

»Warten Sie«, sagte Daniel.

Ich drehte mich wieder um und spürte, wie ich mich versteifte.

Er sah mich an, und dieses Mal lag in seinem Blick keine Wut, sondern nichts als erschöpfte Traurigkeit.

»Ich muss mich bei Ihnen entschuldigen.«

Meine Schultern entspannten sich, und ich lockerte den Griff um meine Umhängetasche. »Sie schulden mir kein …«

»Doch, das tue ich. Die Sachen, die ich auf dem Parkplatz zu Ihnen gesagt habe.« Er schüttelte den Kopf. »Das war nicht fair. Es war nur ... ich habe all ihre Sachen in dem Karton gesehen, unser Hochzeitsfoto ...« Er starrte hinunter auf die Blumen auf dem Grab und schluckte ein paarmal. »Sie hat versucht, sich umzubringen, als sie mit mir zusammengelebt hat – und davor auch schon. Ich werde das Krankenhaus nicht verklagen. Es ist sowieso meine Schuld. Ich hätte sie zurück ins Zentrum bringen sollen.«

»Ich weiß nicht, ob das geholfen hätte, Daniel. Sie scheint dort eher erst recht aus dem Gleichgewicht geraten zu sein.«

»Es ging ihr großartig dort – erst, als wir fortzogen, ging es mit ihr bergab.«

»Das kann schon sein, aber Heather hatte das Gefühl, man würde sie bedrängen, zurückzukommen. Und man scheint ihre Grenzen oder Wünsche nicht respektiert zu haben.«

»Sie haben uns nicht *bedrängt* – sie wollten sich nur vergewissern, dass es uns gutgeht.«

»Glauben Sie, dass es nur das war? Oder hoffte man dort aus einem anderen Grund, Sie würden zurückkehren? Heather hat etwas von Geldspenden erwähnt.«

»Aber wir *wollten* spenden. Sind Sie deswegen heute gekommen?« Er klang angespannt und abweisend.

»Nein, das ist nicht der Grund. Bitte entschuldigen Sie, falls ich Sie verärgert habe. Ich wollte nur meine Anteilname bekunden. Heather war eine ganz besondere Frau. Es tut mir so leid, dass ich ihr nicht helfen konnte.«

Daniel holte tief Luft und stieß sie in einem Seufzer wieder aus.

»Sie haben es versucht. Sie waren die einzige Ärztin im Krankenhaus, die ihr überhaupt geholfen hat. Sie hat Sie sehr gemocht.«

Die einzige …

Ein Bild von dunklem Wasser tauchte vor meinem geistigen Auge auf, der Geruch von Sand und Erde, etwas Vertrautes lag in diesen Worten. Ich konzentrierte mich darauf, klammerte mich daran. Ich war mit Aaron am Fluss, kalte Felsen bohrten sich in meine Knie. *Du bist die Einzige,* hatte er geflüstert.

Ich sah Daniel an, aber meine Gedanken waren ganz woanders.

»Du musst mir helfen, oder ich schaffe es nicht, sie zu heilen.« Aaron ist nackt, und ich knie vor ihm. Er nimmt meine Hand und legt sie auf seinen Penis, dann packt er meinen Nacken und zieht mein Gesicht zu sich. Ich sage: »Ich weiß nicht, wie …«

»Dr. Lavoie? Ist alles in Ordnung?« Daniel starrte mich besorgt an.

Ich versuchte, irgendetwas Vernünftiges zu sagen, aber in meinem Kopf drehte sich alles. Alles ergab plötzlich einen schrecklichen Sinn. Gab es noch weitere Opfer? Was war mit all den Frauen, die er zu privaten Meditationen mitgenommen hatte, mit diesen langen Spaziergängen mit anderen Mädchen der Kommune? Er hatte irgendetwas gesagt, dass er sie »heilen« könnte. Von wem hatte er geredet?

Daniel. Ich musste mich auf Daniel konzentrieren.

»Tut mir leid, ich habe nur gerade daran gedacht, wie sehr ich Heather mochte.«

Einen Moment lang sahen wir uns an. Unsere Trauer verband uns.

Dann senkte er erneut den Kopf, schlug die Hände vors Gesicht, während sein Körper von der Anstrengung, seine Trauer zurückzuhalten, erbebte.

Ich blieb neben ihm stehen, eine Hand auf seiner Schulter.

Ich weiß nicht, wie ich es nach Hause schaffte. Ich erinnere mich nur noch, dass ich mich auszog und unter die Dusche stieg. Das Wasser prasselte auf meinen Kopf, während ich an meinem Körper hinunterstarrte und mich fragte, welche Geheimnisse er noch barg. *Was hat Aaron mir angetan?* Ich blieb unter der Dusche und schrubbte meine Haut immer wieder ab, bis das Wasser kalt wurde.

Als ich später auf dem Sofa saß, versuchte ich mich zu beruhigen und die Fakten zu prüfen. Wenn Aaron mich missbraucht hatte, dann würde das erklären, warum ich mich in seiner Nähe so unbehaglich gefühlt hatte, und möglicherweise würde es auch meine Klaustrophobie erklären. Aber warum kam die Erinnerung ausgerechnet *jetzt* an die Oberfläche? War sie echt? Es hatte sich real angefühlt, aber jetzt, ohne einen weiteren Beweis, der meine Erinnerung bestätigte, ohne die Möglichkeit einer zeitlichen Einordnung, ohne zu wissen, wann es angefangen oder aufgehört hatte, während die kurz aufgeblitzte Erinnerung bereits wieder verblasste, war ich mir nicht mehr so sicher. Gut möglich, dass die Beschäftigung mit meiner Zeit in der Kommune in den letzten Wochen und die starken Gefühle, die Heathers Tod ausgelöst hatten, meine Erinnerungen verzerrten. Wie bei einem Traum, der keinen Sinn ergab und lediglich andere Gefühle repräsentierte. Konnte es sein, dass mein Argwohn gegenüber Aaron und seinen Machenschaften im Zentrum sich auf diese Weise manifestierte? Schon als Kind hatte ich sein Vorgehen als Vertrauensverrat empfunden, und jetzt formte meine Psyche aus diesem Gefühl womöglich das Bild einer noch intimeren Grenzverletzung.

Manche Therapeuten pflanzten ihren Patienten unbeabsichtigt Erinnerungen ein, was einer der Gründe war, warum Therapieformen, die ausschließlich auf dem Freilegen verschütteter Erinnerungen beruhen, schließlich in Verruf gerieten. War es das, woran ich mich gerade erinnerte? Eine langverborgene Manipulation?

Ich versuchte, mich selbst zu hypnotisieren, zählte mehrmals rückwärts, konzentrierte mich auf die Flamme einer Kerze, aber ich kam nicht an diese Erinnerung heran. Die Bilder, die ich am Nachmittag so klar vor mir gesehen hatte, waren verschwommen. Ich wusste nicht mehr, was real war und was nicht.

15. Kapitel

Noch am selben Abend sprach ich mit Connie über mein Erlebnis bei Heathers Beerdigung. Wir diskutierten auch über meine Vorbehalte gegenüber der Kommune, über den zerstörerischen Effekt, den sie auf die psychische Verfassung ihrer Mitglieder haben konnte, und dass es, falls meine Erinnerung tatsächlich real war, noch mehr Opfer sexuellen Missbrauchs geben könnte. Ich erwog, Anzeige bei der Polizei zu erstatten, doch am Ende entschied ich, dass ich noch nicht bereit war, meine Geschichte zu erzählen. Sie war zwar erschütternd, aber ich war noch nicht überzeugt, was die Fakten anging, und wollte zunächst abwarten, ob noch mehr Erinnerungen an die Oberfläche kamen. Allerdings wollte ich die Polizei dazu bringen, das Zentrum einmal genauer unter die Lupe zu nehmen. Und hoffentlich würden sie, wenn sie entdeckten, dass dort nicht alles mit rechten Dingen zuging, etwas genauer ermitteln und das Zentrum schließen.

Am folgenden Tag fuhr ich nach der Arbeit zur Polizeistation von Victoria. In anderen Orten von British Columbia war die Royal Canadian Mounted Police, kurz die RCMP, zuständig, aber Victoria und die Kleinstadt Esquimalt, die direkt an Victoria grenzte, hatten eine städtische Polizei. Ich sprach mit einem freundlichen Officer, der mir geduldig zuhörte und dann sagte: »Kennen Sie irgendjemanden, der in der Kommune zu Schaden gekommen ist?«

»Nein, aber wenn man dort die Leute überredet, ihre Medikamente abzusetzen, dann ist das ziemlich gefährlich. Und es gibt noch andere Dinge, die mir Sorgen machen.« Ich erzählte ihm, wie sie Heather bedrängt hätten, nachdem sie fortgegangen war, und dass man sie dazu gebracht hatte, große Geldsummen zu spenden. Und dass ich befürchtete, Aaron würde Techniken der Gedankenkontrolle einsetzen.

»Ist Ihre Patientin gegen ihren Willen festgehalten worden?«, fragte der Officer.

»Na ja, nein, aber …«

»Hat man sie gezwungen, das Geld zu spenden, indem man sie bedroht oder auf andere Weise eingeschüchtert hat?«

»Nicht dass ich wüsste. Sie arbeiten eher mit subtilem Druck und Manipulation.«

Der Officer seufzte. »Solange sich niemand aus dem Zentrum beschwert, sind uns die Hände gebunden. Das River of Life Center ist ein angesehenes Unternehmen in dieser Gemeinde. Wir können dort nicht einfach grundlos reinplatzen und einen Haufen Fragen stellen.«

Ich dachte an meine Erinnerung von Aaron und mir am Fluss. Offenkundig würde die Polizei die Kommune und ihre Aktivitäten nicht genauer unter die Lupe nehmen, solange es nicht mehr Hinweise auf ein Verbrechen gab. Ich wollte nicht in ein Wespennest stechen, solange ich mir selbst nicht ganz sicher war, aber falls meine Erinnerung *doch* real war und tatsächlich noch weitere Mädchen missbraucht wurden …

»Was, wenn der Leiter minderjährige Mädchen sexuell missbraucht?«

»Tut er das?«

Ich durfte jetzt nicht schwanken oder Unsicherheit zeigen. Ich musste weitermachen.

»Er hat es getan … früher.« Ich holte tief Luft und erklärte kurz, dass meine Erinnerungen wiedergekommen waren und dass ich als Kind Erfahrungen mit der Gruppe gemacht hatte.

Als ich fertig war, ließ der Officer nicht erkennen, ob er meiner Geschichte Glauben schenkte, doch seine Miene wirkte mitfühlend. Er sagte, er könne meine Aussage aufnehmen, aber er müsste sie zur RCMP in Shawnigan weiterleiten, wo das Verbrechen verübt worden war. Seine behutsame Erklärung, dass die Polizei von Victoria in diesem Fall gar nicht ermitteln würde, verriet mir, dass er persönlich der Meinung war, ich sollte mich direkt an die für die Ermittlungen zuständige Polizeistation wenden. Als ich genau das vorschlug, sagte er: »Das müssen Sie entscheiden. Es war bestimmt nicht leicht für Sie, heute hierherzukommen, und vielleicht wollen Sie es einfach nur hinter sich bringen. Aber die Kollegen in Shawnigan würden Sie wahrscheinlich noch einmal befragen wollen, so dass Sie alles zweimal durchkauen müssten. Wenn es Ihnen nichts ausmacht, kurz hinzufahren, wäre es vielleicht …«

»Ich fahre nach Shawnigan.«

Ich verließ das Revier mit dem Gefühl tiefer Erschöpfung. Es war schwer und beschämend gewesen, einem Fremden zu erzählen, dass ich missbraucht worden war, zumal ich nicht viele Erinnerungen an das Erlebnis hatte. Es fühlte sich an, als würde ich im Dunkeln herumtasten und immer wieder gegen scharfe Kanten stoßen. Der Officer hatte mir erklärt, dass sich demnächst jemand mit mir in Verbindung setzen würde, aber ich war mir immer noch nicht sicher, wie weit ich mich persönlich in diese Sache einbringen wollte. Ich wollte einfach nur, dass sie das Zentrum überprüften.

Ich überlegte, ob ich Robbie alles erzählen sollte – für den Fall, dass die Polizei mit ihm sprechen wollte. Er würde nicht sonderlich glücklich darüber sein. Robbie ist schon an seinen besten Tagen nicht der Typ, der gern über seine Gefühle spricht, vor allem nicht mit mir, und wahrscheinlich würde er sich lieber von einer Klippe stürzen, als der Polizei irgendetwas zu erzählen. Trotzdem hatte ich ein ungutes Gefühl bei der Vorstellung, ihn nicht einzuweihen. Ich beschloss, es ihm nach meinem Treffen mit der Polizei zu sagen.

Am nächsten Morgen erhielt ich einen Anruf von Corporal Cruikshank, einer Polizistin, die sehr professionell und sachlich klang. Wir verabredeten uns für den kommenden Freitagnachmittag auf dem Polizeirevier. An diesem Tag machte ich bei der Arbeit früher Schluss und nahm den Malahat Highway nach Shawnigan, etwa vierzig Minuten Fahrzeit von Victorias Stadtzentrum entfernt. Der Malahat Highway konnte im Winter ziemlich tückisch sein, mit seinen Serpentinen durch den Goldstream Park, den schroffen, steilen Abhängen und Wasserfällen, die hier und da an der nackten Felswand in die Tiefe stürzten. Aber dieser Tag war klar, und es herrschte nicht viel Verkehr. Ich hätte die Fahrt genossen, wenn mir nicht der Kopf gebrummt hätte vor Überlegungen zur Kommune, Gedanken an die mögliche Reaktion meines Bruders oder daran, was Aaron tun würde, wenn er erfuhr, dass ich eine Aussage bei der Polizei gemacht hatte. Vor lauter Furcht war ich völlig verkrampft. Ich ermahnte mich, dass es nichts brachte, mir Sorgen zu machen, solange ich nicht mehr Informationen hatte. Doch eine leise Stimme im Hintergrund meines Bewusstseins ließ mir keine Ruhe. *Bist du sicher, dass du dazu bereit bist?*

Kurz vor dem Gipfel des Malahat nahm ich den Abzweig nach Shawnigan und folgte der Shawnigan Lake Road den

Berg hinunter bis ins Tal. Ein großer Teil der Flächen waren seit meinem letzten Besuch gerodet worden. An der Kreuzung am südlichen Ende des Sees hielt ich mich rechts und fuhr in den am Ostufer gelegenen Ort, in dem sich die Polizeistation befand. Unterwegs kam ich an unzähligen Sommerhütten vorbei. Shawnigan hatte nur rund achttausend Einwohner, und die meisten Ferienhäuser gehörten Leuten aus Victoria, die die kurze Fahrzeit, die Strände des Sees und die Möglichkeiten zum Wasserskifahren nutzten.

Der Ort selbst war klein. Es gab zwei Gemischtwarenläden, eine Tankstelle, einen Frisör, eine Videothek, ein Café und ein paar Restaurants. Wenn man am westlichen Arm des Sees weiterfuhr, stieß man größtenteils auf Farmland und Wald, der, soweit ich mich entsann, bei Jägern und Quad-Fahrern recht beliebt war.

Die Polizeistation war in einem roten Backsteingebäude untergebracht. Sie war nicht sehr groß und erinnerte mich an eine alte Schule. Den größten Teil der Wache konnte ich vom Wartebereich aus überblicken, wo ich auf einer Holzbank saß und zusah, wie die uniformierten Officers ein und aus gingen. Hin und wieder brachen sie in Gelächter aus, wenn einer von ihnen einen Witz machte. Nach kurzer Zeit trat eine junge Frau im dunkelblauen Kostüm und mit einem freundlichen Lächeln durch die Tür. Ihr blondes Haar hatte sie zu einem Knoten hochgesteckt, in dem herzförmigen Gesicht strahlten große braune Augen. Sie hatte einen wiegenden Gang, vermutlich trieb sie viel Sport. Sie sah nicht sehr viel älter aus als meine Tochter, weshalb sich mein Vertrauen in ihre Fähigkeiten in Grenzen hielt. Ich spürte, wie mein unhöflicher Gedanke mich erröten ließ. Wenn sie auf der Karriereleiter bereits so hoch gestiegen war, dann konnte ich sicher sein, dass sie mehr als kompetent war.

»Guten Tag«, sagte sie. »Ich bin Corporal Cruikshank.«

Ich schüttelte ihre Hand. »Hallo, ich bin Dr. Nadine Lavoie.« *Ich habe mir das nicht ausgedacht. Ich bin Ärztin.*

Wir setzten uns in einem kleinen, grauen Raum an einen Metalltisch. In der Zimmerecke hing eine Kamera. Sie lehnte sich zurück.

»Wenn ich Sie richtig verstanden habe, wollen Sie eine Straftat melden?«

»Ja.« Meine Kehle war trocken, und meine Stimme krächzte leicht beim Sprechen. Sie bot mir etwas zu trinken an, und als ich »Ja gern« sagte, holte sie mir eine Flasche Wasser.

»Wir werden das Gespräch aufzeichnen, damit wir sichergehen können, dass wir alles haben, aber ich werde mir auch Notizen machen, nur für den Fall, dass ich bei einigen Punkten noch einmal nachhaken muss.«

»Gut.«

Dass die Polizistin mehr mit mir gemein hatte, als ich ihr zugetraut hätte, bewies sie, als sie sagte: »Ich weiß, wie unangenehm das für Sie sein muss und dass das Verbrechen bereits lange zurückliegt, aber es ist wichtig, dass Sie versuchen, mir so viele Details wie möglich zu nennen. Ich möchte, dass Sie die Augen schließen und mir alles genau erzählen. Versuchen Sie, all Ihre Sinne zu benutzen, Gerüche, irgendetwas, was Sie gehört haben – alles davon kann helfen.«

Ich nickte, da ich meiner Stimme nicht traute. Die Vorstellung, in diesem kleinen Zimmer die Augen zu schließen, war plötzlich furchterregend.

Sie musterte mein Gesicht. »Lassen Sie sich Zeit.«

Ich holte tief Luft und wartete, bis das Engegefühl in meiner Kehle nachgelassen hatte. Allmählich entspannte ich mich so weit, dass ich die Augen schließen konnte und zu sprechen begann. Zuerst erklärte ich, wie wir zur Kommune gekommen waren und wie es war, dort zu leben. Hin und wieder öffnete ich die Augen, um auf einen Punkt besonders hinzuweisen. Corporal Cruikshank nickte ermutigend, stellte aber keine einzige Frage, sondern machte sich nur gelegentlich Notizen. »Meine Mutter hat gesagt, er hätte mir Schwimmunterricht gegeben, aber ich bin mir nicht sicher, ob es damit angefangen hat …« Im Raum war es so still, dass ich die Polizistin atmen hörte. Die Wände kamen auf mich zu, und ich verspürte den plötzlichen Drang, davonzulaufen. Ich schlug die Augen auf. »Können wir die Tür offen lassen?«

Sie sah mich erstaunt an.

»Oder gibt es hier einen größeren Raum? Ich leide unter Klaustrophobie.«

»Wir können die Tür öffnen, aber es läuft ständig jemand vorbei. Leider ist dies hier unser einziges Vernehmungszimmer. Möchten Sie eine Pause machen?«

»Geben Sie mir bitte einfach eine Minute.« Ich zentrierte mich und holte dreimal tief Luft. Als ich so weit war, begann ich von neuem. »Wir waren unten am Fluss …« Mit geschlossenen Augen fiel mir ein rhythmisches Geräusch auf, etwas prasselte aufs Dach, und ich begriff, dass es angefangen haben musste zu regnen. Ich entspannte mich und tauchte wieder in meine Erinnerung ein.

Jetzt wusste ich wieder, wie alles angefangen hatte.

Wir sind noch nicht lange in der Kommune, vielleicht zwei Monate, als Aaron anfängt, mir seine besondere Aufmerksamkeit zuteilwerden zu lassen. Er sucht meinen Blick am Lagerfeuer, gibt mir ein Extrastück von seinem Obst, seine Hand bleibt etwas länger auf meinem Bein liegen, wenn er mir zeigt, wie ich mich für die Meditation hinsetzen soll. Ich bin schüchtern in seiner Gegenwart und antworte kaum, wenn er mir eine Frage stellt. Meine Mutter schimpft mich aus und sagt, ich soll netter zu ihm sein.

Ich habe mich von den anderen Kindern weggeschlichen und bin allein in meiner Hütte. Einer der Hunde, ein Spaniel, hat seine Welpen unter meinem Bett zur Welt gebracht. Ich habe gerade ihre Kiste herausgezogen, ein Junges auf den Arm genommen und reibe meine Nase an seinem weichen Fell, als Aaron in die Hütte kommt.

Er sagt: »Alles in Ordnung? Mir ist aufgefallen, dass du nicht bei den anderen Kindern bist.«

Ich stammele ein paar Worte, verwirrt und geschmeichelt von seiner Aufmerksamkeit. »Ja, ich ... ich wollte nur nachsehen, ob es den Welpen gutgeht.«

Ich spüre, dass er mich beobachtet, als ich mich hinknie und die Kiste wieder unters Bett schiebe. Als ich aufstehe, mustert er mein Gesicht, sein Blick bleibt an meinem Mund hängen.

Die Art, wie er mich anstarrt, ist mir unangenehm, und ich will weggehen, aber ich will ihn nicht beleidigen und denke daran, dass meine Mom mich ermahnt hat, höflich zu sein.

Er sagt: »Komm mit mir zum Fluss. Ich möchte dir etwas zeigen.«

Ich folge ihm den Pfad hinunter. Wir müssen uns durch Sträucher und Büsche schlängeln, die vom letzten Regenschauer noch ganz nass sind. Als wir über die glitschigen, moosbedeckten Felsen am Flussufer balancieren, werden unsere Schritte vom Donnern des Flusses übertönt. Schließlich findet er hinter der Biegung eine Stelle, die zu beiden Seiten von toten Bäumen verdeckt wird. Ich zittere in meinem Sweater und meinen Jeans, mein Atem bildet kleine Wolken in der Luft. Aaron tritt nah an mich heran und legt seine Arme um mich, drückt mein Gesicht gegen seine Jacke. Ich stehe ganz still, mein Herz hämmert laut in meiner Brust, und ich frage mich, warum er mich anfasst.

Ich mache mich los, sehe ihn nervös an und schaue mich um. »Warum sind wir hier unten?«

Er breitet die Arme weit aus und lächelt. »Leben, es steckt in jedem Blatt und jedem Wassertropfen.« Er reckt sein Gesicht dem Himmel entgegen und atmet tief ein. »Riechst du es nicht?«

Verwirrt und weil ich die richtige Antwort geben will, hebe ich ebenfalls den Kopf, hole tief Luft und sage: »Es riecht gut.«

Er setzt sich auf einen flachen Felsen, kreuzt die Beine und bedeutet mir, mich neben ihn zu setzen. Ich zögere.

Er zieht an meiner Hand. »Lass uns zusammen meditieren. Das wird Spaß machen.«

Ich lasse mich ebenfalls mit gekreuzten Beinen nieder. Unsere Knie berühren sich. Ich senke den Kopf, schließe die Augen und warte darauf, dass er mit dem Chanten beginnt.

Er beugt sich zu meinem Ohr, sein Atem, der süßlich nach Marihuana riecht, streift heiß meinen Hals, während ich wie gelähmt zu Boden starre.

»Sieh mich an«, flüstert er.

Nervös hebe ich den Kopf und sehe ihn verwirrt an. Ich habe noch nie allein mit Aaron meditiert, und ich habe Angst, etwas falsch zu machen.

Er sagt: »Ich habe letzte Nacht von dir geträumt.«

»Von mir?«

Er nickt. »Du bist sehr schön.«

Ich erröte verlegen und fühle mich unbehaglich, weil er mir das erzählt.

Seine Miene verdunkelt sich. »Du magst mich nicht besonders, oder?«

»Doch, ich mag dich.« Meine Verlegenheit wächst, weil er spürt, dass ich mich in seiner Gegenwart unwohl fühle, und will ihn beruhigen. »Ich bin nur schüchtern.«

Er lächelt erleichtert. »Bei mir brauchst du nicht schüchtern zu sein. Wir sind doch Freunde, oder?«

Ich lächele zurück und entspanne mich ein wenig. »Klar, wir sind Freunde.«

»Okay. Mach die Augen zu, und dann meditieren wir. Es wird cool, vertrau mir.«

Ich schließe erneut die Augen, warte darauf, dass er zu chanten beginnt. Er umfasst mein Gesicht mit beiden Händen, hält mich fest und presst seinen Mund gegen meine Lippen. Sein Bart kratzt. Ich wehre mich, gerate bei dem ungewohnten Gefühl fremder Lippen an meinen in Panik. Seine Zunge gleitet in meinen Mund, der Geschmack lässt mich würgen. Voller Angst stoße ich ihn hart gegen die Brust. Er weicht zurück und sieht mich überrascht und verärgert, mit schmalen Lippen, an.

»Hast du nicht gesagt, du würdest mich mögen?«

»Das tue ich auch. Es ist nur … ich dachte, wir würden meditieren.«

Seine Miene wird sanfter. »Das tun wir. Das ist eine besondere Meditation. Sie ist nur für dich bestimmt, und du darfst niemandem davon erzählen. Es muss unser Geheimnis bleiben.«

Erneut empfinde ich heftige Angst. Das ist nicht richtig. Ich will aufstehen.

Er packt meine Hand, sieht mich wütend an. »Was hast du vor?«

»Ich will das nicht tun.«

»Du hast keine Wahl. Nicht, wenn du willst, dass es deiner Mutter bessergeht. Du weißt doch, wie sie früher war, oder?«

Ich hole tief Luft. Ich erinnere mich zu gut an die düsteren Stimmungen, an die ständigen Drohungen, sich umzubringen. Aaron muss mein Entsetzen erkannt haben, und in diesem Moment hat er mich. »Ich kann ihr helfen, Nadine. Und du kannst mir helfen.«

Dann zieht er den Reißverschluss seiner Hose auf.

Jetzt, Jahre später, beschrieb ich in allen Einzelheiten, was er getan hatte – und alles, was er mich tun ließ. »Er verlangte, dass ich ihn oral befriedige. Aber ich wusste nicht, wie, also befahl er mir, den Mund zu öffnen, und steckte ihn hinein. Und er hat mich angefasst, meistens meine Brüste. Er hat ständig gefragt, ob es mir gefällt – daran erinnere ich mich.« Ich erinnerte mich auch, wie viel Angst ich hatte, wie ich zitterte und weinte und nicht begriff, was geschah. »Als er fertig war, sagte er, dass meine Mom wieder krank werden würde, wenn ich irgendjemandem davon erzähle. Er sagte …« Ich öffnete die Augen. »Er sagte, dass sie sich umbringen würde.«

Ich begann zu weinen und durchlitt erneut die Angst, die ich damals empfunden hatte, als ich glaubte, das Leben meiner Mutter läge in meinen Händen und dass sie, sobald ich einen Fehler machte, sterben würde. Dass sie unter dem Gewicht ihrer Traurigkeit und dunklen Gedanken am Ende zerbrechen würde. Dieses Gefühl begleitete mich während des Großteils meiner Kindheit. Sei brav, kümmere dich um deine Mutter. Aber wer hatte sich um mich gekümmert? Robbie, ja, aber er war ja selbst noch ein Kind gewesen.

Ich war nur ein kleines Mädchen, das verängstigt und hilflos vor diesem Mann kniete. Ich wusste, dass das, was er tat, falsch war. Doch zugleich setzte sich ein entsetzliches, krankmachendes Gefühl der Scham in mir fest, die Überzeugung, schmutzig zu sein, die dumpfe Ahnung, dass etwas mit mir nicht stimmte.

Die Polizistin verschwand kurz und kehrte mit einer Packung Taschentücher zurück. Ich versuchte nicht, meine Tränen aufzuhalten. Ich ließ sie und meine Trauer zu. Meine Trauer um das kleine Mädchen, das niemanden hatte, der es beschützte. Ich war auf übelste Weise ausgenutzt worden. Manipuliert durch Angst und Schuldgefühle, saß ich in der Falle und konnte nicht sagen: *Nein, das ist nicht richtig, hör sofort auf.* Und es gab niemanden, der mich hätte retten können, niemanden, der auch nur begriffen hätte, was geschah.

Schließlich holte ich tief Luft, trocknete meine Tränen und putzte mir die Nase. Ich fühlte mich wie durch die Mangel gedreht, meine Kehle war immer noch wie zugeschnürt, doch ich versuchte, mich mit dem abzufinden, was er mir angetan hatte. Jetzt war mir klar, warum ich die Ereignisse ausgeblendet hatte. In Fällen von sexuellem Missbrauch, bei denen das Opfer bedroht wurde, war das die Regel – trotzdem fiel es mir schwer zu akzeptieren, dass *mir* das zugestoßen sein sollte. Und ich hatte Angst, was noch geschehen sein könnte – ich konnte mich immer noch nicht daran erinnern, wie der Missbrauch aufgehört hatte, wenn überhaupt.

Die Polizistin fragte: »Gab es mehrere solche Erlebnisse? Hat er Sie noch woanders mit hingenommen?«

Ich dachte an die verwirrte Frage meine Mutter. *Erinnerst du dich nicht mehr an das Picknick?* Jetzt wusste ich es wieder. Er war mit uns zu einer alten Fischerhütte an einem See gefahren. Alle amüsierten sich, aber ich hasste diesen Ort. Ich war schon einmal hier gewesen, mit Aaron und einem anderen Mädchen. An ihren Namen erinnerte ich mich nicht, aber sie war etwa in meinem Alter. Er ermutigte uns, uns auszuziehen und nackt im kalten See zu baden. Ich wollte nicht, das andere Mädchen aber schon, also folgte ich ihr. Später verlangte er, dass wir nackt Verstecken spielten, während er zusah. Wir protestierten, dass wir zu alt seien, aber er sagte, es würde Spaß machen. Diejenige, die zählte, musste dabei auf seinem Schoß sitzen. Mir war, als hörte ich wieder seine Stimme, *eins, zwei, drei* ... und spürte seine Hand unter meinem Handtuch.

Ich teilte der Polizistin meine Erinnerung mit. »Ich denke, es passierte normalerweise am Fluss, vielleicht vier-, fünfmal während der ersten paar Monate ...« Ich schwieg und dachte an damals. Meine Mutter hatte recht, nachdem Coyote in diesem Sommer gestorben war, entwickelte ich eine Todesangst vor Wasser. Aaron bot an, mich zu unterrichten, aber das war nur ein Trick gewesen, damit er mehr Zeit mit mir am Fluss verbringen konnte. Ich erinnerte mich vage daran, dass er mir jedes Mal zuerst freundlich und wohlwollend versuchte, das Schwimmen beizubringen, und mich immer wieder ermutigte. Doch ich war angsterfüllt, da ich wusste, wie es enden würde.

Ich erzählte ihr von dem Unterricht. »Manchmal ...« Ich holte Luft und schluckte hart. »Er, äh, brachte mich dazu, mich selbst zu berühren. Er sah gerne zu. Danach zwang er mich immer, ihn oral zu befriedigen.« In meinem Kopf entstanden Bilder, ich hörte sein Stöhnen und Ächzen. Ich erinnerte mich, dass ich weinte und die Augen geschlossen hielt und so tat, als wäre ich irgendwo anders.

Ich wischte ein paar Tränen fort. »Das ist alles, woran ich mich im Moment erinnere.«

»Es kann sein, dass Ihnen noch mehr einfällt, jetzt, wo Sie offen dafür sind. Sie haben Ihre Sache großartig gemacht. Ich weiß, dass es hart für Sie war.«

Ich fühlte mich völlig ausgelaugt und seufzte tief. »Werden Sie ihn deswegen irgendwie belangen? Ich bin jetzt sicher, dass es noch weitere Opfer gibt.« Ich berichtete ihr von meinen Befürchtungen in Bezug auf die Vorgehensweisen und Glaubensansichten der Kommune.

»Wir werden ihn zu einer Vernehmung einbestellen und dann weitersehen.«

»Wie stehen da die Chancen, dass Sie ihn verhaften – ohne weitere Beweise?«

»Unser Job ist es, Informationen zu sammeln. Dann präsentieren wir die Fakten der Staatsanwaltschaft, und die entscheidet, ob die Beweise ausreichen, um Anklage zu erheben.«

»Aber wenn er es abstreitet, und ich keine weiteren Zeugen habe …«

Sie blickte hinunter auf ihren Block, überflog die Notizen, die sie gemacht hatte, als versuche sie, zu einer Entscheidung zu gelangen.

Ich fügte hinzu: »Ich verstehe schon, wie so etwas abläuft.«

Sie sah mich freundlich an. »Ohne irgendwelche handfesten Beweise oder weitere Aussagen von anderen Opfern oder Zeugen wird es wohl leider nicht ausreichen. Die Wahrscheinlichkeit, dass er verurteilt wird, ist ziemlich gering.«

»Sie meinen, gleich null.«

»Wenn wir ihn zu einer Vernehmung abholen, werden wir vielleicht mehr erfahren.«

»Werden Sie ihm meinen Namen verraten?«

»Er hat das Recht zu erfahren, wer seine Anklägerin ist, und wir können ihn nicht richtig befragen, solange er nicht weiß, was ihm vorgeworfen wird. Sie sind nicht minderjährig, und solange er Sie nicht direkt bedroht hat ...«

»Nein, ich kann mich jedenfalls nicht daran erinnern. Aber ich kann bezeugen, dass sein Bruder gewalttätig war. Ich glaube, dass er psychisch krank war. Ich weiß nicht, wo er jetzt ist ...«

Die Polizistin machte sich eine Notiz und sagte: »Können Sie mir sagen, was passiert ist?«

Ich erzählte ihr von Josephs Attacken auf Mitglieder, die die Regeln gebrochen hatten. »Aaron konnte ebenfalls sehr jähzornig sein, aber er konnte es besser verbergen. Ich glaube nicht, dass es viele Leute mitbekommen haben. Da war noch ein Mädchen im Teenageralter, Willow. Sie hat die Kommune verlassen.« Ich zögerte. »Ist es möglich festzustellen, ob sie vermisst gemeldet wurde? Ich glaube, sie kam aus Alberta.« Ich hatte mich nicht bewusst daran erinnert, bis die Worte aus meinem Mund kamen. Ich erzählte der Polizistin alles, was ich über Willow wusste.

Als ich fertig war, sagte sie: »Damals sind eine Menge Teenager von zu Hause abgehauen. Sie blieben eine Zeitlang bei einer Gruppe und zogen dann weiter zur nächsten.«

»Ich verstehe. Ich würde mich nur wesentlich besser fühlen, wenn ich wüsste, was aus ihr geworden ist.«

»Wir werden uns die Sache einmal ansehen«, sagte Corporal Cruikshank. »Aber es könnte eine Weile dauern, die alten Akten aufzustöbern, es ist einfach schon ziemlich lange her.«

16. Kapitel

Als ich auf der Polizeistation fertig war, fuhr ich um den westlichen Ausläufer des Sees herum zu meinem Elternhaus. Meine Familie besaß ein paar Hektar Land, das an die alte Eisenbahnstrecke grenzte. Nach dem Tod unserer Mutter hatte Dad jahrelang allein auf der Ranch gelebt. Robbie sah jede Woche nach ihm, bis er ihn eines Tages tot im Sessel sitzend auffand. Dad hatte ein paar Aktien und Anleihen besessen, die ich für meine Ausbildung bekam, während Robbie das Haus übernahm. In den letzten Jahren war ich nur selten hier gewesen, und bei jedem Besuch hatten wir krampfhaft versucht, irgendein Thema zu finden, über das wir uns unterhalten konnten.

Ich hatte Robbie seit mindestens einem Jahr nicht mehr gesehen und nur kurz an Weihnachten mit ihm telefoniert. Er hatte die Tage mit Freunden verbracht, wie er es seit Jahren tat. Ich schickte ihm immer ein Care-Paket mit Fleisch und Käse. Als Lisa noch zu Hause wohnte, besuchte Robbie uns zu Weihnachten und Thanksgiving. Er schlang sein Essen herunter und schielte danach schon gleich wieder zur Tür – aber er liebte Lisa. Als sie klein war, konnte sie nur »Onka Wobbie« sagen, während sie ihm überallhin folgte. Er ließ sie auf seinem Minibagger mitfahren, beide mit ernsten Gesichtern und ohne dass einer von ihnen auch nur ein Wort sagte.

Robbie hatte im Straßenbau für ein Holzfällerunternehmen gearbeitet, bis er fast dreißig war, dann hatte er sich einen eigenen Fuhrpark angeschafft. Jetzt gehörte ihm eine Firma für Bagger- und Tiefbauarbeiten, die ziemlich gut lief, oder zumindest so gut, wie er wollte. Geld hatte ihn noch nie gereizt. Nach Pauls Tod war ich eines Tages im Herbst spontan nach Shawnigan gefahren, um einfach für eine Weile meinen Gedanken zu entkommen. Robbie war gerade dabei gewesen, eine Trockenmauer auf der Ranch zu bauen – er hatte den alten Stall abgerissen und eine Werkstatt mit zwei Stellplätzen an die Stelle gesetzt. Ich stand in dem kalten, ungemütlichen Regen, sah ihm zu und dachte, wie selbstsicher er wirkte, wenn er den Kleinbagger bediente. Mit der Schaufel packte er die Felsbrocken und setzte sie behutsam wieder ab. Mit ruhigen, geschickten Handbewegungen dirigierte er die Hebel.

Irgendwann rief er »Steig ein« und zeigte mir, wie die Fußpedale und Hebel funktionierten. Als ich den Bogen halbwegs raushatte, sprang er vom Bagger und sah mir zu, wie ich unbeholfen an den Hebeln zerrte und die Schaufel auf den Boden knallte. Er lachte nur und machte die Handbewegung vor, damit ich wusste, was ich anders machen musste. Über den Lärm der Maschine hinweg brüllte er mir zu, dass er etwas in der Werkstatt zu erledigen hätte, und ließ mich eine Weile allein. Ich baggerte, hob die Schaufel und zog sie zu mir und hatte das Gefühl, mehr Kontrolle über diese Maschine zu haben als über irgendetwas anderes in meinem Leben. Tränen liefen mir übers Gesicht. Ich blickte über die Schulter und sah, dass Robbie mich aus der Ferne beobachtete. Als ich endlich aufhörte, waren meine Hände kalt und verkrampft, und ich hatte die halbe Böschung verwüstet. Robbie zeigte mir, wie ich meine Hände über dem Auspuffrohr wärmen konnte. Wir hatten nicht über Paul oder sonst irgendetwas gesprochen, was in unseren Leben passierte, aber als ich an diesem Tag nach Hause fuhr, empfand ich zum ersten Mal seit Monaten einen tiefen Frieden.

Das Wohnhaus war frisch renoviert, es hatte eine neue Verkleidung aus Zedern-Schindeln, ein Aluminiumdach und eine große Terrasse bekommen, aber dort war er nirgends. Als ich nach hinten zur Werkstatt ging, fing ein großer Deutscher Schäferhund tief an zu bellen und kam zu mir herübergetrottet. Ich hielt ihm die Hand hin und ließ ihn daran schnüffeln. »Hallo, Partner.« Er stupste seine kalte Nase in meine Handfläche.

Robbie trat aus einer Seitentür der Werkstatt. Er trug Jeans mit roten Hosenträgern und eine zweifarbig karierte grüne Jacke, wie sie alle Holzfäller auf der Insel trugen, dazu eine schwarze Baseballmütze. »Hey, was machst du denn hier draußen?« Er wirkte nicht verärgert über meine Störung, nur verwundert.

»Ich hatte hier etwas zu erledigen. Wer ist das?« Ich zeigte auf den Hund.

»Brew.« Er nahm die Mütze ab und wischte sich den Schweiß von der Stirn. Seine Haare waren mittlerweile größtenteils silbrig, genau wie bei mir, aber sein Haar war, anders als bei so vielen Männern seines Alters, nie dünner geworden. Dazu war er schlank und breitschultrig, hatte muskulöse, kräftige Unterarme und war, obwohl sein Gesicht einige Falten hatte, immer noch ein attraktiver Mann. Früher hatte ich gehofft, dass er eines Tages eine nette Frau finden und eine Familie gründen würde, doch irgendwie war mein Bruder ein eingefleischter Junggeselle geworden.

»Seit wann hast du ihn?«

»Seit letztem Jahr. Irgendjemand hat ihn auf einer der Baustellen ausgesetzt.«

Traurigkeit überkam mich, weil ich so wenig mit meinem Bruder zu tun hatte, dass ich nicht einmal gewusst hatte, dass er jetzt einen Hund hatte.

»Ich hatte gehofft, kurz mit dir über etwas reden zu können. Hast du einen Moment Zeit?«

»Klar. Komm mit in die Werkstatt, da ist es wärmer.«

Während ich den Kalender mit den halbnackten Pin-up-Girls betrachtete, holte Robbie ein Bier aus einem alten Kühlschrank und hielt es mit fragender Miene hoch.

»Nein, danke«, sagte ich.

Er öffnete die Flasche, nahm einen Schluck und goss ein wenig von dem Bier in eine Schüssel neben der Werkbank, das Brew umgehend aufschleckte.

Ich lachte. »Wie ich sehe, trägt er seinen Namen zu Recht.«

»Er wird stinkig, wenn man ihm nichts abgibt.« Robbie nahm eine Packung Kaugummi aus der Tasche und schob sich ein Stück in den Mund. Dann fiel mir das verräterische grüne Etikett auf der Packung auf, und ich begriff, dass es ein Nikotinkaugummi war.

»Hast du aufgehört zu *rauchen*?«

Ich war fassungslos. Seit dem Tod unseres Vaters hatte ich solche Angst, meinen letzten Angehörigen zu verlieren, ohne unsere Beziehung zuvor ins Lot bringen zu können, dass ich ihm ständig deswegen in den Ohren lag. Unzählige Male hatte ich ihm die medizinischen Fakten vorgebetet, doch für gewöhnlich führte es nur dazu, dass er irgendwann ein gleichgültiges und ausdrucksloses Gesicht zog. Jetzt sah er fast aus, als wollte er sich verteidigen. »Brews Augen vertragen den Rauch nicht.«

Ich schluckte ein belustigtes Lächeln ganz tief hinunter, während Brew zu mir aufschaute, als wollte er sagen: *Stimmt haargenau, Lady. Jetzt habe ich hier das Sagen.*

»Worüber wolltest du mit mir reden?«, fragte Robbie.

Leicht fiel es mir nicht. »Weißt du noch, dass ich vor Jahren mal eine Hypnosetherapie gemacht habe, um mich zu erinnern, was in der Kommune passiert ist?«

»Was ist damit?« Er klang wachsam, und die Halsmuskeln traten deutlich hervor, als er einen tiefen Schluck von seinem Bier nahm.

»Vor kurzem hatte ich eine Patientin auf meiner Station. Sie hat eine Weile in einer Kommune am Jordan River gelebt, in der Nähe von Sooke – sie wird von Aaron Quinn geleitet. Sie nennt sich jetzt *River of Life Center*. Es ist eine viel größere Organisation als damals, als wir dort waren.«

»Mom sagte so etwas, dass sie nach Victoria gezogen sind.« Meine Enthüllungen schienen ihn nicht zu überraschen, und ich fragte mich, ob er vielleicht die ganze Zeit die Entwicklungen aus der Ferne verfolgt hatte.

»Stimmt, mir hat sie es auch erzählt, aber mehr auch nicht.«

»Sie mochte es nicht, wenn du sie bedrängt hast, über diesen Scheiß zu reden.«

Sie hatten über mich gesprochen? Nach all den Jahren versetzte es mir immer noch einen Stich, dass er unsere Mutter womöglich besser gekannt hatte als ich und dass sie sich auf eine Art nahe gewesen waren, wie ich es nie erlebt hatte.

»Wann hat sie dir das erzählt?«

Er zuckte die Achseln. »Immer, wenn du hier warst, hast du sie irgendwas gefragt oder ihr gesagt, was sie mit Dad oder dem Land machen soll.«

Ich versuchte zu erklären, was damals in mir vorgegangen war. »Ich habe sie nur zu meiner Kindheit befragt, damit ich einige Dinge besser verstehe, und habe ihr ein paar Ratschläge gegeben. Aber ich wollte ihr nur helfen.« Ich dachte daran, wie mühsam es gewesen war, mit meiner Mom über ernste Themen zu reden. Ihr Lieblingsspruch lautete, es sei besser, die Vergangenheit ruhen zu lassen. Aber ich glaubte nicht, dass das meiner Mutter selbst besonders leicht gefallen war.

Ungeduldig schüttelte er den Kopf. »Darum geht es nicht. Es geht darum, *wie* du sie gefragt hast – du hast sie unter Druck gesetzt. Es hat sie nur aufgewühlt.«

Schuldgefühle überkamen mich, als ich an die Unterhaltung über die Kommune dachte, die ich mit ihr geführt hatte – zwei Wochen bevor sie mit ihrem Wagen gegen einen Baum geknallt war. Hatte ich sie so sehr aufgeregt? Hatte sie das Robbie erzählt? Meinte er das?

»Ich habe sie nicht unter *Druck* gesetzt.« Mir fiel der defensive Unterton in meiner Stimme auf, und ich staunte, wie vertraut es sich anfühlte: der Versuch, mich vor meinem Bruder zu beweisen.

Er nahm einen weiteren Schluck Bier. »Doch, das hast du, auch wenn du es nicht wahrhaben willst. Wir sind nicht blöd. Wir wussten, worauf du hinauswolltest.« Er lehnte sich gegen die Werkbank hinter ihm.

Ich war frustriert – und verletzt. In der Welt, in der ich lebte, wurde man dazu ermutigt, über seine Gefühle zu sprechen, aber ich kam aus einer Welt, wo so etwas als Schwäche und Ärgernis galt. In meiner Familie ging es nur darum, alles unter den Teppich zu kehren.

Doch ich war nicht hierhergekommen, um mit meinem Bruder zu streiten. Bis zu diesem Moment war mir nicht bewusst gewesen, dass ich eigentlich Trost suchte. Warum glaubte ich immer noch, er sei in der Lage, mir diesen zu spenden, obwohl wir uns schon seit Jahren nicht mehr nahestanden? Im Geiste machte ich einen Schritt zurück und konzentrierte mich wieder auf mein Ziel.

»Du hast recht, es tut mir leid. Ich weiß, dass ich manchmal ziemlich penetrant sein kann. Ich wollte dir eigentlich nur etwas über Aaron erzählen …« Ich wappnete mich für den nächsten Part. Innerlich krümmte ich mich vor Scham, die Geschichte meinem Bruder anzuvertrauen. Es fühlte sich falsch an, aber es fühlte sich *alles* falsch an – was Aaron getan hatte *und* darüber reden zu müssen. Ich benutzte meine Wut, um die Worte hinauszustoßen. »Er hat mich sexuell missbraucht.«

Robbie starrte mich nur fassungslos an. Die Bierflasche verharrte auf halbem Weg zu seinen Lippen. Mein eigener Mund war so trocken, dass ich versucht war, ihm das Bier aus der Hand zu reißen. Sein Hals lief langsam von unten nach oben rot an, während er sich von der Werkbank abstieß. Er straffte die Schultern, als bereite er sich auf einen Kampf vor.

»Dieses Arschloch. Wann hat er das gemacht?«

Ich hatte erwartet, dass er abstreiten würde, dass Aaron mich je angerührt hätte, und war innerlich auf eine wütende Entgegnung vorbereitet. Doch er hatte mich überrascht. Ich empfand eine tiefe Erleichterung, und erst jetzt konnte ich mir eingestehen, dass ich mir nicht sicher gewesen war, ob Robbie nicht vielleicht Bescheid gewusst hatte. Ob das der Grund war, warum er mir nicht mehr in die Augen sah.

»Unten am Fluss – als er sagte, er würde mir das Schwimmen beibringen, und noch ein paar weitere Male. Ich habe mich erst vor kurzem wieder daran erinnert. Aus diesem Grund bin ich hier: Ich habe Anzeige bei der Polizei erstattet.«

»Bist du sicher, dass das eine gute Idee war?«, sagte er. »Es ist so lange her, und die Sache kann richtig eklig werden. Vielleicht bringt es dein ganzes Leben durcheinander.« Er wirkte besorgt.

»Ich musste es tun«, sagte ich bestimmt und riskierte, von ihm zu hören bekommen, ich würde mich irren. »Außerdem versuche ich herauszufinden, ob es noch weitere Opfer gibt. Erinnerst du dich daran, dass er bei irgendeinem anderen Mädchen zudringlich geworden wäre?« Ich dachte an das Mädchen, das mit mir am See gewesen war. Wo mochte sie jetzt sein? Ob Aaron ihr noch mehr angetan hatte?

»Nein.« Robbie lehnte sich wieder an die Werkbank, sah jedoch alles andere als entspannt aus. »Er hat ständig irgendjemand gevögelt, aber soweit ich weiß, keine Kinder.« Die Worte kamen knapp und abgehackt.

»Hast du jemals mitbekommen, dass er, du weißt schon, komisch mit mir umgegangen ist?«

Robbie schaute hinunter auf das Bier in seiner Hand und drehte es hin und her. »Du hast viel Zeit mit ihm verbracht, aber ich dachte, du würdest ihn mögen ...«

Mein Gesicht wurde heiß, als mir klar wurde, dass jeder, der damals in der Kommune gelebt hatte, als Zeuge wahrscheinlich genau dasselbe sagen würden.

»Am Anfang, ja, aber dann machte er Sachen, die er nicht hätte tun sollen. Weißt du, ob noch irgendjemand aus der Kommune in Shawnigan lebt?«

Er schüttelte den Kopf und nahm einen Schluck Bier. »Ich glaube nicht. Die meisten Leute wohnen in der Stadt – sie flüchten sich fürs Wochenende hierher.«

Das erinnerte mich an einen anderen Flüchtling. »Ich habe der Polizei auch von Willow erzählt.«

»Warum?«, fragte er erstaunt.

»Ich erwähnte nur, dass ich es merkwürdig fand, als sie damals so plötzlich verschwand. Ich würde gerne mit ihr reden und sehen, woran sie sich noch erinnert.«

»Du solltest lieber nicht mit allen möglichen Leuten über Aaron quatschen.« Ein Anflug von Besorgnis schwang in seiner Stimme mit. »Sie sind auf diesen abgedrehten Scheiß abgefahren, und wahrscheinlich fahren sie *immer* noch darauf ab. Ich an deiner Stelle würde mich da einfach raushalten.« Brew winselte. Robbie zauste ihm den Kopf und versuchte, ihn zu beruhigen, doch er wirkte selbst angespannt.

Ruhiger, als ich mich fühlte, sagte ich: »Der Grund, warum Sexualstraftäter wie er mit so was durchkommen, ist, dass die meisten Menschen zu große Angst haben, den Mund aufzumachen. Sie fürchten sich vor der öffentlichen Demütigung und davor, dass man ihnen nicht glaubt. Mir geht es genauso, aber ich glaube auch, dass er das Leben anderer Menschen zerstört – und dass es wahrscheinlich weitere Opfer gibt.« Ich dachte erneut an das junge Mädchen, das mit mir in der Hütte am See gewesen war, und fragte mich, was aus ihr geworden war.

»Wenn das jetzt so eine große Organisation ist, wie du sagst, wird es den Leuten gar nicht gefallen, wenn du herumläufst und Anschuldigungen verbreitest.«

Allmählich wurde ich wütend. Er war mein Bruder. Ich wollte seine Unterstützung, keine Warnungen. »Ich weiß deine Besorgnis zu schätzen, aber die möglichen Auswirkungen sind mir klar, und ich habe mich entschieden. Ich wollte nur wissen, ob du dich an irgendetwas erinnerst.«

»Nein, und ich werde auch nicht mit den Cops reden – und erzähl denen bloß nicht irgendeinen Scheiß über mich.«

Irritiert sah ich ihn an. Das hatte ich nicht einmal als Möglichkeit in Erwägung gezogen.

»Ich bin spät dran«, sagte er. »Ich muss zu einer Baustelle.« Bei diesen Worten zuckten Brews Ohren, und er trabte auf den schwarzen Silverado meines Bruders zu, auf dessen Seite der rote Schriftzug *Jaeger Bagger* prangte. Neben der Beifahrertür drehte Brew sich bellend im Kreis.

Robbie ging auf den Truck zu. An der Tür drehte er sich um und sah mich ernst an. »Diese Typen sind total durchgeknallt – du solltest dich einfach von ihnen fernhalten. Es ist scheiße, was er getan hat, aber du musst das einfach hinter dir lassen.«

Es einfach hinter mir lassen? Ich schnappte nach Luft, seine Worte trafen mich hart und tief im Inneren.

»Dasselbe könnte ich zu dir sagen. Was hält dich hier noch? Mom und Dad sind schon seit Jahren tot.« Ich wusste nicht, wo dieser Vorwurf plötzlich herkam. Nein, das war nicht wahr. Es war eine Reaktion auf seine Kränkung, doch als ich die Röte im Gesicht meines Bruders hochkriechen und den Ausdruck in seinen Augen sah, begriff ich, dass ich ihn noch stärker gekränkt hatte. Er öffnete die Beifahrertür, und Brew sprang in den Wagen. Dann ging er zur Fahrerseite, stieg ein und startete den Motor, ohne mich noch einmal anzusehen. Die Reifen drehten durch, Kies spritzte hoch, dann fuhr er dröhnend vom Hof. Brew hatte den Kopf aus dem Seitenfenster gesteckt, starrte unheilvoll zu mir zurück und bellte in den Wind.

17. Kapitel

Enttäuscht von der Begegnung und voller Reue über einiges von dem, was ich gesagt hatte, wollte ich eigentlich direkt nach Victoria zurückfahren. Vorher fuhr ich noch an der Ostseite des Sees entlang und wieder durchs Dorf, um zu tanken. Während ich im Wagen auf den Tankwart wartete, fiel mein Blick auf ein cremefarbenes Holzhaus mit blau abgesetzten Kanten. In dem kleinen Eckladen im Erdgeschoss hatte meine Mutter zum ersten Mal Leute aus der Kommune getroffen. Mit Schaudern dachte ich daran, wie ängstlich ich an jenem Tag gewesen war, als ich beobachtete, wie sie mit ihnen sprach, und die in der Luft liegende Gefahr spürte. Im Laufe der Jahre hatte der Laden sich verändert. Heute war ein kleines Straßencafé angeschlossen, in dem ein paar Teenager an den Tischen saßen, für eine Zigarette der Kälte trotzten, lachten und SMS verschickten.

Unvermittelt hatte ich das Gefühl, ich würde wieder in unserem alten Pick-up-Truck sitzen, während Robbie und Levi sich ein paar Mädchen im Teenageralter näherten, die sich auf der Treppe vor dem Laden mit ihren Rucksäcken ausruhten und in der Sonne Dr. Peppers tranken. Ihr Leben hatte sich wahrscheinlich für immer verändert, als sie beschlossen, hinten auf unseren Truck zu klettern und mit zur Kommune rauszufahren, um eine Runde zu schwimmen. Ich versuchte, mich an ihre Namen zu erinnern, aber ihre Gesichter verschmolzen mit denen der anderen jungen Frauen der Kommune. Alle waren braungebrannt und hatten lange Haare, glückstrunken vom Pot und von der Freiheit. Die Einzige, die sich jemals von ihnen abgehoben hatte, war Willow. Ich überlegte, wie sie an die Kommune geraten war, aber ich kam nicht drauf. Dann fiel mir ein, dass sich das Gemeindemuseum gleich um die Ecke befand. Nachdem ich mein Benzin bezahlt hatte, parkte ich den Wagen vor dem kleinen gelben Gebäude. Ich wollte nur rasch hineinschauen und nachfragen, ob sie irgendwelche Fotos aus den sechziger Jahren hatten.

Die Tür klapperte, als ich sie aufstieß. Eine Frau, vielleicht Anfang dreißig, mit blondem, zum Pferdeschwanz zurückgebundenem Haar, saß hinter einem mit Kalendern und Postkarten bedeckten Tresen. In der Glasvitrine darunter lagen Holzfällerwerkzeuge, ein Eisenbahnnagel und Bücher auf rotem Samt. Hinter der Frau hing eine gerahmte, von einem Künstler gemalte Landkarte von Shawnigan Lake an der Wand. Es gab auch ein paar Fotos von der Kinsol-Brücke; eines zeigte einen alten Zug, der gerade über die spektakuläre Holzkonstruktion fuhr und eine gewaltige Dampfwolke hinter sich herzog.

Die Frau ließ das Buch sinken, in dem sie gelesen hatte, und lächelte. »Willkommen im Shawnigan Lake Museum.«

Ich lächelte zurück. »Hallo.« Als ich mich umsah, blieb mein Blick an ein paar Schwarzweißfotos an der Wand hängen. Reiche Leute auf Sommerurlaub am See. Ich war so in Gedanken, dass ich zwar hörte, dass die Frau etwas sagte, aber nicht verstand, was.

Ich drehte mich um. »Bitte entschuldigen Sie, was haben Sie gesagt?«

»Besuchen Sie Shawnigan zum ersten Mal?«, fragte sie.

»Nein, ich bin hier aufgewachsen.«

»Ach, wirklich?« Sie musterte mein Gesicht. »Wo haben Sie gelebt?«

»Außerhalb, in Richtung Brücke – aber es ist schon lange her. Jetzt lebe ich in Victoria.«

»Sie wird wieder aufgebaut.« Mir waren bereits all die Fotos von der Kinsol-Brücke aufgefallen, und ich freute mich, dass sie saniert wurde. Als Kind war es einer meiner Lieblingsplätze gewesen, ein Ort, an dem ich Trost fand. Es war die größte Holzbrücke im Commonwealth und eine der höchsten auf der Welt. Vor Jahren hatten ein paar Schüler daran herumgefackelt, und sie hatte eine eigene tragische Vergangenheit. Ein junger Mann hatte Selbstmord gegangen, indem er sich an einem der Balken erhängt hatte.

»Vielleicht können Sie mir helfen«, sagte ich. »Früher lebten eine Zeitlang ein paar Hippies draußen am Fluss …«

»Sie meinen die Kommune?« Sie legte den Kopf schräg und wartete auf den Rest meiner Frage.

Angst ließ meine Knie weich werden, und ich hatte das Gefühl, immer mehr Türen aufzustoßen, die besser geschlossen bleiben sollten. »Wissen Sie, ob sich irgendjemand aus dem Ort noch an sie erinnern könnte?« Außer mir, die sich nicht sicher war, ob sie sich erinnern wollte.

»Hm, ich weiß nicht …« Sie zog die Nase kraus.

Ich schaute auf das Buch in ihrer Hand – es handelte von der Geschichte der Malahat-Indianer und Shawnigan Lake.

Sie bemerkte meinen Blick und sagte: »Ich bin ganz besessen von Geschichte.« Sie lächelte schuldbewusst und zuckte die Achseln.

»Es gibt bestimmt viele Geschichten und Legenden über Shawnigan.«

Mit großen Augen beugte sie sich über den Tresen. »Sie meinen, die ganzen Ertrunkenen zum Beispiel?«

Als Kind hatte ich gehört, dass die Angehörigen der *First Nations*, wie die Indianer in Kanada genannt werden, sich weigerten, auch nur in die Nähe des Sees zu kommen. Sie sagten, er sei verflucht. Die Legenden erzählten, dass es einen Krieg zwischen zwei Stämmen gegeben hatte, der mitten auf dem See ausgefochten wurde. Die Boote kenterten, und alle ertranken, aber ihre Leichen wurden nie gefunden. Als wir kleiner waren, fuhren unsere Eltern manchmal mit uns zum Mason's Beach zum Schwimmen. Ich hatte furchtbare Angst, und die Wasserpflanzen, die meine Beine streiften, waren für mich Geisterarme, die von unten nach mir griffen. Ich nahm an, dass die Frau sich darauf bezog, und sagte: »Die Ertrunkenen der First Nations?«

Sie nickte. »Die und noch ein paar andere. Ein Paar wurde bei einem Unfall mit dem Schnellboot getötet. Und ein Holzfäller ertrank beim Wasserskifahren. Die Leichen wurden nie gefunden, so dass sie im See sprengen mussten – da tauchten sie erst auf.«

Wir sahen uns an. Ich stellte mir vor, wie die aufgedunsenen, weißen Leichen aus der Tiefe emporstiegen, und spürte die Haut in meinem Nacken kribbeln.

»Und dann natürlich die Selbstmörder«, fügte sie hinzu.

Ich dachte an meine Mutter. Zählten die Leute im Ort ihren Tod zu den Tragödien oder den Selbstmorden? Die Wände des Museums schienen plötzlich auf mich zuzukommen, meine Kehle war wie zugeschnürt, und mir wurde am ganzen Körper heiß. Ich musste hier raus.

Lass dir Zeit, entspann deinen Kehlkopf. Du bist nicht deine Panik.

Ich tat, als würde ich ein Foto an der Wand betrachten,

und nach ein paar Herzschlägen hatte sich mein Atem halbwegs wieder normalisiert. Ich wandte mich wieder an die Frau. »Ja, Shawnigan hat tatsächlich eine faszinierende Geschichte. Ich hatte gehofft, selbst etwas mehr herausfinden zu können. Deshalb habe ich nach der Kommune gefragt. Ich würde mich gerne mit ein paar Leuten aus dem Ort unterhalten, die in den Sechzigern hier gelebt haben und sich möglicherweise an sie erinnern. Ich bin auf der Suche nach ein paar alten Freunden.«

»Wissen Sie, mit wem Sie mal reden sollten? Larry Van Horne. Er lebt draußen an der Silver Mine Road.« Sie deutete auf eine der Wände. »Er hat ein paar von den Fotos gespendet.« Ich sah in die Richtung, in die sie gezeigt hatte, und bemerkte ein Foto von einem Langholztransporter. »Das war seiner. Er nannte ihn Big Red.« Sie lachte. »Wenn Sie Geschichten wollen, er hat sie. Aber er kann ziemlich grantig sein.«

»Klasse. Danke für den Tipp.«

Ich erwarb eine der gemalten Landkarten und überlegte kurz, ob ich die Frau bitten sollte, niemandem von meinem Besuch zu erzählen. Aber ich hatte das Gefühl, dadurch erst recht Aufmerksamkeit zu erregen, also ließ ich es bleiben. Als ich aus dem Museum trat, fiel mir ein großer Mann mit fuchsrotem Haar auf, der das öffentliche Telefon auf der Veranda des Eckladens benutzte. Er fing meinen Blick auf und wandte sich ab. Ich hatte das merkwürdige Gefühl, ihn von irgendwoher zu kennen, aber dann lachte er ins Telefon, und der Moment war vergangen.

Die Frau aus dem Museum hatte gesagt, ich würde Larry in dem großen Holzhaus am Ende der Straße finden, und sie hatte keinen Witz gemacht – das Haus *war* riesig. Ich parkte direkt davor und ging auf die Vordertreppe zu. Eine alte, weiße Katze kam mir steifbeinig zur Begrüßung entgegengehumpelt.

Die Tür öffnete sich, und ein kleiner Mann mit breitem Oberkörper, in grauem Wollunterhemd und Jeans, mit Hosenträgern und ausgeblichener Baseballmütze über dem schütteren grauen Haar, spähte hinaus. »Ja?«

Ich stieg die Stufen hoch. »Hi, Larry, mein Name ist Nadine Lavoie. Ich wollte nur …«

»Kenne ich Sie?« Er sah mich blinzelnd an, und ich überlegte, ob er mich vielleicht als Kind in Shawnigan gesehen hatte, aber dann würde er sich bestimmt nicht mehr an mich erinnern.

»Ich glaube nicht. Ich war nur gerade im Museum, und die Frau dort …«

»Beth.« Er klang schroff, seine Körpersprache verriet Abwehr, während er mich von Kopf bis Fuß musterte.

»Nun, Beth sagte, dass Sie genau der Richtige seien, mit dem ich reden sollte.« Ich begann, an dieser Theorie zu zweifeln. Aber ich war mir nicht sicher, ob sein grantiges Auftreten vielleicht nur ein Schutzschild war, also redete ich weiter. »Ich suche nach Leuten, die sich noch an die Kommune erinnern, die es in den späten sechziger Jahren hier gab.«

Buschige, graue Brauen senkten sich über wässrige Augen. »Wieso fragen Sie?«

»Wir kannten ein paar Leute dort, als ich ein Kind war, und ich hoffe, ein paar alte Freunde aufzuspüren.«

Er taxierte mich immer noch, sah zu meinem Auto, dann wieder zu mir. Endlich sagte er: »Kommen Sie rein.« Er schlurfte ins Haus und erinnerte mich dabei an einen Seemann, wie er von einer Seite zur anderen schwankte. Ich folgte ihm in die Küche. Auf dem Weg fiel mir auf, dass das Wohnzimmer dunkel und die Vorhänge zugezogen waren. Im plärrenden, kleinen Fernseher auf dem Küchentresen lief die Übertragung eines Eishockeyspiels, doch das schaltete er ab. Der Tisch stand direkt an der Wand, darauf stand ein Einweckglas mit bunten Blumen. Er fing meinen Blick auf und sagte steif: »Dass ich Junggeselle bin, heißt noch lange nicht, dass mir hübsche Dinge nicht gefallen würden.«

Ich lächelte höflich, hielt es aber für besser, nichts zu sagen.

Er schaute sich in seiner Küche um, als versuchte er sich daran zu erinnern, was man machte, wenn man Besuch bekam. Dann sagte er: »Kaffee? Ich habe gerade eine Kanne fertig.«

»Sehr gerne.«

Er schenkte zwei Becher ein, doch als ich ihm zur Hand gehen wollte, bedeutete er nur, ich solle mich setzen. Er schlurfte zum Tisch herüber, seine knotigen Hände zitterten, als er vorsichtig einen Becher vor mir abstellte.

»Also, was wollen Sie von mir wissen?«

Ich nippte an meinem Kaffee und überlegte, wie ich meine Frage formulieren sollte. Ich beschloss, dass ein lockerer Plauderton für den Anfang das Beste war.

»Es ist ja schon ziemlich lange her, aber ich frage mich, ob irgendjemand von denen noch hier im Ort lebt.«

»Nicht dass ich wüsste. Sie sind alle nach Victoria gezogen. Sie waren hier, und als ich das nächste Mal mit meinem Truck am Camp vorbeigefahren bin, waren sie weg.«

»Stimmt, Beth hat den Truck erwähnt. Ich habe gehört, dass ein paar von denen die Ausrüstung der Holzfäller sabotiert hätten …« Dass ich es in der Kommune gehört hatte, ließ ich unerwähnt.

Er lehnte sich in seinem Stuhl zurück, zupfte und zog mit den großen Händen an den Hosenträgern, als wären sie plötzlich zu fest geworden. Erneut betrachtete er mein Gesicht. »Leben Sie immer noch hier in der Gegend?«

»Nein, in Victoria, aber ich habe Familie hier.« Ich wollte ihm nicht zu viel verraten, also sagte ich nur: »Wir haben in der Nähe der Kommune gewohnt und sind manchmal mit den Fahrrädern dort raus zum Schwimmen gefahren. Mein Bruder und ich haben uns mit ein paar der Kinder angefreundet. Sie waren nett zu uns, aber ich erinnere mich, dass es Gerüchte gab.«

»Das war ein komischer Haufen, aber die meisten waren ganz in Ordnung.« Wieder sah er mich an, als wollte er mich einschätzen und herausfinden, worum es mir wirklich ging.

»Kannten Sie sie?«

»Ja, ich hab meinen Sattelschlepper abgestellt und mich ein paarmal zu ihnen ans Lagerfeuer gesetzt. Ich hab versucht, ihnen beizubiegen, dass sie den Pferden keine Fußfesseln anlegen sollen.«

Ich hatte vergessen, wie viel Angst ich damals um die Tiere hatte, die sich bei all den Bäumen auf dem Gelände leicht ein Bein hätten brechen konnten. Aber ich konnte mich nicht erinnern, Larry im Camp gesehen zu haben. Ich war überrascht, dass Aaron das zugelassen hatte.

Er redete weiter. »Sie haben mir gern Vorträge über Holzfällen gehalten, also ließ ich sie reden. Zum Henker, wieso nicht ... hübsche Frauen mit kaum Klamotten an.« Er lächelte. Mit leicht abgewandtem Gesicht beobachtete er mich aus den Augenwinkeln, um meine Reaktion abzuschätzen. »Ich hab sie immer mitgenommen, wenn sie in den Ort getrampt sind. Sie haben sich gern von einem Holzlaster mitnehmen lassen, und dann haben sie mir den ganzen Weg ins Dorf die Hölle heißgemacht, weil ich Bäume umbringe.« Er lachte, doch dann fing er so heftig an zu husten, dass er kaum noch Luft bekam. Er griff nach den Hustenbonbons auf dem Tisch, und ich schob ihm die Packung zu. Als ich Anstalten machte, ihm etwas Wasser zu bringen, winkte er ab, ihm fehle nichts. Die Katze kletterte auf den Tisch, und er zog sie sich auf den Schoß. Das ließ mich an den Streuner bei mir zu Hause denken. Ich hatte jeden Tag in seiner Kiste nachgesehen, doch seit dem Kampf mit der anderen Katze war er nicht wieder aufgetaucht.

Nachdem der Hustenanfall vorüber war, schüttelte Larry den Kopf und keuchte: »Alt werden ist echt kein Vergnügen.«

»Nein, das ist es nicht.«

Er sah mich an. »Ist das alles, was Sie wissen wollten?« Die höfliche Plauderstunde war vorbei.

Ganz offensichtlich wollte er, dass ich gehe, also hatte ich nichts zu verlieren. »Erinnern Sie sich an ein Mädchen namens Willow?«

Er starrte vor sich hin, als würde er nachdenken. »Ich glaube nicht …«

»Sie hatte lange hellbraune Haare, große, braune Augen und war etwa siebzehn Jahre alt. Haben Sie sie vielleicht mal in die Stadt mitgenommen, etwa Ende Juli?«

»Das ist vierzig Jahre her. Ich bin froh, wenn ich noch weiß, was ich gestern gemacht habe.«

»Tut mir leid. Ich weiß, dass es eine lange Zeit ist.«

»Wem sagen Sie das. Aber ich wünschte, ich würde mich an sie erinnern. Hört sich an, als sei sie ein Hingucker gewesen.« Er lachte derb, doch es kam mir nicht lustig, sondern falsch vor, dieser alte Mann, der im Geiste lüstern nach einer Siebzehnjährigen schielte. »Warum fragen Sie?«

»Ich musste in der letzten Zeit öfter an sie denken und habe überlegt, ob sie vielleicht immer noch in Shawnigan lebt. Ich glaube, sie ist aus der Kommune abgehauen oder so.«

»Soweit ich mich erinnere, sind die meisten Teenager abgehauen, um in der Kommune zu leben – nicht umgekehrt.«

Wir sahen uns an. Erneut fragte ich mich, ob er mich wiedererkannte. Oder hatte er meine Mutter gekannt? Ich blickte hinunter auf meinen Becher, nahm den letzten Schluck von dem bitteren Kaffee und sagte: »Nun, ich habe genug von Ihrer Zeit in Anspruch genommen. Ich sollte besser gehen.«

Ich stand auf, und er folgte mir schlurfend. An der Tür blieb ich stehen, als mir eine Zeichnung von einem kleinen Jungen auffiel, der Beeren pflückte. Ich dachte an Finn und fragte mich, ob Larry irgendetwas über diesen Fall wusste.

»Ich habe gehört, da draußen soll auch ein kleiner Junge gestorben sein …«

Er riss kurz die Augen auf, doch dann schloss er sie wieder halb. Er nickte. »Das war eine üble Geschichte. Die Eltern haben zu viel Gras geraucht, und das Kind starb in einer Pfütze.«

»Das ist so traurig. Wissen Sie, ob irgendjemand jemals deswegen angeklagt wurde?«

»Der Cop, der den Fall bearbeitet hat, Steve Phillips, ist inzwischen in Rente, aber er wohnt immer noch in Shawnigan. Den müssen Sie deswegen fragen.«

Ich nickte. »Danke für die Informationen. Es war sehr interessant.«

Er grunzte nur.

Am Fuß der Treppe drehte ich mich um. »Ich würde mich gerne mit diesem Officer unterhalten. Wissen Sie, wo er wohnt?«

Wir musterten einander erneut. Sein Blick verriet nichts, als er sagte: »Er wohnt neben dem Provincial Park. Das große weiße Haus am Ende der Minnow Lane – davor steht sein Wohnmobil.«

Ich kannte die Gegend gut. An manchen Sommerabenden, wenn wir den ganzen Tag über Heu eingefahren hatten, hielt unser Dad am Park an, und wir rannten durch die dunklen Waldwege und über das offene Feld ins Wasser, um das Heu und den Schweiß abzuwaschen.

»Danke, Sie haben mir sehr weitergeholfen.« Ich hatte die Worte kaum ausgesprochen, da hatte er die Tür schon geschlossen. Doch als ich rückwärts aus der Auffahrt setzte, hob sich eine Ecke der Jalousie.

Ich spürte, wie er mich beobachtete, bis ich wendete und davonfuhr.

18. Kapitel

Ich brauchte nicht lange, um das weiße Haus zu finden, doch als ich an die Tür klopfte, blieb alles still. Auf dem Rückweg zu meinem Auto rief ein Mann, der auf dem Nachbargrundstück die Bäume beschnitt: »Kann ich Ihnen helfen?«

»Ich hatte gehofft, Mr Phillips sprechen zu können. Wissen Sie, wann er wieder zu Hause ist?«

»Er ist zum Angeln. Kommt nicht vor nächsten Freitag zurück.«

Ich dankte Gott für die Kleinstädte, in denen die meisten Menschen einem freundlichen Gesicht immer noch vertrauten.

»Danke, sehr freundlich von Ihnen.«

Eigentlich wollte ich direkt nach Victoria zurückfahren, doch am Ende der Auffahrt blieb ich einen Moment stehen, den Motor im Leerlauf. *Vielleicht sollte ich rausfahren zur Kommune, und ausprobieren, ob noch mehr Erinnerungen hochkommen.* Mein Herzschlag beschleunigte sich umgehend bei der Vorstellung. Wütend über meine Furcht lenkte ich den Wagen in Richtung der Kommune. Als ich an der Auffahrt meines Bruders vorbeikam und am Nordende des Sees links auf die Renfrew Road abbog, fragte ich mich, ob Robbie jemals hier hinausfuhr. Als Teenager war er immer stundenlang in den Bergen Quad gefahren, aber ich hatte keine Ahnung, ob er das alte Camp jemals wieder aufgesucht oder auch nur im geringsten darüber nachgedacht hatte.

Fünf Minuten später erreichte ich die Weggabelung am Ende der Renfrew Road, von wo aus nur noch Schotterpisten weiterführten. Ich hielt mich rechts – der andere Weg wurde hauptsächlich von Holztransportern genutzt. Hier war meine Mutter verunglückt. Ein leichter Nebelschleier lag über dem Wald und verlieh den Häusern und Ranches etwas Gespenstisches. Die kühle Frühlingsluft ließ mich frösteln, und ich drehte die Heizung höher. Ich fuhr langsam, damit ich nicht mit dem Wagen auf der holperigen Straße aufsetzte, doch auch aus Angst vor den Gefühlen und Erinnerungen, die möglicherweise auf mich zukamen. Ich kam an der alten Kiesgrube vorbei und stieß an einer weiteren Kreuzung auf die Straße zur Burnt Bridge, der Verbrannten Brücke – so benannt nach einem Waldbrand, der die erste Brücke zerstört hatte. Ich bog links ab, und ein paar Meilen später war ich dort.

Ich war mir nicht sicher gewesen, wie sehr der Wald das Gelände überwuchert haben würde, seit ich das letzte Mal mit meinem damaligen Freund hier gewesen war, oder ob ich die Zufahrt überhaupt wiederfinden würde. Doch das Holzschild mit den zum Licht greifenden Händen und dem Schriftzug *River of Life* in geschwärzten Buchstaben darunter hing immer noch an einer der großen Douglasfichten oben an der Einfahrt. Obwohl die Schnitzereien mittlerweile alt und verwittert waren, löste der Anblick einen leichten Angstschauder bei mir aus. Ich war überrascht, dass niemand das Schild abgenommen hatte. Hatte man es aus Respekt oder Angst nicht angerührt? Drei große Felsbrocken versperrten den Weg für Fahrzeuge. Ob es immer noch staatliches Kronland war? Die Leute von der Kommune hatten das Gelände damals besetzt.

Ich hielt am Straßenrand an. Selbst bei geschlossenen Fenstern war der Fluss laut, angeschwollen von der Schneeschmelze. Ich holte tief Luft und stieg aus meinem Wagen, froh, dass ich mich heute Morgen für flache Schuhe und Jeans entschieden hatte. Die ganze Woche über hatten wir Sonnenwetter gehabt, doch es war immer noch kalt, vor allem in der Nähe des Waldes, wo die Feuchtigkeit mir in die Knochen kroch. Ich schlang meinen Schal um den Hals und nahm meine Handschuhe aus dem Auto, ehe ich den schmalen Sandweg einschlug, der den Hügel hinunter zum Fluss und zur Kommune führte.

Anders als bei manchen Motorradpisten war es offensichtlich, dass dieser Weg seit Jahren nicht mehr benutzt wurde. Gras und Schösslinge wucherten bis zur Mitte. Vom Wald mit den alten Bäumen ging etwas Geisterhaftes aus, ein moosbedeckter Baumstumpf neigte sich zur Seite wie eine gigantische, besiegte Bestie, alles war dunkel und schattig und still. Das unheimliche Gefühl wurde noch verstärkt durch das Wissen, dass ich ganz allein hier draußen war. Mitten in diese Gedanken drang das Geräusch eines Fahrzeugs, das auf der Straße über mir entlangfuhr. Ich drehte mich um, lauschte, ob es anhalten würde, doch es fuhr weiter. Ich setzte meinen Weg tiefer in den Wald hinein fort.

Die Bäume – Douglasfichten, Hemlocktannen und Rotzedern – standen dicht und undurchdringlich, und es war totenstill. Als meine Kehle sich zuzuschnüren drohte, zwang ich mich, ein paarmal tief einzuatmen und mich auf die Schönheit der Natur, nicht auf die Angst zu konzentrieren. Das Unterholz zwischen den moosbedeckten Bäumen bestand aus hellen Farnen und einem dichten Gestrüpp aus

Shallon-Scheinbeeren. Dieser Busch mit seinen dicken, glänzenden Blättern war im pazifischen Nordwesten weit verbreitet, und früher sammelten wir die dunkelblauen Früchte als Süßungsmittel. Die Farnspitzen würden sich bald aufrollen, und ich malte mir aus, sie wie früher mit Butter anzubraten, zusammen mit frischen Wildpilzen. Wir bereiteten auch Brennnesseln wie Spinat zu, und pflückten süße, kräftige Heidelbeeren für Kuchen und Marmeladen.

Als ich auf die große Lichtung hinaustrat, stellte ich überrascht fest, dass viele der alten Gebäude noch vorhanden waren. Es gab Überreste von Lagerfeuern, rußgeschwärzte Baumstämme, hier und da Bierdosen und Zigarettenkippen, als hätte jemand eine Party gefeiert. Die Hütten waren baufällig, die Dächer eingesackt, die Fenster zerschlagen, und ein paar waren bereits vollständig zusammengebrochen. Der alte Schulbus war verschwunden. Nur eine verrostete Felge lehnte an einem Baum, von Einschusslöchern durchsiebt.

Die Zäune waren ebenfalls zusammengefallen, die Pferche von Unkraut und Büschen überwuchert. Ich folgte dem Pfad durch das Camp und dachte daran, wie es hier einmal ausgesehen hatte. Dies hier gehörte zu meiner Geschichte, egal ob im Guten oder Schlechten. Dieser Ort hatte aus mir das gemacht, was ich heute war: Ich aß selten Fleisch, bevorzugte Bio-Lebensmittel, -Seifen und sonstige Waren, und ich liebte von der Natur inspirierten Schmuck und Kunst. Ohne Aaron und Joseph wäre es ein himmlischer Ort gewesen, um hier aufzuwachsen.

Ich blieb in der Mitte des Camps stehen, dort, wo wir alle unsere Mahlzeiten an einem langen Tisch eingenommen hatten. Die Hütten waren strahlenförmig im Kreis angeordnet, die Lagerfeuerstelle und die jetzt verschwundene

Schwitzhütte bildeten den Mittelpunkt. Langsam drehte ich mich um die eigene Achse und nahm alles in mich auf. Dann schloss ich die Augen und konzentrierte mich auf all meine Sinne. Im sanften Wind nahm ich den Geruch von Holzkohle aus alten Lagerfeuern und des amerikanischen Riesenaronstabs wahr und erinnerte mich, wie ich mit Robbie und den anderen am Feuer gesessen und Aaron beim Singen und Gitarrespielen zugehört hatte.

Ich dachte an Willow, wie sie immer alle dazu ermuntert hatte, mit einzustimmen, selbst Robbie, der es hasste zu singen, aber eine kräftige, tiefe Stimme hatte. Er hatte gelacht und sich geweigert, aber am Ende hatte er immer nachgegeben. Jetzt, wo ich darüber nachdachte, fiel mir auf, dass er ziemlich viel Zeit mit Willow verbracht hatte. Er war mit vielen Mädchen der Kommune befreundet gewesen und mit einigen von ihnen mehr als das. Aber irgendetwas an seiner Beziehung zu Willow war anders gewesen. Robbie hatte *zu* gleichgültig reagiert, als ich ihn heute nach ihr gefragt hatte, als wäre sie nur eine von vielen gewesen, aber jetzt fragte ich mich, ob er vielleicht irgendetwas über ihre Herkunft wusste.

Ich wollte schon wieder gehen, als mein Blick auf den Pfad hinunter zum Fluss fiel, der mittlerweile zugewachsen war. Ich hielt inne und überlegte, ob ich ihm folgen und ausprobieren sollte, ob noch mehr Erinnerungen hochkämen. Doch dann sah ich in der Ferne den Stall, und ein Bild blitzte grell auf und fraß sich wie ätzende Säure in meine Seele.

Ich sehe Aaron hinter dem Stall im Wald. Er gräbt in der Erde. Er dreht sich um und sieht mich wütend an.

Dann verschwand das Bild wieder. Was hatte er dort vergraben? Ich versuchte, mich auf diesen Moment zu konzentrieren, setzte all meine Sinne ein, doch ich erinnerte mich nur, dass ich Angst hatte und mich fürchtete, als hätte ich nicht dort sein dürfen. Wo waren Robbie und meine Mom, wo waren die anderen Mitglieder? Ich glaubte, dass es heiß gewesen war und spät in der Nacht – ich hätte im Bett liegen sollen. Doch es gelang mir nicht, mein inneres Auge auf den Boden zu richten und zu erkennen, was er damals vergraben hatte.

Mir wurde kalt, mein Magen verwandelte sich in einen harten Knoten, doch ich zwang mich, zum Wald hinüberzugehen. Ich suchte den Boden ab, auf der Suche nach irgendwelchen merkwürdigen Erhebungen oder Einsackungen, aber ich fand nichts als normalen Waldboden.

Ich richtete meine Aufmerksamkeit wieder auf den Stall. Er befand sich in einem schlechten Zustand, eine der Wände war bereits eingestürzt, das Dach würde bald folgen. Farne und Bäume wuchsen in den alten Pferdeboxen, die Gitter waren mit feuchtem grünen Moos bedeckt. Je näher ich heranging, desto enger schnürte sich meine Kehle zu. Als ich das Gebäude erreicht hatte, war mein Magen vor Übelkeit völlig verkrampft.

Es ist nur ein Stall, er kann dir nicht weh tun. Du bist sicher.

Es funktionierte beinahe, doch sobald ich den ersten Schritt in die Ruine setzte, das Dach im Auge behaltend, um sicherzugehen, dass es nicht herunterkam, hatte ich das Gefühl, jemand würde mein Herz hoch in die Kehle stopfen und meine Brust fest zusammenpressen. Ich atmete hektisch und stoßweise. Einen Moment lang glaubte ich, tatsächlich ohnmächtig zu werden, als es um mich herum dunkel wurde. Mir wurde heiß und kalt zur gleichen Zeit.

Hier drin, irgendetwas ist hier drin passiert.

Ich drehte mich um und rannte los. Ich war schon halb

aus dem Camp draußen, bevor ich anhielt und mir vorkam wie ein Idiot. Immer noch keuchend, schaute ich zurück zum Stall. *Beruhige dich, Nadine. Es ist nur ein Stall.* Aber es war nicht bloß ein Stall. Jede Faser meines Körpers sagte mir, dass es gefährlich war, dass mir darin etwas zustoßen könnte – dass mir etwas zugestoßen *war*.

Nicht einfach zugestoßen. Jemand hatte mir etwas angetan.

Ich schloss die Augen, konzentrierte mich auf das Heben und Senken meiner Brust, lenkte meine Energie auf meine Mitte, nahm bewusst den Boden unter meinen Füßen wahr, die kalte Brise in meinem Gesicht, und versuchte mich zu erinnern. *Was war geschehen?*

Wie durch eine unsichtbare Hand stellten sich mir die Nackenhaare auf, als gleichzeitig links von mir ein Vogel schnatternd hochflog.

Unwillkürlich riss ich die Augen auf und starrte in den dunklen Wald. Das Blut rauschte in meinen Ohren, ich stand stocksteif da und fragte mich, was den Vogel aufgeschreckt hatte. Langsam wich ich zurück, ohne den Blick von der Stelle abzuwenden, während ich hektisch das dichte Unterholz nach einem Tier absuchte. Hinter einem großen Baumstumpf, gerade außerhalb des Lichts, sah ich einen Schatten, groß wie ein Mann. War dort jemand? Ich rief laut: »Hallo?« Niemand antwortete. Ich starrte auf den Schatten, überzeugt, den Blick von jemandem auf mir zu spüren. Ich wirbelte herum und rannte so schnell ich konnte zurück zum Wagen, hielt kaum inne, um Luft zu holen, bis ich im Auto saß und die Türen verriegelt hatte. Ich blieb sitzen, bis sich meine Nerven wieder beruhigt hatten, und sagte mir, ich sei albern – niemand hatte mich beobachtet. Doch als ich noch einmal zum Pfad schaute, empfand ich ein überwältigendes Verlangen, so schnell wie möglich von hier zu verschwinden.

Ich startete den Motor und setzte so hastig zurück, dass die Reifen die Haftung im losen Schotter verloren und ich fast über den Rand der Böschung hinausschoss. Ich wendete den Wagen in Fahrtrichtung und raste davon. Erst, als ich die Abzweigung nach Victoria erreichte, wurde ich langsamer. Endlich hatte ich den Ort gefunden, an dem meine Klaustrophobie ihren Ursprung hatte – doch den Grund kannte ich immer noch nicht. Ich redete mir zu, dass es lediglich Kindheitserinnerungen waren, die ich unverhältnismäßig aufgebläht hatte. Wahrscheinlich war ich vom Heuhaufen gefallen oder mit einem Pferd in einer der Boxen eingesperrt gewesen. Mehr nicht. Trotzdem hörte ich weiterhin die Stimme in meinem Kopf.

Etwas Schlimmes ist in diesem Stall geschehen.

19. Kapitel

Der nächste Tag war ein Samstag, und ich versuchte immer noch, die Ereignisse des letzten Nachmittags zu verdauen. Den Morgen verbrachte ich damit, ein paar Umzugskartons durchzusehen, die immer noch ungeöffnet herumstanden. Ich packte sie aus, sortierte alles neu und verstaute die Kartons im Keller, wobei ich wünschte, mit den Erinnerungen wäre es genauso einfach. Als ich einen Karton aus Pauls Büro öffnete, rührte ich noch ein paar mehr auf. Ich stöberte in seinem Schreibset und den Medizinbüchern, betrachtete das Modellflugzeug, das er eines Tages hatte fliegen lassen wollen. Mir fiel ein, dass ich immer noch seine Werkzeuge hatte. Damals hatte Garret sich nicht dafür interessiert, aber ich hatte sie aufgehoben, falls er sie gern hätte, wenn er älter war. Mittlerweile war er zweiunddreißig, und als wir das letzte Mal miteinander sprachen, war ich gerade frisch nach Victoria gezogen. Damals hatte er erwähnt, dass er ebenfalls auf Haussuche sei, und ich dachte daran, dass wir auch davon gesprochen hatten, gleich im neuen Jahr gemeinsam zu Mittag zu essen.

Nach Pauls Tod sprachen wir uns zu den Feiertagen, doch als Lisa auszog, wurden die Anrufe seltener. Eine Weile schickte ich ihm Weihnachtskarten, doch irgendwann kamen sie zurück, ein hingekritzeltes *Zurück an den Absender* auf der Vorderseite. Seine Mutter war ein Albtraum – launisch, theatralisch, passiv-aggressiv und kontrollierend. Paul und ich hatten versucht, Garret so oft wie möglich zu uns zu holen, und Paul achtete immer darauf, auch weiterhin am Leben seines Sohnes teilzuhaben. Ich versuchte meinerseits, eine Bindung zu ihm aufzubauen, eingedenk meiner Sehnsucht nach einer eigenen Familie. Doch Garret war ein temperamentvolles Kind, und die Umstellung fiel ihm nicht leicht. Er war furchtbar eifersüchtig auf Lisa gewesen, und bei sieben Jahren Altersunterschied gab es natürlich auch nicht viele Gemeinsamkeiten. Erst als Garret etwa achtzehn war, entwickelte sich zwischen ihnen so etwas wie eine Freundschaft, und sie standen sich eine Weile sehr nahe. Darum fand ich es so schade, dass sie sich nach dem Tod ihres Vaters auch von ihm zurückgezogen hatte. Nachdem sie zurück nach Victoria gegangen war, hatte Garret ein paarmal versucht, sie zu finden, aber sie hatte uns beide aus ihrem Leben getilgt. Garret vermisste ich ebenfalls. Dann schließlich, als er Ende zwanzig war, fing er an, mich hin und wieder anzurufen, um eine Weile zu plaudern, und wir trafen uns zum Lunch oder zum Kaffee, wenn ich in Victoria war, und sprachen über seinen Dad und Lisa.

Als ich so viel ich konnte im Haus getan hatte, ging ich nach draußen, um mein Fahrrad zu holen. Ich sah die schwarze Katze auf der Ecke des Schuppendaches kauern und hielt die Luft an. Sie lag ganz still, den Körper angespannt, und beobachtete mich. Sie sah dünner aus als beim letzten Mal, und einem Ohr fehlte ein Stückchen. Eine Narbe von dem Kampf? Ich ging zurück ins Haus und holte etwas zu fressen aus der Küche. Dann näherte ich mich behutsam dem Platz, auf dem sie saß und mich beäugte. Ich stellte die kleine blaue Schüssel auf die tiefste Stelle des Daches. Wir starrten einander an. Ich blinzelte zuerst und zog mich zurück, blieb jedoch auf halbem Weg zum Haus in der Auffahrt stehen.

Wenn du es willst, Kleine, dann musst du es schon nehmen, solange ich dabei bin.

Mit geschmeidigen Bewegungen lief die Katze übers Dach und schlenderte hinüber zur Schüssel, den Kopf hoch erhoben, als wollte sie sagen *Ich habe keine Angst vor dir.* Sie schlang das Fressen hinunter, hielt aber trotzdem immer wieder inne, um mich mit zuckendem Schwanz anzustarren. Nach einer Weile, während ich nicht aufhörte, beruhigenden Unsinn zu erzählen – wie hübsch sie sei und dass sie eine ganz brave Katze sei –, zuckte der Schwanz langsamer, und am Ende ließ sie sogar ein tiefes Schnurren hören. Als sie alles aufgefressen hatte, setzte sie sich hin und leckte eine zierliche Pfote. *Ich bin vielleicht eine Straßenkatze, aber ich bin immer noch eine Dame.* Dann schoss ihr Kopf in die Höhe, sie starrte über meine Schulter, flitzte über das Dach, sprang über den Zaun – und war verschwunden.

Ich drehte mich um. Was hatte sie aufgeschreckt? Auf der Auffahrt und vor dem Haus war nichts zu sehen. Ich runzelte die Stirn, sämtliche Nerven in Alarmbereitschaft, als mich das kribbelnde Gefühl überkam, beobachtet zu werden. War da jemand? Seit ich bei der Polizei Anzeige erstattet hatte, fuhr ich bei jedem Geräusch zusammen. Dann rief ein Mann am Ende der Straße nach seinem Hund. Das also hatte ihr Angst gemacht – ein vorbeilaufender Hund. Ich atmete aus.

Ich schnappte mir mein Fahrrad von der hinteren Veranda, wo ich es neuerdings statt im Schuppen abstellte, warf meine Tasche vorn in den Korb und radelte auf dem Spazierweg neben der Dallas Road hinunter zum Wasser.

Ich blieb stehen, um zuzusehen, wie die winterlichen Wellen sich an der Mole brachen. Im Sommer legten gigantische Kreuzfahrtschiffe am Ogden Point an, und im Inner Harbour wimmelte es dann vor kameraseligen Touristen und dem Klipp-Klapp der Pferdekutschen. Victoria wurde lebendig, mit Musik- und Kunstfestivals, Konzerten in den Parks, Feuerwerk, Wasserflugzeugen, die in den Hafen und wieder hinaus rasten, und Schiffen aus der ganzen Welt als weiße Sprengsel auf dem Wasser. Ich freute mich auf die Saison, aber ich genoss auch diese letzten Wintertage, wenn Victoria zum Großteil noch den Einheimischen gehörte.

Ich nahm mir einen Moment Zeit, die frische Luft einzuatmen, und war froh, dass ich aus dem Haus gegangen war. Nach einer Weile setzte ich meinen Weg zur Fishermen's Wharf, dem Fischerkai, fort. Paul und ich waren oft mit den Kindern hier gewesen, um die Hafenrobben zu füttern – man konnte einen Eimer Fisch für einen Dollar erstehen. Lisa war ganz verrückt danach und redete jahrelang davon, dass sie Meeresbiologin werden wollte. Schon als kleines Kind liebte sie Tiere und bettelte immer darum, ihren Vater in die Klinik begleiten zu dürfen, um bei einem kranken Tier zu sitzen. Ungezählte Male mussten wir sie regelrecht nach Hause zerren. Wir waren sicher, dass sie Tiermedizin studieren würde, aber das entpuppte sich nur als ein weiterer Traum, der auf der Strecke blieb. Obwohl es jetzt einsamer war, kam ich immer noch gern hierher und sah den Robben zu.

Ich holte mir aus dem Moka House einen »London Fog« – Tee mit aufgeschäumter Milch und Vanillesirup – und rollte die Rampe zum Kai hinunter. Der Imbissstand für Fish and Chips war im Winter verrammelt, aber ich freute mich, dass er noch existierte – wir kamen immer mit Garret und Lisa hierher, aber Lisa verfütterte stets die eine Hälfte ihrer Pommes an die Möwen und die andere an die Robben, so dass wir sie ständig im Auge behalten mussten. Ich hing immer noch meinen Gedanken nach, als mir die junge Frau an einem der Picknicktische auffiel. Sie trug einen verblichenen grünen Parka und hatte sich einen dicken schwarzen Wollschal um den Hals gewickelt. Die enge Jeans war an den Knien aufgerissen und steckte unten in dicken Wollsocken, bei den alten schwarzen Doc Martens fehlten die oberen Schnürsenkel. Sie hatte das Gesicht abgewandt und sah einer Robbe zu, die im Wasser vor ihr herumtollte, so dass ich ihre Gesichtszüge nicht sehen konnte. Dann schaute die Frau mich an.

Ich starrte in das Gesicht meiner Tochter.

Auch sie erkannte mich auf der Stelle. Ich kämpfte den Impuls nieder, mich auf sie zu stürzen und sie in die Arme zu nehmen, da ich wusste, dass sich mich fortstoßen würde. Wir schwiegen einen Moment, maßen einander mit Blicken und erholten uns von der Überraschung. Erfreut stellte ich fest, dass ihre Haut rein und ohne Geschwüre war – und ungeschminkt, aber das hatte sie noch nie nötig gehabt. Ich fand es furchtbar, als sie ihre Augen und Lippen schwarz anmalte, und hatte nie begriffen, warum sie ihre Schönheit versteckte. Ihre Augen, von demselben Blau wie meine, waren von schwarzen Wimpern umrahmt, doch ihre Gesichtsform war eher eckig, wie bei ihrem Vater. Ihr dunkles Haar war wieder ausgewachsen und lag dicht und wild um ihr Gesicht, fiel bis weit über ihre Schultern und endete in hellen kastanienbraunen Spitzen. Egal ob von der Sonne oder aus der Flasche, es stand ihr.

Ich lächelte. »Lisa, ich freue mich, dich zu sehen.« Es versetzte mir einen Stich, dass ich mit meiner Tochter reden musste wie mit einer Fremden, ganz zu schweigen von der bitteren Ironie, dass ich die Straßen nach ihr abgesucht, aber niemals daran gedacht hatte, an ihren Lieblingsplätzen nachzusehen.

»Hallo.« Sie wandte sich wieder der Robbe zu, griff in den Eimer neben sich und warf ihr einen Fisch zu.

Ich stand verlegen herum. Sie hatte nicht gesagt, ich solle verschwinden, aber sie hatte mich auch nicht eingeladen, mich zu setzen. Jetzt, wo sie sich endlich in greifbarer Nähe befand, etwas, wonach ich mich seit Monaten sehnte, wurde ich unsicher. Ich näherte mich vorsichtig, bis ich neben ihr stand, wenn auch immer noch mit einigem Abstand. Ich fürchtete, ich könnte irgendetwas sagen, das sie in die Flucht schlagen würde. An ihrem Hals zuckte eine Ader, obwohl ihr Gesicht ruhig war. War dieses Zucken ein Zeichen ihres inneren Aufruhrs? Mein Kopf war erfüllt von besorgten Fragen. *Wo wohnst du? Hast du genug zu essen? Nimmst du immer noch Drogen?*

Sie drehte sich ein wenig und sah mich an.

Ich gab vor, die Robbe zu beobachten, und lächelte über ihre Mätzchen.

»Wusstest du, dass sie bis zu fünfunddreißig Jahre alt werden können?«, sagte Lisa.

Ich wusste es, trotzdem sagte ich: »Wirklich? Ob das wohl dieselbe ist, die wir früher gefüttert haben?«

Sie zuckte die Achseln. »Sie wird sich kaum an uns erinnern.«

Ich wartete einen Moment, hoffte, dass sie das weiter ausführen würde, doch ihre Aufmerksamkeit war ganz auf die Robbe gerichtet. Ich sagte: »Ich wusste nicht, dass du immer noch hierherkommst.«

Mit einer hochgezogenen Braue sah sie mich an. Die Botschaft war klar. *Du weißt gar nichts über mein Leben.*

»Ich sollte sie öfter besuchen. Ich wohne jetzt in Victoria …« Ich warf den Haken aus.

Sie sah mich erneut an. Als der Wind vom Meer auffrischte, zog sie den Parka enger um sich, die Haarspitzen flatterten, ihre Wangen waren rosig. Es schmerzte mich, wie wunderschön sie war, in jedem Detail ihres Körpers erkannte ich Pauls und meine Liebe wieder. Ihre großen Hände: von ihm. Ihr Teint: von mir. Ihre Beine, die meilenweit gegangen waren: von ihm. Ihre Liebe für die Erde und die Tiere: von uns. Ihr Schmerz: von mir.

Ich sagte: »Du siehst gut aus.«

Es war als Kompliment gemeint, doch sie hörte nur meine Erleichterung heraus.

»Du meinst, ich sehe nicht aus wie ein Junkie.«

»Das habe ich *nicht* gemeint.« Doch das hatte ich.

Sie schnaubte und wandte sich wieder der Robbe zu. »Warum bist du hierhergezogen?«

»Ich habe einen Job im Krankenhaus angenommen. Und ich wollte in deiner Nähe sein.« Sie sagte nichts, doch ihre Wangen röteten sich. Vor Freude oder Ärger? Ich fügte hinzu: »Du hast bald Geburtstag. Hast du Lust, abends essen zu gehen? Wo immer du willst. Oder du kannst vorbeikommen und dir mein neues Haus anschauen.« Ich zeigte in Richtung Fairfield. »Ich habe einen Gartenschuppen hinterm Haus. Ich versuche, Bonsai-Bäume zu ziehen, aber es läuft ziemlich beschissen.« Hatte ich gerade tatsächlich *beschissen* gesagt? Was versuchte ich zu beweisen? Dass ich cool war? Dass sie mich lieben sollte? Trotzdem konnte ich nicht anders, ich musste einfach noch hinzufügen: »Da ist noch ein leeres Zimmer für dich, falls du mal einen Platz zum Pennen brauchst.« Ich war angewidert von meinen verzweifelten Versuchen, irgendwie an sie heranzukommen.

»Es geht mir gut. Du brauchst dir um mich keine Sorgen zu machen.«

Ich lachte, ein Versuch, die Spannung zu mildern. »Es ist schwer für eine Mutter, sich keine Sorgen um ihr Kind zu machen, selbst wenn das Kind erwachsen ist und seine eigenen Entscheidungen trifft.« Sie lächelte nicht. Ich änderte meinen Tonfall. »Aber ich höre gerne, dass es dir gutgeht.«

Sie schob ihr Kinn zurück und sah mich aus diesen großen, offenen Augen an, die mich so oft angelogen hatten. »Ich bin seit ein paar Wochen clean.«

Ich war Psychiaterin, dazu ausgebildet, das Richtige zum richtigen Zeitpunkt zu sagen, doch jetzt hatte ich nur eine einzige Sorge, nämlich auf keinen Fall das *Schlimmste* von allem zu tun: zu sehr zu ermutigen und damit zu riskieren, bevormundend zu klingen; die falschen Fragen zu stellen und zu riskieren, sie zu verärgern; nicht genug zu sagen und zu riskieren, gleichgültig zu wirken.

Ich entschied mich für: »Das ist großartig. Machst du eine Therapie?« Der zweite Satz war draußen, ehe ich daran dachte, was für ein wunder Punkt das für sie war, wie sehr sie die Entzugsklinik gehasst hatte, in die ich sie als Jugendliche geschickt hatte. Sie rief mich weinend an, aber ich weigerte mich, sie abzuholen, und sagte, sie sei eine Verpflichtung eingegangen. Sie lief davon. Garret und ich fanden sie an einer Tramperstelle, als sie gerade zu drei Männern in einen Truck steigen wollte. Wie gelähmt saß ich im Wagen, entsetzt bei der Vorstellung, was ihr hätte zustoßen können. Ich wollte sie für den Rest ihres Lebens einsperren und wusste doch, dass alles, was ich sagte, es nur noch schlimmer machen würde. Garret stieg aus und redete mit ihr, bis sie endlich zu uns ins Auto stieg. Sie sprach wochenlang nicht mit mir, teilte mir lediglich mit, dass sie aufgehört habe, Drogen zu nehmen, nur um einen Monat später erneut damit anzufangen.

»Ich brauche keine *Therapie*. Ich schaffe es allein.«

»Ich bin stolz auf dich – das erfordert eine Menge Disziplin.« Und funktioniert selten. »Wenn du dich jemals behandeln lassen möchtest …« Ich sah, wie sie die Zähne zusammenbiss, und fügte hastig hinzu: »Natürlich nur ambulant, dann kannst du mich fragen. Ich komme gerne für die Kosten auf.«

Sie stand auf. »Du kannst es einfach nicht lassen, was? Du glaubst, du wärst so hilfsbereit – dabei hilfst du *überhaupt nicht*.« Mit diesen Worten schnappte sie sich ihren Rucksack und stürmte davon. Ich blieb noch lange am Kai stehen. Mein Gesicht brannte vor Verlegenheit, die Augen vor Tränen, und mein Herz war schwer vor Reue.

Ich schaute hinunter zu der Robbe. Sie drehte sich um und tauchte unter. Nur das Kräuseln des Wassers verriet, dass sie jemals hier gewesen war.

20. Kapitel

Den restlichen Nachmittag verbrachte ich in der Nähe meines Hauses, hantierte im Garten herum und leckte meine Wunden. Die Worte meiner Tochter – und auch die meines Bruders – hatten gesessen. Ich musste zugeben, dass in dem, was sie gesagt hatten, einiges Wahre steckte. Ich hatte schon immer den Drang verspürt, alles und jeden, der mir über den Weg lief, wieder heil zu machen – genau dieser Drang hatte mich Psychiaterin werden lassen. Ich hatte aus diesem Wesenszug eine Kunst gemacht und gelernt, dass man den Menschen nur das Werkzeug in die Hand geben kann. Die Arbeit müssen sie allein erledigen. Doch es war um einiges schwerer, in der Rolle der mitfühlenden Beobachterin zu bleiben, wenn es um meine eigene Familie ging.

Das erinnerte mich an Garret, wie frustriert er als Kind gewesen war, weil seine Eltern sich getrennt hatten, und wie angestrengt ich mich bemüht hatte, an ihn heranzukommen. Als Paul und ich zusammenzogen, stritt Garret sich oft mit mir, einmal schlug er mich sogar – und sagte, er würde mich hassen. Das war einer der Gründe, warum es mir so viel bedeutete, dass er mich am Ende doch in seinem Leben akzeptierte. Mir fiel ein, dass ich ihm die Werkzeuge seines Vaters geben wollte, und rief ihn an. Ich hatte ganz vergessen, wie ähnlich seine und Pauls Stimme klangen, und als er sich am Telefon meldete, blieben mir die Worte in einem plötzlichen Anflug von Trauer im Halse stecken.

»Hallo?«, wiederholte Garret.

Ich riss mich zusammen. »Garret, hier ist Nadine.«

»Wie abgefahren ist das denn. Ich hatte gerade diese Woche gedacht, dass wir uns unbedingt mal wieder treffen müssen.« Er lachte leise, und das herzliche Geräusch, heller als Pauls tiefes Lachen, entspannte mich und half mir, die beiden auseinanderzuhalten. Direkt nach Pauls Tod war es noch schwerer gewesen – sie sahen sich so ähnlich, beide waren blond und hellhäutig. Doch Garret hatte die zierlichen Künstlerhände seiner Mutter, während Pauls schon beinahe Pranken glichen, auch wenn er damit ganz behutsam ein Skalpell oder ein Kätzchen halten konnte. Garret wäre gern Tierarzt geworden wie sein Vater, doch nachdem er einmal heftig gebissen worden war, machte ihn die Nähe von Tieren nervös. Stattdessen hatte er eine Kamera in die Hand genommen und war ein sehr guter Fotograf geworden.

Ich erzählte ihm, dass ich noch die Werkzeuge seines Vaters hatte, und fragte ihn, ob er sie gerne hätte.

»Das wäre klasse. Ich habe mir gerade ein Haus gekauft und baue mir ein Studio ein.«

»Du hast dir ein Haus gekauft? Klingt prima. Und mit der Fotografie läuft es gut?«

»Ja, das entwickelt sich großartig. Ich muss schon fast den Telefonhörer daneben legen.«

»Das ist ja wunderbar. Ich freue mich für dich – du hast einfach ein Auge für gute Motive.«

»Danke! Du solltest mal vorbeikommen und dir mein Studio ansehen.«

»Gerne.«

»Wie geht's Lisa? Hast du irgendetwas von ihr gehört?«

Ich zögerte und überlegte, was ich darauf antworten

sollte. Es war dasselbe Gefühl, das ich immer hatte, wenn mich jemand nach meiner Tochter fragte: Trauer, aber auch Scham über mein eigenes Scheitern.

Ich merkte, dass Garret immer noch auf eine Antwort wartete. »Sie lebt immer noch auf der Straße, irgendwo in Victoria.«

»Glaubst du, dass sie immer noch Drogen nimmt?«

Ein Teil von mir wollte meine Tochter hastig verteidigen, gegen die Besorgnis in seiner Stimme, doch auch gegen die leise Andeutung eines Vorwurfs – den ich, wenn ich ehrlich war, als Vorwurf gegen mich als ihre Mutter empfand. *Wie konntest du das zulassen? Du bist Ärztin und kannst nicht einmal deiner eigenen Tochter helfen?*

Ich sagte: »Ich glaube, im Moment nicht, aber ich bin mir nicht sicher.«

»Was für ein Jammer. Das muss echt schwer für dich sein. Ich denke auch oft an sie. Aber du darfst dir nicht die Schuld dafür geben. Sie trifft ihre eigenen Entscheidungen.«

Ich würde nie aufhören, mir die Schuld zu geben, aber es war trotzdem nett von ihm, das zu sagen. Dann wurde mir klar, dass Garret fast die einzige Familie war, die mir geblieben war, und mit Sicherheit die einzige Verbindung zu Paul. Wir redeten noch etwas länger und schmiedeten Pläne, dass er diese Woche irgendwann einmal abends vorbeikommen sollte. Als ich auflegte, war ich froh, dass ich angerufen hatte.

In der nächsten Woche konzentrierte ich mich auf meine Arbeit, obwohl ich weiterhin jeden Abend nach Lisa suchte. Einmal sah ich eine hochgewachsene Frau an der Einmündung einer Gasse, mit dunklem Haar und einer ähnlichen Art, sich zu bewegen, und stellte hastig das Auto ab. Ich rannte die schmale Straße hinunter, nur um eine Prostituierte aufzuscheuchen, die sich mitten auf der Straße einen Schuss setzte. Sie schrie mir Obszönitäten hinterher, während ich mich rasch entschuldigte und die Szene fluchtartig verließ. Eines Abends erhielt ich einen Anruf von einer unbekannten Rufnummer, doch als ich den Hörer abnahm, kam nur das Freizeichen. War das Lisa gewesen? Ich konnte es nur hoffen.

Ein paarmal lief ich Kevin im Krankenhaus über den Weg. Er war stets freundlich und fragte mich, wie es mir ginge. Eines Nachmittags, als wir beide Pause hatten, tranken wir zusammen einen Kaffee. Ich erzählte ihm von meiner Leidenschaft für Gartenarbeit, und er sagte: »Bei mir wächst mehr Unkraut als Gemüse.« Ich versprach, ihm meine Bonsais zu zeigen, und er bot an, mir das Gitarrespielen beizubringen. Amüsiert hörte ich, dass er mit einigen der anderen Ärzte zusammen in einer Band namens »On a Good Note« spielte, und zog ihn wegen der Groupies auf.

»Hey, wir sind 'ne heiße Nummer.« Er lachte. »Zu Weihnachten und im Sommer bringen wir sogar eine eigene Show raus. Die Patienten lieben uns – und nicht nur, wenn sie unter Medikamenteneinfluss stehen.« Ich lachte zusammen mit ihm. Es fühlte sich gut an, für eine Weile von meinen Gedanken abgelenkt zu werden und sich an den schönen Dingen des Lebens zu erfreuen.

Eines Tages nahm mich nach einem Mitarbeitertreffen meine Chefin beiseite. Elaine war Mitte sechzig, machte jedoch nicht den Eindruck, als wolle sie sich demnächst zur Ruhe setzen – oft kam sie auch an ihren freien Tagen vorbei. Die Mitarbeiter respektierten sie wegen ihrer Fairness und wegen ihrer pragmatischen Einstellung, aber ihr entging nicht viel.

»Kommen Sie gut zurecht? Sie wirkten heute etwas abgelenkt.«

»Tut mir leid. Ich habe letzte Nacht nicht gut geschlafen.«

Elaine musterte mich aufmerksam. »Sie sehen in letzter Zeit öfter müde aus. Einen Patienten zu verlieren ist immer traumatisch, und falls Sie ein paar Tage frei brauchen …«

»Danke, aber mir geht es gut.«

»Okay. Meine Tür steht offen, wann immer Sie reden müssen.«

Trotz meiner Antwort hatte ich das Gefühl, sie würde mich genau beobachten, und sie tat recht daran, sich Sorgen zu machen. Ich *war* in letzter Zeit abgelenkt und müde bei der Arbeit.

Ein paarmal war ich nachts aufgewacht, überzeugt, ich hätte draußen das tiefe Brummen eines langsamer werdenden Autos gehört. Eines Nachts stand ich sogar auf und spähte durch die vorderen Jalousien. Als ich die Außenbeleuchtung einschaltete, brauste ein grüner Truck davon. Zweimal war ich mir sicher gewesen, beobachtet zu werden, als ich von der Arbeit nach Hause kam und aus dem Auto stieg. Doch als ich mich umschaute, hatte ich nie jemanden gesehen.

Es war jedoch nicht nur mein Privatleben, das mich bedrückte. Francine, meiner dementen Patientin, ging es auf der Station nicht gut. Sie weigerte sich, etwas zu essen, und versuchte jeden Tag, wegzulaufen. Dann wurde sie auch noch gewalttätig, biss und trat um sich und musste sediert werden. Manchmal kam ich in ihr Zimmer, und sie starrte mit leerem Blick aus dem Fenster, wie ein gefangener Vogel.

Außerdem hatten wir einen jungen Mann aufgenommen, der versucht hatte, sich zu erhängen, nachdem er innerhalb einer Woche Job und Freundin verloren hatte. Junge Männer kamen mit Depressionen besonders schwer zurecht, da ihnen häufiger als Frauen die emotionalen Fertigkeiten fehlten, sich damit auseinanderzusetzen. Brandon tat sich unglaublich schwer und hatte keine Idee, was er mit seinem Leben anfangen sollte, wenn er entlassen wurde.

»Sie haben unzählige Möglichkeiten, Brandon«, sagte ich während einer Sitzung zu ihm. »Das hier ist nur ein kleiner Schlenker auf Ihrem Lebensweg.« Wir sprachen über Arbeitsmöglichkeiten und wo er Hilfe für seine Jobsuche bekommen könnte. Wenn ich mit Brandon sprach, dachte ich oft an Heather. Ihr Geist wehte noch immer durch die Gänge des Krankenhauses und lächelte mich mit Brandons blauen Augen an. Ich verbrachte mehr Zeit als üblich mit ihm, in der Hoffnung, eine weitere Tragödie zu verhindern.

Am Donnerstag kam Garret vorbei. Sein Grinsen zu sehen, als ich ihm das Werkzeug seines Vaters übergab, bestätigte mich darin, dass er es haben sollte. Er blieb auf einen Kaffee, und wir schwelgten in Erinnerungen. Ich fühlte mich gerührt, als er sagte: »Es tut mir leid, dass ich als Kind so eine Rotzgöre war.« Als er sagte: »Du solltest mir mal Modell stehen«, lachte ich und freute mich über den Mann, zu dem er herangewachsen war. Er zeigte mir seine neuen Visitenkarten, und es war offensichtlich, dass er sich mit seiner Firma große Mühe gab. Wir sprachen auch wieder über Lisa. Es tat gut, mit jemandem über meine zerschlagenen Hoffnungen und Träume zu sprechen, der sich ebenfalls um sie sorgte. Ich erzählte ihm von unserem zufälligen Zusammentreffen unten am Kai.

Seine Besorgnis stand ihm ins Gesicht geschrieben, doch er sagte nur: »Vielleicht ist es besser, sie in Ruhe zu lassen.

Wahrscheinlich wird sie eines Tages ihren eigenen Weg finden. Ich hab's schließlich auch geschafft, oder?«

Er lächelte und erinnerte mich dabei so sehr an seinen Vater, dass ich einfach zurücklächeln musste.

Freitag meldete sich die Polizei aus Shawnigan Lake – sie hatten mit Aaron gesprochen. Ich stand da, die Hand immer noch auf einem Stapel Kleidung, den ich gerade wegräumen wollte, und lauschte den Neuigkeiten, während mein Herz laut in den Ohren pochte. Instinktiv wusste ich bereits, dass es keine guten Neuigkeiten sein würden. Meine Ahnung wurde kurz darauf bestätigt, als Corporal Cruikshank mir erzählte, dass Aaron alles abgestritten und sich zudem geweigert hatte, einen Lügendetektortest machen zu lassen. Zwingen konnten sie ihn dazu nicht. Sie erklärte mir, dass der Fall zu den Akten gelegt werden würde, solange es keine weiteren Erkenntnisse gäbe.

Mit einer Mischung aus Niedergeschlagenheit und Zorn legte ich auf und versuchte, ein wenig Frieden in der Überzeugung zu finden, das Richtige getan zu haben. Doch ich konnte die Angst nicht ausblenden, dass es noch weitere Opfer gab. Genauso wenig konnte ich das Gefühl ignorieren, dass eines Tages, vielleicht schon bald, jemand im River of Life Centre ernstlich Schaden nehmen würde, entweder durch Methoden wie Fasten oder Schlafentzug oder indem sie einem Mitglied verwehrten, sich bei bestimmten Krankheiten medizinisch behandeln zu lassen.

Am Samstag erledigte ich meinen Einkauf und den Hausputz, während meine Gedanken wieder nach Shawnigan wanderten. Der Officer im Ruhestand, Steve Phillips, musste inzwischen aus den Ferien zurück sein, und ich überlegte, ob es sich lohnte, mit ihm zu reden. Er hatte im Fall von

Finns Tod ermittelt, bevor die Kommune umzog, und wenn er sich auch nur an eine winzige Kleinigkeit erinnerte … Sie konnten Aaron nicht wegen sexuellen Missbrauchs belangen, aber vielleicht gab es im Zusammenhang mit Finns Tod etwas, das die Polizei veranlassen könnte, sich das Zentrum genauer anzuschauen.

Und dann war da wieder das Bild von Aaron, der etwas hinter dem Stall vergrub, das mir nicht aus dem Kopf ging. Als ich es am Telefon Corporal Cruikshank gegenüber erwähnt hatte, hatte sie versprochen, es zu überprüfen, aber ich war sicher, dass sie das nur gesagt hatte, um mich zu beruhigen. Sie würden nicht den Wald umgraben, nur weil ich mich zu erinnern glaubte, dass Aaron vor vierzig Jahren irgendetwas verscharrt hatte. Aber dieser Officer, Steve Phillips, er hatte Aaron gesehen und mit ihm gesprochen und hatte möglicherweise einen anderen Eindruck von ihm. Denkbar war auch, dass er irgendwann eines der Mitglieder zufällig in der Stadt getroffen hatte, vielleicht sogar Willow.

Denn das war die zweite Sache, die Corporal Cruikshank mir erzählt hatte. Ihnen lag keine Anzeige über ein vermisstes Mädchen mit dem Namen Willow vor. Für den Fall, dass das nicht ihr richtiger Name war, hatten sie überprüft, ob ihre Beschreibung zu anderen vermissten jungen Frauen passte, und hatten trotzdem nichts gefunden. Ich war nicht mehr dazu gekommen, Robbie zu fragen, ob er mehr über Willow wusste, irgendetwas. Ich wusste, dass er sich wundern würde, warum das alles plötzlich so wichtig war. Warum jetzt, nach all den Jahren?

Vordergründig wollte ich mich vergewissern, dass es keine weiteren Opfer gab, aber ich hatte auch das unbehagliche Gefühl, Willow im Stich gelassen zu haben. Ich wusste nicht, ob dieses Gefühl von meinem Streit mit ihr am Fluss herrührte oder weil ich am letzten Tag fort und zu den anderen gegangen war, doch ich fürchtete mich vor den Erinnerungen, die sonst noch blockiert sein könnten. Vielleicht würde ich, indem ich einige dieser Geheimnisse aufdeckte, herausfinden, was mir vor all diesen Jahren zugestoßen war.

Sicherheitshalber schlief ich noch eine Nacht darüber, doch am nächsten Morgen wachte ich mit klarem Kopf und entschlossen auf. Ich würde noch einmal nach Shawnigan fahren. Ich zwang mich zu einem gesunden Frühstück und hielt mich beim Kaffee zurück, um meine bereits vibrierenden Nerven nicht noch mehr zu strapazieren. Auf der Fahrt nach Shawnigan fühlte ich mich ruhig und sicher. Ich würde nur mit dem pensionierten Officer reden, falls er zu Hause war. Ich hatte versucht, ihn über Handy zu erreichen, aber nur seine Mailbox bekommen. Es war überhaupt nichts dabei, ein paar Fragen zu stellen. Zugleich ermahnte ich mich, dass ich, wenn dieser Ausflug immer noch kein Licht ins Dunkel brachte, es akzeptieren und wieder zum Alltag übergehen müsste.

Als ich dieses Mal bei Steve Phillips auf die Auffahrt fuhr, parkte ein blauer Ford-Truck neben dem Wohnmobil, und ein Mann räumte gerade seine Angelausrüstung in die Garage. Als er die Reifen auf seiner Kiesauffahrt hörte, drehte er sich um. Ich stieg aus dem Wagen und ging zu ihm. Er war groß, die Schultern ein wenig gebeugt und die Haare grau, aber er trug immer noch den typischen Bundespolizei-Kurzhaarschnitt und dicken Schnurrbart. Dazu eine Windjacke mit dem RCMP-Logo. Er mochte zwar pensioniert sein, aber er war immer noch durch und durch Polizist.

»Kann ich Ihnen helfen?«, fragte er.

»Das hoffe ich. Mein Name ist Nadine Lavoie, und ich bin in Shawnigan aufgewachsen.«

»Ja ...?«

»Vielleicht können Sie mir weiterhelfen. Ich habe ein paar Fragen zu einem kleinen Jungen, der Ende der sechziger Jahre in den Bergen starb. Sein Name war Finn.«

Er lehnte sich an die Motorhaube seines Trucks, als hätte er plötzlich keine Kraft mehr. »Ja, ich erinnere mich an diesen Fall. Es ist einer von denen, die ich wahrscheinlich niemals vergessen werde. Warum fragen Sie?«

»Ich habe in der Kommune gelebt, als er starb.«

Seine Augen wurden schmal, als er mich taxierte. »Ich glaube nicht, dass ich Sie kenne. Wohnen Sie noch in der Gegend?«

»Ich war damals erst dreizehn. Meine Mutter und mein Bruder, Robbie Jaeger, waren ebenfalls dort. Robbie lebt immer noch hier, aber ich bin fortgezogen.«

Ob er Robbie kannte? Er ließ sich nichts anmerken, sondern sagte nur: »Und wie kann ich Ihnen helfen?«

Ich erzählte, und er packte seinen Truck zu Ende aus. Als ich beschrieb, wie Aaron mich zum Fluss geführt und was er mit mir gemacht hatte, hielt er inne. Ich nannte ihm nur die wichtigsten Fakten, was schon schwer genug war, ohne ins Detail zu gehen. Er bedeutete mir, weiterzuerzählen, während er seine Kühlboxen ausspülte und die Angelruten aufhängte. Beim Zuhören machte er ein nachdenkliches Gesicht. Als ich zum Ende kam, war auch er mit dem Aufräumen fertig.

»Lassen Sie uns ins Haus gehen«, sagte er. »Es wird kalt hier draußen.«

Sein Haus war ordentlich und sauber, aber es war ganz offenkundig das Zuhause eines Junggesellen, mit der schroffen, maskulinen Ausstrahlung der braunen Ledersessel und der Edelstahlküche. Im Wohnzimmer legte er ein Holzscheit aufs Feuer und lud mich mit einer Geste ein, mich zu setzen. Die intensive Wärme tat gut nach der Kälte. Solange er in der Glut herumstocherte, starrte ich durch das große Panoramafenster hinaus auf den See, über dessen dunkle Oberfläche sich eine dichte Nebeldecke schob.

Schließlich setzte er sich mir gegenüber auf den Sessel, beugte sich vor und stützte die Ellenbogen auf die Knie. Seine Stimme war barsch, beinahe zornig, als er sprach.

»Ich war derjenige, der die Leiche des Jungen gefunden hat. Seine Eltern haben die ganze Zeit gesagt, dass er jetzt an einem besseren Ort sei.« Er schwieg, die Lippen fest zusammengepresst. »Irgendetwas stimmte mit denen nicht – vor allem mit diesem Aaron. Ich dachte, dass er vielleicht mehr mit dem Verschwinden des Jungen zu tun haben könnte, als er zugab, aber wir fanden nichts Konkretes. Und einige der Mitglieder gaben ihm ein Alibi.«

»Können Sie sich erinnern, wer?«

Er lehnte sich zurück und starrte zur Decke hoch. »Die Namen fallen mir gerade nicht ein, aber ein Zeuge hat gesehen, dass eine Frau mit dem kleinen Jungen im Arm getanzt hat und dann mit ihm fortgegangen ist. Später erklärte dieser Zeuge, dass er high gewesen sei und sich wegen des Zeitpunkts vertan hätte.«

»Glauben Sie, dass jemand ihn dazu angehalten hat, seine Aussage zurückzunehmen?«

»Darauf können Sie wetten.«

»Wie war sein Name?«

»Levi.«

Ich hatte gebetet, er würde nicht Robbies Namen sagen, doch über diese Antwort war ich nicht minder bestürzt.

Mein Gesichtsausdruck musste ihn stutzig gemacht haben. »Gibt es da etwas, das ich wissen sollte?«

»Nein. Es ist nur …« Ich versuchte angestrengt, mich zu erinnern. »Ich weiß nicht mehr wirklich viel aus der Zeit, als Finn starb, aber Levi und mein Bruder waren gute Freunde. Seltsam, dass ich mich nicht daran erinnere.«

»Er hat seine Aussage ziemlich schnell zurückgenommen.«

»Glauben Sie, dass die Leute von der Kommune bei Finns Tod irgendetwas vertuscht haben? Glauben Sie …« Ich räusperte mich, meine Kehle war plötzlich eng. »Wurde er umgebracht?«

»Nein, es gab keinerlei Spuren, die auf Verletzungen hindeuteten. Er starb an Erschöpfung und Unterkühlung. Seine Eltern hatten noch ein Kind – das Jugendamt hat ihnen das Baby weggenommen. Ich habe mich immer gefragt, was wohl aus ihm geworden ist.« Wir schwiegen beide. Dann sagte er: »Wir waren uns sicher, dass sie in der Kommune Marihuana anbauten, aber wir konnten nichts finden, um sie dranzukriegen.«

»Sie *haben* Drogen angebaut. Darum sind sie nicht sofort zur Polizei gegangen. Sie hatten Angst, Sie könnten den Stall durchsuchen.«

Er schüttelte den Kopf. »Wir nahmen an, sie hätten das Zeug irgendwie vernichtet, aber es gab keine Anzeichen, dass sie es verbrannt hätten, nichts. Wir haben nie herausgefunden, was sie mit dem ganzen Zeug angestellt haben.«

Ich schwieg nachdenklich. »Das ist merkwürdig. Ich weiß auch nicht, was sie damit gemacht haben, weil sie alle Kinder ins Bett geschickt haben. Ich hatte Angst um Finn, dachte daran, dass er ganz allein da draußen war. Aaron hat immer wieder gesagt, unsere positive Energie würde ihn nach Hause bringen.«

»Die Eltern waren dumm, aber ihr größtes Verbrechen war es, auf alles zu hören, was Aaron gesagt hat.«

»Er ist sehr überzeugend und manipulativ. Darum mache mir solche Sorgen, was in diesem Zentrum heute vor sich geht und dass es noch mehr Opfer geben könnte.«

»Fällen von sexuellem Missbrauch nachzugehen ist nicht leicht, vor allem bei jemand so Bekanntem wie ihm. Dieses Zentrum ist jetzt richtig groß im Geschäft. Bringt eine Menge Geld ein, und er hat viele Unterstützer.«

»Das ist mir klar.«

Er sah mir in die Augen, als wollte er meine Entschlossenheit testen. Ich wandte den Blick nicht ab, aber er hatte recht. Erneut fragte ich mich, wie weit ich gehen wollte.

»Ich habe die Gruppe im Auge behalten, nachdem sie weggezogen sind«, fuhr er fort. »In den Neunzigern gaben zwei junge Mädchen, Schwestern, an, Aaron hätte sie zu sexuellen Handlungen genötigt. Einer meiner Kumpel hat den Fall bearbeitet.«

Ich war also nicht die Einzige. Mir stockte der Atem, als ich mir andere junge Mädchen zusammen mit Aaron vorstellte. Ich wusste nur zu gut, was er von ihnen verlangt hatte, alles im Namen der spirituellen Erkenntnis. »Wie ging es weiter?«

»Die Sache sah ziemlich gut aus, vielleicht hätten wir Aaron deswegen sogar drankriegen können. Aber dann bekamen die Mädchen Angst und zogen ihre Aussage zurück. Jetzt ist die Akte geschlossen, aber die Geschichte hat Mark auf Teufel komm raus keine Ruhe gelassen – er hatte ein ganz schlechtes Gefühl bei diesem Aaron. Vielleicht könnte ich die Namen der Mädchen herausbekommen.«

»Glauben Sie, die beiden werden mit mir reden?«

»Schwer zu sagen, aber mein Kumpel könnte sie fragen.

Sie sind jetzt älter. Manchmal ändert man seine Meinung, wenn man andere Opfer kennenlernt. Zu mehreren fühlt man sich sicherer.«

Ich nickte. »Einen Versuch ist es wert.« Ich wollte mir nicht zu große Hoffnungen machen, aber wenn die Schwestern begriffen, dass es weitere Opfer gab, fühlten sie sich vielleicht ermutigt, ihren Fall wiederaufzurollen. Dann wäre die Polizei vielleicht endlich in der Lage, Aaron festzunageln.

Ich war mir nicht sicher, wie viel ich Steve über Willow erzählen sollte, denn ich wollte den Boden, den ich bereits gewonnen hatte, nicht dadurch aufs Spiel setzen, dass er mich für paranoid hielt. So ungezwungen wie möglich sagte ich: »Es gab da ein Mädchen, Willow, das die Kommune ziemlich überraschend verlassen hat. Die Polizei hat nichts herausgefunden, wo sie sich aufhalten könnte.« Ich erzählte ihm den Rest. Ich äußerte keine Meinung, was mit ihr passiert sein könnte, sondern ließ ihn seine eigenen Schlüsse ziehen. Und das tat er.

»Sie glauben also, dass sie die Gegend möglicherweise gar nicht verlassen hat?« Er zupfte an seinem Schnurrbart. »Dass ihr etwas zugestoßen ist?«

»Ich bin mir nicht sicher, aber ich mache mir Sorgen.«

»Ohne einen Hinweis auf ein vermisstes Mädchen kann ich nicht viel machen. Die RCMP wird ohne weitere Erkenntnisse keine Suchaktion starten.«

»Das verstehe ich, aber ich wüsste gerne, was Sie davon halten.«

Er seufzte. »Ich werde sehen, ob ich Ihnen diese Namen beschaffen kann. In der Zwischenzeit höre ich mich ein wenig um, mal sehen, ob ich irgendwas herausfinde.«

»Das wäre klasse.«

Er legte die Arme auf die Armlehnen seines Stuhls. »Das mit Ihrer Mutter tut mir leid. Kate war eine interessante Frau.«

Seine Worte trafen mich unvorbereitet, ebenso wie der schmerzhafte Stich, den mir ihr seit Jahren zum ersten Mal laut ausgesprochener Name versetzte. Ich brauchte einen Moment, um mich zu fassen. »Sie kannten sie?«

»Mein Kumpel hat eines ihrer Pferde gekauft.« Jetzt fiel es mir wieder ein. Als wir aus der Kommune zurückkamen, hatte Mom unsere beiden Pferde verkauft. Später hatte sie irgendwann wieder mehrere Tiere, aber es schien, als könne sie es nicht ertragen, irgendetwas anzusehen, das sie an die Kommune erinnerte – einschließlich mich. Nur Robbie war offenbar in der Lage, sie in ihrem Panzer zu erreichen.

Mit ernster Miene strich Steve sich über den Schnurrbart. »Ich war als einer der Ersten am Unfallort.«

Mein Kopf füllte sich mit Schreckensbildern. Blinkende Polizeilichter, ein jüngerer Steve, der in das zerschmetterte Wrack späht. Mom, über dem Lenkrad zusammengebrochen, eine blutige Hand, die an der Seite herunterhängt. Ich erinnerte mich noch daran, wie die Polizei vor der Tür stand, wie die breiten Schultern meines Vaters bebten, als er auf die Knie sank. Robbie und ich liefen zu ihm, spürten, dass etwas Schreckliches geschehen war, dass das Leben nie wieder dasselbe sein würde. Ich schluckte hart und versuchte, etwas zu Steve zu sagen. Ich konnte es nicht.

Er wechselte das Thema. »Levi wohnt immer noch in Shawnigan.«

Froh um die Ablenkung, ging ich sofort darauf ein. »Ich dachte, er wäre mit der Kommune fortgegangen.«

»Er ist zurückgekommen. Er betreibt jetzt eine Wasserskischule am See, vermietet Boote, Jet-Skis, so was alles.

Kann sein, dass er bereit ist, mit Ihnen zu reden. Er ist immer sehr freundlich.«

Levi war stets gutmütig gewesen, umgänglich und lebenslustig, doch meine Erinnerungen an ihn waren verknüpft mit Bildern von Robbie, wie die beiden mit den Mädchen redeten und lachten, oder wie sie zusammen auf dem Feld arbeiteten. Damals hatte ich Robbies schlechte Laune bei unserer Heimkehr darauf zurückgeführt, dass er seinen Freund vermisste, aber jetzt fiel mir ein, dass die beiden schon in den Tagen vor unserem Weggang, nach Finns Tod, kaum miteinander gesprochen hatten. Ich versuchte, mich auf diese Zeit zu konzentrieren, um eine Erklärung dafür zu finden, einen Streit oder eine Auseinandersetzung, aber mir fiel nichts ein. Ob Robbie wohl wusste, dass Levi wieder in der Gegend war? Höchstwahrscheinlich, aber warum hatte er ihn nicht erwähnt, als ich ihn nach ehemaligen Kommunemitgliedern gefragt hatte?

Steve sagte: »Da ist noch jemand, mit dem Sie reden könnten, aber sie könnte eine härtere Nuss sein.«

»Wer?«

»Mary. Sie gehörte ebenfalls zur Kommune, aber sie blieb hier, als die anderen nach Victoria zogen. Sie hat ein Gehöft außerhalb der Stadt am Fluss, links von der Abzweigung. Warten Sie, ich zeichne es Ihnen auf.«

Er stand auf, holte etwas Papier aus der Küchenschublade und skizzierte eine Karte. Währenddessen versuchte ich mich an ein Mitglied namens Mary zu erinnern, aber ich konnte kein Gesicht heraufbeschwören. Ich war überrascht, dass wir ihr als Kinder nie über den Weg gelaufen waren und dass Mom und Robbie sie nie erwähnt hatten.

Steve reichte mir die Skizze.

»Danke. Vielleicht sollte ich gleich mal zu ihr rausfahren.«

Aus irgendeinem Grund war ich noch nicht bereit, Levi zu besuchen, und blockte die Vorstellung unwillkürlich sofort ab. Stattdessen stürzte sich mein Unterbewusstsein auf diese neue Information: Es gab noch eine Frau, die die Kommune verlassen hatte. Bis auf meine eigene Familie, Willow sowie Heather und Daniel kannte ich keine ehemaligen Mitglieder.

»Viel Glück – sie ist ziemlich verschlossen. Ich musste vor ein paar Jahren mal mit ihr über ein paar Einbrüche in der Gegend reden, und sie hat die ganze Zeit zum nächsten Ausgang geschielt. Ich bin sicher, dass sie einiges zu erzählen hat, aber es ist gut möglich, dass sie nicht damit herausrücken wird.«

Seine Einschätzung überraschte mich nicht. Wenn sie beschlossen hatte, hierzubleiben, hatte sie vermutlich ihre Gründe, gute Gründe. Ich wollte unbedingt mit ihr reden.

Steve und ich tauschten unsere Telefonnummern aus, dann begleitete er mich zu meinem Wagen. Ich stieg ein und startete den Motor. Er klopfte auf das Dach, um mich daran zu erinnern, mich anzuschnallen. Als ich das Fenster herunterließ, um ihm zu danken, beugte er sich herunter und sagte: »Fahren Sie vorsichtig. Und halten Sie die Ohren steif! Ich telefoniere etwas herum und werde sehen, ob ich etwas herausfinde.«

»Danke. Ich wäre Ihnen wirklich sehr dankbar, wenn Sie den Kontakt zu den Schwestern herstellen könnten.«

»Ich werde mir Mühe geben.«

Ich war froh, dass Steve einige meiner Befürchtungen teilte, aber als ich an die anderen jungen Mädchen dachte, die möglicherweise ebenfalls missbraucht worden waren, wurde ich wütend. Wie viele mochte es noch geben? Ich dachte an einen nicht lange zurückliegenden Fall sexuellen Missbrauchs, der ein großes Medienecho hervorgerufen hatte, da der Täter einen hohen Posten an der Universität bekleidet hatte. Sobald sich endlich ein Opfer vorgewagt hatte, waren ein Dutzend weitere dem Beispiel gefolgt. Ich dachte an all die Mädchen, die zur gleichen Zeit in der Kommune gewesen waren wie ich. Ich versuchte, mich an ihre Namen zu erinnern, aber viele fielen mir nicht mehr ein. Die meisten von ihnen waren älter als ich, sechzehn oder siebzehn, und von zu Hause weggelaufen. Es gab auch jüngere, die mit ihren Familien dort waren, manche waren etwa elf oder zwölf und einige noch kleiner.

Dann blitzte ein weiteres Bild vor meinem geistigen Auge auf. Ein dünnes Mädchen mit langen Armen und Beinen. Wegen ihrer hellen Haare und dem dünnen Körper nannten ihre Eltern sie Dandelion, Löwenzahn, und wir kürzten es zu Danny. Sie war erst elf, aber keck und redete viel. Ich entsann mich vage, mich eines Tages mit ihr gestritten zu haben, und versuchte, mich genauer zu erinnern. Es schien im Spätsommer gewesen zu sein – und ich hatte das Gefühl, dass ich traurig gewesen war, also war Willow zu dem Zeitpunkt vielleicht schon fort. Mit aller Macht versuchte ich, mich zu konzentrieren. Es ging irgendwie um Aaron, er hatte Danny aufgefordert, ihm beim Beerenpflücken zu helfen, und ich wollte nicht, dass sie mit ihm ging. Hatte ich Angst um sie? Ein weiteres Bild blitzte kurz auf, dass sie mich eifersüchtig oder dumm nannte oder etwas in die Richtung, und anschließend davonrannte, zu Aaron. Weitere verschwommene Bilder folgten: Danny, wie sie mit selbstgefälliger Miene bei Aaron am Tisch sitzt. Ich war wegen irgendetwas verstört und verärgert, aber ich entsann mich auch an ein Gefühl der Erleichterung.

Jetzt, im Rückblick, wurde mir schlecht, als ich mich fragte, was sie durchgemacht haben musste, um sich dieses Privileg zu verdienen. War das der Grund, warum ich keine weiteren Erinnerungen an den Missbrauch hatte? Hatte Aaron mich in Ruhe gelassen, weil er ein neues Opfer gefunden hatte? Es war möglich, aber ich hatte trotzdem das Gefühl, ein Puzzleteilchen übersehen zu haben, etwas, das meine Klaustrophobie erklären würde. In jenem Sommer war noch mehr geschehen.

21. Kapitel

Fünf Minuten später hatte ich Marys Haus gefunden. Von den alten Zäunen um ihr Land blätterte die Farbe ab, darunter kam von der Sonne zu einem fahlen Grau gebleichtes Holz zum Vorschein. Über dem Eingangstor war ein verrostetes Metallsägeblatt angeschraubt, tiefe Reifenspuren zerfurchten den Boden. Das Tor stand offen, und ich fuhr langsam die Auffahrt hoch, als zwei Hunde, ein schwarzer Labrador und ein Schäferhund, bellend von der Rückseite des Hauses angerannt kamen. Das Bauchfell des Schäferhundes war nass und sandig. Als ich den Wagen abstellte, bemerkte ich den dichten Wald, der das Haus umgab, und das vertraute Brausen des Flusses in der Ferne. Ich stellte mir vor, wie der Schäferhund die Fährte eines Stück Wilds oder eines Fischotters verfolgte oder wie er am Flussufer Krebse anbellte.

Als ich aus dem Wagen stieg, kam eine Frau aus dem Haus und blieb auf der Veranda stehen. Das schneeweiße Haar trug sie zu einem langen Zopf geflochten vor ihrer Schulter. Rauch quoll aus dem Schornstein und hing angenehm duftend in der Luft. Die Frau trug eine Männer-Jeansjacke, die ihr ein paar Nummern zu groß und deren Fellkragen am Hals geschlossen war. Sie war blass, wirkte aber zäh und als würde sie sich oft im Freien aufhalten. Das Gesicht zeigte tiefe Falten. Sie hatte die Hände in die Taschen gestopft und beobachtete mich, als ich auf sie zukam. Die Hunde umkreisten mich knurrend, so dass ich ein paarmal stehen blieb, doch sie rief sie nicht zurück. Ich schob mich an den Tieren vorbei, ohne dass sie mir folgten. Der Schäferhund hatte einen Streifen aus Sand und Haaren an meinen Beinen hinterlassen. Als ich näher kam, musterte ich das Gesicht der Frau und versuchte, sie einzuordnen. Sie musste etwa Anfang sechzig sein. Ich konnte mich nicht an sie erinnern, aber sie war einmal schön gewesen und sah immer noch sehr gut aus. Ihre Gesichtszüge waren ausgeprägt, die Wangenknochen hoch, und die Augen funkelten in einem hellen Grün.

Schließlich ergriff sie das Wort. »Kenne ich Sie?«

Es war keine Floskel, sondern eine ernsthafte Frage. Erkannte sie mich wieder?

»Ich bin mir nicht sicher. Deswegen bin ich hier, um es herauszufinden.« Ich lächelte freundlich, aber sie erwiderte die Geste nicht. »Ich habe eine Weile in der Kommune gelebt …«

Sie versteifte sich am ganzen Körper und stopfte die Hand, die sie nach einem der Hunde ausgestreckt hatte, wieder zurück in die Tasche. Ein Zeichen von Nervosität? Als sie meinen Blick bemerkte, wandte sie sich ab, sagte schroff: »Ich muss die Eier einsammeln«, und ging auf ein kleines Kabuff auf der Rückseite des Hauses zu.

Sie hatte mir nicht gesagt, ich solle verschwinden, also folgte ich ihr. Links entdeckte ich einen Stall mit einem Gehege, in dem zwei Pferde geräuschvoll Heu mampften. Ihre schweren Leiber schwankten hin und her, der Atem bildete kleine Dampfwolken in der Luft. Der Pferdegeruch stieg mir in die Nase, und ich fühlte mich unvermittelt zu ihnen hingezogen. Am liebsten hätte ich mit der Hand durch ihre dicken Mähnen gestrichen, die moschusartige Wärme ihrer

Hälse eingeatmet. Doch dann nahm ich einen weiteren vertrauten Geruch aus dem Stall wahr, nach altem Dung, fauligem Futter und feuchter Erde. Mir wurde übel davon, aber ich begriff nicht, warum. Immer noch erstaunt über diese körperliche Reaktion, eilte ich Mary nach. »Haben Sie früher ebenfalls in der Kommune gelebt?«

Erneut sah sie mich an, ohne langsamer zu werden, dann schaute sie zum Himmel und sagte: »Er sieht immer zu.« Ihre Worte warfen mich aus der Bahn. Der unheimliche Klang, die Art und Weise, wie sie beim Hochschauen den Kopf neigte, kam mir vertraut vor. Mitten in der Bewegung blieb ich wie angewurzelt stehen. Erinnerungen schoben sich über ihr Gesicht – und ich erkannte sie.

»Cedar, dein Name ist Cedar.« Sie war eine ergebene Anhängerin gewesen, hatte immer am Lagerfeuer gesungen und mit Aaron meditiert. Und noch etwas schien sich im hintersten Winkel meines Unterbewusstseins festzuklammern, drehte mir den Magen um und ließ mein Herz warnend hämmern.

Böse, etwas Böses.

Sie blieb stehen, drehte sich um und machte einen Schritt auf mich zu. Ich wich zurück, erwischte einen Stein mit dem Absatz und geriet ins Stolpern.

Zornig sah sie mich an. »*Damals* war ich Cedar. Mein Name ist Mary.«

Sie drehte sich erneut um und ging weiter zum Hühnergehege, wo sie vor der Tür einen Korb ergriff. Ich folgte ihr zögernd, würgte bei dem intensiven Geruch von Hühnerdung und Federstaub, während sie die Eier unter den brütenden Hennen hervorzog und mir dabei den Rücken zuwandte.

Über das schrille Gackern hinweg sagte sie: »Ich war jung

und dumm. Wir glaubten tatsächlich, wir würden die Welt verändern.« Sie lachte. »Gar nichts haben wir verändert. Wir waren nur high und haben wie die Verrückten gevögelt.« Sie lachte erneut, auf eine heisere, amüsierte Art, so dass ich mich ein wenig entspannte. Die Schroffheit dieser Frau gefiel mir, sie wirkte aufrichtig und glaubwürdig auf mich. Was sie zu sagen hatte, würde mich vielleicht verletzen, aber sie würde die Dinge beim Namen nennen. Ich sollte recht behalten, denn kurz darauf drehte sie sich zu mir um und sagte: »Deine Mutter war wunderschön – du siehst genauso aus wie sie.«

Ich versuchte, mir nichts anmerken zu lassen. »Du erinnerst dich an meine Mutter?«

»Kate. Eine nette Frau, aber ein wenig …« Sie tippte sich an den Kopf. Ich war hin- und hergerissen zwischen dem Wunsch, meine Mutter zu verteidigen, und dem Wissen, dass sie recht hatte. Ich beschloss, den Mund zu halten, aber mein Blick musste mich verraten haben, denn Mary sagte: »Versteh mich nicht falsch. Ich mochte sie. Aber es muss hart gewesen sein, mit einer Mutter aufzuwachsen, die die meiste Zeit völlig abgedreht war.« Sie taxierte mich erneut und sah mir direkt in die Augen, als versuchte sie, in mein Leben zu blicken und herauszufinden, was aus mir geworden ist. »Die Kommune war kein guter Ort für Kinder.«

Ich ergriff die Gelegenheit beim Schopfe. »Genau darüber hatte ich gehofft, mit dir sprechen zu können. Hast du noch etwas von Aaron oder Joseph gehört, nachdem sie gegangen sind?« Ich formulierte meine Frage mit Bedacht, für den Fall, dass sie noch mit irgendjemandem in Verbindung stand.

Sie schüttelte heftig den Kopf. »Nein. Die Zeiten sind vorbei.«

»Du weißt also nichts über das Zentrum in Victoria?«

Ein weiteres rasches Kopfschütteln.

Ich erzählte ihr alles, was ich über die Kommune wusste, während sie weiter Eier einsammelte. Schließlich sagte ich: »Ich bin mir nicht sicher, wo Joseph heute ist oder ob er überhaupt noch lebt, aber ich glaube, dass Aaron junge Mädchen sexuell missbraucht.«

Stirnrunzelnd drehte sie sich um. »Wie kommst du darauf?«

»Es gab ein paar Fälle, die nicht weiter verfolgt wurden, aber ich habe guten Grund anzunehmen, dass die Vorwürfe der Wahrheit entsprechen.« Sie fragte nicht weiter nach, sondern widmete sich wieder ihrer Aufgabe, also hakte ich nach: »Erinnerst du dich daran, dass Aaron jungen Mädchen gegenüber jemals zudringlich geworden wäre?«

Sie sah mich erneut an, die Hand immer noch unter einer Henne, die nach dem nackten Arm vor sich pickte. Mary zuckte nicht einmal zusammen.

»An so etwas kann ich mich nicht erinnern«, sagte sie. »Aber ich war damals erst zwanzig. Bin von meinen reichen Eltern weggelaufen, weil ich glaubte, ich hätte es so schwer.« Noch ein Lachen, das unvermittelt abbrach, als ein verbitterter Ausdruck über ihr Gesicht zog, als müsste sie gerade an etwas Schmerzhaftes denken. Ihr Tonfall änderte sich, die Stimme wurde tiefer. »Falls du vorhast, mit den Leuten über sie zu reden, solltest du besser vorsichtig sein.«

»Was, fürchtest du, könnte passieren?«

»Solche Leute mögen es gar nicht, wenn man die Dinge nicht so sieht wie sie selbst.«

Sie wusste also ebenfalls, dass Aaron noch eine andere Seite hatte. Ich fragte mich, was ihr wohl in der Kommune passiert sein mochte.

»Glaubst du, dass sie dem nachgehen, wenn jemand über sie redet?«

Mary antwortete nicht sofort, doch schließlich nickte sie stumm.

Hatte sie Angst vor einem Rechtsstreit? Oder fürchtete sie, die Mitglieder der Kommune könnten zu anderen Mitteln greifen, um potentielle Zeugen zum Schweigen zu bringen? Auf gar keinen Fall wollte ich, dass sie Angst hatte, mit mir zu sprechen.

»Ich kann verstehen, dass du dir vielleicht Sorgen machst, aber ich glaube nicht, dass er es riskieren würde, Aufmerksamkeit auf sich zu ziehen – nicht im Moment.« Ich erzählte ihr von meinem eigenen Missbrauch und dass ich Anzeige erstattet hatte.

»Tut mir leid, dass er mit dir rumgemacht hat«, sagte sie, »aber das überrascht mich nicht. In der Kommune ging es fast nur um Sex und Drogen. Die Leute redeten sich ein, dass es okay ist, was sie tun, solange sie es im Namen von Love and Peace tun.«

»Ich glaube nicht, dass er jemals damit aufgehört hat, sondern sich nur immer neue Opfer sucht. Wir werden vielleicht niemals erfahren, wie viele Leben er im Laufe der Jahre zerstört hat.« Ich schwieg einen Moment. »Da war ein Mädchen, Willow. Ich versuche herauszufinden, was mit ihr passiert ist.«

»Willow? Ich dachte, sie wäre weggegangen?« Mary sah mich stirnrunzelnd an.

»Ja, aber ich wüsste gerne, was aus ihr geworden ist. Ich würde sie gerne einmal wiedersehen.« Ich behielt sie im Blick, um jede Änderung ihres Gesichtsausdrucks mitzubekommen.

Ihre Augen wurden schmal, als versuchte sie zu ergründen, worauf ich hinauswollte. Sie zog ihre Hand unter der Henne hervor und rieb sich die Stirn.

Ich sah auf ihre Hand. In diesem Moment stellte ich fest, dass ihr ein Finger fehlte. Sie folgte meinem Blick und riss die Hand zurück, ballte sie zur Faust und hielt sie schützend vor ihren Bauch.

Es war zu spät. Die Erinnerung überwältigte mich.

Es ist Nacht, nicht lange nach Willows Weggang. Ich bin wach und überlege, ob ich davonlaufen und sie suchen soll. Ich schleiche zur Tür hinaus und krieche im Schatten weiter, bis ich laute Stimmen höre. Joseph kniet hinter einer ebenfalls knienden, blonden Frau. Sie ist geknebelt, ihre Hand auf dem Hackblock festgebunden. Joseph hält eine Machete in der Hand. Man hört einen erstickten Schluchzer. Die Frau versucht, sich zu befreien, aber Joseph hält sie fest.

Aaron steht daneben und macht ein erschrockenes Gesicht. Ich kann nicht verstehen, was er sagt, aber er redet auf Joseph ein und streckt die Hand aus, als versuche er, seinen Bruder zu bewegen, ihm die Machete auszuhändigen. Joseph zögert, doch dann blickt er zum Himmel empor. Er sagte etwas in die Luft. Dann blitzt Metall auf, als Joseph die Machete anhebt und mit einem dumpfen Geräusch niedersausen lässt. Ich schlage mir rasch die Hand vor den Mund, um nicht zu schreien, doch ein Stöhnen entweicht trotzdem. Aaron, der seinem Bruder endlich die Machete aus der Hand nimmt, während die Frau schluchzend zu ihren Füßen zusammensackt, hört es. Er kommt langsam auf mich zu, während ich mich in den Schatten zusammenkauere, doch das erstickte Weinen der Frau wird lauter, und er dreht sich um und flüsterte Joseph zu: »Bring sie zum Schweigen.«

Ich ducke mich tief und krieche in die Hütte zurück.

Am nächsten Morgen sehe ich am Lagerfeuer die Kampfspuren auf dem Boden, die dunklen Blutflecken. Bei unserer Frühstücksmeditation sitzt Cedar ganz allein. Sie spricht mit niemandem, ihre Hand ist in einem riesigen Verband verschwunden.

Meine Mutter flüstert: »Aaron sagt, sie sei mit der Hand in einen Pflug geraten, obwohl er sie gewarnt hat, vorsichtig zu sein. Jetzt hat sie beschlossen, eine Schweigemeditation zu machen und über ihre Entscheidung nachzudenken, damit sie aus ihrem Fehler lernen kann.«

Ich blicke erneut zu der Frau hinüber. Unsere Blicke treffen sich. Und halb verborgen in ihrem erkenne ich: Sie bereut nicht. Sie ist wütend.

Jetzt, Jahre später, sah ich denselben Ausdruck in Marys Blick. Ich sagte: »Joseph hat dir das angetan. Jetzt weiß ich es wieder. Aber ich weiß nicht, warum.«

Sie sagte nichts, sondern wandte sich nur ab und dem nächsten Huhn zu. »Du musst große Angst gehabt haben.«

Sie verharrte einen Moment, betrachtete die Eier in ihrem Korb, den sie mit der gesunden Hand festhielt. Woran dachte sie gerade? Schließlich sagte sie schroff und zornig: »Am Ende des Sommers wollte ich die Kommune verlassen. Eine Cousine von mir lebte in Kalifornien, und ich dachte, es würde bestimmt Spaß machen, sie da zu besuchen. Ich hatte es Aaron an jenem Abend erzählt, nachdem alle im Bett waren, aber Joseph hat uns gehört …«

»Joseph hat dir den Finger abgeschnitten, weil du weggehen wolltest?«

Sie nickte knapp. Ihre Halssehnen traten deutlich hervor. »Er sagte, er habe eine Vision gehabt. Mein Finger sei eine Schlange voller Gift, die meine Gedanken vergiftet.«

»Warum bist du nicht gegangen, nachdem er dich verletzt hat?«

»Aaron ... er sagte, er brauche mich, dass wir jetzt eine Familie seien, und Familienangehörige verließen einander nicht.« Sie sah nachdenklich in den Korb. »Manchmal denke ich immer noch daran, wie schön er war, wenn er lächelte. Er konnte einen dazu bringen, *alles* zu glauben. Es war, als wäre ich die ganze Zeit über high gewesen, von allem, was er uns gab – der Meditation, dem Gras, dem Singen und Chanten, den Spaziergängen, all dem Sex und der Liebe ... Es war, als würde man in einem Traum leben.«

»Warum bist du dann doch gegangen?«

»Nach Finns Tod war die Polizei auf uns aufmerksam geworden. Aaron gefiel das nicht. Als sie umzogen, schlug ich ihm vor, ich könnte hierbleiben und die Lage im Auge behalten. Dann hat er mich vergessen. Ich war nur eine unter vielen von seinen ganzen Frauen.« Keinerlei Verbitterung schwang in den Worten mit, sie klang ganz sachlich, vielleicht sogar eine Spur erleichtert.

»Hast du seitdem etwas von ihm gehört?«

»Nein, und so soll es auch bleiben.« Dieses Mal lag eine deutliche Warnung in ihrer Stimme. »Diese Zeit meines Lebens möchte ich lieber vergessen.«

»Das kann ich verstehen. Mir geht es genauso, aber ich hatte kürzlich eine Patientin ...« Ohne irgendwelche Einzelheiten über Heather preiszugeben, erklärte ich, was mich dazu veranlasst hatte, mich mit der Vergangenheit zu beschäftigen. »Es gibt immer junge Frauen in der Kommune, und ich befürchte, dass er so lange Leben ruinieren wird, bis wir einen Weg finden, ihn aufzuhalten.«

Sie sagte nichts, aber soweit ich ihr Gesicht erkennen konnte, als sie die letzten Eier einsammelte, wirkte es nachdenklich. Wie mochte ihr Leben verlaufen sein, seit sie die Kommune verlassen hatte?

»Hast du Kinder?«, fragte ich.

Sie schob die Hand unter eine Henne, die protestierend gackerte. »Ich habe einen Sohn.« Sie sagte es abwehrend – zweifellos sorgte sie sich, was ich mit dieser Information anfangen würde, aber ich hörte auch ihren Stolz heraus. Sie liebte ihren Sohn.

»Siehst du ihn oft?«

»Er reist viel herum, aber wir bleiben in Verbindung. Es gefällt ihm nicht, dass ich ganz allein hier draußen lebe. Aber so lebe ich seit mehr als vierzig Jahren – ich habe ihm gesagt, wenn irgendwann nur noch meine Leiche übrig ist, soll er mich im Misthaufen begraben.« Sie feixte.

»Das ist nett, dass er sich um dich sorgt. Ich habe eine Tochter, aber wir stehen uns nicht besonders nahe.« Ich hörte den krächzenden Unterton in meiner Stimme.

Mary hörte es auch und sah mich fragend an.

»Sie lebt in Victoria auf der Straße«, erklärte ich. »Ich mache mir Sorgen um sie.« Das war eine Untertreibung, aber mehr bekam ich bei dem plötzlichen Engegefühl in meiner Kehle nicht heraus.

»Die einzige Zeit, in der wir die Kontrolle über unsere Babys haben, ist die Zeit, wenn sie in unserem Bauch sind.« Sie sah mich verständnisvoll an. Zwei Mütter, die ihre Kinder vermissten.

»Das ist einer der Gründe, warum ich mir solche Sorgen wegen des Zentrums mache. Aaron nimmt Mädchen wie sie und nutzt ihre Gefühle aus. Ich muss die ganze Zeit an die Mütter denken und dass niemand ahnt, wie er wirklich ist oder zu was er in der Lage ist. Wie gesagt, ich kann deine Besorgnis sehr gut verstehen, aber wenn du der Polizei von deinem Finger erzählst, nehmen sie die Ermittlungen vielleicht etwas ernster.«

Schweigend ließ sie ein Ei mit seiner zerbrechlichen Schale zwischen ihren rauen Fingern kreisen. »Ich werde darüber nachdenken.«

Mein Bauch sagte mir, dass sie keine Sekunde daran dachte, mit der Polizei zu reden, aber ich wollte sie nicht drängen. Die Wahrheit war, dass es nach so langer Zeit schwierig sein würde, einem Fall von Körperverletzung nachzugehen, und ich konnte es ihr nicht verübeln, dass sie sich dem nicht aussetzen wollte.

Ehe ich ging, schenkte sie mir netterweise einen Karton Eier. Vorsichtig fuhr ich von ihrem Hof und wich dabei den Schlaglöchern aus, bis ich wieder auf der Asphaltstraße war. Ich dachte immer noch über Mary nach, als mir bewusst wurde, dass ich mich genau an der Stelle befand, an der meine Mutter verunglückt war. Ich hielt an und betrachtete den Baum, der sie das Leben gekostet hatte. Er war größer geworden, doch die Narbe war immer noch zu sehen.

Auf dem Rückweg nach Victoria fuhr ich bei Robbie vorbei, um ihn nach Willow zu fragen und ob er wusste, dass Mary ganz in der Nähe lebte, aber sein Truck war nicht da, und das Haus war dunkel.

22. Kapitel

Auf dem Weg ins Krankenhaus hielt ich beim Bio-Café an der Ecke an, um mir meinen üblichen grünen Tee zu holen. Als ich mich zum Gehen wandte, den Pappbecher in der Hand, fiel mein Blick plötzlich auf Daniel. Es war Montagmorgen, doch er saß allein in der Ecke, den Rücken zur Wand, und las Zeitung. Als er meinen Blick auf sich spürte, schaute er auf und winkte mich mit einem schwachen Lächeln zu sich.

Ich sagte: »Guten Morgen.« Ich freute mich, ihn zu sehen. Ich hatte über ihn nachgedacht und mich gefragt, wie es ihm wohl ging. »Ich wusste gar nicht, dass Sie in diesem Teil der Stadt wohnen.«

»Tue ich auch nicht.« Er deutete mit einem Kopfnicken in Richtung Krankenhaus. »Ich musste ein paar Verzichtserklärungen unterschreiben.«

Er mochte zwar das Krankenhaus von jeglicher Verantwortung für Heathers Tod entbunden haben, doch ich wünschte trotzdem, wir hätten ihr helfen können. Daniel sah aus, als könnte er selbst Hilfe gebrauchen. Seit der Beerdigung hatte er abgenommen, er war blass, hatte dunkle Ringe unter den Augen und sich offenkundig seit Tagen nicht mehr rasiert.

»Wie geht es Ihnen, Daniel? Kommen Sie zurecht?«

Er zuckte die Achseln, eine traurige, niedergeschlagene Geste.

Ich zeigte auf den Stuhl ihm gegenüber. »Möchten Sie eine Weile reden?« Er war nicht mein Patient, und es wäre auch nicht richtig, wenn ich ihn behandelte, aber es kam mir falsch vor, jetzt einfach zu gehen, ohne ihm Trost anzubieten.

»Bitte.« Er wirkte verstört, wie ich es bei Trauernden in den ersten Wochen nach dem Tod eines geliebten Menschen schon oft gesehen hatte. Wenn jemand starb, mussten sich die Angehörigen zunächst um alles Mögliche kümmern, andere Menschen mussten benachrichtigt, die Beerdigung geplant werden. Man war pausenlos beschäftigt.

Doch irgendwann gab es keine Ablenkung mehr, nur noch Stille und das Gefühl des Verlusts.

Sobald ich saß, sagte er: »Ich habe wieder angefangen zu arbeiten, und ich zwinge mich, laufen zu gehen, aber ich vermisse Heather so sehr ... Ich habe es noch nicht geschafft, irgendetwas von ihren Sachen zusammenzupacken.«

Ich dachte an Paul und dass es Monate gedauert hatte, bis ich es schaffte, seine Kleider wegzugeben. Jahrelang noch hatte ich in seinen Pyjamas geschlafen.

Daniel schüttelte den Kopf. »Ich sollte Sie nicht mit solchen Dingen belästigen. Wahrscheinlich müssen Sie zur Visite oder so etwas.«

»Das ist schon in Ordnung. Aber ich schlage vor, dass Sie sich jemanden zum Reden suchen, wenn es Ihnen schlechtgeht. Wie wäre es mit einer Trauergruppe? Es gibt eine, die sich in der Klinik trifft. Ich könnte Ihnen die Kontaktdaten mailen.«

»Nein, ich mache nur noch den laufenden Job zu Ende, dann kehre ich ins Zentrum zurück.«

Es leuchtete ein, dass Daniel sich Trost von etwas Vertrautem erhoffte, trotzdem war ich alarmiert, als ich von dem Plan hörte.

»Sie erinnern sich, dass Sie im Zentrum glücklich waren«, sagte ich, »also glauben Sie, dass es Ihnen helfen wird, dem Schmerz zu entgehen, wenn Sie dorthin zurückkehren. Leider gibt es keine Abkürzungen bei dieser Art von Verlust. Ich möchte nicht, dass Sie das für den Rest Ihres Lebens mit sich herumschleppen. Es ist schwierig, echtes Glück zu finden, wenn Sie Ihre Trauer nicht verarbeitet haben.«

»Dort hat irgendwie alles einen Sinn ergeben, aber hier draußen …« Er schüttelte den Kopf. »Da drin hatte ich eine Aufgabe. Ich habe Menschen geholfen.«

»Daniel, ich verstehe, dass Sie im Moment nach Antworten suchen und dass Sie leiden. Aber manchmal versuchen Menschen in Trauer den Verlust zu ersetzen, ohne ihre Gefühle zu verarbeiten …«

»Ich versuche nicht, Heather zu ersetzen. Es ist nur so, dass ich hier draußen nichts habe. Aber im Zentrum habe ich Freunde, Menschen, die sich um mich sorgen und die möchten, dass ich zurückkomme.«

»Was die von Ihnen wollen und was Sie möglicherweise brauchen, können zwei ganz verschiedene Dinge sein. Ich weiß, dass Sie viel für die Kommune gearbeitet haben und …«

»Das ist nicht der Grund, weshalb sie möchten, dass ich zurückkomme.« Er runzelte die Stirn. »Warum hassen Sie das Zentrum so sehr?«

Ich überlegte, was ich am besten darauf antworten sollte. »Ich hasse das Zentrum nicht, Daniel. Ich mache mir nur Sorgen, dass Aarons Überzeugungen zwar im spirituellen Gewand daherkommen, aber in Wirklichkeit nur ihm selbst nützen und Ihnen und anderen nur noch mehr Kummer bereiten könnten.«

»Wie meinen Sie das?« Er setzte seine Tasse ab.

Es war nicht der beste Zeitpunkt, ein Thema anzusprechen, das ihn verärgern und mich aufwühlen könnte, aber ich fand, dass er die Wahrheit erfahren sollte. Ich nahm einen Schluck von meinem Tee, um mich zu stärken. »Dieses Zentrum und Aaron sind nicht das, wofür Sie es halten. Früher …« Ich zögerte, wie ich es formulieren sollte. »Er hat ein junges Mädchen sexuell missbraucht. Möglicherweise gibt es noch weitere Opfer.«

»Das ist unmöglich.« Er sah mich schockiert und wütend an. »So etwas würde Aaron niemals tun.«

»Es ist wahr. Ich wünschte, es wäre anders, aber es stimmt.«

»Und warum haben wir dann nie etwas davon gehört? Er ist niemals verhaftet worden. Für mich hört sich das nach einer Lüge an.« Er schüttelte den Kopf. »Es kann nicht wahr sein.«

»Es wurde Anzeige gegen ihn bei der Polizei erstattet.« Er war Aaron gegenüber immer noch sehr loyal. In seiner Trauer konnte er womöglich keinen weiteren Verlust verkraften.

Verwirrt zog er die Brauen zusammen, als er versuchte, die Neuigkeit zu verdauen. »Haben die ihn verhaftet?«

»Noch nicht, es gibt noch nicht genügend Beweise, aber ich habe mit ein paar Leuten in Shawnigan gesprochen.« Ich nannte ihm die wichtigsten Fakten, über die Mädchen, die ihre Aussage zurückgezogen hatten, und über Mary, ohne jedoch Willow zu erwähnen. »Ich bin überzeugt, dass noch mehr zutage kommen wird.«

»Wurde in irgendeinem der Fälle Anklage gegen ihn erhoben?«

»Nein, bis jetzt noch nicht.«

Seine Miene war ernst. »Es *könnten* also Lügen sein.«

Als ich ihn über den Tisch hinweg musterte, wurde mir klar, dass viele Menschen so reagieren würden. *Doch nicht Aaron, so etwas würde er nie tun. Das könnte er gar nicht.* Aber ich wusste, dass er es getan hatte. Ich überlegte, ihm von meinen Erfahrungen zu erzählen, aber es schien mir nicht richtig zu sein, nicht bei unserer Geschichte und seiner Verbindung zur Kommune.

»Das bezweifle ich, Daniel. Ich weiß mit Sicherheit, dass er mindestens ein junges Mädchen missbraucht hat.« Ich hielt seinem Blick stand.

Er lehnte sich auf seinem Stuhl zurück und schob seine Tasse vor, als wollte er meine Worte abblocken. »Unmöglich. Das glaube ich nicht.«

Er *wollte* es nicht glauben. Ich lehnte mich ebenfalls zurück. Mit einem Mal fühlte ich mich ungeheuer müde. Seit ich letzte Woche den grünen Truck vor meinem Haus gesehen hatte, wachte ich nachts mehrere Male auf, lauschte bei jedem Fahrzeug, das vorbeifuhr, und hielt den Atem an, bis es verschwunden war. Gestern Abend hatte ich zwei weitere Anrufe von einer unbekannten Nummer erhalten, und jedes Mal war aufgelegt worden, sobald ich abnahm. Für den Fall, dass es etwas mit dem Überfall auf mich in Nanaimo zu tun hatte, hatte ich mit der Polizei dort gesprochen, aber sie hatten keine neuen Spuren. Sie sagten mir, dass ich die Anrufe markieren könnte, in dem ich gleich im Anschluss die *57 drückte, dann würde mein Telefonprovider ihnen die Verbindungsdaten zur Verfügung stellen. Doch sie konnten nur etwas unternehmen, wenn der Anrufer mich verbal belästigte. Solange er wieder auflegte, ohne etwas zu sagen, konnten sie nichts machen.

»Es gab einen Grund, warum Sie das Zentrum verlassen haben«, sagte ich behutsam. »Ich glaube, wenn Sie wirklich hätten bleiben wollen, hätten Sie einen Weg gefunden, Heather zu überzeugen. Sind Ihnen möglicherweise selbst Zweifel gekommen über einige der Methoden und Vorstellungen des Zentrums?«

Daniel zuckte zusammen und verzog das Gesicht, während er mit seinen Gefühlen rang.

»Daniel, ich weiß, dass Sie leiden und dass Sie Teil von etwas sein möchten, das Ihrem Leben einen Sinn verleiht, das *allem* einen Sinn verleiht, aber das Zentrum ist es nicht.«

Noch ehe ich den Satz beendet hatte, schüttelte er bereits den Kopf und weigerte sich, mir oder den Zweifeln zuzuhören, die sich in seine Gedanken schlichen.

»Sie verstehen nicht. Der ganze Sinn besteht darin, der Methode zu vertrauen und daran zu glauben, dass man auf dem Weg zur Erleuchtung ist.« Er stand auf, doch ehe er ging, blieb er neben meinem Stuhl stehen. Ohne mich anzuschauen, sagte er: »Ich gehe zurück.«

Am nächsten Abend suchte ich nach der Arbeit erneut nach Lisa. Als eine obdachlose Frau mir von einem leerstehenden Haus downtown erzählte, in dem sie möglicherweise wohnte, schöpfte ich neuen Mut, doch als ich dorthin kam, war das Haus verlassen. Ich überlegte, ob ich versuchen sollte, den Laden der Kommune zu finden, aber ich brauchte eine Pause vom ständigen Nachdenken über diesen Ort. Als ich in einem Schaufenster einen blauen Angoraschal entdeckte, der wunderbar zu Lisas Augen passen würde, blieb ich stehen. Ich betrat den Laden, berührte die weiche Wolle und wünschte, ich könnte ihn ihr zum Geburtstag am nächsten Wochenende kaufen. Aber vermutlich würde man ihn ihr auf der Straße stehlen, wenn sie ihn nicht vorher verkaufte. Ich öffnete ein Fläschchen Parfüm, inhalierte das waldige

Aroma und dachte daran, wie aufgeregt sie gewesen war, als ich ihr zum ersten Mal ein Parfümset schenkte. Mochte sie immer noch süße Düfte oder gefiel ihr mittlerweile eher etwas Herberes?

Während ich in dem Laden herumstöberte, schwelgte ich in Erinnerungen daran, wie ich aus jedem Geburtstag ein Fest zu machen versuchte, als sie noch kleiner war. Ich backte besondere Kuchen, schmückte das Haus von oben bis unten und sang aus vollem Hals Ständchen für sie. Dabei fiel mir ein, dass wir in der Kommune keinen einzigen Geburtstag gefeiert hatten – Aaron sagte, wir seien alterslos. Unvermittelt empfand ich eine heftige Wut auf meine Eltern, über die Entscheidungen, die sie getroffen haben, weil sie uns im Stich gelassen hatten. Dann fragte ich mich, ob Lisa wohl ebenso empfand. Wofür gab sie mir die Schuld? Für ihre Drogenabhängigkeit? Den Tod ihres Vaters?

Als ich schon halb draußen war, entdeckte ich einen Stoffhund, einen Husky, der ein wenig wie Chinook aussah. Lisa war längst zu alt für Kuscheltiere, doch ich kaufte ihn trotzdem.

Am nächsten Morgen rief Steve Phillips im Krankenhaus an. Als ich ihn zurückrief, drückte ich ständig die falschen Tasten und musste ein paarmal von vorne anfangen. Vor lauter Hoffen und Bangen, was ich wohl erfahren würde, war ich ganz aufgeregt.

»Ich habe die Namen für Sie«, sagte er.

»Das ging ja schnell. Ich weiß Ihre Mühe sehr zu schätzen.«

»Mein Freund hofft schon lange auf einen Durchbruch in diesem Fall. Die Mädchen heißen Tammy und Nicole Gelsinki. Er hat mit Tammy gesprochen. Sie lebt in Victoria und ist bereit, sich mit Ihnen zu unterhalten, aber sie ist ziemlich nervös. Haben Sie was zu schreiben?«

Ich notierte mir Tammys Nummer, während er mir berichtete, was Mark ihr über mich erzählt hatte und dass Tammy nicht verraten hatte, wo Nicole lebte. Ob es ihr leichter fallen würde, mit mir anstelle der Polizei zu reden?

Als er fertig war, sagte ich: »Sind Sie mal draußen bei der Kommune gewesen?«

»Klar, und ich habe mich mal umgesehen.« Mein Magen zog sich zusammen, als ich an meinen letzten Besuch dort dachte. »Aber an der Stelle, die Sie beschrieben hatten, war mit bloßem Auge nichts zu erkennen. Wir bräuchten einen Spürhund, der dort mal ein bisschen rumschnüffelt.«

Das Wort »Spürhund« traf mich hart. Ich brauchte ein paar Sekunden, um mich wieder zu sammeln. »Die Polizei wird sich die Sache wohl nicht näher ansehen, oder?«

»Wenn Sie mir mehr Informationen beschaffen, könnte ich vielleicht noch den einen oder anderen Gefallen einfordern. Geben Sie mir Bescheid, was Sie herausfinden.« Die letzten Worte klangen schroff, immer noch ganz der Sergeant.

»Ich werde mir Mühe geben.«

»Seien Sie vorsichtig.«

Meine Nerven vibrierten, als ich an das Dröhnen des Trucks dachte, der vor meinem Haus langsamer wurde und dann wieder Gas gab. »Denken Sie da an etwas Bestimmtes?«

»Achten Sie nur darauf, dass jeder, mit dem Sie über die Kommune reden, Ihnen mehr erzählt als umgekehrt. Wenn Ihre Gesprächspartner noch Kontakt zu den Leuten haben, wollen Sie bestimmt nicht, dass Aaron davon erfährt.«

»Er weiß bereits, dass ich Anzeige erstattet habe.«

»Im Moment weiß er, dass Sie damit nichts erreicht haben, aber wenn er herausfindet, dass Sie mit ehemaligen Mitgliedern reden und Sie ihm zu nahe kommen, könnte er abhauen. Ihm gehören ähnliche Zentren in der ganzen Welt, was bedeutet, dass bei ihm Fluchtgefahr besteht.«

»In Ordnung. Ich werde daran denken.«

»Und erzählen Sie ihr auch nichts von Willow – das würde ich bis auf weiteres gerne noch unter Verschluss halten. Lassen Sie uns abwarten, was für Informationen Tammy von allein herausrücken wird.«

Seine Argumente klangen vernünftig, also sagte ich: »Verstanden.« Doch als ich auflegte, hörte ich Willows Stimme in meinem Kopf. *Wenn es irgendetwas gibt, über das du reden möchtest* ... Ich versuchte, mich an diesen Moment zurückzuerinnern und rätselte, warum diese Worte mich verfolgten. Dann wurde mir klar, dass ich ihr erzählen wollte, was Aaron getan hatte, aber zu große Angst gehabt hatte. Wie hätten sich die Dinge wohl entwickelt, wenn ich damals geredet hätte?

Nachdem ich meine Visite beendet hatte, rief ich die Nummer an, die Steve mir gegeben hatte, und wurde von einer freundlichen Frauenstimme begrüßt. »Hallo?«

»Hallo, mein Name ist Nadine Lavoie, und ich hatte gehofft ...« Ich brach ab, als ich ein lautes Krachen im Hintergrund hörte, gefolgt vom Weinen eines Kindes.

»Herrje, bitte bleiben Sie kurz dran.« Es schepperte, als sie das Telefon ablegte, dann hörte ich beschwichtigende Laute. Sie kam zurück. »Tut mir leid. Mein Kleiner ist gerade hingefallen.«

»Ich hoffe, er hat sich nichts getan?«

»Ihm geht's gut.« Sie sprach schnell und wartete offensichtlich darauf, dass ich endlich zur Sache käme. Eine gestresste Mutter.

»Ich hatte gehofft, Sie in einer persönlichen Angelegenheit sprechen zu können.«

Ihre Stimme wurde wachsam. »Wer sind Sie?«

»Ich glaube, die Polizei hat Ihnen gesagt, dass ich möglicherweise anrufe. Ich bin Psychiaterin in Victoria, und ich stelle gerade Nachforschungen über etwas an, das geschehen ist, als ich ein Kind war …«

»Ach ja.« Sie klang eher neugierig.

Steves Freund hatte ihr bereits erzählt, dass ich in der Kommune gelebt hatte und nun versuchte, ehemalige Mitglieder zu finden, doch solange wir uns nicht persönlich gegenübersaßen, wollte ich keine weiteren Einzelheiten preisgeben. »Ich hatte gehofft, persönlich mit Ihnen sprechen zu können.«

Sie schwieg, und das Baby begann, im Hintergrund zu quengeln. »Ich weiß nicht recht. Mein Mann ist gerade nicht da …« Die Nervosität und Unsicherheit waren ihr deutlich anzumerken, aber da war auch noch etwas anderes. Sie hatte ihre Nummer herausgegeben, also wollte sie offensichtlich reden. Vielleicht war es ihr unangenehm, sich in der Öffentlichkeit zu treffen.

»Ich könnte zu Ihnen nach Hause kommen.«

»Gibt es eine Möglichkeit, dass ich mich, na ja, absichern kann, wer Sie sind?« Die Bitte schien sie verlegen zu machen.

»Natürlich.« Ich gab ihr meine Nummer und bat sie, mich im Krankenhaus zurückzurufen. Aber sie tat es nicht. Nach zehn Minuten fragte ich mich allmählich, ob der Mut sie verlassen hatte. Ich war kurz davor, aufzugeben und zu meinem nächsten Termin zu gehen, als das Telefon klingelte.

»Tut mir leid, dass Sie warten mussten. Mein Sohn brauchte seine Flasche. Können Sie heute Abend vorbeikommen? Mein Mann ist mittwochs immer beim Eishockeytraining.«

Interessant, dass sie erwähnte, dass ihr Mann am Abend nicht zu Hause sein würde. Wie viel wusste er von ihrem früheren Leben? »Selbstverständlich.«

Ich notierte ihre Adresse und legte auf. Ich ermahnte mich, dass sie ihre Aussage damals widerrufen hatte und dass dies ein sensibles Thema war, aufgeladen mit Schamgefühlen, denen ins Gesicht zu blicken sie vielleicht noch nicht bereit war. Aber ich hoffte, dass sie mich trotzdem an ihrer Geschichte teilhaben lassen würde.

Ich hatte immer noch mit den Erinnerungen an meinen eigenen Missbrauch zu kämpfen. Plötzlich betrachtete ich mein Leben mit ganz anderen Augen und hinterfragte alles. Da war zum Beispiel mein Unbehagen, sobald ich mit einem fremden Mann allein war, oder wie lange ich brauchte, um jemandem zu vertrauen. Paul und ich hatten ein Jahr zusammengearbeitet, ehe wir anfingen, zusammen auszugehen. Aus unserer Freundschaft war Liebe geworden, als wir beide eines Nachts in die Klinik schlichen, um nach einem frisch operierten Hund zu sehen. Wir blieben stundenlang in der Klinik und unterhielten uns leise, wobei unsere Hände sich immer wieder zufällig berührten, wenn wir das weiche Fell des schlafenden Tieres streichelten. Selbst danach dauerte es noch eine Weile, ehe ich bereit war, mit Paul zu schlafen.

War ich einfach eine Frau, die sich gern Zeit ließ? Oder war es ein Symptom des Missbrauchs? Alles, was ich für selbstverständlich gehalten hatte, meine Reaktionen, meine Abneigungen, meine Eigenarten, die ich einfach als meine persönlichen Schrullen akzeptiert hatte, war jetzt mit einem riesigen Fragezeichen versehen.

Zum Lunch holte ich mir in der Kantine etwas Suppe und hatte sie gerade auf einen Tisch abgestellt, als ich Kevin mit seinem Tablett in der Schlange entdeckte. Er sah sich in dem belebten Raum nach einem Platz um. Ich fing seinen Blick auf und deutete auf den Stuhl vor mir.

Er ließ sich mit einem Lächeln nieder. »Hier hast du dich also versteckt.«

»Vor dem großen, bösen Wolf?«

»Ich glaube, der macht gerade Therapie bei mir.« Wir lachten beide, und dann sagte er: »Und, wie geht's dir? Ich sehe dich kaum noch.« Erst jetzt fiel mir auf, dass wir uns plötzlich duzten, aber das war völlig in Ordnung.

»Ich hatte viel zu tun, und ich überprüfe gerade ein paar Sachen beim River of Life Center.«

»Ach ja? Zum Beispiel?«

Eigentlich wollte ich weder ihm noch sonst jemandem aus dem Krankenhaus erzählen, was in meinem Privatleben los war, aber er wirkte aufrichtig interessiert, und er hatte mir zuvor schon sehr geholfen. Also erzählte ich ihm, was ich seit meiner ersten Begegnung mit Heather erlebt hatte, wobei ich alles, was meinem Bruder oder Lisa betraf, ausließ. Ich berichtete ihm von den Flashbacks an den Missbrauch durch Aaron und dass ich befürchtete, es könnte weitere Opfer geben. Ich blieb distanziert und versuchte, die Emotionen von den Worten zu trennen.

Während ich sprach, hörte er meistens einfach zu, nur hin und wieder umschrieb er etwas, das ich gesagt hatte, und fragte, ob er mich richtig verstanden hatte. Am Ende lehnte er sich zurück, nahm einen Schluck von seinem Kaffee und musterte mich mit warmherzigem und mitfühlendem Blick.

»Meinst du wirklich, du solltest selbst Nachforschungen anstellen?«, fragte er ernst. »Wäre es nicht klüger, das von jetzt an der Polizei zu überlassen?«

Ich dachte kurz darüber nach. »Das wäre sicher einfacher, aber ich habe Angst, dass der Fall dann zu den Akten gelegt wird. Und dann kann Aaron weiterhin junge Mädchen missbrauchen. Die Polizei hat keine Zeit für solche Puzzlearbeit. Wenn ich genügend Hinweise finde, dass irgendetwas nicht stimmt, kann ich sie besser unter Druck setzen.«

»Aber meinst du denn nicht, es könnte gefährlich werden?«

»Im Moment nicht …« Ich erzählte ihm, was ich schon zu Mary gesagt hatte, dass Aaron keine negative Aufmerksamkeit auf sich ziehen wollen würde. Doch noch während ich redete, dachte ich wieder an diesen grünen Truck, an das Gefühl, beobachtet zu werden, und fragte mich, ob Aaron mich nicht vielleicht tatsächlich überwachen ließ. Ich behielt diesen Gedanken für mich.

Kevin nickte langsam. »Ja, das klingt einleuchtend.« Er schwieg nachdenklich, während er stirnrunzelnd auf einem Bissen von seinem Sandwich herumkaute. »Die Leute, die ich im Zentrum kennengelernt habe, kamen mir ganz anständig vor – ich bin sicher, dass sie keine Ahnung haben, dass Aaron Mädchen sexuell missbraucht oder dass sein Bruder in der Vergangenheit zu Gewalttätigkeit neigte.«

»Das denke ich auch. Es gibt das Zentrum – und es gibt Aaron.«

Er nickte erneut. »Trotzdem wäre es ratsam, aufzupassen, mit wem du darüber redest und was du erzählst.«

Er hatte recht. Ich musste vorsichtiger sein, vor allem,

wenn Aaron mich überwachen ließ. Aber ich konnte jetzt nicht aufhören, nicht jetzt, wo ich endlich vorankam.

»Mach ich. Danke.«

Wir unterhielten uns noch eine Weile über ein neues Beratungsangebot, das er initiiert hatte und das sich an junge Männer richtete, die ihren Job verloren hatten – ein Thema, das ihm aufgrund eigener Erfahrung nicht fremd war. Diese Gemeinsamkeit war ein erster Schritt, um das Vertrauen der Männer zu erlangen. Wir sprachen auch über meinen Patienten, Brandon. Ich fand Kevins Projekt interessant, und es lenkte mich von meinen Grübeleien über die Kommune ab. Wir redeten lange, bis ich nach einem Blick auf die Uhr erschrocken feststellte, dass meine Mittagspause vorbei war. Ein Gedanke, dem prompt ein Gefühl der Enttäuschung folgte.

»Schade. Ich muss zurück an die Arbeit.« Ich stand auf und nahm mein leeres Tablett. »Danke, dass du mir Gesellschaft geleistet hast.«

Kevin wirkte ebenfalls enttäuscht, was mich aus unerklärlichem Grund freute. »Gern geschehen. Wenn du mal wieder ein Ohr brauchst – du weißt, wo du mich findest.«

»Danke. Ich werde daran denken.«

Ich ging den ganzen Weg bis zum Treppenhaus und war bereits auf dem Weg in den ersten Stock, ehe mir einfiel, dass ich meinen nächsten Termin im Erdgeschoss hatte.

23. Kapitel

Nach der Arbeit fuhr ich nach Hause, um rasch einen Happen zu essen. Ich kaute mechanisch, denn mein Magen verkrampfte sich bei der Vorstellung, mit einer Frau zu sprechen, die dasselbe durchgemacht hatte wie ich. Tammy lebte in Fernwood, einem älteren Viertel nahe der Innenstadt und nicht weit von mir entfernt. Als ich an die Hintertür ihres zitronengelben Hauses im viktorianischen Stil klopfte, stellte ich fest, dass die Farbe größtenteils abgeblättert war und die hintere Veranda gerade repariert wurde. Ein älterer Wagen mit zwei platten Reifen stand in der Auffahrt. Tammy öffnete die Tür, ein lächelndes blondes Baby auf dem Arm. Sie selbst war eine gutaussehende Frau mit ungeschminktem, rundlichem Gesicht. Das braune Haar war zu einem zerzausten Pferdeschwanz zurückgebunden, und die feingesprenkelten Sommersprossen verliehen ihr ein jugendliches Aussehen. Doch den Fältchen an den Augenwinkeln nach zu urteilen, war sie wahrscheinlich bereits in den Dreißigern.

Sie sagte: »Kommen Sie herein. Aber das Haus ist ein einziges Chaos.«

»Das ist völlig in Ordnung.«

Ich streifte sorgfältig meine Schuhe ab, ging in die Küche und sagte: »Sie haben ein wunderschönes Haus.«

Sie wandte sich von der Kaffeekanne ab, das Gesicht rosig vor Freude. »Danke. Es wird noch lange dauern, bis wir es so haben, wie wir wollen, aber Sie wissen ja.« Sie hob die Schultern. »Babys haben Vorrang.«

»Es sieht so aus, als hätten Sie bereits einiges geschafft. Wie Sie die Schränke aufgearbeitet haben, gefällt mir.«

»Danke.« Lächelnd folgte sie meinem Blick. »Das habe ich selbst gemacht.«

Sie hatte ihre Sache gut gemacht. Ich stellte mir vor, wie sie sorgfältig jeden Schrank lackiert und die gläsernen Türgriffe angeschraubt hatte, um Stück für Stück ein gemütliches Zuhause für ihre Familie zu schaffen. Mit schmerzlichem Bedauern dachte ich an die Zeit, als ich mit Lisa schwanger war. Kurz vor dem Geburtstermin wurde mein Nestbautrieb so stark, dass ich Paul dazu brachte, fast das ganze Haus neu zu streichen. Lächelnd hatte er mir den Wunsch erfüllt, auch wenn er die ganze Zeit über meine Hormone fluchte.

Tammy setzte ihr Baby in einen Laufstall in der Ecke, schenkte uns einen Kaffee ein und nahm mir gegenüber Platz. Sie musterte mich aufmerksam und hatte den Oberkörper leicht vorgebeugt – ein gutes Zeichen. Sie eröffnete das Gespräch.

»Sie haben also auch in der Kommune gelebt?«

Ich nickte. »Ja, damals Ende der sechziger Jahre, als sie noch in Shawnigan Lake war. Ich hatte gehofft, Sie könnten mir etwas von Ihren Erlebnissen erzählen. Sie haben eine Schwester?«

Sie nagte an ihrer Lippe und schaute kurz zur Tür. Ich folgte ihrem Blick. »Lebt Ihre Schwester hier bei Ihnen?« Vielleicht erwartete sie sie zurück.

»Nein. Sie ist in die Kommune zurückgegangen.«

Ich starrte sie überrascht an. Damit hatte ich nicht gerechnet.

»Ich habe es dem Cop nicht gesagt, weil ich nicht will,

dass er versucht, sie dort drin zu erreichen, und sie deswegen wütend auf mich wird. Sie ruft mich nicht mehr an, weil sie weiß, dass ich möchte, dass sie dort weggeht.«

»Warum wollen Sie, dass sie die Kommune verlässt?«

Jetzt lehnte sie sich auf dem Stuhl zurück und schuf auf diese Weise etwas Distanz zwischen uns. Sie umklammerte den Kaffeebecher mit beiden Händen, während sie mich misstrauisch beäugte.

Ich sagte: »Machen Sie sich wegen Aaron Sorgen?«

»Er ist sehr einflussreich, in der Gemeinde und so, nicht nur im Zentrum. Er ist ziemlich beliebt bei den Leuten.«

Sie stellte mich auf die Probe, um zu sehen, was ich von Aaron hielt.

»Bei manchen Leuten, ja, aber ich gehöre nicht dazu.«

Erneut nagte sie an ihrer Lippe, sah sich um und zog die Schultern hoch, als versuche sie, sich in sich selbst zurückzuziehen. »Er ist nicht der, für den die Leute ihn halten.«

»Nein, das ist er nicht. Sie haben recht.« Ich war erleichtert, mit jemandem zu sprechen, der in Aaron das sah, was er wirklich war – ein Heuchler. Ich holte tief Luft und atmete langsam wieder aus. Mir war nicht bewusst gewesen, wie allein ich mich mit meinen Gedanken und Ängsten gefühlt hatte.

»Wir waren nur wegen unserer Eltern dort – darum ist Nicole auch zurückgegangen. Sie würden nie von dort weggehen, und sie hat sie vermisst.« Ehe ich weiter nachhaken konnte, erklärte sie: »Solange ich hier draußen bin, wollen sie nichts mit mir zu tun haben.« Sie blickte zu ihrem Kind, das im Laufstall spielte. »Sie haben Dillon noch nie gesehen.«

»Ich kann mir vorstellen, dass das hart für Sie ist.«

Seufzend wandte sie sich wieder mir zu. »Mein Mann weiß über meine Zeit dort Bescheid. Aber er mag es nicht, wenn ich darüber rede. Er und Dillon sind jetzt meine Familie.« Verwundert fragte ich mich, ob das seine oder ihre Worte waren. Was war das für ein Mann, der nicht wollte, dass seine Frau über etwas so Wichtiges sprach?

»Wann hat sich Ihre Familie der Kommune angeschlossen?«

»Nicole war zehn, ich zwölf. Unser jüngerer Bruder ist an Leukämie gestorben, und unsere Eltern gingen zu einer Selbsthilfegruppe. Da war eine Frau, Joy, die ebenfalls einen Sohn verloren hatte, und die hat ihnen von einem Retreat erzählt, den sie mitgemacht hatte und der ihr geholfen hatte.«

Joy. Ich erinnerte mich gut an sie. Ich fragte mich, ob ihr Kind tatsächlich gestorben war, oder ob es nur ein Trick gewesen war, um eine Verbindung zu neuen Leuten herzustellen.

»Rekrutiert Aaron viele neue Mitglieder über diese Selbsthilfegruppen?«

»Ich glaube schon – viele von ihnen haben einen Familienangehörigen verloren. Sie nehmen auch Straßenkinder und Drogensüchtige auf. Aaron verurteilt sie nicht. Er wählt jedes Jahr nur ein paar aus, die in der Kommune leben dürfen, Leute, von denen er sagt, sie bräuchten unsere Hilfe am meisten.«

Wie gelähmt vor Angst saß ich auf meinem Stuhl. Würde er Lisa finden? Ich zwang mich, mich zu entspannen. Lisa würde nicht einmal in die Nähe eines spirituellen Zentrums gehen.

Tammy redete weiter. »Er sagt, die meisten Probleme der Menschen entstehen aus der Angst vor dem Tod, und das verursacht Furcht, Depressionen, Drogenabhängigkeit und all das. Er sagt, wenn jeder begreifen würde, wie wunderschön der Ort sei, an den wir nach unserem Tod kommen, würden wir hier unten besser leben.«

Es sei denn, sie hatten das Pech, Aaron zu begegnen.

»Stimmt es, dass die Kommune Ableger in anderen Ländern hat?«, fragte ich. Ich wollte ihr nicht erzählen, wie viel ich bei meinen Recherchen im Internet herausgefunden hatte, sondern zog es vor, es von ihr zu hören. »Seit wann?«

»Aaron sagt, wir müssten mehr Menschen erreichen. Auf der Welt geschieht immer mehr Böses, und wir müssten den Menschen helfen. Er wählt die Mitglieder aus und schickt sie überall in die Welt, um neue Kommunen zu gründen. Er weiß immer ganz genau, wer am stärksten auf die Ansichten und die Praxis des Zentrums eingeschworen ist oder ob irgendjemand irgendetwas gegen die Kommune sagt.«

»Wissen Sie, woher er das wissen kann?« Ich hatte einen bestimmten Verdacht, aber ich wollte hören, was sie dachte.

»Es gibt in jedem Raum Kameras – selbst in den Badezimmern.« Schlagartig fiel mir Heathers Reaktion auf die Kameras im Krankenhaus ein, und jetzt verstand ich sie. »Er sagt, es diene dazu, dass wir unsere Hemmungen abbauen. Manche Mitglieder kennen Stellen auf dem Gelände oder in den Gebäuden, wo sie sich ungestört unterhalten können, aber er findet trotzdem heraus, was sie sagen. Er sagt, er könne ihre Energien lesen, aber ich glaube, dass er einfach Spione hat.«

Wahrscheinlich hatte er die. Ich dachte an Aarons unheimliche Art, immer genau zu wissen, wer schwankte oder Zweifel säte. Diese Person wurde von Aaron bei der nächsten Reinigungszeremonie herausgegriffen, zur Beichte gezwungen und anschließend ein paar Tage lang ignoriert. Ein paar Tage darauf erhielt ein anderes Mitglied ein besonderes Privileg.

Tammy sagte: »Wenn jemand davon spricht, die Kommune zu verlassen, wird er richtig wütend.«

»Wütend? Inwiefern?« Vor meinem geistigen Auge tauchte wieder das Bild von Joseph auf, der diesen Mann zu Boden trat, und das der niedersausenden Machete, während Mary sich wehrte.

»Er nimmt dann denjenigen mit in sein Büro, meditiert mit ihm und redet stundenlang auf ihn ein, bis er einwilligt, zu bleiben. Er sorgt auch dafür, dass andere Mitglieder mit einem reden – manchmal können die Leute richtig gemein werden. Sie machen einem Schuldgefühle, zum Beispiel, dass man die Menschen, die man liebt, nicht auf der anderen Seite wiedersehen wird, wenn man stirbt. Und wenn doch jemand die Kommune verlässt, rufen sie ihn ununterbrochen an.«

»Was passiert mit den Mitgliedern, wenn sie eine Regel verletzen?«

»Normalerweise darf man dann einfach nicht mit den Leuten reden, auch wenn sie direkt neben einem stehen. Oder sie müssen zur Anpassung.«

»Was bedeutet das?«

»Manchmal ist das nur ein Gespräch mit Aaron, aber wenn er glaubt, man hätte es nicht richtig verstanden, muss man eine volle Anpassung über sich ergehen lassen. Sie haben diese elektrischen Geräte, die einem leichte Stromstöße durch den Kopf schicken und einen reinigen. Sie sagen, es sei, als hättest du Zysten, an denen sich die Energie in deinen Zellen verfängt, und das blockiert deine Gesundheit und dein Denken, also musst du sie aufbrechen und dann loslassen.«

Es klang, als würde er mit einer Art Bioresonanztherapie oder Gehirnwellenstimulierung herumexperimentieren.

»Das ging ja eigentlich noch«, fuhr Tammy fort, »aber dann wurde es noch schlimmer.« Sie schaute hinüber zu ihrem Sohn. »Er fing an, die Leute unter der Erde einzusperren.«

Zunächst glaubte ich, mich verhört zu haben. »Entschuldigen Sie bitte, sagten Sie gerade …«

»Er hat Isolationskammern im Keller unter dem Zentrum bauen lassen. Er lässt einen erst wieder raus, wenn man vor seinen Ängsten kapituliert und seine Vergangenheit hinter sich gelassen hat.«

Mein ganzer Körper verkrampfte sich vor Entsetzen bei ihren Worten. Ich fühlte mich unbehaglich und wollte diesem Gefühl am liebsten aus dem Weg gehen, ohne genau sagen zu können, wodurch es ausgelöst worden war. Ich holte tief Luft und konzentrierte mich auf das Hier und Jetzt. »Weigert sich denn nie jemand?« Ich wusste, wie sehr Sekten sich abschotten konnten und dass die Mitglieder im Laufe der Zeit unzählige Misshandlungen durch ihre Anführer tolerierten, aber ich war immer wieder überrascht, dass so viele Leute Aarons verrückte Ideen übernahmen.

»Die Leute sagen, dass die Anpassung ihnen wirklich geholfen hätte – und sie wirken danach tatsächlich glücklicher. Manche Leute zahlen sogar dafür, damit sie das noch einmal erleben dürfen. Es gibt einen speziellen Bereich im Keller, nur für diese Kammern, aber ich habe nie eine von innen gesehen. Nur die ranghöchsten Mitglieder und die Leute aus dem Büro dürfen dort ohne Erlaubnis hin. Alle anderen müssen Aarons Entscheidung abwarten, ob sie bereit dazu sind. Es ist ein Privileg, in die Isolationskammer zu dürfen.«

»Ich dachte, es sei eine Strafe?«

»Das war es zuerst, aber dann sagten ein paar Mitglieder,

die das durchgemacht haben, sie hätten ihre Körper verlassen und Visionen gehabt, von ihrem spirituellen Selbst und solches Zeug.«

Für mich klang es, als hätten sie außerkörperliche Halluzinationen gehabt. »Wie lange hält er die Leute dort unten fest?«

»Manchmal tagelang. Und sie dürfen nichts essen oder trinken.«

Das würde die Visionen erklären.

»Inzwischen betteln die Leute darum, da runter zu dürfen«, fuhr Tammy fort. »Er setzt es als Belohnung ein – aber er sagt, dass er der Einzige ist, der mit der anderen Seite kommunizieren kann. Was alle anderen sehen, ist nur ein Fenster, aber er kann die Tür öffnen.«

Ich schüttelte den Kopf, fassungslos, wie weit Aarons Gedankenkontrolle reichte. Ob er auch in anderen Bereichen noch extremer geworden war? »Hält er immer noch Satsangs ab?«

»Ja. Jede Woche brachte er uns neue Chanting-Sequenzen bei, die wir auswendig lernen mussten. Er macht auch Video-Podcasts, für die Zeiten, in denen er weg ist. Privatcomputer sind nicht gestattet – es gibt nur welche, die die Büroleute für die Verwaltung und so brauchen. Also spielen sie die Podcasts auf dem großen Bildschirm im Meditationsraum ab.«

»Ich hörte, dass sie auch einen Laden haben?«

Sie nickte. »In der Nähe der Innenstadt. Sie verkaufen Bio-Lebensmittel, Bücher, CDs und Schmuck. Darüber haben wir eine Menge Obdachlose und Straßenkinder gefunden.« Tammy hatte sich warmgeredet und wirkte sichtlich erleichtert, über ihre Erlebnisse sprechen zu können. »Er macht nicht mehr viele private Heil-Meditationen, nur für die Leute, zu denen er eine Vision hatte. Aber in den Räumen sind Lautsprecher, so dass er zu allen sprechen kann. Manchmal ist er zu uns Kindern in die Schule gekommen und hat uns beim Chanten vorgesungen. Er sagte, unsere Seelen seien reiner und offener für die Schwingungen der Erde.«

Ich stellte mir Kinder vor, die sich um Aaron drängen und zu seinen Füßen knien. Dann erinnerte ich mich daran, wie *ich* vor ihm gekniet hatte, während er meinen Kopf nach unten drückte.

Tammy beobachtete mich. Ich brauchte einige Momente, um meine Stimme wiederzufinden und meine Gedanken zu sammeln. Der nächste Teil würde schwierig werden.

»Da ist noch etwas, über das ich heute gerne mit Ihnen sprechen würde.« Ich räusperte mich und nahm einen Schluck von meinem Kaffee. »Aaron ... er hat mich auch sexuell missbraucht, als ich ein Kind war.« Tammys Augen weiteten sich. »Er überzeugte mich, dass ich ihn ... Sachen mit mir machen lassen musste, oder meine Mutter würde krank werden. Als ich mich daran erinnerte, was er getan hat, begann ich mir Sorgen zu machen, dass es noch mehr Mädchen geben könnte ...«

Einen Moment lang glaubte ich, Tammy würde anfangen zu weinen, aber dann sah sie zu ihrem Sohn, blinzelte heftig und versuchte, sich wieder in den Griff zu bekommen.

»Mir hat er erzählt, ich sei etwas ganz Besonderes und dass er meiner Familie helfen könnte«, sagte sie leise. »Aber ich dürfte niemandem davon erzählen. Es musste unser Geheimnis bleiben.«

Ich nickte, mit einer Mischung aus Traurigkeit und Wut über unsere verlorene Unschuld und darüber, wie er unser Vertrauen missbraucht hatte. Alles, was sie sagte, war nur zu vertraut.

»Er sagte auch, wenn ich *ihm* nicht helfe, würde er meine Eltern oder Schwester nicht länger behandeln, und sie würden an Krebs sterben.«

Also drohte er immer noch mit Krankheit, um die Menschen zu manipulieren. Nachdem Tammy bereits ihren Bruder hatte sterben sehen, war das gewiss ein mächtiges Druckmittel gewesen. Behutsam sagte ich: »Haben Sie Ihren Eltern jemals von dem Missbrauch erzählt?«

»Wir haben es versucht, aber sie haben uns nicht geglaubt. Sie sagten, es sei eine Ehre, private Heilsitzungen bei ihm zu haben.« Ihre Augen füllten sich erneut mit Tränen.

»Es tut mir so leid, Tammy.« Es war eine traurige Tatsache, dass viele Eltern ihren Kindern in solchen Fällen nicht glauben wollten, besonders, wenn es um ein anderes Familienmitglied oder ein respektiertes Mitglied der Gemeinschaft ging.

»Ich weiß, sie sind einfach nur verkorkst, seinetwegen, und weil unser Bruder gestorben ist, aber ich weiß nicht, wie man seinem eigenen Kind nicht glauben kann.« Sie blickte erneut zu ihrem Sohn. »Wenn irgendjemand Dillon etwas antun würde, würde ich ihn umbringen.« Tammy wandte sich wieder an mich. »Joseph hat uns ausfindig gemacht, nachdem wir zur Polizei gegangen sind.«

Also lebte Joseph noch. Ich wollte nach seiner Stellung im Zentrum, nach seiner geistigen Gesundheit fragen, doch Tammy beantwortete meine unausgesprochene Frage selbst mit dem nächsten Satz.

»Irgendetwas stimmt mit ihm nicht. Er war mir immer schon irgendwie unheimlich gewesen, aber da geiferte er jetzt richtig rum und sagte verrückte Sachen. Zum Beispiel, dass das Licht uns strafen würde, wenn wir unsere Geschichte nicht zurückzögen. Wir hatten Angst, dass er uns etwas antun würde, also erzählten wir der Polizei, wir hätten uns das alles nur ausgedacht. Nicole hatte immer noch furchtbare Angst und ging zurück.«

»Aber Sie nicht?«

»Ich hatte inzwischen meinen Mann kennengelernt. Eines Tages sah er Joseph vor meinem Haus und sagte ihm, dass er ihn umbringen würde, wenn er noch einmal in meine Nähe käme. Danach haben wir nie wieder etwas von ihm gehört.«

Ich dachte daran, wie es war, als mein Vater auftauchte, um uns abzuholen. Es schien, als übten Aaron und Joseph ständig Druck auf die Leute aus, es sei denn, sie sahen sich mit wütenden Vätern oder Ehemännern konfrontiert. Sie achteten sorgfältig darauf, immer unterhalb des Radars zu bleiben.

Tammy hatte stolz und glücklich geklungen, so einen wehrhaften Mann zu haben, aber jetzt sagte sie traurig: »Es ist hart, nicht mehr mit Nicole reden oder sie sehen zu können. Sie war meine beste Freundin.«

Ich schenkte ihr ein mitfühlendes Lächeln. »Ich kann mir vorstellen, dass Sie sie sehr vermissen.« Ich wartete einen Moment, dann fragte ich: »Haben Sie jemals Aaron mit anderen Mädchen zusammen gesehen?«

Sie nickte. »Manchmal, wenn er richtig nett zu einem neuen Mädchen war und mich oder Nicole ignorierte, konnten wir uns ausrechnen, was er mit ihr machte. Aber das Merkwürdige ist, dass ich eifersüchtig war, als würde es bedeuten, dass ich nichts Besonderes mehr bin oder so.«

»Der Wunsch, sich als etwas Besonderes zu fühlen, ist völlig normal, aber das bedeutet nicht, dass Sie seine sexuelle Aufmerksamkeit wollten. Sie brauchen sich dieser Gefühle nicht zu schämen.«

Tammy wirkte ein wenig erleichtert. »Manchmal denke ich, dass Nicole deswegen zurückgegangen ist. Sie wollte dort sein, wo so etwas normal ist, weil sie sich dann deswegen nicht so komisch vorkommt. Hier draußen schämte sie sich mehr … und fühlte sich schmutzig.«

Ich war traurig, als ich an dieses junge Mädchen dachte, das ganz allein mit diesen Gefühlen fertig werden musste. »Manche Menschen haben Schwierigkeiten, sich einer neuen Umgebung mit weniger Struktur anzupassen, wo niemand ihnen die ganze Zeit sagt, was sie sagen oder tun sollen. Vor allem, wenn sie keine Familie oder Freunde haben, die sie unterstützen. Das könnte ein weiterer Grund sein, warum Nicole sich entschieden hat, zurückzugehen.«

»Am Anfang war es manchmal echt hart. Ich musste immer daran denken, wie furchterregend Joseph aussah, und hatte Albträume von ihm, dass er eines Tages aufkreuzt und mich zurückbringt. Ich träume immer noch davon.« Sie blickte sogar zur Tür, als könnte er hören, dass sie seinen Namen aussprach.

»Ist Joseph in der Kommune jemals gewalttätig geworden?«, fragte ich. »Oder was ist mit Aaron, wenn jemand etwas falsch gemacht hatte oder die Kommune verlassen wollte?«

»Nicht dass ich wüsste …« Sie kniff die Augen zusammen und dachte zurück. »Die Berater fragen Aaron um Rat, und er holt dann die entsprechende Person zur Anpassung zu sich.«

»Wer sind die Berater?«

»Mitglieder, die schon ganz lange dabei sind«, sagte sie. »Sie sind so etwas wie Mentoren und helfen den Mitgliedern, wenn sie Probleme haben. Oder sie sagen einem, wie man den anderen Mitgliedern helfen soll. Wenn zum

Beispiel jemand bei der Meditation etwas falsch gemacht hat, wie zu früh Wasser zu trinken oder auf die Toilette zu gehen, durften wir danach nicht mit ihm reden.«

»Haben noch andere Leute versucht, die Kommune zu verlassen? Wie sind Sie da rausgekommen?«

»Wir haben im Laden gearbeitet und uns mit ein paar Leuten von draußen angefreundet. Wir hatten Angst, weil Aaron immer, wenn Leute weggezogen sind, erzählt hat, dass ihnen da draußen furchtbare Dinge zugestoßen sind. Sie hatten Autounfälle oder wurden überfallen oder bekamen irgendeine schlimme Krankheit. Und diejenigen, die zurückkamen, berichteten, dass das Leben draußen tatsächlich schwerer ist. Sie hatten zum Beispiel kein Geld und fanden keinen Job – viele von ihnen haben wieder angefangen, Drogen zu nehmen. Sie sind völlig verstört zurückgekommen.« Sie verstummte.

»Wie war es, wenn jemand krank wurde?«

»Wir durften keine Medikamente nehmen, aber jeder rauchte Marihuana. Wir durften mit niemandem darüber reden, der nur zu den Retreats kam, nur mit denen, die Vollmitglieder wurden. Er sagte, Außenstehende würde es nicht begreifen.«

Ich nickte und dachte über alles nach.

Sie fragte: »Jetzt, wo Sie der Polizei Ihre Geschichte erzählt haben – wird er jetzt verhaftet?«

»Sie haben ihn vernommen, aber ohne weitere Zeugen oder Beweise können sie keine Anklage erheben.«

Sie machte ein niedergeschlagenes Gesicht, die Überraschung und Enttäuschung waren ihr anzumerken. »Es wird also nichts passieren?«

»Erst, wenn noch mehr Menschen ihre Geschichte öffentlich machen. Wenn Sie ihn erneut anzeigen würden ...«

»Nein.« Sie schüttelte den Kopf. »Ich werde das alles nicht noch einmal durchmachen. Diese Fragen, das war grausam. Meine Eltern … sie würden mir niemals vergeben.«

»Ich weiß, dass Sie das Gefühl haben, *Sie* seien diejenige, die etwas falsch gemacht hat. Aber wenn man Aaron verhaften würde, stünden die Mitglieder nicht länger unter seinem Bann, und das Zentrum würde wahrscheinlich schließen. Selbst wenn er außer Landes flieht, könnte er Ihre Schwester und Ihre Eltern nicht länger beeinflussen. Sie könnten vielleicht wieder zusammenkommen.«

»So habe ich das noch nie betrachtet.« Ihr Baby begann, in seinem Laufstall zu weinen. Sie ging zu ihm, hob den Jungen heraus und ließ ihn auf der Hüfte wippen. »Ich will, dass er so schnell wie möglich geschnappt wird. Macht es Ihnen etwas aus, wenn ich mir alles noch einmal durch den Kopf gehen lasse?«

»Natürlich nicht. Aber eines interessiert mich noch. Warum waren Sie bereit, sich mit mir zu treffen?«

»Ich habe noch nie mit jemandem geredet, Sie wissen schon, der auch bei denen gelebt hat.«

Wir sahen uns an. Ich sagte: »Danke, dass ich heute hierherkommen und mit Ihnen reden durfte. Mir hat es auch gutgetan, über all das zu sprechen.«

Sie lächelte scheu, fügte jedoch hinzu: »Ich glaube trotzdem nicht, dass ich noch einmal mit der Polizei darüber reden möchte. Tut mir leid.«

»Lassen Sie sich Zeit. Sie müssen sich nicht heute Abend entscheiden.« Ich holte einen Zettel aus meiner Handtasche und schrieb ihr meine Telefonnummer auf. »Ich weiß, dass es schmerzhaft ist. Und es gibt vieles zu bedenken.« Ich schob den Zettel über den Tisch und sagte: »Wenn Sie irgendwann einmal reden möchten, rufen Sie mich an.«

»Danke.«

Sie stand immer noch neben dem Laufstall und drückte ihren Sohn an sich, während sie den Blick abwandte und sein Haar zerzauste. Das Baby schenkte mir ein zahnloses Lächeln.

Draußen saß ich einen Moment reglos in meinem Wagen, starrte ihr Haus an und dachte an Josephs letzten Besuch bei ihr. War ich leichtsinnig? Brachte ich mich selbst, Tammy und wen weiß noch alles in Gefahr? Ich dachte wieder an Willow. Sie war von zu Hause weggelaufen, und niemand hatte sie groß vermisst. Wenn mir oder jemandem, mit dem ich gesprochen hatte, etwas zustieße, wäre es dagegen schwerer für Aaron, seine Verstrickung zu leugnen. Trotzdem verriegelte ich die Türen und sah mich um, ob sonst noch irgendwo jemand in seinem Auto saß. Die Straße war ruhig.

24. Kapitel

Ich hatte gehofft, schon bald von Tammy zu hören, aber als aus einem Tag eine Woche wurde, akzeptierte ich allmählich, dass sie Aaron wahrscheinlich niemals anzeigen würde. Ich konnte ihr deswegen nicht böse sein, es war eine schwierige Entscheidung. Ich rief Corporal Cruikshank an und erzählte ihr, was ich erfahren hatte, aber sie sagte, das seien alles nur Geschichten vom Hörensagen, auf deren Grundlage sie nicht handeln durften, es sei denn, sie hörten es von Tammy selbst. Sie schlug vor, dass sie noch einmal mit ihr reden könnte, doch ich hatte das Gefühl, dass Tammy dichtmachen würde, sobald sie das Gefühl hätte, unter Druck gesetzt zu werden, und bat Cruikshank, noch ein paar Tage zu warten. Ich wollte Tammy auch nicht selbst anrufen, solange ich keine neuen Informationen hatte, um sie nicht zu verärgern, aber ich machte mir Sorgen, wie es ihr nach unserem Besuch ergangen war. Möglicherweise war eine Menge Schmerz bei ihr hochgekommen, und ich war mir nicht sicher, in welchem Maße ihr Mann sie unterstützte. Ich wog noch meine Möglichkeiten ab, als mein schlimmster Albtraum Wirklichkeit wurde.

Ich klang verschlafen, als eine der Schwestern aus der Notaufnahme anrief. »Bitte entschuldigen, dass ich Sie geweckt habe, Dr. Lavoie, aber Ihre Tochter Lisa wurde heute Abend bewusstlos eingeliefert. In ihren Unterlagen steht, dass wir Sie im Notfall informieren sollen.«

Auf einen Schlag war ich hellwach. »Wie geht es ihr? Was ist passiert?«

»Ein Zeuge berichtete, dass sie sich übergeben und, wie er es nannte, ›spastisch rumgeschlagen‹ hat, ehe sie zusammenbrach. Danach hat sie das Bewusstsein verloren. Es gibt keinen Hinweis auf eine Kopfverletzung, und wir müssen wissen, ob sie irgendwelche Allergien hat oder Medikamente nimmt.«

»Nein, keine Medikamente, aber …« Ich zögerte, dachte daran, wie Lisa sagte: *Ich bin clean.* »Sie hat früher Drogen genommen.«

Ich erinnere mich an ihre erste Überdosis mit Methamphetaminen. Damals war sie sechzehn. Sie hatte halluziniert und angefangen, mich zu schlagen, während ich fuhr, und hätte uns beinahe beide umgebracht. Möglicherweise war das noch öfter vorgekommen, seit sie erwachsen war, aber das würde ich nie erfahren. Wenn man sie behandelt und rasch wieder entlassen hätte, hätte es keinen Grund gegeben, mich zu benachrichtigen. Doch dieses Mal riefen sie an, was bedeutete, dass es ernst war.

Die Schwester redete weiter. »Wir haben noch nicht sicher festgestellt, warum sie das Bewusstsein verloren hat, so dass wir sie im Moment nur unterstützend behandeln.«

»Ist sie wach?«

Sie senkte die Stimme. »Sie liegt im Koma.«

Ich schnappte nach Luft und stand so hastig auf, dass sich der Raum um mich drehte. Mein Herz raste wie wild. Im Koma, meine Tochter lag im Koma.

»Ich komme, so schnell ich kann.«

Nachdem ich mir rasch etwas angezogen hatte, schnappte ich meine Schlüssel und rannte hinaus zu meinem Wagen, wobei ich die Katze erschreckte, die sich in ihrer Kiste versteckt hatte, und sie in die Flucht trieb. Den ganzen Weg zum Krankenhaus umklammerte ich das Lenkrad so heftig, dass die Fingerknöchel weiß waren. Ich war mir keiner anderen Fahrzeuge auf der Straße bewusst und wusste nicht einmal, welche Route ich zum Krankenhaus nahm, so voll war mein Kopf mit Schreckensbildern. Warum hatte Lisa eine Überdosis genommen? Hatte unsere Begegnung bei ihr eine Abwärtsspirale in Gang gesetzt? Bei dieser Vorstellung wurde mir schlecht.

Im Krankenhaus sprach ich mit dem Arzt, der mir erklärte, sie hätten Lisa auf die Intensivstation verlegt. Ihr Zustand sei unverändert, und endlich fand ich sie in einem der Betten. Ein Vorhang war um sie herum zugezogen, und nur der Tropf und ein Beatmungsgerät leisteten ihr Gesellschaft. Die Schwestern schienen durch die Station zu schweben, sahen nach den verschiedenen Patienten und unterhielten sich mit gedämpften Stimmen. Überall piepten Monitore.

Lisa hatte die Augen geschlossen, und sie war bleich. Ich ergriff ihre Hand und fühlte mich zittrig von dem Adrenalin, das durch meine Adern pumpte. *Es geht ihr gut. Hier ist sie genau richtig. Sie wird wieder gesund.* Ich wiederholte dieses Mantra immer wieder, aber ich konnte mein Herz nicht dazu bringen, an die Worte zu glauben. Wie viele Drogen hatte sie genommen? Würde sie überleben, nur um einen Hirnschaden davonzutragen?

Ich zog mir einen Stuhl heran und setzte mich neben sie. Ich betrachtete ihre Hand in meiner, die schlanken Finger, die kurzen Nägel. Sie waren gefeilt, und ich staunte über diesen Hauch von Eitelkeit. Sie pflegte sich, was sie nicht tat, wenn sie aktiv Drogen nahm. Auch ihre Haut war rein und ohne Akne. Erneut fragte ich mich, was sie dazu getrieben hatte, eine Überdosis zu nehmen. Ich betrachtete ihr schlafendes Gesicht, das Heben und Senken ihrer Brust, und betete zum ersten Mal seit langer Zeit zu einem Gott, von dem ich nicht sicher war, ob er existierte.

Bitte verschone mein Kind. Gib ihr noch eine Chance.

Zwei Stunden später saß ich immer noch da und hielt Lisas Hand, als ich spürte, wie ihr Daumen zuckte. Ihre Augenlider begannen zu flattern. Kam sie wieder zu Bewusstsein? Unvermittelt riss sie die Augen auf und starrte mich mit erweiterten Pupillen und entsetztem Ausdruck an. Sie blickte auf irgendetwas hinter meiner Schulter, ihre Herzfrequenz stieg, und der Monitor piepte laut, als sie die Hand wegriss und versuchte, sich den Schlauch vom Beatmungsgerät herauszureißen. Ich stand auf, hielt ihren Arm fest und sagte: »Hör auf, du wirst dich noch verletzen«, aber sie schlug nur wild um sich und riss sich los. Es gelang ihr, den Tropf herauszureißen und mich mit der Flüssigkeit zu bespritzen. Als ich sie schließlich zu fassen bekam, kämpfte sie nur noch verbissener und stieß ein wegen des Beatmungsschlauchs kehliges Stöhnen aus. Ich verlor den Halt, und sie schlug wieder um sich, wobei sie mich mit dem Unterarm direkt an der Nase erwischte. Dann hörte ich Schritte hinter mir.

Zwei Krankenschwestern eilten auf Lisa zu und drückten ihre Arme nach unten, während sie voller Panik stöhnte und knurrte. Sie verdrehte die Augen, bis nur noch das Weiße zu sehen war. Ich wich zurück. Mein Körper war immer noch vom Adrenalin überschwemmt, und das Blut rauschte in meinen Ohren, während ich zusah, wie die Schwestern mit der Verrückten in dem Bett kämpften. Mit meiner Tochter.

Es dauerte einige Minuten, bis sie Lisa so weit beruhigt hatten, dass sie ihnen zuhörte. »Sie sind im Krankenhaus«, erklärte eine der Schwestern. »Sie wurden bewusstlos eingeliefert. Sie haben einen Schlauch in Ihrem Hals, damit Sie atmen können, aber Ihnen kann nichts passieren. Wenn Sie sich wieder beruhigt haben, lassen wir Sie los.« Endlich gab sie ihren Widerstand auf und signalisierte mit einem Nicken, dass sie verstanden hatte. Die Schwestern lockerten ihren Griff. Lisa atmete immer noch hektisch, aber sie wirkte wacher, als sie sich im Raum umsah. Die Schwestern schalteten die Atemunterstützung ab, überprüften Lisas Sauerstofflevel, während sie sie baten, ihre Hände zu drücken oder die Augen zu bewegen, um auf ihre Fragen zu reagieren. Sie erklärten ihr, dass sie den Schlauch noch ein wenig drinlassen mussten, bis sie sicher waren, dass sie aus eigener Kraft atmen konnte.

Eine halbe Stunde später kam der Arzt, zusammen mit dem Beatmungstechniker, und sobald sie sich vergewissert hatten, dass Lisa selbständig atmen konnte, entfernten sie den Schlauch des Beatmungsgeräts. Der Arzt fragte sie, ob es in Ordnung sei, wenn ich dabliebe, während er mit ihr sprach.

Ihr Blick huschte zu mir, und ich dachte, sie würde ablehnen, doch sie sagte: »Schon okay.« Ihre Stimme war noch heiser von dem Schlauch.

Der Arzt begann mit ein paar einfachen Fragen, die sie alle richtig beantwortete. Doch als er fragte, welche Drogen sie genommen hatte, sah sie ihn verwirrt an.

»Ich habe keine ... ich habe nichts genommen.«

Der Arzt machte sich eine Notiz. »Was ist das Letzte, woran Sie sich erinnern?«

Ihr Gesicht zog sich zusammen und zuckte, als sie angestrengt versuchte, sich zu erinnern. »Ich weiß nicht ... es war früher am Tag. Ich war am Kai, aber danach ist alles weg.«

Der Arzt sagte: »Wir haben ein Drogenscreening gemacht, als Sie eingeliefert wurden, doch die üblichen Verdächtigen sind nicht aufgetaucht. Aber die plötzliche Erregung, Aggression und Gedächtnisverlust passt zu GHB, auf das wir allerdings nicht routinemäßig testen. Wir hatten in letzter Zeit ein paar solcher Fälle bei den Straßenkindern, also …« Er schwieg mit hochgezogenen Brauen, als warte er auf ihre Antwort. Ich wusste, worauf er hinauswollte.

Als Lisa anfing, Drogen zu nehmen, hatte ich einige Nachforschungen angestellt und wusste daher, was GHB, oder Gamma-Hydroxybutyrat war. Es wirkte dämpfend auf das Zentralnervensystem und war beliebt bei Leuten, die regelmäßig Nachtclubs und Raves besuchten. Man nannte es auch Liquid Ecstasy oder Liquid X, und in kleinen Dosen wirkte es stimulierend und sexuell anregend und war bekannt für seinen euphorisierende Wirkung. In hoher Dosierung dagegen konnte es Schwindelanfälle, Angstzustände, Sehstörungen, Atemnot und Amnesie verursachen und sogar zu Bewusstlosigkeit und Tod führen. Es war nahezu unmöglich, die Substanz in einer Urinprobe nachzuweisen, so dass wir es niemals mit Sicherheit erfahren würden.

Lisa wusste ebenfalls, worauf der Arzt anspielte. Sie wurde rot und sagte verärgert: »Ich bin clean.« Sie sah zu mir, und ihre Miene sagte: *Ich weiß, dass du es ihm erzählt hast.*

Der Arzt machte eine weitere Notiz, sein Gesicht verriet nichts. »Erinnern Sie sich daran, ob jemand Ihnen etwas zu trinken gegeben hat?«

Ich begriff nicht, warum er das fragte, bis mir einfiel, dass GHB auch als K.-o.-Tropfen oder Vergewaltigungsdroge bekannt war. War Lisa etwa *vergewaltigt* worden?

So wie ich eins und eins zusammenzählte, machte es auch Lisa. Widerstreitende Gefühle spiegelten sich in ihrem Gesicht. Zuerst Verwirrung, dann Angst und bald Wut. Tränen stiegen ihr in die Augen, als sie sagte: »Nein, und ich will nicht weiter darüber reden.«

»Lisa, wenn dir jemand etwas angetan hat …«

Der Arzt unterbrach mich. »Es gab keine Hinweise auf sexuelle Gewalteinwirkung.«

Lisa sagte: »Ich sagte, ich will nicht darüber reden.«

Es war offensichtlich, dass sie etwas verschwieg. Wahrscheinlich erinnerte sie sich daran, wie sie ihren Dealer oder einen Freund getroffen hatte, aber ich wollte sie nicht bedrängen. Das brachte nichts.

Der Arzt schloss seine Untersuchung ab, während der Lisa zumeist stumm blieb, anschließend erklärte er, dass er sie gern über Nacht zur Beobachtung dabehalten würde.

Nickend gab sie ihre Zustimmung, dann wandte sie sich ab, um die Wand anzustarren.

Ich sagte: »Ich gehe nur kurz auf Toilette, Lisa. Ich bin gleich wieder da. Okay?«

Sie antwortete nicht.

Als ich zurückkam, war sie eingeschlafen. Ich saß neben ihrem Bett, nahm erneut ihre Hand, in dem Wissen, dass sie diese kleinen Gesten der Zuneigung verweigern würde, sobald sie erwachte. Ich betrachtete die zierliche, sichelförmige Narbe an ihrem kleinen Finger, die sie sich als Kind zugezogen hatte, als sie sich den Finger in der Tür unseres Wohnmobils eingeklemmt hatte. Sie hatte geschrien und geweint und danach nie wieder eine Tür zugeknallt. Vielleicht war sie dieses Mal am absoluten Tiefpunkt angekommen, vielleicht war dieses knappe Davonkommen der notwendige Anstoß für sie, sich endlich einen ordentlichen Therapieplatz zu suchen. Ich wollte, dass sie mit mir nach Hause kam und sich darauf konzentrierte, wieder gesund zu werden, aber ich konnte ihr diese Entscheidung nicht aufzwingen. Ich strich ihr Haar zurück, das immer noch weich und seidig war. Sie hatte also auch ihre Haare gepflegt. Ich blickte hinunter zu ihr, meine Augen füllten sich mit Tränen.

Was ist dir zugestoßen?

Ich blieb eine Weile neben ihr sitzen, dann bat ich eine der Schwestern, die Abteilung für Psychiatrie zu informieren, dass ich am nächsten Tag nicht zur Arbeit kommen könnte. Die Oberschwester brachte mir eine Decke, und ich nickte auf dem Stuhl ein. Stunden später hörte ich eine Bewegung im Bett und schreckte aus dem Schlaf auf. Lisa beobachtete mich.

»Hallo, Liebes«, sagte ich. »Wie fühlst du dich?«

Immer noch heiser, sagte sie: »Mein Hals ist ganz wund.«

»Ich hole dir etwas Wasser und Eiswürfel.«

Als ich ihr den Becher reichte, fragte sie: »Wann kann ich hier raus?«

Ich wartete, während sie einen Schluck Wasser nahm und dann den Kopf wieder auf das Kissen sinken ließ. »Wahrscheinlich wirst du morgen entlassen.« Ich schaute auf die Uhr. Es war bereits drei Uhr morgens. »In ein paar Stunden.«

Den nächsten Punkt ging ich vorsichtig an. Ich wollte sie nicht fragen, was geschehen war – sie würde sofort in Abwehrstellung gehen. Ich konnte ihr auch nicht vorschreiben, mit zu mir nach Hause zu kommen. Ich sehnte mich zurück nach den Zeiten, als ich sie einfach hochheben und auf dem Arm tragen konnte, doch jetzt musste ich zulassen, dass sie ihre Entscheidungen selbst traf. Ich sagte: »Würdest du gerne eine Weile bei mir wohnen?«

Sie sah aus, als würde sie es in Erwägung ziehen. Ihr Blick war nachdenklich, doch es lag auch noch etwas anderes darin. Angst? Ich widerstand dem Verlangen, wechselweise zu befehlen, zu schmeicheln, zu zwingen, zu streiten und zu betteln.

Sie flüsterte: »In Ordnung.«

Erleichterung durchströmte mich. Doch bevor ich allzu euphorisch über diesen Fortschritt wurde, sagte sie: »Aber du darfst mich nicht ständig mit Fragen löchern.«

Ich nickte, akzeptierte ihre Bedingung und fragte sie, ob sie irgendetwas bräuchte. Sie wollte auf die Toilette, und ich half ihr aus dem Bett. Anschließend sahen wir fern, bis sie wieder einschlief. Obwohl es eine furchtbare Situation war, war ich glücklich, mit meiner Tochter zusammen zu sein. Diese wenigen Stunden mit ihr waren mehr, als ich seit Jahren gehabt hatte. Im Geiste bereitete ich mich auf die nächsten paar Tage vor. Es würde nicht leicht werden. Wenn sie wieder angefangen hatte, Drogen zu nehmen, war ihre Stimmung unberechenbar. Sie schlug dann leicht mal zu, und wenn die Vergangenheit irgendetwas gezeigt hatte, dann, dass ich ihr bevorzugtes Ziel wäre.

Als sie klein war, war sie so süß gewesen. Obwohl sie als Kind nie besonders mitteilsam gewesen war, war sie sehr anhänglich gewesen. Sie hatte immer nach meiner Hand gegriffen, war unaufgefordert auf meinen Schoß gekrochen oder hatte sich im Bett zwischen Paul und mich gekuschelt. Und wie liebevoll sie war! Sie kümmerte sich um unsere Tiere, aber auch um ihre Freunde und lud oft jemanden zum Abendessen ein, wenn sie glaubte, der oder diejenige sei unglücklich. Eine Zeitlang verbummelte sie andauernd ihre Kleider. Als ich sie schließlich deswegen befragte, erklärte sie, sie habe sie einer Freundin in der Schule geschenkt, deren Eltern gerade eine schwere Zeit durchmachten. Ich war stolz auf ihre fürsorgliche, loyale Art, aber ich machte mir auch Sorgen, jemand könnte ihre freigiebige Art ausnutzen. Eines Tages sagte ich zu Paul: »Ich habe Angst, dass sie versuchen wird, die Welt zu retten.« Er hielt inne bei dem, was er gerade tat, und antwortete: »An wen erinnert mich das bloß?« Ich hatte gelacht, war aber auch ganz angetan gewesen, etwas von mir in ihr wiederzufinden.

Das alles war lange her.

Ich schlief selbst noch ein paar Stunden und erwachte, als ich spürte, wie Lisa sich regte. Während sie duschte, ging ich hoch auf meine Station, um mich zu vergewissern, dass sie eine Vertretung für mich gefunden hatten. Michelle saß am Tresen und sah mich mitfühlend an, als ich mich näherte. Wie viel mochte sie wissen?

»Alles in Ordnung?«, fragte sie. »Ich habe gehört, Ihre Tochter ist krank?«

Ich mochte Michelle, aber ich wollte nicht, dass sie etwas von Lisas Problemen erfuhr, also sagte ich: »Es geht ihr schon wieder besser – ich fahre jetzt mit ihr nach Hause.« Dann griff ich nach einer Krankenakte und begann, mir die Notizen zu dem Patienten durchzulesen – ein klares Signal, dass ich zu dem Thema nichts weiter sagen würde. Michelle blieb freundlich, aber ich spürte ihre Neugier sowie die leise Kränkung, weil ich ihr nicht stärker vertraute. Ich hatte ein schlechtes Gewissen, aber ich würde nicht bei der Arbeit über meine persönlichen Probleme reden. Ich wollte gerade gehen und kam an Kevins Büro vorbei, als er den Kopf herausstreckte.

»Ich meinte, deine Stimme gehört zu haben.«

»Hallo, ja, aber ich muss schon wieder weg.«

Er legte den Kopf schräg und musterte mich. »Alles in Ordnung?« Er sah mich so besorgt an, dass plötzlich Tränen in meinen Augen brannten. Ich blinzelte heftig.

»Es war eine harte Nacht. Meine Tochter ist eingeliefert worden.« Aus irgendeinem Grund sprudelte die Geschichte, die ich Michelle nicht hatte erzählen können, nur so aus mir heraus. »Sie hatte eine Überdosis, vermutlich GHB. Sie wird wieder gesund, aber ich weiß nicht, für wie lange …«

»O nein.« Er öffnete die Tür. »Komm rein.«

»Danke, aber ich muss sie nach Hause bringen.« Es würde noch bis zum späten Vormittag dauern, bis sie endlich entlassen wurde, und nach einer Nacht auf dem Stuhl war ich erschöpft.

Kevin stand da, die Tür immer noch geöffnet, und sah mich freundlich an. »Bist du sicher?«

»Vielleicht können wir morgen reden.«

»Auf jeden Fall. Hier, meine Handynummer.« Er zog rasch eine Visitenkarte aus seiner Geldbörse und reichte sie mir. »Du kannst mich jederzeit anrufen.«

»Danke.«

Er schenkte mir ein ermutigendes Lächeln. Ich versuchte, zurückzulächeln, aber vor lauter Müdigkeit war mir nur noch zum Weinen zumute, und ich wandte mich hastig ab.

In ihrem Zimmer zog Lisa gerade die Stiefel an, ihr Gesicht war ganz bleich von der Anstrengung. Sie hielt inne, um wieder zu Atem zu kommen.

»Brauchst du Hilfe?«, fragte ich und bückte mich zur gleichen Zeit, als sie sich vorbeugte, um es erneut zu versuchen. Ihre Hand streifte meine. Wir erstarrten beide. Sie hielt meine Hand für den Bruchteil einer Sekunde fest, ehe sie sie wieder losließ. Zum zweiten Mal an diesem Morgen musste ich die Tränen mühsam unterdrücken. Ich setzte mich auf den Stuhl neben das Bett, während sie ihre Stiefel fertig anzog und zuschnürte.

Sie schaute kurz zu mir, und ich sah in ihrem Blick etwas aufflackern, als wollte sie etwas sagen. Doch dann sah sie weg, und der Moment war vorüber.

Nachdem alle Entlassungsformalitäten geklärt waren, schob ich sie vorschriftsmäßig im Rollstuhl zu meinem Wagen. Ich hielt ihr den Arm hin, damit sie sich daran festhalten konnte, als sie auf den Beifahrersitz kletterte, aber sie ignorierte ihn. Auf der Heimfahrt schwiegen wir beide vor Erschöpfung, obwohl mir der Kopf schwirrte vor lauter Fragen. Ich wollte wissen, wo sie momentan lebte, *wie* sie lebte, was am Abend zuvor geschehen war, ob sie wieder Drogen nahm, ob sie immer noch aufhören wollte. Keine dieser Frage durfte ich stellen, doch ich konnte mich auch nicht überwinden, irgendeinen Unsinn daherzureden. Die Stille dehnte sich aus, bis ich das Radio einschaltete.

Als wir auf der Auffahrt anhielten und aus dem Wagen stiegen, blieb Lisa einen Moment stehen, um das Haus zu bewundern.

»Wow, Mom. Das ist ja genial.«

Meine Stimmung hob sich, weil sie mich so unbekümmert »Mom« genannt hatte und ihr mein Haus gefiel. Es war unrealistisch zu erwarten, dass sie deshalb vielleicht länger bleiben würde, aber ich hoffte es trotzdem. Ich hob ihren Rucksack aus dem Kofferraum. Wer immer den Notarzt gerufen hatte, hatte ihn bei Lisa gelassen. Ob es wohl dieselbe Person gewesen war, die ihr die Drogen gegeben hatte? Hatte der- oder diejenige auch nur in Erwägung gezogen, bei Lisa zu bleiben, ehe sie wie ein Stück Müll in der Gasse zurückgelassen wurde? Ich schüttelte meine Wut ab. Ich hatte nur die Kontrolle über den jetzigen Augenblick.

Als wir an der Kiste für die streunende Katze vorbeikamen, fragte Lisa: »Ist die für Silky?«

»Nein, sie ist im Sommer gestorben – ein paar Wochen nachdem ich überfallen wurde.«

Sie presste die Lippen zusammen, und ich überlegte, ob sie sauer war, weil ich ihr nichts davon erzählt hatte – früher, als sie noch zu Hause gewohnt hatte, hatte die Katze immer bei ihr geschlafen.

Ich sagte: »Ich wollte es dir erzählen, aber …«

»Schon in Ordnung.« Aber ich hatte das Gefühl, es sei ganz und gar nicht in Ordnung.

Im Haus zeigte ich ihr das Gästezimmer. Sie blieb in der Mitte stehen und inspizierte den Raum, das Bambusbett mit dem weißen Federbett und den Kissen, ließ ihren Rucksack auf den Boden fallen, schleuderte die Jacke auf den Sessel. »Hübsch.«

Wieder freute ich mich übertrieben. »Ich bin so froh, dass es dir gefällt.«

Sie ging hinüber zum Bett und entdeckte den weißen Stoffhund, den ich für sie gekauft hatte. Sie stand mit dem Rücken zu mir, als sie ihn hochnahm.

Ich sagte: »Ich sah ihn und dachte an dich … es sollte ein Geburtstagsgeschenk für dich sein.« An jenem Wochenende hatte ich eine Kerze angezündet, sie ausgeblasen und mir etwas für meine Tochter gewünscht.

»Ich hau mich ein bisschen aufs Ohr, okay, Mom?«

Ihre Stimme klang belegt, als würde sie gleich weinen.

»Ist alles in Ordnung? Möchtest du etwas …«

»Mir geht's gut.«

Es war eine eindeutige Zurückweisung. Langsam schloss ich die Tür hinter mir. Als ich später ins Zimmer spähte, schlief sie tief und fest, doch die Augen unter den Lidern bewegten sich hektisch, und ich fragte mich, welche Dämonen sie in ihren Träumen verfolgen mochten. Ich wollte auf dem Sofa lesen, bis sie wieder aufwachte, doch dann schlief ich ebenfalls ein. Stunden später wachte ich auf, als sie vor dem Sofa stand und auf mich hinunterblickte. Ich schreckte hoch. »Alles in Ordnung mit dir?«

Im Haus war es schummrig, aber sie hatte ein paar Lampen eingeschaltet. Draußen war es fast dunkel, so dass es vermutlich früher Abend war. Der Wind vom Ozean drückte den Bambus gegen meine Fenster, während der Regen gegen die Scheiben prasselte.

Lisa sagte: »Du kannst aufhören, mich das zu fragen.« Sie setzte sich in den Sessel mir gegenüber, zog das Wollplaid hinter sich hervor und wickelte sich darin ein. Ich stellte fest, dass sie sich etwas Toast gemacht hatte. Auf dem Couchtisch vor mir stand auch ein Teller für mich, dazu eine Tasse mit dampfendem Tee, und sie hatte den Kamin angemacht. Ich freute mich über die gemütliche, häusliche Szene, über den Duft des gerösteten Brots und dass sie daran gedacht hatte, dass ich meinen Toast gerne mit Honig aß. Ich nahm einen Schluck Tee und betrachtete sie über den Rand meiner Tasse hinweg. Ihr Haar war zerzaust und ungekämmt, die Falten des Kissens hatten einen Abdruck in ihrem Gesicht hinterlassen. Ich lächelte, als mir einfiel, dass sie als Kind immer Angst gehabt hatte, Falten zu bekommen. Dabei hatte sie sich nie groß um ihr Aussehen oder Mode gekümmert. Manchmal hatte sie meine Sachen anprobiert, aber sie zog es vor, mich anzuziehen. Sie schminkte mich sorgfältig und bürstete mir behutsam und liebevoll die Haare. »Lass mich das machen, Mommy«, sagte sie, als sei sie die Erwachsene und ich das Kind. Manchmal fragte ich mich, ob das das Problem war. Hatte ich sie zu sehr wie eine Erwachsene behandelt?

Sie spürte, dass ich sie ansah, wandte den Blick vom Feuer ab, schaute mich an und sagte: »Glaubst du an ein Leben nach dem Tod?«

Die Frage erschreckte mich, doch ich versuchte, es nicht zu zeigen, als ich langsam meine Tasse abstellte und im Geiste meine Antwort vorbereitete. Es war eine Frage, die ich nicht so einfach beantworten konnte, und eine Frage, die ich mir in den Tagen nach Pauls Tod selbst gestellt hatte. Aber ich glaubte nicht, dass Lisa das im Moment hören wollte. Sie sah mich wachsam an, der ganze Körper schien bereit zum Kampf. Ich wählte meine Worte sorgfältig.

»Ich hoffe, dass nach diesem Leben noch etwas kommt, ja.«

»Du *hoffst*, aber du glaubst es nicht.«

Noch eine Kampfansage. Eine, die ich zu ignorieren beschloss. Mit neutraler Stimme sagte ich: »Und was denkst du? Glaubst du an ein Leben nach dem Tod?«

Nachdenklich schaute sie wieder ins Feuer, dann hob sie den Blick zu dem Foto von Paul auf dem Kaminsims, den Bildern von uns als Familie. Sie richtete ihre Aufmerksamkeit wieder auf mich. »Als ich im Krankenhaus war, direkt bevor ich aufwachte, konnte ich Dad spüren, als stünde er bei mir im Zimmer. Und dann hörte ich dieses Lied, das er immer gesungen hat.«

Sie musste nicht mehr sagen, ich wusste, welches Lied sie meinte. Als es mit Chinnoks Gesundheit immer mehr bergab ging, hatte Paul immer wieder »Fields of Gold« aufgelegt und es den ganzen Tag vor sich hin gesungen. Manchmal sahen wir uns abends zusammen Bilder von Chinnok als Welpen an, von all unseren Jahren mit ihm. Wir weinten alle, weil wir wussten, dass wir unseren geliebten Hund bald verlieren würden. Keiner von uns ahnte, dass der Krebs auch Pauls Leben kein Jahr später beenden würde.

Jetzt sang ich leise: »You'll remember me …«

Lisa setzte ein: »When the west wind moves …«

Wir summten weiter, ergänzten in Gedanken die restlichen Worte in einem stummen Refrain.

Nach einer Weile sagte Lisa: »Als ich die Augen aufmachte, sah ich ihn. Seine Hand lag auf der Rückenlehne deines Stuhls, und er lächelte mich an. Dann verschwand er.«

Ihre Augen füllten sich mit Tränen, die sie ungehalten fortwischte. Ich dachte an das Aufblitzen der Angst in ihren Augen, als sie das erste Mal aufgewacht war, und dass sie auf etwas hinter mir geblickt hatte. Wahrscheinlich hatte sie vom GHB hervorgerufene Halluzinationen gehabt, oder es gab irgendeine andere physiologische Erklärung, aber ich glaubte keinen Moment lang, dass Pauls Geist tatsächlich dort gewesen war. Lisa hingegen war überzeugt, er wäre dort gewesen, für sie war die Vision sehr real. Ich wollte ihr das nicht nehmen. Sie wartete darauf, dass ich etwas sagte.

Ich lächelte. »Das ist eine wunderschöne Vorstellung. Ich würde gerne glauben, dass dein Vater uns immer noch besucht.«

»Du glaubst mir nicht.« Sie klang matt und resigniert, als hätte sie erwartet, dass ich sie im Stich lasse. Der Gedanke machte mich traurig.

»Lisa, das ist es nicht, was ich …«

»Ich habe keine Überdosis genommen.«

Ich wusste nicht, was ich antworten sollte. Ich argwöhnte, dass sie sehr wohl Drogen geschluckt hatte, es aber in der nachfolgenden, von dem Gift herrührenden Amnesie vergessen hatte. Also sagte ich nur: »Okay.«

»Ich habe nichts *genommen* – jemand hat mir etwas gegeben.«

»Wer? Einer deiner Freunde?« Ich versuchte, nicht anklagend zu klingen, aber der Unterton war da, und meine Tochter, die schon immer eine gute Intuition hatte, vor allem wenn es um Kritik von mir ging, sprang sofort darauf an.

»Du glaubst immer noch, ich würde Drogen nehmen. Ich habe dir gesagt, dass ich *aufgehört* habe.«

Ich holte tief Luft und fing noch einmal an. »Du bist meine Tochter – ich liebe dich, und ich möchte, dass es dir gutgeht. Ich habe Angst, dass du, wenn du weiter auf der Straße lebst und mit Leuten rumhängst, die tatsächlich Drogen nehmen, auch wieder damit anfangen könntest. Als ich dich gestern Nacht gesehen habe, wie du …« Ich räusperte mich. »Ich habe Angst, dich zu verlieren.«

Ich versuchte, sie durch reine Willenskraft dazu zu bringen, mich anzusehen, aber sie sammelte mit dem Daumen die Krümel auf ihrem Teller auf und leckte ihn ab. Schnelle, zornige Bewegungen.

Sie sagte: »Es geht mir gut, bis auf gestern Abend. Ich habe es unter Kontrolle.«

Ich wartete auf genauere Erklärungen, aber sie starrte wieder ins Feuer. Ich beschloss, es dabei bewenden lassen, in der Hoffnung, dass sich im Laufe der nächsten Tage noch einmal die Gelegenheit ergeben würde, darauf zurückzukommen. Ich wechselte das Thema. »Ich habe Garret neulich gesehen.«

Sie biss von ihrem Toast ab und kaute energisch, ohne den Blick vom Feuer abzuwenden. Mit undurchdringlicher Miene sagte sie: »Ach ja.«

Es hatte nicht wie eine Frage geklungen oder als ob sie mehr darüber erfahren wollte, trotzdem fügte ich hinzu: »Ich habe ihm das Werkzeug deines Vaters gegeben – ich dachte, dass du es wohl nicht haben willst.«

Keine Antwort.

»Er hat jetzt ein Fotostudio.«

Immer noch keine Antwort.

»Und er hat nach dir gefragt – er sagte, wir könnten ja mal bei ihm vorbeikommen.«

Jetzt drehte sie sich um. »Hast du ihm erzählt, wo ich bin?«

Erschüttert von der Heftigkeit ihrer Reaktion und verwirrt über den Grund dafür, sagte ich: »Ich *wusste* nicht, wo du warst – aber ich habe ihm erzählt, dass ich dich zufällig am Fischerkai getroffen hatte. Er hat sich Sorgen um dich gemacht.«

Dieses Mal stellte sie ihren Becher mit einem dumpfen Knall auf dem Beistelltisch ab, ihr Teller folgte umgehend. »Warum kannst du dich nicht einfach aus den Sachen raushalten, die dich nichts angehen?«

»Ich verstehe nicht, was das Problem ist, wenn ich Garret von dir erzähle. Ihr standet euch früher so nahe, und er vermisst dich. Er ist dein Bruder, und ...«

Sie stand auf. »Er ist mein *Halb*bruder. Und wir waren uns als Kinder nahe, bis ihr beide angefangen habt, euch gegen mich zu verbünden.«

»Gegen dich zu verbünden? Du meinst, als wir versucht haben, dir zu helfen?« Ging es darum? Hatte sie das Gefühl, Garret und ich hätten uns gegen sie zusammengeschlossen?

Sie lachte verbittert. »O ja, du warst echt eine große Hilfe, Mom.«

»Lisa, kannst du dich bitte hinsetzen und mir erklären, was dich so wütend macht?«

»Sprich nicht mit ihm über mich, mit niemandem. Das ist *mein* Leben.« Mit diesen Worten stakste sie davon. Ich blieb zurück, starrte auf mein halbaufgegessenes Toastbrot, und meine eigenen Ängste wuchsen. In der letzten Nacht wäre sie fast gestorben, und trotzdem übernahm sie keine Verantwortung für die Probleme in ihrem Leben. Nächstes Mal könnte es damit enden, dass sie einen Hirnschaden erlitt oder zusammengeschlagen oder vergewaltigt in der Gosse lag – wenn sie nicht gleich an einer Überdosis starb. Ich folgte ihr durch den Flur zu ihrem Zimmer, aber als ich anklopfte, hörte ich nur das Wasser in der Dusche rauschen.

Stunden später war sie immer noch nicht wieder aufgetaucht, und es war unverkennbar, dass sie heute Abend nicht mehr aus ihrem Zimmer kommen würde. Ich ließ sie in Ruhe. Wahrscheinlich war es ohnehin besser, bis zum nächsten Morgen zu warten, ehe wir wieder miteinander sprachen – dann waren wir beide hoffentlich etwas entspannter.

Doch am Morgen war sie verschwunden. Den Stoffhusky hatte sie mitgenommen.

25. Kapitel

Da ich erwartet hatte, mit Lisa zu Hause zu bleiben, hatte ich mir den nächsten Tag freigenommen. Stattdessen verbrachte ich jetzt meine Zeit damit, wie besessen zu putzen, während ich in Gedanken immer wieder unseren Streit von gestern Abend durchging. Was hatte ihn ausgelöst? Offensichtlich ärgerte sie sich über meine Beziehung zu Garret – was mich überraschte. Eifersucht unter Geschwistern war ganz normal, aber die beiden hatten einander nahegestanden. Erst nach Pauls Tod lebten sie sich auseinander, als Lisa sich von jedem zurückzog. Hatten sie irgendeinen Streit gehabt, von dem ich nichts wusste? Oder hatte ich ihm, als ich mit dem Verlust von Paul zurechtzukommen versuchte, zu viel Verantwortung aufgebürdet? Lisa, die schon in ihren besten Zeiten Probleme mit Autoritäten hatte, hätte mir das übelgenommen.

Beim Staubwischen stellte ich fest, dass meine Handtasche anders lag als vorher. Mit einem scheußlichen Gefühl durchsuchte ich meine Geldbörse. Fünfzig Dollar fehlten.

Als Lisa mich das erste Mal bestohlen hatte, war ich wütend gewesen, trotz aller Sorgen hatte ich mich verraten gefühlt. Dieses Mal empfand ich nur Kummer und Traurigkeit – und Angst, als ich mir ausmalte, was sie mit diesem Geld anfangen würde. Was, wenn sie sich wieder Drogen kaufte und erneut eine Überdosis nahm? Der Gedanke raubte mir fast den Verstand, doch ich riss mich am Riemen und versuchte mir klarzuwerden, was ich von alldem halten sollte.

Im Gästezimmer setzte ich mich in den Sessel neben dem Bett, versuchte an Lisa zu denken und mit ihr Verbindung aufzunehmen. Ich schloss die Augen, atmete tief ein und aus, ließ meinen Geist zur Ruhe kommen. Irgendetwas, das ich gesagt hatte, hatte Lisa verletzt, aber ich kam nicht drauf, was es war. Außerdem war sie wütend, weil ich ihr nicht glaubte, obwohl ich zu meiner Ehrenrettung sagen musste, dass sie mir keinen guten Grund genannt hatte, ihr zu vertrauen. Warum hatte sie das Geld gestohlen? Ich hörte ihre Stimme in meinem Kopf: *Du erwartest das Schlimmste von mir, dann bekommst du auch das Schlimmste.*

Der Gedanke machte mich traurig, und ich wollte das Zimmer gerade verlassen, als ich ein Stück Papier unter dem Bett aufblitzen sah. Ich hob es auf.

Es war ein Flyer vom River of Life Spiritual Center.

Ungläubig starrte ich den Prospekt an. Woher hatte Lisa ihn? Hatte jemand ihr den gegeben? Mein Blick fiel auf den letzten Slogan: »Wir heilen dich an Körper, Geist und Seele.«

Lisa war das perfekte Ziel, sie hatte keinen festen Wohnsitz, war von ihrer Familie entfremdet, und, im Moment, extrem verletzlich. Ich dachte an ihre Frage vom Abend zuvor, nach einem Leben nach dem Tod. Sie war auf der Suche nach Antworten, und ich hatte sie ihr nicht gegeben – zumindest nicht die, die sie hören wollte. Wenn sie bereits in der Kommune war, könnte ich sie dann überzeugen, sie wieder zu verlassen? Sie war volljährig, so dass die Polizei mir nicht helfen würde. Dann schoss mir der Gedanke durch den Kopf, dass Aaron es möglicherweise ausdrücklich auf *meine* Tochter abgesehen haben könnte. Ich hatte Anzeige erstattet und mich mit ehemaligen Mitgliedern unterhalten.

Außerdem hatte ich Mary und Tammy erzählt, dass meine Tochter auf der Straße lebte. Was, wenn sie noch mit jemandem in der Kommune Kontakt hatten? Würde Aaron Lisa benutzen, um mich zu manipulieren?

Ich zwang mich zur Ruhe. *Immer eins nach dem anderen.* Alles, was ich hatte, war dieser Prospekt, den Lisa sonst wo eingesteckt haben könnte. Ehe ich mich in wilden Spekulationen erging, musste ich herausfinden, ob sie überhaupt in der Kommune war oder wieder auf der Straße lebte. Ich erwog, im Zentrum anzurufen, entschied mich jedoch, zuerst mit Tammy zu reden.

Sie ging ans Telefon, nachdem sie es ein paarmal hatte klingeln lassen. Ich kam sofort zur Sache. Als ich kurz geschildert hatte, worum es ging, fragte ich: »Haben Sie zufällig Nicole von meinem Besuch erzählt?« Ich achtete sorgfältig darauf, höflich und keinesfalls anklagend zu klingen.

»Nein, ich haben Ihnen doch gesagt, dass ich seit Jahren nicht mehr mit ihr geredet habe. Niemand dort drin darf ein Handy besitzen oder einen E-Mail-Account. Wenn sie nach draußen telefonieren wollen, müssen sie das Telefon im Hauptraum benutzen – und sie brauchen eine Erlaubnis. Selbst wenn ich eine Nachricht hinterlassen hätte, hätte sie wahrscheinlich nicht zurückgerufen. Ich habe *niemandem* erzählt, dass Sie hier waren.«

Also hätte auch Mary niemanden im Zentrum anrufen können.

Ich dachte laut nach. »Wenn ich in der Kommune anriefe, würde man mir dann sagen, ob Lisa dort ist?«

»Nein, sie nehmen den Schutz der Privatsphäre ihrer Mitglieder sehr ernst.«

»Wenn sie in die Kommune geht, könnte wer weiß was passieren. Sie ist gerade aus dem Krankenhaus gekommen.«

Ich dachte an Aarons Ansichten über die moderne Medizin. Falls Lisa noch unter irgendwelchen Nachwirkungen ihrer letzten Überdosis zu leiden hatte, würde man dort Hilfe für sie holen? Ich sagte: »Es geht ihr nicht gut, und sie braucht jemanden mit einer medizinischen Ausbildung.«

»Es tut mir leid. Ich weiß nicht, was ich sagen soll. Ich wünschte, ich könnte Ihnen helfen.«

»Danke, aber das Einzige, was wirklich helfen würde, wäre, wenn man den ganzen Laden einfach dichtmachen könnte. Und ich weiß auch nicht, wie wir das schaffen sollen.«

Ich hörte, wie sie am anderen Ende der Leitung vernehmlich ausatmete. Dann sagte sie: »Ich habe viel nachgedacht, seit Sie hier waren.«

»Und?«

Ihre Stimme klang kräftiger, als sie sagte: »Ich will eine Aussage machen.« Sie wurde wieder leiser. »Aber wenn wir es machen, muss ich dann vor Gericht aussagen? Ich will ihn nicht ansehen müssen, wenn ich darüber rede, was er getan hat. Als ich aus dem Zentrum weggegangen bin, war ich eine Zeitlang ziemlich durch den Wind und habe viel getrunken. Ich will nicht, dass irgendein Rechtsanwalt mir das Gefühl gibt, ein Stück Dreck zu sein, oder dass die Medien mich auseinandernehmen. Ich habe jetzt ein Kind.«

»Wenn der Staatsanwalt beschließt, Anklage zu erheben, lässt sich möglicherweise etwas arrangieren, damit Sie nicht vor Gericht erscheinen müssen.«

Ein weiteres tiefes Ausatmen. »Ich mache es, aber ich muss es zuerst meinem Mann sagen. Er arbeitet im Moment nicht in der Stadt, ich kann also erst in ein paar Tagen mit ihm sprechen. Ich gebe Ihnen Bescheid, sobald ich mit der Polizei gesprochen habe.«

»Danke, ich weiß das wirklich zu schätzen.« Ich atmete ebenfalls vernehmlich aus. Endlich kamen wir weiter.

»Viel Glück, dass Sie Ihre Tochter finden.«

Das würde ich brauchen.

Obwohl Tammy gesagt hatte, dass das Zentrum mir nicht erzählen würde, ob Lisa dort war, suchte ich die Nummer auf meinem iPhone heraus. Die Frau am Telefon war höflich, sagte jedoch, dass sie keine Informationen über ihre Mitglieder herausgeben dürften. Als Nächstes hörte ich meine Mailbox im Krankenhaus ab, gegen alle Vernunft hoffend, dass Lisa vielleicht eine Nachricht hinterlassen hatte, aber es war nur eine von Kevin drauf, der fragte, wie es mir ginge. Ich rief ihn zurück, und als er meine Stimme hörte, sagte er: »Wie geht es dir? Und deiner Tochter?«

»Ich weiß nicht. Sie ist gerade ...« Es war mir peinlich, als meine Stimme brach.

»Was ist passiert?«

Ich erzählte ihm von unserem Streit und von dem Prospekt, den ich gefunden hatte.

»Das tut mir wirklich leid. Kann ich dir irgendwie helfen? Ich habe heute Nachmittag etwas Zeit. Wollen wir zusammen spazieren gehen, etwas frische Luft schnappen und über alles reden?«

»Danke, aber ich werde einfach durch die Gegend fahren und sehen, ob Lisa bei irgendeiner Unterkunft aufgetaucht ist.«

»Wenn du später das Bedürfnis hast zu reden, melde dich einfach. Bis dahin viel Glück.«

»Das werde ich brauchen.« Ich holte tief Luft und ließ den Atem langsam aus meinen Lungen entweichen. »Ich bete nur, dass sie nicht schon in der Kommune ist. Sie ist im Moment so verletzlich.« Ich erzählte ihm, dass Tammy gesagt hatte, sie würde zur Polizei gehen. »Aber ich weiß nicht, wie lange es dauert, bis sich auf dem offiziellen Weg etwas tut, oder ob sie ihn überhaupt verhaften werden.«

»Falls Lisa im Zentrum ist, hast du immer noch etwas Zeit, ehe sie richtig integriert ist. Es wäre ja denkbar, dass sie nur an einem der Einführungsretreats teilnimmt, der ihr vielleicht noch nicht einmal gefällt. Und wenn Aaron verhaftet wird, wird sie vermutlich gehen.«

Ich dachte an Heather, die zu ihrem ersten Retreat gegangen und schließlich monatelang geblieben war und ihr Leben, ihre Freunde und Familie hinter sich gelassen hatte.

»Ich hoffe, du hast recht.«

Ich drehte eine Runde, ohne Lisa zu finden. Später am Abend versuchte ich es erneut, in der Hoffnung, ein paar Leute von der Straße kämen wieder ins Wohnheim. Obwohl es nicht gerade ungefährlich war, am Abend in dieser Gegend unterwegs zu sein, war ich bereit, das Risiko einzugehen. Es war kalt, so dass ich mich dick einmummelte und mich beim Wohnheim an die Ecke stellte, Lisas Foto in der Hand. Als sich eine Gruppe Jugendlicher zusammenscharte, bemerkte mich ein junger Mann mit Gesichtspiercings und Skateboard. Er sah friedlich aus, also lächelte ich probeweise und ging auf ihn zu. Er verließ die Gruppe und kam mir entgegen.

»Suchen Sie jemanden?«

Ich zeigte ihm das Foto. »Ja, meine Tochter. Sie heißt …«

»Lisa.« Er nickte. »Wir haben ein paarmal zusammen gechillt. Sie ist cool.«

»Wissen Sie, wo sie sein könnte?« Ich hielt den Atem an. *Bitte, Gott.*

Er schielte zurück zu seinen Freunden, die inzwischen die Straße hinuntergingen. »Zuletzt habe ich sie vor ein paar Nächten gesehen – ein Stück weiter die Straße runter. Sie sagte, sie würde im Monkey House pennen.«

»Was ist das?«

»Es liegt unten an der Caledonia Ave. Das große weiße Haus. Aber passen Sie auf, wenn Sie da reingehen. Die dürfen Sie nicht für eine Sozialarbeiterin oder einen Cop halten.«

»Danke. Warum heißt es Monkey House? Das Affenhaus?«

»Weil jeder da irgendwie durchgeknallt ist, meistens wegen Drogen. Viel Glück, Lady.« Er machte Anstalten zu gehen.

Wenn Lisa dort war, bedeutete das, dass sie wieder Drogen nahm? Ich rief laut: »Vor ein paar Tagen hatte sie eine Überdosis. Wussten Sie das?«

Er drehte sich um. »Das Letzte, was ich gehört hab, war, dass sie clean ist.« Er zuckte die Achseln. *Einfach nur ein weiterer Tag auf der Straße.* Dann ließ er sein Skateboard fallen und fuhr davon, seinen Freunden hinterher. Also glaubte er ebenfalls, dass sie clean war. Hatte Lisa die Wahrheit gesagt?

Ich fuhr zu dem Haus in der Caledonia Ave und blieb draußen sitzen. Hätte ich Kevin doch lieber bitten sollen, mich zu begleiten? Das Problem war, wenn Lisa ihn sähe, wäre sie in null Komma nichts verschwunden. Ich holte tief Luft, lief zum Haus und stieß die Tür auf. Sofort umwehte mich der Gestank ungewaschener Körper, verbrannter Chemikalien und von Zigarettenrauch. Ich ging durch einen dunklen Flur und versuchte, in dem geschlossenen Raum nicht in Panik zu geraten. An einer Stelle zögerte ich, jemand hatte Abfall vor einer Tür angehäuft, so dass der Flur nur noch ein enger Durchgang war. *Denk nicht darüber nach, konzentriere dich einfach darauf, Lisa zu finden.* Ich zählte meine Atemzüge, bis mein Herzschlag sich beruhigte, und ging weiter. Mir fiel auf, dass in den meisten Räumen nur eine nackte Matratze lag, auf der Leute schliefen oder mit glasigem Blick hockten. Müll bedeckte die Holzfußböden. Eine Frau starrte mich finster an, ihr Gesicht und ihre Arme waren mit offenen, nässenden Geschwüren bedeckt. Rasch wandte ich den Blick ab. Im nächsten Zimmer blickte eine junge indianische Frau auf. Sie war mit selbstgemachten Tattoos geschmückt und sagte: »Wen suchst du, Schwester?«

»Meine Tochter, Lisa Lavoie.«

Ihre Augen wurden schmal, als würde sie nachdenken. »Da ist eine Lisa am Ende vom Flur. Die ist süß.« Sie grinste.

Den Rest des Weges lief ich, wobei all die Gerüche mich fast würgen ließen. Der Raum am Ende des Flures hatte eine Tür. Ich rang mit mir, ob ich anklopfen sollte, doch dann stieß ich sie einfach auf. Lisa saß zusammengekauert auf einer fleckigen alten Matratze ohne Laken. Die alten Tapeten hingen in Streifen von der Wand, und ein kalter Wind wehte durch das zerbrochene Fenster. Die Fensterbank war schwarz vom Moder und Schimmel. Im ganzen Raum verstreut lagen leere Pizzapackungen und Fastfood-Schachteln. Lisa trug die Kleider, in denen sie mein Haus verlassen hatte: ausgeblichene schwarze Jeans und ein graues Sweatshirt, dessen Kapuze sie über den Kopf gezogen hatte. Statt in eine Decke hatte sie sich in ihre Jacke gewickelt und saß gegen die Wand gelehnt da, die Augen geschlossen und den Rucksack auf dem Schoß. Sie war so blass, dass ich den Atem anhielt, bis sie etwas murmelte und sich bewegte.

»Lisa?« Langsam wurde sie wach und starrte mich an. Ihre Pupillen waren erweitert, sie packte ihren Rucksack und zog ihn enger an sich. Ihr Kiefer mahlte, und ihr Blick huschte unruhig durch den Raum. Sie war total zugedröhnt. Ich kämpfte den Drang nieder, sie am Nacken zu packen, hier rauszuschleifen und zu Hause im Gästezimmer einzusperren. Hinter der Wut regten sich meine Angst um sie, mein Kummer und meine Verzweiflung. Wie konnte sie sich selbst das antun?

Sie sagte: »Was tust du hier?«

»Ich wollte mit dir über den Prospekt reden, den du in meinem Haus liegengelassen hast – vom River of Life Center. Woher hast du den?«

Sie wich meinem Blick aus, kratzte sich mit ruckartigen Bewegungen an den Armen, den Beinen, am ganzen Körper.

»Die Leute da sind nicht das, was sie zu sein scheinen. Du weißt nicht, wie sie …«

»Du bist echt unglaublich«, lallte sie. »Du hast doch immer gewollt, dass ich mich behandeln lasse – jetzt versuche ich, Hilfe zu bekommen, und du bist trotzdem nicht zufrieden.«

Sie hatte recht. Ich bedrängte sie seit Jahren, sich Hilfe wegen ihrer Drogenabhängigkeit zu holen, aber ich hätte nie erwartet, dass sie diese Hilfe in dem Zentrum suchen würde. Ich musste jetzt vorsichtig sein, musste meine Argumente geschickt vorbringen. »Lisa, ich kannte den Leiter als Kind. Am Anfang sagen sie, dass sie dir helfen wollen, aber am Ende schaden sie den Menschen. Vor allem den Mädchen. Ihr Leiter …«

»Du willst, dass ich von den Drogen wegkomme, oder? Die haben ein paar anderen Leuten geholfen, die ich von der Straße kenne. Warum kannst du mich nicht einmal etwas auf meine Weise machen lassen?« Ihre Stimme brach. Wütend und mit gerötetem Gesicht starrte sie hinunter auf ihre Knie. Sie hatte es schon immer gehasst, vor jemand anders zu weinen. Als sie klein war, war ich die Einzige, die sie halten durfte, wenn sie schluchzte. Alle anderen hatte sie weggestoßen.

Ich kniete mich vor sie auf den Boden. »Lisa, ich möchte dich in deinen Entscheidungen unterstützen. Aber ich möchte auch, dass du zuerst etwas über diese Leute erfährst.«

»Jetzt willst du mich plötzlich beschützen. Wo warst du davor?«

»Ich war immer da …«

Sie begann, schrill zu lachen. »Du warst doch so damit beschäftigt, zu lernen, wie man all den anderen Leuten hilft, dass du gar nicht gemerkt hast … *mich* hast du nicht beschützt.«

Das Blut rauschte in meinen Ohren, alles wirkte plötzlich wie in Zeitlupe, ihre Worte kamen wie aus weiter Ferne. Mein Unterbewusstsein wappnete sich bereits, als es spürte, dass ich gleich etwas Schmerzhaftes zu hören bekäme.

»Wovor habe ich dich nicht beschützt?«

»Jemand hat mich gefickt, *Mom.* Mein Gott, bist du wirklich so blind?«

Ich ließ mich zurücksinken. Mein Verstand versuchte zu erfassen, was sie gerade gesagt hatte. Meinte sie, jemand hätte sie sexuell missbraucht? Ich sah ihr in die Augen, ihr kampflustiger Blick warnte mich, es zu leugnen, und ich spürte die Scham und den Schmerz hinter ihren zornigen Worten. Es war wahr. Ich versuchte zu sprechen, irgendetwas zu sagen, aber mein Herz schlug viel zu heftig und zu schnell, und meine Gedanken überschlugen sich. Schließlich gelang es mir, einen festzuhalten, und ich fragte keuchend: »Wann? Wann ist es passiert?«

»Etwas spät, um so zu tun, als würde es dir etwas ausmachen, meinst du nicht? Ich bin ziemlich hinüber, für den Fall, dass es dir entgangen sein sollte.« Sie warf den Kopf zurück, ihr Lachen klang fast hysterisch.

Mein Herz hämmerte in meiner Brust. *Wer hat meinem Kind weh getan?* Ich brach beinahe in Tränen aus, geriet fast in Panik, aber ich schaffte es, mich etwas zu beherrschen. »Wie ... War es einer deiner Lehrer?« Ihre Miene wurde leer und resigniert. Sie hatte bereits entschieden, dass ich sie im Stich lassen würde. Ich dachte an all die Male, bei denen sie länger in der Schule geblieben war, an die Wochenendausflüge mit Freundinnen und deren Vätern. Dann begriff ich.

»Hat einer der Betreuer in der Entzugsklinik dir etwas getan?«

Sie schüttelte den Kopf, doch sie starrte hinunter auf ihren Rucksack, zog den Reißverschluss an einer der Taschen auf und wieder zu. Wenn sie als Kind irgendetwas zu verbergen hatte, hatte sie immer mit ihren Reißverschlüssen herumgespielt. Ich hatte recht. Es passte alles.

Sie sagte: »Das ist doch jetzt egal.«

»Es ist *nicht* egal – natürlich ist es wichtig.«

Sie sah mich an. »Geh weg, Mom. Geh einfach nach Hause.«

»Ich werde dich jetzt nicht alleinlassen.«

»Alles in Ordnung, Lisa?« Ein hochgewachsener Mann, die Arme von oben bis unten tätowiert, das lange, dunkle Haar in ungezähmten Locken, stand in der Tür. Seine Augen hatten diesen wilden Blick, der verriet, dass er ebenfalls high war.

»Meine Mom wollte gerade gehen.«

Ich drehte mich um, um Lisa anzusehen, und fragte mich, wer meine Tochter ausgetauscht hatte, denn diese zornige Frau, die mich voller Hass anstarrte, kannte ich nicht.

»Ich will dich nie wiedersehen. Verpiss dich, los, hau ab.«

Ich hörte den Schmerz in meiner Stimme, als ich sagte: »Lisa ...«

Der Mann machte einen Schritt auf mich zu. »Sie will dich hier nicht haben, Alte. Du bewegst besser deinen Arsch hier raus, ehe ich dir Beine mache.«

Ich stand auf. »Drohen Sie mir nicht. Ich rede mit meiner Tochter.« Er machte noch einen Schritt auf mich zu. Ich schaute zurück zu Lisa, fragte mich, ob sie ihn wohl aufhalten würde. Doch ihr Kopf rollte schlaff zurück, die Schultern zuckten. Sie war bereits weg.

Als ich nach Hause kam, setzte ich mich, noch in der Jacke, auf mein Sofa und starrte auf meinen kalten Kamin. Ich fror, aber ich hatte nicht die Kraft, aufzustehen und Feuer zu machen. Ich hatte Lisa auf die schrecklichste Weise im Stich gelassen, die möglich war. Ich dachte an ihre Worte: *Du hast es nicht gemerkt – du hast mich nicht beschützt.* Sie hatte recht. Wie hatte ich das zulassen können? Wie hatte ich die Anzeichen übersehen können? Ich war Ärztin, ich war ihre *Mutter*. Ich war sicher, dass es einer der Betreuer in der Klinik gewesen war, der sie missbraucht hatte. Sie war jung gewesen, vielleicht zu jung für eine stationäre Therapie. Hatte ich es so eilig gehabt, sie irgendwo unterzubringen, dass ich nicht in Ruhe überlegt hatte, ob es die richtige Einrichtung für Lisa war? Ich war eine Hochstaplerin. All die Jahre über hatte ich versucht, Frauen zu helfen, und nicht die Wahrheit über meine eigene Tochter erkannt.

Mir wurde schlecht, als ich an einen jungen Betreuer in der Klinik dachte, wie vertraut er und Lisa miteinander umgegangen waren. Er sagte mir, ich solle stark bleiben, wenn sie anrief und die ganze Zeit weinte – und sie nicht nach Hause holen. Später rief er mich an, um mir zu sagen, dass sie fortgelaufen sei. Sie hatte versucht zu entkommen, und ich hatte sie daran gehindert. Warum hatte sie nie etwas gesagt? Hatte sie gedacht, ich würde ihr nicht glauben? Es war nicht lange nach dem Tod ihres Vaters gewesen. Vielleicht wollte sie mich nicht aufregen.

Ich wäre am liebsten zu der Entzugsklinik fahren und hätte alles kurz und klein geschlagen, um herauszufinden, wer mein Kind missbraucht hatte. Die Vorstellung, dass ein Mann sie anfasste, dass sie sich alleingelassen und verängstigt fühlte, drohte mich zu zerreißen. Aber solange Lisa den Täter nicht nannte, konnte ich nicht viel tun. Ich erwog, die Polizei anzurufen, aber die würden auch nichts tun können. Ich hatte ja nicht einmal einen Namen.

Schließlich nahm ich ein heißes Bad und zwang mich, ins Bett zu gehen.

Stunden später lag ich immer noch wach und lauschte dem Wind, der vom Ozean heranbrauste, als ich ein Krachen auf dem Hinterhof hörte. Ich zog meinen Hausmantel an, schnappte mir die Dose mit dem Pfefferspray, die ich in meinem Nachttisch aufbewahrte, und schlich in den Wohnbereich. Ich tappte zum Küchenfenster und spähte hinaus. Ich erkannte das Problem sofort. Der Wind hatte den Sonnenschirm umgeweht, und jetzt rollte er herum und knallte überall dagegen. Ich zog mir etwas Wärmeres an, wappnete mich gegen den Sturm und ging nach draußen. Ich hatte gerade den Schirm in den Schuppen gezerrt, als der Wind die

Tür hinter mir zuknallte. Um mich herum wurde es pechschwarz.

Ich versuchte, die Schnur für den Lichtschalter zu finden, während mein Adrenalinspiegel in die Höhe schoss. *Ich kann nicht atmen.* Ich knallte mit dem Schienbein gegen etwas Hartes und wich ein paar Schritte zurück. *Ich muss hier raus.* Ich fiel in ein paar Blumentöpfe und riss sie herunter, bis sie um mich herum verstreut lagen. In blinder Panik stürzte ich in Richtung Tür, meine Hände umklammerten den Knauf. Wind und Regen schlugen mir ins Gesicht, als ich zurück zum Haus sprintete.

Ich verschloss die Tür, lehnte mich dagegen und versuchte, wieder zu Atem zu kommen, während mein Herz immer noch laut in den Ohren pochte. Regen, vermischt mit Tränen, tropfte von meinem Gesicht. Was war da gerade passiert? Offensichtlich hatte etwas meine Klaustrophobie ausgelöst, aber in dem vertrauten Panikgefühl hatte noch etwas mitgeschwungen, ein intensives Entsetzen, sogar noch stärker als an dem Tag, als ich versucht hatte, mein Fahrrad aus dem Schuppen zu holen. Ich war unfähig gewesen, irgendeine der Techniken anzuwenden, mit denen ich die Panik normalerweise in den Griff bekam. Es musste irgendetwas mit dem Schuppen zu tun haben.

Trotz all der Erinnerungen, die wieder hochgekommen waren, seit ich Heather kennengelernt hatte, gab es immer noch keine Erklärung für meine Klaustrophobie. Ich hatte angenommen, sie hätte etwas mit dem Stall zu tun, aber vielleicht war es auch etwas anderes. Ich dachte an früher, konnte mich aber nicht entsinnen, dass es auf dem Gelände der Kommune einen Schuppen gegeben hätte. Ich erwog, auf der Stelle noch einmal mit einer Taschenlampe zum Schuppen zu gehen und dort stehen zu bleiben, bis die

Angst abflaute. Expositionstherapien waren bei zahlreichen Phobien sehr wirkungsvoll. Doch als ich die Tür öffnete, war schon der Hof pechschwarz. Ich konnte lediglich die unheimlichen Schemen der Bäume und Sträucher erkennen, die sich wild im Wind bogen. Ich schlug die Tür wieder zu und verriegelte sie.

In dieser Nacht regnete es heftig. Am Morgen besichtigte ich meinen Garten, hielt nach Sturmschäden Ausschau und sammelte abgerissene Zweige auf. Dabei entdeckte ich den Fußabdruck im weichen Boden in der Nähe des Schuppens. Ich starrte hinunter. War das meiner? Er wirkte größer als meiner, aber das war schwierig zu beurteilen, denn der Regen hatte die Ränder verwischt. Ich hockte mich hin, um den Abdruck genauer zu betrachten. Ich meinte, ein leichtes Profil zu erkennen. Meine Schuhe hatten eine glatte Sohle.

26. Kapitel

Auf dem Weg zum Krankenhaus ermahnte ich mich, wie viele Leute den Fußabdruck hinterlassen haben könnten: die Zählerableser, jemand von der Gärtnerei, die ich um ein Angebot für Rasenpflege gebeten hatte. Doch höchstwahrscheinlich war es ohnehin mein eigener gewesen. Ich interpretierte einfach überall zu viel hinein. Im Moment gab es Wichtigeres, um das ich mir Sorgen machen musste, meine Tochter zum Beispiel oder meine Patienten.

Ich sprach mit Jodie, dem magersüchtigen Mädchen, und ihren Eltern über ihre Behandlung. Sie hatte sich zu einem neuen Ernährungsplan verpflichtet. Ich verbrachte auch einige Zeit mit Francine, die mittlerweile ruhiger wirkte, obwohl sie mich ständig fragte, wo ihre Zeichnungen abgeblieben seien, mich Angela nannte und fragte, ob ich mich noch daran erinnerte, wie wir zusammen in Mexiko waren. Es ist besser, Demenzpatienten nicht zu widersprechen, wenn sie einen mit jemand anders verwechseln, so dass ich sie nur fragte, welcher Teil von Mexiko ihr am besten gefallen hatte. Sie sah so glücklich aus, als sie mir Geschichten vom Schnorcheln in der Karibik erzählte.

Die Ablenkung half für ein paar Stunden, doch beim Lunch hockte ich allein in der Cafeteria über einer Tasse Tee und dachte an Lisa. Ich konnte es immer noch nicht fassen, dass ich alle Anzeichen dafür, dass sie missbraucht wurde, übersehen hatte, und wieder rang ich mit denselben

Fragen. Was für eine Mutter war ich? Was für eine Ärztin? Ja, sie hatte Schwierigkeiten gehabt, bevor ich sie in die Klinik steckte, aber danach war es nur noch schlimmer geworden. Ich hatte es so eilig gehabt, sie zu heilen, dass ich das Problem noch vergrößert hatte. Jetzt ergab ihr Verhalten nach der Therapie mehr Sinn, ihre Weigerung, mit mir oder Garret zu sprechen, ihr zunehmender Drogenmissbrauch. Es brach mir das Herz, dass sie mir nicht vertraut hatte, dass ich in all den Jahren anderen Menschen geholfen hatte, während meine eigene Tochter litt ... *Stopp*. Das würde weder Lisa noch mir helfen. Ich musste einen Weg finden, mit ihr zu sprechen, ehe sie sich der Kommune anschloss. Sollte ich ihr noch ein paar Tage geben? Ich dachte immer noch darüber nach, als Kevin mit einer Tasse Kaffee in der Hand an meinem Tisch auftauchte. »Hi, wie geht's?«

Ich bedeutete ihm, sich zu setzen. »Nicht besonders gut.«

»Hast du Lisa gefunden?«

»Ja, aber ich mache mir immer noch große Sorgen um sie.« Ich erzählte ihm, was geschehen war, ließ jedoch aus, was sie über den Missbrauch erzählt hatte. Ich wollte ihre Privatsphäre respektieren, und vor allem musste ich es selbst erst noch verdauen.

»Das muss hart gewesen sein, sie so zu sehen«, sagte er mitfühlend.

»Das war es. Und dann noch zu hören, wie ernst es ihr damit ist, zur Kommune zu gehen.« Ich dachte an den Schmerz in ihrem Blick, als sie zugegeben hatte, dass sie Hilfe suchte, an ihre Verzweiflung. Genauso hatte Heather mich angesehen, als sie erzählte, dass Aaron glaube, jeder könne sich selbst heilen. Wie er sie dazu gebracht hatte, sich schwach zu fühlen. Welche Lügen würde er meiner Tochter über ihre Drogenabhängigkeit auftischen?

»Hast du ihr von deinen Befürchtungen in Bezug auf ihre Techniken erzählt?«, fragte Kevin. »Oder von deinen eigenen Erfahrungen mit der Kommune?«

»Ich habe es versucht, aber sie wollte es nicht hören.«

»Glaubst du, dass sie ein anderes Mal vielleicht empfänglicher sein wird?«, fragte er leise.

Ich dachte darüber nach. Lisa war ziemlich high gewesen, und das war der falsche Zeitpunkt, um über irgendetwas mit ihr zu reden. »Vielleicht sollte ich es heute Abend noch einmal probieren. Aber es könnte schon zu spät sein ...«

»Wenn sie zu einem Retreat geht oder sich dem Zentrum anschließt, wird sie zumindest clean. Anschließend kann sie vielleicht auch andere Entscheidungen über ihr Leben treffen. Es hört sich an, als akzeptiere sie allmählich, dass sie für ihre Abhängigkeit verantwortlich ist.«

»Ich hoffe es.« Ich schwieg und lächelte ihn an. »Tut mir leid, wahrscheinlich wolltest du eine entspannende Mittagspause haben, und jetzt hörst du dir schon wieder meine Probleme an.«

Er schüttelte den Kopf. »Nein, ich freue mich, wenn ich helfen kann. Brauchst du heute Abend Unterstützung?«

Ich dachte über sein Angebot nach, doch selbst, wenn ich es schaffte, Lisa aus dem Monkey House zu bekommen, würde sie nur einen Blick auf Kevin werfen und denken, ich hätte ihr eine Falle gestellt. »Danke, aber ich gehe besser alleine. Ich weiß nicht, wie sie auf dich reagieren würde.« Ich stand auf. »Ich muss wieder an die Arbeit.«

»Okay, schick mir nachher noch eine E-Mail, damit ich weiß, dass du nicht irgendwo im Graben gelandet bist.« Die Worte sollten scherzhaft klingen, aber seine Miene war ernst.

»Mach ich.« Ich war überrascht, wie sehr mich die Vorstellung freute, dass sich jemand um mich sorgte. Ich hatte vergessen, wie es sich anfühlte, jemanden über meine Angelegenheiten auf dem Laufenden zu halten. »Danke für das Gespräch.«

»Gerne.«

Als ich die Cafeteria verließ, schaute ich kurz zurück. Kevin starrte gedankenverloren auf seinen Becher.

Nach der Arbeit duschte ich, zog bequeme Kleidung an, nahm vorsichtig die Ohrringe und sämtlichen Schmuck ab und machte mich wieder auf den Weg zum Monkey House. Heute wollte ich früher dort sein, bevor es dunkel wurde. Ich blieb eine Weile im Wagen sitzen und beobachtete das Kommen und Gehen. Vielleicht wäre es doch eine gute Idee gewesen, Kevin mitzubringen, aber jetzt war es zu spät. Ich packte mein iPhone, hielt es einsatzbereit in der Hand und umklammerte mit der anderen die Pfefferspraydose in der Jackentasche. Dann drückte ich die Autoverriegelung gleich zweimal und betrat das Haus.

Ein paar Leute hielten bei ihrem Treiben inne und starrten mich an. Sie standen in kleinen Grüppchen zusammen, mit ihren leeren Blicken erinnerten sie mich an Zombies aus einem Horrorfilm. Der Raum, in dem ich Lisa gestern gefunden hatte, war leer. Ich starrte auf die nackte Matratze, Furcht breitete sich in mir aus. Vielleicht war sie nur in ein anderes Zimmer gezogen. Eine Frau sagte dicht hinter mir: »Suchst du deine Tochter?«

Ich wirbelte herum. Es war die Frau der First Nations vom Tag zuvor.

Sie streckte die Hand aus. »Gib mir Geld, und ich sage dir, wo sie hin ist.«

Ich hatte meine Handtasche im Auto gelassen und zur das

Allerwichtigste aus meiner Geldbörse in die Taschen meiner Jeans gestopft. Ich zog einen Zwanziger heraus. Sie wollte mehr. Ich schüttelte den Kopf. »Das ist alles, was ich habe.«

Sie riss mir den Geldschein aus der Hand. »Sie ist mit diesen Leuten vom Center weggegangen.«

Mein Blickfeld engte sich ein, die Gerüche des Hauses nach Schweiß, Drogen und Urin legten sich dick auf meine Kehle. »Sie meinen das River of Life Center?«

»Keine Ahnung, wie die heißen.« Sie zuckte die Achseln, kratzte sich träge am Arm und schabte mit den Fingernägeln etwas Wundschorf ab. Sie hielt inne, betrachtete die Wunde einen Moment und zupfte daran herum. Sie sah wieder zu mir. »Sie kommen immer her, verteilen ihre Flyer und Shit und versuchen, uns zu heilen.« Sie lachte. »Sie mögen deine Tochter bestimmt – haben ein paar Minuten mit ihr geredet.«

Beschreibungen. Konzentriere dich und versuch, Beschreibungen zu bekommen.

»Wie sahen sie aus?«

Ein weiteres träges Achselzucken. Sie starrte auf meine Tasche, als könnte daraus mehr Geld hervorkommen. Ich wartete, dass sie mir in die Augen sah, und starrte sie dann so lange an, bis sie den Blick abwandte. Schließlich sagte sie: »Irgend so'n alter Knacker mit grauem Haar und eine jüngere Tussi.«

Mir blieb die Luft weg. Meinte sie Aaron? »Haben sie irgendwelche Namen benutzt?«

»Nein – irgendwie sind die echt durchgeknallt. Ich hab versucht, Lisa zu warnen, aber sie hat nicht zugehört und meinte, die würden ihr helfen.«

Die Ironie entging mir nicht: Eine Drogenabhängige warnte meine Tochter, etwas sei nicht gut für sie. Ich fragte mich, ob sie ihr gleichzeitig auch einen Schuss angeboten hatte.

»Danke für die Informationen.« Ich zog eine meiner Karten aus der Tasche und hielt sie ihr hin. »Wenn Sie Lisa sehen oder wenn diese Leute zurückkommen, bitte rufen Sie mich unter dieser Nummer an. Sie bekommen eine Belohnung, wenn die Informationen dazu beitragen, dass ich sie finde.«

Sie schnappte sich die Karte, schielte darauf, als versuchte sie, die Worte zu lesen, und stopfte sie sich hastig in die Achselhöhle. Ihr Blick schweifte unruhig umher, als könnte ihr jemand die Karte stehlen.

Sobald ich wieder in meinem Auto saß, suchte ich in meinem iPhone die Nummer von Daniel heraus. Ich wusste nicht, ob sein Telefon noch angemeldet war, aber er ging beim ersten Klingeln dran.

»Daniel, hier ist Dr. Lavoie. Ich wollte wissen, ob Sie schon wieder im Zentrum sind.«

»Nein, ich mache erst noch diesen Job zu Ende. Sie haben mich im Voraus bezahlt und …«

»Ich könnte möglicherweise Ihre Hilfe brauchen.« Ich missachtete alle üblichen Regeln der Höflichkeit und platzte mit meinem Anliegen heraus. »Lisa, meine Tochter – ich glaube, sie ist im River of Life Center.« Ich hörte den Namen in meinem Kopf widerhallen und konnte es immer noch nicht fassen, dass Lisa an diesem Ort war, bei Aaron.

Ein langes Schweigen.

Ich starrte auf das heruntergekommene Gebäude vor mir.

»Sind Sie sicher?«, fragte er schließlich.

»Nein, aber genau das muss ich herausfinden.« Ich nagte an meiner Unterlippe, biss richtig zu. Wie lange nahm Lisa bereits wieder Drogen? Es war schwer zu sagen, ob sie heftige Entzugserscheinungen haben würde. »Es geht ihr nicht gut, und sie braucht möglicherweise medizinische Hilfe. Ich dachte, wenn Sie im Zentrum wären oder wenn Sie wüssten, wie man darin jemanden erreichen könnte ...«

»Ist sie krank?«

Ich wollte nichts von ihrer Abhängigkeit erzählen. »Sie hatte kürzlich ein paar gesundheitliche Probleme, und ich will mich nur vergewissern, dass es ihr gutgeht.«

»Sie geben keine Informationen über Mitglieder heraus.«

»Das wurde mir auch gesagt. Aber wenn Sie anrufen würden, würde man Ihnen sagen, ob sie da ist?«

»Sie würden es niemandem erzählen. Das ganze Zentrum beruht auf dem Prinzip, dass die Menschen ihre Vergangenheit hinter sich lassen und neu anfangen können.«

Frustration verlieh meiner Stimme einen erbosten Unterton. »Man muss doch irgendwie die Menschen da drin erreichen können. Was, wenn es einen Notfall gibt?«

»Sie können eine Nachricht hinterlassen.«

»Mir wurde gesagt, dass die Mitglieder davon abgehalten werden, mit der Außenwelt zu kommunizieren, mit Familien oder Freunden.«

»Das stimmt. Es ist besser, wenn man sich ganz auf die Workshops konzentriert. Aber wenn Sie eine Nachricht hinterlassen und sie nicht zurückruft, dann wissen Sie, dass sie dort glücklich ist.«

Wenn sie nicht zurückriefe, dann eher deswegen, weil sie nicht mit mir reden wollte. Aber wie konnte ich wissen, ob sie die Nachricht tatsächlich erhielt?

»Vielleicht gefällt es ihr ja gar nicht«, sagte Daniel. »Viele Leute sind noch nicht bereit für den Weg und gehen nach dem ersten Wochenende. Niemand wird gegen seinen Willen festgehalten.«

Er klang irritiert, als verstünde er nicht, warum ich mir solche Sorgen machte. In gewisser Weise hatte er recht. Theoretisch konnte Lisa jederzeit gehen, aber ich wusste, dass Fasten und Schlafentzug die Realitätswahrnehmung verändern konnten.

»Schon möglich, aber ich würde mich wesentlich besser fühlen, wenn ich zumindest wüsste, ob sie dort ist oder immer noch auf der Straße«, sagte ich. »Wenn ich selbst hingehen würde, was würde passieren?«

»Das Verwaltungsbüro ist abends geschlossen, aber die würden Ihnen ohnehin nichts erzählen. Wahrscheinlich müssten Sie sich einen Termin bei Aaron geben lassen.«

Ich dachte an die Anzeige, die ich gerade bei der Polizei erstattet hatte, und fragte mich, ob Aaron überhaupt mit mir sprechen würde. Ob das irgendwelche Auswirkungen auf die Ermittlungen hätte?

»Ich glaube nicht, dass er mich empfangen würde«, sagte ich. »Haben Sie sonst noch irgendeine Idee? Ich muss einfach wissen, dass es ihr gutgeht.«

Es folgte ein weiteres, lange widerhallendes Schweigen. Schließlich sagte er: »Geben Sie mir ein paar Tage, um diesen Job zu Ende zu machen, und wenn ich zurückgehe, sehe ich nach, ob sie dort ist.«

Trotz meiner Sehnsucht zu erfahren, wo Lisa steckte, sorgte ich mich doch, dass Daniel einen Fehler machte. »Haben Sie über alles nachgedacht, worüber wir gesprochen haben?«

»Ich gehe trotzdem zurück.« Er klang erst defensiv, dann widerwillig. »Wenn ich sie sehe, gebe ich Ihnen Bescheid.«

»Danke«, sagte ich, »ich weiß das wirklich zu schätzen, Daniel.«

Erneute Stille, dann legte er auf.

Nach dem Gespräch saß ich noch eine Weile in meinem Auto, beobachtete die Menschen, die im Monkey House ein und aus gingen, und wog meine Möglichkeiten ab. Wenn ich zum Zentrum fuhr und eine Szene machte, würde man mich dann Lisa sehen lassen? Unwahrscheinlich. Und selbst wenn ich mit ihr sprechen könnte, würde sie dann das Zentrum verlassen? Ich dachte daran, wie sie mich gestern aus der Absteige gejagt hatte. Dabei wollte ich doch nur wissen, ob es ihr gutging.

Ich startete den Wagen und fuhr zum Polizeirevier. Als ich dem Officer erklärte, was geschehen war, sagte er nur: »Ich kann Ihre Besorgnis verstehen, aber Ihre Tochter ist volljährig. Da können wir nichts machen.«

Ich nickte frustriert. Ich war es leid, immer nur gesagt zu bekommen, dass niemand irgendetwas tun könne – war es leid, das Gefühl zu haben, es gäbe nichts, das *ich* tun könnte. Als ich das Revier verließ, klingelte mein Handy. Es war Kevin.

»Alles in Ordnung?«

»Mir geht's gut.« Aber es ging mir nicht gut. Nicht einmal annähernd.

»Als ich nichts von dir hörte, habe ich mir Sorgen gemacht. Hast du Lisa gefunden?«

Ich berichtete ihm, was ich im Monkey House herausgefunden und was Daniel mir über das Zentrum erzählt hatte.

»Da muss ich ihm recht geben«, sagte er. »Wenn sie in dem Zentrum ist, ist es besser, wenn sie ihre eigenen Schlüsse zieht. Jede Einmischung von dir könnte sie veranlassen, noch länger zu bleiben. Kannst du nicht ein paar Tage abwarten und hören, was Daniel herausfindet?«

Ich atmete langsam aus, beobachtete den vorbeirauschenden Verkehr und die Dampfwolken meines Atems in der kalten Luft. Ich stieg in den Wagen, und Kevin erinnerte mich daran, dass man Aaron möglicherweise verhaften würde, sobald Tammy ihre Aussage machte. Und das würde hoffentlich Lisa dazu bringen, das Zentrum mit anderen Augen zu betrachten. Abzuwarten war das Beste, was ich im Moment tun konnte.

Ich lehnte den Kopf gegen die Kopfstütze. »Ich werde sehen, was in den nächsten paar Tagen passiert, aber jetzt muss ich nach Hause. Ich bin müde und hungrig, und mir ist kalt.«

»Soll ich mit etwas Miso-Suppe vorbeikommen? Ich habe einen Lieblingsjapaner um die Ecke. Wir könnten noch ein wenig reden.«

»Ich komme schon zurecht …« Aber dann stellte ich mir vor, wie ich mein leeres Haus betrat – mit der Angst vor dem, was meiner Tochter widerfahren könnte, als einziger Gesellschaft.

Kevin musste etwas in meiner Stimme herausgehört haben, denn er sagte: »Natürlich kommst du zurecht, aber ich weiß auch, wie ich drauf bin, wenn mich etwas bedrückt. Es ist immer besser, wenn jemand da ist, um die Gedanken zu reflektieren, damit ich sicher sein kann, dass meine Gefühle nicht meine Einschätzung der Situation verzerren. Erst dann treffe ich meine Entscheidung.«

Mein Stolz als Profi bekam einen leichten Knacks bei der Andeutung, ich könnte meine Emotionen nicht kontrollieren, und ich wollte mich verteidigen. Doch dann hielt ich einen Moment inne und dachte an mein momentanes Bedürfnis, mit einem geladenen Gewehr in die Kommune einzudringen und kurzen Prozess mit Aaron zu machen. Kevin hatte genau ins Schwarze getroffen. Meine blinde Panik, Lisa von Aaron fernzuhalten, überdeckte eindeutig meine Vernunft.

»Ja, bitte komm vorbei.«

27. Kapitel

Ich nannte Kevin meine Adresse und raste nach Hause, um schnell noch aufzuräumen, während er das Essen besorgte. Obwohl ich mein Haus immer in Ordnung hielt, wollte ich sicherheitshalber noch einmal kurz alles überprüfen. Ich rannte herum und verfrachtete die Bücher und Notizen, die sich auf meinem Küchentisch stapelten, zurück in mein Arbeitszimmer. Es klingelte an der Tür.

Kevin trug ein weinrotes Rugbyhemd und Jeans. Ich nahm ihm die Jacke ab, und als er an mir vorbei ins Haus ging, fing ich den Duft von Seife und Rasierwasser auf. Seine Haare waren noch feucht – er hatte also auch noch schnell für Ordnung gesorgt. Er sah sich bewundernd um, als er die Tüte mit dem Essen auf die Arbeitsplatte in der Küche stellte und es sich gemütlich machte. »Dein Haus ist wunderschön.« Lächelnd drehte er sich um.

Ich versuchte zurückzulächeln, während ich ein paar Schüsseln holte. »Danke.«

Unsere Blicke trafen sich. Seine Stimme klang tiefer als sonst, als er sagte: »Ich weiß, dass du den Kopf voll hast. Ich möchte dir nur ein Freund sein und dich unterstützen.«

Ich empfand eine Mischung aus Erleichterung und Enttäuschung bei seinen Worten. Enttäuschung? Wieso das? Ich drehte mich um, um das Wasser aufzusetzen, und sagte: »Magst du grünen Tee?«

»Ich habe uns Sake mitgebracht. Ich dachte, du könntest vielleicht etwas Stärkeres vertragen.«

Ich setzte den Wasserkocher wieder ab. »Wahrscheinlich hast du recht.«

Es war lange her, dass ich Miso-Suppe gegessen oder Sake getrunken hatte, und beides brachte meinen Körper auf angenehme Weise zum Glühen. Als wir am Tisch saßen, erzählte ich ihm, wie ich mich bei der Szene im Monkey House gefühlt hatte, und Kevin hörte aufmerksam zu. Anschließend vertraute er mir an, dass er einen jüngeren Bruder hatte, der drogenabhängig geworden war. Sein Bruder hatte sein Leben schließlich auf die Reihe bekommen, und jetzt standen sie sich ziemlich nahe.

Eingelullt von dem Sake zogen wir ins Wohnzimmer um. Am Feuer entspannte ich mich noch mehr. Allmählich kam ich zu dem Schluss, dass Kevin recht haben könnte. Selbst wenn Lisa zu einem Retreat gegangen war, bedeutete es noch nicht, dass sie anschließend in der Kommune blieb. Sie würde clean werden und dann hoffentlich ein paar Veränderungen in ihrem Leben vornehmen. Sie würde kräftiger werden, da im Zentrum außer Marihuana keine Drogen erlaubt waren. Zudem war Lisa älter als ich damals, als wir in der Kommune lebten, und sie hatte einen starken Willen, eine Kämpfernatur. Wahrscheinlich würde sie nicht einmal den Retreat zu Ende mitmachen, sobald sie herausfand, wie viele Regeln es dort gab. Die würden gar keine Zeit haben, an ihr herumzupfuschen. Selbst Daniel hatte gesagt, dass viele Leute nach dem ersten Wochenende das Zentrum wieder verließen. In der Zwischenzeit konnte ich nur akzeptieren, dass ich alles getan hatte, was ich konnte, und dass es nichts mehr gab, was ich noch versuchen könnte.

Als ich Kevin im Schein des Feuers betrachtete, glänzte

sein Haar, und seine braunen Augen reflektierten die flackernden Flammen. Er erzählte mir von einigen seiner Reisen. Ich beobachtete seine Hand, die das Glas hielt, die ungezwungenen Bewegungen, mit denen er es immer wieder an die Lippen führte. Er erzählte von einigen Meditationstechniken, die er in Indien erlernt hatte, und ich sagte: »Du warst anscheinend sehr viel unterwegs. Bist du allein verreist? Oder warst du verheiratet?«

»Früher einmal, aber auf den Reisen war ich Single. Das war einer der Hauptgründe, warum ich überhaupt aufgebrochen bin. Ich brauchte Zeit für mich.«

»Geschieden?« Ich stellte ihn mir mit einer Frau zusammen vor, die er an der Universität kennengelernt hatte, mit der er sich dann aber auseinandergelebt hatte, als sie beide zu arbeiten begannen – eine nicht seltene Entwicklung.

»Nein, verwitwet.«

Ich starrte ihn an, mein Glas verharrte auf halbem Weg zum Mund. Er war ebenfalls verwitwet?

Er wirkte leicht amüsiert. »Alles in Ordnung?«

»Ja, tut mir leid. Ich bin nur erstaunt, dass ich das nicht wusste.«

»Ich habe es niemandem im Krankenhaus erzählt.«

Noch eine Überraschung. Er wirkte wie ein offenes Buch, doch jetzt fragte ich mich, was er noch alles verschwieg. Mir wurde bewusst, dass seine Hand auf der Rückenlehne des Sofas lag. Wenn ich mich zurücklehnen würde, würde mein Nacken sie berühren, aber ich bewegte mich nicht. Stattdessen sagte ich: »Wusstest du, dass ich meinen Mann verloren habe?«

Er nickte. »Irgendjemand hat es einmal erwähnt.«

Ich wollte fragen, wer, doch dann fiel mir ein, dass ich einmal auf einer Benefizveranstaltung für die Krebsstation mit einer Krankenschwester darüber gesprochen hatte. »Wie hast du deine Frau verloren?«

»Das war vor etwa sechs Jahren. Sie war auf dem Heimweg von der Schule – sie war Lehrerin –, und ein betrunkener Fahrer ist frontal auf ihren Wagen aufgefahren.«

Ich schüttelte den Kopf. »Mein Gott, das tut mir so leid.«

»Danke. Danach ging es mir ziemlich lange ziemlich schlecht. Wir wollten gerade eine Familie gründen, so dass ich das Gefühl hatte, alles auf einmal verloren zu haben.«

Ich verstand ihn nur zu gut und nickte. Wenn man jemanden verliert, trauert man auch um die Dinge, die niemals sein werden.

»Ich bin in eine Trauergruppe gegangen«, fuhr er fort, »habe ein paar gute Freunde gefunden und bin inzwischen drüber hinweg.«

»Hattest du seitdem irgendwelche Beziehungen?« Ich hielt den Atem an, als ich auf seine Antwort wartete, und fragte mich, auf was für eine Reaktion ich hoffte.

Er drehte sein Gesicht ein kleines Stück, so dass er mich direkt ansah. Sein Arm ruhte immer noch auf der Sofalehne. Ich spürte die Hitze, die sein Körper abstrahlte, und die Wahrnehmung seiner Haut so nah an meiner sandte einen Schauder über meinen Rücken bis hinauf zum Nacken.

»Nichts Ernstes. Ich habe noch niemanden gefunden, mit dem ich mich wirklich verbunden fühle. Es war immer zu leicht, die Distanz zu halten.« Er nippte an seinem Sake und fügte hinzu: »Ich habe schon angefangen zu grübeln, ob ich jemals wieder genug für jemanden empfinden würde, aber dann …« Er schwieg, seine Wangen röteten sich leicht.

»Aber dann?«

Immer noch zaudernd hielt er meinem Blick stand. »Dann habe ich dich getroffen und dachte, dass es vielleicht doch möglich ist.«

Meine Brust wurde eng, und die Zeit schien plötzlich viel langsamer zu vergehen. Seine Gedanken und Gefühle spiegelten sich in seinem Blick. Mein Gesicht musste ihm irgendetwas verraten haben, denn er streckte die Hand aus und nahm mir das Glas mit dem Sake aus der Hand, während der andere Arm von der Sofalehne auf meinen Hals glitt. Die Finger im Nacken gespreizt, drehte er behutsam mein Gesicht, so dass ich ihn ansehen musste. Er beugte sich vor, bis seine Lippen auf meinen ruhten. Ich kam ihm entgegen, schmeckte den warmen Sake auf seiner Zunge, und Hitze durchströmte meinen Körper. Spielerisch wickelte er mein Haar um seine Finger. Ich berührte seinen Bizeps, spürte die harten Muskeln. Er übernahm die Führung, zunächst sanft und behutsam, dann immer leidenschaftlicher. Meine Erregung wuchs, ich atmete schneller. Dann fielen mir Lisas Worte ein. *Ich konnte Dad spüren, als wäre er bei mir im Zimmer.*

Vor meinem geistigen Auge entstand ein Bild, wie ich Paul küsse, und unvermittelt fiel mir auf, wie anders sich Kevins Mund anfühlte. Ich öffnete die Augen, und mein Blick fiel auf Pauls Foto auf dem Kaminsims. Ich zog mich zurück und versuchte, zu Atem zu kommen. Ich fühlte mich orientierungslos, als sei ich aus einem Traum erwacht, der meine Gedanken schwerfällig machte. Kevin beobachtete mich irritiert, aber auch besorgt. Sein Atem ging stoßweise.

Ich stand auf. »Ich muss … ich muss etwas aus der Küche holen.«

Immer noch ganz aus der Fassung, begann ich in der Küche das Geschirr abzuräumen und heißes Wasser einlaufen zu lassen. Gleichzeitig dachte ich: *Du kannst ihn nicht einfach auf dem Sofa sitzen lassen. Du musst irgendetwas sagen.* Aber was sollte ich sagen? *Ich habe Angst, mein toter Mann könnte uns sehen?* Ich spürte jemanden hinter mir, drehte mich um und fuchtelte mit der Spülbürste herum wie mit einer Waffe.

Kevin sah mich sanft an, als er mein Handgelenk ergriff und mich festhielt. »Möchtest du, dass ich gehe?«

Die Verletzlichkeit in seinen Zügen erschütterte mich, die Schüchternheit, die leise Hoffnung. Ich schüttelte den Kopf, unfähig, Worte für den Gefühlsmix zu finden, der mich durchströmte. Ich riss meine Hand los und warf die Bürste in die Spüle hinter mir.

Er machte einen Schritt vor und nahm meine Hand. Meine glitschigen Finger verflochten sich mit seinen, der Zitronenduft des Spülmittels hing in der Luft. Er presste sich mit seinem Körper gegen mich, an der harten Kante der Arbeitsplatte bog ich mich leicht nach hinten. Sanft und behutsam legte er seinen Mund auf meinen. In meinem Kopf tauchte ein Zitat auf, *Das Leben ist für die Lebenden.* Paul hatte es immer zu mir gesagt, wenn ich zu lange den Verlust eines unserer Tiere betrauerte. Einen Moment lang trat ich aus mir heraus, ließ die Schuldgefühle und die Angst los, die Angst, Paul zu verraten.

Was willst du, Nadine?

Ich wollte, dass Kevin über Nacht blieb, wollte seinen Körper spüren, der mich im Dunkeln festhielt, wollte das Wunder und die Freude erleben, einen neuen Menschen zu erforschen.

Ich ergriff Kevins Hand und zog ihn mit in mein Schlafzimmer.

Als ich am nächsten Morgen einen großen Männerarm um meinen Körper fühlte, fuhr ich erschrocken aus dem Schlaf auf. Mein Gesicht wurde heiß, als ich an die vergangene Nacht dachte, jede Erinnerung erotischer als die vorige. Wie sollte ich jetzt damit umgehen? Mein letzter »Morgen danach« war schon eine ganze Weile her. Ich nahm meinen Hausmantel ins Visier, der an der Rückseite der Tür hing, und überlegte, ob ich hineinschlüpfen könnte, bevor Kevin wach wurde. Doch Kevin spürte, dass ich wach war, und zog mich eng an seine Brust. Er liebkoste meinen Hals mit zarten Küssen und jagte mir wohlige Schauder über den Rücken.

»Guten Morgen«, flüsterte er.

»Morgen.« Ich wollte mich in seine Umarmung zurückfallen lassen, wollte diesen Moment genießen, doch ein anderer Teil von mir, der Teil, der nicht länger vom Sake ruhiggestellt war, war sich nicht sicher, wie weit ich gehen wollte, wie weit es überhaupt gehen konnte.

Kevin sagte: »Ich kann deine Gedanken bis hierher hören.«

»Ach ja? Und was denke ich gerade?«

»Dass du diese Woche gern mal abends mit mir essen gehen würdest.«

Meine Ängste erwachten wieder zum Leben. Ich hatte das Gefühl, alles würde viel zu schnell gehen und ich stünde am Rande eines Abgrunds, der unter meinen Füßen abbröckelte, während ich versuchte, zurückzuweichen.

»Ich weiß nicht … ich habe im Moment ziemlich viel um die Ohren.«

Er schwieg eine Weile, dann sagte er: »Ich habe den letzten Abend mit dir wirklich genossen, Nadine – und nein, nicht nur den Teil im Bett.« Er setzte sich hinter mir auf. Ich drehte mich um, so dass ich auf dem Rücken lag und zu ihm hochschaute. Er lächelte. »Aber wir können es so langsam angehen, wie du möchtest. In Ordnung?«

Ich nickte. »Danke.« Was bedeutete dieses *Es* für ihn? Einen One-Night-Stand? Eine lockere Affäre? Eine Freundschaft mit gewissem Bonus?

Er grinste. »Bekomme ich wenigstens noch eine Tasse Kaffee, ehe du mich rauswirfst?«

Ich lächelte zurück. »Ich denke, das kriege ich hin.«

Kurz darauf saßen wir zusammen am Tisch und tranken Kaffee. Durch die banalen Rituale entwickelte sich bereits eine ungezwungene Vertrautheit, wenn wir einander Zucker und Sahne reichten, unsere Hände sich kurz berührten und wir einander über den Rand unserer Becher hinweg kurze Blicke zuwarfen. Ich sprach erneut über meine Sorgen um Lisa, die mit dem Morgenlicht wie mit einem Donnergrollen zurückgekehrt waren. Kevin fand immer noch, dass ich ein paar Tage warten sollte, und ich wusste, dass das nur vernünftig war, aber das besänftigte meine Ängste nicht. Mich an der Tür von Kevin zu verabschieden löste erneut leichtes Unbehagen in mir aus, doch er zog mich einfach für eine Umarmung an sich und küsste mich auf die Wange.

Ehe er sich zum Gehen wandte, sagte er: »Du sagst Bescheid, wenn du bereit für ein Abendessen bist, okay?«

Ich nickte und sah von der Ecke meiner vorderen Veranda zu, wie er die Auffahrt hinunter zu seinem Auto ging, das er auf der anderen Straßenseite geparkt hatte. Ein Stück die Straße runter hörte ich einen anderen Wagen starten und mit quietschenden Reifen anfahren. Ein Truck donnerte an meinem Haus vorbei, gerade als Kevin das Ende der Auffahrt erreicht hatte. Ein paar Schritte weiter auf die Straße, und er hätte ihn erwischt. Ich schnappte nach Luft und umklammerte das Geländer. Er drehte sich um, unsere Blicke trafen sich. *Hast du gesehen, wie knapp das war?* Er winkte mir zu, keine-Sorge-alles-in-Ordnung, aber mein Herz hämmerte immer noch, als er davonfuhr.

Ich war fast sicher, dass es derselbe Truck war, der vor ein paar Tagen vor meinem Haus das Tempo gedrosselt hatte.

Ich rief Corporal Cruikshank an und erzählte ihr von dem Wagen. Ich erzählte ihr auch, dass ich ihn schon einmal gesehen hatte, und berichtete von dem Fußabdruck, den ich in meinem Garten gefunden hatte, und von den Anrufen, bei denen einfach aufgelegt wurde. Sie ließ sich eine Beschreibung des Trucks geben, aber ich war mir nicht einmal sicher, was das Modell oder die Marke anging. Sie sagte, ich sollte beim nächsten Mal versuchen, mir das Kennzeichen zu merken, und dass ich auf meine Umgebung achten sollte, wenn ich aus dem Haus ging.

Ich duschte und machte das Bett, während ich mir die ganze Zeit einzureden versuchte, dass der Truck vermutlich einem der College-Kids gehörte, die am Ende der Straße wohnten. Sie rasten oft hier entlang, und ich machte mir Sorgen, dass sie eines Tages tatsächlich einen Menschen oder ein Tier anfuhren. An dem Abend, als ich den Truck draußen gesehen hatte, hatten sie wahrscheinlich gerade nur eine SMS geschrieben oder die Musik eingestellt. Doch es fiel mir schwer, das zu glauben.

Ich hatte an dem Tag frei, also widmete ich mich der Hausarbeit. Am Nachmittag fuhr ich zum Monkey House, für den Fall, dass die Drogenabhängige gelogen hatte und Lisa immer noch dort war. Ich sah sogar wieder im Gebäude nach, aber jetzt hauste in dem Zimmer, in dem ich Lisa gefunden hatte, jemand anders. Ich machte einen kurzen Abstecher zum Krankenhaus, um ein Buch aus meinem Büro zu holen, wobei ich mich fragte, ob ich Kevin wohl über den Weg laufen würde. Doch ich sah keine Spur von ihm.

Ich räumte gerade nach dem Abendessen auf, als das Telefon klingelte. Die Rufnummer war unterdrückt.

»Hallo?«

Ich wiederholte es mehrmals, erhielt aber nur ein Schweigen zur Antwort. Ich sagte: »Lisa? Bist du das?«

Dann klickte es.

Ich legte den Hörer auf, ein dumpfes Gefühl in der Magengrube. Was, wenn es Lisa gewesen war? Was, wenn sie verletzt war oder krank und nicht sprechen konnte? Erneut erwog ich, zur Kommune zu fahren und zu verlangen, sie sehen zu dürfen. Ich dachte über Kevins Worte nach, vorsichtig zu sein. Verdammt. Ich musste wissen, ob es ihr gutging.

Ich war gerade dabei, meine Handtasche und die Schlüssel einzusammeln, als das Telefon erneut klingelte. Dieses Mal war es Steve Phillips.

»Ich hab meinen Freund mit dem Spürhund erwischt. Er wollte ohnehin ein wenig mit dem Hund trainieren, also kommt er morgen nach Shawnigan. Wir gehen bei der alten Kommune spazieren und lassen ihn ein wenig rumschnüffeln.« In seiner Stimme lag ein Hauch von Erregung. »Möchten Sie uns begleiten?«

»Gerne.« In mir keimte neue Hoffnung auf. Wenn sie etwas auf dem Gelände fanden, könnten sie Aaron vielleicht eher verhaften. Wenn es genug schlechte Presse gab, würden vielleicht sogar die Retreats gestoppt werden. Ich erzählte Steve, was gestern geschehen war.

»Möglicherweise haben sie Lisa ganz gezielt ausgesucht«, sagte er. Ich musste mich auf die Bank in meiner Diele setzen, die Furcht riss mir buchstäblich den Boden unter den

Füßen fort. »Aber vielleicht hat Ihre Tochter diese Drogenabhängige auch nur dazu gebracht, Ihnen diese Geschichte zu erzählen, um Sie loszuwerden. Ich habe einen erwachsenen Sohn. Mit Anfang zwanzig war er ein echter Teufelsbraten. Er hat immer genau das Gegenteil von dem gemacht, was ich wollte – nur, um mich zu ärgern.«

»Leider ist sie genauso.« Ich legte meine Schlüssel neben mir ab.

»Mein Sohn hat sich am Ende doch noch prächtig entwickelt. Vielleicht sollten Sie ihr einfach etwas Zeit geben.«

»Lisa hatte schon einige Unfälle.« Blitzartig tauchte vor meinem geistigen Auge das Bild von ihrem blassen Gesicht im Krankenhausbett auf. Wie viele solche Einschläge konnte sie noch überleben? Was, wenn in dem Zentrum irgendetwas schiefging? »Wann soll ich morgen dort sein?«

Endlich hatte ich etwas zu tun.

In der Nacht wachte ich erneut unvermittelt und in höchster Alarmbereitschaft auf, überzeugt, ich hätte ein Geräusch gehört. Mit rasendem Herzen lag ich reglos im Dunkeln und lauschte angestrengt. Was hatte mich geweckt? Irgendetwas draußen? Wieder der Truck, der vor meinem Haus langsamer wurde? Doch da war nichts als Stille, dann das Gefühl, dass ich nicht allein war. Jemand stand neben mir.

Ich streckte die Hand aus, schlug auf den Lichtschalter neben dem Bett und griff gleichzeitig nach dem Telefon und meinem Pfefferspray. Ich rollte mich seitwärts aus dem Bett, kauerte mich in Verteidigungsstellung zusammen, das Gesicht zum Raum gewandt, bereit zum Angriff. Doch da war niemand.

Nur ein leiser Lavendelduft umwehte mich wie eine flüchtige Erinnerung.

28. Kapitel

Der Morgen brachte Düsternis und Nässe. Als ich am Eingang zum alten Gelände der Kommune aus meinem Auto stieg, war ich froh, dass ich Jeans, Wanderstiefel und meine warme Gänsedaunenjacke angezogen hatte. Der Regen drang bis auf die Haut, und meine Hände waren rot vor Kälte. Steves Truck parkte bereits auf der Straße, dahinter stand ein schwarzer SUV mit getönten Scheiben. Im Wagen bellte ein Hund, Steve stand mit einem Mann daneben. Der andere war ebenso schlank und hochgewachsen wie Steve, aber sein Gesicht war faltig und Haar und Schnurrbart waren schneeweiß. Beide hielten Kaffeebecher aus Edelstahl umklammert, aus denen Dampf in die kalte Luft aufstieg. Als ich zu ihnen hinüberging, stieß der Hund erneut ein kurzes Warngebell aus.

Steve stellte mich vor, und ich schüttelte seinem Freund die Hand, als dieser sagte: »Ken.«

Kaum hatte Ken seinen Deutschen Schäferhund namens Wyatt aus dem SUV geholt, machte der Hund sich schon an die Arbeit und schnüffelte aufgeregt am Ende seiner langen Leine den Boden systematisch von vorne nach hinten ab. Ken erklärte, dass sie zunächst eine grobe Suche durchführen würden, um zu sehen, ob der Hund irgendetwas fand, um anschließend mit einem feineren Raster bestimmte Gebiete abzusuchen.

Ich folgte ihnen, als sie den Weg zum Camp einschlugen. Dieses Mal, in Begleitung der Männer und des Hundes, fühlte ich mich sicherer. Ken rief Kommandos, seine Stimme wirkte laut im stillen Wald. Der Hund suchte den Boden ab, während sie dem Stall immer näher kamen. Im Hintergrund toste der Fluss. Die Umgebung schien zu verblassen, als der Geruch nach nassen Bäumen und Blättern und feuchter Erde mich umhüllte und eine neue Erinnerung brachte.

Ich bin unten am Fluss. Aaron befiehlt mir, mich nackt an einen Baum zu stellen. Die Rinde drückt feucht und rau gegen meine Haut, während er meinen Körper anstarrt und mit einer Gerte auf meine Hände schlägt, sobald ich versuche, Teile meines Leibs zu bedecken.

Er sagt: »Löse dich von deinem physischen Körper. Nimm die Gefühle wahr, aber halte dich nicht am Unbehagen fest, beobachte nur. Beherrsche dein Zittern.«

Zuerst ist der Schmerz der Kälte und der Demütigung unerträglich. Ich denke, ich muss gleich schreien, aber dann konzentriere ich mich auf das Geräusch des Flusses. Ein Regentropfen fällt von einem Blatt, und ich singe im Stillen mein Mantra, bis ich imstande bin, mich von dem Schmerz zu lösen. Ich bin mir des Schmerzes bewusst, aber ich betrachte ihn aus der Ferne. Danach spielt es keine Rolle mehr, was er tut.

Kens Stimme, mit der er seinen Hund rief, riss mich aus meiner Erinnerung. Ich schüttelte die nachklingende Scham und Wut ab, die die Erinnerung hervorgerufen hatte, und ging um die Ecke des alten Stalls herum. Ich musterte das alte Gebäude. Vom Regen war das Holz nass und glitschig, der Geruch nach Schimmel und Moder war sogar noch stärker als beim letzten Mal. Vor mir winkte Steve mir zu, um meine Aufmerksamkeit zu erlangen. Ich ging auf ihn zu.

Er stand neben dem Stall und deutete auf den Boden. »Ist es hier?«

»Genau hier.«

Der Hund lief in immer enger werdenden Kreisen hin und her und begann schließlich im Boden zu scharren. Er schnüffelte noch ein paarmal, dann machte er Sitz und sah Ken an. Ein Schauder kroch wie eine Spinne über meinen Nacken.

Steve und Ken begannen zu graben, während der Hund und ich zusahen. Der Regen wurde stärker, und ich zog die Kapuze über den Kopf und lief ein wenig auf der Stelle, um mich warmzuhalten. Keiner der Männer machte Anstalten aufzuhören, sie ächzten vor Anstrengung, ihr Atem quoll in dicken Schwaden aus ihren Mündern. Ich war völlig steif und schob die Hände in die Armbeugen, mein ganzer Körper *wartete*. Vor meinem geistigen Auge tauchten Bilder von blanken weißen Knochen in der feuchten Erde auf. Steve hielt inne, richtete sich auf und starrte hinunter. Ich hielt den Atem an und trat unwillkürlich näher.

Er warf mir einen raschen Blick zu und sagte: »Nur mal strecken«, und rieb sich den Rücken. Verlegen blieb ich stehen. Sie gruben noch etwas tiefer, und die Anspannung in meinem Körper ließ nach. Es würde eine Weile dauern, tief genug zu graben. Die Erde war schwer und nass, und sie mussten sich durch Wurzelwerk und Steine kämpfen. Ich wanderte erneut herum, wobei ich stets in Sichtweite blieb. Die Männer mühten sich mit einer widerspenstigen Wurzel ab, dann hielten sie inne und schauten auf etwas hinunter. Ihre Stimmen waren so leise, dass ich sie über den Lärm des Flusses hinweg nicht verstehen konnte. Ein leichtes Schwindelgefühl packte mich, als ich zu ihnen zurückkehrte.

Steve drehte sich zu mir um. »Sieht aus wie der Kadaver eines Tieres, vielleicht einer Ziege oder so etwas.«

Ich stieß die Luft aus. »Gott sei Dank.«

»Wir werden das gesamte Gelände absuchen«, sagte Ken. »Vielleicht zeigt Wyatt noch irgendwo Interesse.«

Ich nickte. Während Ken und Wyatt mit Steve im Schlepptau sich an die Arbeit machten, sah ich mir das Camp genauer an. Weitere Erinnerungen tauchten auf, als ich mich einer der Hütten näherte und ich die Mulde wiedererkannte, in der ich mich damals versteckt hatte. Ich ließ mich auf die Knie fallen und spähte ins Dunkel, dann drehte ich mich um und schaute nach, was ich gesehen haben könnte – vor allem das Lagerfeuer. Ich ging hinter eine der Hütten und starrte auf eine Lichtung. Ich erinnerte mich, wie wir dort in der Gruppe gechantet und alle gemeinsam geatmet hatten. Ich ging um die Wiese herum und meinte fast, Aarons Stimme zu hören.

Ich kann all euer Leiden beenden.

Vor einigen Pflanzen am Wegrand blieb ich stehen, ein Bild tauchte aus meiner Erinnerung auf: ein Meer aus rotem Mohn in voller Blüte. Aaron hatte erzählt, seine Farbe symbolisiere die Wiederauferstehung nach dem Tod, und sie sammelten die Samenkapseln, vermutlich, um Opium zu gewinnen. Ich streckte die Hand aus und berührte eines der Blätter. Eine weitere Erinnerung überwältigte mich.

Ich liege auf dem Boden. Aaron hat eine Hand fest in mein Haar gewickelt, und er atmet mir keuchend ins Ohr, als er anfängt, mir die Shorts auszuziehen. Auf der Suche nach Hilfe strecke ich die Hände aus, aber ich finde nur Mohnblumen. Ihr übelkeitserregender, süßlicher Duft steigt mir in die Nase. Die Luft ist so heiß, dass ich die Rinde der Erdbeerbäume abfallen höre, die sich in der Sonne schälen.

Bruchstücke davon brechen ab und schweben spiralig immer tiefer nach unten, wie braune Schmetterlinge.

Steves Stimme riss mich aus der Erinnerung. »Nadine.«

Im ersten Moment wusste ich nicht, wo ich war. Ich blickte auf das zerknüllte Blatt in meiner Hand, gefangen irgendwo zwischen Vergangenheit und Gegenwart. Wann war ich mit Aaron auf der Wiese gewesen? Was war noch geschehen?

Steve rief erneut, lauter dieses Mal. »Nadine?«

Ich ließ das Blatt fallen und wischte mir den Blütensaft von der Hand, während ich mich umdrehte. »Ja?«

»Wyatt hat das Gelände grob abgesucht, aber keinen Alarm geschlagen. Wir werden jetzt noch ein paar Stellen genauer unter die Lupe nehmen, aber er verliert langsam das Interesse.« Er bemerkte, dass ich meinen Oberkörper fest umklammert hielt. »Wenn Sie lieber gehen möchten, kann ich ...«

»Ich bleibe.«

Ich folgte Steve zurück zur Mitte des Camps und blieb in seiner Nähe, während Wyatt das Gelände gitternetzförmig absuchte. Auch am Flussufer schnüffelte er herum. Der Hund bewegte sich langsamer als vorher, der Schwanz hing nach unten.

Schließlich sagte Ken: »Der ist geschafft.«

Ich ging mit ihnen zurück zu unseren Fahrzeugen. Als Ken Wyatt hinten in den Truck springen ließ, sagte ich: »Ein wunderschönes Tier. Mein Bruder hat auch einen Schäferhund.«

»Ja, das sind gute Hunde.« Ken griff in den Wagen und kraulte Wyatt.

Steve sah mich an. »Wie geht es Robbie?«

Ich erschrak. »Sie kennen meinen Bruder?« Warum hatte er das nicht bei meinem ersten Besuch erwähnt?

»Als ich noch im Dienst war, musste ich einmal einen Streit schlichten, in den er im Pub verwickelt war.«

Ich runzelte die Stirn. »Worum ging es bei dem Streit?«

»Keine Ahnung. Die anderen beiden Kerle sind abgehauen. Wir waren zu mehreren und konnten Robbie nur mit Mühe bändigen, aber er wollte uns nicht sagen, was passiert war.« Er sah mich an. »Er war ziemlich sauer.«

Irgendetwas an der Art, wie er das sagte, fühlte sich an wie eine Warnung, was mich zunächst irritierte und dann verärgerte. »Da war er noch jünger. Inzwischen hat er seine Probleme im Griff.« Ich hatte keine Ahnung, ob das stimmte oder nicht, aber er war mein Bruder.

Steve nickte, dann lächelte er. »Wir haben alle unsere Probleme.«

Ich folgte den Männern zurück zur Hauptstraße, aber sie fuhren weiter geradeaus, während ich abbog zum Haus meines Bruders. Für den Fall, dass er von meinem Trip hierher erfuhr, wollte ich, dass er es zuerst von mir hörte. Außerdem fand ich, dass er über Lisa Bescheid wissen sollte. Er hatte schon immer eine Schwäche für sie gehabt, und falls er sich an irgendetwas aus der Kommune erinnerte, das er mir bislang noch nicht erzählt hatte, änderte er seine Meinung vielleicht, wenn er hörte, dass sie in Gefahr war.

Er war wieder in seiner Werkstatt zu Gange. Brew machte »Wuff« und kam zu mir herübergesprungen, beschnüffelte meine Beine nach Wyatts Duftspuren. Robbie richtete sich an der Werkbank auf, wo er das Blatt einer Kettensäge schärfte, die Feile noch in der Hand. Er sah über meine Schulter, bemerkte den Schlamm an meinem Wagen. Ich beobachtete sein Gesicht, die Art und Weise, wie seine Kiefernmuskeln sich verspannten.

»Hi«, sagte ich. »Ich wollte dir nur erzählen, dass Lisa möglicherweise im River of Life Center ist.«

Er sah mich verwirrt an. »Wie meinst du das?«

Ich erzählte ihm alles und fügte am Schluss hinzu: »Wenn sie dort hingegangen ist, könnte es sein, dass sie für immer dort bleibt. Also hoffe ich, dass das Zentrum vorher dichtgemacht wird. Tammy, die Frau, die ich aufgespürt habe, will vielleicht zur Polizei gehen, aber sie ringt noch mit sich.«

»Weiß Aaron, dass du mit den Leuten redest?«

»Keine Ahnung, vielleicht.«

»Das wird ihm nicht gefallen.«

Ich dachte an den vorbeirasenden Truck, die Anrufe, das Gefühl, beobachtet zu werden, und fragte mich erneut, ob jemand von der Kommune dahintersteckte. »Du hast recht. Es wird ihm nicht gefallen, aber dagegen kann ich nichts machen.«

Robbie schien meine Anspannung zu spüren. »Ist er hinter dir her?«

»Ich habe ein paar merkwürdige Anrufe bekommen, und ein Auto fährt öfter an meinem Haus vorbei.«

»Du solltest dich einfach zurückhalten und die Sache vergessen ...«

»Menschen kommen seinetwegen zu Schaden, Robbie. Du würdest nicht glauben, was er inzwischen für Sachen macht. Er hat solche Kammern, wo er die Leute hungern lässt, und ...«

»Er lässt sie *hungern*?« Mit großen Augen und vor Bestürzung offenem Mund starrte er mich an.

»Ja, in Isolationszellen.« Ich erzählte ihm alles, was ich von Tammy erfahren hatte.

Jetzt ging er hin und her, wie ein Boxer in einem Ring ohne Gegner.

»Verdammt. Ich hab dir doch gesagt, die sind total durchgeknallt.«

»Genau deshalb muss ich das tun. Da gibt es eine Frau, sie heißt Mary. Sie war in der Kommune und lebt immer noch draußen am Fluss. Wusstest du das?«

Er sah mich erneut argwöhnisch an. »Nein, aber Mom hat früher immer ein paar Frauen besucht.«

Jetzt war es an mir, ein bestürztes Gesicht zu machen. Mary hatte nichts davon gesagt, dass sie sich nach ihrer Zeit in der Kommune mit meiner Mutter getroffen hatte.

Robbie betrachtete erneut meinen Wagen. »Wo kommt der Matsch her?«

»Ich habe mich mit einem pensionierten Polizisten draußen auf dem Gelände der Kommune getroffen. Steve Phillips …«

Robbie widmete sich wieder seiner Säge und fuhr fort, sie zu schärfen. Die Feile erzeugte ein regelmäßiges, schabendes Geräusch. »Ja, ich kenne Steve.«

»Und er kennt dich.« Ich schwieg, wartete darauf, dass er nachfragte oder mich bestätigte, doch er feilte weiter.

»Er sagte, er wurde vor Jahren mal zu einem Streit gerufen, in den du verwickelt warst.«

Jetzt drehte Robbie sich wütend um. »Ich hab dir gesagt, du sollst nicht mit den Cops über mich reden. Warum zum Teufel hat er dir das erzählt?«

»Er ist pensioniert, und ich habe nicht gefragt. *Er* hat die Sprache darauf gebracht. Er hat einen Freund mit einem Spürhund. Wir haben das Geländer der Kommune abgesucht, und …«

Ehe ich den Satz zu Ende bringen konnte, unterbrach Robbie mich. »Ihr habt das Gelände abgesucht? Wonach?«, fragte er fassungslos.

»Nach Willow.« Ich erzählte ihm von Marys Finger.

Robbie schüttelte den Kopf. »Davon weiß ich nichts, aber Willow ist da weg. Das letzte Mal habe ich sie gesehen, wie sie auf der Schotterpiste zurück in den Ort trampte – am Morgen, an dem sie die Kommune verlassen hat.«

Ich war verwirrt. »Wieso hast du sie gesehen? Hast du nicht geschlafen?«

»Ich war früh aufgestanden, um in dem großen Teich unten bei der Brücke zu angeln. Ich kam gerade zurück, als sie aufbrach.«

Ich dachte schweigend nach. »Aber du weißt trotzdem nicht, ob sie es rausgeschafft hat. Wenn sie nicht mitgenommen wurde, ist sie möglicherweise umgekehrt und ...«

»Nein, ich sah einen der Holzlaster für sie anhalten – einen roten.«

Bei diesen Worten klingelte es bei mir. Ich dachte an Larry mit seinem großen roten Truck und seinem gierigen Blick auf siebzehnjährige Mädchen. War es möglich, dass er sie mitgenommen hatte? Mein Gesicht wurde heiß. Die ganze Zeit hatten wir dort draußen gesucht, dabei lebte Willow vermutlich irgendwo und hatte mittlerweile drei Enkelkinder.

Ich wartete, ob Robbie noch irgendetwas hinzufügen würde, doch er blieb stumm. Beschämt musste ich mir eingestehen, dass ich in diesem Punkt unbedingt recht haben wollte, dass ich unbedingt glauben wollte, nicht nur Gespenstern nachzujagen. Jetzt fürchtete ich, dass ich nur jedermanns Zeit vergeudet hatte. Trotzdem hatte ich noch ein paar Fragen.

»Warum hast du mir nicht erzählt, dass du mit Willow befreundet warst?«

Er sah mich an, als wollte er sagen *Was redest du da?* »Ich war mit allen in der Kommune befreundet.«

»Ihr wart mehr als Freunde.« Ich wusste nicht, ob das wirklich stimmte, aber irgendetwas brachte mich dazu, es auszusprechen.

Er wurde rot, und seine Lippen wurden schmal. »Ich war für eine Menge Mädchen *mehr* als ein Freund. Worauf willst du hinaus?«

Worauf wollte ich hinaus? Beschuldigte ich meinen Bruder tatsächlich, mich zu belügen?

»Ich frage mich nur, ob du noch irgendetwas weißt, das mir helfen könnte, sie zu finden.«

»Was ist bloß mit dir los? Ich weiß überhaupt nichts über sie, klar? Sie war einfach nur eine von den Tussis aus der Kommune. Sonst habe ich einmal im Jahr von dir gehört, und jetzt nervst du mich ständig damit. Warum ist sie dir plötzlich so wichtig?«

Ich hatte Robbie seit Jahren nicht mehr so wütend erlebt. »Es tut mir leid. Du hast recht, ich habe dir wohl ziemlich zugesetzt.«

Robbies Schultern entspannten sich ein wenig, aber er wirkte immer noch verstimmt. Ich beobachtete Brew, der wiederum Robbie ängstlich ansah und leise zu winseln begann. Er kam herüber, setzte sich neben Robbies Füße und stupste ihn an. Ich fragte mich, warum ich nur so besessen davon war, Willow zu finden. Dann dämmerte es mir.

»Vermutlich habe ich mich so auf Willow fixiert, weil ich meiner Patientin nicht helfen konnte.«

Er nickte. »Ist das also geklärt? Dann spritze ich noch schnell deinen Wagen ab.«

Ich wusste, dass es ein Friedensangebot war, doch ich war trotzdem enttäuscht. Mein Bruder schloss mich aus, wieder einmal. »Danke. Das wäre klasse.«

Während er meinen Wagen abspülte, fiel mir ein, dass

ich ihn auch nach Levi fragen wollte. Auf meine vorigen Fragen hatte er ungehalten reagiert, aber mit Levi war er befreundet gewesen, so dass ich nicht glaubte, es würde ein Problem geben. »Steve hat mir erzählt, dass Levi hierher zurückgekommen ist und jetzt eine Wasserskischule leitet. Wusstest du das?«

Er spritzte meinen Wagen schwungvoll ab. »Ja, ich weiß, dass er hier lebt.«

»Vielleicht rede ich mal mit ihm.«

»Was willst du denn von Levi?«

»Ich habe es dir doch gesagt, ich versuche, Zeugen zu finden. Warum hast du mir erzählt, dass niemand aus der Kommune noch in der Gegend lebt?«

Dieses Mal war es ein unverblümter Vorwurf: *Du hast mich belogen.*

Er machte sich nicht die Mühe, sich zu verteidigen, sondern wusch nur weiter mein Auto. Allmählich brachte es mich in Rage, wie er meinen Fragen auswich – wie er *mir* auswich. Ich ging um den Schlauch herum, bis ich in seinem Blickfeld stand. Er schaute immer noch nicht auf.

»Was ist passiert? Ihr beide wart früher eng befreundet.«

»Menschen ändern sich.« Endlich sah er mich an. »Rede nicht mit ihm über etwas, von dem du nicht willst, dass es ganz Shawnigan erfährt. Er hat eine große Klappe.«

»Du hast also nie mit ihm gesprochen, seit er wieder hier ist?«

Er zögerte, nur einen winzigen Moment. »Nein.«

Mein Bruder hatte mich erneut belogen.

Nachdem ich mich von Robbie verabschiedet hatte, dachte ich über unsere Unterhaltung nach. Dass er mich davon abzuhalten versucht hatte, mit Levi zu sprechen, war offenkundig, aber aus welchem Grund? Ich wollte unsere sich langsam wiederentstehende Beziehung nicht aufs Spiel setzen, aber ich hatte das Gefühl, dass Robbie mir etwas verschwieg – etwas, über das Levi Bescheid wusste. Einerseits war ich mir nicht sicher, ob ich dieses Fass aufmachen wollte, andererseits war ich bereits zu weit gegangen, um jetzt noch einen Rückzieher zu machen. Immer noch mit meiner Loyalität meinem Bruder gegenüber ringend, beschloss ich, den langen Weg um den See herum zu nehmen, an der Marina vorbeizufahren, die Lage zu peilen und bei der Gelegenheit vielleicht Levi zu entdecken.

Wie es der Zufall wollte, machte gerade ein Mann sein Wasserskiboot am Kai fest, als ich mich dem Hafen näherte. Sein rotblondes Haar stach mir sofort ins Auge. War das Levi? Ich besah ihn mir genauer. Er war es, ganz eindeutig. Jetzt wurde mir auch klar, wen ich neulich beim Laden am Münztelefon gesehen hatte.

Ich drosselte mein Tempo auf Schrittgeschwindigkeit, immer noch hin- und hergerissen, ob ich mit ihm reden sollte. Er sprang aus dem Boot und begann, es zu vertäuen, dann drehte er sich um, als würde er spüren, dass ihn jemand beobachtete, und suchte den Parkplatz ab. Unsere Blicke trafen sich. Zuerst wirkte er irritiert, dann folgte ein Moment bestürzten Wiedererkennens und erneute Verwirrung. Er kannte mich, wusste aber nicht mit Sicherheit, woher. Ich stellte den Wagen ab. Er fuhr fort, das Boot zu vertäuen, wobei er hin und wieder in meine Richtung blickte.

Ich ging auf ihn zu. Mein Magen zog sich plötzlich zusammen, meine Hände wurden klamm. Ich schob es auf den schwankenden Kai, holte ein paarmal tief Luft und stellte mich breitbeiniger hin. »Hallo, Levi. Ich bin nicht sicher, ob du dich an mich erinnerst …«

Er hielt inne und betrachtete mein Gesicht erneut. Ich wollte ihm gerade meinen Namen nennen, als er sagte: »Du bist Nadine.«

Seine Verwirrung hatte nichts damit zu tun gehabt, dass er mich nicht erkannt hätte, sondern rührte von etwas anderem her. Ich hatte seine Miene fehlgedeutet. Noch jemand, der nicht an seine Zeit bei der Kommune erinnert werden wollte?

»Du erinnerst dich an mich?«

»Du siehst genauso aus wie deine Mutter. Ich dachte, ich hätte ein Gespenst gesehen.«

Mir erging es genauso. Ich hatte plötzlich das Bild von Coyotes erschlafftem Körper vor Augen, dem das Wasser aus dem offenstehenden Mund floss. Ich schüttelte den Gedanken ab.

Wir musterten einander. Ich fühlte mich unbehaglich, wusste aber nicht, warum. Dann wehte eine kalte Bö vom See heran und ließ mich erzittern. Levi bemerkte es und sagte: »Wollen wir in mein Büro gehen?« Er deutete hinter mich. Ich drehte mich um und sah die kleine Hütte neben dem See, mit einem eigenen kleinen Anleger, an dem mehrere Motorboote, Jet-Skis und Tretboote in Reih und Glied lagen. Die meisten waren noch für den Winter abgedeckt.

»Gerne, das ist vielleicht besser.«

Von seinem Büro aus, das sich im vorderen Zimmer der Hütte befand, führte eine Tür in den Teil des Gebäudes, wo ich den Wohnbereich vermutete. Er bot mir Kaffee aus einer alten Kaffeemaschine an, die schon bessere Tage gesehen hatte. Ich lehnte ab und sah zu, wie er sich selbst eine Tasse einschenkte und sich hinter seinen Schreibtisch setzte, mit dem Stift auf einen Notizblock tippend. Er hatte das Aussehen eines in die Jahre gekommenen Surfers und war von dünner, fast hagerer Statur. Sein Gesicht war sonnengegerbt. Er wirkte rastlos und aufgekratzt und sah mir nie richtig in die Augen. Er schniefte häufig und warf den Kopf mit einer raschen Bewegung zurück. Drogen?

»Und, was führt dich hier hoch?«

Mir fiel auf, dass er das Wort »hoch« benutzte. Er wusste also, dass ich in Victoria lebte. Mit wem hatte er gesprochen? Ich versteifte mich, blieb jedoch freundlich, als ich sagte: »Woher weißt du, dass ich nach Victoria gezogen bin?«

Seine Augen wurden schmal, als würde er nachdenken, dann zuckte er die Achseln. »Keine Ahnung, irgendjemand muss es mal erwähnt haben.« Ich dachte an den Tag, an dem ich ihn außerhalb des Museums am Telefon gesehen hatte, und argwöhnte, dass er anschließend hineingegangen war und nach mir gefragt hatte.

»Ich habe Robbie besucht.«

»Und was treibt er so? Fährt er immer noch Bagger?«

Ich nickte. Er wusste also wenig über Robbie. Ich wollte mir von ihm nicht in die Karten schauen lassen, aber ich wollte testen, ob Robbie gelogen oder ob er tatsächlich nicht mit ihm geredet hatte. »Es scheint ganz gut zu laufen für ihn, aber das weißt du ja vermutlich.«

Er tippte erneut mit dem Stift auf. »Hab Robbie seit Jahren nicht mehr gesehen, nur ab und zu seinen Truck im Ort.«

Ich beschloss, gleich zur Sache zu kommen. »Warum hast du die Kommune verlassen?«

Er hörte auf, mit seinem Stift herumzutrommeln, und lächelte sein albernes Grinsen, das mich daran erinnerte, wie glücklich er als Jugendlicher gewesen war. Zumindest, bis sein Vater starb und das Grinsen seltener wurde.

»Das ist eine ziemlich persönliche Frage.«

»Du willst sie also nicht beantworten?«

Er lachte. »Das ist mir egal, ich fand die Frage nur witzig. Ich bin weggegangen, weil die irre sind.«

»Ich habe gehört, dass einige üble Sachen da vor sich gehen.«

Sein Lächeln wurde schwächer. »Aaron ist ziemlich verrückt, o Mann. Echt richtig durchgeknallt.« Seine Stimme bekam einen bitteren Klang. »Er hat diesen ganzen Kram über Freiheit gepredigt, aber dann hat er beim Pot und allem die Zügel kurzgehalten. Ich habe diesen Ort gehasst.«

Aaron hatte Marihuana unsere Erlösung genannt, weil wir damit jenem Zustand der Glückseligkeit am nächsten kämen, den wir auf der anderen Seite erleben würden. Aber keines der Mitglieder durfte etwas für den persönlichen Gebrauch besitzen, Aaron allein teilte es aus. Wenn Levi ein Drogenproblem hatte, wie ich vermutete, musste es für ihn im Zentrum hart gewesen sein. Doch ich spürte, dass sich hinter seinem Zorn noch etwas verbarg, Verlegenheit und Scham. Hatte man ihn womöglich rausgeworfen?

»Kannst du mir mehr erzählen?«

»Ach weißt du, ich versuche, nicht an diese Zeit zu denken. Ich lebe lieber nur für das Heute.« Er deutete auf den See. »Das ist jetzt meine Religion.«

Für das Heute leben – oder eher vor der Vergangenheit davonlaufen?

»Lebt deine Mutter noch dort?«

»Nein, sie ist gestorben, bevor ich wegging.« Als er sich mit der Hand durchs Haar strich, klaffte der Ärmel seines Sweaters auf und enthüllte eine sichelförmige Narbe. Er bemerkte meinen Blick, ließ den Arm hastig wieder sinken und beobachtete mich. Das Lächeln war verschwunden, als erwarte er, dass ich eine Bemerkung dazu machte. Ich dachte an Mary. Rührte seine Narbe ebenfalls von einer Bestrafung her? Dieses Mal kamen mir keine Erinnerungen, aber ich fühlte mich unbehaglich.

»Hast du die Narbe in der Kommune bekommen?«

Er lachte. »Nee, ich hab nur eines Abends getrunken und auf dem Boot Blödsinn gemacht.« Er lachte erneut, aber es klang nicht aufrichtig. Ehe ich den Grund dafür erfassen oder nach Details fragen konnte, wechselte er das Thema. »Warum fragst du nach der Kommune? Schreibst du ein Buch oder so etwas?«

Er sagte es, als wollte er einen Witz machen, aber ich hatte den Eindruck, dass er mit der jungen Frau im Museum gesprochen hatte und jetzt herauszufinden versuchte, was ich vorhatte.

Ich beschloss, sofort auf den Punkt zu kommen, vielleicht würde ich ihn so überrumpeln und zu einer aufrichtigen Antwort verleiten. »Ich leide seit Jahren an Klaustrophobie und Gedächtnisausfällen.« Ich erklärte ihm, was eine psychogene Amnesie ist, ließ jedoch Heather unerwähnt und sagte nur, dass ein Ereignis vor kurzem Erinnerungen über den sexuellen Missbrauch in mir wachgerufen hatte. »Jetzt versuche ich Leute aufzuspüren, die in der Kommune gelebt haben, um herauszufinden, ob es noch weitere Opfer gibt.« Ich beschloss, auch Tammy und Mary vorerst nicht zu erwähnen.

Er lehnte sich in seinem Sessel zurück, seine Miene der Inbegriff schockierter Betroffenheit. »O Scheiße, o Mann, tut mir echt leid, das zu hören.« Sein Blick wirkte aufrichtig, aber die Art, wie er sagte: »O Mann, ist das scheußlich«, weckten Zweifel in mir – es klang, als wollte er mich überzeugen, dass er sauer war. »Wie nennt sich das noch mal?«, fügte er hinzu. »Psychogene Amnesie?«

Ich nickte. »Genau.«

»Und die Erinnerungen sind einfach so wiedergekommen?«

»Ein paar. Auf einige musste ich mich bewusst konzentrieren.«

»Ist so was vor Gericht nicht ziemlich schwer zu beweisen?«

»Ja, und genau darum versuche ich, weitere Zeugen zu finden.«

Er seufzte. »Ich wünschte, ich könnte helfen. Ich weiß noch, dass du viel Zeit mit Aaron verbracht hast. Ihr beide wart ständig unten am Fluss, aber ich habe nie irgendwas gesehen, verstehst du?« Er machte ein enttäuschtes Gesicht, sein Tonfall sagte: *Tut mir leid, ich kann dir nicht weiterhelfen.*

Ich überlegte, wie das Gericht diese Tatsachen bewerten würde, wie das alles auf andere Menschen wirken musste. *Er war ein netter Mann, der nur versucht hat, ihr das Schwimmen beizubringen. Sie denkt sich das alles aus.*

Ich blinzelte ein paarmal und räusperte mich. »Und was ist mit später, nachdem ihr nach Victoria gezogen seid? Hast du irgendwelche Gewalt oder Misshandlungen mitbekommen? Du hast gesagt, sie wären ›irre‹. Könntest du das vielleicht etwas genauer erklären?«

Er hatte angefangen, mit seinem Stuhl hin- und herzuschaukeln, doch jetzt hielt er abrupt inne. »Ich hab dir doch gesagt, ich rede nicht gern darüber, okay?«

Also hatte er tatsächlich etwas gesehen.

Ich sagte: »Okay, das respektiere ich. Ich wollte nichts aufwühlen. Ich weiß, wie schmerzhaft solche Erinnerungen sein können.«

Er schaute weg, stand auf und schenkte sich eine weitere

Tasse Kaffee ein. Sollte ich erwähnen, dass Steve Phillips mir erzählt hatte, Levi habe eine Frau mit Finn zusammen gesehen? Doch als Levi etwas Kaffee über seine Hand schüttete, fluchte und die verbrühte Stelle an den Mund hielt, hatte ich das Gefühl, seine Geduld bereits genügend strapaziert zu haben. Er hatte seine Geschichte aus einem bestimmten Grund widerrufen, den preiszugeben er nicht willens war. Zumindest bisher nicht.

Als er wieder saß, fragte ich: »Erinnerst du dich an Willow?«

Er nickte, sein albernes Grinsen war wieder da. »Ja, sie war richtig nett. O Mann, dein Bruder war vielleicht scharf auf sie.« Er lachte. »Als sie abhaute, war ich sicher, dass er ihr nachlaufen würde. Irgendwie hatte ich gehofft, er würde es tun – und mir die anderen Mädels überlassen.«

Er lachte schallend über seinen Witz, bis sein Gesicht rot anlief. Doch ich spürte, dass seine Jovialität nur die Wahrheit verbergen sollte. War Levi auf meinen Bruder eifersüchtig gewesen? Hatte das ihren Streit in jenem Sommer entfacht und schließlich zum Ende ihrer Freundschaft geführt? Es hörte sich nicht so an, als hätte er irgendwelche Hinweise darauf, wo Willow sich heute aufhielt, trotzdem fragte ich: »Hast du mal von ihr gehört?«

»Von Willow?« Überrascht legte er den Kopf schräg. »Zum Teufel, nein. Nicht, seit sie damals eines Morgens abgehauen ist.«

»Du hast sie weggehen sehen?«

»Nein, das letzte Mal sah ich sie, als …« Er blinzelte, als würde er nachdenken. »Wir waren alle auf unserem Besinnungsspaziergang, aber ich erinnere mich nicht, dass sie dabei gewesen wäre.« Sie war nicht mitgekommen, aber ich wartete darauf, dass er seine eigenen Erinnerungen durchforstete. »Als wir zurückkamen, sind wir alle schwimmen gegangen …« Er schwieg, dachte nach und schüttelte den Kopf. »Nee, ich glaube nicht, dass sie mit am Fluss war, also habe ich sie wohl das letzte Mal vor dem Spaziergang gesehen.« Er sah mich an. »Wieso fragst du nach Willow?«

»Nur so, ich musste einfach an sie denken. Ich mochte sie gerne.«

»Wir mochten sie alle. O Mann, ich frage mich, wie sie heute wohl aussieht.«

Er machte ein nachdenkliches Gesicht, als er versuchte, sich eine ältere Willow vorzustellen. Ich beobachtete ihn über den Schreibtisch hinweg, seine gealterte Haut und das vom Wind zerzauste Haar, und fing mein eigenes Spiegelbild im Fenster hinter ihm auf. Einen Moment lang meinte ich fast, die Geister der jüngeren Ausgaben von uns zu erblicken: mein schwarzes, geflochtenes Haar, sein jugendlicher, schlanker Körper und das Grinsen mit den breiten Lücken zwischen den Zähnen. Ich sah auch Willow mit ihrer gebräunten Haut und hörte ihr heiseres Lachen. Hatte sie jetzt kurze oder lange Haare? Hatte sie sich gut gehalten? War sie glücklich?

»Ja, ich frage mich auch, wie sie wohl aussieht.«

Ich verabschiedete mich, als Levi einen Anruf entgegennahm, der offensichtlich eine Weile dauern würde – er hatte angefangen, der Person am anderen Ende die Preisliste für Vermietungen herunterzubeten, wobei er die Augen verdrehte. Ich holte eine Visitenkarte aus der Tasche, schrieb auf die Rückseite *Ruf an, wenn du über die Kommune reden möchtest,* und fügte meine Privatnummer hinzu. Er warf einen kurzen Blick darauf, als ich sie ihm reichte, und schenkte mir ein abwesendes Danke-dass-du-vorbei-geschaut-hast-Lächeln.

Als ich den Weg zu meinem Auto einschlug, schaute ich zurück zur Hütte und konnte Levi durch das obere Fenster sehen. Er warf meine Karte in den Mülleimer.

29. Kapitel

Obwohl ich alle Türen abgeschlossen hatte, fühlte ich mich am Abend ungeschützt und unbehaglich. Ich hatte mit einer ganzen Anzahl Leute über die Kommune geredet und dabei einigen Staub aufgewirbelt. Aaron hatte viele loyale Anhänger, ganz zu schweigen von den Leuten, die Geld in das Zentrum investiert hatten. Es war ein erfolgreiches Unternehmen, und es würde ihnen gar nicht gefallen, wenn jemand ihnen das Geschäft vermieste. Ich ermahnte mich, dass die Polizei jetzt ein Auge auf das Zentrum hatte und dass Aaron klug genug war, sich zurückzuhalten. Trotzdem überprüfte ich die Fenster und Türen ein weiteres Mal und schüttelte den Kopf über meine Paranoia. Ich versuchte, mich mit einer Gartensendung im Fernsehen abzulenken, als das Telefon klingelte. Ich schrak so zusammen, dass ich meinen Tee verschüttete. Ich blies gegen meinen verbrühten Finger und nahm das Telefon beim vierten Klingeln ab.

»Hallo?«

Eine schroffe Stimme, gedämpft und verzerrt, sagte: »Hören Sie sofort auf, oder es wird Ihnen leidtun. Sie wissen nicht, mit wem Sie sich anlegen.« Der Anrufer legte auf.

Zitternd starrte ich auf das Telefon in meiner Hand. »Unbekannte Rufnummer« zeigte das Display. War es jemand aus dem Zentrum gewesen? Ich konnte nicht sagen, ob es ein Mann oder eine Frau gewesen war. Die Stimme hatte geklungen wie von einem Computer generiert, was die Sache nur noch furchteinflößender machte. Ich drückte *57 und hoffte, dass meine Telefongesellschaft die Nummer später zurückverfolgen konnte.

Ich setzte mich auf das Sofa und dachte gründlich nach. Meine Befürchtungen schienen zutreffender gewesen zu sein als erwartet. Irgendwann im Zuge meiner Nachforschungen musste ich jemandem ziemlich auf den Schlips getreten sein. Und jetzt? Die Drohung hatte mich erschreckt, aber selbst wenn der Anrufer tatsächlich jemand aus dem Zentrum gewesen war, glaubte ich nicht, dass Aaron mir etwas antun würde. Nicht, weil ich ihn des sexuellen Missbrauchs bezichtigte, denn er wusste ja, dass es deswegen vermutlich ohnehin zu keiner Anklage kommen würde. Doch wenn mir etwas zustieße, geriete er als Erster in Verdacht, und er war nicht dumm. Ich hielt es allerdings für möglich, dass er versuchte, mir Angst einzujagen, ehe das Zentrum negative Schlagzeilen machte.

Das Telefon klingelte erneut und trieb meinen Puls in die Höhe. Ich wartete einen Moment, um mich zu sammeln, dann schaute ich auf das Display. Dieses Mal wurde eine Nummer angezeigt, die mir vage bekannt vorkam, trotzdem meldete ich mich mit einem vorsichtigen »Hallo?«.

»Hallo, Nadine, hier ist Tammy.«

»Tammy! Wie geht es Ihnen?« Erleichtert ließ ich mich auf dem Sofa zurücksinken.

»Nicht gut.«

Sie klang gestresst und ängstlich. Besorgt setzte ich mich wieder auf und fragte: »Ist alles in Ordnung?«

Ihre Stimme klang belegt und näselnd, als hätte sie geweint. »Mein Mann will nicht, dass ich zur Polizei gehe.«

Enttäuscht, aber nicht allzu überrascht, ließ ich mich zurückfallen. »Und was wollen Sie? Wollen Sie trotzdem mit der Polizei sprechen?«

»Ich weiß es nicht. Ich verstehe seine Argumente. Er hat einfach Angst um Dillon und mich. Die Leute glauben, das Zentrum sei einfach großartig, und Aaron ist dieser wichtige Typ mit einem Haufen Geld. Mein Mann will nicht, dass ich in den Dreck gezogen werde, von den Zeitungen und so, und dass alle über mich reden. Er glaubt, die Leute würden mir nicht glauben.«

Die Art, wie sie es sagte, und ihre traurige Stimme verrieten mir, dass sie ebenfalls enttäuscht war. Ob von ihrem Mann oder von der Tatsache, dass an seinen Argumenten etwas Wahres dran war, wusste ich nicht. Denn er hatte recht – sie hätte einen schweren Kampf auszufechten. Viele Menschen würden ihr nicht glauben, und wenn es zu einem Prozess käme, wäre es eine belastende Prozedur, die ihr Leben und ihre Ehe einem erheblichen Druck aussetzen würde. Das wusste ich nur allzu gut.

Jetzt, nachdem die Durchsuchung des Geländes nichts zutage gefördert hatte und Tammy sich weigerte, auszusagen, schwanden die Chancen, Aaron jemals vor Gericht zu bringen. Aber mir war wichtig, dass Tammy sich mit ihrer Entscheidung gut fühlte. »Tammy, ich weiß, wie schwer es für Sie sein muss. Etwas gegen den Wunsch von uns nahestehenden Menschen zu unternehmen ist ausgesprochen schwierig. Aber manchmal müssen wir das tun, was sich für uns richtig anfühlt, selbst wenn es bedeutet, andere Menschen in unserem Leben zu verärgern. Ich respektiere Ihre Entscheidung, wie auch immer sie ausfallen mag, und hoffe nur, dass Sie das tun, was für Sie das Beste ist.«

Sie senkte die Stimme. »Ich muss Schluss machen.« Ich hörte gedämpfte Geräusche im Hintergrund, als würde jemand streiten. Eine laute Männerstimme und Tammys bittende.

»Tammy? Ist alles in Ordnung?«

Ein Mann antwortete mir. »Bleiben Sie von meiner Frau weg.«

Er legte auf.

Ich saß in meinem dunklen Wohnzimmer, das Herz hämmerte in meiner Brust, und mir schwindelte. Ich machte mir Sorgen um Tammy, aber ich hatte nichts gehört, weswegen ich die Polizei anrufen könnte, und wenn ich zurückrief, bekam sie womöglich nur noch mehr Ärger. Ich hoffte, dass es ihr gutging.

Als sich mein Herzschlag wieder halbwegs normalisiert hatte, überlegte ich meinen nächsten Schritt. Es gab noch eine weitere Person, bei der ich versuchen könnte, etwas zu erreichen. Ich nahm mir einen Moment Zeit, um mich zu beruhigen, dann wählte ich Daniels Nummer. Seit unserem letzten Gespräch waren ein paar Tage vergangen, und er hatte immer noch nicht mit irgendwelchen Neuigkeiten über Lisa angerufen. War er schon ins Zentrum zurückgegangen? Hatte er sein Handy überhaupt noch? Doch er ging beim zweiten Klingeln dran.

»Daniel, hier ist Nadine. Ich wollte nur mal nachfragen, ob es etwas Neues gibt.«

»Tut mir leid, aber der Job dauert länger als gedacht. Ich verspreche Ihnen, sobald ich wieder im Zentrum bin, suche ich nach Lisa und sage Ihnen Bescheid.«

Ich ließ meinen Kopf gegen die Rückenlehne des Sofas sinken. Tränen brannten in meinen Augen. »Danke.« Ich holte tief Luft. »Niemand, mit dem ich sonst gesprochen habe, konnte mir helfen.«

Er klang neugierig. »Mit wem haben Sie geredet?«

»Es gibt ein weiteres Opfer, dessen Familie noch im Zentrum lebt. Aber die Frau ist nicht bereit, mit der Polizei zu reden, und sie kann auch keinen Kontakt zu ihrer Familie aufnehmen.«

»Wahrscheinlich weiß sie, dass man ihre Lügen entlarven wird. Wenn Sie jemals im Zentrum gewesen wären, würden Sie nichts von diesen Anschuldigungen glauben.« Er klang selbstsicher und stolz. »Aaron ist ein ausgezeichneter Lehrer. Sie kennen die Leute nur nicht.«

»Ich *kenne* sie, Daniel.«

Ich riss mich zusammen, ehe ich mehr ausplauderte, und hoffte, dass Daniel meinen Ausrutscher überhört hatte, aber er schwieg. Dann sagte er ganz langsam, als müsste er erst alle Teile zusammenfügen: »Moment ... Sie waren mal Mitglied? Ist das der Grund ...?«

Jetzt war es an mir, zu schweigen und zu überlegen, ob es eine gute Idee war, ihm mehr zu erzählen. Wie viel wollte ich ihm sagen? Doch dann tadelte ich mich selbst. Wie konnte ich erwarten, dass andere mir ihre Geschichten anvertrauten, wenn ich immer noch zu viel Angst hatte, meine eigene zu erzählen?

»Ich habe als Kind in der Kommune in Shawnigan gelebt, mit meiner Mutter und meinem Bruder.«

»Echt?« Er klang verblüfft und bestürzt. »Warum haben Sie das nicht vorher gesagt?«

»Es schien mir angesichts der Situation nicht angemessen.« Und war es immer noch nicht. Ich öffnete einem Rechtsstreit Tür und Tor, falls Daniel sich jemals entscheiden sollte, das Krankenhaus doch noch zu verklagen.

»Wenn Sie die Kommune kennen«, sagte er, »dann wissen Sie doch, dass das Zentrum nichts Böses im Schilde führt. Es sind gute Menschen.«

Ich hatte mich bereits aus meiner Deckung hervorgewagt, dann konnte ich genauso gut den ganzen Weg gehen. »Daniel, ich war eines von Aarons Opfern. Ich habe die Anzeige erstattet.«

Totenstille. Dann sagte er kalt und zornig: »Haben Sie Heather all diese Lügen erzählt? War sie deswegen so durcheinander? Was haben Sie ihr erzählt?«

Ich erkannte, welche gefährliche Richtung seine Gedanken nahmen. Er war einen Schritt davon entfernt, mich für ihren Selbstmord verantwortlich zu machen. »Ich habe ihr nie etwas davon erzählt. Sie wusste es nicht.« Ich hielt den Atem an und hoffte, dass ich Daniel nicht vergrault hatte. Er war meine einzige Chance.

»Rufen Sie mich nie wieder an«, sagte er und legte auf.

30. Kapitel

Am nächsten Morgen war ich früh genug im Krankenhaus, um vor der Visite noch mit Kevin sprechen und mir seinen Rat einholen zu können. Seit er bei mir übernachtet hatte, hatte er einmal bei mir angerufen, aber ich war draußen im Garten gewesen und hatte ihn verpasst. Ich war nicht dazu gekommen, zurückzurufen, und war mir immer noch nicht sicher, wie ich mit der Situation umgehen sollte. Aber ich hatte beschlossen, zur Kommune zu fahren. Wenn Lisa dort war, würde ich damit leben können – ich musste es nur wissen. Allerdings hatte ich Angst, Aaron gegenüberzutreten – auch wenn ich mir das nur äußerst widerwillig eingestand.

Gestern Abend hatte ich noch zwei weitere Drohanrufe erhalten, die beide in dieselbe Richtung zielten – man wollte, dass ich aufgab. Wenn ich keine Ruhe gäbe, würde ich es noch bedauern. Die Polizei ging der Sache nach, doch ich glaubte immer noch, dass es sich um leere Drohungen handelte – wodurch sie nicht weniger nervenaufreibend wurden. Ich hoffte, Kevin würde mich in die Kommune begleiten, doch seine Tür im Krankenhaus war verschlossen, und von Michelle erfuhr ich, dass er den ganzen Tag bei einem Seminar war. Ich sprach auf seine Mailbox und bat ihn, sich bei mir zu melden.

Für den Rest des Tages widmete ich mich meinen Patienten. Als ich nach Hause kam, überprüfte ich meinen Anrufbeantworter, in der Hoffnung, dass Kevin angerufen hatte, aber ich hatte keine neuen Nachrichten. Ehe ich zur Kommune aufbrach, überdachte ich meinen Beschluss noch einmal, um ganz sicher zu sein. Ich dachte an die jüngsten Drohanrufe und überlegte, ob es gefährlich für mich sein könnte, allein zu fahren. Doch bei all den potentiellen Zeugen im Zentrum glaubte ich nicht, dass Aaron riskieren würde, mir etwas anzutun. Schlimmstenfalls würde er sich weigern, mich zu empfangen. Ich beschloss, es darauf ankommen zu lassen.

Obwohl ich am liebsten auf der Stelle hingefahren wäre, nahm ich mir Zeit, um mich geistig darauf vorzubereiten. Innerlich bebte ich bei der Vorstellung, Aaron noch einmal gegenüberzutreten. Ich zwang mich, etwas Leichtes zu essen, zog mich mit Jeans und Rollkragenpullover warm an und vergewisserte mich, dass der Akku meines iPhones aufgeladen war. Außerdem rief ich Connie an und hinterließ ihr eine Nachricht über mein Vorhaben. Es hatte zu regnen begonnen, also fuhr ich vorsichtig auf der West Coast Road hinaus nach Jordan River, während ich meinen Schlachtplan noch einmal durchging. Ich hatte keine Ahnung, ob das Büro geöffnet hatte, aber ich hoffte, dass man mich zumindest mit Lisa sprechen lassen würde. Wenn es sein musste, würde ich drohen, die Polizei zu rufen, obwohl ich mir nicht sicher war, ob das sinnvoll war. Als ich mich Jordan River näherte, drosselte ich das Tempo. Ein Truck kam von hinten angerauscht und überholte mich in einer engen Kurve, dass mir das Herz im Hals klopfte. Nach mehreren Meilen entdeckte ich auf einem Feld links von mir ein paar Holzgebäude. Dann sah ich das große Schild über dem Tor.

The River of Life Spiritual Center.

Ich fuhr die Auffahrt entlang und parkte vor dem Hauptgebäude, das aussah wie ein Luxusresort. Die Wandverkleidung war aus Zedernholz, ordentlich gestutzte Hecken säumten die Auffahrt, und gepflasterte Wege schlängelten sich durch die Gärten. Das Gebäude war U-förmig geschwungen, um den bestmöglichen Ausblick auf den Ozean zu bieten. Das Eingangsportal war atemberaubend, die Treppe bestand aus großen Steinplatten, und riesige Pfosten aus Zedernholz fassten die hölzernen Türflügel ein. Links und rechts des Eingangs standen sorgfältig gearbeitete Eisenbänke und Pflanzkübel. Ein hübsches Außenlicht beleuchtete den Fußweg, doch auf dem gesamten Hof war niemand zu sehen. Ich entdeckte ein kleines Schild, das auf das Büro um die Ecke verwies, und nahm an, dass damit das kleinere Gebäude rechts von mir gemeint war. Ich stieg aus dem Wagen.

Ein paar Pick-ups parkten in der Mitte des Hofs, zusammen mit schmutzigen, matschbespritzten Landmaschinen und einem Traktor mit einem leeren Anhänger. Hinter den Gebäuden schien sich ein Stall zu befinden, aber ich konnte nur das Dach davon erkennen und nahm den Geruch von feuchtem Dünger, Heu und Tieren wahr. Neben einem der Felder stand ein alter, ausrangierter Pflug, der bereits mit Moos überzogen war, und in einer Pfütze entdeckte ich den Wagen einer hölzernen Spielzeugeisenbahn mit kaputten Rädern. Ich erinnerte mich daran, in dem Prospekt gelesen zu haben, dass es hier eine Schule und eine Einrichtung zur Betreuung der Kleinkinder gab.

Als ich den Wegweisern zum Büro folgte, ging ich langsamer, meine Schuhe knirschten auf dem Kies. In welchem Gebäude mochte Aaron wohnen? Ich hatte das Gefühl, beobachtet zu werden, und schaute mich um. Das Gesicht eines Kindes lugte über einer Fensterbank hervor. Ein kleiner Junge mit blassem Gesicht, großen Augen und blondem Lockenschopf. Er grinste mich frech an, dann verschwand er, und der Vorhang fiel wieder auf seinen Platz. Wie viele Kinder lebten wohl in der Kommune?

Ich fand das Büro. Es gab eine Klingel, und ein Schild bat: »Außerhalb der Öffnungszeiten bitte klingeln.« Ich drückte auf den Knopf, und ein angenehmes Glockengeläut ertönte. Oberhalb der Tür entdeckte ich eine Kamera. Das rote Licht blinkte und ließ mich an Heathers Angst im Krankenhaus denken. *Er sieht alles.* Nach wenigen Minuten wurde die Tür geöffnet. Ich war am ganzen Körper angespannt und rechnete fast damit, dass Aaron auftauchen würde, doch jetzt stand mir eine junge Frau mit langen Haaren und klaren Gesichtszügen in Jeans und weißem Sweater gegenüber.

Sie lächelte. »Kann ich Ihnen helfen?«

Ich erwiderte ihr Lächeln. »Ich hoffe es. Meine Tochter ist verschwunden, und ich wüsste gerne, ob sie hier ist. Ich mache mir große Sorgen um sie.«

Mit freundlicher Miene erwiderte sie: »Tut mir leid, aber wir können keine Informationen über unsere Gäste herausgeben.«

»Dann möchte ich gerne mit Aaron sprechen.«

Sie musterte mich. »Er empfängt niemanden ohne einen Termin.«

»Ich glaube, mich wird er empfangen. Ich kannte ihn, als ich noch ein Kind war. Sagen Sie ihm einfach, dass Nadine Jaeger hier ist, dann wäre ich Ihnen sehr zu Dank verpflichtet.«

Sie nickte. »Ich werde fragen. Möchten Sie hereinkommen und warten?«

»Gerne.«

Sie ließ mich eintreten. Das Bürogebäude war gemütlich und einladend, mit Bodenfliesen in Erdtönen, Holzbalken und einem Empfangstresen aus einer langen, in Naturtönen gebeizten Zedernholzplatte. Dahinter sah ich mehrere Telefone, ein Faxgerät, einen Computer und weitere Bürogeräte. Eine Tür hinter dem Tresen führte vermutlich in weitere Büroräume. Der Empfangsbereich öffnete sich nach rechts zu einem kleinen Raum mit Büchern, Edelsteinen, CDs und allerlei Schnickschnack, wie in einem Andenkenladen in einem Resort. Die Frau deutete auf ein paar Stühle und sagte: »Ich erkundige mich, ob Aaron Sie empfängt.« Sie verschwand im Büro hinter dem Tresen. Ich setzte mich auf einen der Stühle, neben einen kleinen Tisch mit einer Anzahl Zeitschriften, größtenteils zu den Themen Gesundheit, Meditation und gesundem Leben.

Endlich, nach fast fünfzehn Minuten, öffnete sich die Tür. Ich hielt den Atem an und rechnete erneut damit, Aaron zu sehen, aber es war wieder die junge Frau. Lächelnd kam sie auf mich zu. »Wenn Sie mir bitte folgen, Aaron wird Sie empfangen.« Ich nahm an, dass Aarons Büro sich ebenfalls in diesem Gebäude befand, aber die Frau drehte sich um und ging zur Eingangstür. »Hier entlang bitte.«

Wir gingen zurück zum Hauptgebäude und traten durch einen Seiteneingang ein. Sie hatte also von einem anderen Büro aus mit Aaron telefoniert. Ich folgte der jungen Frau einen Korridor entlang, wobei mein Blick alles aufnahm. Bis jetzt wirkte die Einrichtung schlicht, fast rustikal, ganz im typischen Westküstenstil. Auch hier waren, wie im Büro, die Fußbodenfliesen erdfarben und die Wände schlicht weiß. Hier und dort hingen Wandteppiche, und an den Decken waren breite Balken aus Zedernholz zu sehen. Es roch angenehm unaufdringlich nach einer Mischung aus Holz und natürlichen ätherischen Ölen. Es erinnerte mich an eine Therme, in der ich einmal gewesen war. Die Türen öffneten sich zum Korridor hin, waren jedoch zumeist geschlossen. Eine stand einen Spalt offen, und ich erhaschte einen Blick in ein einfaches Zimmer: In der Ecke stand ein Einzelbett aus Holz mit weißem Bettzeug, daneben eine Truhe und ein Stuhl.

Ein paar Türen weiter kamen wir an einem Raum vorbei, der aussah, als würden darin Zeremonien abgehalten. Strahlenförmig um ein Podest herum lagen Matten auf dem Fußboden, große Fenster an der Rückseite gaben den Blick auf einen Baum im Hof frei, der vom Wind gebeugt wurde. Ich konnte mir gut vorstellen, wie Aaron dort stand, das Ende allen Leidens für immer versprach, wenn man nur seinen Lehren folgte. Dann stellte ich mir vor, wie er die Mitglieder dazu brachte, ihre Sünden zu beichten, malte mir aus, wie meine Tochter ihre dunkelsten Geheimnisse preisgab und vor diesem Mann ihre Seele entblößte, auf dass er sie in Stücke fetzte.

Wir kamen an einem weiteren Raum vorbei, und mein Blick fiel auf niedrige Stühle, die sich um kleine Tische drängten, auf Kinderzeichnungen an den Wänden und eine Tafel. Das Klassenzimmer. Als wir das Ende des Flurs erreichten, wandte sich die junge Frau nach rechts und blieb vor einer Holztür stehen. Sie klopfte dreimal. Ein Mann rief mit tiefer, ruhiger Stimme: »Herein.« Es war Aaron.

Die Frau trat ohne Umschweife ein, aber ich zögerte bei der Vorstellung, Aaron wiederzusehen. Dann empfand ich einen Anflug von Zorn darüber, wie klein und verletzlich mich dieser Mann mich fühlen ließ – und wie er mich vergewaltigt hatte.

Aaron saß hinter einem riesigen Schreibtisch aus Zedernholz. Links und rechts von ihm standen Bücherregale, und direkt hinter ihm befand sich ein Fenster, das vermutlich einen unverbauten Blick über das Meer bot. Massive Balken aus Zedernholz stützten auch hier die Decke, und im Kamin brannte ein behagliches Feuer.

Links befand sich eine weitere Tür, und ich fragte mich, ob sie wohl in sein Privatzimmer führte. Ich stellte mir junge Mädchen mit ihm zusammen dort drin vor, und allein bei dem Gedanken wurde mir schlecht. Schließlich sah ich Aaron an, den Mann, um den meine Erinnerung jahrzehntelang einen großen Bogen gemacht hatte. Er musterte mich, die Hände in einer nachdenklichen Pose verschränkt, ein freundliches Lächeln im Gesicht, als würde er eine alte Bekannte willkommen heißen. Er trug einen marineblauen Sweater und eine große, teuer wirkende Armbanduhr. Er hatte einige Falten, sah aber gesund und gebräunt aus. Die Jahre standen ihm gut zu Gesicht.

Die junge Frau sagte: »Ich lasse euch allein«, und schloss leise die Tür.

Aaron stand auf und kam hinter seinem Schreibtisch hervor. Allein die Vorstellung, dass er sich drohend vor mir aufbauen könnte, genügte, und ich kam mir wieder wie ein Kind vor. Ich zwang mich, aufrecht zu stehen und rief mir in Erinnerung, dass ich nicht länger machtlos war, obgleich mir die Knie zitterten.

»Nadine, wie schön, dass du mich besuchen kommst.«

Bei seinen Worten und dem vertraulichen Tonfall drehte sich mir der Magen um.

»Ich bin nicht hier, um dich zu besuchen. Ich bin hier, um nach meiner Tochter zu fragen.«

Er nickte. Sein Blick schien mich durchbohren zu wollen. Ich zwang mich, den Augenkontakt aufrechtzuerhalten, und versuchte, nicht an die Dinge zu denken, zu denen er mich damals gezwungen hatte. An seine vom Flusswasser kalte und nasse Haut.

»Ach ja, Lisa. Sie leistet ausgezeichnete Arbeit und findet ihren spirituellen Weg. Sie trägt eine große Wut mit sich herum ...« Er schüttelte den Kopf.

Eine Mischung aus Zorn und Panik durchschoss mich. Sie war also im Zentrum – und er wusste genau, dass sie meine Tochter war, was meinen Verdacht bestätigte, dass er es gezielt auf sie abgesehen hatte. Ich wollte ihm diesen selbstgefälligen Ausdruck aus dem Gesicht prügeln, dieses heitere Lächeln. Doch meine Tochter war hier, und wenn ich ihn verärgerte, würde er mir gar nichts erzählen.

»Ich würde gerne mit ihr sprechen, bitte.«

»Tut mir leid, aber das wäre nicht gut für sie. Im Moment konzentriert sie sich ganz auf ihre Heilung.«

Eine erneute Woge des Zorns. »Wie wäre es, wenn wir ihr die Entscheidung überlassen?«

»Lisa hat sich meiner spirituellen Leitung anvertraut.«

»Ich bin ihre *Mutter.*«

»Aber bist du die richtige Mutter für sie?« Der Schmerz warf mich beinahe zu Boden. Er sah mich zusammenzucken, sah meine Scham. »Ich bin sicher, dass du dich dasselbe gefragt hast. Wie konnte es passieren, dass sie den falschen Weg eingeschlagen hat? Bei solchen Leuten lebt? Sie war völlig entmutigt.« Er schüttelte den Kopf. »So ein hübsches Mädchen, so viel Seele, und so viel Schmerz in sich.« Er klopfte sich auf die Brust. »Sie muss alles loslassen.«

Eine übelkeitserregende Erinnerung überflutete mich. Seine Hände unter meinem Hemd, während er mir ins Ohr keucht: *Du musst deine Angst loslassen, die Angst vor deinem Körper.*

Ich trat einen Schritt vor. »Wenn du sie anrührst, werde ich …«

»Du wirst gar nichts.« Er trat ebenfalls vor. »Lisa ist bereit für die spirituelle Erweckung – und sie ist bereit, dafür zu tun, was immer nötig ist. Und du?«

»Meine Seele muss nicht gerettet werden – sondern deine. Ich erinnere mich daran, was du mir als Kind angetan hast.«

»Du bist zur Polizei gegangen.«

Kein Leugnen, aber auch keine Bestätigung.

»Und ich werde keine Ruhe geben.«

Er machte eine Geste, die den Raum mit einschloss. »Aber nichts ist passiert. Ich bin immer noch hier.« Er atmete tief ein und hob beide Hände über den Kopf, dann ließ er den Atem langsam wieder entweichen, während er die Arme senkte und vor seiner Brust klatschte, ehe er sie ganz sinken ließ. Er sah mich mit friedlicher Miene an. »Das Licht sieht immer zu. Und er weiß, dass ich nichts falsch gemacht habe.«

»Es ist falsch, minderjährige Mädchen anzufassen.«

»Wenn das, was du sagst, wahr wäre, hätte die Polizei mich verhaftet.«

Meine Ohnmacht machte mich rasend. Offensichtlich war er schlau genug, in Erwägung zu ziehen, dass ich verkabelt sein könnte, und seine Antworten dementsprechend abzuwägen.

»Du bist Ärztin geworden«, fuhr er fort. »Nach dem Tod deines Mannes muss es sehr schwer für dich gewesen sein.«

Woher wusste er so viel über mich? Hatte Lisa es ihm erzählt? Die Vorstellung, die beiden könnten über mich reden, erschreckte mich, aber ich hielt meine Zunge im Zaum.

»Lisa hat mir erzählt, dass du nicht an ein Leben nach dem Tod glaubst oder dass geliebte Menschen zu einem Besuch zurückkehren können. Nur weil du etwas nicht sehen kannst, bedeutet es nicht, dass es nicht existiert.«

Ich ließ mich nicht auf sein Spielchen ein. »Ich möchte mit meiner Tochter sprechen.«

Er lächelte, dann griff er nach dem Telefon und sprach leise hinein. »Bitte bring Lisa Lavoie zu mir. Danke.«

Er legte den Hörer auf und sagte: »Warum stellst du dich nicht ans Feuer? Du scheinst zu frieren.«

Eine weitere Erinnerung stürzte auf mich ein. Wir saßen zusammen mit den anderen am Lagerfeuer, nachdem wir im Fluss gebadet hatten. Er hatte sein Handtuch um mich gewickelt und mich zu sich auf den Schoß gezogen. Meine Mutter hatte fortgeschaut. Hatte sie Bescheid gewusst? Die Möglichkeit verstörte mich.

Als ich mich nicht rührte, sagte Aaron: »Du hast mir nie vertraut, obwohl ich es nicht verstehe. Ich habe mich immer um dich gekümmert und dachte, wir hätten eine ganz besondere Beziehung.« Er sah mich an, und ich empfand, wie krank und verkehrt dies alles war, so wie ich es schon als Kind stets gespürt hatte. Was es noch schlimmer machte, war das Wissen, dass er es auf seine verdrehte Art tatsächlich ernst meinte. Er sagte: »Alles, was ich tat, tat ich, um dir und deiner Mutter zu helfen.«

»Mir helfen? Du bist ein kranker Pädophiler. Und ich werde dafür sorgen, dass die ganze Welt erfährt, was für ein Heuchler du bist. Dieses Zentrum wird bald dichtmachen.«

Er sagte nichts, sondern legte nur den Kopf schräg und taxierte mich. Schließlich sagte er ruhig: »Meine Mitglieder sind loyal und dankbar für meine Hilfe. Deine Drohungen bedeuten nichts.«

Die Tür öffnete sich, und Aaron drehte sich um.

»Lisa, willkommen!«

Sie war schon hier? Hatten sie nebenan mit ihr gewartet? Ich wirbelte herum. Ein älterer Mann kam mit Lisa herein. Ihr Haar war ordentlich gebürstet und fiel ihr in dichten Wellen über den Rücken. Sie trug schwarze Leggings und einen langen, beigen Pullover.

Ich ging auf sie zu. »Lisa!«

Der Mann trat vor und versperrte mir den Weg.

»Entschuldigen Sie bitte«, sagte ich. Dann sah ich ihm in die Augen und erkannte Joseph. Anders als bei seinem Bruder hatten die Jahre es nicht gut mit ihm gemeint. Er war ausgemergelt und bleich, die rotgeränderten Augen hatten dunkle Ringe, und sein Haar war ungepflegt. Er wirkte ernstlich krank.

Lisa war bereits an mir vorbeigegangen und hatte sich zu Aaron neben den Schreibtisch gestellt. Aaron legte ihr den Arm um die Schulter, die Hand an ihrem Nacken, so dass sein Daumen auf ihrer Halsschlagader ruhte. Panik erfasste mich.

Ich ignorierte Joseph fürs Erste und sagte: »Lisa, geht es dir gut?«

Sie sah mich nicht einmal an. Stattdessen hielt sie den Blick auf Aaron gerichtet und bat ihn stumm um Erlaubnis, sprechen zu dürfen. Ihre Körpersprache war beinahe ehrerbietig, ihr Gesichtsausdruck zeigte Bewunderung.

»Nur zu«, sagte Aaron. »Du kannst ihr erzählen, was du mir heute Morgen erzählt hast.«

Jetzt sah Lisa mich an. Ihr Blick war voller Zorn, doch sie klang ruhig. »Es ist interessant, was ich hier alles über Meditation und den spirituellen Weg lerne. Ich bin viel ruhiger geworden, als sei dies genau der Ort, an dem ich sein soll, damit ich gesund werde.«

Ich betrachtete ihr Gesicht, suchte nach Anzeichen von

Übermüdung oder Stress, aber sie wirkte tatsächlich ausgeruht und gesund. Ich war erleichtert, aber auch hin- und hergerissen. Ich hasste die Vorstellung, dass Aaron irgendeinen positiven Effekt auf sie hatte, aber ich musste zugegen, dass ich sie seit Jahren nicht mehr so aufgeräumt erlebt hatte.

»Lisa, ich bin froh, dass dir nichts fehlt.«

»Es geht mir gut. Mir gefällt es hier. Das hier sind jetzt meine Freunde.« Sie lächelte den in der Nähe stehenden Joseph an, der ihr Lächeln erwiderte. Doch etwas in seinen Zügen gefiel mir nicht, eine hektische Fiebrigkeit, die mich argwöhnen ließ, er könnte in einer manischen Phase stecken. Ich dachte daran, wie er hinter Mary kniete, an das Lächeln in seinem Gesicht, als sie dumpf schluchzte.

Ich unterdrückte die aufsteigende Angst. »Sie scheinen deine Freunde zu sein, aber wenn du nicht alles tust, was sie von dir wollen, werden sie sich gegen dich wenden.«

In Lisas Augen blitzte Zorn auf. Sie war immer noch die Alte, hatte ihr Temperament noch nicht verloren. Doch leider richtete sich ihr Zorn gegen mich. »Du bist bloß sauer, weil ich nicht tue, was du für richtig hältst. Ich bin hier *glücklich*. Aber du versuchst immer noch, mich zu kontrollieren. Glaubst du, deine Methode wäre so viel besser? Glaubst du, dein Haus wäre so sicher?«

»Mein Haus?« Wovon redete sie da?

Sie hielt kurz inne, schaute zu Aaron. Er nickte. »Wir haben doch besprochen, dass du, um deine negativen Denkmuster loszuwerden, alles aus deinem Leben teilen musst.«

Sie sah wieder zu mir. Tränen glitzerten in ihren Augen. »Es war Garret, Mom.«

»Was war Garret?«

»Der, der mich missbraucht hat.«

Ich schnappte nach Luft. *Nein, nicht Garret.* Meine Gedanken überschlugen sich, als ich versuchte, ihre Worte zu begreifen, doch alles, was ich zustande brachte, war, sie anzustarren. Mein Herz raste wie unter Schock.

Lisa fuhr fort. »Es fing an, als ich dreizehn war. Du warst andauernd im Krankenhaus.« Sie sagte den letzten Teil nicht verbittert oder zornig, sondern wie besiegt. Ein Kind, das schon vor langer Zeit aufgehört hatte, nach der Mutter zu rufen, damit sie ihm half. »Vor ein paar Tagen hat er mich unten am Kai entdeckt, hat mir einen Kaffee gekauft und sagte, er wolle sich nur entschuldigen. Darum hatte ich eine Überdosis – er hat mir Drogen gegeben. Danach war ohnehin alles egal. Du hast ja sowieso geglaubt, ich wäre wieder drauf.« Ein wütendes Achselzucken.

Ich begann zu weinen. »Warum hast du mir nichts gesagt?«

»Du hättest mich gezwungen, alles haarklein zu erzählen, aber ich wollte es nur vergessen.«

»Du kannst so etwas nicht ignorieren, Lisa. Du musst es verarbeiten.«

Sie hob die Hände. »Hör auf, hör bloß auf. Du hast mich immer gedrängt, über alles zu reden. Ich bin nicht wie du. Ich *will* nicht darüber reden.«

Aaron legte erneut die Hand auf ihren Nacken. Sie wandte sich zu ihm um.

Er sagte: »Es wird Zeit, deiner Mutter zu sagen, was du bei der Beichte geteilt hast.«

»Ich ... ich tue es nicht. Ich bin noch nicht bereit.« Es war das erste Mal, dass ich sie zögern sah.

»Ich dachte, du wolltest dein Leiden beenden und ein neues Leben beginnen?« Er legte den Kopf schräg und warf ihr diesen enttäuschten Blick zu, den ich nur zu gut kannte.

»Ich mache es noch. Ich bin nur ...« Sie begann, so heftig

zu schluchzen, dass sie kaum atmen konnte. Noch nie hatte ich sie so weinen sehen. Ich trat vor, wollte sie vor alldem beschützen, wollte sie in den Arm nehmen. Aber sie machte einen Schritt von mir fort, wich vor mir zurück. Ich blieb stehen.

Aaron sagte: »Wenn du deine Wut auf deine Mutter loslassen und inneren Frieden finden willst, musst du dich von deiner Vergangenheit befreien.«

Lisa holte ein paarmal stockend Luft, versuchte sich zusammenzureißen, dann wandte sie sich mir zu. Unaufhörlich liefen ihr die Tränen übers Gesicht. »Ich war das mit dem Überfall. Ich habe dich in Nanaimo überfallen.«

Ihre Worte trafen mich, als hätte sie mich geschlagen, und ich taumelte beinahe zurück.

Lisa, es war Lisa gewesen.

Ich fand meine Stimme wieder. »Warum? Ich verstehe nicht …«

»Ich war bei Freunden und wollte ein paar Drogen organisieren.« Sie sah zu Aaron. Er ermunterte sie mit einem Kopfnicken, fortzufahren. Sie wandte sich wieder an mich. »Ich wollte dich um Geld bitten, aber dann sah ich dich und wusste, dass du nein sagen würdest …« Sie begann erneut zu weinen, bedeckte ihre Augen, zu beschämt, mich auch nur anzusehen. Ich weinte ebenfalls, war zornig und gekränkt und versuchte, einen Sinn in alldem zu erkennen.

Meine Tochter hat mich auf einem Parkplatz liegengelassen. Sie hat mich zum Sterben zurückgelassen.

»Hasst du mich wirklich so sehr?«, flüsterte ich.

Ihr Gesicht spiegelte ihre Emotionen ungefiltert. »Nein, ich wollte nur …« Sie sah zurück zu Aaron und bat ihn stumm, für sie zu antworten.

»Es geht nicht um Hass, Nadine«, sagte er. »Es geht um

Befreiung. Manchmal müssen wir die negativen Energien hinter uns lassen und unsere Herzen einer neuen Familie öffnen.«

Mein Zorn flammte erneut auf. »Willst du damit sagen, ich würde einen negativen Einfluss auf meine Tochter ausüben? Du weißt überhaupt nichts über uns oder unser Leben.«

»Er sieht alles.« Aaron deutete in Richtung Himmel.

Er glaubte also immer noch, dass das Licht zu ihm sprach. Es war völlig unmöglich, mit ihm zu streiten. Ich musste mich allein auf Lisa konzentrieren und zusehen, dass ich sie hier rausholte.

Ich sah Lisa direkt an. »Liebes, was immer du getan hast, was immer dir angetan wurde, wir können damit fertig werden! Ich liebe dich, egal, was geschehen ist.«

Sie schaute mir nicht in die Augen. Ich trat näher zu ihr. »Lisa, bitte schließ mich nicht aus. Können wir nicht einfach irgendwo hingehen und über alles reden?«

Aaron sagte: »Sie will nirgendwo mit dir hingehen.«

»Das wird sie mir schon selbst sagen müssen.«

Lisa hob den Kopf und sah mir in die Augen. Ihr Blick war leer und ausdruckslos. Sie hatte sich von ihren Gefühlen abgekoppelt, hatte sie alle in eine dunkle Ecke ihres Bewusstseins gepackt, aus der nicht einmal die Kraft meiner Liebe sie vorzerren konnte.

Sie sagte: »Ich bleibe hier. Ich will wieder glücklich sein.«

»Dieser Ort wird dich nicht glücklich machen.«

Sie starrte mich an. Es war egal, was ich sagte, selbst wenn ich ihr von meinem eigenen Missbrauch erzählen würde. Ich hatte diesen Ausdruck im Blick meiner Patienten gesehen. Nichts würde jetzt zu ihr durchdringen.

Aaron sagte zu ihr: »Du hast ein paar bedeutende Schritte

für dein spirituelles Wachstum unternommen. Ich bin stolz auf dich.« In einer väterlichen Geste küsste er ihre Schläfe. Dankbar blickte Lisa zu ihm auf. Ich wollte seine Hände von ihr reißen.

Ich wollte ihn umbringen.

»Du kannst jetzt auf dein Zimmer gehen«, sagte er. »Ich spreche mit deiner Mutter. Alles wird gut.« Er lächelte ihr zu.

Ihr Blick glitt in meine Richtung, als schätze sie meine Reaktion ab – oder als suche sie etwas. Ich war mir nicht sicher, doch dann sah sie demonstrativ fort, als sie an mir vorbeiging.

Ich versuchte es ein letztes Mal. »Lisa, bitte warte eine Minute. Du verstehst nicht. Er hat mir weh getan – als ich ein Kind war.« Ich ergriff ihren Arm. Sie riss sich los und eilte hinaus auf den Korridor. Ich starrte auf ihren Rücken.

Meine Tochter war fort.

Jetzt blockierte Joseph die Tür. Ich hielt inne und spürte, wie die Atmosphäre im Raum sich veränderte und dunkler wurde, jetzt, wo Lisa gegangen war.

Joseph machte einen Schritt auf mich zu. »Es ist Zeit, dass du verschwindest.«

Aaron sagte: »Ich würde gerne noch allein mit Nadine reden, Joseph.«

Josephs Gesicht war ruhig, aber in seinen Augen blitzte kurz Ärger auf, und ein roter Schimmer überzog seinen Hals. Er zögerte, als wollte er widersprechen, doch Aaron nickte ihm zu, eine herablassende Geste, als würde er seinen Hund beiläufig aus der Habachtstellung entlassen. Joseph senkte den Kopf, schloss die Tür hinter sich und verließ Aarons Büro durch die andere Tür. Ich erhaschte einen kurzen Blick auf einen abgedunkelten Raum. Zudem bemerkte ich eine

Kamera in der Zimmerecke des Büros und fragte mich, ob wohl jemand zusah.

Ich wandte mich wieder an Aaron.

Er lächelte, und seine Stimme war ruhig und voller Selbstvertrauen. »Ich kann dir helfen, deine Beziehung zu deiner Tochter zu heilen, aber du musst sie loslassen und darauf vertrauen …«

»Ich brauche deine perverse Hilfe nicht.«

Er blickte demonstrativ in die Richtung, in die Lisa verschwunden war. »Deine Tochter hat dich angegriffen, Nadine. Sie hätte dich beinahe *getötet.*« Ich zuckte bei seinen schonungslosen Worten zusammen, bei der Erinnerung daran, wie ich auf dem dunklen Parkplatz gelegen und mich gefragt hatte, ob ich sterben würde.

»Sie ist jung, und sie ist krank – du wirst sie zerstören.«

»Du hattest deine Chance, ihr zu helfen. Du hast es jahrelang versucht, oder nicht? Aber sie hat lieber auf der Straße gelebt und sich langsam mit Chemikalien zugrunde gerichtet. Jetzt ist sie innerhalb weniger Tage drogenfrei, sie ist glücklich, und sie vertraut mir. Warum hat sie dir nichts von ihrem Halbbruder erzählt? Warum hat sie dir nicht vertraut? Fragst du dich das nicht auch?«

Ich hörte Aaron zu, das Blut rauschte in meinen Ohren. Ich wollte gehen, blieb aber wie gelähmt stehen. Mit jedem Wort, das er sagte, stellte er meine geheimen Ängste bloß.

Aaron fuhr fort: »Als du in der Kommune warst, stellte ich mir vor, du würdest eine wunderbare Mutter werden. Ich beobachtete, wie du mit den anderen Kindern am Fluss umgingst, und fragte mich, was für eine Frau du als Erwachsene werden würdest. Aber deine Mutter hat dich fortgebracht. Jetzt habe ich deine Tochter kennengelernt und habe Anteil an ihrer spirituellen Entwicklung. Du bekommst alles, was du dir für deine Tochter gewünscht hast, trotzdem bist du nicht zufrieden.«

Endlich fand ich meine Stimme wieder. »Du bist nicht das, was ich mir für meine Tochter wünsche.«

»Du willst die Kontrolle behalten. So wie deine Mutter meine Leitung nicht akzeptieren konnte, machst du jetzt genau dasselbe. Du willst mir nicht erlauben, ein Geschenk für deine Tochter zu sein. Du versuchst, ihr Glück zu zerstören, aber ich rette ihr das Leben.«

»Du *ruinierst* Leben. Du suchst dir Menschen, die schutzlos und verletzlich sind, und manipulierst sie, bis sie glauben, sie würden niemals Frieden finden, wenn sie nicht auf dich hören.«

»Ist das nicht genau das, was du tust? Die Menschen glauben machen, sie bräuchten eine Therapie oder sie kämen mit ihrem Leben nicht zurecht? Ich zeige ihnen nur, dass sie die Antworten bereits kennen.«

Er war zu selbstsicher. Ich hatte ihn noch nie schwankend erlebt. Es gab nur eine Person, die ihn je aus dem Konzept gebracht hatte: Willow. Konnte ich das jetzt gegen ihn einsetzen?

»Ist es das, was du mit Willow getan hast? Es ihr gezeigt?« Ich wagte einen Schuss ins Blaue. »Ich weiß, dass du sie umgebracht hast.«

Er zuckte nicht einmal zusammen, sondern sah mir nur direkt in die Augen und sagte: »Willow war nicht bereit, meine Hilfe anzunehmen. Lisa dagegen ist bereit, sich zu verändern. Die Frage lautet, ob du sie loslassen kannst. Kannst du ihre spirituellen Bedürfnisse über deine eigenen stellen?«

»Wenn du sie anrührst, wenn du ihr *irgendetwas* antust, werde ich dafür sorgen, dass du den Rest deines Lebens im

Knast verbringst. Ich weiß, dass ich nicht die Einzige bin, Aaron. Ich werde jede Frau aufspüren, der du jemals etwas zuleide getan hast, und wir werden dich und dieses Zentrum vernichten …«

Die zweite Tür zum Büro öffnete sich, und Joseph kam herein. Er trug eine Windjacke, als wäre er draußen gewesen.

»Das ist nicht richtig, was sie da sagt.« Er deutete auf mich, dann strich er sich mit der Hand durchs Haar, während er auf und ab schritt. Er musste in einem anderen Raum über die Überwachungskameras mitgehört haben.

Aaron sagte: »Es ist in Ordnung, Joseph. Ich habe alles unter Kontrolle.«

Joseph schüttelte den Kopf. »Sie will dir schaden. Ich kann es spüren.« Er sprach schnell und erregt. Das kleine Büro war erfüllt von seinem Geruch nach Schweiß und Nervosität.

Ich war mir nicht sicher, ob ich etwas sagen sollte, oder ob er dadurch nur noch aufgewühlter würde, doch ich beschloss, es zu riskieren. »Ich will Aaron nicht schaden. Ich will nur mit ihm reden.«

»Ich habe dich gehört! Du hast gesagt, du willst ihn in den Knast stecken!« Joseph zeigte erneut auf mich. »Sie hat gesagt, sie wird das Zentrum vernichten. Wir müssen sie aufhalten.«

Mein Herz raste, als Adrenalin meinen Körper überflutete. Joseph sah aus, als würde er jeden Moment ausrasten. Er zuckte am ganzen Körper, als stünde er unter Hochspannung.

Aaron sagte: »Es ist alles in Ordnung. Du kannst wieder in dein Zimmer gehen.«

Joseph schaute zwischen uns hin und her. »Nein. Ich

kann es sehen, das Gift an ihr. Es kriecht ihren Arm hoch.« Seine Augen weiteten sich, und ich konnte mich nur mit Mühe beherrschen, nicht auf meinen Arm zu schauen, um zu sehen, was er sah. Ich wusste, dass dort nichts war.

Freundlich sagte Aaron: »Sie stellt keine Bedrohung dar. Das Licht beschützt uns vor ihrer schlechten Energie.«

Joseph zögerte, blickte erneut auf meine Arme, dann entspannte er sich ein wenig, als wäre das, was auch immer er zuvor gesehen hatte, verschwunden.

Aaron sagte: »Joseph, bitte lass uns jetzt allein.«

Verwirrt nickte Joseph und ging. Er warf mir einen letzten Blick zu, ehe er den Raum verließ. Seine rotgeränderten Augen funkelten zornig. Mir kam der beunruhigende Gedanke, dass Joseph, wenn Aaron ihn nicht beruhigt hätte, mich garantiert angegriffen hätte.

Ich tastete nach der Tür hinter mir. Ich musste auf der Stelle hier raus. Aaron bemerkte meine Bewegung und sagte: »Du kannst der Polizei erzählen, was du willst, Nadine, aber mir oder dem Zentrum wird nichts geschehen.« Er lächelte.

»Das werden wir ja sehen.« Ich eilte davon, rechnete halbwegs damit, dass er mir folgen würde, aber ich schaffte es zurück zu meinem Auto, ohne aufgehalten zu werden. Kein Mensch lief mir im Korridor über den Weg. Ich überlegte kurz, ob ich Lisa suchen sollte, aber das Gebäude war zu groß, und es gab nichts, das ich sagen könnte und das sie hören wollte.

Als ich davonfuhr, dachte ich darüber nach, dass Aaron mich so einfach hatte gehen lassen. Ich war keine Bedrohung für ihn. Ich war ein Nichts für ihn.

31. Kapitel

Auf dem Rückweg zurück in die Stadt hatte ich mit Atemschwierigkeiten zu kämpfen, meine Hände am Lenkrad zitterten, und mir war schlecht vor Aufregung. Ich fuhr direkt zum Polizeirevier. Der Officer, mit dem ich sprach, sagte, sie würden sich mit Aaron und Joseph unterhalten und auch Garret zur Vernehmung vorladen, aber ich wusste bereits, dass er alles abstreiten würde.

Erst zu Hause gestattete ich es mir endlich zu weinen. Jetzt, da ich wusste, dass es Garret war, der mir Lisa genommen hatte, während er Abend für Abend lächelnd an meinem Abendbrottisch gesessen hatte, fühlte ich mich zutiefst verraten, doch noch zorniger war ich auf mich selbst, weil ich die Anzeichen nicht bemerkt hatte. Für so vieles gab es plötzlich eine Erklärung. Lisas schlechte Laune nach jedem seiner Besuche, ihr zunehmender Drogenmissbrauch. Ich war verletzt und enttäuscht, weil sie sich mir nicht anvertraut hatte. Es war eine anstrengende Zeit gewesen, ich war gerade dabei, meine Facharztausbildung zu beenden, als Paul krank wurde. War ich wirklich für sie da gewesen? Ich hatte es versucht, hatte jeden Tag nachgefragt, wie es ihr ging und was sie trieb, hatte Zeit mit ihr verbracht, war mit ihr zusammen zur Trauergruppe gegangen, in der sie stumm dabeisaß, aber war ich *wirklich* für sie da gewesen? Hatte ich Garret so blind vertraut, dass ich nicht gesehen hatte, was er wirklich war? Ich fühlte mich von ihm hintergangen – ich hatte ihn wie mein eigenes Kind geliebt, hatte ihn in mein Herz und mein Leben aufgenommen. Jetzt wollte ich ihn eigenhändig umbringen, aber ich musste die Sache der Polizei überlassen.

Erst später, als ich in meinem Hausmantel auf dem Sofa kauerte, ließ ich die Tränen darüber zu, dass meine Tochter mir so fern war, dass sie mich überfallen hatte. Ich dachte an ihren Besuch im Krankenhaus in Nanaimo, wie sie den Blick abgewendet hatte. Würden wir es jemals schaffen, darüber hinwegzukommen?

Am nächsten Morgen rief die Polizei an, sie hatten sich inzwischen mit Aaron unterhalten. Er behauptete, ich wäre einfach in der Kommune aufgetaucht, wäre unerlaubt in das Gebäude eingedrungen und hätte einige seiner Mitarbeiter beleidigt. Sie hatten auch mit Lisa gesprochen, die leugnete, dass Garret sie missbraucht hätte. Ich versuchte, mich gegenüber dem Officer zu verteidigen, aber ich wusste, wie schwach meine Rechtfertigungen klangen. Und noch schlimmer, ich wusste, wie es sich für sie darstellen musste: Der Staatsanwalt wollte meine Anzeige nicht weiterverfolgen, also dachte ich mir jetzt irgendwelche Anschuldigungen aus.

Der Officer sagte: »Aaron Quinn hat mir deutlich zu verstehen gegeben, dass Sie in der Kommune nicht mehr willkommen sind. Ich verstehe, dass Sie verstimmt sind, weil Ihre Tochter dort lebt, aber allem Anschein nach möchte sie dort bleiben. Es wäre besser, wenn Sie sich in Zukunft einfach von dort fernhielten.«

Er hatte recht. Ich konnte nichts mehr tun.

An diesem Tag stürzte ich mich bei der Arbeit auf die Behandlung meiner Patienten. Mit Brandon bereitete ich ein

Treffen mit einem Berufsberater nach, und mit Jodie ging ich ihren neuen Ernährungsplan durch. Francines Zustand war stabil, aber sie war immer noch depressiv und leicht erregt. Ich saß eine Weile bei ihr. Sie nannte mich wieder Angela, kicherte über das Aktgemälde, an dem sie gerade arbeitete, und schlug vor, dass wir schon bald wieder nach Mexiko reisen sollten. Als es Zeit für mich wurde zu gehen, sah sie mich ängstlich an. »Dieses Hotel gefällt mir nicht. Ich möchte nach Hause.« Ich erinnerte sie daran, dass sie im Krankenhaus war, und sie begann zu weinen.

Ich tätschelte ihr den Rücken und versuchte, sie zu trösten. Als das nicht funktionierte, sprach ich von Mexiko, vom klaren blauen Wasser, dem weißen Sand, dem Tropenwind, der beim Strandspaziergang an den Kleidern und Haaren zerrte und liebkosend über die sonnenverbrannte Haut strich. Endlich schlief sie ein, ein kleines Lächeln in dem traurigen Gesicht.

Später schaute Kevin kurz in meinem Büro vorbei. »Ich habe deine Nachricht erst gestern Abend abgehört, aber es war zu spät, um zurückzurufen. Ist alles in Ordnung?«

»Ja«, sagte ich. »Ich wollte dich etwas fragen, aber dann habe ich es für mich allein geklärt.« Ich hatte bereits entschieden, dass er nicht erfahren sollte, was im Zentrum vorgefallen war.

Er bedachte mich mit einem fragenden Blick. »Bist du sicher?«

»Ich habe gerade einiges um die Ohren«, ich deutete auf die Akten, die auf meinem Tisch lagen, »und versuche, mit dem Schreibkram hinterherzukommen.«

Er nickte. »Na dann, ich wünsche dir einen schönen Tag.« Er wirkte irritiert, und ich wollte zu einer weiteren Erklärung ansetzen, doch ehe ich noch etwas sagen konnte, klingelte mein Telefon. Er winkte mir zu und verließ das Büro.

Am nächsten Abend brühte ich mir gerade Tee in der Küche auf und dachte an Francine, für die sich endlich ein Platz in einem guten Pflegeheim, das auch Kunsttherapie anbot, gefunden hatte – wenigstens eine gute Nachricht –, als ich meinte, draußen ein Geräusch zu hören. Ich spähte aus dem Fenster, konnte aber nichts erkennen. War es die Katze gewesen? Ich stieß die Tür auf, die prompt hinter mir wieder zufiel. Ich blieb stehen und rief: »Miez, miez, miez!«, während ich in den Garten starrte. Kein Miauen als Antwort, nichts regte sich im Gras. Ich schaute nach links. Die Außenbeleuchtung im Garten meines Nachbarn war angegangen und erzeugte unheimliche Schatten. Hatte die Katze den Bewegungsmelder ausgelöst oder etwas Größeres? Ich lauschte angestrengt nach Schritten. In der Ferne hörte ich einen Wagen starten und mit quietschenden Reifen davonfahren.

In dieser Nacht schlief ich unruhig. Ich wachte jede Stunde auf, und mein Herz klopfte unregelmäßig beim leisesten Knacken im Haus. Am nächsten Tag rief ich eine Psychiaterin im Krankenhaus an und bat sie, mich zu vertreten, dann telefonierte ich mit Corporal Cruikshank in Shawnigan. Sie erzählte mir, dass ihre Kollegen sie kontaktiert hätten, nachdem sie in der Kommune gewesen und Aaron gesprochen hatten, so dass sie bereits wusste, was geschehen war.

Es fiel mir schwer, nicht vor Enttäuschung zu schreien, als ich ihr versicherte, dass ich mir das alles nicht ausgedacht hatte. Sie reagierte sehr professionell, achtete darauf, sachlich zu bleiben, und erklärte, dass jemand in Victoria sich trotzdem mit Garret unterhalten würde. Aber sie warnte mich, dass es wahrscheinlich zu nichts führen würde, solange Lisa nicht bereit war, eine Aussage zu machen, was wir beide bezweifelten. Dann schlug sie ebenfalls vor, ich solle mich von der Kommune fernhalten und von nun an der Polizei die Angelegenheit überlassen. Meine Einmischung würde es nur noch schwieriger machen und meinem eigenen Fall möglicherweise mehr schaden als nutzen. Ich willigte ein.

Ich erzählte ihr auch von dem Lärm in meinem Garten und von dem davonfahrenden Auto. Sie schlug mir vor, eine Alarmanlage installieren zu lassen, damit ich wieder ruhig schlafen konnte. Das war keine schlechte Idee. Nachdem wir aufgelegt hatten, rief ich ein paar Firmen an, die Alarmanlagen vertrieben, und veranlasste, dass so schnell wie möglich ein System in meinem Haus eingebaut würde. Nachmittags versuchte ich, mich im und am Haus zu beschäftigen, doch ich hielt immer wieder inne und starrte ins Nichts. Lisas Worte verfolgten mich: *Es fing an, als ich dreizehn war.*

Wenn ich mir vorstellte, wie Garret Lisa anfasste, wenn ich an all die Male dachte, bei denen ich die beiden allein gelassen hatte, verwandelten Schuldgefühle meinen Bauch in einen harten Knoten. Ich konnte den Gedanken nicht ertragen, dass er davonkommen würde – den Gedanken, dass er noch anderen kleinen Mädchen etwas antun könnte.

Ich schnappte mir meine Handtasche und fuhr zu seinem Studio. Bei meiner Ankunft ging gerade eine Mutter mit ihrer Tochter, die das Teenageralter noch nicht erreicht hatte, zu ihrem Wagen und winkte Garret zum Abschied lächelnd zu. Sein Grinsen, das ich zuvor für eine freundliche Erwiderung ihres Lächelns gehalten hätte, widerte mich jetzt an.

Ich wartete, bis das Auto davongefahren war, dann stieg ich aus meinem aus und betrat sein Studio, in dem er gerade einige Bilder rahmte. Als er meine Schritte hörte, drehte er sich um und lächelte, als er mich erkannte.

»Nadine! Du kommst, um dir das Studio anzuschauen. Es passt perfekt, ich wollte nur …«

»Ich weiß Bescheid, Garret. Ich weiß, was du getan hast.« Ich war voller Zorn hergekommen, wollte ihn zur Rede stellen und toben, doch jetzt war mir nur noch zum Heulen zumute. Diesen Jungen hatte ich aufwachsen sehen, diesen Jungen hatte ich festgehalten, als er bei der Beerdigung seines Vaters weinte. Wie hatte das passieren können?

Er sah mich irritiert an. »Was ist los?«

»Wie konntest du nur?« Meine Worte klangen wie eine flehentliche Bitte, mich nachempfinden zu lassen, was ich niemals würde begreifen können. »Wie konntest du Lisa so etwas antun?«

Er wich zurück und hob abwehrend die Hände. »Ich weiß ja nicht, was für Lügen sie dir erzählt hat …«

»Ich weiß, dass du sie missbraucht hast.«

Ich suchte seinen Blick, hoffte auf Anzeichen von schlechtem Gewissen, von Reue. Aber er hatte sich bereits wieder gefasst und sah mich wütend an.

»Lisa ist drogenabhängig und eine Diebin. Sie lügt ständig.«

»Bei dieser Geschichte würde sie nicht lügen. Ich *weiß*, dass du es getan hast – und dass du sie letzte Woche unter Drogen gesetzt hast. Dein Vater würde sich schämen für dich.« Paul wäre am Boden zerstört gewesen, wenn er herausgefunden hätte, dass sein Sohn ein Kinderschänder war, der seine eigene Schwester vergewaltigte.

»Mein Vater würde wissen, dass ich *gar nichts* getan

habe.« Garrets Stimme war fast schrill. »Mein Vater hat mich geliebt.«

»Ich habe dich auch geliebt – genau wie Lisa. Und das hast du ausgenutzt.«

Garret versuchte, sich zu beherrschen, holte ein paarmal tief Luft und fuhr sich mit der Hand durchs Haar. »Nadine, du kennst mich doch.«

»Ich *dachte*, ich würde dich kennen.«

»Ich würde sie niemals anrühren – sie ist meine Schwester. Aber sie ist total verkorkst von den Drogen, und wenn sie stoned ist, lügt sie. Sie hat diesen Scheiß nur erzählt, um dich zu verletzen.«

Einen Moment geriet ich ins Wanken. Konnte er recht haben? Dann dachte ich an ihren Blick. Nein, Lisa mochte mich oft angelogen haben, aber nicht dieses Mal.

Garret lehnte sich an den Tisch und schob einen Rahmen beiseite, als wollte er Platz für seine Hand schaffen, doch etwas an dieser Bewegung wirkte unnatürlich. Dann sah ich die Fotos auf dem Tisch. Eines davon stach mir ins Auge. Jeder andere hätte lediglich die Umrisse einer Frau gesehen, die sich, mit dem Rücken zum Betrachter, auf einer Matratze zusammenkauert. Aber ich kannte meine Tochter, kannte jede Kurve und jede Erhebung ihrer Wirbelsäule. Es war Lisa. Ich ging um Garret herum, zog das Bild unter den anderen hervor und betrachtete es schockiert. Es schien im selben Raum aufgenommen worden zu sein, in dem ich sie gefunden hatte. Von wann stammte die Aufnahme?

Garret sagte hastig: »Sie hat einen Modelvertrag unterschrieben.«

Meine Gedanken überschlugen sich. Hatte er die Bilder gemacht, nachdem er sie unter Drogen gesetzt hatte? Was hatte er sonst noch von ihr verlangt? War es das, was sie dazu getrieben hatte, in die Kommune zu ziehen? Zorn und hilflose Wut darüber, wie meine Familie zerbrach, überwältigten mich. Ich hielt ihm das Foto hin. »Was ist das?«

»Es ist ein Projekt, an dem ich arbeite. Lisa brauchte Geld.« Er klang defensiv, aber auch nervös. Sein Blick huschte zu dem Bild.

»Was hast du noch mit ihr getan, Garret?« Meine Stimme war hart, mein Körper steif.

»Nichts. Ich hab dir doch gesagt, sie brauchte Geld. Sie nimmt immer noch Drogen. Darüber hat sie dich auch belogen. Sie ist krank, Nadine. Sie ist drogenabhängig.«

Er log erneut, gab Lisa für alles die Schuld, und jedes Wort aus seinem Mund ließ mich an Aaron denken, daran, wie er die bösen Dinge rechtfertigte, die er tat. Und Garret würde weiterhin alle belügen, die Polizei, andere kleine Mädchen, ihre Mütter.

Mit Lisas Bild in der Hand wirbelte ich herum und riss Garrets Fotos von den Studiowänden, schleuderte sie zu Boden, so dass die Rahmen zerbrachen und Glasscherben herumflogen.

Garret versuchte, mich am Handgelenk festzuhalten, während er brüllte: »Was zum Teufel tust du?« Ich riss mich los. Er hob mich von hinten hoch, zerrte und stieß mich aus dem Studio, während ich ihn kratzte und nach ihm trat. Ich versetzte ihm einen ordentlichen Schlag gegen den Mund.

Er stieß mich zu Boden, wich taumelnd zurück und hob die Hand an die Lippen. Er sah auf seine blutigen Finger, als wäre er fassungslos, dass ich ihn tatsächlich verletzt hatte. »Ich rufe die Polizei, du durchgeknallte Schlampe.«

Mit zittrigen Knien stand ich auf, bebend vom Adrenalin, und wischte mir den Schmutz und das zerbrochene Glas von den Kleidern. »Das tust du nicht.«

Unsere Blicke trafen sich. Er sah zuerst fort.

Ich ließ ihn vor seinem verwüsteten Studio stehen und ging hocherhobenen Hauptes zu meinem Wagen. In der Hand hielt ich noch immer Lisas Foto.

32. Kapitel

Nach einer weiteren unruhigen Nacht erwachte ich am nächsten Morgen wund und zerschlagen. Jeder Muskel tat mir weh, doch zum Glück hatte ich einen Tag frei und musste nicht zum Krankenhaus. Ich schenkte mir einen Kaffee ein, um ihn auf der hinteren Terrasse zu trinken. Ich sehnte mich nach Licht, nach frischer Luft. Die Sonne beschien die oberste Stufe, so dass ich mich dort niederließ und mein Gesicht der Wärme entgegenstreckte. Ich hörte einen leisen Rums rechts von mir und riss die Augen auf. Während ich mich in die Richtung drehte, aus der das Geräusch gekommen war, wappnete ich mich innerlich gegen einen Angriff. Doch es war nur die Katze, die vom Geländer gesprungen war. Sie beobachtete mich, ihre Augen funkelten im hellen Licht.

Ich rieb die Finger und lockte sie zu mir. »Miez, miez, miez.«

Sie schlich am Rand des Geländers entlang, blieb hin und wieder stehen und rieb ihren Kopf am Holz. Als sie nur noch ein paar Schritte entfernt war, legte sie sich auf ein von der Sonne beschienenes Fleckchen. Ich machte weitere lockende Schnalzgeräusche. Sie drehte sich um und zog sich mit den Krallen näher heran. Ein rumpelndes Schnurren stieg aus ihrer Kehle auf. Freude durchzuckte mich, das süße Vergnügen, dass ein anderes Lebewesen auf mich reagierte. Sie war noch einen Schritt von mir entfernt. Wir blieben zusammen sitzen und tankten Sonne. Ihr schwarzes Fell sah warm aus. Kleine Erdklumpen, vielleicht von einem meiner Beete, hingen an ihren Pfoten. Ich streckte die Hand aus und streichelte ihr über den Rücken. Sie drehte sich wieder um und stieß mit dem Kopf gegen meine Hand. Noch ein Freudenschauer. Ich kraulte sie hinter den Ohren. Sie rieb ihre Wange an meinem Daumen. Ich beugte mich tiefer, legte meine flache Hand auf ihre Brust.

Blitzschnell schossen ihre Krallen vor, und sie umklammerte meine Hand und biss mich in den Arm. Ich schüttelte sie ab und stieß dabei versehentlich gegen ihre Nase. Sie sprang auf das Geländer, machte einen Satz zum Zaun und war verschwunden. Ich legte den Kopf auf die Knie, und die Worte meines Bruders hallten in meinem Kopf wider. *Du hast sie unter Druck gesetzt.*

Mein ganzes Leben lang hatte ich für oder gegen etwas gekämpft. Früher konnte ich mich, wenn es schwierig wurde, immer mit dem Gedanken trösten, dass ich zumindest anderen Menschen half, dass ich wenigstens *etwas* Gutes auf dieser Welt vollbrachte – und dass sich jedes Opfer gelohnt hatte. Jetzt schien es, als hätte ich einzig meine Tochter geopfert.

Im Haus klingelte das Telefon. Als ich das Display überprüfte, erkannte ich Kevins Nummer. Ich legte das Telefon wieder hin. Ich war nicht in der Stimmung, mich zu unterhalten. Niedergeschlagen beschloss ich, etwas herumzufahren. Ich hatte kein Ziel vor Augen, sondern ließ einfach meinen Wagen an und fuhr drauflos, bis ich mich auf einer Straße wiederfand, die aus der Stadt herausführte. Als ich dieses Mal durch den Goldstream Park fuhr, dachte ich an einen Tanklaster, der hier kürzlich umgestürzt war, als ein betrunkener Fahrer die Kontrolle über seinen Truck verloren hatte. Reinigungsteams hatten Tage gebraucht, um die kontaminierte Erde abzutragen, doch für die Fische war es zu spät gewesen. Das Benzin war durch ihre Kiemen eingedrungen und hatte sie binnen Minuten getötet.

Ein schrecklicher Fehler, und es dauerte Jahre, um es wiedergutzumachen.

Oben auf dem Malahat-Highway bog ich in Richtung Shawnigan ab und beschloss, zur Kinsol-Holzbrücke zu laufen und mir anzusehen, wie die Reparaturarbeiten vorankamen. Von dem Sturz bei Garret tat mir zwar der ganze Körper weh, aber vom Schotterparkplatz aus ging man nicht lange, und vielleicht half der Spaziergang, meine Muskeln zu lockern. Ich hoffte, dass sich dadurch auch meine Stimmung aufhellen würde oder zumindest meine Gedanken, so dass ich in dem Nebel, der mich umgab, klarer sehen konnte. Ich stellte den Wagen ab, nahm meine Handschuhe und schlüpfte in die Wanderstiefel, die ich immer im Kofferraum dabeihatte, dann ging ich den Schotterweg bergab. Ich erinnerte mich noch daran, dass hier früher Eisenbahnschienen und Schwellen gelegen hatten, deren Holz im Sommer heiß und klebrig vom Teer war.

Als ich die Brücke erreichte, blieb ich stehen und bewunderte das majestätische Bild, das sich mir bot. Mehr als einhundertachtzig Meter Fachwerkbalken bildeten einen Bogen über den Fluss und mündeten auf der anderen Seite im Wald. Bewaldete Bergketten, so weit das Auge reichte. Ich konnte den Fluss nicht sehen, er war vermutlich mehr als fünfzig Meter unter mir, aber ich hörte ihn. Ein paar große Maschinen parkten auf der anderen Seite, und metallene Baustellengitter versperrten den Zugang, aber ich fand eine Stelle, an der ich darunter hindurchkriechen konnte. Ich ging auf die Brücke, die jetzt nur noch aus einem Bohlenweg bestand, und erinnerte mich, dass wir uns als Kinder gegenseitig dazu angestiftet hatten, so lange zu bleiben, bis der Zug kam, und immer davonrannten, sobald wir den Pfiff hörten. Der letzte Zug hatte die Brücke 1979 überquert.

Seitdem hatte sich viel verändert.

In der Mitte der Brücke lehnte ich mich gegen das Geländer, ließ mir die Brise aus dem Tal ins Gesicht wehen und sog den Duft der Fichtenwälder und die klare, kalte Bergluft ein. Ich atmete tief ein und versuchte, den Kopf freizubekommen. Aber ich konnte nicht anders und ging jeden Moment von Lisas Kindheit durch, dachte an all die Zeiten, in denen ich sie mit Garret allein gelassen hatte. Ich war ihre Mutter. Ich hätte sie beschützen müssen, hätte sehen müssen, was geschah.

Ich blickte hinunter in den Fluss und dachte an meine eigene Mutter, als ich rechts von mir eine Bewegung wahrnahm. Ich schaute auf und stellte fest, dass jemand auf die Brücke zukam. Als ich begriff, dass es ein einzelner Mann war, versteifte ich mich. Ließ Aaron mich von jemandem beschatten? Ich hielt den Atem an und stieß ihn erleichtert wieder aus, als die Züge des Mannes besser zu erkennen waren und ich den Schäferhund neben ihm sah. Als Robbie mich erreichte, war sein Gesicht gerötet, und er atmete stoßweise, als sei er schnell gegangen.

»Was tust du hier oben?«

»Ich musste ein wenig nachdenken. Und was tust du hier?«

»Ich habe auf einer Baustelle am Ende der Straße gearbeitet und deinen Wagen erkannt – du hast dieses Park-Dings für Krankenhausmitarbeiter an deinem Rückspiegel.«

Ich nickte. »Stimmt.« Ich sah wieder hinunter ins Wasser. »Weißt du noch, wie wir damals als Mutprobe so lange wie möglich auf der Brücke geblieben sind, bis der Zug kam?«

Robbie stützte die Ellenbogen auf das Geländer und sah sich um. »Wir haben es nie geschafft. Dad hätte uns umgebracht, wenn er gewusst hätte, was wir treiben.«

Ich lachte leise, als ich mich neben Robbie auf das Geländer stützte und dachte, dass der Zug uns wahrscheinlich weniger gefährlich erschienen war als der Vater.

»Worüber musst du nachdenken?«, fragte er.

Während ich überlegte, was ich darauf antworten sollte, griff Robbie in seine Tasche, immer noch auf der Suche nach seinen Zigaretten. Als er sie nicht fand, schüttelte er den Kopf. »Dieser verdammte Köter.« Der verdammte Köter blickte zu ihm auf, drehte sich ein paarmal im Kreis und legte sich dann zum Schlafen hin.

Ich holte tief Luft und spuckte alles aus. Ich hatte nicht vorgehabt, alles zu erzählen, nicht das mit Garret oder was er Lisa angetan hatte, aber sobald ich einmal angefangen hatte zu reden, konnte ich nicht mehr aufhören. Als ich Robbie erzählte, dass ich glaubte, jemand würde mein Haus beobachten, und ihm von den Drohanrufen berichtete, wurde sein Mund zu einer schmalen Linie.

Zum Schluss sagte ich: »Ich habe Angst um Lisa. Sie ist im Moment so verletzlich, aber ich habe auch ein schlechtes Gefühl wegen Joseph. So, wie er aussah … Er war knapp davor, auszurasten. Ich glaube nicht, dass es viel braucht, um ihn dazu zu bringen.«

Als ich fertig war, starrten wir beide eine Zeitlang hinunter in den wirbelnden Fluss. Weit unter uns drehte sich ein einzelner Baumstamm, in einem Strudel gefangen, immer wieder im Kreis.

Robbie räusperte sich. »Ich weiß, was damals in der Kommune passiert ist.«

Ich drehte mich zu ihm. »Was meinst du?«

»Aaron ... die Art, wie er dich angesehen hat. Es hat mir nicht gefallen, wenn du allein mit ihm warst.«

Ich erinnerte mich, wie oft Robbie uns unterbrochen hatte, wenn Aaron mit mir sprach, und wie sehr ich mich schämte und fürchtete, er könnte mein Geheimnis herausfinden. Ich hatte Robbie angeschnauzt, mich in Ruhe zu lassen – und das tat er.

Robbie fuhr fort: »Du hattest recht. Willow und ich waren mehr als Freunde.« Er wurde rot. »Ich schätze, man könnte sagen, sie war die erste Frau, aus der ich mir wirklich was gemacht habe – und auch die letzte.« Er schwieg und schluckte ein paarmal deutlich. »Sie kam aus Alberta.«

Diesen Teil hatte ich also richtig in Erinnerung gehabt. Viel Trost brachte mir das nicht.

»Ihre Eltern waren tot, und sie war bei einem Onkel und einer Tante aufgewachsen, aber ich glaube, dass der Onkel ihr mal an die Wäsche wollte und sie deswegen abgehauen ist.«

»Weißt du, ob sie die Kommune tatsächlich verlassen hat?«

Er schaute zu beiden Enden der Brücke, dann auf Brew, als fiele es ihm leichter, es ihm zu erzählen.

»Am Strand bei Masons Laden habe ich sie zum ersten Mal gesehen. Ich habe mir ihr geflirtet und sie überredet, mit mir in die Kommune zu kommen, wir hätten gutes Gras dort. Also hat sie ihre Freunde verlassen und ist zu mir in den Truck geklettert ... Sie hat mir vertraut.«

Ich hielt den Atem an, weil ich spürte, dass das, was

Robbie mir im Begriff war zu erzählen, seinen ganzen Mut erforderte. Eine Bewegung von mir könnte den Fluss seiner Worte stoppen, möglicherweise für immer.

»Aber ich hab's vermasselt. Ich hab sie im Stich gelassen.«

Als er lange Zeit schwieg, flüsterte ich: »Was ist mit ihr passiert?«

»Er hat sie vergraben.« Robbie sah mich an, und die Qual in seinem Blick brach mir das Herz. Er schaute weg, blinzelte heftig und räusperte sich.

Das Blut rauschte laut in meinen Ohren. Alles um mich herum verschwamm und wirkte wie in weite Ferne gerückt. Der Fluss war nur noch ein gedämpftes Summen. »Sie ist tot?«

Er nickte. »Aaron wollte ihre Weste haben. Sie wollte sie nicht hergeben – ich hab ihr gesagt, das Stück sei es nicht wert, ihn zu verärgern. Er war schon wütend auf sie, weil sie ihm widersprochen hatte, als es darum ging, die Bäume mit Nägeln zu spicken. Ich hatte sie gewarnt, dass er es als Vorwand benutzen würde, um sie dazu zu bringen, die Kommune zu verlassen.« Er lachte bitter auf. »Ich dachte, das wäre das Schlimmste, was ihr passieren könnte.«

Ich dachte daran, wie ich Robbie und Willow zum Fluss hinunter gefolgt war, nachdem sie sich mit Aaron gestritten hatte. Ich hatte mich gefragt, worüber sie wohl gesprochen hatten. Jetzt wusste ich es.

Robbie fuhr fort: »Sie sagte ihm, dass er nicht der Einzige sei, der anderen Menschen helfen könne. Er hasste das. Am nächsten Tag haben wir uns ebenfalls gestritten, weil sie von Aarons Scheiß die Schnauze voll hatte und auf jeden Fall weggehen wollte. Sie wollte, dass ich mit ihr komme, aber ich wollte nicht, nicht ohne dich und Mom.«

Als Robbie schwieg, fragte ich mich, wieso Mom am

Ende doch gegangen war. Wirklich nur wegen des Sozialamts?

Er redete weiter. »Willow sagte, sie würde dich mitnehmen. Sie wollte nicht sagen, warum, nur, dass du dort nicht sicher seist.«

Ich war erschüttert. Ich dachte daran, wie jung Willow gewesen war, erst siebzehn, und ihr Mut berührte mich und machte mich traurig.

»Ich sagte ihr, ich würde die Cops anrufen und sie anzeigen, weil sie von zu Hause davongelaufen war. Sie wurde sauer und sagte, sie hätte Besseres von mir erwartet. In dem Moment bin ich durchgedreht und hab ihr gesagt, dass sie nicht so schlau ist, wie sie sich einbildet, und bin weggegangen. Von der Straße hab ich zurückgeschaut und gesehen, wie Aaron ihr nachging, aber ich bin ihnen nicht gefolgt ...«

Ich hielt die Hand vor den Mund und wartete auf den Rest dieser entsetzlichen Geschichte.

»Ich dachte, er würde sie zur Vernunft bringen.« Er klang erstickt und schwieg, als schöpfte er Atem. »Später hatte ich mich wieder beruhigt und fühlte mich mies. Ich dachte, dass sie vielleicht recht hatte – wir sollten versuchen, mit dir zusammen abzuhauen. Als ich zurückkam, waren noch alle auf dem Besinnungsspaziergang, und ich konnte Willow nirgends finden. Ich lief herum, und dort, wo wir gegraben hatten ...«

»O nein. Die Klohäuschen ...« Jetzt fiel es mir wieder ein. Die Männer hatten hinter den neuen Hütten Löcher für Toiletten ausgehoben. Dort hatte Aaron an dem Tag gearbeitet, als ich ihn beobachtet hatte.

Er nickte. »Eines der Löcher war wieder vollgeschaufelt. Ich schnappte mir die Schaufel und grub, so schnell ich konnte, bis ich auf eines dieser Zweihundert-Liter-Fässer stieß, die wir für Farbe benutzt hatten … ich nahm den Deckel ab und sah ihren Kopf.«

Tränen liefen mir über die Wangen. Robbie starrte Brew ausdruckslos an, als hätte er jede Verbindung zu seinen Worten gekappt, um sie aussprechen zu können.

»Ich versuchte, ihren Puls zu tasten. Aber sie war schon kalt, und in ihrem Haar war Blut …« Robbies Stimme brach, seine Schultern und der Hals hatten sich bei dem Versuch, seine Gefühle zu bändigen, verkrampft. »Ihre Nägel waren eingerissen, und ihre Finger waren ganz blutig. Die Unterseite des Deckels war zerkratzt. Er musste sie geschlagen haben, mit einer Schaufel oder so, um sie zu betäuben, aber sie war noch bei Bewusstsein, als er sie da reingesteckt hat.«

»O mein Gott.«

Robbie sprach hastig, als wollte er alles so schnell wie möglich loswerden. Endlich kam die furchtbare Wahrheit heraus. »Ich wollte um Hilfe rufen, aber keiner von euch war schon zurück, und dann kam Aaron um die Ecke. Ich sagte ihm, ich würde die Cops rufen. Er sagte, wenn ich die Gruppe vernichte, würde er mich bestrafen müssen, indem er mir etwas nahm, das ich liebte. Ich wusste, dass er damit meinte, er würde dir oder Mom etwas antun. Er sagte, er wolle es nicht tun, aber dass das Licht es ihm befehlen würde, wie es auch bei Willow passiert war. Es war ihr Fehler, dass sie tot war, weil sie ihm ihre Weste nicht geben wollte. Er musste die Familie beschützen.«

Es war nicht um die Weste gegangen. Er wollte sie tot sehen.

Robbie sagte: »Ich sagte, dass er sie umgebracht hatte. Und er sagte, nein, er sei zurückgekommen, um sie freizulassen.«

Er kam zurück, um sie freizulassen. Ich konnte diese Geschichte nicht kennen, aber dieser Satz klang vertraut, und ein harter Knoten aus Furcht und Angst bildete sich in meinem Magen. Im Geiste ging ich die Worte immer wieder durch, aber mir fiel nichts ein, wann ich sie schon einmal gehört haben könnte.

Robbie schüttelte den Kopf, seine Hände lagen zu Fäusten geballt auf dem Geländer. »Er war so krank. Man konnte sehen, dass er es tatsächlich ernst meinte – er glaubte wirklich, es sei nicht sein Fehler, dass sie tot war.«

Ich hatte keinerlei Probleme mit der Vorstellung, dass er sich selbst überzeugt hatte, nicht für ihren Tod verantwortlich zu sein.

»Was habt ihr mit ihr gemacht?«

»Er zwang mich, den Deckel zurück auf das Fass zu legen, dann schütten wir das Loch wieder zu, und er befahl mir, ein neues für das Klohäuschen zu graben. In der Nacht habe ich die ganze Zeit im Wald gehockt, über ihrem Grab gewacht und gehofft, dass das alles nichts als ein verrückter Albtraum wäre. Sie liegt immer noch dort. Manchmal gehe ich hin und sage ihr, dass es mir leidtut ...« Er verstummte.

»Was willst du jetzt machen?«, fragte ich nach einer Weile. »Wir können sie dort nicht länger liegen lassen.«

»Ich weiß.« Er schüttelte den Kopf, eine rasche, zornige Bewegung. »Ich machte mir Sorgen, dass er dir etwas antun könnte – alle paar Jahre kommt er vorbei, um mich wissen zu lassen, dass er dich im Auge behält, damit ich nichts sage.« Darum also hatte Aaron Robbie jahrelang mit seinem Wissen herumlaufen lassen. Er hatte mich als Druckmittel benutzt.

»Hast du mir deswegen erzählt, du hättest sie in die Stadt trampen sehen?«

Er nickte. »Ich wollte, dass du die Sache ruhen lässt. Aber jetzt bist du bereits in Gefahr, und ihn ins Gefängnis zu bringen, ist die einzige Möglichkeit, dich und Lisa vor ihm zu beschützen. Ich werde mit den Cops reden.« Er suchte erneut in seinen Taschen nach den nicht vorhandenen Zigaretten. Brew sah ihn besorgt an, seine Nase zuckte, als spüre er die Nervosität, die in der Luft lag.

»Wir können jetzt zur Polizei fahren. Ich bringe dich hin.«

»Okay, lass es uns hinter uns bringen. Aber ich folge dir mit Brew in meinem Truck.«

Auf dem Weg zu unseren Autos sprachen wir nicht viel, aber ich konnte eine feine Veränderung zwischen uns spüren. So vieles ergab jetzt einen Sinn. Darum hatte er sich so verändert, als wir wieder zu Hause waren, daher rührte die unterdrückte Wut in seinem Blick. Darum hatte er nie eine Frau näher an sich herangelassen. Als wir beim Revier ankamen, sagte man uns, dass Corporal Cruikshank unterwegs war und in etwa einer Stunde wiederkommen würde. Der diensthabende Officer sagte, es sei besser, wenn wir mit ihr sprächen, da sie bereits die Ermittlungen in Shawnigan leite. Robbie beschloss, in der Zwischenzeit nach Hause zu fahren und später wiederzukommen. Als ich sagte, ich würde bei ihm bleiben, antwortete er: »Nein, ich würde das ohnehin lieber allein hinter mich bringen.«

»Bist du sicher? Es macht mir nichts aus, mit dir zu warten.«

Er schüttelte den Kopf. »Fahr einfach zurück nach Victoria und warte auf meinen Anruf.«

Er versprach anzurufen, sobald er seine Aussage gemacht hatte. Bevor ich mich auf den Rückweg nach Victoria machte, fuhr ich zu Mary, um ihr die Neuigkeiten zu erzählen – dass Aarons Tage als freier Mann gezählt waren. Als ich ankam, wühlte sie gerade in ihrem Garten. Ich blieb neben dem Tor stehen und stieg aus. Mary hatte sich umgedreht, als sie meinen Wagen hörte, und blinzelte mich an, als ich auf sie zuging.

Ich sagte: »Ich muss noch einmal kurz mit dir reden.«

Sie drehte sich um, den Spaten in der Hand. »Was ist passiert?«

Ich erzählte ihr, was Robbie mir erzählt hatte, und dass er auf dem Polizeirevier wartete, um seine Aussage zu machen.

»Da kommt Aaron nicht mehr raus. Sobald die Geschichte publik wird, werden sich vermutlich noch weitere Missbrauchsopfer melden.«

Sie senkte den Kopf und verbarg ihr Gesicht in den schmutzigen Händen. Sie holte stockend Luft, als würde sie weinen.

Ich sagte: »Alles in Ordnung?« Ihre Reaktion verwirrte mich.

Sie sprach durch die Hände und sagte: »Ich will, dass du gehst. Ich muss allein sein.«

Ich war nicht bereit zu verschwinden, nicht ohne eine Erklärung. Irgendetwas an ihren Tränen fühlte sich nicht richtig an. »Ist es wegen Willow?«

Sie nickte. »Sie kam zu mir und bat mich um Hilfe, wegen ihrer Weste. Sie wollte sie behalten. Aber zu dem Zeitpunkt war ich noch nicht bereit, mich gegen Aaron zu stellen.« Sie schaute hinunter auf ihren fehlenden Finger. »Das war vor dieser Geschichte.« Aus tränennassen Augen sah sie mich an. »Ich wollte ihr nicht helfen, und da sagte sie, sie würde die Kommune verlassen.«

Ich ging in die Hocke. »Aber du wusstest doch nicht, dass Aaron ihr etwas antun würde.«

»Ich fand, sie machte einen Fehler und dass sie ihm die Weste geben sollte. Ich war ganz betört von allem, was er sagte, so wie alle anderen. Ich erzählte ihm, dass sie vorhatte, die Kommune zu verlassen. Ich habe es ihm *erzählt.*«

Also hatte Aaron möglicherweise noch mehr Gründe gehabt, Willow zu töten. Vielleicht hatte Willow ihm im Streit erzählt, sie würde mich mitnehmen. »Das könnte die Polizei interessieren. Es würde ihnen bei den Ermittlungen helfen, erklärt sein Motiv und ...«

Sie versteifte sich, der Schmerz in ihrem Blick verwandelte sich in Wut. »Ich habe dir bereits gesagt, dass ich nicht mit der Polizei rede. Ich will, dass du jetzt gehst.«

Sie stand auf und ging zum Haus. Der Spaten steckte immer noch in der Erde.

33. Kapitel

Auf dem Heimweg dachte ich gründlich über alles nach. Mary tat mir leid, aber wenn sie nicht mit der Polizei reden wollte, sollte ich Corporal Cruikshank vielleicht erzählen, was ich von ihr erfahren hatte. Selbst mit Robbies Aussage bestand die Chance, dass Aaron mangels Beweisen davonkommen könnte. Ich war so in Gedanken versunken, dass ich aufschrak, als das Telefon klingelte. Ich schaute auf das Display und war hin- und hergerissen, als ich erneut Kevins Nummer sah. Ein Teil von mir wollte ihm alles erzählen, was passiert war, doch der andere wollte abwarten, bis ich wusste, was die Polizei unternehmen würde. Nachdem es ein paarmal geklingelt hatte, verstummte das Telefon.

Ich hatte noch Zeit, bis Robbie anrufen würde, also fuhr ich zum Krankenhaus und erledigte etwas Papierkram in meinem Büro beim Mental Health Service, in der Hoffnung, es würde mich ablenken. Ich hoffte auch, Kevin aus dem Weg gehen zu können, bis ich Gelegenheit hatte, alles gründlich zu durchdenken. Ich dachte, er hätte mittwochs eine Gruppe, doch als ich zur Toilette ging, kam er mir auf dem Flur entgegen.

Er blieb stehen. »Ich habe das deutliche Gefühl, du würdest mir aus dem Weg gehen. Ich habe dir ein paar Nachrichten hinterlassen …«

»Nein, nein, es tut mir leid. Ich wollte mit dir reden. Bei

mir passieren gerade nur ein paar Dinge, auf die ich nicht näher eingehen kann.«

Er nickte, doch er klang leicht ungehalten. »Wenn du kein Interesse hast, die Sache ...«, er machte eine Handbewegung von ihm zu mir, »... mit uns weiterzuverfolgen, dann kannst du es mir ruhig sagen.«

»Das ist es nicht. Du bist ein wunderbarer Mensch, und ich bin wahnsinnig gern mit dir zusammen, aber ich muss mich im Moment um einen Haufen persönlicher Baustellen kümmern.«

Seine Züge wurden weicher. »Ich würde gerne helfen.«

»Ich möchte dich nicht noch weiter in meine Probleme hineinziehen.«

»Ich finde, ich stecke bereits ziemlich tief drin.« Er lächelte.

»Du warst großartig.« Ich erwiderte das Lächeln. »Aber ehrlich gesagt bin ich, glaube ich, noch nicht bereit für mehr als eine Freundschaft – nicht, wenn ich so viel um die Ohren habe. Wir hätten im Moment keine faire Chance. Es wäre ohnehin schon kompliziert genug.«

»Warum?«

Ich war aus der Fassung gebracht. »Äh ... wir arbeiten zusammen, und ich bin älter als du.«

Er hob eine Braue. »Wirklich? Du scheinst mir niemand zu sein, der vor ein paar Komplikationen davonläuft.«

»Ich laufe nicht davon. Versprochen. Ich denke bloß, es ist ein schlechter Zeitpunkt, bis ich ein paar Dinge mit meiner Tochter geklärt habe.«

»Nun, die Einladung für ein Abendessen gilt jedenfalls noch, wann immer du so weit bist – oder falls du eine Pause von alldem brauchst.« Er drückte kurz meine Schulter. »Halt die Ohren steif, okay?«

Als ich ihm nachsah, wie er den Korridor hinunterging, verspürte ich ein leises Bedauern, schob es jedoch beiseite. Ich hatte das Richtige getan. Ich musste allein mit dieser Geschichte fertig werden.

Ich war erst seit etwa einer halben Stunde im Krankenhaus, aber ich konnte mich nicht auf den Papierkram konzentrieren, also fuhr ich nach Hause, um dort auf Robbies Anruf zu warten. In der Zwischenzeit rief ich Tammy an, die beinahe aufgelegt hätte, als sie meine Stimme hörte. Doch als ich sagte: »Man wird Aaron verhaften«, hielt sie inne. Ich erzählte ihr, dass mein Bruder zur Polizei gehen würde. Ehe ich noch irgendetwas sagen konnte, verabschiedete sie sich hastig und legte auf. Ich nahm an, ihr Mann war gerade nach Hause gekommen, und hoffte, dass sie keinen Ärger bekam.

Als eine weitere halbe Stunde verging, ohne dass ich von Robbie hörte, begann ich mir Sorgen zu machen. Ich hatte Shawnigan vor beinahe zwei Stunden verlassen. Ich versuchte, ihn über sein Handy zu erreichen, aber ich wurde prompt zur Mailbox weitergeleitet. Einen Festnetzanschluss besaß er nicht. Ich sagte mir, ich sollte ihm etwas Zeit lassen. Vielleicht war er auf dem Polizeirevier aufgehalten worden. Bestimmt hatten die jede Menge Fragen. Ich wartete weitere zwanzig Minuten, dann versuchte ich erneut, ihn zu erreichen. Immer noch keine Antwort. Irgendetwas stimmte da nicht.

Ich rief auf dem Revier an. Corporal Cruikshank sagte, sie sei später als geplant zurückgekommen, und der Officer am Empfang hätte ihr erzählt, dass Robbie nach Hause gefahren sei, aber eigentlich rasch zurückkommen wollte. Das sei vor zwei Stunden gewesen. Mein Puls raste, als ich das hörte. Wo war er hingefahren? Ich erzählte ihr, was Robbie aussagen wollte, und noch während wir sprachen, fragte ich mich, ob jemand von der Kommune herausgefunden hatte, dass er mit der Polizei reden wollte. Hatte Tammy ihre Schwester angerufen? Ich teilte Corporal Cruikshank meine Befürchtungen mit, aber sie hielt das für unwahrscheinlich und meinte, dass Robbie es sich vermutlich einfach nur anders überlegt hatte oder irgendwo aufgehalten worden war. Trotzdem würde sie einen Wagen losschicken, um nach Robbie zu suchen, doch dann fügte sie hinzu: »Kann es sein, dass er mit dem Vorfall mehr zu tun hatte? Vielleicht hat er seine Meinung geändert …«

»Völlig ausgeschlossen«, antwortete ich wie aus der Pistole geschossen.

Sie sagte nur: »Ich gebe Ihnen Bescheid, wenn wir ihn finden.«

Ich schnappte mir meine Tasche und fuhr zurück nach Shawnigan. Ich hatte keine Ahnung, was ich anstellen sollte, sobald ich dort war, aber ich musste versuchen, Robbie zu finden. Als ich mich seinem Haus näherte, drosselte ich das Tempo und versuchte, irgendwelche Anzeichen von Aktivität oder Polizeiwagen zu erkennen. Doch das Haus sah ruhig aus und lag friedlich in der Nachmittagssonne.

Ich hatte den Wagen geparkt und wollte gerade erneut auf dem Revier anrufen, als Corporal Cruikshank anrief. Sie war bei Robbie zu Hause gewesen und hatte keine Spur von ihm entdeckt – aber ich sollte sie auf dem Laufenden halten, falls er sich nicht meldete. Frustriert beschloss ich, mich selbst ein wenig umzuschauen. Ich stieg aus dem Auto und lief herum, rief seinen und Brews Namen, doch nur die Vögel antworteten mir. Corporal Cruikshank hatte recht, es gab keine Spur von ihm oder seinem Hund, obwohl sein Truck hier war. Ich klopfte an die Vordertür. Stille. Ich suchte unter der Fußmatte nach einem Schlüssel, fand aber keinen. Dann spähte ich durch die Fenster, versuchte zu erkennen, ob er vielleicht irgendwo verletzt lag. Sein Kaffeebecher stand auf dem Tisch, ein Notizblock daneben. Ich sah in seiner Werkstatt nach, aber auch dort war alles ruhig und still.

Die Werkstatt lag etwas höher als das Haus, und vom Vorplatz aus konnte ich eine Stelle auf dem Acker direkt unterhalb des Hofes sehen, wo er gerade eine neue Klärgrube anlegte. Der Bagger stand neben einem Erdhügel, der ganz frisch aussah. Der Aushub war noch nicht von der Sonne ausgetrocknet. Vermutlich hatte er heute Morgen daran gearbeitet. Doch dann fiel mir ein, dass er auch auf einer Baustelle am Ende der Straße gewesen war. Ich fuhr dorthin. Als ich Robbies Schaufellader auf der Baustelle sah, hielt ich an und sprach mit einem Zimmermann, der sagte, Robbie sei seit dem Morgen nicht hier gewesen. Ich setzte mich in mein Auto und dachte nach. Wenn Joseph und Aaron ihn verfolgt hatten, wo würden sie ihn hinbringen? Zum alten Gelände der Kommune?

Ich fuhr dorthin und überprüfte den Stall und die Hütten. Ich sah unten am Fluss nach und rief laut Robbies Namen. Ich suchte sogar das Gebiet ab, in dem Willow verscharrt liegen musste, für den Fall, dass Aaron beschlossen hatte, sie auszugraben, aber der Boden war unberührt. Mir wurde schlecht, als ich die trockenen Fichtennadeln betrachtete, die die Erde bedeckten, und dabei genau wusste, was sich unter dieser friedvollen Oberfläche verbarg. Ich dachte an Willows Leiche, eingezwängt in einem Fass, und wich zurück. Bei jedem Geräusch aus dem Wald schreckte ich auf, bis ich wieder sicher und mit verriegelten Türen in meinem Wagen saß.

Auf dem Weg zurück in den Ort hatte mein iPhone endlich wieder Empfang, und ein Anruf kam durch. Ich erkannte die Nummer sofort.

»Mary, ich kann jetzt nicht …«

»Ich muss dich sehen. Ich habe über das nachgedacht, was du gesagt hast. Ich bin bereit zu reden.« Sie klang aufgeregt.

»Tut mir leid, aber ich habe jetzt keine Zeit. Ich versuche, meinen Bruder zu finden. Ich glaube, Aaron hat ihm etwas angetan.«

»Wieso …« Sie hielt inne, als versuchte sie, sich einen Reim auf alles zu machen. »Woher hätte er wissen sollen, dass Robbie zur Polizei gehen wollte?«

»Ich weiß es nicht. Aber Robbie ist nie beim Revier angekommen.«

»Komm und hol mich ab. Wir suchen zusammen nach ihm – ich kenne da vielleicht ein paar Stellen. Und wenn es sein muss, gehe ich mit dir zur Polizei und erzähle denen, was ich weiß.«

»Ich bin in zehn Minuten bei dir.«

Als ich auf ihren Hof fuhr, kamen die Hunde nicht angerannt. In dem Glauben, sie seien im Haus, lief ich die Vordertreppe hoch und klopfte heftig an die Tür. Mary riss die Tür auf und zog sich eine Jacke an. »Komm kurz rein.«

»Wir haben keine Zeit …«

»Ich muss dir etwas zeigen.« Sie sah blass und verängstigt aus.

Ich trat ein, und sie schloss die Tür hinter mir. Sie ging in die Küche und rief über die Schulter: »Mir ist eine Stelle eingefallen, wo sie sich früher immer in den Bergen versteckt haben. Ich kann sie dir auf der Karte zeigen.«

Ich eilte ihr nach – und blieb wie angewurzelt stehen, als ich Aaron am Küchentisch sitzen sah. Daniel stand hinter ihm. Mit Tränen in den Augen setzte Mary sich gegenüber von Aaron. Etwas Kaltes, Hartes bohrte sich in meine Seite.

Joseph stieß mir ein Gewehr in den Körper.

Ich hob die Hände, mein Blut rauschte dröhnend in meinem Schädel, als ich versuchte, aus dem Geschehen schlau zu werden. Warum war Daniel hier? Mir stockte der Atem, als ich sah, dass er ebenfalls eine Waffe hielt, doch er hielt sie an seiner Seite, und er fühlte sich sichtlich unbehaglich damit. Er starrte hinunter auf seine Hände, sein Gesicht war bleich und das Haar um seine Stirn nassgeschwitzt.

»Daniel, was machen Sie denn hier?«

Er sah mich an, blickte jedoch verlegen schnell wieder zur Seite.

Mein Herz raste, meine Kehle war vor Panik wie zugeschnürt. Die Hände immer noch erhoben, drehte ich mich leicht um, so dass ich Joseph im Auge behalten konnte, dessen Zustand sich seit unserer letzten Begegnung noch weiter verschlechtert hatte. Sein Haar war fettig, das Gesicht totenblass und die Augen blutunterlaufen, als hätte er seit Tagen nicht geschlafen. Er wirkte überreizt, als könnte er jeden Moment ausrasten. Ich sagte zu Aaron: »Was willst du?«

»Wir müssen reden.«

Sie hatten mich aus einem ganz bestimmten Grund hierhergelockt, und ich bezweifelte, dass es ihnen wirklich nur ums Reden ging. Dieser schockierende Gedanke führte direkt zum nächsten. »Lisa, ist sie …«

»Lisa macht sich sehr gut.« Er klang ungezwungen, fast freundlich, ohne eine Spur von Hektik.

»Was habt ihr mit Robbie gemacht?«

»Wir haben versucht, ihm verständlich zu machen, warum es ein Fehler wäre, zur Polizei zu gehen, aber er war nicht bereit, zuzuhören. Nun liegt es allein am Licht.«

Mir stockte der Atem. »Was soll das heißen?«

»Wenn er bereit ist, sich seinen Ängsten zu stellen, wird er freikommen.«

Ich glaubte nicht, dass Aaron plante, meinen Bruder jemals freizulassen. Wo immer Robbie war, er würde nicht mehr viel Zeit haben. Ich sah Daniel an. Vielleicht hatte ich bei ihm mehr Glück. »Bitte sagen Sie mir, wo mein Bruder ist. Er hat nichts Böses getan.«

Offenkundig überrannt von den Ereignissen, sagte er: »Ich dachte, wir würden nur reden …«

Aaron sagte: »Sei still!« Daniel versteifte sich.

Ich sagte: »Ich habe Ihnen doch gesagt, Daniel, diese Leute sind nicht die, für die Sie sie gehalten haben.« Ich wusste immer noch nicht, was sie vorhatten, aber ich spürte, dass Aaron und Joseph bereits weitergegangen waren, als Daniel erwartet hatte. »Sie wollen doch nicht in den Knast wandern, für irgendetwas, was dieser Mann …«

»Daniel weiß, wohin er gehört«, sagte Aaron. »Er ist mein Sohn.«

Der Schock ließ mich schwanken. Ich blickte zwischen beiden Männern hin und her. Konnte das wahr sein? Ich sagte: »Er ist Ihr *Vater*?«

Endlich blickte Mary auf, den Blick auf Daniel gerichtet. In ihren Augen lag Angst, aber es war nicht Angst um sich selbst – es war die Angst einer Mutter. Jetzt sah ich es. Ja, Daniel sah seinem Vater ähnlich, aber er hatte die grünen Augen seiner Mutter. Sie musste sie gewarnt haben, dass Robbie zur Polizei gehen würde.

Verstört wandte ich mich an Daniel. »Wusste Heather das?«

Daniel schüttelte den Kopf. »Niemand weiß es. Ich war im Ausland und habe dort in einer der Kommunen gearbeitet. Ich wollte keine Sonderbehandlung.« Er warf seinem Vater einen raschen Seitenblick zu. Sonderbehandlung oder nicht, trotzdem wollte er die Anerkennung seines Vaters. Ich stellte fest, dass Josephs Blick ebenfalls zu seinem Bruder wanderte, doch dann starrte er aufmerksam auf einen Punkt ein kleines Stück neben Aarons Kopf, als würde er etwas sehen oder hören, was sonst niemand hörte oder sah.

Ich musste die Unterhaltung mit Daniel am Laufen halten, in der Hoffnung, Joseph abzulenken, der immer fahriger wurde. Sein Blick huschte wieder durch den ganzen Raum und hoch zur Zimmerdecke.

»Warum hast du Heather geheiratet? Wegen ihres Geldes?«

Er sah schockiert aus. »Nein, natürlich nicht. Ich habe sie geliebt.«

»Aber Aaron hat dich ermutigt, er hat euch verkuppelt. Er wollte, dass du sie heiratest, weil sie wohlhabend war – er *wusste* es, Daniel.« Ich sprach einen weiteren blitzartigen Gedanken aus. »Hat er dich unter Druck gesetzt, sie zu überreden zurückzukommen, nachdem ihre Eltern gestorben waren?«

Er zögerte, doch sein Gesichtsausdruck verriet mir, dass ich gar nicht so falsch lag.

Dann sagte Joseph unvermittelt zur Seite gewandt, als würde er jemand anderem antworten: »Das Licht sagte, dass sie sterben mussten, und ich wurde ausgewählt, um sie zu befreien.« Seine Stimme hatte einen unheimlichen, inbrünstigen Klang, eine entsetzliche Eindringlichkeit, wie sie Menschen zu eigen ist, die den Kontakt zur Realität verloren haben.

Daniel starrte auf den Hinterkopf seines Vaters und fragte entsetzt: »Du hast sie *umgebracht*?«

Aaron drehte sich um. »Ihre Zeit war gekommen.«

Daniel war schockiert. Ich konnte das Grauen in seinem Gesicht sehen und den Zorn. Ich wusste nicht, wie viel länger sie sich noch damit zufriedengeben würden, zu reden, aber ich musste sie weiter ablenken.

Ich sagte zu Aaron: »Du hast Heathers Eltern getötet, als sie nach der Fehlgeburt immer noch anfällig war – du hast sie bis über ihre Grenzen getrieben.«

Daniels Finger, die das Gewehr umklammerten, waren weiß an den Knöcheln, ein leichtes Zittern ließ den Lauf der Waffe gegen sein Bein schlagen. Er schaute zwischen mir und seinem Vater hin und her. Er war wütend, daran bestand kein Zweifel, aber was würde er daraus machen?

Aaron sagte: »Sie haben sich dem spirituellen Weg verweigert. Ihr Vater war Anwalt – er arbeitete für die Holzfällerunternehmen.« Aaron wirkte angeekelt, und ich dachte an seinen uralten Hass auf Holzfäller. »Und Heather war schwach«, fügte er hinzu.

Daniel wich mit weitaufgerissenem Mund zurück. In seinem Blick lag nichts als Schmerz. Er ging um den Tisch herum, um seinen Vater anzusehen. »Du hast es getan? Ich habe dir erzählt, dass Heather eine schwere Zeit hat, und du *tötest* ihre Eltern? Das ist *Mord.*«

Aaron sagte: »Ich habe es aus Liebe zu dir getan. Sie hat dir geschadet. Ich sah, wie du dich abmühtest – du wurdest immer schwächer und hast das Vertrauen in unseren Glauben verloren.«

Daniel schien hin- und hergerissen, er wollte, *musste*

glauben, dass sein Vater in bester Absicht gehandelt hatte und dass er sich um ihn gesorgt hatte.

»Er liebt Sie nicht, Daniel«, sagte ich. »Wenn er Sie lieben würde, hätte er Sie nicht all die Jahre geheim gehalten. Er benutzt Sie.«

Joseph stieß sein Gewehr in meine Seite und sagte: »Halt's Maul, halt einfach das Maul.«

Ich hob erneut die Hände. Aaron stand auf, nahm Daniel die Waffe aus der Hand, ehe er die Gelegenheit hatte zu reagieren, und kam auf mich zu. Adrenalin überschwemmte meinen Blutkreislauf. Ich wich einen Schritt zurück und rief Mary und Daniel zu: »Wollt ihr einfach so dasitzen und zusehen, wie sie mir etwas antun?«

Mary zuckte zusammen und sah mich entsetzt an, sagte aber nichts.

Daniel sagte: »Was wollt ihr mit ihr machen? Können wir sie nicht gehen lassen?«

Aaron sagte: »Ihre Angst hält sie davon ab, die Wahrheit zu erkennen. Sie wird alles ruinieren, wofür wir gearbeitet haben, all das Gute, das wir getan haben. Joseph, es ist *Zeit.*«

Joseph packte mich. Ich trat nach ihm, aber er schleuderte mich herum und hielt meine Hände auf dem Rücken fest. Ich drehte und wand mich, presste mich gegen ihn und warf den Kopf zurück, in der Hoffnung, ihm die Nase zu brechen, doch er wich im letzten Moment aus. Ich kämpfte, um seinem Griff zu entkommen, aber nichts funktionierte.

Ich keuchte heftig und versuchte, mich zu beruhigen. Wenn ich mich hier im Haus losriss, würden sie mich binnen kurzem wieder einfangen. Wenn er mich hinausbrachte, war meine Chance zu entkommen größer. Hinter Marys Haus begann dichter Wald, der mir genügend Deckung bieten würde, falls er auf die Idee käme, auf mich zu feuern. Doch zunächst musste ich entkommen.

Joseph zerrte mich zur Tür. Ich wehrte mich zum Schein und wartete auf eine günstige Gelegenheit. Aaron folgte uns mit dem Gewehr. Daniel legte eine Hand an den Kopf, als könnte er nicht fassen, was gerade geschah, und wandte sich an seine Mutter, die angefangen hatte zu schluchzen. Daniel wirbelte wieder herum und folgte uns, aber er sah panisch aus.

Ich sagte zu Aaron: »Ist das deine Masche? Du lässt deinen Bruder die Drecksarbeit erledigen?«

Aaron sagte: »Das Licht verlangt von mir, jedes verfügbare Werkzeug zu benutzen, um seine Weisheit zu verkünden. Manchmal durchdringt seine Botschaft auch meine Helfer.«

Mir ging ein Licht auf. »Du hast Willow gar nicht umgebracht, du hast Joseph dazu gebracht, es zu tun.« Weitere Puzzleteile fielen an ihren Platz. Joseph kam früher vom Spaziergang zurück, Aaron flüsterte ihm etwas ins Ohr, dunkle, verdrehte Worte, pflanzte ihm paranoide Gedanken in den Kopf, fütterte seine Angst und ließ ihn dann auf Willow los.

Aaron sagte ruhig: »Mein Bruder geht seinen eigenen spirituellen Weg.«

»Du weißt, dass er krank ist.« Es passte alles zusammen. »Du wusstest, was du sagen musstest, damit er sie jagt.« Konnte ich Joseph auch irgendwie manipulieren?

Joseph verdrehte mir erneut die Arme und zerrte mich ein paar Schritte weiter.

Ich keuchte vor Schmerz auf und versuchte, mich zu konzentrieren. Nein, Joseph war zu loyal seinem Bruder gegenüber. Ich musste Daniel bearbeiten. Das war meine einzige Chance.

»Daniel, er hat früher schon einmal ein Mädchen umgebracht, und er wird auch mich umbringen. Du wirst sein Komplize sein.«

Aaron klang verärgert, als er uns weiter in Richtung Tür trieb. »Glaube nichts von dem, was sie sagt. Sie versucht nur, dich abzulenken.«

Daniel folgte uns trotzdem, doch er wirkte verzweifelt und schwer getroffen, als wüsste er nicht, was er tun oder wie er die drohenden Ereignisse aufhalten sollte.

Wir stolperten die Treppe hinunter, meine Absätze schlugen auf jede einzelne Stufe auf. Unten angekommen, drehte Joseph mich um und trieb mich auf den Stall zu. Entsetzte Stimmen begannen, laut und gewaltig in meinem Kopf zu kreischen. Würde er mich jetzt umbringen? Er stolperte über einen Stein, und sein Griff lockerte sich. Ich drehte mich mit Schwung um und rammte ihm den Ellenbogen in den Bauch, so dass er mich endlich losließ. So schnell ich konnte, rannte ich los, meine Lungen brüllten.

Schneller, schneller, schneller.

Jemand stürzte sich von hinten auf mich, und ich schlug hart auf dem Boden auf. Meine Zähne gruben sich in meine Unterlippe, und mein Mund füllte sich mit metallisch schmeckendem Blut. Joseph riss mich hoch. Ich warf mich zurück und knallte gegen sein Kinn, wobei der Schmerz von meinem Kopf die Wirbelsäule hinunterraste. Er packte mich ungestüm von hinten und drückte zu, bis ich ohnmächtig zu werden drohte. Er zerrte und stieß mich auf den Stall zu, vergeblich stemmte ich die Fersen in den Boden, um ihn aufzuhalten, doch ich verlor das Gleichgewicht und wurde weitergezogen. Hilflos und grunzend vor Anstrengung versuchte ich, wieder etwas Luft in meine Lungen zu bekommen und schnappte panikartig nach Luft. Wir hatten das Tor fast erreicht.

Sobald wir am Stall angekommen waren, schaltete mein gesamtes System auf Überlebensmodus. Ich kämpfte wie ein wildes Tier, das sich in einem Netz verfangen hatte. Joseph grunzte ein paarmal, wenn er einen Hieb abbekam, aber er ließ mich nicht los. Ich trat heftig gegen seinen Spann, traktierte seine Hände mit Bissen und Schlägen – ich kämpfte um mein Leben. Er ließ mich beinahe fallen, und ich schaffte es, eine Hand an das Stalltor zu bekommen. Meine Nägel rissen ein, als er versuchte, mich wegzuziehen. Aaron schlug mir mit dem Gewehrkolben auf das Handgelenk. Schmerz schoss meinen Arm empor und explodierte hinter meinen Augäpfeln. Ich schrie. Joseph hielt mir den Mund zu und zerrte mich tiefer in den Stall hinein.

Mein Körper war vor Entsetzen wie gelähmt. Mein Herz schlug so heftig in der Brust, dass ich glaubte, das Bewusstsein zu verlieren. Ich konnte nicht länger kämpfen. Ich würde sterben.

Wir gelangten an eine Tür. Aaron öffnete sie. Dahinter war es dunkel, es sah aus wie ein kleiner Abstellraum. Der Geruch von verdorbenem Pferdefutter und Moder wehte heraus. Joseph zwang mich in die Dunkelheit hinein. Ich erwachte erneut zum Leben. Ich sträubte mich mit Händen und Füßen. Ich trat um mich und verkeilte meine Beine im Türrahmen. Jetzt packten mich alle beide und stießen mich in die Kammer. Ich fiel auf den Boden, meine Knie schlugen hart auf dem Beton auf. Vor mir stand eine kleine Gefriertruhe, nicht sehr viel größer als ich, alt und mit Rostflecken und Dreck übersät. Joseph hob mich hoch und hielt mich fest, während Aaron den Deckel der Truhe anhob. Ich wehrte mich in Josephs Armen und keuchte heftig. Aaron packte meine Beine, und sie warfen mich in die Gefriertruhe. Ich landete auf einem Haufen

Getreide, mein Körper versank leicht darin, meine Knie brannten.

Der Deckel schloss sich. Ich hämmerte mit der Faust dagegen. »Lasst mich hier raus!«

Geräusche von draußen, Aarons Stimme. »Wo ist das Vorhängeschloss?«

Daniel, die Stimme dumpf und schockiert. »Warum sperrt ihr sie da ein?«

Aarons Stimme. »Joseph, schieb einfach die Mistforke durch den Riegel.«

Noch ein Geräusch, etwas kratzte an der Seite der Gefriertruhe.

Immer wieder schlug ich mit den Händen gegen den Deckel, trat mit den Füßen dagegen. Schließlich hielt ich inne, ich atmete stoßweise in wütenden Schluchzern. Wie sollte ich hier wieder herauskommen?

Auf der anderen Seite hörte ich Aarons gedämpfte Stimme. »Daniel, du gehst zurück zum Haus. Es wird alles gut – wir lassen sie wieder raus, wenn sie ihre Angst losgelassen hat.«

Ich brüllte: »Du lügst. Du wirst mich nie wieder rauslassen. Die Polizei weiß, dass ich hier bin – ich habe sie unterwegs angerufen. Sie können jeden Moment hier sein.«

Aaron sprach am Rand des Deckels, seine Stimme klang so nahe, dass ich in der Dunkelheit zusammenzuckte. »Und wer von uns lügt jetzt?«

Ich hörte es auf der anderen Seite noch ein paarmal rascheln, dann Schritte, die sich entfernten.

Ich war allein.

34. Kapitel

Sobald sie verschwunden waren, schlug und drückte ich mit den Händen immer wieder gegen den Deckel. Das Plastik auf der Innenseite war alt und brüchig und zerbröckelte, sobald ich dagegenschlug. Ich pulte es ab, riss die Isolierung heraus und hämmerte gegen den Metalldeckel. Trotzdem bekam ich ihn nicht auf. Ich probierte auch, ihn mit den Beinen aufzustemmen, aber ich hatte nicht genügend Kraft. Schließlich musste ich, zerschlagen und zerschunden, wie ich war, eine Pause einlegen. Ich schnappte nach Luft und hyperventilierte fast. Die Dunkelheit lag drückend auf mir und schien alle Luft aus meinen Lungen zu pressen. Meine Beine zitterten, meine Ohren dröhnten. Die Welt schien sich zur Seite zu neigen, und ich glaubte, ohnmächtig zu werden. Dann erinnerte ich mich.

Wir sind draußen, Blaubeeren sammeln, während die anderen spazieren gehen. Die Luft ist schwer und dicht von der Hitze. Ich trage Shorts und ein weites T-Shirt, doch der Schweiß lässt es an meinem Körper kleben. Ich ziehe es immer wieder an der Vorderseite ab, weil es mir nicht gefällt, wie Aaron mich anschaut. Meine Hände haben rote Flecken von den Beeren, die ich an meinen Shorts abzuwischen versuche. Er sieht mir dabei zu und sagt: »Ich will meditieren.«

Die Beeren, die ich gegessen habe, rühren sich in meinem Magen, ihre Süße schmeckt jetzt bitter in meinem Mund. Ich weiß, was er wirklich will.

Ich sage: »Ich will das nicht mehr machen.«

»Ist dir deine Mom völlig egal?«

»Du hilfst ihr nicht. Es geht ihr wieder schlechter.« Seit zwei Wochen ist sie wieder launisch und still, schläft den ganzen Tag in ihrer Hütte und isst kaum.

Er sagt: »Bei unseren Meditationen sagt sie, sie denke wieder daran, sich selbst zu töten. Ich habe es ihr ausgeredet und heile sie. Aber vielleicht will ich das auch nicht mehr machen. Vielleicht ist sie auf der anderen Seite glücklicher.«

Ich starre ihn an. Er sagt die Wahrheit, ich sehe es ihm an.

Er sagt: »Leg dich hin, Nadine.«

Ich gehe in die Knie und lege mich im langen, trocknen Gras auf den Rücken. Meine Augen sind bereits voller Tränen. Ich versuche, an das Gras zu denken, das an meinen Beinen kratzt, an das Summen der Libellen neben mir in der Luft. Aber ich habe Angst.

Er legt sich neben mich und presst seinen Mund auf meinen. Meine Hände greifen hilflos in die Mohnblumen. Er öffnet meine Shorts, schiebt seine Hände hinein und berührt mich zwischen den Beinen. Er zerrt die Hose weiter herunter und legt sich auf mich, er schiebt seine eigene Shorts nach unten und zwängt sich in mich hinein.

Es tut weh, und ich schreie laut. Er presst seinen Mund noch kräftiger auf meinen.

Ich drehe mein Gesicht fort. »Hör auf. Ich will nicht.« Ich stoße ihn und schlage ihn mit der Faust. Ich ramme ihm das Knie zwischen die Beine. Er brüllt auf, hält die Hände in den Schritt. Ich ziehe meine Shorts hoch und renne auf den Stall zu. Ich suche meine Mutter, meinen Bruder, irgendjemanden, der helfen kann, denn in meiner Panik habe ich vergessen, dass sie alle spazieren gegangen sind.

Seine Schritte sind laut hinter mir. Ich schaffe es halb hinauf auf eine der Heumieten, als er meinen Fuß packt und mich herunterzieht, bis ich nah genug bin, dass er mein Haar packen und den Kopf zurückreißen kann. Ich versuche, zu schreien, aber er hält mir den Mund zu. Er lässt meine Haare los, schlingt einen Arm fest um meine Brust und Schultern, so dass ich meine Arme nicht mehr bewegen kann, und presst mir die Luft aus den Lungen. Dann hebt er mich an, so dass er mich seitlich tragen kann wie einen Sack Korn, und trägt mich zur Rückseite des Stalls, wo sie unter der Vorratskammer einen Rübenkeller ausgehoben haben.

Vor dem Loch bleibt er stehen und dreht sich so, dass meine Füße über den Rand baumeln. Dann nimmt er die Hand von meinem Mund. Ich schaue hinunter. Zuerst begreife ich nicht, warum er mir den Keller zeigt. Dann stelle ich fest, dass das Loch nur ein paar Schritte tief und hoch ist, und ich denke, dass er mich zur Strafe weitergraben lassen wird.

Dann sagt er: »Siehst du, Nadine? Siehst du, wohin du jetzt kommst?«

Jetzt verstehe ich. Er will mich in das Loch stecken.

Ich trete um mich und kämpfe, aber er hält mich fest. Er tritt zurück und schwingt mich herum, dann packt er eines der alten Metallfässer, die an der Wand aufgereiht stehen. Mit einer Hand hebt er den Deckel hoch. Er hebt mich über den Rand des Fasses.

Aus dem Augenwinkel nehme ich eine Bewegung wahr, ein Schatten, der sich an der Tür bewegt und den schmalen Lichtstreifen blockiert. »Hilfe!«, schreie ich und denke, dass dort jemand ist, dass mich jemand retten wird. Aber es ist nur ein Schwarm Vögel, die zu den Dachsparren emporflattern.

Ich beiße ihn in den Arm, versuche, meine Beine nicht in das Fass gelangen zu lassen, aber er schlägt mir kräftig gegen die Schläfe. Benommen erschlaffe ich in seinen Armen. Er stopft meine Beine in das Fass, nimmt die Knie zur Hilfe, um meinen Rücken hinunterzudrücken. Ich packte den Metallrand. Er schlägt auf meine Fingerknöchel, biegt meine Finger auf, bis ich loslassen muss. Er keucht vor Anstrengung und kriecht umher, dann senkt sich der Deckel über meinen Kopf, und Aaron drückt ihn mit seinem ganzen Gewicht nach unten. Ich schreie laut, aber es klingt gedämpft.

Er hämmert den Deckel mit den Fäusten fest.

Zwischen dem Deckel und meinem Körper sind nur wenige Zentimeter Luft. Ich bin von Metall umgeben, meine Knie berühren fast mein Kinn, ich hab keinen Platz, um mich zu bewegen oder zu atmen.

Das Fass kippt. Ich lande auf der Seite. Ich höre auf zu schreien, versuche zu begreifen, was passiert. Jetzt rollt das Fass, dann habe ich das Gefühl zu fallen. Ich schlage dumpf auf, mein Körper kracht gegen die Metallwände. Ich schnappe nach Luft.

Eine Sekunde lang ist alles still. Dann bekomme ich etwas Luft, ich schreie immer wieder, aber niemand kommt. Mir ist heiß, und ich schwitze. Der Schweiß tropft mir vom Gesicht. Ich keuche.

Ich höre einen dumpfen Schlag und begreife, dass es sich um Erde handelt, die auf das Fass geschaufelt wird. Ich brülle: »Bitte, nein, bitte, lass mich raus!«

Noch mehr Erde prasselt auf das Fass. Es gelingt mir, neben meinem Ohr einen Arm nach oben zu schieben und gegen den Deckel zu drücken, aber er rührt sich nicht von der Stelle. Drückende Hitze legt sich wie eine schwere Decke auf mich und verschließt mit jedem Atemzug meine

Kehle ein wenig mehr. Ich kratze an den glatten Wänden, versuche, meinen Körper zu drehen, doch das macht die Luft nur noch dicker, macht es noch schwerer zu atmen. Ich weine und keuche. Ich höre erstickte Laute aus meiner Kehle, mehr Erde fällt auf das Fass, immer und immer wieder. Dann Stille. Ich stöhne und schluchze wimmernd.

Ein leises, dumpfes Geräusch, als sei jemand in das Loch gesprungen.

»Bitte, bitte, lass mich raus!« Ich bin außer mir und weine.

Aarons Stimme. »Bist du bereit, dich dem Licht hinzugeben?«

»Ja, ja. Ich bin bereit.«

Erneute Stille. Dann: »Ich glaube dir nicht.«

Wieder ein dumpfes Geräusch, als die Erde auf das Fass fällt. Schaufel um Schaufel regnet auf mich herab. Ich schreie, ein wildes, schrilles Kreischen, bis ich keine Luft mehr bekomme und zu hyperventilieren beginne, Tränen und Rotz vermischen sich auf meinem Gesicht.

Endlich hört er auf und ruft hinunter, gedämpft durch die Erde und das Metall: »Willst du von deinen Ängsten befreit werden, Nadine?«

»Ja«, schluchze ich. »Ja. Bitte. Ich tue, was du willst.«

Eine Pause. Er wird mich herauslassen. Ich spüre die Erleichterung in jeder Faser meines Körpers.

Dann beginnt er, noch mehr Erde hinunterzuschaufeln. Ich weiß nicht, ob ich schon fast begraben bin, aber die Geräusche werden immer leiser. Ich mache mir in die Hose. Ich denke an meine Mutter, an Robbie und an meinen Vater. Ich werde sterben. Ich schließe die Augen und singe stumm bitte, bitte, bitte, bitte, bitte, bitte.

Die Geräusche verstummen. Es gibt nichts mehr außer

Stille. Ist er fortgegangen? Mir ist schwindelig, ich schlottere vor Schluchzern und vor Panik. Die Sekunden verstreichen. Jetzt bin ich sicher, dass er fortgegangen ist. Ich halte es nicht länger aus. Ich schnappe nach Luft, aber ich kann nicht mehr atmen.

Dann ein Geräusch ganz in meiner Nähe, etwas kratzt oben auf dem Deckel. Ich erstarre. Noch ein Kratzen, ganz rhythmisch, und ich begreife, dass er die Erde wegschaufelt. Eine Welle der Hoffnung, gefolgt von Angst. Spielt er nur wieder mit mir? Ich drücke erneut gegen den Deckel, flehe mit letzter Kraft: »Bitte. Ich will nicht sterben.«

Das kratzende Scharren von Metall auf Metall, dann wird der Deckel hochgeklappt. Ich blinzele hinauf ins Licht, ringe keuchend nach Luft. Halb blind kann ich nur Aarons Umrisse im Licht der Öffnung erkennen. Er greift hinunter, zieht mich heraus, stellt mich auf die Beine, aber ich bin so benommen und schwach, dass ich auf dem Boden zusammensacke.

Er kauert sich vor mich, umfasst meinen Nacken und blickt mir in die Augen.

»Du kannst nicht vor mir davonlaufen, Nadine. Wir sind jetzt eine Familie.«

Die Worte kommen verwaschen aus meinem Mund, meine Zunge und Lippen sind trocken, die Kehle ist wund vom Schreien. »Es tut mir leid … es tut mir leid. Bitte, tu mir nicht weh.«

Der Griff an meinem Nacken wird stärker. Er beugt sich zu mir, er riecht nach Schweiß. Er will etwas sagen. Dann hören wir in der Ferne die Stimmen der Kommunemitglieder, die singend von ihrem Spaziergang zurückkommen.

Ich öffne den Mund, um zu schreien.

Er schlägt mich. Mein Kopf knallt gegen das Fass hinter

mir, ich bin erneut benommen. Er hält mir den Mund zu, so dass meine Zähne sich in die Lippen bohren. »Wenn du irgendjemandem davon erzählst, mache ich es wieder – aber dann lasse ich dich nicht wieder heraus.«

Der Druck seiner Hand wird stärker. Ich schmecke Blut. Er sagt: »Ich werde dich lebendig begraben. Hast du mich verstanden?«

Ich nicke entsetzt.

Er sagt: »Warte ein paar Minuten, dann gehst du runter zum Fluss und machst dich sauber.« Er beugt sich dicht an mein Ohr, seine Stimme klingt gedämpft und verzerrt, als käme sie aus weiter Ferne. »Denk daran, erzähl es irgendjemandem, und das nächste Mal lasse ich dich sterben.«

Er hebt mich aus dem Loch und lässt mich auf den Boden der Vorratskammer fallen.

Dann ist er verschwunden.

Nach einer Weile reiße ich mich zusammen, verlasse schwankend den Stall, taumele über die hintere Wiese hinunter zum Fluss. Ich gehe zu einem Pool weit unterhalb der Kommune, wo keines der Mitglieder schwimmt. Weinend und zitternd wasche ich mich im eiskalten Wasser. Ich wasche auch meine Kleidung, lege sie auf einen Felsen in die Sonne, rolle meinen nackten, zerschlagenen Körper zu einer Kugel zusammen, verborgen hinter einem großen Felsen, warmer Sand umgibt mich. Ich schlafe ein.

Stunden später, als ich zur Kommune zurückkehre, fragt mich meine Mutter, wo ich gewesen sei. Am Fluss, sage ich. Und dass ich mir die Lippe an einem Felsen aufgeschlagen habe.

Und dass ich mich an nichts mehr erinnern kann.

Jetzt zwang ich mich, meinen Körper zu entspannen und bewusst ein- und auszuatmen. Ich hatte Angst, meine Knie zitterten, aber ich musste mich ganz auf den Augenblick konzentrieren, die Situation analysieren und Schritt für Schritt vorgehen. *Hol ein paarmal tief Luft. Du kannst hier rauskommen, wenn du ruhig bleibst.*

Aaron würde nicht meinetwegen zurückkommen. Er hatte mich vor Jahren gewarnt, und sein Zorn war zu groß. Dieses Mal würde er mich sterben lassen. Meine Augen hatten sich an die Dunkelheit gewöhnt, und ich suchte nach einem Lichtspalt am Rand des Deckels, aber mich umgab nichts als Schwärze und der faulig-ranzige Geruch nach altem Pferdefutter. Mein Kopf füllte sich mit entsetzlichen Bildern von Gefriertruhen, die in den siebziger Jahren zurückgerufen worden waren, weil Kinder darin gestorben waren, und mit Erinnerungen an die ständigen Warnungen, niemals beim Spielen in so eine Truhe zu klettern.

Ich versuchte zu berechnen, wie viel Luft ich hatte, wie lange ich überleben könnte. Ich wusste, dass ich, wenn ich zu hektisch atmete, die Luft schneller verbrauchen würde, also versuchte ich, langsamer zu atmen. Ich glaubte nicht, dass ich viel Zeit hatte, die Luft schmeckte bereits anders, mein Kopf fühlte sich ganz leicht an, und das Blut rauschte laut in den Ohren. Ich versuchte, die Tatsache zu akzeptieren, dass ich sterben könnte. Ich dachte an meine Familie. Was würde mit Lisa geschehen? Würde sie jemals erfahren, wo meine Leiche war? Tränen liefen mir übers Gesicht, als ich an Robbie dachte und mich fragte, ob er auch irgendwo begraben lag, gegen einen Deckel starrte und um Hilfe schrie. Würden wir einen leichten Tod haben? Würden wir einfach einschlafen, oder würden wir in unseren improvisierten Gräbern bis zum Schluss verzweifelt nach Luft ringen? Erneut überkamen mich Panik und Wut über meine Hilflosigkeit. Ich schlug gegen den Deckel, ein zorniger Stoß, der mir gar nichts brachte. Ich brach in Tränen aus, schluchzte in der Dunkelheit, wie ich es als Kind getan hatte. Ich presse die Hände an die Augen, holte ein paarmal tief Luft und versuchte, mich wieder zu konzentrieren.

Ich hatte zwei Möglichkeiten. Ich konnte mein Schicksal akzeptieren und darum beten, dass Daniel begriff, dass sein Vater mich sterben lassen wollte, und es irgendwie schaffte, beide Männer zu überwältigen. Darauf hoffen, dass Mary die Polizei rufen und ich irgendwie Glück haben und überleben würde.

Oder ich konnte auf Teufel komm raus versuchen zu entkommen.

Ich beugte die Knie, stützte mich mit beiden Händen an den Seitenwänden ab und bohrte meine Absätze in die Stirnwand. Sie gab nicht nach. Ich versuchte, gegen die Seitenwände zu drücken, gegen die Wand hinter meinem Kopf, gegen den Deckel. Die Truhe war stabil.

Ich überlegte, ob ich mehr Kraft hätte, wenn ich mit den Schultern drücken würde. Ich winkelte meine Arme an und versuchte, mich in dem winzigen Raum umzudrehen, bis ich meine Hände endlich auf den Boden der Truhe aufsetzte. So kräftig ich konnte, drückte ich mich hoch. Hals und Schultern schmerzten, die Knie brannten. Doch ich spürte, wie der Deckel leicht nachgab. War die Schließe des Riegels vielleicht verrostet? Oder die Schrauben, mit denen er an der Truhe befestigt war?

Ich stieß kräftig zu und hörte ein leises Geräusch, als hätte etwas nachgegeben. Immer wieder stemmte ich mich ruckartig hoch und schwitzte und keuchte bald vor Anstrengung. Ich machte eine Pause, schnappte in großen

Zügen nach Luft, besorgt darüber, wie viel Sauerstoff ich verbrauchte, doch dann dachte ich: *Wenn ich sterbe, dann geht es wenigstens schnell.*

Mit allerletzter Kraft drückte ich meinen Rücken erneut gegen den Deckel, woraufhin ein heftiger Schmerz meine Wirbelsäule durchzuckte. Es gab eine lautes, knirschendes Geräusch, als hätte der Deckel sich gelockert und das Schloss nachgegeben. Ich stieß erneut zu und mobilisierte alle Kräfte meines Körpers. Metall quietschte, als die Bolzen herauszureißen begannen. Jetzt brauchte ich nur noch ein paarmal zuzustoßen und alle Muskeln anzuspannen, bis ich in dem winzigen Raum beinahe die Beine durchdrückte. Endlich riss die Schließe des Riegels heraus, und der Deckel sprang auf.

Ich kletterte aus der Truhe, mein Rücken und die Beine schrien fast vor Schmerz. Mit ausgestreckten Armen ertastete ich mir meinen Weg durch den dunklen Raum. Immer wieder blieb ich stehen und lauschte auf näher kommende Schritte. Dann war ich an der Tür. Ich hätte gedacht, Aaron hätte sie ebenfalls blockiert, doch als ich probeweise dagegendrückte, schwang sie auf. Offensichtlich hatte er nicht damit gerechnet, dass mir die Flucht gelingen würde.

Ich kroch um die Seitenwand des Stalls herum und am Waldrand entlang. Ohne das Haus aus den Augen zu lassen, arbeitete ich mich bis zu seiner Rückseite vor. Ich wusste nicht, wie ich zu den Fahrzeugen gelangen sollte – meines stand vor dem Haus, aber ich entdeckte nun auch einen grünen Truck hinter dem Haus. Er musste Daniel gehören. Er kam mir bekannt vor, und ich dachte an den Truck, der vor meinem Haus abgebremst hatte. Daniel musste mich im Auge behalten haben. Vielleicht hatte er versucht, seinen Vater zu schützen. Als ich mich dem Haus näherte, hörte ich

Stimmen. Ich kauerte mich hinter einem Baum zusammen und lauschte. Es klang, als würden sie streiten. Daniel rief wütend: »Du hast gesagt, du wolltest nur mit ihnen reden – du hast mir nicht gesagt, dass du irgendjemandem etwas antun willst. Wann willst du sie rauslassen?«

Aaron antwortete: »Wenn das Licht sagt, dass es so weit ist. Sie ist nicht bereit.«

Verzweifelt schrie Daniel: »Sie wird sterben.«

Aaron redete erneut mit leiser Stimme auf ihn ein, als versuchte er, Daniel zu beruhigen, doch ich konnte nicht verstehen, was er sagte. Ich hoffte, dass Joseph ebenfalls im Haus war.

Ich drückte mich tief hinter den Baum und überlegte, was ich tun sollte. Um zu meinem Wagen zu gelangen, müsste ich um das ganze Haus herumkommen, ohne dass sie mich entdeckten. Wenn sie das Auto starten hörten, würden sie mich verfolgen, also musste ich zuerst den Truck fahruntüchtig machen. Adrenalin verlieh mir die nötige Stärke, verengte meinen Fokus auf diesen einzigen Moment, in dem ich hinüberkroch und dann vorsichtig aufstand und in die Fahrerkabine des Trucks lugte. Keine Schlüssel im Zündschloss. Ich würde ein paar Kabel rausreißen müssen. Als die Stimmen im Haus erneut lauter wurden, öffnete ich vorsichtig die Tür des Trucks und hielt den Atem an, als ich die Verriegelung der Motorhaube öffnete.

Im Haus wurde es still, und ich befürchtete, sie hätten mich gehört, doch dann begann Daniel erneut zu schreien: »Wir können das nicht machen – wir können die Leute nicht sterben lassen.«

Hastig riss ich jedes Kabel und jeden Schlauch raus, die ich zu fassen bekam. Als ich fertig war, schaute ich hinüber zum Haus und sah Mary an der Hintertür stehen.

Sie hatte mich beobachtet. Wir starrten einander an. Ich war sicher, dass sie die Männer rufen würde, aber sie nickte nur kurz, drehte sich um und ging wieder hinein.

Ich schlich ums Haus, kletterte in meinen Wagen und sah den Schlüssel im Zündschloss stecken. Ich startete den Motor und fuhr los. Daniel, Joseph und Aaron stürmten aus dem Haus. Im Rückspiegel sah ich, wie Mary Daniel am Arm packte und ihn zurückhielt. Die Hunde rannten ebenfalls auf mich zu, und einer sprang direkt vors Auto. Ich trat auf die Bremse, versuchte, ihm auszuweichen, und geriet auf dem losen Schotter ins Rutschen, bis ich vor einem Baum zum Stehen kam. Ich legte den Rückwärtsgang ein.

Aus dem Augenwinkel nahm ich eine Bewegung wahr und sah Aaron auf mich zurennen. Er warf etwas auf mein Fenster, und ich duckte mich automatisch. Glas splitterte, und ein Stein traf meinen Arm. Schmerz durchschoss mich, als ich das Lenkrad packte, Gas gab und versuchte, um ihn herumzufahren. Joseph rannte vor das Auto. Das Gewehr in seiner Hand zielte auf mich.

Ich trat auf die Bremse und duckte mich erneut. Aaron steckte die Hand durch das zerbrochene Fenster und schlug mich kräftig seitlich auf den Kopf. Ich saß benommen da, als er die Tür entriegelte und den Gang rausnahm. Ich kroch über den Beifahrersitz, doch er packte meine Beine und zerrte daran. Ich klammerte mich an das Lenkrad und trat mit aller Kraft nach hinten aus.

Wo war Joseph? Ich schaute kurz nach links. Er stand immer noch vor dem Wagen, das Gewehr auf mich gerichtet, und wartete auf den nächsten Befehl seines Bruders.

Ich sah durch das Rückfenster, suchte nach Hilfe, nach einer Fluchtmöglichkeit, nach irgendetwas. Mary schrie hysterisch und schlug die Hände vor dem Mund zusammen.

Daniel starrte wie gelähmt zu uns herüber, das Gesicht voller Entsetzen und Panik. In seiner Hand hielt er das zweite Gewehr.

Ich brüllte: »Daniel, schieß. Du *musst* auf ihn schießen. Heather hat dich geliebt. Sie hätte nicht gewollt, dass du das hier zulässt.«

Daniel weinte. Er hob das Gewehr.

Aaron drehte sich nicht um. Er versuchte immer noch, mich aus dem Wagen zu zerren, so sicher war er sich der Kontrolle über seinen Sohn.

Ich hörte ein Krachen. Aaron ließ meine Beine los. Ich schaute über die Schulter und sah ihn: Er hielt sich verblüfft die Seite, ehe er auf dem Boden zusammensackte.

Joseph kam herüber und starrte mit ausdrucksloser Miene auf ihn hinunter, das Gewehr an seiner Seite.

Daniel rannte auf Joseph zu und griff ihn an.

Während die Männer sich kämpfend auf dem Boden wälzten, kletterte ich zurück auf den Fahrersitz und legte den ersten Gang ein. Joseph riss sich los und rannte auf den Truck zu, Daniel folgte ihm auf den Fersen.

Ohne zurückzublicken, gab ich Gas und preschte über die Auffahrt davon.

35. Kapitel

So schnell ich konnte, raste ich über die enge Schotterpiste, geriet in einer Kurve ins Schleudern und schlingerte einmal beinahe die Böschung hinunter. Als ich an einem Gebiet vorbeikam, in dem gerade Bäume gefällt wurden, fiel mir ein großer Bagger auf, und ein Bild tauchte blitzartig in meinen Kopf auf: von Robbies Bagger bei seinem Haus, unten bei der Kläranlage – und dem frischen Erdhaufen. Jetzt kam mir etwas an diesem Bild merkwürdig vor. Noch ein Bild tauchte auf: Die Deckel der neuen Schächte waren mit Erde bedeckt. Ich verstand nicht viel von Kläranlagen, aber ich wusste, dass die Deckel freibleiben mussten. Und die Kläranlage war noch nicht einmal angeschlossen.

Was, wenn sie ihn in einem der Schächte begraben hatten?

Als ich bei Robbies Haus ankam, rannte ich zum Bagger. Ich hatte recht: Die Schachtdeckel lagen unter einem Sandhaufen begraben, doch die Rohrleitungen, die raus auf das Feld führten, waren unbedeckt. Eines ragte neben dem Hügel aus der Erde. Ich hörte ein gedämpftes Geräusch vom anderen Ende des Rohres. Ich konzentrierte mich auf das Geräusch und rief: »Robbie?« Dann hörte ich das Geräusch erneut, ein schwacher Hilferuf.

Ich brüllte runter: »Halt durch!«, wählte den Notruf und schrie Anweisungen ins Telefon.

Ich schnappte mir eine Schaufel aus der Werkstatt und begann zu graben, riss mir meine Jacke vom Leib und schleuderte sie beiseite. Es würde ewig dauern, genügend Erde zu entfernen, um den Deckel freizulegen. Ich sah den Bagger an. Steckte der Schlüssel noch?

Ich kletterte auf die Maschine und sah sofort den Schlüssel im Zündschloss. In ihrer Hast mussten sie ihn vergessen haben. Ich schaltete die schwere Maschine an, der laute Dieselmotor übertönte das Hämmern meines Herzens. Hoffentlich wusste ich noch, wie man mit diesem Ding umging. Meine Hände auf den Hebeln waren verschwitzt, ich versuchte, die Schaufel hochzubekommen, doch ich grub sie nur noch weiter in den Boden und verkeilte sie an einem Felsen. Endlich bekam ich heraus, wie man die Schaufel anhob, nahm Erde auf und kippte sie an der Seite wieder aus. Sobald der Deckel zu sehen war, schaltete ich den Motor aus und rannte zum Schacht.

Ich begann, an dem Betondeckel zu ziehen und zerren, aber er war fast sechzig auf sechzig Zentimeter groß – und schwer. Wie sollte ich Robbie je dort herausbekommen?

Ich sah zurück zum Bagger, der friedlich neben mir stand. Konnte ich den irgendwie einsetzen? Mein Blick fiel auf eine schwere Metallkette unterm Sitz, mit zwei Haken an jedem Ende. Ich zerrte die Kette über die Schaufel, befestigte ein Ende an den Zähnen, das andere am Deckel. Dann kletterte ich wieder auf den Bagger und brachte ruckelnd und zerrend, mit zittrigen Händen, die Schaufel hoch. Mit einem erleichterten Jubelschrei hob ich den Deckel an und ließ ihn an der Seite fallen. Ich schaltete den Motor erneut aus, rannte zur Öffnung und kniete mich hin. »Robbie, ist alles in Ordnung?«

Die Stimme meines Bruders wehte zu mir hoch. »Brew ist verletzt.«

»Ich komme runter.«

Ich ließ meine Beine in den Schacht baumeln, der nicht besonders tief aussah, hielt mich am Rand der Öffnung fest, besorgt, ich könnte auf Robbie landen. Doch als er meine Beine sah, hörte ich ihn vom anderen Ende des Schachts sagen: »Ich bin hier drüben.« Ich ließ mich fallen und landete mit einem dumpfen Aufprall in einem winzigen Raum von vielleicht eins zwanzig auf zwei fünfzig. Das Licht, das von oben hereinfiel, spendete nur wenig Helligkeit, doch ich sah Robbie in der Ecke sitzen, den Rücken an die Wand gestützt. Brew lag neben ihm.

Jetzt bemerkte ich auch, dass Robbie sein Hemd ausgezogen hatte und es als Bündel gegen Brews Schulter presste. Das Tier atmete hastig, die Flanke hob und senkte sich, und jedes Mal beim Ausatmen machte er ein tuckerndes Geräusch.

»Kannst du Brew helfen?« Robbies Stimme klang belegt, er sprach hastig, so dass die Worte in ihrer Eile, herauszukommen, übereinanderpurzelten.

Ich kroch zu ihnen. »Ganz ruhig, mein Guter«, sagte ich, als Brew winselte. Ich überprüfte seinen Puls an der Oberschenkelarterie. Er war schwach und faserig. Es roch nach Blut, vermischt mit Hundeatem und Fell. Ich nahm auch Robbies Körpergeruch war, er roch nach Schweiß und Dreck und Diesel von seinem Bagger.

Immer noch leicht atemlos, sagte Robbie: »Brew hat Joseph angegriffen. Ich habe versucht, die Blutung zu stillen.«

Ich tastete Brews Rippen und Brust ab. Meine Hand war mit warmem, klebrigem Blut bedeckt. Ich untersuchte sein Zahnfleisch. Selbst in dem Dämmerlicht konnte ich erkennen, dass es hellgrau war. Ich presste den flachen Teil meines Fingers dagegen und überprüfte, wie lange es dauerte, bis die Kapillaren sich wieder füllten.

Fünf Sekunden. Viel zu langsam.

Die Kugel hatte vermutlich eine kleine Vene getroffen, und jetzt hatte er innere Blutungen. Wenn es eine wichtige Arterie gewesen wäre, wäre er innerhalb weniger Minuten gestorben. Der schwere Atem wies vermutlich weniger darauf hin, dass er Schmerzen hatte, sondern dass sein Körper Mühe hatte, genügend Sauerstoff zu bekommen. Er würde immer schläfriger werden, bis er das Bewusstsein verlor und starb. Wahrscheinlich bald.

»Es sieht nicht gut aus, Robbie.«

»Scheiße.« Er lehnte den Kopf hinter sich gegen die Wand und schaute nach oben. »Scheiße. Scheiße.« Seine Stimme klang belegt, als kämpfe er mit den Tränen.

Mir stiegen selbst die Tränen in die Augen. »Ich habe die 911 gewählt. Sie sind unterwegs.«

»Wird Brew es schaffen?«

Ich schaute wieder zum Hund. Er atmete nur noch schwach. Seine Augen waren halb geschlossen, die Zunge hing schlaff heraus. »Nein, ich glaube, er hat nicht mehr lange.«

»Mist.« Robbie holte tief Luft, als versuche er, sich zu wappnen, dann hob er den Hund vorsichtig an, bis er teilweise auf seinem Schoß lag. Brew leckte kurz Robbies Hand, dann machte er die Augen ganz zu. Seine Atmung verlangsamte sich.

»Guter Junge«, sagte Robbie. Er beugte sich vor, presste seine Lippen auf Brews Kopf und umarmte ihn. »Wollen wir spazieren gehen? Na komm, lass uns rausgehen, Kumpel.«

Brew seufzte. Kurz darauf war er tot.

Wir blieben schweigend sitzen, meine Hand lag immer noch auf Brews Seite, während mir Tränen übers Gesicht liefen. Ich sah nur auf den Hund und versuchte, Robbie etwas

Raum zu lassen. Er schniefte ein paarmal und räusperte sich. Im Schacht herrschte plötzlich ein Gefühl der Leere, eine gedämpfte, tonlose Stille, in der jede Bewegung nur um so lauter wirkte. Brews Leiche kühlte bereits aus, sein Leben war vorbei. Trotzdem streichelte ich sein weiches Fell, verabschiedete mich im Stillen ebenfalls von ihm und dankte ihm dafür, meinem Bruder ein Freund gewesen zu sein. Ich dachte daran, wie er zu mir getrottet kam und mich mit seiner feuchten Schnauze angestupst hatte.

Nach wenigen Minuten wischte Robbie sich übers Gesicht und flüsterte Brew etwas ins Ohr. Dann schob er vorsichtig Brews toten Körper von seinen Beinen und legte den Kopf behutsam auf den Boden. Stöhnend richtete er sich wieder auf.

»Bist du verletzt?«

Er schnaufte. »Meine Rippen – ich glaube, ein paar sind gebrochen.«

»Ich sehe es mir mal an.«

In der Dunkelheit legte ich meine Hand auf Robbies Seite, doch ich ertastete weder Blut noch Schwellungen.

Er holte gequält Luft. »Mist.« Er rieb sich die Brust. »Meine Brust tut verdammt weh.«

Hatte er eine Panikattacke? »Wie fühlt es sich an?«

»Dieser Druck. Ich kann es bis in die Arme und den Kiefer spüren, und im Rücken auch. Als würde etwas mich zusammenpressen. Tut höllisch weh – jedes Mal, wenn ich Luft hole.«

O nein.

»Du könntest einen Herzinfarkt haben. Ist dir schwindelig?«

Wie aufs Stichwort fiel sein Kopf nach vorn, und er sackte zusammen.

»Robbie!«

Hastig zog ich Brews Leiche zur Seite, legte Robbie hin, so dass er flach auf dem Rücken lag, und überprüfte seine Vitalfunktionen. Er atmete flach – und hörte dann ganz damit auf. Ich begann sofort, ihn zu reanimieren, und sagte bei der Herzdruckmassage immer wieder: »Komm schon, Robbie.«

Bitte, Gott. Bitte hilf uns.

In der Ferne hörte ich Sirenen.

Ich fuhr im Rettungswagen mit, der Robbie nach Victoria brachte. Noch bevor sie ihn aus dem Schacht holten, gaben sie ihm Sauerstoff, und auf dem ganzen Weg bis ins Krankenhaus bekam er Herzdruckmassagen. Sie holten ihn ein paarmal zurück, und als sie ihn in die Notaufnahme rollten, massierten sie ihn immer noch. Die nächsten Stunden lief ich im Gang auf und ab und wartete auf Neuigkeiten. Ich musste die ganze Zeit daran denken, wie viele Jahre wir kaum Kontakt gehabt hatten, wie viele Jahre ich geglaubt hatte, es wäre einfacher so.

Die Polizei hatte mehrere Wagen zu Marys Haus geschickt, aber ich wusste nicht, ob sie irgendjemanden verhaftet hatten oder ob Aaron überhaupt noch lebte. Endlich kam einer der Ärzte zu mir und sagte, Robbies Zustand sei jetzt stabil und er sei ansprechbar. Sie würden ihn auf die Intensivstation verlegen, während sie noch ein paar Untersuchungen machten. Ich durfte ihn kurz besuchen, aber er hatte starke Schmerzmittel bekommen, die ihn schläfrig machten, so dass wir kaum sprachen. Ich hielt einfach seine Hand und erzählte ihm, dass er wieder gesund werden würde. Er war blass, aber es gelang ihm ein Lächeln.

Als ich wieder im Wartezimmer saß, rief Kevin mich über

Handy an. Er hatte sich Sorgen gemachte, warum ich nicht bei einem Mitarbeitertreffen gewesen war, doch das hatte ich vollkommen vergessen. Immer noch unter Schock, erzählte ich ihm, dass mein Bruder einen Herzinfarkt erlitten hatte. Er kam mit einem Kaffee vorbei, doch als er den Polizisten vor Robbies Zimmer sah, wusste er, dass an der Geschichte mehr dran war. Ich erzählte ihm, was geschehen war, und er blieb bei mir und blätterte in einer Zeitschrift, während ich hin und her lief. Meine Gedanken kreisten im Takt mit meinen Schritten. *Wird Robbie es schaffen? Geht es Lisa gut? Was passiert gerade in der Kommune?*

Der Arzt kam, um noch einmal mit mir zu reden. »Sieht so aus, als sei eine seiner Arterien verengt. Wir müssen ihm morgen früh einen Stent einsetzen. Wenn alles gutgeht, können Sie ihn morgen Abend besuchen, und in ein paar Tagen kann er wieder nach Hause.« Ehe der Arzt ging, fügte er hinzu: »Wahrscheinlich hatte er schon eine ganze Weile Probleme mit dem Herzen – er hatte Glück, dass Sie gerade bei ihm waren.«

Als er gegangen war, legte ich die Hand auf mein eigenes Herz und ließ mich in einen Sessel sinken.

Kevin drückte sanft meine Schulter. »Mach dir keine Sorgen. Anderson ist einer der besten Kardiologen im Land.«

Ich lächelte ihn an. »Danke. Und danke, dass du hier mit mir rumsitzt.«

»Natürlich. Möchtest du noch einen Kaffee?«

»Nein danke. Du hast doch bestimmt Termine. Ich will dich nicht aufhalten. Ich bin wahrscheinlich noch eine Weile hier.«

Er nickte, sagte jedoch: »Ich kann meine Termine verlegen. Es macht mir nichts aus zu bleiben.«

»Nein, bitte. Wirklich, ich komme gut allein zurecht.«

Er schaute auf die Zeitschrift in seiner Hand, blätterte ein paar Seiten mit dem Daumen durch und sagte: »Als du mir erzählt hast, was passiert ist, bekam ich Angst.«

»Es geht mir gut. Ein wenig angeschlagen, aber das wird schon wieder.«

»Ich weiß, aber dadurch ist mir etwas klargeworden.«

»Was?«

»Ich möchte nicht noch einmal einen geliebten Menschen verlieren, aber ich möchte in meinem Leben noch einmal eine Beziehung haben. Ich glaube, das Risiko lohnt sich. Ich glaube, *du* bist das Risiko wert.«

»Es tut mir leid, Kevin, aber ich habe es dir schon einmal gesagt. Das ist nicht das, was ich im Moment will.«

»Du hast es mir gesagt, aber ich bin nicht sicher, ob es stimmt.«

»Es ist wahr.« Wie sahen einander einen Moment an, dann wandte ich den Blick ab. »In den letzten vierundzwanzig Stunden ist so viel passiert. Ich brauche Zeit für mich, um in Ruhe über alles nachzudenken.«

»Natürlich. Falls du mich brauchst …«

»… weiß ich, wo ich dich finde.« Ich sagte es mit einem Lächeln, aber die Botschaft war eindeutig.

Er warf die Zeitschrift auf den Stuhl, schenkte mir ebenfalls ein Lächeln und ging in Richtung Fahrstuhl. Nachdem er verschwunden war, nahm ich seine Zeitschrift und blätterte selbst darin herum, dann hielt ich inne und sah den Kaffee an, den er mir gebracht hatte und der mittlerweile kalt war. Ich dachte über sein Angebot nach. Ich hatte einen frischen Kaffee gewollt, wollte seine Gesellschaft, und trotzdem hatte ich nein gesagt. Was war nur mit mir los? Warum hatte ich so ablehnend auf seine freundlichen Angebote reagiert?

Dann dachte ich an Francine, eine traurige, alte Frau, die einsam über die Korridore wanderte und mit Menschen aus ihrer Vergangenheit sprach. Ein Leben, verbracht mit vielen Freunden und Reisen und einer erfolgreichen Karriere, doch jetzt war niemand mehr da, der an ihrer Seite saß.

36. Kapitel

Abends rief die Polizei an. Sie hatten Aaron auf Marys Farm verhaftet, ihn aber wegen seiner Schussverletzung ins Krankenhaus gebracht. Er hatte eine Menge Blut verloren und lag im selben Krankenhaus wie Robbie, mit einem bewaffneten Wachposten vor der Tür. Daniel und Joseph waren entkommen. Ohne richterliche Erlaubnis durfte die Polizei die Kommune nicht durchsuchen, und im Moment hatten sie nicht genügend Beweise, dass einer der beiden sich dort versteckte.

Im Moment baten sie die Behörden in anderen Ländern, nach Joseph und Daniel Ausschau zu halten, für den Fall, dass sie zu einer der ausländischen Kommunen flüchteten. Mary war ebenfalls verhaftet worden, aber sie verweigerte die Aussage, vermutlich, um trotz allem ihren Sohn zu schützen. Sie gab lediglich zu, dass er mit ihrem Wagen geflohen war, nachdem Joseph den Truck genommen hatte.

Am nächsten Morgen wurde Robbie operiert. Ich arbeitete nicht, versuchte aber, mich im Krankenhaus zu beschäftigen, so dass ich in der Nähe war, falls irgendetwas schiefging. Endlich piepte Dr. Anderson mich an, dass Robbie im Aufwachraum lag. Die Operation war erfolgreich verlaufen, doch noch auf dem OP-Tisch hatte er einen weiteren kleineren Infarkt erlitten, so dass sie ihn noch ein paar Tage länger dabehalten wollten, nur zur Beobachtung. Wenn ich wollte, könnte ich ihn jetzt besuchen.

Ich ging in Robbies Zimmer und verlangsamte meine Schritte, als ich mich seinem Bett näherte. Er hatte die Augen geschlossen, und mein Puls beschleunigte sich, als ich sein blasses Gesicht sah.

Er schlug die Augen auf. »Irgendeine Schwester hat mir meine verdammte Kappe weggenommen.«

Er lächelte über sich selbst. Er hasste seine momentane Hilflosigkeit, wusste aber, dass ich den Witz verstehen würde. Robbie hatte sich ohne seine Baseballkappe schon immer unwohl gefühlt – die einzigen Gelegenheiten, bei denen er sie, soweit ich mich erinnerte, nicht trug, waren Beerdigungen. Davon hatten wir schon viel zu viele gehabt.

»Ich besorge dir eine andere.« Ich lächelte zurück. Traurig dachte ich daran, dass mein Bruder in ein leeres Haus zurückkehren würde. Fast als hätte er meine Gedanken gelesen, verblasste Robbies Lächeln ebenfalls, und wir sahen uns an.

Ich sagte: »Das mit Brew tut mir leid. Die Polizei hat ihn aus dem Schacht geholt, und Steve Phillips hat ihn zum Tierarzt gebracht. Möchtest du ihn einäschern lassen?«

Steve hatte die ganzen Streifenwagen zu meinem Bruder rasen sehen und war ihnen nachgefahren. Ich hatte nur kurz mit ihm gesprochen, ehe ich hinten in den Rettungswagen stieg, doch er hatte versprochen, sich um Brew zu kümmern.

Robbie nickte, wandte den Blick ab und spielte an dem Verband an seiner Brust herum. Mit belegter Stimme sagte er: »Kann ich etwas Wasser haben?«

Ich reichte ihm den Becher und half ihm mit dem Strohhalm. Als er fertig war, stellte ich den Becher wieder auf den Nachttisch und setzte mich auf den Stuhl. Ich versuchte, mich zusammenzureißen und mich nicht vom Anblick meines Bruders und den ganzen Schläuchen, an denen er hing, verrückt machen zu lassen. Ich ließ mir Zeit, den Schal um meinen Hals abzunehmen und ihn in meine Tasche zu stopfen.

Fast unhörbar murmelte Robbie: »Das hast du auch im Krankenwagen gemacht.«

Ich glaubte, er sei noch ganz groggy von den Schmerzmitteln, und sagte: »Was habe ich gemacht?«

»Deinen Schal abgenommen und in die Tasche gesteckt.«

Ich runzelte die Stirn und versuchte mich an die Szene zu erinnern, von der er sprach – die Fahrt im Rettungswagen lag für mich wie hinter einem Schleier verborgen. Das einzige Mal hatte ich meines Wissens den Schal abgenommen, nachdem Robbie einen Herzstillstand erlitten hatte und der Notarzt ihm eine Herzdruckmassage gegeben hat. Bei dem Stress und der Hitze im Wagen hatte ich das Gefühl bekommen zu ersticken.

»Du warst bewusstlos …«

»Mehr als das.« Er klang ungeduldig. »Du weißt, dass ich mir so einen Scheiß nicht ausdenken würde. Ich habe dich gesehen – als wäre ich über dir gewesen. Du hast den Schal so schnell abgenommen, dass du dir einen Ohrring rausgerissen hast. Er ist unter die Trage geflogen, auf der ich lag.«

Jetzt erinnerte ich mich an das leise Klirren, doch ich hatte mich so auf Robbie konzentriert, dass ich es völlig ignoriert hatte. Ich lehnte mich auf dem Stuhl zurück und schwieg verblüfft. Woher wusste er das?

Er sagte: »Ich will nicht darüber reden – es macht mir eine Höllenangst, okay? Und erzähl das bloß nicht weiter. Die Leute glauben sonst noch, ich wäre bekloppt.«

Ich versuchte immer noch zu verdauen, was er mir gerade erzählt hatte. »Okay …«

»Es war so ähnlich wie das, was Aaron beschrieben hat. Ich war draußen, ich konnte dich sehen und deine Gedanken hören. Du hattest echt Angst – ich habe versucht, mit dir zu reden, aber es ging nicht. Aber ich war ganz ruhig, irgendwie voller Frieden.«

Er musste Halluzinationen gehabt haben. Ich wollte gerade zu der Erklärung ansetzen, dass das vermutlich eine neurologische Reaktion auf den Sauerstoffmangel gewesen war, doch dann hielt ich inne, als ich mir klarmachte, dass die meisten durch Sauerstoffmangel im Gehirn hervorgerufenen Halluzinationen Verwirrung und Desorientierung hervorriefen, nicht so einen ruhigen, friedvollen Zustand. Es erklärte auch nicht, woher er wusste, dass mein Ohrring heruntergefallen war. Selbst wenn sein Hörvermögen nicht beeinträchtigt gewesen wäre, hätte er unmöglich sehen können, dass ich meinen Schal abgenommen hatte.

Robbie starrte wieder hinauf zur Zimmerdecke und blinzelte heftig. »Irgendetwas ist mit mir in diesem Rettungswagen passiert. Ich weiß nicht, was oder warum.« Er sah mich an. »Aber ich habe keine Angst mehr vor dem Tod.«

Ich dachte an Paul, dachte an meine Mutter und meinen Vater, an meine eigenen Ängste vor dem Tod. Erst in diesem Moment wurde mir bewusst, dass ich in den Klärschacht geklettert war, ohne auch nur einen Moment zu zögern. Dass ich im Stall gezwungen gewesen war, meine Ängste zu überwinden, hatte mich befreit.

Ich wurde von Gefühlen und Gedanken überwältigt, die ich mir genauer ansehen musste, sobald ich allein war. »Du wirst nicht sterben, solange ich aufpasse.«

Er lächelte, doch dann wurde er wieder ernst, und die Falten um seinen Mund wurden tiefer. »Ich hätte dich besser beschützen sollen, als wir noch Kinder waren.«

»Du hast mich beschützt – so gut du konntest. Du warst erst sechzehn. Es war nicht deine Aufgabe, auf mich aufzupassen. Unsere Eltern hätten uns beide beschützen sollen.«

Ärgerlich verzog er das Gesicht. »Du hast ihnen schon immer die Schuld gegeben für alles, was passiert ist, als wir Kinder waren. Dabei haben sie ihr Bestes getan.«

Die Kluft zwischen seinen und meinen Erinnerungen überraschte mich nicht. Als Therapeutin hatte ich es viele Male erlebt, dass zwei Geschwister ihre Kindheit vollkommen unterschiedlich einschätzten. Das war typisch für dysfunktionale Familien, in denen niemals über die Misshandlungen gesprochen und der Täter stets verteidigt wurde. Aber es machte mich traurig, dass das Schweigen über so viele Dinge uns immer noch trennte.

»Ich habe sie auch geliebt«, sagte ich, »aber sie hatten eine Menge Probleme.«

»Du weißt doch gar nicht, wie es war. Du warst ja nie da.«

Da war sie wieder: die Verbitterung. Ich war fortgegangen, und er war geblieben.

Ich versuchte, ruhig zu bleiben, und unterdrückte den Impuls, mich zu verteidigen, dass ich die Grundregel unserer Familie gebrochen hatte – ob unglücklich oder nicht, sprich nie über das, was wirklich los ist. Meine Suche nach persönlichem Glück, der Versuch, den Tränen und blauen Augen, dem Geschrei und Geweine zu entkommen, war der größte Verrat von allen. Ich entwickelte eigene Ideen, erlernte die Sprache der Gefühle und, am schlimmsten von allem, wurde ungeduldig und wütend auf sie, weil sie nicht mehr vom Leben verlangten, weil sie nicht versuchten, mich in *meine* Welt zu begleiten. Und das hatten sie gespürt.

Ich wollte erklären, dass mein Weggang die einzige Möglichkeit für mich gewesen war, zu überleben, als unsere Familie in einem Sumpf aus Schmerz und Verleugnung versank, und dass ich nicht mehr so tun konnte, als ob, dass ich nicht länger schweigen konnte. Doch Robbie hatte gerade eine Herz-OP hinter sich und durfte sich nicht aufregen, so dass ich alles für mich behielt, wieder einmal, und nur sagte: »Du hättest auch gehen können.«

»Wie denn, Nadine? Wie zum Teufel hätte ich das tun können? Damit Dad Mom endgültig totprügelt? Damit er eines Nachts die Treppe herunterstürzt?«

Robbie war rot angelaufen. Die ganze alte Wut kam heraus. Mein Versuch, nicht an unseren Probleme zu rühren, war fehlgeschlagen. Und es war nicht das erste Mal. In diesem innigen Moment, in dem der Schatten des Todes zwischen uns schwebte, begriff ich, dass ich mich in unseren Gesprächen schon immer so gefühlt hatte, dass ich mich schon immer so *verhalten* hatte. Ich glaubte, ich würde mich zurückhalten, doch mein Drang, Menschen anzustoßen, zu heilen und zu reparieren, damit sie so wurden, wie ich sie brauchte, war immer stärker gewesen. Er lag in meiner Stimme, in der subtilen Art, wie meine Zunge die Worte aus dem Mund stieß. Und mein Bruder, der einzige Mensch, mit dem ich das Blut *und* eine gemeinsame Geschichte teilte, wusste, was ich wirklich meinte, selbst wenn ich gar nichts sagte.

Also sagte ich es jetzt laut, zum ersten Mal in unser beider Leben.

»Du warst nicht für sie verantwortlich. Sie waren erwachsen. Sie haben ihre eigenen Entscheidungen getroffen – genau wie du. Ich lasse mir nicht von dir die Schuld dafür geben.«

Das Piepen des Monitors zeigte an, dass Robbie mit sich rang. Dann veränderte sich etwas in seinem Gesicht. Er ließ den Kopf in das Kissen sinken, er atmete immer noch schwer, aber sein Herzschlag normalisierte sich wieder.

Nach einer Weile sagte er, immer noch zur Decke emporblickend: »Du hast recht. Ich hätte gehen können. Aber ich wollte nicht eines Tages wiederkommen und Moms Leiche finden, wie sie an irgendeinem Balken hängt, und Dad ohnmächtig in seiner eigenen Kotze. Ich dachte immer, wenn ich nur gut auf sie aufpasse, könnte ich es verhindern, dann könnte ich dafür sorgen, dass alles gut wird. Aber die beiden sind trotzdem gestorben.« Er schwieg einen Moment. »Vielleicht habe ich sie nur als Vorwand benutzt, um mich nicht um meinen eigenen Scheiß kümmern zu müssen. Ich konnte nie ein Risiko eingehen, nicht einmal für Willow.« Er sah mich an. »Ich war froh, dass du weggegangen bist. Ich habe gerne an dich in deinem hübschen Haus gedacht, im Kreis deiner Familie.«

Tränen liefen mir übers Gesicht. Robbies Augen waren ebenfalls feucht, sein Mund war zu einer Grimasse verzerrt, als er die Tränen zurückzudrängen versuchte. Ich hatte mich geirrt. Er wusste Bescheid, er hatte es erkannt.

Ich sagte: »Wenn wir Menschen lieben, wollen wir ihnen helfen – selbst wenn sie es nicht wollen. Aber manchmal führt es nur dazu, dass wir uns selbst schaden.«

»Du hast deine Sache gut gemacht. Ich bin stolz auf dich.« Er meinte es ernst, ich hörte es an seiner Stimme. Der Zorn, den ich all die Jahre bei ihm gespürt hatte, hatte nichts damit zu tun, dass ich meinen Weg im Leben gegangen war, sondern galt meinem ständigen Drängen, er solle es mir gleichtun. Ich dachte an Lisa und fragte mich, ob das auch der Kern unserer Probleme war.

»Meine Familie war auch nicht perfekt«, sagte ich. »Bei Lisa habe ich eine Menge Fehler gemacht.«

»Was ist zwischen euch schiefgelaufen?«

»Ich weiß nicht ... vielleicht zu viel.« Ich erzählte ihm von Garret, dann von meinen Erinnerungen an Aaron und den Stall, ohne Robbies Monitor aus den Augen zu lassen. Als sein Herz schneller schlug, hielt ich inne und ermahnte ihn, regelmäßig zu atmen.

Sobald er sich wieder etwas beruhigt hatte, sagte er: »Dieser Mistkerl – ich hoffe, dass sie ihn im Gefängnis windelweich prügeln. Du solltest Lisa erzählen, was dir zugestoßen ist.«

»Vielleicht. Wenn sie jemals wieder mit mir spricht.«

»Hast du nichts mehr von ihr gehört?«

»Nein. Ich hatte gehofft, sie würde die Kommune verlassen, sobald Aaron verhaftet ist.« Ich erzählte ihm, was ich von der Polizei erfahren hatte. »Aber ich habe das Gefühl, sie ist immer noch dort.«

Er war noch blasser geworden und wirkte allmählich ziemlich erschöpft. Er ließ erneut den Kopf in das Kissen sinken, seine Lider wurden schwer. »Halt mich auf dem Laufenden, okay?«

»Mach ich. Aber jetzt musst du dich ausruhen. Bis morgen.«

Die Polizei hatte weder Joseph noch Daniel gefasst. Joy, die offensichtlich zusammen mit Aaron die Kommune leitete, erlaubte ihnen nicht, das Grundstück zu durchsuchen, und ohne richterlichen Beschluss konnten sie nichts unternehmen. Der Sergeant, den ich direkt nach meinem Besuch bei Robbie anrief, vermutete, dass sie mittlerweile ohnehin die Insel verlassen hatten.

»Aber machen Sie sich keine Sorgen«, beruhigte er mich. »Ihr Bruder steht weiterhin unter Polizeischutz – er ist schließlich der Hauptzeuge für den Mord an Willow.« Sobald er wieder wach war, würden sie seine Aussage aufnehmen. »Wir stellen bereits einen Trupp zusammen, um auf dem alten Gelände der Kommune nach der Leiche des Mädchens zu suchen.«

Willow würde endlich nach Hause kommen.

Es war mir ein Rätsel, warum keines der Mitglieder und vor allem auch Lisa nicht nach Aarons Verhaftung die Kommune verließen.

»Die meisten von ihnen wissen möglicherweise gar nicht, was passiert ist«, gab der Sergeant zu bedenken. »Sie haben keine Telefone, keine Fernseher oder Internetzugang. Die einzigen Informationen bekommen sie von den Stamm-Mitgliedern, und die halten offensichtlich dicht, bis sie mit Aaron sprechen dürfen.«

Auf dem Parkplatz blieb ich eine Weile in meinem Wagen sitzen. Durch einen dichten Schleier aus prasselndem Regen starrte ich auf das Krankenhaus und dachte über das Gespräch mit meinem Bruder nach. Der Gedanke, wie nah ich dran gewesen war, ihn zu verlieren, ließ mich erschaudern – ebenso wie seine Geschichte über meinen Ohrring. Durch den Regen, der auf der Fensterscheibe hinunterrann, wirkte die Welt dort draußen verzerrt. Farbkleckse und blasse Gesichter tauchten auf, wenn Leute an mir vorbeihasteten, aber ich konnte niemanden erkennen, alles blieb schemenhaft verschwommen. Aarons Worte fielen mir ein. *Nur weil du etwas nicht sehen kannst, bedeutet es nicht, dass es nicht da ist.*

Durch meine Tränen und den Regen war das Krankenhaus nur noch ein grauer Fleck. Ich überlegte, in welchem

Zimmer mein Bruder lag, dachte daran, wie friedlich er gewirkt hatte, als er von dem Moment gesprochen hatte, als er beinahe gestorben wäre. Dann dachte ich an Paul, an die letzten Augenblicke, ehe er seinen letzten Atemzug getan und in meinen Armen gestorben war, wie heiter er ausgesehen hatte, als er mich losgelassen hatte. Ich begriff, dass ich diejenige war, die nie richtig losgelassen hatte.

Den Abend verbrachte ich mit Grübeleien über mein Leben – und darüber, dass es ebenfalls beinahe zu Ende gewesen wäre. Dann traf ich ein paar Entscheidungen. Am nächsten Tag fuhr ich früh los, um Robbie zu besuchen, und nachdem er wieder eingeschlafen war, ging ich hoch zu Kevins Büro.

Auf mein Klopfen hin rief er: »Herein.«

Ich zögerte. Würde er noch irgendetwas mit mir zu tun haben wollen, nachdem ich so unnahbar gewesen war? Ich würde es niemals wissen, wenn ich es nicht ausprobierte. Ich holte tief Luft und öffnete die Tür.

Er schaute überrascht auf und machte Anstalten aufzustehen. »Nadine …«

Ich bedeutete ihm, sitzen zu bleiben, und setzte mich in den Sessel vor ihn.

Als ich ihn ansah, fiel mir auf, wie gut er aussah, wenn er sich das Haar mit einer Hand zurückstrich und die Muskeln am Unterarm hervortraten. Ich sagte: »Ich muss mich bei dir entschuldigen.«

Er legte den Kopf schräg, ein kleines Lächeln umspielte seine Lippen. »Hast du das auch schon gemerkt?«

»Ich bin manchmal etwas langsam.« Ich trat an den Abgrund meiner Gefühle, blieb einen Moment schwankend stehen und sprang. »Du hast recht. Ich laufe davon.

Vermutlich habe ich Angst ... vor dem, was es bedeuten könnte.«

»Ich habe auch Angst. Aber das ist gut. Mir gefällt deine Art, Gefühle in mir zu wecken.«

Wir blickten uns erneut an, direkt unter meinem Herzen setzte ein nervöses Pochen ein. Doch es gab da etwas, das ich klarstellen musste.

»Meine Tochter, Lisa, ist immer noch in der Kommune, und sie hat im Moment oberste Priorität – jetzt und immer.«

Er nickte. »Natürlich.«

»Unter dieser Voraussetzung, und wenn du Lust hast, Zeit mit mir zu verbringen, könnte ich einen Freund gebrauchen.«

Er hob die Brauen. »Einen Freund?«

»Einen *vertrauten* Freund. Ich würde gerne ausprobieren, wohin uns das führt.« Ich hob ebenfalls die Brauen und registrierte erfreut sein Antwortlächeln. »Können wir damit anfangen, dass wir endlich zusammen essen gehen?«

»Gerne.«

»Vielleicht könnte ich auch in deiner Band vorspielen. Ich spiele ganz gut Tamburin.«

»Na, jetzt übertreib mal nicht.«

Wir lachten beide, dann griff er über den Schreibtisch hinweg nach meiner Hand.

Dieses Mal tauchten keine Bilder vor meinem geistigen Auge auf, keine Schuldgefühle gegenüber Paul. Doch ich erinnerte mich, wie Paul, als er noch lebte, immer versucht hatte, Momente wie diesen zu schaffen, kurz meine Hand ergriff, wenn ich in der Tierklinik an ihm vorbeieilte. Doch ich hatte mich ihm oft entzogen, ganz auf meine Arbeit konzentriert.

Der Tod lässt uns wünschen, alles anders gemacht zu haben, und sei es nur, sich mehr Zeit gelassen zu haben. Dieses Mal würde ich den Weg genießen.

Das Leben ist für die Lebenden.

37. Kapitel

Ich war gerade vom Krankenhaus nach Hause gekommen und schloss meine Tür auf, als ein Streifenwagen auf meine Auffahrt bog. Ein hochgewachsener Mann mit grauem Haar, dunklen Brauen und tiefen Falten im Gesicht, die ihn müde wirken ließen, stieg aus und stellte sich als Sergeant Pallan vor. Dann erklärte er mir, dass er die Ermittlungen gegen die Kommune leite. Seine Augen blickten ernst und traurig, als er die Sonnenbrille abnahm. Ich suchte sein Gesicht ab und atmete unwillkürlich schneller. Meine Brust wurde eng, als ich spürte, dass er nicht hier war, um mir Fragen zu stellen.

»Was ist passiert?«

»Wir müssen reden, und dazu sollten wir besser hineingehen.«

Das war schlecht. Was immer er mir erzählen würde, es würde richtig schlimm sein. Ich nahm die Welt nur noch verzerrt wahr. Mein räumlicher Sinn war wie ausgeschaltet, und ich stolperte über die Türschwelle, als ich den Sergeant ins Haus führte. *Bitte, lass es nichts mit Lisa sein. Lass sie nicht tot sein.*

Ich ging zum Küchentisch, zog einen Stuhl hervor und ließ mich darauffallen. Ich setzte die Ellenbogen auf die Tischplatte und presste den Mund gegen meine Fäuste, drückte die Lippen dagegen und versuchte, den Schrei zu unterdrücken, der in meiner Kehle aufstieg. Ich merkte, dass meine Beine und Hände zitterten, aber ich nahm es nur am Rande wahr, wie ein Arzt, der meinen Zustand einschätzte. *Schock, Sie erleiden gerade einen Schock.* Ich war bereits eine Fremde für mich.

Ich suchte nach Worten, zwang mich, sie auszusprechen. »Was ist passiert?«

»Heute Morgen ist in der Kommune ein Feuer ausgebrochen, und ...«

»Meine Tochter?«

»Wir wissen nicht ...«

Ich stöhnte in meine Hände, ein tiefes, klagendes Geräusch. Die Schockreaktion hüllte meinen Körper ein wie ein Kokon, alles schien sich zu verlangsamen.

Der Officer fragte: »Soll ich jemanden für Sie anrufen?«

»Erzählen Sie mir, was passiert ist.«

»Vielleicht wäre es besser, wenn Sie eine Freundin ...«

»Sagen Sie es mir!« Ich spie die Worte aus, Zorn und Tränen vermischten sich auf meinem Gesicht.

Also erzählte er.

Es gab nur eine Handvoll Überlebende. Zwei Mitglieder waren durch ein zerbrochenes Fenster entkommen – eine Frau lag mit einer Schussverletzung im Krankenhaus, ein Mann hatte Verbrennungen dritten Grades erlitten. Der Mann, der sich um das Grundstück kümmerte, hatte am anderen Ende des Anwesens den Rasen gemäht, so dass er ebenfalls davongekommen war. Eine weitere Überlebende war gerade von einem Ausritt zurückgekommen und noch ziemlich weit weg gewesen, als Joseph angekommen war. Sie war zum Stall weitergeritten und hatte begonnen, ihr Pferd abzusatteln. Eine Weile war alles ruhig, dann ertönten Gewehrschüsse. Aus lauter Angst hatte sich die Frau in einem der Ställe versteckt, ohne die Möglichkeit zu haben, um Hilfe zu rufen. Voll Entsetzen beobachtete sie das Gebäude, als die Flammen laut fauchend aus den Fenstern schlugen und sich rasch durch die Wandverkleidung fraßen.

Kurz darauf gab es eine Explosion, und alle Gebäude waren von Flammen eingeschlossen. Die Frau ließ alle Tiere frei und versteckte sich auf dem Feld, bis Polizei und Feuerwehr eintrafen.

Es dauerte Stunden, bis das Feuer gelöscht war. Mindestes einhundertfünfzig Menschen waren ums Leben gekommen, darunter fünfundzwanzig Kinder. Glücklicherweise hatten zur Zeit keine Workshops oder Retreats stattgefunden, sonst hätte es noch mehr Opfer gegeben.

Die Mitglieder, die getötet worden waren, waren im Meditationsraum eingesperrt gewesen. Man hatte sie hineingetrieben wie eine Schafherde zur Schlachtung. Joy war die Überlebende, auf die geschossen worden war. Sie hatte Joseph geholfen, die anderen zusammenzutrommeln, doch als Joseph ihr die Schlüssel wegnahm, die Menschen einsperrte und sagte, er bräuchte Benzin, begriff sie, dass etwas nicht stimmte. Sie versuchte, ihn aufzuhalten, aber er schoss auf sie und ließ sie verletzt liegen. Sie kroch in ihr Büro und schaffte es mit knapper Not aus dem Fenster, bevor das Feuer einen Lagerraum mit Chemikalien erreichte und alles in die Luft flog.

Die Polizei wusste nicht, was mit Joseph geschehen war und ob er noch auf freiem Fuß war. Es würde Monate dauern, die Leichen zu identifizieren. Joy hatte eine Liste aller Mitglieder erstellt, von denen sie mit Sicherheit wusste, dass sie im Meditationsraum gewesen waren, aber Lisa war nicht darunter. Joy konnte sich nicht erinnern, sie an diesem Morgen gesehen zu haben oder überhaupt in den letzten beiden Tagen, ebenso wenig wie die anderen Überlebenden. Sie war verschwunden.

Ich starrte den Officer an, sah, wie sein Mund sich bewegte, als er mir erklärte, dass ich Unterstützung beantragen könnte, doch nichts davon erreichte mich.

Ich legte den Kopf auf den Tisch und weinte.

Die Tage nach dem Feuer verschwammen in einem Nebel aus durcheinandergewürfelten Bildern und Erinnerungen. Einmal stand ich in der Küche, starrte auf meine Hand, die den seifigen Schwamm umklammert hielt, und versuchte zu begreifen. Wie konnte Joseph all diese Menschen töten? Wie konnte ich Geschirr spülen und Wäsche waschen, wenn meine Tochter immer noch vermisst wurde? Ich wusste, dass die Psyche uns in unserer Trauer vor dem Schlimmsten bewahrt und den Schmerz nur in kleinen Dosen austeilt, aber ich weiß noch, wie ich dachte: *Nein, schlimmer kann es nicht werden, es kann unmöglich noch mehr weh tun.* Doch es konnte, und es tat es.

An den meisten Tagen schlich ich durch mein Haus, fühlte mich am ganzen Körper geschunden und zerschlagen und scheiterte an den einfachsten Aufgaben. Ich teilte alles in kleinste Einheiten auf: die Slipper anziehen, den Hausmantel anziehen, Zähneputzen. Dann starrte ich die Frau im Spiegel an, und der Schmerz brach in erstickten Schluchzern aus mir hervor.

Ich war schon zuvor mit Tod und Trauer konfrontiert gewesen, ich verstand, welche Phasen ich durchlebte. Doch auf den Verlust so vieler Menschen oder die quälende Warterei auf die Nachricht, ob Lisa unter den Opfern war, hätte ich mich niemals vorbereiten können. Ich weinte um sie alle.

Sergeant Pallan ertrug meine verzweifelten Anrufe spät

am Abend, in denen ich ihn wieder einmal fragte, ob sie auch überall nach Lisa gesucht hatten.

»Könnte sie im Keller in einer der Kammern sein?«, fragte ich.

Doch wie jedes Mal erzählt er mir, dass sie immer noch verschwunden war. Sanft fügte er hinzu: »Es wird noch eine ganze Weile dauern, bis alle Opfer identifiziert sind. Viele der Leichen sind bei der Explosion übel zugerichtet worden.«

Ich konnte nicht akzeptieren, dass sie ebenfalls im Leichenschauhaus lag, nicht ehe ich den Beweis hatte. In einer endlosen Schleife ging ich alle Eventualitäten durch: Sie hatte das Zentrum vor dem Feuer verlassen, oder sie war Zeugin der Katastrophe geworden, versteckte sich jetzt irgendwo und fürchtete um ihr Leben.

In allen Szenarien, die ich mir ausmalte, war sie am Leben. Sie *musste* am Leben sein.

Aaron lag immer noch im Krankenhaus. Er bestand darauf, sein Bruder habe aus eigenem Antrieb gehandelt, doch die Polizei argwöhnte, dass sie einen Plan gehabt hatten für den Fall, dass es jemals Probleme gäbe. Es schien keinen anderen stichhaltigen Grund zu geben, warum in den Räumen der Kommune explosive Chemikalien gelagert wurden. Aaron gab vor, von der Tragödie am Boden zerstört zu sein und allein in dem Wissen Trost zu finden, dass seine Mitglieder nun an einem friedlicheren Ort seien. Doch ich wusste, dass das eine Lüge war. Er hatte nicht nur ganz genau gewusst, dass sein Bruder psychisch krank war, sondern hatte dessen Paranoia auch noch genährt. Er konnte die Vorstellung nicht ertragen, dass die Wahrheit ans Licht kommen und die Menschen sich von ihm abwenden könnten. Jetzt erkannte ich, dass seine Angst vor Zurückweisung schon immer sein ganzes Handeln geprägt hatte. Er hatte die Kommune aufgebaut und sich damit die Familie geschaffen, die er nie gehabt hatte. Sie galt es um jeden Preis zu erhalten, selbst wenn es bedeutete, am Ende alles zu zerstören, um sich niemals ihrer Ablehnung und ihrem Verlust auszusetzen. Ich war froh, dass er wahrscheinlich den Rest seines Lebens im Gefängnis verbringen und in einer kleinen Zelle verrotten würde.

Manche Kommunemitglieder in anderen Ländern glaubten unbeirrt an Aarons Unschuld, und da auch Joseph möglicherweise noch am Leben und Aaron durchaus in der Lage war, Befehle zu erteilen, fuhr die Polizei vor meinem Haus verstärkt Streife. Man befürchtete, Joseph könnte sich darauf versteifen, mich zu bestrafen und den Auftrag zu Ende zu bringen, den Aaron ihm erteilt hatte, wie auch immer dieser genau lautete. Es war eine sehr reale Bedrohung, und ich teilte die Angst. Ich lebte in einem Zustand der Ungewissheit, wartete darauf, dass irgendetwas geschah – dass Joseph auftauchte, dass Daniel gefasst wurde, dass man Lisa fand. Jeden Tag rief ich bei der Polizei an und fragte nach Neuigkeiten.

Einer der Überlebenden verkaufte seine Geschichte an die Zeitungen, die anderen folgten seinem Beispiel. Als die Reporter herausfanden, dass meine Tochter, eine ehemalige Drogensüchtige, vermutlich ebenfalls unter den Opfern und ich eine angesehene Ärztin war, fingen sie an, mich zu belagern. »Was für ein Gefühl war es, als Ihre Tochter sich der Sekte anschloss?« »Haben Sie das kommen sehen?« »Glauben Sie, dass sie noch lebt?«

Mary brach zusammen, als sie von dem Massenmord erfuhr und sich dem Vorwurf der Komplizenschaft ausgesetzt sah, und erzählte endlich ihre Geschichte. Als sie damals die

Kommune verließ, wusste sie, dass sie schwanger war, hoffte jedoch, dass Aaron es niemals herausfinden würde. Wenige Jahre später starben ihre Eltern und hinterließen ihr einen beträchtlichen Batzen Geld. Aaron sah die Todesanzeige. Er kam nach Shawnigan, verlangte eine Spende von ihr und begriff rasch, dass Daniel sein Sohn war. Er erlaubte Mary, ihn zu behalten, und versprach, keinen Sorgerechtsstreit anzuzetteln, doch dafür musste sie jeden Monat Geld an die Kommune überweisen, und er wollte seinen Sohn jederzeit besuchen können. Als Teenager lief Daniel von zu Hause fort, um bei seinem Vater zu leben.

Im Zuge der Ermittlungen stellte sich heraus, dass Aaron einige finanzielle Fehlentscheidungen getroffen hatte und kurz vor dem Bankrott stand. Er hatte Land gekauft, doch das Geschäft hatte die letzten Geldmittel der Kommune aufgezehrt. Heathers Eltern besaßen ein Millionenvermögen, weshalb er in aller Eile den Mord an ihnen befohlen hatte. Als die Polizei die Telefonlisten der Kommune überprüfte, stellten sie fest, dass Heathers Eltern kurz vor ihrem Tod angerufen hatten. Joy sagte aus, Heathers Vater habe herausgefunden, wie viel Geld Heather der Kommune gespendet hatte, und gedroht, sie wegen Nötigung zu verklagen. Joy hatte diese Information natürlich an Aaron weitergegeben – und ihm erzählt, wo die Eltern sich zur Zeit aufhielten. Sie hatten nie erfahren, dass Heather im Krankenhaus lag.

Es war Daniel gewesen, der mich zu Hause angerufen und bedroht hatte, in der Hoffnung, mich so einzuschüchtern, dass ich mich von seinem Vater und der Kommune fernhielt, von allem, an das er glaubte. Von der Polizei erfuhr ich auch, dass die junge Frau, die am Tag des Feuers vom Ausritt zurückgekommen war, Emily gewesen war – die Frau, die sich auf Heathers Drängen hin der Kommune angeschlossen hatte. Ich fand nur schwachen Trost in dem Gedanken, dass Heather glücklich wäre, dass Emily überlebt hatte, denn meine eigenen Schuldgefühle fraßen mich auf. Von morgens bis abends flüsterten Geisterstimmen mir ins Ohr: *Du hast das alles ausgelöst. Deinetwegen ist es geschehen. Warum hast du nicht einfach Ruhe gegeben?*

Ich hatte gegen den Wind gekämpft und einen Tornado erzeugt.

Als Robbie aus dem Krankenhaus entlassen wurde, zog er für ein paar Tage zu mir. Manchmal kam Kevin vorbei und brachte etwas zum Abendessen mit. Ich hatte mich im Krankenhaus freistellen lassen und verbrachte die Tage zumeist damit, in meinem Haus herumzuwandern, mit der Polizei zu telefonieren, die Nachrichten anzusehen und mich zu zwingen, das Essen zu mir zu nehmen, das vor mich hingestellt wurde. Anschließend lag ich untätig auf dem Sofa und fiel irgendwann in einen erschöpften Schlaf. In meinen Träumen setzte ich meine Suche nach Lisa fort, doch ich schaffte es nie, rechtzeitig bei ihr zu sein.

Zwei Wochen nach dem Brand wurde Aaron vom Krankenhaus ins Gefängnis verlegt, wo er auf seinen Prozess warten würde. Von Joseph gab es nach wie vor keine Spur, so dass die Streifenwagen vor meinem Haus seltener wurden. In dem verzweifelten Versuch, meinen furchterregenden Gedanken zu entkommen und mich irgendwie zu beschäftigen, begann ich stundenweise wieder zu arbeiten. Michelle war eine großartige Unterstützung. Sie ermutigte mich oft, mit ihr zusammen draußen in der Sonne im Park auf der anderen Straßenseite unseren Lunch zu essen. Manchmal gingen wir nach der Arbeit noch an der frischen Luft spazieren und sprachen über Lisa. Sie war immer noch nirgends aufgetaucht, aber sie befand sich auch nicht unter den Toten, die man bislang identifiziert hatte.

Ich beschloss, mit Aaron zu reden. Ich war mir zuerst nicht sicher, ob er meinen Besuch akzeptieren würde, aber ich hätte wissen müssen, dass sein Ego sich nicht die Gelegenheit entgehen lassen würde, andere an seiner sogenannten Weisheit teilhaben zu lassen. Durch die Glasscheibe starrten wir einander an, das Telefon lag kalt in meiner Hand. Er wirkte blass, verbraucht und unrasiert und sah endlich so alt aus, wie er war. Mein Kopf war voll von den Dingen, die ich sagen wollte, die ich diesem Mann entgegenschreien und zubrüllen wollte, der für den Tod von so vielen Menschen verantwortlich war und der vielleicht auch Lisa umgebracht hatte. Aber ich musste vorsichtig sein und ruhig bleiben. Er war der einzige Mensch, der mir irgendwelche Informationen geben konnte.

»Wo ist meine Tochter?«

Er zuckte die Achseln. »Wo ist jeder von uns? Das Universum ist unendlich, Nadine.«

Seine gleichgültige Antwort brachte mich zur Weißglut. Ich beugte mich vor, bis ich beinahe das Glas berührte, und vergaß meinen Schwur, ruhig zu bleiben. »Hör auf mit diesem Scheiß. War sie noch in der Kommune? Oder ist sie vor dem Feuer weggegangen?«

Er schwieg, ein heiteres Lächeln umspielte seine Lippen. Er würde mir nicht antworten. Ich wollte weinen vor hilfloser Wut. Er wusste es. Er wusste genau, was mit ihr passiert war. Es war das letzte Fitzelchen Macht, das er noch über mich hatte. Aber ich hatte ebenfalls Macht.

»Dein Bruder ist *tot*, Aaron.« Schroff und unversöhnlich spie ich die Worte aus. Niemand wusste, ob das stimmte, aber ich wollte ihn aufrütteln, wollte ihn verletzen, wie er mich verletzte. Er zuckte nicht einmal mit der Wimper. Wusste er irgendetwas?

»Er war die einzige Familie, die du je hattest, der einzige Mensch, der dich geliebt hat. Schon bald werden die restlichen Mitglieder das Interesse an dir verlieren und jemand anders finden, an den sie glauben können. Keinen einsamen alten Mann, der hinter Gittern sitzt.«

Er blieb vollkommen ruhig. »Es gibt andere, die lernen wollen, wie sie ihr Leben verändern können.« Er schaute sich um. »Hier gibt es viele, die meine Hilfe brauchen.«

Meine Stimme wurde kalt. »Du hast etwas vergessen, Aaron. Sobald du verurteilt bist, wanderst du in den Knast. Und wenn deine Mitgefangenen herausfinden, dass du kleine Mädchen vergewaltigt hast, wirst *du* derjenige sein, der Hilfe braucht. *Du* wirst derjenige sein, der allein in der Dunkelheit schreit und der die anderen anbettelt, aufzuhören. Aber das werden sie nicht.«

Er lächelte immer noch, aber ich sah die Angst in seinen Augen. Mehr brauchte ich nicht.

Ich legte den Hörer auf.

Garret wurde verhaftet. Eine seiner Kundinnen, ein junges Mädchen, hatte mitbekommen, dass die Polizei bei ihm im Studio aufkreuzte, um mit ihm zu reden. Vorher hatte er Nacktfotos von ihr gemacht, und jetzt hatte sie Angst, Schwierigkeiten zu bekommen. Sie erzählte ihrer Mutter alles, und die Frau zeigte Garret an. Bald darauf folgten weitere Anzeigen. Als man seine Wohnung durchsuchte, fand man Ampullen mit GHB sowie Nacktfotos, die er von anderen obdachlosen Frauen gemacht hatte, während sie unter Drogen zu stehen schienen. Offensichtlich genoss er das Gefühl der Macht, wenn er Frauen unter Drogen setzte und sie nach seinen Wünschen posieren ließ, zumeist in demütigenden Stellungen. Man fand auch noch weitere Bilder von Lisa auf seiner Festplatte. Ich hoffte, Lisa würde eines Tages erfahren, dass der Mann, der sie missbraucht hatte, endlich für seine Verbrechen bezahlen würde.

Nach der Arbeit fuhren Kevin und ich noch oft in die Innenstadt, um nach Lisa zu suchen und Plakate aufzuhängen. Ich wusste, dass es albern war und wir mehr falsche Hinweise bekommen würden als alles andere, aber ich musste es einfach tun. Manchmal hatte ich das Gefühl, sie wäre ganz in der Nähe, als wandere ihr Geist noch durch diese Straßen und Häuser. Kevin und ich waren zunächst weiter nur Freunde, bis er eines Tages zu müde war, um nach Hause zu fahren. Allmählich hatte ich das Gefühl, in meinen Körper zurückzukehren, und spürte, dass die Tränen allmählich trockneten.

Die Katze blieb genauso verschwunden wie meine Tochter. In den Tagen direkt nach dem Feuer waren ständig so viele Menschen in meinem Haus gewesen, hatten so viele fremde Stimmen und Gerüche mitgebracht, dass sie geflüchtet war. Ich ließ die Kiste wochenlang draußen stehen, aber sie kehrte nicht zurück.

Tammy und ich telefonierten ein paarmal miteinander. Sie hatte ihren Mann verlassen und trauerte um ihre Schwester und Eltern. Sie würde lange brauchen, um darüber hinwegzukommen, aber sie war stark und schmiedete bereits Pläne für die Zukunft.

Schließlich fand man auch Willows sterbliche Überreste. Ich stellte mir vor, wie das Fass aus dem Boden geholt wurde, verrostet und mit Erdklumpen bedeckt, und wie ihre Gebeine endlich aus ihrem Gefängnis befreit wurden. Es fiel mir schwer, an sie zu denken, ohne mich zugleich daran zu erinnern, wie Aaron mich begraben hatte. Ich dachte an das Geräusch der Schaufel, die sich in die Erde gräbt, an das Klappern des Mutterbodens auf dem Metall, an die Luft, die immer knapper wurde, und wusste, dass Willow dasselbe durchgemacht hatte. Aber sie hatte es nicht überlebt. Ob Aaron damals gemerkt hatte, dass es ihm gefiel, Frauen zu begraben und sie schreien zu hören? Oder hatte es vor uns noch andere gegeben? Willow hatte keine Familie, so dass Robbie und ich ihr eine Grabstelle auf demselben Friedhof besorgten, auf dem auch Paul lag. Als die Polizei ihre sterblichen Überreste freigab, hielten wir eine kleine Trauerfeier für sie ab.

Auf ihrem Grab pflanzten wir Lavendel.

Mitte Mai, etwa einen Monat nach dem Feuer, spürte ich erneut, dass jemand mein Haus beobachtete. Zuerst war da nur ein leichtes Unbehagen. Wenn ich draußen war, um den Mülleimer auszuleeren oder den Kompost wegzubringen, hatte ich das Gefühl, nicht allein zu sein. Ich hielt inne und schaute mich um, jede Nervenfaser in Alarmbereitschaft, doch ich sah nie irgendetwas, so dass ich es auf den Stress schob oder auf einen übereifrigen Reporter.

Eines Abends kam ich von der Arbeit und stieg gerade aus dem Auto, als ich links von mir eine Bewegung wahrnahm. Ich starrte angestrengt in Richtung Friedhof und sah einen Schatten, der sich rasch entfernte. Ich stürzte ins Haus und rief Kevin an. Er kam vorbei und sah sich um, fand jedoch nichts. Ich ermahnte mich, dass ich müde und schreckhaft sei, wahrscheinlich hatte nur ein Nachbar seinen Abendspaziergang gemacht.

Eine Woche später war ich in meinem Gartenschuppen,

als ich feststellte, dass meine Blumenschere nicht dort war, wo sie hingehört. Ich hängte sie immer an die Wand, aber jetzt lag sie neben einem meiner Bonsais, an dem ich vor kurzem gearbeitet hatte. Ich betrachtete die Zweige. Angst schoss durch meinen Körper. Jemand hatte einen davon abgeschnitten.

38. Kapitel

Die Polizei sah sich um und nahm sogar Fingerabdrücke von der Schere, doch der Griff war schmutzig gewesen, und sie fanden nur meine Abdrücke darauf. Ich musste den Zweig selbst abgeschnitten haben, obwohl ich mich absolut nicht mehr daran erinnern konnte. Ich sprach mit Kevin über meine zunehmende Angst, und wir überlegten, ob es sich um eine pathologische Paranoia handeln könnte, eine verzögerte posttraumatische Stressreaktion. Ich wäre beinahe umgebracht worden, genau wie mein Bruder, und ich kämpfte mit immensen Schuldgefühlen wegen all der Toten. Zudem musste ich damit fertig werden, dass meine Tochter den Brand vermutlich nicht überlebt hatte. Mehr als ein Monat war seitdem vergangen, und noch immer hatte sie niemand gesehen. Niemand hat sich auf die Plakate, die wir aufgehängt hatten, gemeldet. Ich klammerte mich an den kleinsten Strohhalm und rief mir in Erinnerung, wie geschickt sie darin war, ihr Aussehen zu verändern und einfach von der Bildfläche zu verschwinden. Doch ich fürchtete, dieses Mal war meine Tochter für immer verschwunden. Selbst wenn sie einfach nur verschwunden und an jenem schrecklichen Tag *nicht* gestorben war – es blieb dabei, dass meine Tochter fort war.

Am Unglücksort war eine Gedenkstätte entstanden. Nachdem die ersten Ermittlungen abgeschlossen und die menschlichen Überreste geborgen waren, hatte man einen

Maschendrahtzaun um das Gelände gezogen, und ein Officer bewachte den Zugang. Seit Wochen kamen Menschen vorbei, legten Blumen und Andenken am Zaun nieder und zündeten Kerzen an. Ich wollte selbst ein Geschenk hinbringen und fragte Sergeant Pallan, ob ich als Familienangehörige das Gelände der Kommune betreten dürfte. Sergeant Pallan erhielt die Erlaubnis, mich hineinzubegleiten. Kevin kam ebenfalls mit.

Ich war bislang noch nicht einmal am Grundstück vorbeigefahren, da ich mich dem Anblick nicht gewachsen fühlte, doch jetzt glaubte ich, dazu bereit zu sein. Aber als wir durch das Tor rollten und ich die verkohlten Überreste der Gebäude sah, stockte mir der Atem, als hätte mich jemand mit aller Kraft in den Magen geboxt. Als mir die Tränen kamen, schlug ich die Hände vor den Mund. Angesichts der Zerstörung schüttelte ich stumm den Kopf und dachte an die Menschen, die auf grausamste Weise gestorben waren. Als wir aus dem Wagen stiegen, fragte Kevin: »Bist du sicher, dass du das willst?«

Ich nickte und sah mich um. Es war ein warmer Tag, und das Erste, was mir auffiel, war der Geruch, der übelkeitserregende Gestank von Feuer und Rauch. Kein wohlriechender, harziger Duft wie bei einem Kaminfeuer, sondern eine Mischung aus allem, was in Flammen aufgegangen war. Was einst wunderschöne Gebäude und ansprechende Grünanlagen gewesen waren, lag jetzt verstreut und auseinandergerissen und ausgebrannt da. Das Fundament war noch zu erkennen, ein paar geschwärzte, unförmige Wände und Teile des Gebäudes standen noch. Die Bäume in der Nähe der abgebrannten Gebäude hatten ebenfalls gelitten, Stämme und Zweige waren verkohlt. Das Absperrband der Polizei flatterte im Wind.

Wir legten unseren Strauß zu dem großen Haufen außerhalb des Tores. Ein Blumenmeer der Trauer, das sich in beide Richtungen erstreckte. Wir ließen uns Zeit, die Gedichte und Gedanken zu lesen, die die Menschen am Zaun befestigt hatten. Weinend betrachtete ich die Bilder der Opfer, die von ihren Angehörigen hiergelassen worden waren, die Andenken und Stofftiere. Eine Spielzeugeisenbahn erinnerte mich an den kleinen Jungen, den ich im Fenster gesehen hatte.

Wir ließen die Gedenkstätte hinter uns, und ich lief vorsichtig zwischen den Ruinen umher. Ich erkannte die Grundrisse der Gebäude und einiger Räume und weinte erneut, als ich an meinen ersten und einzigen Besuch an diesem Ort dachte, bei dem ich meine Tochter das letzte Mal gesehen hatte. Wir sprachen nicht viel, Kevin und ich oder der Sergeant, und wenn doch, dann flüsterten wir, weil wir spürten, dass die Toten immer noch hier waren. Die Tragödie, die den Ort getroffen hatte, die Energie von Schmerz, Tod und Furcht hingen noch in den Gemäuern, und ich spürte, wie sie mich bis in mein Innerstes durchdrangen. Ich fühlte mich schwach und zitterte am ganzen Leib vor Übelkeit. Vergeblich versuchte ich, mich nicht von meiner Vorstellungskraft mitreißen zu lassen, ich konnte die grausamen Bilder, die immer wieder blitzartig vor meinem inneren Auge auftauchten, nicht ausblenden. Ich sah Menschen, die vor Schmerzen schrien, spürte das Entsetzen, das sie in ihren letzten Momenten empfunden haben mussten. Ich streckte die Hand aus und berührte eine der Mauern, spürte das zu Kohle verwandelte Holz, rieb mit meinem Finger daran und ließ die Überreste zu Boden schweben. Ich starrte auf die Asche zu meinen Füßen. *Asche zu Asche, Staub zu Staub.*

Am Ende tauchte das Bild auf, das anzusehen ich bis zu diesem Moment nicht die Kraft gefunden hatte: das

Bild meiner sterbenden Tochter. Ich sah, wie der Rauch in ihre Lungen eindrang, hörte, wie sie voller Qual schrie. Ich krümmte mich und umklammerte schluchzend meinen Bauch. Kevin war sofort bei mir, schlang seine Arme um mich und hielt mich, als ich zusammenbrach.

Als meine Tränen nachließen und ich wieder stehen konnte, brachte uns der Sergeant zu einer Metallleiter, die dem Feuer widerstanden hatte und zu den unterirdischen Kammern führte. Obwohl es ein warmer Tag war, verspürten wir alle ein Frösteln. Die Tür zu einer Kammer stand offen, in den Boden war eine Toilette eingelassen, auf der Metallpritsche lag eine dünne Decke, die das Feuer irgendwie unbeschadet überstanden hatte. Ich ging hinein, rieb mir in der Dunkelheit die Arme, und dachte an die Menschen, die darum gebettelt hatten, hier eingesperrt zu werden. Sie hatten gefastet, bis sie halluzinierten, und verzweifelt versucht, einen Blick auf die andere Seite zu erhaschen. Ich hoffte, dass Aarons Glauben ihnen angesichts des Todes zumindest ein wenig Trost gebracht hatte.

Als wir die Kommune verließen, war ich erschöpft und lehnte auf dem Heimweg den Kopf an Kevins Schulter. Meine Hand hielt seine fest umklammert. Ich hatte auf irgendeine Art von Abschluss gehofft, doch der Besuch hatte nur noch mehr Fragen aufgeworfen. Warum hatte niemand meine Tochter in den Tagen vor dem Brand gesehen? Hatten Aaron oder Joseph ihr etwas angetan, ehe sie nach Shawnigan gefahren waren? Mein Kopf war voll mit den entsetzlichsten Gedanken. Was, wenn sie sie irgendwo eingesperrt hatten, aber niemals zurückgekommen waren? Ich redete mir ein, dass Aaron mit Lisa zufrieden gewesen war. Er hatte keinen Grund, sie zu bestrafen, keinen Grund, sich an ihr zu rächen.

Ich dachte immer noch darüber nach, als Kevin und ich mein Auto am Polizeirevier abholten und zu mir nach Hause fuhren. Kevin trug die Einkäufe, die wir für das Abendessen besorgt hatten, und wir waren schon fast an der Hintertreppe, als ich ein Geräusch hörte. Ich wirbelte herum und stellte fest, dass die Schuppentür im Wind hin und her schlug.

Kevin folgte meinem Blick. »Hast du heute Morgen den Riegel vorgelegt?« Er klang besorgt.

»Ich versuche, mich daran zu erinnern, aber …«

Dann hörten wir beide Schritte, die sich rennend über die Straße entfernten.

Kevin ließ die Tüte mit den Einkäufen fallen und nahm die Verfolgung auf. Ehe er um die Hausecke verschwand, rief er mir über die Schulter zu: »Ruf die Polizei!«

Kevin rannte die halbe Straße hinunter, ohne irgendjemanden zu sehen. Ein paar Minuten später kehrte er keuchend und atemlos zum Haus zurück. Als die Polizei aufkreuzte, nahmen ihre Hunde die Spur an meinem Schuppen auf und verfolgten sie durch den Garten, bis sie sie mitten auf der Straße ein paar Blocks weiter verloren. Wer immer es gewesen war, musste dort in ein wartendes Auto gestiegen sein – was bedeutete, dass derjenige eine schnelle Flucht geplant hatte.

39. Kapitel

Während der nächsten Woche fuhr die Polizei wieder öfter an meinem Haus vorbei, und Kevin schlief jede Nacht bei mir. Wir wussten nicht, ob es Joseph gewesen war – man hatte seine Leiche immer noch nicht identifiziert – oder Daniel oder sogar irgendein anderes Mitglied, das wütend auf mich war, aber irgendjemand beobachtete mich. Zu welchem Zweck, wussten wir nicht. Falls Joseph nicht im Feuer umgekommen war, musste er sich irgendwo verstecken. In einem Hotel hätte man ihn erkannt, also kam ich auf die Idee, dass Aaron irgendwo einen Unterschlupf haben musste. Zwischen dem Überfall auf Robbie und mich und dem Brand war ein Tag vergangen, an dem Joseph irgendwo gesteckt haben musste. Aber wo? Die Polizei hatte bereits mit Joy gesprochen, die jedoch nichts von anderen Grundstücken wusste.

Ich dachte an Levi. Er war eines der ersten Mitglieder und auf dem alten Gelände einer der Wächter gewesen. Könnte er etwas wissen? Ich dachte wieder an meine Unterhaltung mit ihm in der Marina. Ich hatte seine Wut und Verbitterung Aaron gegenüber auf seinen Drogenkonsum und möglichen Rauswurf aus der Kommune geschoben, aber vielleicht steckte noch etwas anderes dahinter. Ganz offenkundig wusste er mehr, als er mir erzählt hatte.

Ich teilte meinen Verdacht der Polizei mit. Man sagte mir, dass sie direkt nach dem Brand im Zuge der Ermittlungen mit Levi gesprochen hatten, die Vernehmung jedoch keine neuen Informationen zutage gefördert hätte. Ich beschloss, es selbst noch einmal zu versuchen.

Kevin hielt es für unklug, wenn ich allein mit Levi sprechen würde, und wollte mitkommen. Ich hatte nichts dagegen, doch dann wurde er am nächsten Nachmittag bei der Arbeit aufgehalten. Grübelnd tigerte ich durchs Haus. Jeder Tag war ein verlorener Tag. Wenn Joseph oder Daniel sich tatsächlich irgendwo versteckten, schwebte ich in Gefahr. Ich wusste bereits, dass mich jemand beobachtete – aber was planten sie als Nächstes? Dann kam mir ein anderer Gedanke, den ich Kevin gegenüber nicht aussprechen konnte – den ich mir selbst kaum eingestehen konnte. Was, wenn sie Lisa irgendwo hingebracht hatten, bevor sie nach Shawnigan gefahren waren? Sie konnte immer noch dort sein.

Ich hinterließ Kevin eine kurze Nachricht bei der Arbeit, erklärte ihm, dass ich mein Handy die ganze Zeit über eingeschaltet lassen würde, und brach nach Shawnigan auf.

Als ich bei Robbie haltmachte, um ihm zu erzählen, was ich vorhatte, begrüßte mich Steve Phillips – Robbie und er wollten angeln gehen. Wir saßen draußen in der Sonne an einem alten, langen Picknicktisch, den Robbie gezimmert hatte. Eine feine Schicht aus Tannennadeln war das einzige Tischtuch, und ich erläuterte den Männern mein Vorhaben.

»Ich weiß, dass Levi irgendetwas verschweigt.«

»Gut möglich, dass er auch weiter schweigt«, sagte Robbie. »Er war schon immer ein bisschen feige.« Er schwieg, blickte einen Moment nach unten, und sagte dann: »Das spielt jetzt vermutlich keine Rolle mehr.« Er wandte sich an Steve. »Erinnerst du dich noch an den Streit, bei dem du dazwischengegangen bist?«

Steve nickte. »Du hast dich wacker geschlagen. Ich habe mich immer gefragt, wer die anderen Kerle waren.«

»Levi und sein Dealer. Er schuldete ihm Geld. Sie waren draußen an der Hintertür und haben sich geprügelt. Ich hab den Dealer von ihm weggerissen. Dann haben wir angefangen, uns zu prügeln, und Levi ist abgehauen. Als du ankamst, hat sich der Dealer auch verpisst.«

Mir fiel etwas ein. »Hat Levi daher die Narbe am Arm?«

»Nein, die hat er schon seit Jahren – eines der Pferde in der Kommune hat ihn mal gebissen. Er hat sich immer in den Stall geschlichen, da hatte er sich einen Vorrat Pot angelegt.«

Steve fragte: »Warum hast du ihn gedeckt?«

Robbie zuckte die Achseln. »Ich war jung und dumm und dachte noch, die Cops wären Feinde.« Er kippte den Rest seines Kaffees herunter. »Lass uns angeln fahren.«

Nachdem ich mich von den Männern verabschiedet und versprochen hatte, mich zu melden, sobald ich mit Levi geredet hatte, fuhr ich um den See herum. Ich erwischte Levi, als er gerade seine Bürotür öffnete. Er schrak zusammen, als er meine Schritte hörte, dann entspannte er sich, als er mich erkannte. »Mann, hast du mir einen Schrecken eingejagt.«

»Darf ich reinkommen?«

Er musste den ernsten Unterton in meiner Stimme bemerkt haben, denn sein übliches dümmliches Grinsen verschwand, als er sagte: »Natürlich.« Er öffnete die Tür und führte mich hinein. »Setz dich.«

Ich blieb stehen, während er hinter seinem Schreibtisch Platz nahm. Ich musterte ihn, die blutunterlaufenen Augen, die dunklen Ringe.

»Alles in Ordnung mit dir?«, fragte er. »Ich hab gehört,

was da draußen mit Aaron passiert ist und alles. Dann das Feuer und das mit deiner Tochter.« Er schüttelte den Kopf. »Was für eine Scheiße.«

Ich sagte: »Ja, so ist es. Und darum bin ich hier. Ich habe mich gefragt, ob Aaron jemals etwas von einem Unterschlupf erzählt hat. Vielleicht irgendein Ort, zu dem er manchmal ging, von dem sonst niemand wusste?«

Er schüttelte den Kopf. »Aaron und ich waren keine Kumpels, weißt du. Es ist nicht so, dass er mich über den Kommunenkram ins Vertrauen gezogen hätte.«

»Du *weißt* irgendetwas, Levi.« Wir sahen uns an. »Du hast etwas gesehen.«

»Ich hab dir doch gesagt, ich weiß gar nichts über Aarons Pläne. Der Polizei habe ich dasselbe gesagt. Und ganz bestimmt weiß ich nicht, wo Joseph jetzt ist.«

Er war ungehalten, was ein Versuch sein konnte, sein schlechtes Gewissen zu überspielen, aber vermutlich sagte er die Wahrheit. Jedenfalls, was Joseph anging.

»Aber du weißt etwas, was in dem Stall auf dem alten Gelände passiert ist, stimmt's?«

»Ach ja? Und was ist da passiert?« Er klang gleichgültig, aber er hatte wieder begonnen, mit seinem Stift herumzutrommeln. Ein nervöser Tick, dessen er sich nicht einmal bewusst zu sein schien.

»Aaron hat mich gewaltsam in ein Fass gesteckt und mich begraben. Um mich zu foltern.«

Levi ließ den Stift fallen. Er rollte vom Tisch, doch keiner von uns machte Anstalten, ihn aufzuheben.

Ich sagte: »Ich hatte Angst, so große Angst, dass ich es jahrelang verdrängt habe. Aber als ich bei Mary war, ist mir alles wieder eingefallen. Und ich habe mich an noch etwas erinnert.«

Er rollte mit dem Stuhl zurück, lehnte sich an die Fensterbank und versuchte, ruhig und unbekümmert zu wirken, doch seine Hände waren verkrampft, als er die Arme verschränkte. »Und das wäre?«

»An jenem Tag war noch jemand im Stall gewesen. Ich habe einen Schatten an der Tür vorbeigehen sehen. Das warst du. Du hast die Vögel aufgeschreckt.«

Als Robbie erzählt hatte, wie Levi zu seiner Narbe gekommen war, war mir alles klargeworden. Ich hatte angenommen, die Vögel hätten das Licht einen Moment lang verdeckt, aber jetzt begriff ich, dass es Levi gewesen war – und dass er nicht mit dem Marihuana erwischt werden wollte.

Ich rechnete mit Wut, damit, dass Levi leugnete und abstritt – mit allem Möglichen, aber nicht mit dem, was dann folgte. Er richtete seinen Stuhl mit einem Ruck auf, seine Augen füllten sich mit Tränen. Er nickte, einmal, zweimal. Sein ganzer Körper sagte: *Ja, stimmt, das habe ich getan. Jetzt ist es raus.*

Er sagte: »Ich war auf dem Heuboden, und ich habe gesehen, was Aaron mit dir auf der Wiese gemacht hat – und dann, wie du zum Stall gerannt bist. Ich wollte dir helfen, aber ich hatte Angst, was Aaron tun würde, wenn er herausfand, dass ich was von dem Pot geklaut hatte.«

Bei der Vorstellung, dass er zugesehen und meine Hilfeschreie gehört hatte, nur um den richtigen Zeitpunkt abzuwarten, um sich aus dem Stall zu schleichen, wäre ich am liebsten über den Tisch gesprungen und hätte ihm eine gelangt, aber vor Zorn war ich wie gelähmt.

»Also hast du mich einfach da drin gelassen?«

»Ich habe draußen gewartet, bis Aaron rausgekommen ist, und dann bist du auch gekommen, also dachte ich, alles wäre in Ordnung. Ich dachte, du würdest es schon irgendwem erzählen, deiner Mom oder so.«

Er schwieg und sah mich erwartungsvoll an. Versuchte er tatsächlich, sein Verhalten zu rechtfertigen, indem er *mir* die Schuld gab? Ich schwieg und ließ ihn schmoren.

»Es tut mir echt leid«, sagte Levi. »Ich hab mich jahrelang mies gefühlt deswegen.«

Er hatte sich *mies* gefühlt? Er hatte zugesehen, wie ein Mann mich angegriffen hatte, mich in ein Fass gepfercht und beinahe umgebracht hatte, ein so traumatisches Erlebnis, dass ich jahrzehntelang jede Erinnerung daran verdrängt hatte, und er fühlte sich *mies*. Eine erneute Woge des Zorns ließ mich die Fäuste ballen.

Er zuckte die Achseln. »Du hast niemandem davon erzählt, also nahm ich an, dass du nicht wolltest, dass es jemand erfährt.«

Was hatte er noch all die Jahre über für sich behalten? Dann fielen mir Steves Worte ein, dass Levi eine Frau mit Finn gesehen habe, und ein dumpfes Gefühl breitete sich in meinen Eingeweiden aus. Ich wollte nicht mehr hier sein, wollte nicht hören, was Levi zu sagen hatte, aber ich konnte die Worte nicht zurückhalten. »Warum hast du deine Aussage bei der Polizei nach Finns Tod zurückgezogen? Du hast ihnen erzählt, du hättest eine Frau gesehen.«

»Deine Mutter. Sie hat mit Finn getanzt und ihn mit in den Wald genommen …«

Ich sah es wieder vor mir, wie sehr sie kleine Kinder geliebt hatte. Sie hatte Kränze aus Gänseblümchen für ihr Haar geflochten, hatte sie hochgehoben und ihnen etwas vorgesungen, während sie mit ihnen herumtanzte. Ich stellte mir vor, wie sie in benebeltem Zustand, bis zur Besinnungslosigkeit stoned, davonspazierte, um dem kleinen Jungen etwas zu zeigen, und dann vergaß, dass sie ihn abgesetzt hatte.

Levi sprach immer noch. »Sie ist nie mit ihm zurückgekommen. Ich habe es den Cops erzählt, als sie jeden befragten. Aaron zog mich beiseite und sagte, ich solle den Mund halten.« Er schwieg kurz. »Robbie wusste Bescheid – ich habe es ihm noch in der Kommune erzählt.«

Ein weiteres Puzzlestück fiel an seinen Platz. Das war also der wahre Grund, warum Robbie auf Abstand zu Levi gegangen war und warum er ihn nach der Prügelei nicht verpfiffen hatte.

Wie hatte ich Levi jemals für witzig und freundlich halten können? Jetzt sah ich ihn so, wie er wirklich war. Ein verunsichertes Kind, das herumschlich und Drogen stahl.

Robbie hatte recht. Levi war ein Feigling.

Ich drehte mich um und wollte gehen.

»Wo willst du hin?« Er klang verängstigt, als wollte er die Unterhaltung fortführen. »Es tut mir leid. Ich weiß, dass ich etwas hätte tun sollen.«

Ich gab keine Antwort, sondern ging einfach los.

40. Kapitel

Auch nachdem ich mit Levi geredet hatte, blieb ein mulmiges Gefühl zurück, als hätte ich irgendetwas übersehen. Ich wusste nicht, ob Mary irgendwelche Antworten hatte, aber ich konnte Shawnigan nicht verlassen, ohne sie zumindest zu fragen. Seit man sie freigelassen hatte, war sie wieder auf ihrer Farm, doch die Polizei behielt sie nach wie vor im Auge – für den Fall, dass Daniel versuchte, Kontakt zu ihr aufzunehmen.

Als ich auf ihren Hof fuhr, füllte sie gerade mit einem Gartenschlauch Wasser in eine alte Badewanne im Pferdepferch, während die Tiere tranken. Die Pferde hoben ihre tropfenden Mäuler, um mich anzusehen, und vertrieben mit zuckenden Schweifen die Fliegen von ihren Hinterteilen. Die Luft war erfüllt vom Duft warmer Fichten, getrocknetem Dung und dem Staub der Schotterpiste, auf der gerade ein Truck vorbeidonnerte. In der Ferne konnte ich den Fluss hören, aber jetzt floss er leiser und gemächlicher als im Frühjahr. Ich musterte den Stall, erwartete, von schmerzlichen Erinnerungen überfallen zu werden, aber er sah einfach nur aus wie ein altes Gebäude und lag harmlos in der Frühlingssonne.

Mary beobachtete, wie ich näher kam. Mit einer Hand streichelte sie die Blesse eines der Pferde, das wieder trank, während es mit dem Hinterbein nach den Fliegen auf dem Bauch trat.

Sie sagte: »Das mit deiner Tochter tut mir leid.« Sie sprach es nicht aus, aber ihr Blick sagte mir, dass es ihr auch leid tat, was in ihrem Haus geschehen war.

Ich nickte. »Das mit deinem Sohn tut mir leid.« Trotz meiner Gefühle Daniel gegenüber und trotz allem, was sie getan hatte, war sie immer noch eine Mutter.

»Ich habe der Polizei bereits alles gesagt, was ich weiß.« Sie widmete sich wieder ihrer Aufgabe. Eines der Pferde wurde gierig. Es zwickte das Tier neben sich, das verärgert aufwieherte. »Lass den Quatsch, Midnight«, sagte Mary. Die Pferde steckten die Schnauzen wieder in die Wanne, schnauften und spritzten mit dem Wasser.

»Ich interessiere mich mehr für das, was du der Polizei nicht erzählt hast. Jemand beobachtet mein Haus, und es könnte Joseph sein. Wenn er tatsächlich noch dort draußen ist, dann ist dein Sohn ebenfalls in Gefahr. Es wäre besser, die Polizei findet ihn, ehe Joseph es tut.«

Sie schwieg und kehrte mir weiterhin den Rücken zu.

»Mary, wenn du irgendetwas weißt, musst du es mir sagen. Es sind bereits zu viele Menschen gestorben, aber jetzt sind unsere beiden Kinder verschwunden. Das muss endlich aufhören.« Ich begann zu weinen.

Sie drehte sich um, ging in die Hocke und setzte sich unten auf die Umzäunung. Sie beugte sich vor und stützte die Arme auf die staubige Jeans. Sie trug Gummistiefel, und in ihrem weißen Haar hatte sich etwas Heu verfangen.

»Ich denke jeden Tag an das Feuer«, sagte sie. »Und dann frage ich mich, ob sie noch leben würden, wenn ich zur Polizei gegangen wäre, gleich nachdem du das erste Mal hier warst.« Ihr Gesicht war blass und verriet ihre heftigen Gewissensbisse. Innerhalb weniger Wochen schien sie um zehn Jahre gealtert zu sein.

Ich wischte meine Tränen fort und holte ein paarmal Luft. »Wir können uns bis in alle Ewigkeit den Kopf darüber zerbrechen, aber wir wissen nicht, was Aaron sonst noch geplant haben könnte. Wusste Daniel, dass Joseph in der Kommune Feuer legen würde?«

Sie schüttelte den Kopf. »Er hätte sie gewarnt.«

»Und du hast keine Ahnung, wo Daniel jetzt steckt? Oder Joseph? Haben sie irgendwo einen Unterschlupf?«

Sie sah mir in die Augen. »Ich weiß nicht, wo die beiden sind. Tut mir leid.«

Ich sah die Aufrichtigkeit in ihrem Blick und die Traurigkeit und spürte, wie es mich ebenfalls hinunterzog.

»Levi weiß auch nichts.« Ich lehnte mich gegen den Zaun und beobachtete die Pferde. »Ich habe vorhin mit ihm gesprochen. Er hat mir etwas über meine Mutter erzählt, ein paar Sachen, die damals in der Kommune passiert sind.«

Ich spürte, dass Mary mich ansah. »Du siehst aus wie sie«, sagte sie, »aber du bist viel stärker. Sie hat ständig von dir gesprochen. Sie war an dem Abend hier, an dem sie starb.«

Überrascht drehte ich mich zu ihr um. »Ich habe nie richtig darüber nachgedacht, was sie an jenem Abend gemacht hat. Dad hat nur gesagt, sie sei mit dem Auto unterwegs gewesen.«

»Kate und ich sind in Verbindung geblieben. Wir haben uns nicht oft gesehen, aber manchmal, wenn sie sich mit deinem Dad gestritten hat, kam sie hierher, und wir haben einen Joint zusammen geraucht.«

Vor meinem geistigen Auge schien das Bild von zwei Frauen auf, die auf der hinteren Veranda saßen, verbunden durch gemeinsame Erinnerungen an die Kommune und eingehüllt in den süßlichen Duft des Marihuanas, der ihnen folgte, wohin sie auch gingen.

»Was hat sie in jener Nacht hier gewollt?«

»Du hattest sie besucht und nach der Kommune gefragt. Das hat einige alte Wunden aufgerissen. Lange Zeit fühlte sie sich ziemlich schlecht wegen der Sache mit Finn.« Sie sagte den letzten Satz, als wolle sie das Terrain sondieren, als überlege sie, wie viel Levi mir erzählt hatte.

»Wusstest du, dass es ihre Schuld war?«

Sie nickte. »Ich war bei ihr, als Aaron ihr erzählte, was Levi ausgesagt hatte. Sie war furchtbar aufgeregt – sie war so stoned gewesen, dass sie sich kaum daran erinnern konnte, mit Finn weggegangen zu sein, aber sie wusste, dass sie es getan hatte. Sie hatte ihn irgendwo zurückgelassen und wollte zurückgehen, um ihn zu holen, aber dann war sie auf der Wiese eingeschlafen. Sie wollte es der Polizei selbst erzählen, aber Aaron sagte, dass das Jugendamt dann dich und deinen Bruder abholen würde.«

Neue Erinnerungen tauchten auf. Finns Mutter war schluchzend zu Boden gesunken und schrie, dass man ihr ihr Baby gestohlen hätte. Meine eigene Mutter weinte im Hintergrund, und Mary hatte ihr den Arm um die Schultern gelegt.

»Was ist eigentlich aus dem ganzen Marihuana geworden?«

Sie blickte zu Boden, sah mich dann schräg von der Seite an. Sie vertraute mir immer noch nicht.

Ich sagte: »Ich werde der Polizei nichts verraten, wenn du irgendetwas damit zu tun hast.«

Sie musterte mich einen Moment, dann sagte sie: »Es gab da einen Fahrer von einem Holztruck, der immer vorbeikam – die Mädchen gefielen ihm. Wir haben ihm den Pot ballenweise gegeben, und er hat ihn für uns verkauft. Dafür hat er einen Teil des Profits für sich behalten.«

Larry und sein roter Truck. Jetzt erinnerte ich mich an das Geräusch der hydraulischen Bremsen, in der Nacht, als Finn verschwand. »Also hat er es weggeschafft, bevor die Polizei kam?«

Sie nickte. »Wir haben es hoch zur Straße gebracht, und er hat es auf seinen Truck geladen. Danach wollte er einen größeren Anteil haben. Deshalb hat Aaron beschlossen, Shawnigan zu verlassen – er traute ihm nicht. Also erklärte ich ihm, hierzubleiben und die Dinge im Auge zu behalten.«

»Meine Mutter hat mir erzählt, sie wollte die Kommune nach Finns Tod verlassen, aber sie hat mir nie erklärt, woher mein Vater wusste, dass er uns abholen sollte.«

»Sie hat deinem Vater im Laden eine Nachricht hinterlassen. Hat ihm geschrieben, dass sie nach Hause wollte, sich aber vor Aaron fürchtete.«

»Wollte er sie nicht gehen lassen?«

»Sie hat nicht gefragt. Nach Finns Tod haben wir geredet, und sie wollte raus. Sie wollte es Aaron sagen, aber dann zeigte ich ihr das hier.« Sie hielt die Hand mit dem fehlenden Finger hoch. »Danach hat sie sich bei deinem Dad gemeldet.«

Ich dachte daran, wie mein Vater aufgetaucht war, an die Wut in seinem Gesicht und das Gewehr in seiner Hand. Es gab noch etwas, das ich fragen musste.

»Wusste sie, dass Aaron mich sexuell missbraucht hat?« Ich verkrampfte mich am ganzen Körper und wartete auf den Schlag.

Mary hielt meinem Blick stand. »Damals nicht. Aber nachdem du hier gewesen warst und mit ihr gesprochen hattest, wunderte sie sich, warum du so viel vergessen hattest. Sie begann, genauer darüber nachzudenken, wie Aaron allein mit dir zum Schwimmen ging, dass er dich ziemlich oft besitzergreifend angefasst hatte und wie du dich nach jenem Sommer verändert hattest …«

Ich weinte schon wieder. Ich wollte die Worte, die aus Marys Mund kamen, aufhalten, aber ich musste sie hören.

»Sie kam zu dem Schluss, dass er wahrscheinlich irgendetwas mit dir angestellt hatte. Sie war wütend – auf ihn und auf sich selbst, weil sie dich nicht beschützt hatte. Sie wollte mit dir über ihren Verdacht reden, um dir zu helfen, deine Erinnerungen wiederzufinden.«

»Sie ist also wirklich nur zu schnell gefahren?«

»Sie hat den ganzen Abend gekifft und dazu noch eine Menge getrunken, zusätzlich zu diesen Tabletten, die sie immer nahm. Ich sagte ihr, sie solle über Nacht hierbleiben, sich ordentlich ausschlafen und am nächsten Morgen fahren. Ich machte ihr gerade das Bett fertig, als ich sie davonfahren hörte.«

Sie schaute hinunter auf ihre Stiefel, zog sie aus dem Dreck und wischte einen Fleck weg, als versuchte sie, etwas auszulöschen. »Am nächsten Tag hörte ich, dass sie einen Unfall gehabt hatte. Ich konnte nicht zur Polizei gehen, weil Aaron Daniel hatte.«

Ich nickte und schaute zu ihrem Haus. Einen Moment lang bildete ich mir ein, meine Mutter auf Marys Veranda zu sehen, wie sie die Vordertreppe hinunterstieg, bereit, ihre Tochter zu beschützen. Sie drehte sich um und warf mir einen Luftkuss zu. Dann war sie verschwunden.

41. Kapitel

Obwohl wir immer noch nicht wussten, ob jemand dort draußen herumlief, der beabsichtigte, mir etwas anzutun, weigerte ich mich, das Leben einer Gefangenen zu führen. Am nächsten Tag kniete ich in meinem Garten und jätete in einem der Beete Unkraut, das Handy in Reichweite, als ich rechts von mir ein leises, dumpfes Geräusch hörte. Ich wirbelte herum, die Schaufel wie eine Waffe erhoben.

Es war die Katze. Ich hatte sie seit Monaten nicht mehr gesehen, doch jetzt beobachtete sie mich träge von der anderen Seite des Gartens aus und blinzelte in der Sonne. Ich tat, als würde ich sie ignorieren, und setzte meine Arbeit fort. Sie kam herübergeschlendert, rieb den Kopf an meiner Seite, stupste gegen meinen Ellenbogen. Ich stand ganz langsam auf, doch sie hüpfte trotzdem ein paar Schritte weg, bereit, jederzeit davonzujagen. Argwöhnisch sah sie zu, wie ich mir den Schmutz von den Knien klopfte. »Hast du Hunger?«, fragte ich und ging zum Haus.

Ich schaute kurz zurück. Sie folgte mir, aber vorsichtig, trottete ein paar Schritte vor und blieb wieder stehen. Im Haus füllte ich etwas Thunfisch auf einen Teller und ging zurück zur Veranda. Sie saß auf einer der Stufen. Als sie den Thunfisch roch, miaute sie klagend, strich um meine Beine herum und starrte zum Teller hinauf.

»Nun, kleine Miss – du musst schon hereinkommen, um es dir zu holen.«

Ich ging zurück ins Haus, ließ die Tür offen und stellte den Teller mitten in der Küche auf den Fußboden. Dann ging ich weiter ins Haus hinein und setzte mich mit einer Zeitung an den Esszimmertisch, von wo aus ich sie aus dem Augenwinkel beobachten konnte. Lauthals miauend stand die Katze an meiner Hintertür. Ich ignorierte sie und blätterte eine Seite um.

Sie kroch herein, den Bauch tief am Boden, der Blick huschte hin und her. Als sie den Teller erreicht hatte, stürzte sie sich auf das Fressen und schnurrte so laut, dass ich es auf meinem Platz hören konnte.

Als sie fertig war, putzte sie sich die Pfoten. Sie blieb sitzen, wo sie war, und nahm mein Haus in Augenschein. Ich blätterte noch eine Seite um, las ein paar Wörter ohne Bedeutung für mich. Mein Atem wurde ruhiger, als ich die Katze beobachtete. Sie stand auf und streckte sich. Ich erwartete, dass sie zur Tür hinauslaufen würde, doch stattdessen schlenderte sie an mir vorbei und sprang auf den Sessel neben dem Kamin. Lisas Sessel. Sie rollte sich zu einer Kugel zusammen. Ein bernsteinfarbenes Auge blinzelte mich an, dann steckte sie ihre Nase an den Schwanz und schlief ein.

Zwei Wochen später wurde endlich Josephs Leichnam identifiziert. Ich war froh, dass er nie wieder jemandem weh tun konnte, aber auch frustriert, weil ich jetzt niemals herausfinden würde, ob er wusste, was mit Lisa geschehen war. Und wenn er tot war, wer hatte mich dann beobachtet? Seit Kevin den Unbekannten die Straße entlanggejagt hatte, hatte ich kein unheimliches Gefühl mehr gehabt, und ich hoffte, dass es jetzt endlich vorbei war. Aber könnte es nicht doch Daniel oder ein anderes ehemaliges Mitglied gewesen sein, das einen Groll gegen mich hegte? Eine Woche später wurde die Frage zumindest teilweise beantwortet. Daniel wurde gefasst, als er versuchte, die Grenze zu den Vereinigten Staaten zu überqueren. Er wurde auf der Stelle verhaftet, sagte jedoch aus, er habe nicht gewusst, dass sein Vater plante, irgendjemanden zu verletzen. Er sagte auch, er sei niemals in meine Nähe gekommen. Ich glaubte ihm, doch er würde sich trotzdem vor Gericht für seine Rolle bei den Ereignissen verantworten müssen.

Ein paar Tage nach Daniels Verhaftung lag ich auf dem Sofa und las ein Buch. Ich hatte eine Decke um mich gewickelt, und die Katze, der ich den Namen Glenda gegeben hatte, schnurrte auf meinem Schoß. Mit der freien Hand blätterte ich die Seiten um, doch sobald ich die Hand, mit der ich sie streichelte, längere Zeit fortnahm, erntete ich ein empörtes Maunzen. Jemand klopfte an die Tür. Die Katze sprang auf, und mein Herz machte einen Satz. In dem Glauben, es sei Kevin, der kurz vorbeischauen wollte, öffnete ich die Tür.

Doch auf meiner Türschwelle stand nicht Kevin. Es war Lisa.

»Mom, ich …« Sie verstummte weinend.

Ich starrte sie an. Schluchzer stiegen in meiner Brust auf, und ich zitterte heftig am ganzen Leib. Ich konnte mich nicht rühren. Meine Glieder waren wie gelähmt, und das Blut rauschte in meinen Ohren. Sie machte einen Schritt vor, und ich riss sie an mich, presste die Stirn an ihre Schulter und umklammerte sie so fest, dass es weh tun musste. Ich bekam kaum Luft, konnte nicht sprechen, nur ein lautes Stöhnen kam über meine Lippen, als ich sie an mich drückte.

Lisa bebte ebenfalls. Ihr Haar geriet in meinen Mund, mir lief die Nase. Ich versuchte, Luft zu holen, aber ich hatte immer noch keine Kontrolle über meinen Körper. Ich hielt ihren Kopf fest, streichelte ihr immer wieder übers Haar, wiegte sie vor und zurück.

Endlich schafften es ein paar Worte in erstickten Schluchzern über meine Lippen.

»O Gott. Danke.«

Es dauerte lange, bis wir uns genügend beruhigt hatten, um hineinzugehen. Ich zitterte immer noch am ganzen Leib, und mir war so schwindelig, dass ich mich einen Augenblick an die Wand lehnen musste. Immer noch liefen mir Tränen über die Wangen, während meine Tochter meine Hand hielt, um mich zu stützen. Sie sah gut aus. Das Haar war vom Wind zerzaust, aber ihre Kleidung, eine neue Jeansjacke und Cargohose, war sauber. Ihre Augen waren klar, wenn auch vom Weinen gerötet. Sie hatte etwas zugenommen, ihr Gesicht war voller geworden. Ich wollte alles wissen, wo sie gewesen war, was geschehen war. Aber sie hatte Hunger, wollte erst etwas essen und dann reden. Sie meinte, das würde uns beiden helfen, uns zu beruhigen. Sie hatte recht, die Aktivität brachte etwas Normalität in diese surreale Situation. Wir machten Tee und Toast, so wie früher, als sie ein kleines Mädchen war. Eine von uns bestrich den Toast mit Butter, die andere mit Honig. Ich konnte nicht aufhören, sie immer wieder zu berühren, ihr Haar zu streicheln, mich zu vergewissern, dass sie wirklich neben mir stand. Schließlich setzten wir uns auf das Sofa, unsere Knie berührten sich.

Sie begann zu erzählen. »Das Feuer, Mom, es war so schrecklich – aber ich konnte ihnen nicht helfen. Ich konnte sie nicht herausholen.«

»Du hast das Feuer gesehen? Wo warst du?«

»In der Kammer. Aaron hatte mich ein paar Tage zuvor dort eingesperrt – er sagte, dort würde ich Antworten auf all meine Fragen finden, aber es machte mich nur fertig. Als Joseph die Tür öffnete und mir befahl, nach oben zu gehen, versuchte ich es, aber mir war so schwindelig, dass ich mich setzen musste. Er merkte es nicht. Er war viel zu beschäftigt damit, herumzurennen und sich irgendwelche Kanister zu schnappen, und dann verschwand er so schnell, dass er nicht merkte, dass ich noch im Keller war. Ich hatte solche Angst. Ich wusste nicht, was los war. Dann hörte ich diesen gewaltigen Knall, Mom. Ich kletterte die Leiter hinauf. Der ganze Flur war voller Rauch, und ich hörte diese furchtbaren Schreie. Ich versuchte herauszufinden, wo die Leute waren, aber alles stand in Flammen. Es war so heiß.«

Ich sah entsetzliche Bilder vor mir, von Menschen, die um Hilfe schrien, Flammen, die aus dem Gebäude schlugen und Lisa, die in der Falle saß. »Es tut mir leid, Schatz. Ich weiß, dass du es versucht hast.«

»Ich musste sie dort zurücklassen …« Sie verstummte schluchzend, und ich wusste, dass dieser Schmerz sie noch lange Zeit begleiten würde, die Schuldgefühle der Überlebenden. Sie riss sich zusammen und begann von neuem. »Ich kroch durch den Rauch und schlug eines der hinteren Fenster ein. Draußen sah ich, wie schlimm das Feuer war, und wusste, dass …« Sie verstummte erneut, die Qual stand ihr ins Gesicht geschrieben. Sie wischte sich über die Augen und holte ein paarmal Luft. »An dem Tag sind Menschen gestorben, viele Menschen. Aber ich lebte, und ich …« Sie schüttelte den Kopf und schaute hinunter auf ihren Toast. »Ich begriff einfach nicht, warum Gott mich am Leben gelassen hat, nach allem, was ich getan hatte.« Frische Tränen liefen ihr übers Gesicht.

Ich wollte sie trösten, aber ich spürte, dass ich jetzt schweigen musste. Ich legte eine Hand auf ihr Knie und drückte leicht. Sie legte ihre Hand auf meine.

Nach einer Weile fuhr sie fort: »Ich rannte los und trampte zurück in die Stadt. Dann fuhr ich aufs Festland, besorgte mir Drogen und versuchte, alles zu vergessen. Eines Tages wachte ich neben irgendeinem Typen auf. Ich war bei ihm aus den Latschen gekippt, und ich begriff einfach nicht, warum ich immer noch lebte. Mir kam der Gedanke, dass ich vielleicht aus einem ganz bestimmten Grund gerettet worden war, dass ich vielleicht dafür vorgesehen war, etwas aus meinem Leben zu machen.« Sie spielte mit ihrem Toast herum. »Ich kam zurück und suchte mir einen Therapieplatz.« Sie lächelte mich durch die Tränen an. »Ich bin jetzt seit über einem Monat clean.« Ich lächelte zurück. »Es ist hart, echt hart. Ich wollte dich anrufen, aber ich musste wissen, dass ich das durchstehen würde, dass ich ganz sicher mit den Drogen fertig war.«

Ich nickte, traurig, weil sie so dachte, aber ich verstand sie.

»Außerdem hatte ich Angst, du würdest mich nie wieder sehen wollen, dass du mich hasst für die Dinge, die ich beim letzten Mal zu dir gesagt habe.«

»Nein, ich könnte niemals …«

»Warte, Mom. Bitte. Ich muss noch etwas gutmachen.« Sie räusperte sich und begann noch einmal. »Was ich dir angetan habe, all die Jahre. Ich habe dir das Leben zur Hölle gemacht und dir so viel zugemutet – das tut mir so leid. Ich erwarte nicht, dass du mir verzeihst. Aber ich versuche, mich zu ändern. Und ich brauche Hilfe.«

Ich umfasste ihr Gesicht mit beiden Händen und sah ihr in die Augen, so dass sie die Wahrheit und die Liebe in meinen Worten erkennen konnte. »Natürlich helfe ich dir. Du bekommst, was auch immer du brauchst.«

Sie begann erneut zu weinen. »Ich bin manchmal hier vorbeigekommen und habe versucht, genug Mut zu sammeln, um mit dir zu reden. Aber ich hatte Angst, du würdest mich davonjagen.«

Ich zählte eins und eins zusammen. »Warst du in meinem Schuppen?«

Sie wurde rot. »Ich habe mir deine Bäumchen angeschaut. Ich wollte ein Stückchen von einem haben, damit ich etwas von dir mitnehmen konnte. Einmal bin ich hergekommen und habe einfach nur zwischen deinen Sachen gesessen.«

»Dann hat Kevin also dich verjagt?«

»Ja, er war ziemlich schnell. Ich hatte mir den Wagen von einem Freund geliehen.«

»Das ist egal, das ist alles egal.« Ich umarmte sie und zog sie an mich. »Ich bin nur froh, dass du hier bist.«

Sie entspannte sich in meiner Umarmung. »Darf ich nach Hause kommen?«

Ich schloss die Augen, kostete die Worte aus und sog den Duft ein, den die Haare meiner Tochter verströmten.

»Du kannst immer nach Hause kommen.«

Danksagung

Ich möchte meinen Lesern und Leserinnen auf der ganzen Welt danken. Ich freue mich wirklich immer sehr über all Eure Nachrichten und den Kontakt mit Euch auf Facebook und Twitter. Als Autor ist man viele Stunden allein an der Tastatur, und es ist schön für mich, nicht nur mit den Figuren meiner Geschichten verbunden zu sein, sondern auch mit den Menschen, die diese Geschichten wirklich lesen.

Jeder Autor weiß, wie unersetzlich gute Quellen sind, und glücklicherweise waren viele Menschen bereit, ihre Zeit und ihr Wissen mit mir zu teilen, auch wenn ich wieder einmal angeblich »wirklich nur noch eine einzige Frage« hatte. Vielen Dank an Stephanie Paddle, Dr. Jane Saunders, Virginia Reimer, Constable J. Moffat, Sergeant R. Webb, Mark Tucker, Jonathan Hayes, Ken Langelier, Marcia Koenig von King Country Search Dogs, The Victoria Cool Aid Society, Deborah Gunnarsen, Steve Unischewski, Sylvia (Murphy) Unischewski, Don Godolphin, Nina Evans-Locke und Lori Treloar. Für alle Fehler im Text bin ich selbst verantwortlich.

Danke an Tamara Poppitt von Poppy Photography, die mit mir durch Victoria und Shawnigan Lake gestreift ist und die Schauplätze dieses Buchs fotografiert hat.

Große Dankbarkeit schulde ich Carla Buckley, meiner großartigen Kritik-Partnerin und Freundin, die mit mir durch alle Stürme geht und meine Leidenschaft für Snacks teilt, beides sehr wichtige Eigenschaften.

Ich möchte auch Renni Browne und Shannon Roberts wieder für ihr hilfreiches Feedback danken.

Mel Berger, meine weise und effektive Agentin, verdient ebenfalls ein großes Dankeschön fürs Da-Sein, fürs Ermutigen und dafür, dass sie mich zum Lachen bringt.

Meiner Lektorin Jen Enderlin bin ich sehr dankbar. Sie bringt mich dazu, tiefer zu gehen und mehr aus mir herauszuholen, auch wenn ich mich dagegen sträube. Danke auch an alle anderen im phantastischen Team von St. Martin's Press: Sally Richardson, Lisa Senz, Sarah Goldstein, Sara Goodman, Loren Jaggers, Matthew Shear und den gesamten Vertrieb. In Kanada geht mein Dank an Raincoast Books für ihre Unterstützung und in der ganzen Welt an meine ausländischen Verlage, die meine Geschichten weltweit zugänglich machen.

Meine endlose Wertschätzung möchte ich ausdrücken für meinen Mann Connel, der mich durch alle Höhen und Tiefen begleitet und für den es das alles wert ist.

Ich denke auch an meine geliebte Hündin Annie, die das Buch mit mir begonnen hat, aber es leider nicht mit mir beenden konnte, und an die kleine Oona, die danach zur Familie kam und die Aufgabe geerbt hat, mich ab und zu vom Computer an die frische Luft zu holen.

Ein spezielles Dankeschön geht schließlich an all meine Freunde und meine Familie für ihre dauerhafte Unterstützung, besonders wenn ich in der Arbeit versinke, um ein Manuskript rechtzeitig fertigzubekommen.